ULLSTEIN

W0312264

Feuer der Leidenschaft – große Liebesromane

Karen A. Bale, Sinnliche Versprechen
Nina Beaumont, Preis der Leidenschaft
Roseanne Bittner, Ich kämpfe um uns
Claire Delacroix, Dame meines Herzens
Claire Delacroix, Erbin der Glückseligkeit
Claire Delacroix, Prinzessin meiner Liebe
Christina Dodd, Liebhaber meiner Träume
Christina Dodd, Geheime Sünden
Jane Feather, Engel in Gefahr
Emily French, Ruf nach Freiheit
Dorothy Garlock, Geheime Passionen
Dorothy Garlock, Schöner, wilder Mann
Elizabeth Graham, Rivalinnen des Glücks
Elizabeth Graham, Vergib mir meine Liebe
Tracy Grant, Erobere mich!
Tracy Grant, Verratenes Herz
Tracy Grant, Wer der Sehnsucht erliegt
Mandalyn Kaye, Der Fremde in meinen Armen
Elizabeth Lane, Gefallener Engel
Sandra Marton, Nur mit deiner Liebe
Theresa Michaels, Mit Feuer und Schwert
Karen Marie Moning, Das Herz eines Highlanders
Karen Marie Moning, Zauber der Begierde
Constance O'Banyon, Die Flammen der Liebe
Delia Parr, Am Abgrund der Liebe
Delia Parr, Die Elfenbeinprinzessin
Delia Parr, Gefangene des Herzens
Delia Parr, Ein Himmel voller Rosen
Candice Proctor, Septembermond
Candice Proctor, Sündige Erbschaft
Candice Proctor, Verbannt im Paradies der Liebe
Jaclyn Reding, Eine Liebe wie Magie
Jaclyn Reding, Die Schöne und der Lord
Amanda Scott, Gefährliche Leidenschaft
Maura Seger, Magische Verführung
Alexa Smart, Mitternachtsrosen
Alexa Smart, Tausend Küsse im Paradies
Susan Wiggs, Und jeden Tag deine Liebe
Susan Wiggs, Im Rausch der Leidenschaft
Susan Wiggs, Venezianische Verführung
Susan Wiggs, Verbotene Schwüre der Liebe
Susan Wiggs, Wild wie deine Träume

Kapitel 1

Kent, England, April 1798

Eine Woche vor ihrem siebzehnten Geburtstag sollte sich Charlottes Leben ändern. Es teilte sich in zwei Hälften, wie der leuchtende Globus eines Kindes: in ein *Davor* und ein *Danach*. Die Zeit davor verbrachte Charlotte bei ihrer besten Freundin Julia Brentorton aus dem Internat. Julia und sie hatten das Internat gemeinsam durchgestanden: die täglich gleiche Plackerei in den Latein-, Musik- und Tanzstunden oder im Kunstunterricht. Das einzig wirklich Unangenehme aber war der Anstandsunterricht bei Lady Sipperstein gewesen.

»Julia!«, zischte Lady Sipperstein stets, wenn sie plötzlich hinter ihrer linken Schulter auftauchte. »Schlagen Sie die Beine an den Knöcheln übereinander, wenn Sie auf einem niedrigen Sofa sitzen.«

»Gehen Sie die Treppe noch einmal hinauf, Charlotte, aber diesmal, *ohne* mit den Hüften zu schwingen! Es gehört sich nicht, so herumzuwackeln.«

Lady Sipperstein war eine furchteinflößende Frau mit einem Busen, der hervorragte wie der Bug eines Schiffes. Sie wusste auf den Millimeter genau, wie tief man sich vor einer Herzogin im Vergleich zu einem König zu verneigen hatte, und drillte ihre Schülerinnen, als stehe ihnen das jeden Tag bevor.

Sie steckte voller Maximen: »Man entlässt einen Diener wie ein Kind: mit fester Stimme, kurz und unbeteiligt ... Die angemessene Gabe für einen Kranken richtet sich danach, wo er lebt. Wohnt er auf Ihrem Gut, instruieren Sie die Köchin, Knochenmark in Aspik zuzubereiten, und überbringen Sie es persönlich mit etwas Obst; wohnt er im Dorf, instruieren Sie stattdessen die Diener, ihm ein ungekochtes Hühnchen zu bringen. Und natürlich versichern Sie sich, dass die Krankheit nicht ansteckend ist, bevor Sie das Haus betreten. Auch wenn es wichtig ist, Mitgefühl zu zeigen, ist Dummheit dennoch fehl am Platz.«

Anstandsunterricht bedeutete immer ein Stunde voller zermürbender Fragen. »Julia! Wenn ein Lakai das Frühstückszimmer mit einem deutlich geschwollenen Kiefer betritt, was ist die angemessene Reaktion?«

»Ich schicke ihn nach Hause?«, lautete Julias vorsichtiger Vorschlag.

»Nein! Erst erkundigen Sie sich. Ist die Schwellung Ergebnis eines schmerzenden Zahns oder eines unangebrachten Streits am Abend zuvor? Hat er sich geschlagen, entlassen Sie ihn. Wenn nicht? Julia?«

»Äh, ich schicke ihn zum Arzt?«, stammelte Julia.

»Falsch. Weisen Sie den Butler an, ihm Pflichten zuzuteilen, bei denen man ihn nicht zu Gesicht bekommt. Es gibt keinen Grund, Dienstboten zu verhätscheln.«

Für Charlotte war der Kunstunterricht der Höhepunkt des Tages. In dem weißen, viereckigen Raum, in dem zwölf Staffeleien die einzige Einrichtung darstellten, war sie am glücklichsten. Dabei malten sie immer und immer wieder dieselben Arrangements: zwei Orangen, eine Zitrone; zwei Pfirsiche, eine Birne. Charlotte machte das nichts aus.

Julia schon. »Heute einen Kürbis!«, gluckste sie und ahmte dabei Miss Frollips aufgeregten Tonfall nach, wenn sie ihnen das neueste Stillleben vorstellte.

Für Julia war die Tanzstunde das Schönste – und zwar nicht wegen des Tanzens, sondern wegen Mr Luskie. Er war ein ziemlich behaarter Mann und echter Familienmensch: bodenständig, freundlich, keine Gefahr für die Mädchen, darüber waren sich alle Lehrerinnen einig. Julia jedoch fand seinen Schnurrbart schneidig und las Botschaften in dem sanften Druck seiner Hand, wenn er sie durch die Schritte der Quadrille führte. »Ich *vergöttere* ihn«, flüsterte sie Charlotte abends zu.

Charlotte rümpfte die Nase. »Ich weiß nicht, Julia, er ist ziemlich ... nun ja, er ist nicht ...« Es war schwer, es in Worte zu fassen. Er war irgendwie gewöhnlich, aber wie konnte sie das sagen, ohne Julia zu kränken? Sie machte sich Gedanken über Julias leidenschaftliche Liebesschwüre. Sie würde doch nichts *tun*, oder? Natürlich würde Mr Luskie nicht ... aber Julia war so schön. Sie hatte die Haut eines Pfirsichs, dachte Charlotte, sie duftete süß und war so zart. Würde Mr Luskie?

Eine Gouvernante Charlottes hatte eine sehr strenge Meinung über Männer gehabt: »Sie wollen alle nur das eine, Lady Charlotte!«, pflegte sie zu sagen. »Nur das eine, vergessen Sie das ja nicht und ruinieren sich damit ihr Leben!« Charlotte hatte stets genickt und sich gefragt, was dieses Eine wohl sei.

Deshalb flüsterte sie zurück: »Ich finde ihn gar nicht *so* gut aussehend, Julia. Hast du gesehen, dass er rote Äderchen auf den Wangen hat?«

»Nein!«, sagte Julia. »Das hat er nicht!«

»Doch«, meinte Charlotte einfach.

»Warum betonst du das denn so?«, fragte Julia verärgert.

Schließlich neigte sich die Schulzeit dem Ende zu und ein Mädchen nach dem anderen wurde von ihren adeligen Verwandten oder einem Dienstmädchen abgeholt. Abgeholt, um für ihr Debüt zurechtgemacht oder, wie Julia es nannte, »herausgeputzt« zu werden. Es war an der Zeit, dem Lauf der Dinge ins Auge zu sehen, der aus Absprachen, Mitgiften und Bällen bestand und schließlich in Hochzeiten endete.

Als Tochter eines Herzogs wurde Charlotte voller Neid betrachtet. Ihr Debüt würde großartig sein. Ihre ältere Schwester Violetta hatte ihren Knicks vor der Gesellschaft in einem Ballsaal gemacht, der von oben bis unten mit weißen Lilien geschmückt gewesen war.

Nur Charlotte selbst machte sich nicht viel daraus. Um die Wahrheit zu sagen, sehnte sie sich danach, in dem weißen, quadratischen Raum zu bleiben und noch einen Apfel oder (wenn der Markt in dieser Woche besonders viel hergab) eine Persimone zu malen. Sie war *gut*, wirklich gut, sie wusste es und Miss Frollip wusste es, aber das war es dann auch schon.

Sie musste debütieren, Julia musste debütieren; es würde wenig Zeit für Persimonen bleiben.

Als ihre Mutter sie also von Lady Chattertons Schule für Mädchen abholte, war sie resigniert, nicht aufgeregt. Ihre Mutter erschien, wie Charlotte insgeheim dachte, in voller Rüstung: in der herzoglichen Kutsche mit *vier* Lakaien dahinter, alle in Livree! Die Herzogin war schüchtern und zitterte bei dem Gedanken an ein Gespräch mit der furchterregenden Lady Sipperstein. Arme Mama, dachte Charlotte. Sie musste furchtbar aufgeregt sein.

Endlich wurden Charlotte und ihre Mutter von Lady Sipperstein hoheitsvoll entlassen und flüchteten in die Kutsche. Die Herzogin setzte ein wenig herzogliches Lächeln auf, lehnte sich in die Kissen aus Satin zurück und sagte: »Gott sei Dank, du bist entlassen, Charlotte! Ich muss Lady Sipperstein *niemals* wiedersehen! Wir können es uns bequem machen. Wie ging es mit deinem letzten Bild, Liebling – waren es Orangen?« Denn Charlottes Mama war eine ihren Kindern sehr ergebene Mutter, die liebevoll alle neuesten Heldentaten im Auge behielt, auch wenn es sich in Charlottes Fall nur um eine lange Reihe von Früchten handelte.

»Ganz gut, Mama«, antwortete Charlotte. »Ich werde es dir zeigen, wenn wir zu Hause sind.« Charlotte runzelte ein wenig die Stirn. Ihre Mutter behandelte all ihre Werke gleich: ehrfürchtig, entzückt und völlig unkritisch.

»Gut«, meinte Adelaide zufrieden. »Ich werde es sofort zu Saxony schicken. Der Flur macht sich sehr gut, Liebste. Stell dir vor, noch zwei oder drei und die Wände sind voll!«

Charlotte verzog das Gesicht. Ihre Eltern schienen ihre Bilder nur als Dekoration anzusehen, wie eine neue Tapete. Jedes neue Bild wurde zu den besten Rahmern (Messrs. Saxony, Rahmer des Königs) geschickt, in einen von Mr Saxony senior persönlich ausgesuchten Goldrahmen eingepasst und feierlich im herzoglichen Herrenhaus abgeliefert. Dann wurde es in einer langen, langen Reihe von Obst (und ab und zu einem Gemüse) aufgehängt, die einen langen, langen Gang im Ostflügel zierte.

»Charlotte«, sagte Adelaide bestimmt. »Wir müssen sogleich anfangen, dein Debüt zu planen. Zufällig weiß ich, dass Lady Riddleford – Isabellas Mutter – schon das Wochenende des neunzehnten August ausgesucht hat, genau das Wochenende, an dem ich deinen Ball geplant hatte. Deswegen müssen wir uns auf der Stelle für einen Zeitpunkt entscheiden und ihn bekannt geben. Was meinst du, Liebling?«

Charlotte antwortete nicht. Sie dachte an ihr letztes Bild. Aber Adelaide war daran gewöhnt, dass Charlotte ab und zu in einen Zustand der Unaufmerksamkeit verfiel; sie widmete sich einfach ihren eigenen Plänen.

Als Charlotte betrachtete, was ihr Bruder Horace den Obstgarten nannte (eben die lange Reihe von Bildern im Ostflügel), konnte sie Veränderungen feststellen: die Malstunden unter Miss Frollips Anleitung hatten unförmige Orangen rund gemacht; die Äpfel waren nicht mehr giftig rot und wirkten realistischer.

Zurzeit arbeitete sie an der Farbe. Die Farbgebung war so schwierig, zum Beispiel bei Orangen. Wenn sie die Augen schloss, sah sie eine Gruppe hell leuchtender Orangen vor sich. Sie mischte und mischte stundenlang, ein bisschen Gelb, Blau, Braun, aber sie konnte das Orange, das sie im Geiste vor Augen hatte, nicht finden. Wenn sie in den richtigen Farben gemalt waren, hatten Orangen einen leichten Hauch von Braun am oberen Ende und Spuren von Blau: Farben, die nach Sonne rochen, nach warmen Seen, nach echten Obstgärten und nicht nach langen Fluren oder weißen Räumen.

Aber Charlotte hatte nach ihrer Ankunft in Calverstill House am Albemarle Square nicht viel Zeit zum Malen. Stunde um Stunde musste sie das Stoßen und Schubsen der Näherinnen und endlose Tage der Planung mit ihrer Mutter über sich ergehen lassen.

»Liebste«, verkündete ihre Mutter. »Rittersporne!«

Charlotte starrte sie an.

»Was ist mit Rittersspornen, Mama?«, fragte sie schließlich.

»Rittersporne! Das sind *deine* Blumen für den Ball! Ich habe mir schon den Kopf zerbrochen ... Du weißt, ich habe Violettas Ballsaal mit Lilien geschmückt. Wegen ihres Namens musste ich Farben vermeiden, aber Rittersporne haben so ein wunderschönes Blau. Sie werden dein Haar wunderbar zur Geltung bringen.«

Zurzeit waren blonde Frauen groß in Mode: Blonde Frauen mit Locken und blauen Augen. Leider hatte Charlotte rabenschwarzes Haar, dachte ihre Mutter verzweifelt. Sie hatte grüne Augen, aber ihre Haut war schneeweiß – nicht ein Hauch von Farbe. Sicherlich, mit ein bisschen Nachhilfe ließ sich ihr Haar in formvollendete Locken bringen und der zarte Teint ihrer Haut würde cremefarben schimmern, und dennoch war sie keine süße, gefällige Debütantin. Ihre Augenbrauen wölbten sich wie Fragezeichen über ihren Augen, die grün waren wie das Meer an einem bewölkten Tag. Eigentlich sah ihr ganzes Gesicht aus wie ein einziges Fragezeichen: Ihr Kinn bildete ein zartes Dreieck, das die Aufmerksamkeit sofort wieder auf ihre Augen und diese hoch fliegenden Augenbrauen lenkte.

Die Herzogin seufzte leise. War Charlotte glücklich, so war sie die Schönste ihrer Töchter: Sie musste einfach dafür sorgen, dass sie ein glückliches Debüt hatte, das war alles.

Während der Anproben stand Charlotte völlig reglos da, schloss die Augen und analysierte die Orangen, die vor ihrem inneren Auge erschienen. Vielleicht mehr Rot. Vielleicht mit viel Rot beginnen und sich dann in Schichten zu Orange zurückarbeiten?

»Charlotte!«, sagte ihre Mutter. »Miss Stuart versucht gerade, deinen Saum zu kürzen. Bitte dreh dich um, wenn sie es dir sagt.«

»Charlotte! Ich habe dich zweimal gebeten; bitte hebe deine Arme.«

»Charlotte!«

Endlich waren die Anproben vorüber und die letzten Perlen sorgfältig an das Kleid genäht, in dem Charlotte sich präsentieren sollte. Siebzehn einer Herzogstochter würdige Ballkleider wurden eingepackt und in den Schrank gehängt; die Rittersporne gediehen prächtig, wie die Herzogin erleichtert zur Kenntniss nahm; zehn Lakaien wurden von außerhalb herbeibefohlen; der Ballsaal glänzte, die Kerzenhalter blitzten, und man hatte die Londoner Polizei über den zusätzlichen Verkehr benachrichtigt. Einladungen wurden in Windeseile an Londons feine Gesellschaft verschickt. Und Londons feine Gesellschaft nahm an. Die Herzogin mochte schüchtern sein, aber sie war beliebt, einfallsreich und hatte Geld. Einen Ball der Calverstills würde sich niemand entgehen lassen.

Und was vielleicht am wichtigsten war, die jungen Männer nahmen die Einladung an, und zwar alle – die Gecken, die Höflinge, die Galane, die Männer von Welt – alle Gruppen und Cliquen, die die Londoner Gesellschaft ausmachten. Es ging das Gerücht um, dass Charlotte schön sei (ihre zwei älteren Schwestern waren es), und es war klar, dass sie eine großartige Mitgift erhalten würde, da die Schatzkammern ihres Vaters gut gefüllt waren. Und es blieben noch immer zwei Wochen bis zum Ball.

Deswegen wurde Charlotte erlaubt, Julia auf dem Land zu besuchen. Ihre Mama machte sich darüber nicht allzu viele Sorgen.

»Charlotte, du darfst dich nicht in der Öffentlichkeit zeigen; diese Zeit jetzt ist sehr heikel«, sagte sie und strahlte ihre pflichtbewusste, wenn auch etwas abwesende Tochter an.

War es möglich, dass Charlotte an ihrem Debüt nicht sonderlich interessiert war? Nein, nein, dachte die Herzogin: Sie sprach so gern über ihre Kleider und sie hatten so viel Spaß dabei, sich die Seidenstoffe anzusehen. Charlotte verstand *so* viel von Farben! Es durchlief sie eine Welle der Zuneigung für ihre jüngste Tochter, die ihr nie Ärger oder Sorge bereitet hatte. Charlotte war vernünftig, ruhig und zuverlässig.

Charlotte wurde in der herzoglichen Kutsche zum Gut der Brentortons einige Stunden außerhalb Londons gefahren, allerdings mit nur einem Lakaien. Julia begrüßte sie mit leuchtenden Augen. Auch sie hatte Ballkleider zu zeigen, mit weniger Stickerei und ohne am Saum aufgenähte Perlen, aber dennoch wunderschön. Und sie war – natürlich – verliebt.

»Er ist einfach hinreißend, Charlotte! Ich vergöttere ihn! Er ist überhaupt nicht wie der alte Mr Luskie. Er ist schön, wirklich schön, du wirst ihn lieben; keine roten Äderchen!«

Charlotte rümpfte die Nase.

»Was meinst du damit, er ist schön? Und von wem sprichst du überhaupt?« Mit leichter Bestürzung bemerkte sie die von Liebe verklärten, violetten Augen Julias.

»Sein Name ist Christopher«, antwortete Julia. »Er hat Locken ... Er sieht aus wie Adonis, wirklich, Charlotte.«

»Aber wer *ist* er?« Charlotte wurde misstrauisch. Ihre Freundin wich ihr mit verträumtem Blick aus und ließ die Augen immer wieder in die Zimmerecken schweifen. Julia schmollte ein wenig.

»Julia!«, sagte Charlotte drohend und unterdrückte dabei ein Lächeln. Ihre Freundin war so *dumm*, wenn es um Männer ging. Erst vor einigen Wochen hatte sie herzzerreißend geweint, weil sie Mr Luskie nie wiedersehen würde.

»Er wird mich nie wieder in seinen Armen halten«, hatte sie geklagt, »wir werden nie wieder zusammen tanzen«, und hatte dabei in ihr Kissen geschluchzt. Selbst Charlotte war bewegt gewesen und hatte sich gefragt, ob sie nicht zu schroff gewesen war, als sie immer wieder auf die Rundlichkeit von Mr Luskies Hinterteil und die wachsende kahle Stelle auf seinem Kopf aufmerksam gemacht hatte.

Julia senkte ihren Blick. »Er ist ein Mann Gottes«, sagte sie schließlich leise.

»Bitte?«, fragte Charlotte, die sie nicht verstanden hatte.

»Er ist ... ja, nun, er ist Vikar«, antwortete Julia.

»Ein Vikar? Julia!«

»Er hat blonde Locken. Er sieht, ja, er sieht aus wie aus einem Gemälde!« Da sie nun das Schlimmste gestanden hatte, schenkte sie Charlottes gerunzelter Stirn keine Beachtung und zählte die vielen Vorzüge des Vikars auf: Er war jung und sah besser aus als jeder andere, einschließlich des Verkäufers, der manchmal an der Schule vorbeikam und süßen Lavendel verkaufte und bis zu diesem Zeitpunkt bei ihr als bestaussehender Mann gegolten hatte, auch wenn sie Mr Luskie am meisten geschätzt hatte.

»Selbst *du* wirst ihn mögen, Charlotte. Weil er so tugendhaft ist und ziemlich dünn – du hast doch immer gesagt, der arme Mr Luskie sei etwas stämmig. Und er wäre ein wunderbares Modell.« Julia richtete sich unvermittelt auf und sah Charlotte nachdenklich an.

»Könntest du nicht ... Du solltest mal etwas anderes als Obst malen, nachdem wir nicht mehr in der Schule sind, Charlotte! Warum bietest du nicht an, Christopher zu malen?«

»Du bist verrückt«, meinte Charlotte liebevoll. »Ich werde mich nicht anbieten, einen jungen Mann zu malen, den ich nicht einmal kenne! Meine Mutter würde schockiert zusammenbrechen.«

»Ja, aber du musst endlich anfangen, über Männer nachzudenken statt über Bilder, weißt du«, entgegnete Julia etwas scharf. »Es hat den Anschein, als wärest du überhaupt nicht interessiert.«

Der Vikar *sieht* in der Tat besser aus als der Lavendelverkäufer, dachte Charlotte am Sonntag und das Herz wurde ihr ein bisschen schwer. Julia himmelte ihn so sehr an, dass Charlotte sie zweimal scharf mit dem Ellbogen anstoßen musste, damit sie den Kopf zum Gebet senkte. Auch Charlotte beobachtete ihn unauffällig. Er trug eine feierliche schwarze Soutane und seine blonden Locken schimmerten sanft. Er wirkte nicht wie einem Gemälde entsprungen, vielmehr wie eine Statue – die Statue eines schelmischen Fauns. Seine Locken wirkten eine Spur zu sanft und er hatte ein freches Gesicht, stellte sie fest. Wie das Gesicht ihres Bruder Horace, als er von Oxford verwiesen werden war.

Auf dem Weg aus der Kirche beobachtete Charlotte, wie der

Vikar Julia zuzwinkerte und ihr ein sehr leichtes, sehr vertrauliches Lächeln schenkte, während das kalte Sonnenlicht des Frühlings auf sein Haar schien. Und als der Esquire und seine Frau sich umdrehten, um Freunde zu begrüßen, sah sie, wie er Julia ein Stück Papier zusteckte, und die Knie wurden ihr weich.

Auf dem gesamten Heimweg plauderte Charlotte freundlich mit den ahnungslosen Brentortons, während ihre Gedanken rasten. Julia war ruiniert! Wenn irgendjemand herausfände, dass ein junger Mann ihr geschrieben hatte, würde sie niemals ins Almack gehen können. Die Schirmherrinnen würden sie nie billigen. Sie würde niemals einen Ehemann finden.

Als sie auf Brentorton Hall angekommen waren, packte Charlotte Julia am Ellbogen und schob sie nach oben in ihr Zimmer. Dann stieß sie die Tür zu, lehnte sich dagegen und streckte wortlos die Hand aus.

Julia sah sie trotzig an. Mit einem Blick schätzte sie Charlottes Größe an der Eichentür ab. Julia selbst war klein und zierlich, es würde ihr niemals gelingen, die gertenschlanke Charlotte von der Tür wegzustoßen. Sie seufzte, ließ sich auf ihr Bett fallen und zog ein kleines Stück Papier so geübt aus dem Ausschnitt, dass es Charlotte eiskalt den Rücken hinunterlief.

»Es ist nichts«, sagte sie. »Nichts, Charlotte!« Sie blickte wütend zu ihr auf. »Sieh selbst!« Sie schwenkte das Stückchen Papier hin und her.

Charlotte riss es ihr aus der Hand. Es standen wenige mit blassblauer Tinte geschriebene Wörter darauf: *Stuart Hall, Samstag, 10 Uhr.*

»Mein Gott, Julia, du würdest doch nicht – du triffst dich doch nicht mit ihm, oder? Heimlich?« Charlotte ging langsam in die Knie und zerknitterte dabei ihre Unterröcke, bis sie gegen die Tür gelehnt auf dem Boden saß. »Was ist das für ein Ort, Stuart Hall?«

»Es ist nichts Schlimmes.« Julia beugte sich eifrig vor. »Es ist kein Rendezvous – so etwas würde ich niemals tun. Es ist ein Maskenball, weißt du, er findet jeden Samstagabend statt und ich habe zufällig mit Christopher darüber geredet ...«

»Christopher!«

»Na, dann eben Reverend Colby, aber ich mag seinen Nachnamen nicht. Es ist sowieso nichts Ernstes, Charlotte. Es ist ein Maskenball, den viele, na ja, viele Kaufleute und Dienstboten besuchen, und Christopher – Mr Colby – sagt, dass Leute aus unserer Schicht nie das wahre Leben zu Gesicht bekämen und keine Ahnung hätten, wie alle anderen leben. Er meint, junge Mädchen, Debütantinnen, seien wie Zimmerpflanzen. Wir rühren uns nicht, bis wir an den Meistbietenden verkauft werden, und er sagt, es sei eine vollkommen harmlose Tanzveranstaltung und jeder trüge die ganze Zeit Masken, so dass niemand unsere Gesichter sehen könne ...«

»*Unsere!* Unsere Gesichter!«, wiederholte Charlotte.

Julia beugte sich vor. »Du musst mit mir kommen, Charlotte. Verstehst du? Nein, du verstehst nicht. Wenn du dabei bist, ist die Sache nicht unanständig, und Mama weiß, wie korrekt du bist, und selbst, wenn sie es herausfände, wäre sie nicht so entsetzlich böse.«

»O doch, das wäre sie«, entgegnete Charlotte geradeheraus, als sie sich Julias resolute und unverblümte Mutter vorstellte.

»Verstehst du das nicht, Charlotte? Wir sind wie Schafe, die an den Meistbietenden verkauft werden, und ...«

»Wovon redest du überhaupt, Julia?«, fragte Charlotte, der Verzweiflung nahe. »Was hat ein Schaf damit zu tun, wenn du dich davonschleichst, um zu einem Ball zu gehen?«

Julia war sich ihrer Sache selbst nicht mehr ganz sicher,

dabei war es ihr so logisch vorgekommen, als Christopher es ihr mit einem traurigem Ausdruck auf seinem süßen Gesicht erklärt und von ihrer schafgleichen Sanftmut gesprochen hatte.

»Du weißt schon«, sagte sie unbestimmt. »Wir sollen immer nur heiraten und bekommen nie etwas zu sehen. Oh, Charlotte«, rief sie und gab die verwirrende Frage nach der Moral auf, »es wird Spaß machen, siehst du das denn nicht? Es ist doch nichts Unanständiges dabei, zu einer Gesellschaft zu gehen, wenn wir von einem ... einem Theologen begleitet werden!«

Ein kleiner Funke der Rebellion flammte in Charlotte auf. Hatte eigentlich irgendjemand sie gefragt, ob sie debütieren wollte? Ob sie heiraten wollte? Aber natürlich *wollte* sie heiraten, und der einzige Weg dazu war das Debüt, also führten diese Gedanken sie nirgendwo hin.

»Ich werde nicht gehen, wenn du nicht gehst«, sagte Julia kleinlaut. »Wir schauen nur zu.«

Charlottes Mundwinkel zuckte und ihre Lippen formten sich zu einem Lächeln. Julia beantwortete die unausgesprochene Zustimmung mit einem Aufschrei.

»Du musst mir versprechen, dass du nicht mit deinem Vikar weglaufen wirst, um zu tanzen, und mich allein zurücklässt«, meinte Charlotte streng.

»Das würde ich nie tun, Charlotte!« Julias Augen glänzten. »Wir müssen auf den Dachboden gehen und etwas zum Anziehen suchen. Kostüme. Ich glaube, es sind ein paar Dominos dort oben.«

Charlotte versuchte ruhig zu bleiben, aber es gelang ihr nicht. Ihr vernünftiges, bedächtiges Temperament hatte sie verlassen, was blieb, war ein rasender Puls und ein verführerischer Geschmack nach Abenteuer.

Julia sprang auf: »Das ist der beste Zeitpunkt, auf den

Dachboden zu gehen, Charlotte. Mama und Papa besuchen sonntagvormittags immer die Pächter.«

Also schlichen die Mädchen an den Türen der Dienstboten vorbei und die Treppen hinauf zu den riesigen, hallenden Dachböden, die unter den Dachbalken des Brentortoner Herrenhauses lagen. Breite Strahlen blassen Sonnenlichts fielen auf die alten Kieferbohlen und die staubigen Umrisse der abgedeckten Möbel und Truhen voller altmodischer Kleidung. Charlotte hielt einen Augenblick inne und beobachtete, wie die Staubwolken im Licht aufwirbelten und umhertanzten, als Julia zielstrebig zu den Truhen lief. Eine Minute später hatte sie zwei wallende schwarze Mäntel gefunden, die ihnen bis zum Boden reichen würden. Zuerst hatte es den Anschein, als gäbe es keine Masken, doch dann zog Julia sie mit einem Aufschrei aus der Ecke einer anderen Truhe.

»Pst, Julia!« Charlottes Herz klopfte laut.

»Mach die keine Sorgen«, entgegnete Julia und sah auf, während sie die Dominos zu einem unordentlichen Bündel zusammenschnürte. »Niemand außer den Dienstboten kann uns hier hören.«

»Und was, wenn einer von ihnen ein Geräusch hört und kommt, um nachzusehen?«, wollte Charlotte wissen.

»Oh, Charlotte, du bist so ein Unschuldslamm«, lachte Julia. »Wir würden ihn natürlich bestechen.«

Und tatsächlich bestach Julia noch am selben Abend ihre Zofe, die Dominos zu lüften, und als sie ihnen gebügelt und süß duftend zurückgebracht wurden, war der Ausflug unvermeidlich geworden. Unter lautem Gekicher puderte Julia Charlottes Haar mit ihrem Körperpuder, so dass es in etwa wie die altmodischen Frisuren von vor zwanzig Jahren aussah.

Julia war entzückt. »Sieh mich an! Ich sehe genauso aus wie meine Mutter auf dem Porträt oben an der Treppe! Und niemand würde dich erkennen, Charlotte«, sagte sie ermutigend.

»Wenn du die Maske trägst, kann man nur noch gepudertes Haar und ein Stückchen von deinem Gesicht sehen. Glaubst du, wir haben zu viel Puder genommen?«

Charlotte betrachtete sich im Spiegel. Julia war wirklich sehr freigebig mit dem Puder gewesen.

»Auf jeden Fall müssen wir uns keine Gedanken darüber machen, ob wir zum Tanzen aufgefordert werden«, meinte Julia kichernd. »Jeder Gentleman, der uns zu nahe kommt, wird unweigerlich anfangen zu niesen!«

Es müsste gehen, dachte Charlotte zweifelnd. Sie würden zusehen, wie die andere Hälfte der Welt tanzte, und dann nach Hause zurückkehren. Aus dem Haus zu gelangen war kein Problem. Der Ostflügel, in dem sich Julias Schlafzimmer befand, hatte einen Hinterausgang für die Dienstboten, doch diese lagen in ihren Betten im Westflügel, als die Mädchen sich um zehn Uhr abends hinausschlichen.

Der Vikar wartete an der Stelle, wo die Auffahrt einen Bogen machte, als Charlotte und Julia um die Ecke kamen. Als Charlotte die dunkle Gestalt sah, die gegen die Kutschentür gelehnt dastand, stockte sie. Auf einmal war sie der festen Überzeugung, dass die ganze Maskerade ein Fehler war. Aber Julia tänzelte unaufhaltsam weiter und rief: »Christopher!« Sie verhielt sich, als seien heimliche Treffen auf dunklen Straßen nichts Neues für sie. Charlotte folgte ihr langsam und hatte das Gefühl, dem Vikar sagen zu müssen, dass sie einen Fehler gemacht hätten, und Julia dann nach Hause zerren.

Doch zu Charlottes Erleichterung verhielt sich Mr Colby sehr respektvoll, als die beiden Mädchen bei der Kutsche ankamen. Er verbeugte sich förmlich, als Julia ihm Charlotte vorstellte, und erzählte, dass er während seiner Zeit in Oxford die Kapelle von Calverstill besichtigt habe. Irgendwie gelang es ihm mit dieser Bemerkung, das Ganze wie einen Schulausflug aussehen zu lassen. Charlotte war maßlos erleichtert und Julia war ohnehin schon in die Kutsche gesprungen, bevor Charlotte die Gelegenheit hatte anzumerken, man solle vielleicht doch besser nach Hause zurückkehren. Sie fand sich selbst in den staubigen Sitzen der geliehenen Droschke wieder, vorsichtig nach vorn gebeugt, um die Falten des Dominos nicht zu zerstören.

Dann zog Mr Colby so schwungvoll eine Flasche Sekt aus einem Korb, dass sie den Eindruck hatten, als müssten sie nun mit ihm trinken. War es tatsächlich üblich, dass die Leute auf dem Weg zu einen Ball tranken? Charlotte nippte unsicher an dem Schaumwein, während die Kutsche immer schneller über die Hauptstraße rumpelte. Julia plapperte über Tänze und Bälle und Dienstboten.

Schließlich nahm sich Charlotte zusammen. Mr Colby musste sie für schrecklich schlecht erzogen halten, weil sie so still dasaß. Sie räusperte sich, ein leises, unsicheres Geräusch, doch Julia war so darin vertieft, auf ihre übliche Art vor sich hin zu schwatzen, dass Charlotte nicht zu Wort kam. Tatsächlich machte Julia nur Pausen, um dem Vikar, der ihnen gegenübersaß und den Kopf höflich Julia zugeneigt hatte, faszinierte Blicke zuzuwerfen.

Endlich nutzte Charlotte eine Gelegenheit und stellte die Art von Fragen, die ihre Mutter dem Vikar stellte: über seine Schäfchen, sozusagen, und wie es den ärmeren Leuten erging.

»Diese Gegend ist sehr wohlhabend«, antwortete Mr Colby höflich. »Miss Brentortons Vater unterstützt die Gemeinde mehr als großzügig.«

»Meine Mutter sagt …«, unterbrach Julia und schnitt ein neues Thema an, also lehnte sich Charlotte zurück und dachte, dass der Ausflug, wenn auch unerhört waghalsig, so doch nicht unverzeihlich war. Eines Tages würde sie vielleicht sogar ihrer Mutter davon erzählen und mit ihr darüber lachen.

Charlotte gelang es, ihren Gleichmut zu wahren, als sie bei Stuart Hall ankamen. Stuart Hall war ein imposantes Backsteingebäude mit hohen Fenstern, durch die das Licht über die Gärten fiel. Es unterscheidet sich gar nicht so sehr von dem Haus eines Gentleman, dachte sie. Alle Gäste waren kostümiert und die meisten trugen Masken, genau wie Mr Colby gesagt hatte. Es waren viele, viele Menschen dort, die sich durch die Flure drängten, und sie konnte sehen, wie sich unten im Ballsaal die Paare eng aneinander gedrängt in einer Reihe auf dem Parkett aufstellten.

Sie schlängelten sich durch die Menge in den Ballsaal und fanden an einer Seite ein wenig freien Raum zwischen einer Statue von Narziss und den offenen Türen, die in die Gärten hinausführten. Mr Colby verschwand und kam mit zwei Gläsern ziemlich widerlicher Limonade zurück und sie standen da und nippten an ihren Gläsern.

»Wissen Sie«, sagte Julia, »ich glaube, in der Limonade ist etwas Alkohol.«

»Nein, nein«, meinte Mr Colby. »Nur kann man sich hier nicht die *allerbesten* Zitronen leisten, wie es bei Ihnen zu Hause der Fall ist.«

Sowohl Charlotte als auch Julia spürten einen Anflug von Scham wegen all der allerbesten Zitronen, die sie in ihrem Leben verspeist hatten, und tranken mit neuem Eifer.

Mr Colby wandte sich an Julia: »Wollen wir tanzen?« Er sah Charlotte würdevoll an: »Sie sind hier vollkommen sicher und Julia und ich werden bald zurück sein. Sie spielen einen Walzer, das war der Lieblingstanz meiner Mutter und ich möchte ihr Gedächtnis ehren ...«

Sein Blick war so entschuldigend und traurig (seine Mutter musste erst vor kurzem verstorben sein), dass Charlotte nickte, obwohl sie Julia hatte schwören lassen, nicht zu tanzen, was auch immer geschah. Und Julia legte ohne Zögern ihren Arm auf Mr Colbys und sie verschwanden im Gedränge.

Er trägt keine Soutane, dachte Charlotte törichterweise.

Danach etwas unbestimmt: Ich frage mich, wo seine Mutter gelernt hat, Walzer zu tanzen, ich dachte, es sei ein ziemlich neuer Tanz. Man glaubt gar nicht, dass die Mutter eines Vikars über den Tanzboden fegt.

Es war ausgesprochen peinlich, allein in dem Ballsaal herumzustehen. Charlotte ließ ihren Blick über die Tänzer schweifen, als suche sie jemanden. Allmählich bemerkte sie, dass die Gesellschaft in Wahrheit nicht ganz so war, wie sie es erwartet hatte. Viele Damen hatten ihre Masken abgenommen und ihre Kostüme waren – nun ja, etwas offenherzig. Zum Beispiel war eine der Damen als Marie Antoinette verkleidet, sie trug einen Hirtenstab und ihren Kopf zierte eine alles überragende Perücke. Aber ihr Kleid war zu bunt und zu tief ausgeschnitten, dachte Charlotte. Wirklich, wäre es noch tiefer ausgeschnitten, ihr Busen würde auf der Stelle herausspringen. Und was sie mit dem Hirtenstab anstellte! Charlotte spürte, wie ihr die Röte ins Gesicht stieg. Der Begleiter der Dame lachte und lachte, aber alle ihre Sinne sagten ihr, dass sich auf den Bällen, die ihre Mutter besuchte, niemand so benahm.

Aber das war schließlich der Grund dafür, warum sie und Julia heute hierher gekommen waren, oder etwa nicht? Natürlich war die Stimmung nicht genauso, wie sie in London wäre. Mr Colby hatte gesagt, dass junge Damen wie Zimmerpflanzen behandelt wurden und man ihnen nicht erlaubte, das wahre Leben zu sehen, erinnerte sie sich: So benahmen sich also Damen und Gentlemen tatsächlich, wenn sie sich nicht auf einem Debütantinnenball befanden.

Also hob sie den Kopf und hielt erneut nach Marie Antoinette Ausschau, konnte aber nur einen kurzen Blick auf sie erhaschen, wie sie die Treppe erklomm. Sie schien sich nicht wohl zu fühlen, da es aussah, als trüge ihr Begleiter sie zum Damensalon hinauf.

Dann blieb ihr Blick an einem Mann hängen, der auf der

Treppe stand. Er lehnte sich gegen das Geländer, als Marie Antoinettes voluminöse Röcke an ihm vorbeistreiften. Er war groß, größer als ihr Vater, und trug einen grünen Domino anstelle eines schwarzen wie die meisten anderen Männer. Er sah ... ja, er sah selbst mit seiner Maske noch arrogant, vornehm und sehr gut aus. Er hatte schwarzes, mit weißen Strähnen durchzogenes Haar und breite Schultern.

Gerade gesellte sich ein sehr hübsches, als Kleopatra verkleidetes Mädchen zu ihm. Sie schien ihn zu kennen; sie lachten gemeinsam und er strich ihr mit einem Finger über die Wange. Charlotte griff sich unwillkürlich an die eigene Wange und starrte die beiden weiter an. Von hier sahen seine Augen schwarz aus und seine Brauen wölbten sich wie ihre eigenen. Die Leute sagten immer wieder, dass sie aussah, als würde sie ständig über etwas nachdenken; seine Augenbrauen vermittelten einen ganz anderen Eindruck. Sie verliehen ihm ein teuflisches Aussehen, nicht kindlich frech wie Julias Vikar, sondern sehr viel gefährlicher. Etwas Warmes regte sich in ihrem Inneren: Zum ersten Mal bekam sie einen Mann zu Gesicht, den sie gern ... gern was? Küssen würde, entschied sie. Ja, sie würde ihn sogar sehr gern küssen, dachte sie, während ihr ein wohliger Schauer über den Rücken lief. Obwohl man, wie Lady Sipperstein wieder und wieder betont hatte, nur seinen Verlobten küsste und das nur, wenn die Papiere bereits unterzeichnet waren.

Als der Fremde sich plötzlich umwandte, um Kleopatra die Treppe zur Tanzfläche hinunterzugeleiten, schwang der grüne Domino elegant um seine Schulter. Charlotte versuchte die beiden im Auge zu behalten und stellte sich dafür sogar auf die Zehenspitzen, aber es waren zu viele Menschen da. Er war größer als die meisten Männer, deshalb erhaschte sie von Zeit zu Zeit einen Blick auf seine silberschwarzen Locken. Das Herz schlug ihr bis zum Halse.

»Oh, du meine Güte!«, sagte sie laut. Ein winziges Lächeln erhellte ihr Gesicht. Sie benahm sich genau wie Julia und verliebte sich in den ersten gut aussehenden Mann, den sie sah. Vermutlich war er ein Lakai. Aber wo war Julia überhaupt? Das Orchester hatte mindestens zwei oder drei Tänze gespielt, seit sie gegangen war; Charlotte hatte den Überblick verloren. Sie fühlte, wie sich leichter Ärger in ihr regte. Wie konnte Julia sie nur so lang allein lassen, in einem Ballsaal voller Menschen, die sich mehr als ungebührlich benahmen? Gerade eben fasste ein untersetzter Mann in einem ausgefransten Domino seine Partnerin bei den Schultern und küsste sie, wobei sie die gezischten Unmutsbekundungen der anderen Tänzer, die gegen sie stießen, nicht einmal zu bemerken schienen.

Charlotte wandte sich ab und sah in die Ecke hinter der Statue. Der Raum war mit einer außergewöhnlichen, blauen Tapete mit Goldverzierung verkleidet. Sie trank ihre Limonade aus.

Plötzlich verspürte sie einen Stoß und stolperte in die Ecke. Sie hätte ihr Gleichgewicht wiedergewonnen, hätte sich nicht alles in ihrem Kopf gedreht, daher taumelte sie und stürzte. Die Person, die sie angestoßen hatte, landete schwer auf ihr.

»Aua«, sagte Charlotte. Ihr Maske hatte sich verschoben, das konnte sie spüren, und Puder war von ihrem Haar auf den polierten Boden gerieselt.

Aber sie wurde sofort wieder auf die Beine gestellt und große Hände klopften den Puder von ihrem Mantel.

Sie blickte auf. Es war der Mann von der Treppe. Charlotte bekam große Augen und genau in diesem Augenblick hörte er auf, ihren Mantel abzuklopfen, und sah sie an, ihre Blicke trafen sich und er erstarrte.

»Danke«, meinte Charlotte und vergaß nicht zu lächeln.

Er rührte sich nicht. Charlotte wich seinem Blick aus. Seine Augen waren so schwarz und tiefgründig wie polierte Obsidiane, war ihr erster unsinniger Gedanke, und sie hätte beinahe gekichert. Würde ein Lakai einen Domino aus schwerer grüner Seide tragen? Sie sah ihn noch einmal verstohlen an. Er war jünger, als sie gedacht hatte, und sah noch besser aus. Seine Brauen bildeten dichte Büschel über seinen Augen. Immer noch starrte er sie an, genau genommen ihren Mund. Sie biss sich nervös auf die Lippe, unter der Intensität seines Blickes war sie wie erstarrt.

Dann legte er ohne ein Wort den Arm um ihre Taille und presste sie an seinen Körper.

»Was!«, gelang es Charlotte noch zu sagen, bevor sich seine warmen, starken Lippen auf die ihren senkten. Sie sagte kein einziges Wort mehr, nicht einmal, als er ihre Lippen mit den seinen öffnete und ihr seine Zunge in den Mund stieß, nicht als er sich etwas zurückzog und behutsam die Umrisse ihrer Lippen mit seiner Zunge erforschte, und ganz bestimmt nicht, als sie – sie selbst! – sich wie in einer stummen Bitte an ihn presste und er erneut seinen Mund auf ihren legte.

Er schwenkte sie herum, so dass sie im Schatten hinter der Statue von Narziss vor den Augen der anderen verborgen waren. Dann zog er ihr mit einer Handbewegung die Maske über den Kopf. Charlotte sah zu ihm auf. Auch er trug keine Maske mehr. In der Ecke war es ziemlich dunkel, so dass seine ausgeprägten Gesichtszüge noch besser zur Geltung kamen. Er starrte mit funkelnden Augen auf sie herab, als wäre sie ein Rhabarberkuchen, den er verspeisen wollte. Sie fuhr sich nervös mit der Zunge über die Lippen und seine Augen verdunkelten sich sichtbar.

Charlotte sagte noch immer kein Wort. Tatsächlich dachte sie nicht einmal daran zu gehen oder zu sprechen. Sie wartete einfach ab. Er strich ihr mit den Händen über den Rücken und umfasste durch den Mantel und das Kleid hindurch ihr Gesäß und obwohl sie genau wusste, was er tat, hob sie stumm den Kopf für einen weiteren Kuss.

Er löste seine Lippen von den ihren und sie fühlte seinen warmen Atem an ihrem Ohr. Unwillkürlich erschauderte sie. Er umkreiste ihr Ohr mit der Zunge und sagte mit heiserer Stimme: »Sehr schön, ein schönes Ohr.« Ohne Unterbrechung wanderte sein Mund weiter und fand wieder den ihren. Seine Zunge stieß in ihren Mund vor, bis er schließlich vollends von ihrer Zunge Besitz ergriff und sie in seinen Mund saugte.

Die ganze Zeit strich er ihr mit seinen großen Händen in einem beunruhigenden Rhythmus über den Rücken und das Gesäß. Er drückte sie fest an sich, während er sie durch ihr Kleid und den abgetragenen Domino liebkoste, und presste sie an seinen harten muskulösen Körper. Charlottes Beine fühlten sich an wie Gummi.

Wenn sie daran zurückdachte, war ihr klar, dass sie sich nicht hätte wehren können, selbst wenn sie daran gedacht hätte. Ihr Körper hatte ihr nicht mehr gehört. Vielleicht hätte sie etwas sagen können, als er ihr einen Arm um die Schultern und den anderen unter die Knie legte, sie mühelos hochhob und in den warmen Garten trug. Stattdessen schmiegte sie sich an seine Brust und spürte seinen schnellen Puls an ihrer Wange.

Er starrte sie mit seinen pechschwarzen, von langen Wimpern umrahmten Augen an. Charlotte blinzelte, nur noch von dem Gedanken besessen, diese Wimpern zu lecken.

Das Irrsinnige dieses Gedankens riss sie beinahe zurück in die Wirklichkeit, doch dann küsste er sie erneut und sie hörte sich selbst leise stöhnen. Er legte sie auf den Boden und sie roch Blumen und frisches Gras. Sie spürte die gefährliche Wärme des großen, männlichen Körpers, der direkt über ihr schwebte. Schließlich war sie es, die die Hände in seinen Locken vergrub und seinen männlichen, harten Körper an sich zog.

Er schob ihren Mantel beiseite und sie schloss die Augen und verlor sich einen Augenblick lang vollkommen in ihrer

Lust. Als er seinen Kopf senkte und sein Mund sich über ihrer Brustwarze schloss, entfuhr Charlotte – ungeachtet des nur wenige Schritte entfernten Ballsaals – ein Stöhnen, das kein Stöhnen mehr, sondern fast schon ein Schrei war.

Sein Mund schickte heiße Flammen durch ihren Körper, besonders ihre Beine, und sie keuchte und wand sich in seinen Armen, unwillkürlich bäumte ihr Körper sich ihm entgegen, so dass ihre Hüften das weiche Gras nicht mehr berührten. Er flüsterte die ganze Zeit über, flüsterte seine fremden, wundervollen Küsse auf ihre Haut. Charlotte versuchte zuzuhören und vergaß zu verstehen. Er wanderte mit seinen Lippen über ihren Körper, als suche er nach Botschaften, und lehrte sie eine Sprache, von der sie bis zu diesem Moment nichts gewusst hatte.

Charlotte stand in Flammen und drohte zu zerspringen. Deshalb legte *sie*, als sein Gesicht über ihr erschien, ihre Lippen auf *seine* und fuhr ihm erneut mit den Händen durch seine Locken. Er gab ein unterdrücktes Stöhnen von sich und tat etwas, von dem sie nicht wusste, was es war. Sie wusste nur, dass er sich an ihrer Kleidung zu schaffen machte, aber seine Hände lagen auf ihren Brüsten und sie konnte nicht denken ...

Als er schließlich mit tiefer, samtener und heiserer Stimme – sie erzitterte noch immer beim Gedanken daran – fragte: »Möchtest du ...«, flüsterte sie: »Bitte« und kam ihm für einen weiteren Kuss entgegen.

Ein Knie drängte sich zwischen ihre Beine und er beugte sich zu ihr, um sie zu küssen, und sie wurde atemlos in einen Strudel gezogen, ihr Körper durch seine Nähe entbrannt. Doch dann, für den Bruchteil einer Sekunde, durchfuhr sie ein Schmerz und sie schrie auf.

»Was zum Teufel!«, rief er wütend und stützte sich auf die Arme. Plötzlich ernüchtert wich sie zurück.

Alex McDonough Foakes, der zukünftige Graf von Sheffield

und Downes, blickte verblüfft auf das Mädchen herab. Sie war Jungfrau, um Himmels willen. Mit totenblassem Gesicht und von seinen Küssen geschwollenen Lippen starrte sie zu ihm auf. Wundervolle Lippen, dachte er verwirrt: ein so dunkles, dunkles Rot und sie schmeckten nach Honig ... Danach dachte er gar nichts mehr, senkte seinen Körper zurück auf ihren und legte erneut den Mund auf ihre Lippen.

Sie war überwältigend schön, dieses Dienstmädchen, und so wild, obwohl sie noch Jungfrau war. Er konnte sich nicht erinnern, jemals so verrückt vor Verlangen gewesen zu sein. Er strich ihr langsam mit der Hand über die wundervollen, verführerischen Schenkel und gegen ihren Willen presste Charlotte sich gegen ihn.

Er nahm ihr zartes, dreieckiges Gesicht in seine großen Hände und bedeckte ihre Lider mit Küssen. Immer noch gab sie keinen Ton von sich, öffnete den Mund nur ein wenig und sog die Luft an, als er mit seiner Zunge über ihre Augenlider fuhr. Dieses Geräusch bezauberte Alex so, dass er zu ihren Lippen zurückkehrte und seine verlockend, fragend und fordernd auf ihre senkte, obwohl er wusste, dass er hier wegmusste, aufstehen und mit der unerfreulichen Tatsache fertig werden, dass er ein Frauenzimmer entjungfert hatte.

Er fuhr ihr noch einmal mit der Hand über den Schenkel, über die Innenseite, und strich langsam über ihre hauchdünnen, seidenen Strümpfe, über die Strumpfbänder zu der weichen, glatten Haut ihrer Innenschenkel. Seine Hand schloss sich und ihr Körper bäumte sich auf, von einem Verlangen durchströmt, das sie nie zuvor gespürt hatte. Charlotte keuchte und ihre Augen starrten blind in die dunklen Blätter über ihr. Alles um sie herum war vergessen, und sie stöhnte, kleine, abgerissene Laute, die ihren Lippen entschlüpften. Der brennende Schmerz wenige Augenblicke zuvor war vergessen.

Alex sah beinahe verblüfft auf sie herab. Sie hatte eine vollkommene, aristokratische Nase und so zarte, hochfliegende Augenbrauen ... Sie wandte den Kopf und blickte ihm ins Gesicht. Ihre Augen waren glasig, ihr Mund geschwollen. Alex durchfuhr eine solche Lust, dass er erschauerte. Er beugte sich wieder über sie, lockerte den Griff seiner Finger und presste ihr ein Knie zwischen die Beine.

Doch in diesem Moment – bevor er erneut von ihr Besitz ergreifen konnte, Jungfrau hin oder her – setzte Charlotte sich zur Wehr, als zusammen mit der unwillkommenen Kälte, die seine Finger hinterlassen hatten, ein verspäteter Selbsterhaltungstrieb aufkeimte.

Alex ließ sofort von ihr ab und rollte zur Seite. Charlotte versuchte der unangenehmen Leere ohne seine Wärme und sein Gewicht keine Beachtung zu schenken. Sie zitterte und ihr Herz raste, als wäre sie meilenweit gelaufen. Sie versuchte ihn nicht anzusehen, während sie ihr Mieder zusammenhielt, aufstand und wegen des plötzlichen Schmerzes zwischen ihren Beinen beinahe wieder hinfiel.

Aber sie musste ihn einfach ansehen. Er war viel jünger, als sie gedacht hatte, wahrscheinlich nur wenige Jahre älter als ihr Bruder Horace, und Horace war erst fünfundzwanzig. Und er war so wunderschön. Seine Haut schimmerte golden, als die Schatten der Blätter über sein weißen Hemd spielten. Sie senkte den Blick. Er sah höflich zur Seite, also brachte sie ihre Kleidung wieder in Ordnung, strich den Mantel glatt und setzte ihre Maske auf.

Ihr einziger Wunsch, außer sich wieder in seine Arme zu werfen, war, nach Hause zu fahren. Deshalb legte sie ihm eine Hand auf den Arm und sagte (mit der ihr angeborenen Höflichkeit): »Ich danke Ihnen. Auf Wiedersehen.«

Sie machte sich keine Gedanken darüber, wie seltsam es war, sich dafür zu bedanken, dass man ihr die Jungfräulichkeit genommen hatte – immerhin das Schlimmste, was einer jungen Dame zustoßen konnte.

Er zuckte zurück, als er ihre Stimme hörte, aber sie verschwand, ohne sich noch einmal umzudrehen, und trat eilig durch die hohen Türen in den überfüllten Ballsaal, bevor er eine Bewegung machen konnte. Als Alex schließlich fluchend hinter ihr herlief, konnte er sie unter all den anderen Mänteln, Dominos und Masken, die über die Tanzfläche glitten, nicht ausmachen. Gelbe Seide stand Schulter an Schulter mit rosa Baumwolle und hier und da grüngoldenem Taft. Der Saal war gespickt mit Männern in schäbigen schwarzen Mänteln, doch nirgendwo ein schwarzer Domino.

Alex seufzte. Das Mädchen konnte nicht einfach verschwunden sein. Sie musste sich wieder ihrer Gesellschaft angeschlossen haben. Wie ein schuldiger Dieb, der Reue verspürt und seine Verbrechen wieder gutmachen möchte, hatte er das Bedürfnis, sie zu finden. Leise vor sich hin fluchend unterteilte er den Saal in vier Bereiche, durchkämmte geduldig jedes Viertel und betrachtete alle jungen Frauen, die ihm bis zur Schulter reichten. Aber er konnte sie nicht finden. Obwohl sein Verstand genau wusste, dass sie den Ball verlassen haben musste, suchte er beharrlich weiter, bis der Tanz beendet wurde.

Sie war fort. Und wer auch immer sie war, sie hatte ihre Jungfräulichkeit verloren und er hatte nicht bezahlt. Aber das war es nicht, und er wusste es. Er wollte sie wiedersehen. Der Dieb versteckte sich hinter dem Wunsch, seine Verbrechen wieder gutzumachen, doch in Wahrheit begehrte er sie mit solcher Inbrunst, dass er sich wie von Sinnen fühlte. Er wollte wieder von diesem wundervollen, unberührten Körper Besitz ergreifen, ihre kleinen Seufzer mit seinen Küssen auffangen und das Verbrechen immer und immer wieder begehen.

Das Seltsame war, dass sie sprach wie eine Dame. Und sie sah auch aus wie eine Dame. Aber natürlich besuchte keine Dame den Hurenball am Samstagabend, was bedeutete, dass sie eine sehr schlaue Hure war – aber warum sollte eine Hure ihren kostbarsten Besitz umsonst in den Gärten verschenken? Alex verließ den Ball in übelster Laune.

In jener Nacht wachte er völlig verwirrt aus Träumen über wilde Verführungen auf und blickte sich in seinem Zimmer um, als habe er es noch nie gesehen. Sein Gartenmädchen ... ihr Körper war eben noch da gewesen und er hatte ihre Brüste mit seiner Zunge erforscht, während sie in seinen Armen gestöhnt hatte. Aus irgendeinem Grund hatte sie sich in seine Gedanken eingeschlichen und wollte nicht mehr gehen.

Einige Wochen lang hegte Alex die Hoffnung, eine Art Erpresserbrief von ihren Beschützern oder gar von ihren Eltern zu erhalten, wenn sie ein Dienstmädchen und keine Hure war. Er hoffte sehr darauf, er wollte sich ihrer annehmen, ein kleines Haus in London für sie finden. Aber es kam keine Nachricht.

Und obwohl er zum Kummer seines Bruders Patrick, der in der Woche zuvor überhaupt keinen Spaß gehabt hatte, am nächsten Samstag wieder zum Hurenball ging, traf er sie nicht an. In den nächsten zwei Wochen besuchte er auch einige Gesellschaftsbälle und dachte bei sich, dass er sie vielleicht sehen würde, wenn sie tatsächlich eine Dame war, aber er fand kein großes, schlankes Mädchen mit grünen Augen. Die jungen Mädchen in London waren quirlig, gelockt und klein, während er nach einer gertenschlanken und ruhigen jungen Frau Ausschau hielt.

Wenn er nur ihre Haarfarbe wüsste, wäre es einfacher, aber sie hatte absurd viel Puder getragen. Alex' Domino roch noch Wochen später leicht nach Lavendel. Er dachte lange darüber nach und kam zu dem Schluss, dass sie rotes Haar haben musste. Bei einer so weißen Haut musste ihr Haar einfach rot sein. Also suchte er nach einem rothaarigen Mädchen, das nach Lavendel duftete; und Charlotte, die pechschwarzes Haar hatte und nach Orangenblüten duftete, lief ihm nie über den Weg.

Wenn Alex nicht gerade davon träumte, sie zu lieben (und er machte sich keine Gedanken darüber, wie seltsam es war, dieses Wort im Bezug auf eine Hure zu gebrauchen), sah er sie im Traum weinen und flüsterte ihr zärtliche Dinge ins Ohr, um sie zu trösten. Wahrscheinlich, versuchte Alex sich die Sache zu erklären, dachte er nur deshalb noch an sie, weil er nicht bis zum Ende gegangen war. Doch wenn er nur daran dachte, wie feucht sie gewesen war und wie eng, wurde er blass. Sie konnte keine Dame sein; es gab einen eindeutigen Beweis. Keine Dame hatte Spaß am Liebesspiel, von einer jungfräulichen Dame ganz zu schweigen.

Charlotte ihrerseits dämmerte nur allmählich die ganze Wahrheit. Sie lief in den Ballsaal und stellte voller Dankbarkeit fest, dass Julia und Mr Colby neben der Statue von Narziss standen, den empörten Gesichtsausdruck Julias bemerkte sie jedoch nicht. Sie brauchte nichts zu sagen, Julia schob sie wortlos durch den Ballsaal hinaus zu Mr Colbys Kutsche. Tatsächlich fiel ihr erst später auf, wie seltsam es war, dass auf dem Heimweg nicht gesprochen wurde. Sie war so durcheinander, dass sie überhaupt nicht das Gefühl hatte, in einer Kutsche zu sitzen.

Zu Hause platzte Julia damit heraus, dass Mr Colby versucht hatte, sie zu küssen – *sie*, Julia, zu küssen! –, und sie war gezwungen gewesen, ihm auf den Fuß zu treten, damit er sie losließ; Charlotte saß einfach nur wie betäubt auf ihrem Stuhl und nickte von Zeit zu Zeit. Endlich hielt Julia inne.

»Geht es dir gut, Charlotte?«, fragte sie, als sie bemerkte, dass Charlotte dunkle Ränder unter den Augen hatte und ihr Gesicht wächsern aussah.

Charlotte entgegnete: »Ich glaube, ich muss mich übergeben.« Was sie dann auch direkt auf dem Aubussonteppich in Julias Schlafgemach tat. Da Julia nun nicht in einem säuerlich riechenden Zimmer nächtigen wollte, gingen beide schließlich in Charlottes Schlafgemach und schickten sich an, schlafen zu gehen.

Julia schnappte nach Luft, als Charlotte sich auszog. Charlotte sah an sich herab, bemerkte das Blut an ihren Beinen und erschrak beinah zu Tode.

»Ach, wie dumm von mir«, sagte Julia. »Du hast deine Monatsblutung. Hast du alles dabei?« Als Charlotte stumm den Kopf schüttelte (ihre Blutung war erst in zwei Wochen fällig), trippelte Julia in ihr Zimmer und holte alles Notwendige.

Charlotte wusch sich in dem Becken in der Ecke und berührte vorsichtig die Stelle, wo es heftig stach, schmerzte und pochte und über die sie sich noch nie wirklich Gedanken gemacht hatte.

Er hatte sie ruiniert. Auf einmal kam ihr dieser Gedanke zu Bewusstsein. *Das* bedeutete es also, ruiniert zu sein. In ihrem Inneren musste etwas gerissen, musste anders sein.

Und ihr lief ein kalter Schauer über den Rücken, als sie begriff, dass sie niemals heiraten konnte, weil jeder Mann, der sie heiratete, herausfinden würde, dass sie ruiniert war. In ihrer Seele wurde es ganz, ganz ruhig, und es gelang ihr sogar, Julia zuzulächeln, als diese zurück ins Zimmer huschte.

Sie zog ihr weiches weißes Nachtkleid über und rollte sich im Bett zusammen, das Gesicht von Julia abgewandt. Doch sie konnte lange Zeit nicht einschlafen. Als sie schließlich doch entschlummerte, wachte sie mit einem lauten Schluchzen wieder auf, das Bild ihrer Mutter und ihres Vaters vor Augen. Was würden sie sagen, wenn sie es wüssten?

Am nächsten Morgen lag sie völlig erschöpft im Bett und fühlte sich schrecklich. Julia setzte sich zu ihr, nippte an ihrer heißen Schokolade und erzählte. Zum Glück brauchte Julia nicht viel Zuspruch, um eine lebhafte Unterhaltung zu führen.

»Ich kann einfach nicht glauben, dass Mr Colby so heimtückisch ist!«, wiederholte sie immer wieder. Charlotte bemerkte, dass »Christopher« endgültig »Mr Colby« geworden war.

»Ich kann nicht glauben, dass er versucht hat, sich bei mir Freiheiten herauszunehmen!« Julia stieß Charlotte noch einmal an, um ihre Aufmerksamkeit zu wecken. »Charlotte! Das ist wichtig! Er hat nicht nur versucht, mich zu küssen. Er hat seine Hand *auf meine Brust* gelegt, Charlotte! *Auf meine Brust*«, sagte Julia noch einmal und betonte jedes einzelne Wort. »Er hätte mich ruinieren können«, meinte sie genüsslich.

Charlotte reagierte nicht. Julia starrte sie an. »Geht es dir wirklich gut, Charlotte? Du bist so schrecklich still. Ich könnte meine Mutter fragen ... Sie hat einige gute Mittel bei schlimmen Monatsblutungen. Soll ich das tun? Ach nein«, jammerte sie. »Ich kann nicht! Sie würde auf den ersten Blick sehen, dass ich gestern Abend beinahe *ruiniert* worden wäre!«

Charlotte dachte dumpf, dass Julia offensichtlich großes Vergnügen daran fand.

»Stell dir vor«, fuhr Julia vor, »wenn ich ihm nicht im richtigen Augenblick auf den Fuß getreten wäre, wer weiß ...? Vielleicht wäre es ihm gelungen, meinen Widerstand zu brechen!« Julia kicherte. »Aber weißt du was, Charlotte?«, sagte sie. »Seine Lippen waren ziemlich feucht und es war ekelhaft ... Ich weiß nicht, was über mich gekommen ist! Den Vikar zu küssen!« Sie kicherte wieder.

Charlotte hörte ihr wortlos zu. Was war mit ihr los? Immerhin kannte Julia Mr Colby, vergötterte ihn sogar. Und trotzdem hatte Julia nicht den Kopf verloren. Sie wussten beide, dass Lady Brentorton ihre Reaktion auf den Kuss des Vikars gutheißen würde, sollte Julia ihrer Mutter jemals davon erzählen, was natürlich außer Frage stand.

Aber sobald ein Fremder, ein vollkommen Fremder, Charlotte aus heiterem Himmel küsste, sank sie in seine Arme und verlangte nach mehr. Auf diese Weise trennte Charlotte ihr Schuldgefühl von ihrem Ärger. Wie schlecht musste dieser Mann sein! Er musste gedacht haben ... sie wollte nicht daran denken, was er gedacht haben musste, und bedeckte rasch ihre glühenden Wangen mit den Händen.

Erst als es gegen zwei Uhr nachmittags in dem riesigen Haus still geworden war, begann Charlotte zu weinen. Julia war mit ihren Eltern ausgeritten und ihr Mädchen war unten in der Küche. Charlotte durchtränkte ihr Kissen mit Tränen: Sie weinte um den Ehemann, den sie nie haben würde, um die Kinder, die sie sich gewünscht hatte, und über die Ungerechtigkeit, dass sie, Charlotte, wie sie hatte feststellen müssen, eine unersättliche Frau war. Sie würde sich von Männern fern halten müssen, dachte sie schließlich, nachdem sie lange Zeit verzweifelt geweint hatte. Sie konnte sich selbst nicht trauen, das war offensichtlich. Und sie durfte nicht zulassen, dass ihre Schande bekannt wurde; ihre Eltern wären untröstlich.

Endlich stand sie auf und klingelte, um ein Bad zu nehmen. Sie schickte das Mädchen aus dem Zimmer, weil sie nicht sicher war, ob es noch weitere Anzeichen für ihre Entehrung gab. Sie schien jedoch nicht mehr zu bluten.

Erst als sie zurückgelehnt in dem dampfenden Wasser lag, erinnerte sich Charlotte an ihre Bilder und eingedenk der Veränderungen, die ihre Welt in den letzten Stunden erfahren hatte, war ihr das ein ruhender Pol. Da sie keinen Ehemann und keine Kinder haben würde, konnte sie richtig malen lernen. Frische Leinwand und feuchte Farbe würden der Mittelpunkt ihres Leben werden und sie weit von der Demütigung entfernen, die sie im Augenblick empfand. Der Gedanke – der Plan – besänftigte das quälende Gefühlschaos in ihrem Innern; sie stieg aus der Wanne und gestattete Julias Mädchen, die Knöpfe ihres schlichten weißen Kleides zu schließen.

Kapitel 2

So wie die Welt für Charlotte in ein Davor und ein Danach zerfiel, war es auch für ihre Mutter. Als Charlotte am nächsten Tag zu dem Haus am Albemarle Square zurückkehrte, war sie äußerst wortkarg. Sie sah ihre Mutter mit so tränenlosen, düsteren Augen an, dass diese nicht wusste, ob sie sie schütteln oder in Tränen ausbrechen sollte. Was um Himmels willen war mit Charlotte geschehen? Sie war nicht mehr sie selbst, wie die Herzogin zu ihrem Mann sagte. Charlotte wurde launisch und sogar schroff.

Um die Wahrheit zu sagen, Adelaide war erschöpft, zu erschöpft, um sich mit einer neuen, reizbaren Charlotte auseinander zu setzen. Debüts waren anstrengend: Die Planung hatte Wochen gedauert und just in dieser Woche hatte Gunther viel Wirbel um das Eis verursacht: Sie hatte zartviolettes Eis bestellt und er war mit einer dunkellila Probe erschienen. Der Lakai, dem aufgetragen worden war, den Kronleuchter zu reinigen, zerbrach siebzehn Kristallanhänger, bevor jemand bemerkte, dass er völlig betrunken war. Das neue Kleid, das sie bestellt hatte (aus blauem mit weißen Fleur-de-lis besticktem Samt), war scheußlich. Die Ärmel waren zu kurz und viel zu eng und das Überkleid hing schlaff herunter, so dass sie alt und matronenhaft aussah. Also musste sie Madame Flancot viermal so viel bezahlen, damit sie praktisch über Nacht ein neues, rosa Brokatkleid kreierte.

Und dann, einen Tag vor dem Ball, verkündete Charlotte, dass sie nicht vorhatte, zu irgendwelchen Bällen zu gehen, ihr eigenes Debüt eingeschlossen. Adelaide starrte sie ungläubig an und wandte sich schroff an Charlottes Mädchen.

»Hol bitte Violetta, Marie. Und danach kannst du gehen.«

Marie glitt aus dem Zimmer. Ihre Herrin musste verrückt geworden sein. Das wunderschöne Kleid! Wie konnte sie auch nur daran denken, es nicht zu tragen?

Charlottes Schwester schlenderte mit der Gelassenheit einer Frau in das Schlafzimmer, die zwei Saisons hinter sich und einen beinahe sicheren Heiratsantrag vom Marquis de Blass vor sich hatte.

Violetta versuchte es mit Überredung: »Weißt du, Lotti«, sagte sie und kehrte zu Charlottes Kosename aus ihrer Kindheit zurück: »Ich hatte schreckliche Angst bei meinem Debüt. Mama hat den Saal von oben bis unten mit Lilien schmücken lassen – was wirklich sehr schön war, Mama«, fügte sie hastig hinzu, »aber der Duft war so überwältigend. Als ich am Nachmittag nach unten schlich, um mir den Ballsaal anzusehen, hörte ich nicht auf zu niesen und alle gerieten in Panik. Aber dann schlug Campion vor, ich solle einen Scotch trinken, weil das das beste Heilmittel gegen Niesen sei, und er hatte Recht. Natürlich«, meinte sie nachdenklich, »kann ich mich nicht mehr so genau daran erinnern, was nach dem Glas Scotch geschah, aber wenigstens musste ich nicht den ganzen Abend niesen.«

Charlotte sah ihre Schwester nur unglücklich an. Sie hatte nicht mehr geweint, seit sie Julias Haus verlassen hatte, aber sie hatte die ganze Zeit das Gefühl, als müsse sie gleich in Tränen ausbrechen. Sie sehnte sich danach, diesen Mann wieder zu sehen, doch im nächsten Augenblick war sie voller Wut und Selbstmitleid.

Violetta setzte sich zu ihr aufs Bett, so nahe, dass sich ihre Schultern berührten. »Mach dir keine Sorgen, Charlotte. Du bist die Schönste von uns dreien, weißt du. Und der ganze Ball wird für dich veranstaltet. Du musst keine Angst haben, dass niemand mit dir tanzen will ...«

Charlotte schüttelte nur den Kopf. Warum hingehen? Sie durfte nicht heiraten, also konnte sie genauso gut gleich mit der Lebensweise beginnen, die sie für sich gewählt hatte. Und auch in dieser Sache war sie, wie ihr altes Kindermädchen zu sagen pflegte, stur wie ein Esel.

»Es hat keinen Sinn, Violetta«, unterbrach ihre Mutter. »Sie ist fest entschlossen. Aber warum? Warum, Charlotte?« Die Stimme ihrer Mutter überschlug sich. »Das Mindeste, was du mir schuldig bist, ist eine Erklärung, nach all der Mühe, die ich mir gemacht habe. Wenn du vor vier Monaten gesagt hättest, dass du diesen Ball nicht willst, hätten wir vernünftig darüber reden können. Aber jetzt *musst* du mir sagen, warum du nicht an dem Ball teilnehmen willst, oder ich schicke nach deinem Vater!«

Adelaide saß auf dem Stuhl vor der Frisierkommode, den Blick fest auf Charlottes Gesicht gerichtet. Auf der anderen Seite starrte Violetta sie durchdringend an. Charlotte fühlte sich, als wäre sie zwischen zwei Mauern eingeklemmt und bekäme keine Luft mehr. Sie blickte in ihren Schoß hinab. Sie rang die Hände, umeinander, übereinander. Ihr war heiß und übel. Von draußen drang das rhythmische Hämmern der Arbeiter herein, die im Garten ein riesiges Festzelt für *ihren* Ball aufstellten.

»In Ordnung, Mama«, meinte sie schließlich.

»Was meinst du mit ›in Ordnung‹?«, fuhr ihre Mutter sie an.

»Ich werde dir erklären, warum«, erwiderte Charlotte langsam. Sie konnte nicht aufsehen, deshalb betrachtete sie starr ihre verschränkten Hände. »Ich bin in Kent auf einen Ball gegangen«, begann sie, »heimlich. Es war nicht Julias Schuld, ich wollte auch hingehen. Es war ein Maskenball und ich habe mir das Haar gepudert, damit niemand mich erkennt.«

Violetta neben ihr war sehr still geworden. Ihre Mutter starrte sie gebannt und voller Entsetzen an. Sie war zu verblüfft, um Charlotte zu fragen, warum um alles in der Welt sie alle Regeln gebrochen hatte, die sie ihren drei Töchtern jahrelang eingetrichtert hatte.

»Und was ist passiert?«, fragte Adelaide schließlich ruhig nach einigen Minuten der Stille.

Charlotte richtete ihren unglücklichen Blick auf ihre Mutter. »Ich habe einen Mann getroffen und bin mit ihm in den Garten gegangen.« Was es auch war, was sie in Charlottes Augen sah, es ließ Adelaides Ärger dahinschmelzen wie Schnee. Sie eilte an Charlottes Seite und nahm ihre Tochter in den Arm.

»Es wird alles wieder gut, Liebling«, flüsterte sie, strich über Charlottes Arme und gab ihr einen Kuss auf die Stirn, wie sie es getan hatte, als Charlotte noch ein kleines Kind gewesen war und sich den Zeh gestoßen hatte. Charlotte reagierte nicht, aber sie entzog sich auch nicht. Ihr Haar fiel ihr wie ein seidiger Vorhang über das Gesicht, als sie sich an die Brust ihrer Mutter schmiegte.

»Aber, was ist dann passiert?«, fragte Violetta. »Was meinst du damit, du bist mit ihm in den Garten gegangen? Hast du dich von ihm küssen lassen? Wie war es? Hat es dir gefallen?« Sie beugte sich nach vorn und knuffte Charlotte leicht in die Seite.

Ihre Mutter warf ihr einen Blick zu, den sie bis dahin nur selten gesehen hatte. »Sei still, Violetta«, befahl sie. Also sagte Violetta kein einziges Wort mehr. Sie war kurz davor gewesen zuzugeben, dass auch sie im Garten gewesen war, und zwar letzte Woche mit dem Marquis, und *ihr* hatte es ziemlich gut gefallen. Aber Charlotte hatte sich nie sonderlich für

Männer interessiert ... es sei denn – Violettas Augen wurden groß vor Entsetzen – Charlotte hatte diesem Mann irgendwelche Freiheiten gestattet. Sie holte tief Luft und setzte an, etwas zu sagen, doch der Blick ihrer Mutter brachte sie zum Schweigen.

Adelaide versuchte ihre Gedanken zu ordnen. Im Gegensatz zu Violetta hatte sie eine sehr genaue Vorstellung davon, was vorgefallen war. Ihre kleine Charlotte, ihr Mädchen, dachte sie und der Schmerz brannte in ihrer Brust wie Feuer, war vergewaltigt worden. Von einem Mann, den sie am liebsten mit bloßen Händen erwürgen würde. Sie zog Charlotte enger an sich.

Nach einiger Zeit räusperte sie sich und richtete Charlotte behutsam zum Sitzen auf. Sie legte beide Hände auf Charlottes Schultern und sah ihr in die tränenlosen grünen Augen.

»Geht es dir gut, Liebes? Möchtest du, dass ich ... Soll ich Dr. Pargeter rufen lassen?« Charlotte wurde noch blasser und schüttelte nur heftig den Kopf.

Adelaide starrte sie wortlos an. Sie musste herausfinden, was genau passiert war, jedoch nicht in Violettas Gegenwart.

»Violetta«, sagte sie. Ihr wollte keine gute Ausrede einfallen. »Violetta«, wiederholte sie und sah ihre ältere Tochter über Charlottes vorgebeugte Schultern hinweg an: »Ich möchte, dass du in dein Zimmer gehst. Keine Widerrede.« Ihre Stimme war fest und duldete keine Einwände. »Ich komme in ein paar Minuten zu dir und wir werden alles besprechen. Bis dahin darf *niemand* davon erfahren, Violetta, besonders Alice nicht.« Alice war Violettas Mädchen.

Also verließ Violetta langsam das Zimmer, überzeugt, dass sie später alle Einzelheiten aus ihrer Mutter herausbekommen würde. Mama war seit jeher Wachs in den Händen eines geschickten Fragestellers gewesen, dachte sie selbstgefällig. Sie wusste ja jetzt schon alles über die Dinge, die sie nicht wissen sollte, wie etwa, was zwischen einem Mann und seiner Frau vor sich ging. Sie könnte wetten, dass Charlotte Mama nie danach gefragt hatte, also hatte sie keine Ahnung. Oder vielleicht doch? Vor Neugierde platzend schlenderte Violetta zu ihrem Zimmer.

Als sie allein waren, holte Charlotte zitternd Luft, brach in Tränen aus und redete unzusammenhängend auf ihre Mutter ein. »Oh, Mama, ich habe einen Mann getroffen ... im Garten. Ich habe ihn geküsst. Ich habe nicht nachgedacht – er hat mich geküsst.« Ihre Stimme brach mit einem Schluchzen und sie legte ihre Stirn an die Schulter ihrer Mutter. Wie konnte sie erzählen, was wirklich geschehen war? Ihre Mutter wäre ...

»Ich bin mit ihm gegangen, Mama«, sagte sie schließlich, hob den Kopf und ihre schmerzerfüllten Blicke trafen sich. »Ich bin mit ihm in den Garten gegangen, hinter die Bäume, und er ... er hat meine Kleider auseinander geschoben. Ich bin so, ich bin so – ich habe ihn nicht davon abgehalten.«

Adelaide hörte wortlos zu und streichelte den Arm ihrer Tochter. Es war alles sowohl besser als auch schlechter, als sie gedacht hatte. Wenigstens war Charlotte nicht vergewaltigt worden. Aber es hatte den Anschein, als habe sie bei der ganzen Sache alle gesellschaftlichen Regeln so leichtsinnig außer Acht gelassen, dass sich Adelaide allein bei den Worten der Magen zusammenzog. Hinter den Bäumen! Alle Welt hätte sie dort sehen können!

»Wie heißt er?«, fragte Adelaide.

»Ich weiß es nicht!«

»Du weißt es nicht«, gelang es Adelaide zu sagen. »Charlotte, es war doch keiner von Herrn Brentortons Lakaien, oder?«

Charlotte schluckte. »Es könnte einer gewesen sein, Mama.« Sie begann noch stärker zu weinen. Zwischen den Schluchzern stieß sie Einzelheiten hervor: der Ball, das silberschwarze Haar, ein grüner Domino, der Vikar, die Statue von Narziss und die aus schlechten Zitronen gemachte Limonade.

Adelaide hörte auf, Charlotte beruhigend zu liebkosen. Wer war dieser Mann? Charlottes Beschreibung war nicht sehr genau und es gab so viele Gentlemen in London – wenn er ein Gentleman war, dachte Adelaide trostlos. Er hatte sich ganz gewiss nicht wie einer benommen, aber auch Charlotte hatte sich nicht wie eine Dame benommen.

Eine vage Erinnerung regte sich in ihr, die mit einem jungen Mann mit silberschwarzem Haar zu tun hatte, aber sie konnte sich nicht genau erinnern. Sie mussten einfach hoffen. Sie beschloss, sofort jemanden nach Kent zu schicken, um sich den Maskenball anzusehen.

Endlich hatte Charlotte sich ausgeweint und Adelaide traf eine Entscheidung. Sie richtete Charlotte wieder auf.

»Also«, sagte sie bestimmt. »Wir müssen den ganzen Vorfall vergessen.« Sie sah Charlotte mit aller mütterlichen Autorität in die Augen, deren sie fähig war. »Du darfst nicht zulassen, dass dein Leben wegen einem kleinen Fauxpas in einem Garten ruiniert wird, Charlotte. Das ist uns allen schon mal passiert. Stell dir vor –«, sie unterbrach sich und blickte in die unschuldigen Augen ihrer Tochter. Nicht mehr ganz so unschuldig, erinnerte sie sich selbst. Es würde schwierig werden. Charlotte war für sie stets die keuscheste ihrer Töchter gewesen. Tatsächlich war sie mit Violetta immer strenger umgegangen, da man Violetta durchaus zutraute, Spaß an einem Stelldichein im Garten zu haben.

»Dein Vater und ich haben genau dasselbe getan wie du, bevor wir heirateten. Wir waren nicht einmal verlobt.«

Charlotte sah sie mit hoffnungsvollem Blick an. »Wirklich?«

»Ja«, erwiderte ihre Mutter fest. »Glücklicherweise nicht im Garten. Es war ... ich werde dir nicht sagen, wo es war, aber ich kann dir sagen, dass es wahrscheinlich ebenso unbequem war wie in deinem Garten und nur wenig klüger. Glaub mir, Kind, die Menschen tun ständig die unglaublichsten Dinge.

Du hattest einfach schrecklich viel Glück.« Sie umarmte sie innig.

»Niemand weiß etwas.« Sie sah Charlotte fest in die Augen. »Wenn niemand etwas davon weiß, ist es auch nicht geschehen. Hörst du mich, Charlotte?« Sie schüttelte sie leicht. »Es ist *nicht geschehen.*«

Charlottes Blick war benommen. Ihre Mutter musste verrückt sein. Was meinte sie damit, es war nicht geschehen? Sie konnte den Körper dieses Mannes sogar in diesem Augenblick auf sich spüren und erschauerte leicht.

»Aber Mama«, meinte sie unbehaglich. Sie hatte nie zuvor über solche Dinge gesprochen. »Da war, zumindest bei mir war da Blut, und ...«

»Jungfräulichkeit«, sagte ihre Mutter zu ihrem Erstaunen, »ist ein Zustand des Körpers *und* des Geistes. Und glaub mir, Kind, ich war noch zwei Wochen lang Jungfrau. Du wirst sehen: Wenn du dich wieder in dieser Situation befindest – dieses Mal *verheiratet* – wird es beim zweiten oder dritten Mal genauso wehtun. Jungfräulichkeit ist nichts Magisches. Du magst in deiner Hochzeitsnacht nicht bluten, aber viele Frauen bluten nie. Du wirst auf den Ball gehen und du wirst Spaß haben, weil du *meine* Tochter bist und ich dich nicht zu einem weinerlichen Kind erzogen habe. Du hast einen Fehler gemacht, glücklicherweise ohne Folgen. Du darfst nie wieder daran denken.«

In Gedanken nahm sich Adelaide noch einmal vor, jemanden nach Kent zu schicken, um sich den Maskenball anzusehen (am besten sprach sie mit Campion, er war der Diskreteste). Und sie musste daran denken, sich zu gegebener Zeit beiläufig nach Charlottes Monatsblutungen zu erkundigen.

»Du bist jung und schön, eine wundervolle Frau, Charlotte«, meinte Adelaide ernst und strich ihrer Tochter über das Haar. »Ich bin sicher, du wirst dich verlieben und heiraten, und es wird genauso sein, als wäre es das erste Mal. Weil es für dich tatsächlich das erste Mal sein wird. Du musst das alles vergessen.«

»Du musst das alles vergessen«, sagte Charlotte in dieser Nacht, als sie im Bett lag, pflichtbewusst zu sich selbst, genau wie am Morgen des Balls und am späten Nachmittag, während Marie vorsichtig die Falten ihres weißen Ballkleids zurechtrückte, das Weiß auf Weiß bestickt und mit zarten blassgrünen Liebesknoten verziert war.

Das ganze Haus hallte von Geräuschen wider. Alle Möbel aus der Empfangshalle waren entfernt und verstaut worden. Man benötigte allen verfügbaren Platz für die erwarteten fünfhundert Gäste. Wagenladungen voller hell- und dunkelblauer, samtiger Rittersporne waren am Morgen eingetroffen und in riesige Vasen verteilt worden. Mächtige Girlanden schmückten die Treppe, die von den Salons in den Ballsaal führte, und die provisorische Treppe, auf der man vom Haus zu dem Festzelt im Garten gelangte.

»Es ist ziemlich blau«, lautete Charlottes schwacher Kommentar, als sie am späten Nachmittag zusammen mit ihrer Mutter den Ballsaal begutachtete. Der Parkettboden war so blank poliert, dass sich die blauen Blumen in ihm widerspiegelten. Der ganze Saal wirkte wie ein aquamarinblauer Ozean.

»Du wirst schon sehen, Liebling«, meinte ihre Mutter zuversichtlich. »Wenn die Räume voller Damen sind und die Kerzen brennen, bildet dieses Blau einen herrlichen Hintergrund. Jetzt geh und sieh nach, ob Monsieur Pamplemousse mit Violettas Frisur fertig ist. Er braucht mindestens eine Stunde und du weißt, dass wir um acht Uhr essen müssen, da die Gäste für halb zehn erwartet werden.«

Langsam ging Charlotte nach oben. Wie sollte sie vergessen, was geschehen war? Selbst jetzt noch konnte sie spüren, wie seine feinen, warmen Lippen sich auf ihre senkten, wie sich seine großen Hände um ihre Schultern legten und ihren Rücken hinabglitten. Wie sollte man so etwas vergessen? Warum nur hatte sie nichts gesagt! Sie war so ein Dummkopf, sie hätte sagen sollen – ja, was nur? »Entschuldigen Sie, Sir, wie heißen Sie? Reginald? Und lieben Sie Ihren Beruf als Dienstbote?« Charlotte unterdrückte ein Kichern. Sie verstand, was ihre Mutter meinte. Vergiss es, sagte sie streng zu sich.

Dennoch konnte sie die Hoffnung nicht aufgeben. Vielleicht war er ja adelig oder ein Gentleman. Vielleicht würde er zu ihrem Ball kommen und ihre Blicke würden sich über den Saal hinweg treffen, genau wie auf jenem anderen Ball. Und vielleicht würde er sich einen Weg durch die Menge zu ihr bahnen und sich vor ihr verbeugen. Charlottes Augen leuchteten.

Der Ball der Herzogin von Calverstill für ihre jüngste Tochter war ein Triumph. Bereits um halb neun drängten sich die Zuschauer auf der Straße vor Calverstill House in der Hoffnung, Adelige oder sogar königliche Hoheiten hineingehen zu sehen. Um elf Uhr stand fest, dass der Ball der Höhepunkt der Saison war. Alles, was Rang und Namen hatte, war da und zahlreiche Skandale machten schnell die Runde, was die Gesellschaft noch vergnüglicher machte.

Die Furcht einflößende Lady Jersey höchstpersönlich hatte erklärt, dass Adelaides Idee mit den Rittersporen ›herrlich‹ sei; sie und die weiteren Schirmherrinnen von Almack hatten Charlotte huldvoll den Zutritt zu den heiligen Hallen gestattet. Der Ball endete nicht vor Morgengrauen, lange nachdem das Mitternachtsdiner im Festzelt serviert worden war.

Und was Charlotte anbelangte: nun ja, sie hatte es überlebt. Sie hat ihr Fest nicht genossen, dachte ihre Mutter, als sie sich in den frühen Morgenstunden entkleidete. Es war für alle offensichtlich gewesen. Die ganze Zeit hatte Charlotte den Saal mit ihren Augen abgesucht, als wäre der Ehrengast noch nicht gekommen, und war schließlich im Damensalon in Tränen ausgebrochen und musste unauffällig in die oberen Gemächer gebracht werden.

Aber sie hatte wundervoll ausgesehen, tröstete Adelaide sich. Viele junge Damen litten an ihrem Debüt aus reiner Nervosität an Übelkeit, und wenn Charlotte, na ja, ein wenig *zurückhaltend* gewesen war, wer konnte ihr das vorwerfen? Natürlich war im Ballsaal nicht bekannt gegeben worden, dass die Ehrendame sich weinend in ihr Bett zurückgezogen hatte.

Gegen zwei Uhr morgens hatte Adelaide während einer ziemlich langsamen Quadrille aufgesehen und ihr Blick war auf zwei junge Männer oben an der Treppe gefallen, die in den Ballsaal hinuntersahen.

Sie erstarrte und blieb mitten im Tanz stehen, so dass ihr Partner, der ehrenwerte Sylvester Bredbeck, ins Stolpern geriet.

»Sylvester!«, sagte Adelaide scharf. »Wer sind diese beiden jungen Männer?«

Sylvester drehte sich um. »Na ja, keine Lumpen, meine Liebe«, entgegnete er ruhig. Sylvester war ein jahrelanger guter Freund und wusste alles, was es zu wissen gab. »Ich glaube der Linke ist Sheffies Erbe (er ist eine Spur größer) und der andere ist sein Bruder. Lassen Sie mich nachdenken, ich glaube, der Erbe heißt Alexander und sein Bruder ... Patrick. Sie sind Zwillinge, wie Sie selbst sehen können, aber Alexander ist fünf Minuten älter und darum um fünf Millionen Pfund reicher als Patrick.«

Sylvester führte Adelaide noch durch einige weitere langsame Tänze, während sie angestrengt nachdachte. Natürlich! Sheffie, der Graf von Sheffield und Downes, war Sylvesters Freund, und dieser junge Mann dort war sein Erbe ... und sein jüngerer Sohn ... und *beide* hatten silberschwarzes Haar. Was um Himmels willen sollte sie tun?

Vielleicht sollte sie sich entschuldigen, nach oben laufen, Charlotte in ihr Kleid stecken und sie wieder nach unten bringen? Aber dann erinnerte Adelaide sich verzweifelt an Charlottes rote Augen. Außerdem waren die beiden wahrscheinlich nicht die richtigen, beziehungsweise der richtige, und Charlotte wäre furchtbar enttäuscht.

Die beiden Männer blickten immer noch in den Ballsaal hinunter. Er sucht sie, dachte Charlottes Mutter plötzlich. Er ist wegen *ihr* hier. Ihre Gefühle ihm gegenüber erwärmten sich – aber wem gegenüber? Welcher von beiden war der Richtige? Für sie sahen sie völlig gleich aus. Ich hoffe doch sehr, Charlotte würde den Unterschied merken, dachte sie etwas säuerlich.

Noch während sie die Männer beobachteten, machten sie auf dem Absatz kehrt und gingen. Sie haben sie nicht gefunden, dachte Adelaide. Wie interessant. Ich hatte Recht, Charlotte nicht zu stören, es ist ja erst der Anfang der Saison. Als sie selbst in die Gesellschaft eingeführt worden war, hatte sie an fünfzig Bällen und dreiundsechzig Frühstücken teilgenommen, und wenn Charlotte in der nächsten Woche dem zukünftigen Grafen von Sheffield und Downes nicht begegnete, würde sie ihren Hut verspeisen.

»Sylvester, mein Lieber«, sagte die Herzogin und führte ihren Partner von der Tanzfläche. »Ich hätte gern ein Glas Limonade und eine Unterredung. Wir haben den ganzen Abend noch nicht geredet und Sie wissen, dass ich jeden einzelnen Tanz tanzen muss, so dass ich noch keine Zeit für ein Gespräch hatte.«

Sylvester fühlte sich geschmeichelt. »Mein innigster Wunsch ist es, neben Ihnen zu sitzen, meine Gnädigste«, entgegnete er vergnügt, obwohl er etwas verblüfft feststellen musste, dass die Unterhaltung ausschließlich einem galt: dem zukünftigen Grafen von Sheffield und Downes und seinem Bruder. Aber wie die meisten Menschen war Sylvester die geborene Klatschbase, nur dass er aus seiner Neigung keinen Hehl machte. Er lehnte sich zu Adelaide hinüber und erzählte bereitwillig Geschichten über Zwischenfälle in Oxford und eine Schlägerei in Vauxhall vor zwei Jahren, bei der beide Brüder in Begleitung eines leichten Mädchens gewesen und mit einem anderen ihrer ›Freunde‹ handgreiflich geworden waren. Bei allen seinen Geschichten ließ er die delikaten Einzelheiten aus.

Und doch sagte er genug, um Adelaide davon zu überzeugen, dass Charlotte nicht die erste Maid war, die Alexander oder Patrick in einem Garten entjungfert hatten. Und um zu erklären, warum Adeleide selbst sie nicht kannte. Offensichtlich verbrachten die Zwillinge nicht viel Zeit in ehrbarer Gesellschaft. Noch ein Anhaltspunkt dafür, dass einer von ihnen hierher gekommen war, um Charlotte zu suchen, dachte Adelaide.

Trotzdem waren sie Gentlemen, nein, sogar Männer von Adel. Und ihr Vater war mit ihrem Mann, Marcel, befreundet, und *wenn* einer von beiden hier die Hand im Spiel hatte, würde Marcel dafür sorgen, dass er bis morgen Abend um Charlottes Hand anhielt.

»Ich habe gehört«, schwatzte Sylvester weiter, »dass Sheffie sich überlegt, die beiden zu trennen; zusammen schlagen sie zu sehr über die Stränge. Er hat davon gesprochen, sie auf den Kontinent zu schicken, oder vielleicht war es auch so: einen nach Europa, den anderen in den Fernen Osten, etwas in der Art. Ich kann mich nicht mehr ganz genau entsinnen, aber das war es: ja, einer nach Europa, der andere in den Fernen Osten. Er sollte besser nicht seinen Erben in den Osten schicken, für den Fall, dass er dort von Piraten gefangen wird. Sheffie ist nicht hier, oder doch?« Sylvester sah sich suchend nach Woodleigh Foakes um, dem derzeitigen Grafen von Sheffield und Downes.

»Nein«, erwiderte Adelaide abwesend. »Ich glaube, es geht ihm wieder schlechter; er leidet fürchterlich an der Gicht.«

Genau in diesem Augenblick hörte die Musik auf und der neue Partner der Herzogin, Sir Walter Midford, tauchte wie aus dem Nichts an ihrer Seite auf. Sylvester verbeugte sich etwas knarrend (er trug seit einigen Jahren ein Korsett) und ihr junger Partner führte sie auf die Tanzfläche.

Sylvester stand einige Zeit still da und schürzte seine Lippen. Ich frage mich, warum sie so an den Jungs interessiert ist, dachte er, und seine klatschsüchtige Nase witterte einen Skandal. Kein Skandal, seufzte er dann. Man neigte dazu zu vergessen, dass Adelaide Mutter dreier Töchter war, dennoch war sie es und der Erbe von Foakes war eine ausgezeichnete Partie.

Die Herzogin ihrerseits grübelte während eines Volkstanzes mit Sir Walter über die Situation nach. Schließlich entschloss sie sich, den Dingen ihren Lauf zu lassen und Charlotte nichts über den zukünftigen Grafen und seinen Bruder zu erzählen. Sie, Charlotte und Violetta würden morgen Abend ins Almack gehen und die beiden dort sicherlich nicht antreffen; sie waren zu jung, um nach Ehefrauen Ausschau zu halten, und das Almack war nichts anderes als ein Heiratsmarkt. Aber in vier Tagen veranstaltete der Kronprinz einen Ball, an dem Londons feine Gesellschaft teilnehmen würde. Die Brüder Foakes mochten spät kommen, dachte sie in Anbetracht ihres heutigen Erscheinens, aber sie würde Charlotte bis zum Morgengrauen dort festhalten, wenn es sein musste. Nachdem sie das Problem zu ihrer Zufriedenheit gelöst hatte, verbannte sie es aus ihren Gedanken und wandte sich wieder ihrem Tanzpartner zu.

Aber das sollte bei weitem nicht das Letzte gewesen sein, was sie an diesem Abend von Alexander und Patrick sah. Etwa eine Stunde später fand sie sich Margaret, der grimmigen achtzigjährigen Tante ihres Mannes, gegenüber. Margaret akzeptierte ohne jeden Kommentar die Nachricht, dass Charlotte sich zurückgezogen habe und nicht Gute Nacht sagen könne, aber verlangte ihren Neffen zu sehen. Also begann Adelaide, auf der Suche nach ihrem Mann den Ballsaal zu durchkämmen. Der Saal wurde langsam leerer, aber noch immer drängten sich die Menschen in den Gängen und der Empfangshalle.

Am Ende des ersten Ganges, rechts von der riesigen Marmortreppe, befand sich der Raum, den sie Grünen Salon nannten. Darin stand ein riesiger alter Flügel, den man aus Bequemlichkeit nie entfernt hatte. Marcel war nicht dort, stattdessen die beiden Söhne des Grafen von Sheffield und Downes.

Sie blieb in der Tür stehen, als sie eine kräftige, süße Stimme singen hörte. Einer der Zwillinge saß mit dem Rücken zu ihr am Flügel und sang mit einer wunderschönen Baritonstimme. Einen Augenblick lang hörte sie erfreut zu. Junge Frauen mussten Piano- und Gesangsstunden nehmen, weil das zu den Fertigkeiten einer jungen Dame gehörte, aber man traf selten einen Mann mit denselben Fähigkeiten. Und er hatte wirklich eine großartige Stimme.

Sein Bruder lehnte lässig an einer Säule zu ihrer Rechten; der Sänger selbst war von einer Schar blasser, aufgeregter Debütantinnen umringt, denen es irgendwie gelungen war, ihre Anstandsdamen abzuschütteln, dachte Adelaide und ihre Gesichtszüge verhärteten sich: Natürlich – die Anstandsdamen mussten zu einem kleinem Imbiss in das Festzelt gegangen sein und die jungen Frauen hatten sich hier versammelt. *Nicht* schicklich, dachte sie streng.

Plötzlich brachen die drei Mädchen in stürmisches Gelächter aus, aber die männliche Stimme fuhr fort. Zum ersten Mal hörte Adelaide auf das, was er sang:

Ihr liebkosend Hand lässt ihn entflammen
Nun liegt er von Liebreiz wie gefangen
Und gedenkt nur seiner Liebsten Namen
Für sie zu sterben ist sein Verlangen
Neu belebt sie ihn durch ihre Küsse
Und er schreit: Ich vergeh, ich vergeh, ich vergeh!
Oh, genoss ein Mensch je solch Genüsse?

Adelaide starrte ihn mit offenem Mund an. Vergehen, also wirklich. Da sang dieser junge Tunichtgut den Debütantinnen doch tatsächlich anzügliche Lieder vor.

Eilig trat sie vor und ihr Rock streifte die Türpfosten. Der Bruder, der nicht gesungen hatte, sah sie unter hochfliegenden Augenbrauen forschend an.

»Patrick«, sagte er plötzlich. »Wir haben Gesellschaft und ich glaube«, er richtete sich anmutig auf und ging zu ihr, »unsere Gastgeberin selbst gibt uns die Ehre.«

Die Mädchen drehten sich schnell um und die kleine Barbara Lewnstone lief rot an.

»Mädchen«, sagte Adelaide in leicht mahnendem Tonfall. »Seid ihr allein? Wo ist deine Mutter, Barbara?«

Barbara antwortete ziemlich leise: »Nun ja, sie ist mit Sissys Mutter gegangen«, sie stieß Cecilia Commonweal hinter ihr mit der Hand an, »aber es ist alles in Ordnung, Lady Calverstill. Das sind meine Cousins, wissen Sie.«

Natürlich wusste sie das, dachte Adelaide, aber sie hatte es völlig vergessen. Sie warf dem gut aussehenden jungen Mann, der sich auf dem Klavierhocker umgedreht und erhoben hatte und sie jetzt unschuldig ansah, einen strengen Blick zu. Wenn das Patrick war, dann war er der Jüngere. Meine Güte, dachte sie, die beiden sind ein verheerendes Paar.

Patrick machte eine elegante Verbeugung, nahm ihre Hand und küsste sie. Er zwinkerte ihr unter seinem silberschwarzen

Haar frech zu. Gegen ihren Willen spürte Adelaide eine leichte Erregung.

»Meine Gnädigste«, sagte Patrick Sheffield, »darf ich ein Lied für Sie singen?« Er sah sie verschmitzt an. »Ein höchst *anständiges* Lied, natürlich.«

Ohne an Tante Margaret zu denken, die wohl schon ungeduldig wartete und womöglich sogar mit ihrem Stock auf das Parkett klopfte, zwinkerte Adelaide zurück.

»Sehr kurz und *sehr* anständig«, erwiderte sie.

Patrick schwang sich auf den Klavierhocker und ließ seine großen Hände über den Tasten schweben. Dann hob er die Stimme zu einem neckischen, leichten Lied:

Ihr Damen, jung und frohgemut,
Da Zeit vergehet wie im Flug,
Widmet die Stunden eurer freien Zeit, ja, freien Zeit
Im Garten, Hain und an den Flüssen,
Dem Gespräche in feinem, hohem Wissen
Und andrem harmlosem Zeitvertreib, harmlosem Zeitvertreib.

Verschmitzt betonte er ›*harmlosem Zeitvertreib*‹, indem er seine Stimme ironisch senkte, so dass selbst Adelaide ein lautes Lachen nicht unterdrücken konnte.

»Genug!«, rief sie, immer noch lachend. »Mädchen, wollen wir in den Ballsaal zurückgehen?« Sie scheuchte die drei jungen Frauen vor sich her, wobei ihr der schmachtende Blick nicht entging, den Miss Isabella Riddleford zurückwarf. Ich frage mich, auf wen sie ein Auge geworfen hat, dachte Adelaide und blickte ebenfalls zurück.

Alexander, der ältere der Zwillinge, stand aufrecht da und beobachtete sie mit leichtem Stirnrunzeln. Seine tiefschwarzen Augen begegneten ihren. Ich hoffe nur, dachte Adelaide, dass

Charlotte mit dem Sänger im Garten war! Der andere sieht so düster aus. Eine von Adelaides Freundinnen hatte einen Mann, der stets vor sich hin brütete, und sie fand es schon ermüdend, nur von seinem Leid zu hören.

Sie drehte sich abrupt um und trieb ihre Schützlinge in den Ballsaal.

»Ich habe das Mädchen selbst nicht gesehen«, sagte ein junger Kavalier, der ehrenwerte Peter Medley, am nächsten Morgen im White zu einem Freund.

»Ich schon«, entgegnete sein Freund Justin. »Sie war nichts Besonderes. Sie hat nichts vom Temperament ihrer Schwester. Aber hast du gehört, was die Foakesbrüder später angestellt haben? Ich habe gehört, dass Alex doch tatsächlich einen Polizisten umgehauen hat und die beiden noch drei von der Wache niedergeschlagen haben, bevor man sie zum Revier schleppte.«

Peter sah ihn misstrauisch an. Seit wann kannte er den zukünftigen Graf von Sheffield und Downes so gut, dass er ihn Alex nannte?

»Wo hast du das gehört?«, fragte er.

»Vom alten Beckley.« Justin nickte zum anderen Ende des Raums hinüber. Beckworth Cecily hatte zweifelsohne brandneue Neuigkeiten; er wurde von einer kleinen Gruppe Männer umringt, auf deren Gesichtern sich Belustigung und Bestürzung spiegelten.

So wurden Adelaides Pläne für den Ball des Prinzen zunichte gemacht. Vier Tage später war öffentlich bekannt, dass Woodleigh Foakes seine Söhne auf Passagierschiffe Richtung Kontinent und in den Fernen Osten beordert hatte. Genau wie der ehrenwerte Sylvester vermutet hatte, war Italien das Ziel des Erben (Alexander) und der Ersatzmann (wie er scherzhaft genannt wurde) wurde auf eine exotische, wenn nicht gefährliche Reise nach Indien geschickt. Man erwartete sie frühestens in zwei Jahren zurück.

Adelaide schwieg und fragte sich, ob sie nicht doch nach oben laufen und Charlotte hinunter in den Saal hätte zerren sollen. Einige Wochen lang quälte sie ein Gefühl des Bedauerns: Was, wenn sie es getan hätte? Was, wenn Charlotte von einem der Foakeszwillinge verführt worden war? Was, wenn sie extra zu dem Ball gekommen waren, um nach Charlotte zu suchen? Schließlich beruhigte sie ihr gesunder Menschenverstand. Es gab in England so viele Männer mit silberschwarzem Haar.

Dann brachte Campion ihr den knapp formulierten Bericht eines Privatdetektivs, welcher besagte, dass der Hurenball regelmäßig am Samstagabend in Kent auf dem Lande stattfand. Er wurde von Adeligen und Gentlemen, aber auch von jeder anderen Sorte Mensch, natürlich auch von Prostituierten, besucht. Als sie hörte, wo Charlotte gewesen war, war sie entsetzt, aber gefasst. Wahrscheinlich hatte Charlotte Recht: Sie war im Halbdunkel einem gut aussehenden Lakaien begegnet.

Außerdem hatte Adelaide andere Probleme. Charlottes Ball mochte ein Erfolg gewesen sein, Charlotte selbst jedoch war es nicht. Sie verbrachte Stunden in ihrem Zimmer, um zu malen. Sie ging nur auf Bälle, wenn man ihr mit den schlimmsten Strafen drohte, wie etwa ihr die Leinwand wegzunehmen. Sie stand teilnahmslos in den Räumen voller plaudernder Gleichaltriger und klagte über Langeweile. Sie entwickelte einen kühlen, undurchdringlichen Blick, den sie über die versammelten Reihen der Männer schweifen ließ, und keiner bestand vor ihren Augen. Nur ein sehr mutiger Zweiundzwanzigjähriger forderte sie zu einem zweiten Tanz auf, da sie sich offenbar nicht auf leichte Konversation verstand und junge, oberflächliche Männer mit der Frage verschreckte, was sie von den Ereignissen in Frankreich hielten.

Nach einer Weile vergaß Adelaide die dunklen Augen Alexanders des Älteren und die samtene Stimme Patricks des Jüngeren. Und anscheinend vergaß Charlotte ihr Stelldichein in dem Garten ... zumindest wurde es zwischen ihnen nicht noch einmal erwähnt. Um die Wahrheit zu sagen, Mutter und Tochter verbrachten ihre Zeit damit, sich immer wieder wegen Charlottes Weigerung, an sozialen Anlässen teilzunehmen, oder ihrer verächtlichen Haltung, wenn sie es tat, in die Haare zu geraten.

Adelaide begriff nicht, dass für Charlotte die jungen Männer, denen sie begegnete, neben der Erinnerung an *sein* Gesicht verblassten. Charlotte begriff die wachsende Angst ihrer Mutter vor einer Zukunft ohne Ehe für ihre Tochter nicht. Sie hatte begonnen, Blumen zu malen und war am glücklichsten, wenn sie in ihrem Zimmer sorgfältig den dunkelgoldenen Schimmer einer Lilie nachzuahmen versuchte.

Charlotte war sich über ihre Zukunft im Klaren. Sie würde keinen der dummen Jungen heiraten, die sie bisher kennen gelernt hatte, wahrscheinlich würde sie überhaupt nicht heiraten. Diese Aussicht störte sie nicht besonders. Was sie störte, war die vergeudete Zeit, die langsamen Tänze, die lauwarme Limonade und die zu engen Kleider.

Etwa ein Jahr später dachte auch sie nur noch selten an den Mann, den sie im Garten geküsst hatte. Mittlerweile sah sie diese Erfahrung als glücklichen Zufall, der sie über Nacht zur Frau gemacht und ihr gezeigt hatte, was sie wollte. Ohne dieses Ereignis hätte sie sich noch vor Ende der ersten Saison in die Arme irgendeines Mannes treiben lassen, dachte Charlotte verächtlich. Vermutlich wäre sie schon schwanger und ihr Mann würde sich in Ascot vergnügen, während sie zu Hause festsaß.

Charlotte trat einen Schritt zurück und betrachtete ihr neuestes Bild, eine gelbbraune Tigerlilie, auf der Staffelei. Die

Linien am Stiel waren noch nicht perfekt, aber die Farbe war ausgezeichnet. Das hier, dachte sie, war ein weitaus besseres Leben.

Kapitel 3

London, England, Mai 1801

In dem Frühling, als Charlotte zwanzig wurde, gab ihre Familie die Hoffnung auf, dass sie jemals heiraten würde. In den drei Saisons seit ihrem Debüt hatte sie überraschend viel Erfolg gehabt, wenn man bedachte, dass sie nur selten Bälle besuchte und dazu überredet werden musste, an den normalen Beschäftigungen einer wohlerzogenen jungen Dame, wie Gesellschaften oder Ausritten im Park, teilzunehmen.

Aber wenn sie zu einem Ball kam, schenkte man ihr stets Beachtung. Nach ihrem schrecklichen Debütantinnenjahr sammelte sie einen Kreis von Gentlemen um sich, die ihrem Witz Beifall zollten. Wenn sie auch heimlich ihre wundervollen Rundungen bewunderten, lernten sie doch schnell zu schweigen. Selbst das unschuldigste Kompliment, beispielsweise ein Vergleich zwischen Lady Charlottes Augen und den Sternen, wurde mit einem gelassenen, aber frostigen Rückzug beantwortet.

»Ich verstehe das nicht«, sagte der Graf von Slaslow zu einem Freund, während er bei Almack in einer Ecke gelehnt dastand und beobachtete, wie Charlotte graziös über die Tanzfläche glitt. »Am Anfang habe ich gar nicht viel von ihr gehalten, aber sie ...«

»Ich weiß«, unterbrach David Marlowe, der jüngere Sohn eines Esquire, der für die Kirche bestimmt war. »Ich weiß, sie hat deine Komplimente ignoriert und deine Neugier angestachelt und jetzt hat es dich erwischt. Frauen!« David war angewidert. Es war offensichtlich, dass das kleine Flittchen Katz und Maus mit Braddon spielte.

Keine Frau würde Braddons Aufmerksamkeit allen Ernstes zurückweisen. Schließlich war er in diesem Jahr der beste Fang auf dem Markt, wenn man einmal von dem wohlhabenden, aber schrecklich alten Graf von Siskind absah. Und wie jeder wusste, suchte Siskind nur ein Kindermädchen für seine acht Kinder.

Aber hier stand Braddon, unglücklich wie ein Fisch auf dem Trockenen, und Charlotte hatte ihm einen zweiten Tanz verweigert. Das war eine Tatsache, und just in diesem Augenblick schwebte sie zum zweiten Mal mit dieser alten Klatschbase Sylvester Bredbeck über das Parkett und lachte über eine Geschichte, die Sylvester ihr erzählte.

»Warum schreibst du ihr nicht ein Gedicht oder so etwas?«, schlug David vor und stieß seinen Freund an.

»Das habe ich doch«, entgegnete er trübsinnig. »Und es war nicht einmal schlecht; ich habe ziemlich viel aus einem der Bücher gestohlen, die in meiner Bibliothek herumliegen, du weißt schon.«

David wusste. Nicht dass er auch nur eines dieser Bücher gelesen hätte, aber sie hatten so manches Mal bei einer guten Zigarre eine Partie Pikett in Braddons holzgetäfelter Bibliothek gespielt.

»Es war nicht schlecht«, beharrte Braddon. »Ich habe geschrieben, dass jede Strähne ihres Haars mit Perlen durchzogen sei, etwas in der Art, und dass ihre Augen wie die Sonne seien und ihre Zähne wie Kristalle.«

»Haare, die mit Perlen durchzogen sind«, wiederholte

David zweifelnd. »Ich weiß nicht, Braddon. Was hat sie gesagt?«

»Sie hat gelacht.« Der Graf verschränkte die Arme vor der Brust. »Sie hat gelacht und sich bedankt. Später hat sie sich aus Versehen auf das Gedicht gesetzt.« Er sah David wütend an, als dieser vor Lachen losprustete.

»Wilkins hatte das Ganze auf Pergament abgeschrieben, stell dir das mal vor, und ein Band mit einer Blume darum gebunden. Aber sie ist aufgestanden, um jemanden zu begrüßen, und dann hat sie sich draufgesetzt und es völlig zerknittert. Sie sah noch nicht einmal aus, als täte es ihr Leid.«

David betrachtete Charlotte mit erwachter Neugier. Eine Frau, die sich auf die literarischen Bemühungen des Grafen von Slaslow (mochten sie noch so armselig sein) setzte, unterschied sich sehr von den durchschnittlichen jungen Frauen bei Almack.

»Die Sache ist die«, fuhr Braddon fort und senkte seine Stimme, »ich könnte mir vorstellen, mit ihr zu leben, weißt du? Ich muss heiraten – meine Mutter ist hinter mir her wie eine dieser Furien im griechischen Drama, erinnerst du dich noch an sie? Na ja, sie hat keine Schlangen auf dem Kopf, aber wirklich, es ist genau dasselbe. Sie hält mir jeden Morgen ein Standpauke.« Braddon schüttelte sich leicht. »Und meine Schwester Marge ist genauso. Man möchte denken, sie wäre glücklich mit ihren vier Gören, aber nein, ständig liegt sie mir in den Ohren, ich solle selber welche in die Welt setzen!«, endete er drastisch.

David wägte das Problem, Kinder zeugen zu müssen, mit dem ab, der Zweitgeborene zu sein, den wegen seines fehlenden Einkommens keine Frau heiraten wollte. Immerhin war er frei. Er war nur zu Almacks gegangen, weil er seinem alten Freund einen Besuch abstattete, und wurde nicht die ganze Zeit von all den hungrig aussehenden jungen Frauen beäugt.

Und diese Charlotte. Auf ihre ganz eigene Art war sie wunderschön. Sie trug ein recht schlichtes Kleid und selbst darin konnte jeder sehen, dass sie wundervolle Brüste hatte. Ihr Haar war so schwarz, dass es den Glanz der Leuchter einfing.

»Ich glaube, du solltest es tun«, sagte er bestimmt. »Sieh dich doch um. All diese Mädchen sehen gleich aus. Wenn diese eine lachen und reiten kann – sie kann doch reiten, oder?«, unterbrach David sich besorgt. Braddon lebte für seine Pferde.

»Sie reitet wie ein Engel«, antwortete Braddon.

David warf noch einen Blick auf seinen Freund: Es stand wirklich schlimm um ihn. »Und, warum fragst du sie dann nicht?«

»Meinst du wirklich?«, fragte der Graf von Slaslow eifrig.

»Unbedingt«, sagte sein bester Freund. »Du könntest sogar ihren Vater fragen; ich glaube, er ist im Spielzimmer.«

»O nein«, sagte Braddon und zog sich in die Ecke zurück: »Meine Mutter hämmert mir das seit Monaten ein: Ich spreche am Morgen vor, lasse meine Karte hineinschicken, rede mit ihrem Vater und dann mit ihr. Und ich gebe ihr höchstens einen Kuss auf die Stirn, um sie nicht zu verschrecken.«

Beide schwiegen eine Zeit lang.

David bedauerte die Gräfin, die bald nur noch Grafenwitwe sein würde. Der neue Graf war etwas schwer von Begriff; David erinnerte sich nur zu gut daran, wie er während ihrer gemeinsamen Zeit in Eton versucht hatte, bestimmte, auch ganz einfache Fakten, wie etwa das Datum der Schlacht von Hastings, in Braddons Schädel zu bekommen. Wenn man die Dinge etwa achtmal wiederholte, blieben sie für einige Stunden haften, lange genug für eine Prüfung. Es war stets nur eine Frage der Zeit, bis er es wieder vergaß. Aber um die Hand einer Frau anzuhalten, konnte so schwer nicht sein.

So kam es, dass Charlotte den besten Fang auf dem Markt machte. Doch ebenso unverhofft wies sie ihn auch wieder ab.

Als ihr Vater Charlotte zu einem privaten Treffen mit dem Grafen von Slaslow zu sich rief, sagte sie Braddon klipp und klar nein. Sie erklärte ihm freundlich, dass sie ihn sehr gern habe, aber wäre er nicht mit Miss Barbara Lewnstown glücklicher? Barbara und Braddon schienen wie füreinander geschaffen, da sie Pferde genauso liebte wie er.

Charlottes Mutter zog sich für drei Tage in ihr Bett zurück und sprach zwei Wochen lang kein Wort mit ihrer Tochter. Braddon zog niedergeschlagen und wenig überzeugt von dannen. Als sein Blick das nächste Mal bei Almack auf Miss Lewnstown fiel, machte er ein grimmiges Gesicht und wandte sich ab.

Bis 1801 hatte Charlotte respektable Heiratsanträge von etwa acht Gentlemen bekommen, von denen nur zwei dafür bekannt waren, lediglich an ihrer Mitgift interessiert zu sein. Die anderen sechs umwarben sie wegen ihrer grünen Augen und ihres zurückhaltenden Lächelns.

Nein, Charlotte wird niemals heiraten, gestanden sich ihre Mutter und ihr Vater eines Abends ein, als sie im herzoglichen Bett lagen.

»Es ist diese Malerei!«, meinte die Herzogin. »Oh, Marcel, sie wird langsam, aber sicher zu einer alten Jungfer zusammenschrumpfen ... Ich bin so unglücklich«, brach es aus ihr hervor und Tränen liefen ihr über die Wangen.

»Na ja«, sagte Marcel unbehaglich. »Violetta hat ziemlich spät geheiratet, warum sollten wir die Hoffnung für Charlotte aufgeben?« Marcel war ein großer, ruhiger Mann, der seinen französischen Vornamen seiner romantischen Mutter zu verdanken hatte. Dieser Name hatte ihn in den letzten Jahren in einige peinliche Situationen gebracht, besonders als 1797 das republikanische Frankreich England mit der Invasion drohte.

»Ich glaube, wir sollten einfach die Zügel etwas lockern«,

meinte er und barg den Kopf seiner Frau fest an seiner Schulter. »Was ist schon dabei, wenn sie nicht auf Gesellschaften gegen möchte? Lass sie malen.« Er wollte hinzufügen, dass er all die Streitereien über Bälle leid war, aber er sagte nichts.

Die Herzogin schmiegte den Kopf an die Schulter ihres Mannes. Er war so ein guter Mensch, aber er hatte keine Vorstellung davon, was eine Frau, die niemals heiratete, jeden Tag erwartete – all die Brüskierungen und Beleidigungen, die schon jetzt an Charlotte ausgeteilt wurden.

»Aber was, wenn ... Wo soll sie später einmal leben?«, fragte Adelaide verzweifelt. »Horace erbt dieses Haus und das auf dem Land; er wird eine Familie gründen wollen, und wer kann schon sagen, ob er eine unverheiratete Schwester bei sich aufnehmen möchte, besonders eine, die für ihr undamenhaftes Interesse am Malen bekannt ist!«

»Ich werde dir jetzt einmal etwas sagen«, meinte ihr Gatte beruhigend. »Die anderen beiden Mädchen sind versorgt. Winnies Ehemann wird es nie an etwas fehlen und auch Violettas Marquis geht es recht gut. Ich werde Charlotte den Landsitz in Cornwall überschreiben, den ich von Tante Beatrice geerbt habe. Er gehört nicht zum Erbe und wirft einen guten Gewinn ab. Mit dem Land und der Mitgift ist sie rundum versorgt.«

Adelaide dachte darüber nach. Ihre älteste Tochter Winnifred hatte Austen Saddlesford, einen unverschämt reichen Amerikaner, geheiratet und war glücklich mit ihm nach Boston gezogen. Violetta hatte den Marquis von Blass geehelicht und keinem der Mädchen fehlte es an Geld. Und Horace würde den gesamten herzoglichen Besitz erben; er würde ihr das Erbe in Cornwall nicht missgönnen.

Natürlich sah sie die Sache von einem etwas anderen Blickwinkel als ihr Mann. Für ihn war entscheidend, dass Charlotte mit den Pachtgeldern aus Cornwall bequem leben und sich ein Haus in London kaufen konnte, wenn sie das wollte. Das war freundlich genug gedacht, aber Adelaide begriff sofort, dass der Besitz in Cornwall – ein kleines elisabethanisches Herrenhaus und das dazugehörige Land – aus Charlotte, der Tochter eines Herzogs mit einer guten Mitgift, eine wohlhabende Erbin machte. Und *das*, dachte sie weise, würde das Interesse an ihrer Tochter vergrößern und vor allem, würde es denen den Mund stopfen, die sie als alte Jungfer betitelten. Eine große Erbin passte einfach nicht in diese Kategorie.

Man wusste nie; vielleicht würde der richtige Mann für Charlotte noch auftauchen, und jetzt spielte es keine Rolle mehr, ob er wohlhabend war.

»Marcel, du bist wunderbar«, sagte Adelaide dankbar und rieb den Kopf an seiner Schulter wie eine seidige Katze.

So begann die Saison 1801 für Charlotte unter völlig neuen Voraussetzungen. Ihr Vater ignorierte all ihre Proteste und überschrieb ihr ein, wie ihr schien, ziemlich großes Stück Land in Cornwall.

»Du sollst dich schon mal an die Verantwortung gewöhnen, solange ich noch hier bin, um dich zu beraten«, meinte er, als er die letzten Papiere schwungvoll mit seiner Feder unterzeichnete. Der kleine, vertrocknete Anwalt des Herzogs, Mr Jennings von Jennings und Condell, schauderte leicht, aber mit unbewegter Miene. Jennings und Condell hielten nichts davon, wenn Frauen über Besitz irgendwelcher Art verfügten, und Mr Jennings sah eine Menge Ärger auf sich zukommen, sollte der Herzog von Calverstill von ihnen gehen.

Charlotte ihrerseits stellte sehr schnell fest, dass es sie sehr glücklich machte, ein Haus zu besitzen. *Sie* besaß ein Gutshaus in Cornwall; dem Bericht ihres Verwalters zufolge lebten und arbeiteten dort dreiundzwanzig Menschen und etwa dreihundert Schafe grasten auf ihrem Land. Sie las den neuesten Bericht immer wieder. Die Zeitung gewann für sie an Interesse, das sie nie zuvor gehabt hatte. Als Arbeiter in den Cotswolds Webstühle zerstörten, schauderte sie. Was, wenn die Unruhen auf Cornwall übergriffen?

So bald wie möglich, versprach sie sich, würde sie nach Cornwall fahren. Sie konnte sich sehr gut das Entsetzen ihrer Mutter vorstellen, wenn sie diesen Vorschlag machte (die Reise! der Schmutz!), aber vielleicht im Herbst ... natürlich mit einer Anstandsdame.

Und die Saison war besser, weil es den Anschein hatte, als habe ihre Mutter sich damit abgefunden, dass sie acht ehrbare Verehrer zurückgewiesen hatte. Adelaide hatte nicht mehr diesen gequälten Gesichtsausdruck, wenn sie ihre Tochter ansah. Langsam konnten sie wieder ohne diesen sorgenvollen Unterton miteinander reden, der bis dahin bei jeder Unterhaltung mitgeschwungen hatte.

Tatsächlich bemerkte Charlotte zunächst nicht, dass ihre Mutter sie nicht länger dazu drängte, Bälle zu besuchen. Eines Abends betrat sie den Speisesaal und fand ihn leer vor.

»Wo sind meine Eltern, Campion?«, fragte sie den Butler.

»Ich glaube, die Herzogin nimmt an einem *Fête de Champagne* bei Lady Bridgeplate teil, der Verbleib des Herzogs entzieht sich meiner Kenntnis«, erwiderte Campion und rückte ihren Stuhl mit einer eleganten Bewegung zurecht. Charlotte sah auf den Tisch.

»Was essen wir heute, Campion?«, fragte sie abwesend.

Campions Augen leuchteten auf. Er liebte es, über das Essen zu reden, obwohl diese Familie das nicht so zu schätzen wusste, wie sie sollte. »*Poulet à la Diable*, *Crab Rémoulade* und *Fraises à la Chantilly*.«

»Oh«, sagte Charlotte tonlos.

Sie setzte sich und starrte auf das Konsommé, das Campion liebevoll vor ihr abgestellt hatte. Wenn man allein lebte, war man ... na ja, eben allein ... Vielleicht sollte sie doch Gesellschaft finden. Sie sah eine ältliche Dame mit Haube vor sich und schürzte die Lippen. Vielleicht auch nicht. Zwei alte Jungfern, dachte sie. Sie verspürte keine Bitterkeit, es erschien ihr nur langweilig.

Vielleicht hatte sie einen Fehler gemacht. In der Zeit, als sie acht Heiratsanträge ablehnte, hatte Charlotte entdeckt, dass sie nicht schamlos und ungezügelt auf jeden Mann reagierte, der versuchte, sie zu küssen. Als der Graf von Slaslow seinen Antrag in wohlgeformten und eleganten Worten vorgetragen hatte, hatte sie ihm mit lieblicher Stimme geantwortet; als er ihre Ablehnung nicht hinnehmen wollte und sie in seine Arme riss, um sie heftig zu küssen, hatte sie überhaupt nicht reagiert. Stattdessen hatte sie mit fest verschlossenem Mund dagestanden und er hatte nichts tun können als mit den Zähnen an ihren Lippen zu knappern. Also hatte Braddon aufgegeben und sich beinah schmollend zurückgezogen.

Andererseits hatte sie, als der bekannte Mitgiftjäger William Holland – ein verarmter, aber wirklich gut aussehender Baron – sie an seine Brust zog, sehr wohl die Lippen geöffnet und den Kuss genossen. Sie hatte sogar ein leichtes Flattern in ihrem Magen verspürt. Aber es war nichts gegen das hemmungslose Gefühl, das sie auf dem Maskenball erlebt hatte.

Jetzt, drei Jahre später, erinnerte sie sich kaum noch an das Gesicht des Lakaien (sie hatte entschieden, dass er einer war), aber an ihre eigene Reaktion erinnerte sie sich sehr gut. Und sie war sich gegenüber sehr viel toleranter geworden. Auch wenn es wahr war, dass sie wegen ihres fehlenden Jungfernhäutchens nicht heiraten sollte, hatte sie zahlreiche Geschichten von Jungfernhäutchen gehört, die niemals vorhanden gewesen waren, besonders bei sehr aktiven Frauen, die viel ritten.

Vielleicht konnte sie jetzt, wo ihre Mutter sie nicht mehr drängte, für das Ganze mehr Interesse aufbringen. Sie ertappte sich sogar dabei, wie sie sich fragte, ob Will Holland die reiche Frau, die er brauchte, wohl schon gefunden hatte.

Campion betrat den Speisesaal, entfernte das unangetastete Konsommé und stellte vorsichtig ein halbes Hühnchen *à la Diable* vor ihr ab. Charlotte aß nicht gern allein. Um die Wahrheit zu sagen, es deprimierte sie. Sie malte gern allein. Ihre Mutter hatte ihr ein großes Zimmer im dritten Stock überlassen, das am Morgen gutes, am Nachmittag sogar ausgezeichnetes Licht bot. Sie liebte es, ihr Atelier zu betreten, ihre Schürze überzustreifen und ihre Farben zu mischen.

Im Augenblick kopierte sie Gemälde. Sie nahm ein Bild nach dem anderen von den Wänden aller herzoglichen Besitztümer und brachte sie in ihr Zimmer, wo sie sie ein oder zwei, manchmal (zum Beispiel den einzigen Rembrandt des Herzogs) sogar sechs Monate behält.

»Warum, Liebling?«, hatte ihre Mutter sie an jenem Nachmittag verzweifelt gefragt, als sie sich Charlottes dritte Kopie des Porträts ihres stämmigen, elisabethanischen Vorfahren, Sir Vigilant Calverstill, ansah. Adelaide blickte zwischen den Staffeleien hin und her.

»Meinst du, die Augen sind so richtig, Liebes?«, wollte sie wissen. »Er sieht – nun ja, in deiner Version sieht er so gierig aus.«

Charlotte lächelte ihre Mutter liebevoll an. »Ich weiß, Mama. Die Augen wollten mir nicht recht gelingen und dann habe ich beschlossen, dass das seine Korpulenz ziemlich gut unterstreicht. Schließlich könnte er ein sehr gieriger Mensch gewesen sein. Er hat doch ziemlich viel Besitz angesammelt, oder?«

»Aber warum Kopien, Liebste? Warum malst du keine eigenen Bilder, vielleicht noch ein wenig Obst? Ich liebe dein Obst, und die Serie von Veilchen, die du zu Violettas Hochzeit gemalt hast, war einfach großartig! Ich bin beinah geplatzt vor Stolz «, meinte die Herzogin.

»Ich verspreche dir, sobald ich mit diesem Sir Vigilant fertig bin, male ich dir einen wirklich schönen Blumenstrauß für dein Zimmer.«

»Weißt du, was mir gefallen würde, Charlotte?«, fragte ihre Mutter. »Ich würde mir wünschen, du maltest ein Bild für deine Großtante Margaret. Es wird für sie immer schwieriger, ihre Gemächer zu verlassen, und ich weiß, dass man Margaret in jungen Jahren Marguerite nannte. Sie muss sehr schön gewesen sein und deshalb nannte jeder sie nach der Blume. Du könntest ihr eine Vase voller Margeriten malen und ich verspreche dir, sie wird überglücklich sein!«

Daraufhin eilte Adelaide hinaus, um nach Campion zu suchen und Anweisung zu geben, dass ein Junge am nächsten Morgen zum Blumenmarkt ging und Berge von Margeriten kaufte.

»Sie ist noch nicht mit Sir Vigilant fertig«, vertraute Adelaide Campion an. »Aber die Margeriten in ihrem Zimmer werden sie sozusagen auf den Geschmack bringen. Wen werden Sie schicken? Fred? Sie müssen dafür sorgen, dass Fred an den Blumenständen sagt, dass wir die nächsten sechs bis acht Wochen jeden Morgen Margeriten benötigen werden. Sie wissen ja, wie lang es dauert.«

Ja, das wusste er. Alles im Haushalt drehte sich um den Fortschritt von Charlottes Bildern, obwohl sie erstaunt gewesen wäre, hätte sie das bemerkt. Wenn sie ein neues Gemälde begann, arbeitete Charlotte viele Stunden und tanzte mit leuchtendem Gesicht die Treppen hinunter. Und wenn Charlotte tanzte, tanzte das ganze Haus.

Zum Beispiel bemerkte sie immer, wenn ein Lakai Zahnschmerzen hatte, und schickte ihn sofort zurück in die Dienstbotenquartiere. Sie erkundigte sich nach den beiden Nichten der Haushälterin Mrs Simpkin, die in unsicheren Verhältnissen aufwuchsen. Sie vergaß nie, freundlich nach Campions Sohn zu fragen, der in Frankreich Kochlehrling gewesen war, aber bald ausreisen musste, als die Franzosen verrückt spielten. Derzeit machte er gute Fortschritte im Maison Blanche auf der Thurston Street.

Aber wenn sie bei einem Bild nicht weiterkam, weil eine Nase oder ein Ohr unförmig aussahen und dem Original nicht gerecht wurden, war es mit dem Tanzen vorbei. Die Hausmädchen schlichen auf Zehenspitzen an Charlottes Atelier im dritten Stock vorbei und drinnen türmte sich der Staub, weil die Bediensteten nie wussten, wann sie sie vor ihrer Staffelei antreffen würden. Einmal überraschte eine Hausmagd, die die Kerzen ersetzen wollte, Charlotte um elf Uhr abends und wurde mit einer scharfen Bemerkung hinausgeschickt. Seitdem überwachten Mrs Simpkin und Campion selbst den Fortschritt der Bilder und stimmten den Haushalt darauf ab.

Daher nickte Campion verständnisvoll und lächelte seine Herrin an. Er würde sich zuallererst um die Margeriten kümmern und Ihre Gnaden solle unbesorgt sein, murmelte er. Danach erinnerte er die Herzogin an ihre Verabredung zu dem *Fête de Champagne*. Adelaide eilte leichtfüßig die Treppe hinauf, um sich anzukleiden. Sie dachte nicht daran, Charlotte zu fragen, und der Herzog war in seinem Club.

Charlotte seufzte schwer. Campion glitt lautlos ins Zimmer und entfernte das kaum angerührte Hühnchen, wobei er ob dieses Anblicks einen eigenen Seufzer unterdrückte.

Renoir, der Küchenchef der Calverstills, war an diese Familie verschwendet, absolut verschwendet. Campion entfernte die Speisen stets selbst und die Teller gelangten ohne Ausnahme zurück in die Küche, als hätte eine zehnköpfige Familie sich daran gütlich getan. Er gab sich alle Mühe, Renoir bei Laune zu halten, und wusste, dass die beiden Lakaien Fred und Cecil (ein lächerlicher Name für einen Dienstboten), niemals verraten würden, dass auch sie sich an der *Duck à l'Orange* des Abends erfreuten.

Charlotte ging langsam und bedrückt zurück in ihr Schlafgemach. Sie könnte sich ankleiden und ihrer Mutter auf Lady Bridgeplates *Fête* folgen, aber das würde reichlich seltsam aussehen. Und was, wenn ihre Mutter schon auf eine andere Gesellschaft gegangen war, was durchaus im Bereich des Möglichen lag? Dann stünde Charlotte ohne Anstandsdame da und das wäre weiß Gott schlecht für ihren Ruf.

Ihr Mädchen war unten in der Küche, deshalb riss Charlotte die Türen ihres Schrankes auf und betrachtete ihre Kleider. Sie hatte in letzter Zeit nicht viel für ihre Erscheinung getan. Ihr wurde klar, dass sie das zum Teil aus Groll tat, um ihrer Mutter zu sagen, sie solle sie in Ruhe lassen. Doch jetzt starrte sie ihre Kleider voller Abneigung an. Sie waren nicht wirklich unmodern (ihr Mädchen – und nicht nur sie – hätte niemals geduldet, dass sie etwas wirklich Altmodisches trug), aber sie waren auch nicht der letzte Schrei. Und schlimmer noch, sie waren in naiven Pastellfarben gehalten, den weichen, zarten Farben der Unschuld und Jugend.

Und ich, dachte Charlotte wild entschlossen, bin nicht jung! Warum also sollte ich mich so kleiden? Sie begann, die Kleider rücksichtslos von ihren Bügeln zu reißen und aufs Bett zu werfen. Marie, die den Raum einige Minuten später betrat und nicht damit gerechnet hatte, ihre Herrin hier vorzufinden, war sprachlos, als sie die Berge von Kleidern auf dem Bett sah und bemerkte, wie ihre Herrin mit zufriedenem Gesichtsausdruck die vier oder fünf im Schrank verbliebenen Morgenkleider betrachtete.

»Mon Dieu!«, stieß Marie hervor und fragte sich, ob Charlotte verrückt geworden war. Insgeheim hielt sie sie ohnehin für reichlich seltsam. Womöglich hatte sie jetzt beschlossen, sich den Nudisten anzuschließen, die nach Amerika auswanderten!

»Marie!«, sagte Charlotte, ohne sich zu ihr umzudrehen. »Ich habe entschieden, etwas Neues auszuprobieren. Morgen werde ich zu Madame Brigitte gehen und eine komplett neue Garderobe in Auftrag geben. Alles, von oben bis unten.«

Marie begriff sofort, was geschehen war. Ihre Herrin war endlich aufgewacht und hatte die Wahrheit erkannt: Eine Frau brauchte einen Mann. Das war genau das, was Marie ihrem Liebsten, dem zweiten Lakai Cecil, immer wieder versichert hatte, während sie gemütlich in Maries Bett lagen. Campion und Mrs Simpkin, die Haushälterin, wussten natürlich nichts davon, aber Maries französisches Feingefühl zwang sie nicht, sich an englische Moralvorstellungen zu halten. Sie und Cecil konnten erst heiraten, wenn sie genug Geld zusammengespart hatten, aber bis dahin sah sie keinen Grund, warum sie und Cecil sich das Vergnügen eines gelegentlichen Zusammenseins versagen sollten.

Maries Augen leuchteten auf: »Und Ihr Haar, Mylady! Soll ich Monsieur Pamplemousse kommen lassen?«

»Ja, Marie, das ist ein sehr guter Vorschlag.« Charlotte setzte sich gedankenlos auf das Bett, wobei sie vier oder fünf Lagen empfindlicher Kleider zerknitterte, und sah in den Spiegel über der Frisierkommode. Sie zog die Bänder aus ihrem Haar. »Ich glaube, ich werde etwas völlig anderes versuchen ... vielleicht sollte ich mein Haar abschneiden!«

»Oh, Lady Charlotte, ich weiß nicht« sagte Marie und dachte an die schönen schwarzen, seidenen Locken ihrer Herrin, wie sie vor dem Feuer trockneten. »Männer mögen langes Haar«, meinte sie und ihre französische Herkunft war nicht mehr zu verkennen. Maries Eltern waren vor etwa zehn Jahren aus Frankreich eingewandert, als sie noch ein Mädchen gewesen war, aber sie neigte dazu, in einen starken französischen Akzent zu verfallen, wenn sie aufgeregt war.

»Kurzes Haar ... na ja, das ist wirklich sehr *neu*, nicht wahr?

Lady Marion Lamb hat sich die Haare abgeschnitten, und Pearl Clotswild, die amerikanische Erbin, und ...« Marie verstummte. Sie las eifrig die illustrierten Klatschblätter und wusste, dass kurz geschnittenes Haar zu den gewagtesten Dingen gehörte, die eine Dame tun konnte.

Marie ging um das Bett und strich Charlotte das schwere, schwarze Haar aus dem Gesicht. Zusammen blickten sie in den Spiegel über der Frisierkommode, Maries kleines Gesicht konzentriert, die Unterlippe vorgeschoben. Sie hielt Charlottes Haar versuchsweise so, dann so.

»Vielleicht«, meinte sie schließlich. In der Tat kamen Charlottes Gesichtszüge ohne die Haare viel besser zur Geltung. In den drei Jahren, seit Marie Charlottes Mädchen geworden war, hatte ihre Herrin ihr nie mehr als zehn Minuten Zeit gelassen, ihr Haar zu arrangieren. Deshalb hatte Marie in ihrer Verzweiflung schließlich begonnen, einfach ein Band einzuflechten, das wenigstens den größten Teil des schweren Haarschopfs aus Charlottes Gesicht hielt. Aber diese Frisur betonte Charlottes Augen nicht. Erst jetzt bemerkte sie, dass sie erstaunlich groß und leicht mandelförmig waren und dass die Wimpern so schwarz waren wie das Haar.

»Wir sollten abwarten, was Monsieur sagt«, erklärte Marie. Sie empfand sehr große Ehrfurcht vor Monsieur Pamplemousse, über den sie die fesselndsten Geschichten gehört hatte: Er war der Friseur Ludwig des Sechzehnten gewesen, er war Madame Guillotine nur um Haaresbreite entkommen und dann der Friseur Josephines, der Geliebten Napoleons, geworden. Natürlich verabscheuten die Engländer Napoleon, aber Marie behielt sich das Recht auf eine eigene Meinung vor. Für sie war Josephine ein Vorbild, was weibliche Schönheit und Mode betraf, und ihr Ehemann war nicht minder von Bedeutung.

»Und was Madame Brigitte betrifft, Mylady«, sagte Marie

ernsthaft. »Haben Sie je daran gedacht, Antonin Carême aufzusuchen? Madame Brigitte entwirft ausgezeichnete Kleider für junge Mädchen, aber ...«

»Du hast natürlich Recht«, sagte Charlotte. Sie war und würde niemals wieder ein ›Mädchen‹ sein.

Sie begegnete Maries besorgtem Blick mit einem strahlenden Lächeln. »Im Grunde war dieser mädchenhafte Stil nie besonders gut für mich. Es wird Zeit, dass ich einen anderen ausprobiere. Gestern im Park habe ich eine Frau in einem dieser Kleider mit hoher Taille und ohne Korsett gesehen. Natürlich war die Dame selbst wahrscheinlich nicht gerade moralisch einwandfrei, aber unabhängig davon ist die neue französische Mode wirklich entzückend, nicht wahr?«

Marie klatschte in die Hände. »O ja, Lady Charlotte! Monsieur Carême ist genau der Richtige. Und«, fügte sie verschmitzt hinzu, »Sie haben genau die Figur, um kein Korsett zu tragen. Vielleicht sollten Sie ein Kleid in Gold bestellen! Ich habe oft gedacht, dass Sie in einem Kleid in der Farbe der Vorhänge des Morgensalons großartig aussehen würden!« Charlotte war einen Augenblick lang verblüfft, dann lächelte sie.

»Ich werde nie wieder Rosa tragen«, sagte sie. »Nichts was rosiger ist als ein Pfirsich. Und«, fügte sie langsamer hinzu »keine Rüschen, keine Schleifen, keine Volants und aufgestickten Blumen.«

»*Absolument, oui, oui!*« Marie war außer sich.

Charlotte sah auf und lächelte. »Marie, würdest du jetzt all diese Kleider wegbringen?«

Maries Augen strahlten. Nicht dass sie selbst diese aus der Mode gekommenen Kleider tragen würde, aber sie konnte sie für ein schönes Sümmchen verkaufen (in dem tadellosen Zustand, in dem sie waren!) und sie und Cecil wären ihrer Hochzeit ein gutes Stück näher.

»Danke, Mylady«, sagte sie und machte einen anmutigen

Knicks. Dann warf sie sich einen großen Berg über den Arm und wankte beinahe aus dem Zimmer, wobei die Unterröcke, die sich vor ihrem Gesicht auftürmten, sie am Sehen hinderten. Sie musste dreimal gehen, dann hatte Charlotte ihr Zimmer wieder für sich.

Sie lief auf und ab, die Stirn leicht gerunzelt. Dann begann sie, die Porzellanfiguren auf dem Kaminsims und all den Krimskrams, der seit ihrem fünften Lebensjahr auf ihrem Nachttischchen gestanden hatte, einzusammeln und vorsichtig auf die Frisierkommode zu stellen. In dem Zimmer war immer noch zu viel Firlefanz, es war das Zimmer eines Mädchens für die Träume eines Mädchens, voller Butterblumen und Gänseblümchen.

Ich werde es ändern lassen, dachte Charlotte, aber das kann ich morgen tun. Sie wollte etwas Nüchterneres, vielleicht sogar blau, die Farbe von Kornblumen. Auf Grund der Erinnerung an ihren Debütantinnenball hatte sie eine Abneigung gegen Blau entwickelt, aber das war albern.

Charlotte ging ohne einen Gedanken an die beinah fertige dritte Version von Sir Vigilant Calverstill, der im dritten Stock auf sie wartete, zu Bett. Mit romantischen Gedanken schlief sie ein und träumte davon, mit einem Mann mit silberschwarzem Haar zu tanzen. Sie trug ein dunkelblaues Abendkleid und er sah sie voller Bewunderung und mit nacktem Verlangen in den Augen an.

Er neigte den Kopf und seine Lippen berührten ihre, einmal, zweimal, dreimal, einladend, fordernd, verheißungsvoll. Charlotte wälzte sich im Schlaf ruhelos hin und her und wachte mit klopfendem Herzen auf. Sie starrte eine Zeit lang nachdenklich ins Dunkel. Morgen früh würde sie sich erkundigen, ob William Holland eine Frau gefunden hatte. Es war seltsam, dachte Charlotte vergnügt, sich so spät in die Reihe der nach Ehemännern suchenden Frauen einzureihen. Aber es schien ihr keineswegs aussichtslos. Und wegen ihres neuen Reichtums musste sie nur jemanden mit Verstand finden. Verstand und etwas, was sie nicht benennen konnte, dachte Charlotte. Was dieser Lakai gehabt hatte. Mit einem Seufzer schmiegte sie sich wieder in ihre Decken und schlief ein.

Kapitel 4

Niemand freute sich mehr über Charlottes Entscheidung, sich neu einzukleiden, als ihre Mutter. Sie suchten Antonin Carême gemeinsam auf und während Charlotte unbekümmert Dutzende von zarten, hochtaillierten Kleidern bestellte, die so dünn waren, dass man die Umrisse ihres Körpers sehen konnte, schaute Adelaide von einem bequemen Stuhl aus zu.

Monsieur Carême wiederum war begeistert. Er sah in Charlotte eine junge Dame mit exquisiter Figur und perfekten Knochen: Man würde sich um seine Kleider reißen, wenn diese wunderschöne Tochter eines Herzogs mit seinen Kreationen auf den Bällen erschien. Adelaides Augen funkelten, als sie den Preis eines bestimmten Kleides hörte, das Charlotte in Betracht zog. Sie schätzte, dass die genannte Summe höchstens die Hälfte der sonst üblichen betrug, aber es war ein geschickter Schachzug von Antonin, den Preis zu senken.
Ohne Korsett zeigte sich, dass der Körper ihrer Tochter natürliche, üppige Kurven entwickelt hatte. Die Männer würden dahinschmelzen, wenn ihre vollendet geformten Brüste sich vollkommen natürlich und sanft aus Carêmes winzigen Miedern wölbten. Und die Frauen würden das gleiche Kleid in der Hoffnung bestellen, denselben Effekt zu erzielen.

»Sie wird dieses Oberteil doch nicht verlieren, oder, Antonin?«, fragte Adelaide besorgt.

Charlotte stand vor einem dreiseitigen Spiegel und trug ein umwerfendes Kleid. Es war vollkommen weiß und sein einziger Schmuck bestand in sieben schmalen Bändern, die auf den Rock hinunterfielen, der endlos lang wirkte, da er direkt unter Charlottes Brüsten begann. Und es hatte fast kein Oberteil, dachte Adelaide und fragte sich, was Marcel sagen würde, wenn er das Kleid sähe. Noch nie hatte Adelaide ein so elegantes Kleid gesehen.

Sie räusperte sich. »Charlotte«, sagte sie. »Das musst du nehmen. Du wirst eine neue Mode einführen.«

Charlotte drehte sich um. »O ja«, entgegnete sie glücklich. »Ich werde es nehmen. Vielen Dank, Monsieur.« Monsieur Carême lächelte und winkte ein Mädchen herbei, das in der Ecke mit der nächsten Kreation auf den Armen wartete.

Mit ihren einundvierzig Jahren hielt sich Adelaide für viel zu alt für diese neue Mode, aber auch sie wurde überredet, einige Morgenkleider zu kaufen: blasse, zarte Kreationen mit dem jetzt so modischen griechischen Muster am Saum. »Sie sind so entworfen«, flüsterte Monsieur Carême ihr vertraulich zu, »dass man ein leichtes Taillenkorsett tragen kann, wenn man es wünscht.« Und ob Adelaide das wünschte. Dieses nackte Aussehen, an das Charlotte sich so schnell gewöhnte, war nichts für sie!

Dennoch ... Adelaide lächelte und dachte mit Genugtuung an die boshaften Bemerkungen, die einige Witwen in letzter Zeit über ihre jüngste Tochter gemacht hatten, dass sie wahrscheinlich »in ihren Händen bleiben« und »niemals flügge werden« würde. Unsinn. Niemand, der Charlottes lange, schlanke Beine und ihre blütenweiße Haut sah, würde Charlotte jemals wieder für eine alternde Jungfer halten. Nicht in dieses Kleidern!

Am Nachmittag kam Monsieur Pamplemousse und bevor Charlotte es sich anders überlegen konnte, lag ihr langes Haar in dünnen Strähnen um den Stuhl in ihrem Ankleidezimmer.

»*Regardez*«, sagte Monsieur Pamplemousse aufgeregt. »Sie sind unvergleichlich!« Er küsste seine Fingerspitzen. »Ah, meine Scheren sind aus Gold.«

Charlotte betrachtete sich im Spiegel. Ihr Haar lockte sich in kunstvoller Fülle und ihr Kopf fühlte sich so leicht an, als wäre er ein Ballon, der jeden Augenblick in die Luft aufsteigen könne. Befreit von all dem schweren Haar, sahen ihre Lippen größer aus und die Wangenknochen wirkten ungewöhnlich hoch.

»Lady Charlotte«, meinte Marie ernst. »Sie sehen schöner aus als je zuvor. Sie werden einen Begeisterungssturm auslösen!«

Charlotte lächelte sie im Spiegel an. Monsieur Pamplemousse wirbelte herum und zeigte Marie, wie sie bei Bedarf ein Band um den Kopf ihrer Herrin legen konnte, obwohl – er richtete sich wichtigtuerisch auf.

»Bei wichtigen Anlässen muss Lady Charlotte mich unbedingt kommen lassen.« Für den folgenden Tag war er wegen des Balls des Herzogs von Clarence vollkommen ausgebucht, aber er würde eine ganz besondere Ausnahme machen und um vier Uhr zum Calverstill House kommen.

»Ich möchte nicht, dass meine Kreation verdorben wird«, sagte er und betrachtete Marie mit gerunzelter Stirn. Marie begann zu zittern und brach auf Französisch in wilde Proteste aus. Monsieur Pamplemousse ignorierte sie und fuchtelte mit den Händen in der Luft herum.

»Ich muss gehen, ich muss gehen!«, rief er mit starkem Akzent.

Charlotte lachte in sich hinein. Es war ihr nicht entgangen, dass Monsieur Pamplemousse Marie nicht auf Französisch antwortete; tatsächlich waren nicht alle seiner zahlreichen ausländischen Wörter französisch: Er schien auch Italienisch zu benutzen. Sie sah sich noch einmal an. Es war egal, und wenn er vom Südpol käme, seine Schere war tatsächlich aus Gold.

Sie – Charlotte – fühlte sich zum ersten Mal schön, wirklich schön. Um ehrlich zu sein, sie fand sich hinreißend. Sie war schön, begehrenswert und exquisit gekleidet. Warum sollte sie sich schämen? Sie konnte es gar nicht erwarten, zu dem Ball des Herzogs von Clarence zu gehen!

Deshalb war, als Alexander Mcdonough Foakes, der neue Graf von Sheffield und Downes, an seinem allerersten Abend in London seinem Club einen Besuch abstattete, eine sehr begehrte Erbin namens Charlotte das einzige Gesprächsthema. Zwei linkische junge Männer drohten damit, sich wegen der Streitfrage, wen sie denn nun am liebsten hatte, zu duellieren. Sein alter Freund Braddon Chatwick blickte elend drein, wenn sie erwähnt wurde.

Sie setzten sich zusammen in eine ruhige Ecke der Bibliothek und streckten die Beine vor dem warmen Feuer aus. Alexander spielte mit seinem Brandyglas, während er abwesend zuhörte, wie Braddon sein Leid klagte ... er hatte sie gebeten, ihn zu heiraten, sie hatte nein gesagt, gestern Abend hatte sie zweimal mit ... Meine Güte! Wie hatte er vergessen können, wie langweilig das alles war! Es war ihm gleichgültig, mit wem dieses hochnäsige Ding tanzte. Er sah Braddon finster an.

»Halt den Mund, Braddon«, sagte er langsam. »Sie muss ein vollkommenes Schaf sein. Wer sonst würde einen Grafen abweisen? Es ist ja nicht so, als hättest du siebzehn Kinder oder etwas in der Art.«

»Was weißt du schon davon, Alex?«, fragte Braddon hitzig. »Du hast immer Glück bei den Frauen ...« Plötzlich verstummte er und erinnerte sich an die schlimmen Gerüchte, die er in der Freude, seinen alten Freund nach drei Jahren in den Club kommen zu sehen, vergessen hatte.

Alex schien sein Zögern nicht bemerkt zu haben und Braddon warf ihm über sein Brandyglas hinweg einen verstohlenen Blick zu. Sein Herzschlag wurde ruhiger. Alex humpelte nicht und sah auch sonst genauso aus wie vorher. Braddon schauderte und nahm einen tiefen Schluck Brandy. Was würde Alex jetzt mit seiner Zeit anfangen? Gentlemen vergnügten sich damit, Faustkämpfe auszutragen, zu wetten und – und zu huren. Alex hatte nie gern gekämpft und jetzt konnte er sich offensichtlich nicht einmal mehr mit Frauen die Zeit vertreiben.

Er räusperte sich. »Ääh ... Du bleibst also länger hier?«, fragte Braddon.

»Ja«, entgegnete Alex abwesend, ohne von seinem Glas aufzusehen. »Wie du weißt, ist mein Vater vor acht Monaten gestorben, und ich konnte zu dem Zeitpunkt nicht zurückkommen, aber jetzt bin ich ... Na ja, ich muss mich um den Besitz kümmern und ...«

Er sah auf und starrte Braddon mit seinen beunruhigend schwarzen Augen an. »Ich habe England nach einer Weile vermisst. Italien ist großartig, aber dann starb Maria, meine Frau, und ich entschloss mich heimzukehren.«

»Aber ...« Braddon war verwirrt. »Ich dachte ... Jeder glaubt, dass du nicht verheiratet bist, dass diese Maria, äh, die Ehe annullieren ließ.«

Alex hob mit finsterer Miene den Kopf. »Das hat sie«, sagte er kurz angebunden. »Sie hat wieder geheiratet und ist vor einem Monat an Scharlachfieber gestorben.«

»Also seid ihr in Verbindung geblieben?«, riet Braddon.

»Nein. Aber sie ließ mich zu ihr kommen, als sie im Sterben lag.« Alex sah noch einmal auf und betrachtete Braddons verblüfftes Gesicht. Armer alter Braddon, er war schon immer etwas schwer von Begriff gewesen.

»Genug davon«, erklärte Alex und leerte sein Glas mit einem Zug. »Hast du nicht gesagt, dass heute ein Ball stattfindet?«

»Ja«, entgegnete Braddon, »aber so kannst du nicht gehen! Du trägst nicht einmal Abendkleidung.« Er warf einen vorwurfsvollen Blick auf die Wildlederpantalons seines Freundes. »Außerdem«, platzte er heraus, »warum in aller Welt willst du dorthin gehen? Du hast so etwas immer gehasst, selbst vor ...« Er unterbrach sich.

»Ich möchte aus demselben Grund zu dem Ball gehen wie du, Braddon«, sagte Alex ruhig. »Ich brauche eine Frau.« Er erhob sich und zog den verstummten Grafen auf die Beine. Auge in Auge standen sie sich in der leeren Bibliothek gegenüber.

»Warum?«, fragte Braddon unverblümt.

Alexander drehte sich um und schlenderte zur Tür. »Ich habe eine Tochter«, bemerkte er mit einem Blick über die Schulter. »Sie braucht eine Mutter. Komm schon, Braddon. Meine Kutsche wartet draußen. Wir fahren an meinem Haus vorbei, ich ziehe mich um und wir können zusammen etwas essen. Dann suchen wir uns eine Frau.«

Braddon folgte ihm stumm. *Er* hatte eine Tochter? Ganz London wusste, dass seine Frau die Ehe wegen Impotenz hatte annullieren lassen. Und dass Alex das nicht bestritten hatte. Er würde nie eine Frau finden ... na ja, natürlich würde er eine finden, dachte Braddon. Viele Frauen wollten einen Grafen heiraten; das hatte er am eigenen Leib erfahren. Aber Braddon verstand das einfach nicht. Wenn Alex impotent war, wie konnte er dann eine Tochter haben? Und wenn er eine Tochter hatte, warum war seine Ehe annulliert worden? Und wenn ... In Braddons Kopf drehte sich alles.

Die Kutsche hielt vor Sheffield House. Noch hingen immer schwarze Girlanden an allen Fenstern, obwohl sie inzwischen, acht Monate nach dem Tod von Alex' Vater, etwas mitgenommen wirkten. Braddon trottete hinter Alex her und dachte angestrengt nach. Das alles ergab für ihn keinen Sinn und er würde es nicht verstehen, wenn er nicht wegen der Sache mit der Impotenz nachfragte, und das würde er unter keinen Umständen tun.

Es kam ihm in den Sinn, dass es vielleicht etwas heikel war, Alex mit zu Lady Prestlefields Ball zu bringen. Was die Moral und ähnliche Dinge betraf, nahm sie alles peinlich genau. Hatte sie nicht sogar eines Tages Lady Gwenth Manisse den Zutritt zu ihrem Haus verwehrt, nur weil bekannt war, dass sich die arme Lady Gwenth unsterblich in einen verheirateten Erzbischof verliebt hatte? Aber andererseits war Alex ein Graf, und es gab nur etwa zehn Grafen im ganzen Land. Und er war nicht im eigentlichen Sinn geschieden und wie sollte man jemanden von einer Gesellschaft ausschließen, nur weil er sozusagen – unfähig war? Darauf begann Braddon wieder, über das Problem mit der Tochter nachzugrübeln: Woher kam diese Tochter?

Er sollte das einfach vergessen, dachte Braddon schließlich, und so tun, als wisse er nicht viel über die Annullierung. Er hatte schon Kopfschmerzen vom Nachdenken. Er würde einen seiner klugen Freunde, beispielsweise David, darum bitten, ihm das Ganze zu erklären. Er musste nur daran denken, keine Frau, nicht einmal diese prächtige kleine Sängerin, die er gerade in der Oper kennen gelernt hatte, zu erwähnen und es würde beim Essen keine Unannehmlichkeiten geben. Besonders die Sängerin sollte er aus seinem Gedächtnis streichen, weil sie Italienerin war oder es zumindest von sich behauptete. Braddons Laune hob sich. Die Lösung waren Pferde! Es war nichts Riskantes dabei, über Pferde zu sprechen.

Braddon hatte schon immer die bemerkenswerte Fähigkeit gehabt, Dinge aus seinem Gedächtnis zu streichen (und das zum großen Ärger seiner Mutter, seiner Lehrer und jedes logisch denkenden Menschen, der mit ihm in Kontakt stand, vor allem seines persönlichen Sekretärs, seines Gutsverwalters und seines Butlers). Deshalb genoss er jede Minute des Essens und hatte nicht die geringste Ahnung, wie sehr er Alex mit der genauen Beschreibung jedes einzelnen Pferdes in seinen Ställen langweilte.

Nach dem Essen entschuldigte Alex sich und lief nach oben, um sich umzuziehen. Vorher jedoch schlich er leise in das Zimmer neben seinem und trat auf Zehenspitzen an die Wiege. In ihre Decken gekuschelt lag seine Tochter zusammengerollt auf der Seite, das Gesicht auf einer Hand, die andere Hand auf dem Kopf. Im Schlaf sah sie aus wie ein Engel und so gar nicht wie der Dämon, der sein Leben im letzten Monat auf den Kopf gestellt hatte.

Er streckte die Hand aus und strich mit den Fingern über die gewölbten Augenbrauen: *seine* Augenbrauen. Erneut raste sein Herz vor Wut. Wie hatte Maria es wagen können, sie von ihm fern zu halten? Er hatte ein ganzes Jahr in Pippas Leben verpasst ... Alex atmete tief durch und zog die Decke fest um ihren kleinen, runden Körper.

Im Schlaf sah Pippa nicht traurig aus, sie lächelte. Sie hatte nie die Alpträume, die die Ärzte voraussahen. Nur wenn sie wach war, machte sich der Verlust ihrer Mutter bemerkbar. Hol dich der Teufel, Maria, dachte Alex grimmig. Wenn er gewusst hätte ... na ja, dann wäre Maria trotzdem gestorben. Eines Tages würde Pippa aufhören, ihre Mutter zu vermissen. Wenigstens hatte Maria ihn kommen lassen, als sie wusste, dass sie nicht weiterleben würde. Und jetzt war Pippa hier und sie war in Sicherheit. Er beugte sich vor und gab ihr einen Kuss auf die Stirn.

»Hab keine Angst, mein Engel«, sagte er leise. »Ich werde zurück sein, bevor du aufwachst.«

Kurz nach elf Uhr, als der Ball bereits in vollem Gange war, kamen sie beim Haus der Prestlefields an. Braddons Bedenken, ob Alex gut aufgenommen werden würde, waren umsonst gewesen, da Lady Prestlefield gerade aufgehört hatte, ihre Gäste persönlich zu empfangen. Als sie in den Ballsaal gelangten, tanzte sie gerade eifrig einen Volkstanz.

Dem Butler der Prestlefields schwoll vor Stolz die Brust, als er nicht nur einen, sondern zwei Grafen hineingeleitete. Seine Stimme schallte über den überfüllten Ballsaal: »Der Graf von Sheffield und Downes und der Graf von Slaslow.«

Das Stimmengewirr, das den Ballsaal erfüllte wie Vogelgezwitscher eine Voliere, hörte keine Sekunde lang auf. Aber die Blicke aller richteten sich nach oben und folgten den jungen Männern auf dem Weg in den Ballsaal hinunter und die Gedanken aller kehrten zu den Geschichten zurück, die sie über Italien gehört hatten; und alle neigten den Kopf ein wenig mehr ihrem Partner zu oder sehnten das Ende des Tanzes herbei, um einen besseren, gut informierten Gesprächspartner suchen zu können.

Charlotte hörte die Ankündigung nicht, weil sie gerade dabei war, auf dem Balkon herrlich indiskret zu sein. In dem Monat, seit sie ihre neue Garderobe enthüllt hatte, hatte sie festgestellt, dass ihr großartiges Aussehen ihr auch ein großartiges Gefühl gab. Um die Wahrheit zu sagen, sie hatte den Plan, einen Ehemann zu finden, aufgegeben. Es machte einfach zu viel Spaß, nur zu flirten.

In diesem Moment stand sie an den Balkon gelehnt und blickte lächelnd zu Baron Holland auf. Seine Augen funkelten, während er sie ansah. Er stand dicht vor ihr, nur eine Handbreit von ihren Schenkeln entfernt, und sie wusste, dass das Absicht war.

Er legte seine Hand rechts und links von Charlotte auf das Geländer. Charlotte berührte seine Brust mit ihrem Fächer.

»Sachte, Will«, sagte sie. »Nicht zu nahe.«

»Ich tue doch gar nichts!«, beschwerte sich Will. »Ich berühre nicht einmal Ihren Ärmel.« Er lehnte sich noch ein wenig weiter vor.

»Ich glaube, Sie haben ein Insekt im Gesicht«, meinte er ernst mit einem leichten Zucken um die Mundwinkel.

»Ja?«, fragte Charlotte. »Was für ein Insekt?«

»Eine Biene«, hauchte er, ihren Lippen sehr nahe. »Wollen Sie, dass ich sie töte?«

»Ich bin mir nicht sicher«, antwortete sie mit einem Lächeln.

»Sie müssen sich das so vorstellen«, sagte er. »Ihre Lippen sind der Honig und meine die Biene ...« Wohin diese etwas gezwungene Metapher auch immer führen sollte, sie wurde von Lady Sophie York, der Tochter des Marquis von Brandenburg, unterbrochen.

»Charlotte!«, rief sie und stieß den Baron mit dem Ellbogen beiseite. »Deine Mutter schwebt gerade durch den Ballsaal, als würde sie das Rote Meer teilen. Du solltest besser nach drinnen gehen und ihr Gemüt abkühlen. Ich werde Will eine Minute Gesellschaft leisten und du tust so, als hättest du nur frische Luft geschnappt.«

Charlotte verzog das Gesicht. Sie bedankte sich bei Sophie und glitt ohne einen Abschiedsblick an Wills Schulter vorbei durch den Vorhang.

Sophie sah mit weit geöffneten, unschuldigen Augen zu Will auf. Obwohl er etwas missgestimmt war, musste er lächeln. Sie war eine so vollkommene kleine Person – wahrscheinlich nicht viel größer als fünf Fuß, aber entzückend gebaut.

»Ach, Will«, seufzte Sophie traurig. »Sie wollen doch nicht behaupten, dass Charlottes Lippen genauso süß sind wie meine ...« Sie sah vollkommen niedergeschlagen aus.

Will sah sie misstrauisch an. Er kannte Sophie York inzwischen. »Nun ja, Sie wissen ja, wie das ist, Sophie. Ich habe

Sie vergöttert, aber dann sah ich Charlotte und sie war so groß, so gertenschlank und so statuenhaft und die kleinen Mädchen verblassten irgendwie neben ihr –« Er hielt inne, als eine kleine Faust sich in seinen Magen grub.

»Kommen Sie, Sophie! Lassen Sie das!«, forderte er und zog die süße kleine Frau an seine rechte Schulter.

»Ihre Lippen«, sagte er und sah ihr tief in die Augen, »sind süßer als der Honig tasmanischer Bienen.«

Sie lachte leise in sich hinein. »Sind Sie sicher, dass nicht ich die Biene bin, Will? Ich habe Sie gestochen, nicht wahr?«

»Tasmanische Bienen in den Alpen«, meinte Will beharrlich und lachte ebenfalls. Wieder einmal dachte er, wie sehr ihm diese neuen französischen Kleider gefielen. Sophie mochte klein sein, aber ihr Körper hatte vollkommene Rundungen und es gefiel ihm, wie sie so an seine Seite gelehnt dastand. Seine Augen wurden dunkler.

»O nein, Will, das werden Sie nicht tun«, sagte Sophie, die seine Absicht erkannte. Sie entwischte geschickt aus seinen Armen und schob den schweren Brokatvorhang beiseite. »Wir haben uns in Kensington geküsst, erinnern Sie sich? Sicher haben Sie das nicht vergessen, Will?« Sie zog eine Schmollmund und ihre Augen glitzerten. Will verspürte ein Ziehen in den Lenden. Er war überzeugt, noch nie zwei so verführerische Frauen wie Charlotte und Sophie gesehen zu haben, wenigstens nicht außerhalb der Halbwelt. Sophie zwinkerte ihm zu und verschwand im Ballsaal.

Will stand noch einen Augenblick auf das Geländer gestützt da. Charlotte und Sophie waren reizend, aber warum fühlte er sich in ihrer Gegenwart wie ein Trottel? Und was wichtiger war, wie brachte er eine von ihnen dazu, ihn zu heiraten? Er fühlte in seinem Inneren, dass er eins von diesen Mädchen haben musste. Selbst wenn sie arm wären. Was sie glücklicherweise nicht waren, erinnerte er sich gut gelaunt.

Auf der anderen Seite des Balkonvorhangs blieb Sophie stehen. Charlotte stand links von ihr und war in ein Gespräch mit ihrer Mutter und einigen Witwen vertieft. Sophie lächelte. Charlotte brauchte noch einmal ihre Hilfe. Anmutig schritt sie zu der Gruppe.

»Charlotte«, sagte sie mit ihrer melodischen Stimme.

»Entschuldige mich, Mama«, erwiderte ihre Freundin und wandte sich Sophie zu.

»Ich fühle mich etwas *deshabillé*«, klagte Sophie und schwenkte ihren Fächer vor ihrem perfekt frisierten Haarschopf. »Es ist so heiß hier drinnen, finden Sie nicht, meine Gnädigste?« Sie lächelte Charlottes Mutter an.

Gegen ihren Willen erwiderte Adelaide das Lächeln. Sophies Lächeln war einfach bezaubernd, auch wenn Adelaide ansonsten nicht sehr glücklich über Charlottes neue Freundschaft war. Sie war sich nicht genau darüber im Klaren, warum. Sophie war vielleicht ein wenig wild, aber jeder wusste, dass sie nie wirklich die Grenze der Anständigkeit überschreiten würde. Aber sie war so ganz anders als ihre ernsthafte, überhaupt nicht leichtfertige Tochter. Aber wie war ihre Tochter denn eigentlich? In den letzten Wochen war Charlotte zur gefeierten Schönheit Londons geworden. Das Mädchen, das in drei Jahren acht Anträge bekommen hatte, hatte allein in der letzten Woche mehr Männern einen Korb geben müssen.

»Oh, Sophie«, rügte Charlotte lachend. »Warum sagst du *deshabillé*? Das bedeutet doch, du bist nur halb angezogen, oder, Mama?«

Adelaide nickte. Genau das gehörte zu den Dingen, warum sie sich Gedanken über Lady Sophie machte. Sie wusste genau, dass Sophies Französisch makellos war, da ihre Mutter Französin war und sie ein französisches Kindermädchen gehabt hatte. Was bezweckte das Mädchen damit anzudeuten, sie sei nur halb bekleidet? Also wirklich! Ihr Sinn für Humor war ein wenig ... *outré*, etwas unanständig.

Und Charlotte und Sophie traten jetzt überall zusammen auf. Charlottes glänzende schwarze Locken neben Sophies rotblonden Locken waren im Hydepark ein gewohnter Anblick. Noch mehr erstaunte sie jedoch, dass Charlotte Sophie malte: ihr erstes lebendes Modell. Vielleicht bin ich etwas eifersüchtig, dachte Adelaide.

Plötzlich fuhr sie zusammen. »O nein!«, rief Adelaide beinahe quietschend. »Wachs!« Die kleine Schar Frauen sprang auseinander und blickte nach oben. Sie standen genau unter einem Leuchter und heißes Wachs tropfte von den Kerzen.

»Charlotte«, sagte Adelaide befehlend. »Und Sophie, natürlich«, fügte sie hinzu. »Wir werden uns für einen Augenblick zurückziehen. Kommt, Mädchen.« Herrisch bahnte sie sich einen Weg durch die Menge zum Damensalon.

Sophie und Charlotte folgten ihr etwas langsamer. Adelaide hatte in der Tat einen weißen Streifen aus Wachs auf dem Rücken ihres Kleides. Sie würde es wohl ausziehen müssen, damit die Dienstmädchen das Wachs herausbügeln konnten.

Charlottes Augen strahlten. Sie trug eines ihrer neuen Kleider aus dunkelgrüner Seide. Sie liebte es, wie der Stoff ihr beim Tanzen oder Gehen sanft um die Beine strich.

»Deine Lippen sind also wie Honig?«, flüsterte Sophie ihr zu, als sie durch die Menge gingen und dabei automatisch die Grußworte und das Lächeln der anderen erwiderten. »Und ist das eine Honigbiene, die du dort auf dem Balkon zurückgelassen hast?«

»O nein«, jammerte Charlotte in gespielter Verzweiflung. »Sag nicht, du willst schon wieder einen vollkommen guten Flirt zunichte machen! *Mir* hat die Bienengeschichte gefallen!«

»Nein, nein!«, entgegnete Sophie. »Ich fand, Will war eine bezaubernde Biene. Und«, fuhr sie etwas entrüstet fort, »es ist ungerecht zu behaupten, ich hätte deinen Flirt mit Reginald letzte Woche zunichte gemacht – ich habe nur gefragt, wie oft er sein Toupet zurechtgerückt hat, während du mit ihm einen Tanz ausgesetzt hast. Und ich habe Recht! Es ist ein untrügliches Anzeichen für sein Verlangen. Wenn seine zukünftige Frau Kopfschmerzen hat, wird sie dieses Herumrücken seiner Perücke fürchten lernen.«

Charlotte lachte halb schockiert, halb entzückt. Wie konnte Sophie nur etwas so Empörendes sagen?

»Ich nehme an«, antwortete Charlotte, »dass er sich ständig an den Kopf fasst, wenn *du* einen Tanz mit ihm aussetzt!«

»Natürlich«, meinte Sophie gedehnt. »Ich würde mich in sehr schlechter Form glauben, wenn er nicht wenigstens einmal in der Minute seine Perücke zurechtrückt. Weißt du was«, sagte sie etwas nachdenklicher, »vielleicht sollte eine von uns ihn wirklich nehmen. Er sieht gar nicht so schlecht aus.«

Sie schlängelten sich die Treppe hinauf, was wegen der Scharen von Klatschenden, die sich auf halbem Weg nach oben postiert hatten, eine langwierige Angelegenheit war, und sprachen noch immer über Lord Reginald Petersham.

»Natürlich ist er nur ein Baronet«, erklärte Sophie.

»Aber er hat ein wundervolles Gesicht«, erwiderte Charlotte. Lord Reginald war mit einem langen, schmalen Gesicht gesegnet, das sie jetzt, wo sie dazu aufgestiegen war, wirkliche Menschen zu porträtieren, sehr gern malen würde. Aber sie konnte ihn nicht malen, ohne ihn zu heiraten; unverheiratete Damen durften nicht Stunden mit einem Mann allein in einem Zimmer verbringen, selbst wenn er auf dem Sofa platziert war und sich nicht bewegen durfte. Und sie mochte sein Gesicht nicht genug, um ihn gleich zu heiraten.

»Ich weiß«, sagte Charlotte mit einem Seufzer. »Man könnte all seine kleinen Haarteile verbrennen. Ich mag kahle Köpfe. Aber ...«

»Weißt du, wer perfekt für ihn wäre?«, sagte Sophie plötzlich. »Deine Freundin Julia!«

»Oh, Sophie! Julia ist verheiratet!« Julia hatte im ersten Jahr eine sehr gute Partie gemacht. Charlotte konnte noch immer nicht an diese Saison denken, ohne einen Anflug von Demütigung zu verspüren. Während Charlotte zahllose Tänze an der Seite des Ballsaals ausgesetzt hatte, tanzte sich Julia schwungvoll in das Herz eines rotröckigen Majors, der auf dem Weg war, Admiral zu werden. Zurzeit lebten sie auf Gibraltar.

»Warum gerade Julia?«, fragte sie.

»Weil Reginald gern zuhört, hast du das nicht bemerkt? Er mag uns beide nicht nur, weil wir schön sind, sondern weil wir *reden*. Und Julia: Na ja, sie redet mehr als wir beide zusammen, nicht wahr?«

Charlotte kicherte. Julia konnte in der Tat ein Gespräch mit einer Backsteinwand führen. Aber Sophie hatte sie wieder einmal schockiert. Natürlich glaubte Charlotte gut auszusehen und sie wusste, dass Sophie schön war, aber darauf so sorglos anzuspielen war ... Es war etwas Ungehöriges an Sophie York. Sie hatte ein gute Beobachtungsgabe – und sie zögerte nie, ihre Meinung zu äußern, egal wie heikel sie war.

Sie hatten endlich das obere Stockwerk erreicht und drängten sich hinter Adelaide in den Damensalon. Tatsächlich wandte Adelaide einer Magd den Rücken zu, die sorgfältig die etwa hundert Knöpfe am Rücken öffnete. Charlotte stöhnte leise. Es würde Stunden dauern!

Genau in diesem Augenblick sah ihre Mutter auf und bemerkte ihren Blick. »Mädchen, würdet ihr bitte helfen? Sophie, wenn du dich hier hinsetzen und meine Tasche halten würdest, wäre ich sehr dankbar.« Sophie ließ sich mit Adelaides zarter, kleiner, französischer Handtasche auf dem Schoß nieder. In letzter Zeit hatte es eine Reihe von Diebstählen bei den Bällen der Londoner Gesellschaft gegeben und

Adelaide wollte nicht den Verlust ihrer liebsten Handtasche riskieren.

»Und Charlotte, mein Liebes, würde es dir etwas ausmachen, nach unten zu laufen und Sissy zu sagen, wo ich bin? Ich habe ihrer Mutter versprochen, dass ich ein Auge auf sie haben würde, und ich will nicht, dass sie mit irgendjemand zum Diner geht. Prudence wird fuchsteufelswild, wenn dieser John Mason sie noch einmal zum Diner begleitet.«

»Ja, Mama«, sagte Charlotte gehorsam, aber nicht begeistert. Sissy, oder Miss Cecilia Commonweal, war ein Problem; niemand mochte sie besonders und sie hatte einen fürchterlichen Geschmack, was Männer anging. In einem Raum voller heiratsfähiger Männer suchte sie sich treffsicher den einzigen verarmten zweiten Sohn aus. Und da Sissys Mutter, die eine Schulfreundin Adelaides war, ein schwaches Herz hatte und nur an wenigen Bällen teilnahm, hatte Charlotte schon zu viele Diners mit einer missmutigen Sissy verbracht, die man gerade von der Seite eines weiteren unpassenden Jünglings gezerrt hatte.

Charlotte ging die Treppe hinunter und hielt nach Sissy Ausschau. Sie schien nicht im Ballsaal zu sein. Wahrscheinlich steht sie draußen und lässt sich küssen, dachte Charlotte verächtlich und vergaß dabei, dass sie vor zehn Minuten beinahe genau dasselbe getan hätte.

Kurz vor dem Ende der Treppe glaubte sie, Sissys Federn erspäht zu haben. Sissy hatte begonnen, ein kompliziertes Arrangement aus drei oder vier gefärbten Straußenfedern am Hinterkopf zu tragen, so dass sie in der Menge recht leicht zu entdecken war. Charlotte persönlich fand diesen Haarschmuck grässlich, wie die wippenden Federn an den Pferden der königlichen Wache.

Sie stand etwa auf der dritten oder vierten Stufe auf Zehenspitzen und bemühte sich zu sehen, wohin diese auffälligen Feder verschwunden waren, als sie mit dem rechten Fuß ausrutschte und die Person vor ihr genau an den verlängerten Rücken traf.

»Autsch!«, rief er, und *rums*! knallte Charlotte mit dem Gesäß auf die Stufen. Tränen stiegen ihr in die Augen, als ihr Rücken auf der Setzstufe der Marmortreppe aufschlug.

Die Person, die sie getroffen hatte, drehte sich um und kniete sich zu ihr nieder. Charlotte hob den Blick. Sie öffnete den Mund, um »Es tut mir Leid« zu sagen, doch die Wörter blieben ihr im Hals stecken.

Er war größer, als sie in Erinnerung hatte, und sah besser aus. Seine Muskeln wölbten sich unter den dünnen Pantalons und sie konnte sich nicht erinnern, dass er so breite Schultern gehabt hatte. Aber die Augen waren genauso samtschwarz, wie sie sie in Erinnerung hatte, und er hatte die gleichen silberschwarzen Locken, die ihm nach französischer Mode in die Stirn fielen. Monsieur Pamplemousse würde das gutheißen, dachte Charlotte unsinnigerweise.

Plötzlich kam Charlotte zu Bewusstsein, dass sie ihn anstarrte. Sie sah ihm in die Augen und eine leichte Röte stieg ihr ins Gesicht. Auch der Mann starrte sie an, die Stirn leicht gerunzelt. Charlotte überlegte fieberhaft, was sie sagen sollte. Schließlich platzte sie heraus: »Was machen Sie denn hier?«, und kam sich sofort äußerst dumm vor. Natürlich war er kein Lakai! Er war förmlich gekleidet und außerdem, wie hatte sie das je denken können? Unverkennbar strahlte er die Autorität und Würde eines Gentlemans aus.

Er hob die gewölbten Augenbrauen. »Wo sollte ich sonst sein?«, fragte er, während er immer noch auf den Absätzen balancierte.

Charlotte errötete nochmals. »Nun ja, auf einem Maskenball«, meinte sie unbestimmt. »Dieses Mal habe *ich* Sie umgeworfen«, fügte sie hinzu.

Alex runzelte wieder die Stirn. Wovon zum Teufel sprach dieses schöne Mädchen? Das war wieder mal typisch für sein Glück: Er hatte die erste interessante Frau an diesem Abend getroffen und sie war übergeschnappt. Sein Blick wanderte nach unten. Er konnte direkt in ihren Ausschnitt sehen. Sie hatte die schönsten, zartesten Brüste, die er je gesehen hatte. Sie waren üppig gerundet, weich und vollkommen geformt. Seine Hand zuckte. Mein Gott! Er hätte sie beinahe auf der Stelle berührt. Plötzlich wurde er sich der aufgeregten Stimmen um sie herum bewusst, die sich erkundigten, ob jemand verletzt sei, und um Hilfe riefen.

Er streckte eine Hand aus und half ihr auf die Beine.

»Haben Sie sich wehgetan?«, fragte Alex und überging ihre unsinnige Bemerkung über Maskenbälle. Jetzt gefiel sie ihm noch besser. Sie hatte genau die richtige Größe und als sie den Kopf hob, war ihr Mund nah genug an seinem, um geküsst zu werden. Alex führte sie an die Seite des Saals und streichelte sie ohne nachzudenken dort, wo sie mit dem Rücken auf die Treppe aufgeschlagen sein musste.

Abrupt hielt er inne. Ihr Kleid war so dünn, dass er die Rundung ihres Gesäßes spüren konnte, und eine solche Welle der Wollust brandete in ihm auf, wie er sie noch nie gespürt hatte. Er musste den Verstand verloren haben, entschied er. Er hatte zu lange keine Frau mehr gehabt.

Charlotte spürte die Hand auf ihrem Rücken nicht, noch bemerkte sie, als er sie plötzlich fortzog. »Haben Sie ... erinnern Sie sich an mich?«, fragte sie schließlich und sah ihm direkt in die Augen.

Wieder runzelte Alex die Stirn. Er war ihr nie begegnet, das war sicher. Er sah sie prüfend an. Sie hatte ein reizendes, dreieckiges Gesicht, das von weichen Locken umrahmt wurde: eine vollkommene, gerade Nase und hohe Wangenknochen. Ihr Mund war von Natur aus dunkelrot, ihre Augenbrauen wunderschön: hoch und fein gewölbt, die weibliche Variante seiner eigenen. Eine Sekunde lang regte sich eine Erinnerung, aber ...

»Ich bin Ihnen nie begegnet«, antwortet Alex mit einem Lächeln. Er würde doch eine Begegnung mit einer so schönen Frau nicht vergessen.

Charlotte starrte ihn mit leicht geöffnetem Mund an. Er entjungferte eine Frau und erinnerte sich nicht einmal daran? Waren alle Männer so? Tat er das jede Woche?

Alex nahm wieder ihren Arm und geleitete sie in den Salon zu ihrer Rechten.

»Sie müssen meinen Bruder getroffen haben«, meinte er leichthin. »Wir sind Zwillinge.« Er sah auf sie herab und lächelte verschmitzt. »Sie sind nicht die Erste, die uns verwechselt.«

Ohne zu denken, erwiderte Charlotte sein Lächeln und ihr Herz setzte einen Schlag aus. »Sie haben einen Zwillingsbruder?«, wiederholte sie. Ihr Kopf war vollkommen leer.

»Ja«, sagte Alex gut gelaunt, nachdem er das Missverständnis geklärt hatte. Das Mädchen war nicht verrückt, sie hatte ihn nur verwechselt. »Nicht einmal unsere Mutter konnte uns immer auseinander halten.«

Charlotte sah zu ihm auf. Sie wusste genau, wer er war – na ja, sie wusste nicht, *wer* er war, aber sie wusste, dass er es gewesen war. Sie erkannte sogar das Grübchen an seiner rechten Wange und die Form seiner Lippen wieder. Aber er schien sich nicht zu verstellen; er erinnerte sich einfach nicht mehr daran, ihr begegnet zu sein. Charlotte wurde es schwer ums Herz. Ihre Jungfräulichkeit hatte ihm so wenig bedeutet, dass er sich nicht einmal daran erinnerte, sie ihr genommen zu haben.

Sie wurde langsamer. Wohin gingen sie überhaupt? Sie musste zurück nach oben zu ihrer Mutter. Ruhig befreite sie ihren Arm aus seinem Griff und blieb stehen.

»Vielen Dank für Ihre Hilfe, Sir«, sagte sie leise. »Ich entschuldige mich, Sie umgeworfen zu haben.« Ohne eine Antwort abzuwarten, drehte sie sich um und rannte beinahe – aber nur beinahe – die Treppe hinauf.

Alex stand völlig verblüfft da. Gerade war sie noch da gewesen; dann war sie schon wieder verschwunden. Er sah ihr verwirrt nach. Wer war sie?

Plötzlich drang eine besorgte Stimme an sein Ohr. Als er sich umdrehte, stand Braddon vor ihm. »Was hältst du von ihr?«, fragte Braddon. »Ist sie nicht überwältigend?«

»O ja«, entgegnete Alex, der die Situation in wenigen Sekunden durchschaut hatte. »Ich werde sie heiraten. Wie war noch gleich ihr Name?«

Kapitel 5

Alex schlief tief und fest, die Leinendecken bis zur Taille hinuntergeschoben, so dass man seine tief gebräunte, muskulöse Brust sehen konnte. Das war eines der wenigen Dinge, woran man ihn von seinem Bruder unterscheiden konnte. Patrick schlief in zerwühlten Decken und wälzte sich die ganze Nacht im Bett hin und her. Als Patrick klein war, war er wegen seines unruhigen Schlafs oft aus dem Bett gefallen und hatte einfach auf dem Boden weitergeschlafen. Alex dagegen hatte schon als Kleinkind so fest geschlafen, dass seine Mutter ab und an auf Zehenspitzen hereinschlich und ihn berührte, um sicher zu gehen, dass er noch atmete.

Es war beinah acht Uhr, als Alex aufwachte. Die Sonne schickte helle, schräge Strahlen durch die Vorhänge. Er blieb mit geschlossenen Augen liegen und dachte über den gestrigen Abend nach.

Er und Braddon hatten sich kurz nach der Begegnung mit der Tochter des Herzogs von Calverstill in einen Spielsalon begeben. Als Charlotte wieder aus dem Damensalon auftauchte, wurde sie von einer Menge lachender, vorwurfsvoller Tanzpartner umringt, die sie vernachlässigt hatte, um sich um ihre Mutter zu kümmern. Alex beobachtete eine Weile, wie sie die flehentlichen Gesten abwehrte. Mein Gott, dachte er, sie ist *wirklich* schön.

Charlottes Gesicht war gerötet: Sie spürte sofort, als er den Raum betrat. Sie wusste, dass er sie beobachtete, ihr wurde heiß und sie zitterte vor Erregung. *Jetzt* konnte sie seine große Hand an ihrem Rücken fühlen, wie sie kurz ihr Gesäß berührte, als er über die Schramme an ihrem Rücken strich. Sie mochte es zu dem Zeitpunkt nicht bemerkt haben, aber jetzt war es, als stünde ihr Körper in Flammen. Der Gedanke an die Berührung seiner Hand weckte eine Flut von Erinnerungen. Sie wurde von dem tiefen Verlangen erfüllt, seine Hände auf ihrem ganzen Körper zu spüren, so wie er sie vor drei Jahren berührt hatte. Aber zugleich fühlte sie eine schreckliche Demütigung. Er hatte die ganze Begegnung einfach vergessen; er hatte nicht einmal gemerkt, wer an diesem Abend in seinen Armen gelegen hatte. Das Denken fiel ihr schwer, sie war zwischen Wut und Verlangen hin- und hergerissen, obwohl keiner der Männer um sie herum ihre mangelnde Aufmerksamkeit bemerkte.

Während sie an jenen Garten zurückdachte, lächelte sie Will Holland so vielsagend an, dass er den Gedanken, Sophie York zu heiraten, sofort aufgab. Charlotte war die Richtige. Er beugte sich über ihre Hand und flehte sie an, ihm zu erlauben, sie zum Diner zu begleiten. Oder – er lächelte schelmisch – noch einmal mit ihm zu tanzen? Sie hatten bereits zweimal miteinander getanzt, ein dritter Tanz käme der Bekanntgabe ihrer Verlobung gleich. Charlotte lachte und schüttelte tadelnd den Kopf.

Während Charlotte die Gärten von Stuart Hall nicht aus ihren Gedanken verbannen konnte, dachte Alex keine Sekunde an seine Begegnung mit einer jungen Prostituierten vor langer Zeit, als er beobachtete, wie die liebliche Tochter des Herzogs mit ihren Freiern spielte. Dabei erinnerte er sich sehr deutlich an den Garten: das lange, seidene Haar der Frau, ihre Haut, die so weiß war, dass sie rothaarig sein musste, die Form ihrer kleinen Brüste, wie umgedrehte Champagnerkelche, die sanften, dunklen Augen. Aber Charlotte hatte schwarze, kurze Locken, Augen, die vor Lebensfreude und Intelligenz sprühten, und üppige, wohlgeformte Brüste, bei deren bloßem Anblick er von schmerzlicher Sehnsucht erfüllt wurde. Es bestand keine Ähnlichkeit zwischen seiner Erinnerung und der Tochter des Herzogs, selbst wenn ihm diese Möglichkeit in den Sinn gekommen wäre.

Plötzlich fühlte sich Alex wie ein tölpelhafter Junge, der an der Wand stand und die regierende Schönheit der Londoner Gesellschaft anhimmelte. Angewidert von sich selbst, richtete er sich auf und machte auf dem Absatz kehrt. Er wusste, wo der Herzog von Calverstill wohnte, warum sollte er sich mit dem Mückenschwarm abgeben, der die Tochter des Herzogs umschwirrte? Alex spürte Braddon in einem der Spielzimmer auf und ließ seine Kutsche kommen. Am Ende des Abends, den er bei Brooks beim Glücksspiel verbrachte, war Alex um sechshundert Pfund reicher. Um drei Uhr morgens waren die Kerzen in dem von Brooks als Samtsalon bezeichneten Raum heruntergebrannt. Der Salon war mit dicken, dunkelgrünen Samtvorhängen verhängt, um den Tag wie die Nacht erscheinen zu lassen, damit die Spieler sich in einem zeitlosen Raum wähnten. Aber Alex hatte eine große Summe Geld gewonnen und obwohl die meisten Spieler bis zum Morgengrauen weiterspielen würden, war er müde und langweilte sich.

Er ließ seinen Blick durch den Raum gleiten. Er war voller Aristokraten, die in den um die Spieltische stehenden Sesseln lehnten. Nur der Diener, der die Kerzen in den Leuchtern an der Wand erneuerte, sah genauso frisch aus wie um fünf Uhr nachmittags, wenn Brooks seine Tore öffnete. Die Spieler hatten ihre kunstvoll geknoteten Halsbinden gelockert oder sie bereits vor Ärger heruntergerissen. Sie warfen fieberhaft die Würfel oder umklammerten ihre Karten und sahen ungepflegt und erschöpft aus.

»Nun, Mylord«, sagte jemand von der anderen Seite des Tisches gedehnt und mit starkem Akzent. »Heute Abend ist es sehr gut für Sie gelaufen.«

Alex wandte den Kopf und begegnete ruhig dem Blick von Lucien Boch, einem in England lebenden französischen Marquis. Boch hatte waghalsig gespielt und verloren.

Der Marquis beugte sich vor, die Hände fest auf dem grünen Filzbelag des Tisches, der für das Kartenspiel Lomber reserviert war. »Sie hatten viel ... *Glück*«, sagte er mit leiser, giftiger Stimme. Alex betrachtete ihn. Lomber war ein Spiel, das Geschick erforderte, kein Glück. Boch hatte unvorsichtig gespielt.

»Ich vertraue darauf, *Monsieur*«, meinte Alex gelassen, »dass Ihre Bemerkung nichts zu bedeuten hat. Ich bin durchaus gewillt, meine Gewinne als das Ergebnis von – Glück – anzusehen.«

Es entstand eine kurze Stille. In Bochs Augen brannte der Zorn; er war so wütend, dass er kaum atmen konnte. Er verzog die Lippen. »Ach, Mylord«, erwiderte er schließlich. »Ich würde mein Glück beim Spiel jederzeit größer einschätzen als Ihres ... in der Liebe.«

Es war sehr still geworden im Raum. An drei der vier Tischen sprach niemand mehr, die Spieler hörten aufmerksam zu. Jeder wusste, dass die Söhne des verstorbenen Grafen von Sheffield und Downes wegen ihres Hangs, Streitigkeiten mit den Fäusten zu regeln, ins Ausland geschickt worden waren. Alexander schien reifer geworden zu sein, aber konnte ein Mann eine Beleidigung dieser Natur unbeantwortet über sich ergehen lassen?

Alex' Herz schlug ruhig und gleichmäßig. In dem Jahr nach der Annullierung hatte er sich an derartige schmutzige Beleidigungen gewöhnt. Aber dennoch, er hatte gehofft, sie mit Italien hinter sich gelassen zu heben. Alex stemmte beide Hände auf die grüne Oberfläche des Tisches und beugte sich leicht vor. Die beiden Männer saßen sich jetzt Auge in Auge gegenüber, nur durch wenige Zentimeter getrennt. Er lächelte.

»Vielleicht, Monsieur«, sagte Alex leise, »sind Sie nur eifersüchtig auf meinen Erfolg bei Frauen und setzen deswegen Ihr Leben aufs Spiel?«

Lucien starrte Alex an. Ihm war übel, er hatte etwas Schreckliches getan. In der Hitze des Gefechts hatte er beim Spielen ein Schmuckstück auf den Tisch geworfen, das er stets in der Nähe seines Herzens trug: Es war der Ring, den ihm seine Frau bei der Hochzeit angesteckt hatte.

»Mylord«, sagte er heiser und ignorierte Alex' Drohung, die in der Luft schwebte. »Ich bin ein Narr, weil ich den Ring meiner Frau verloren habe. Und sie ist ... sie weilt nicht mehr unter uns, und ich muss ihn wiederhaben. Wollen Sie noch einmal mit mir spielen?«

Alex lehnte sich zurück. In Bochs Augen stand Verzweiflung. Alex holte den fein ziselierten Ring, den ein Saphir zierte, aus seiner Tasche.

»Wie lautet die Inschrift?«, fragte er und drehte ihn im Kerzenlicht um. Das Licht der Kerzen fing sich in dem Saphir des Rings und ließ ihn aufblitzen. Er muss gut tausend Pfund wert sein, dachte er.

»*Toujours à moi*«, antwortete Boch leise.

»Für immer mein«, übersetzte Alex. Er bemerkte plötzlich, dass im Raum Totenstille herrschte. Er blickte Boch, den er heute Abend zum ersten Mal sah, durchdringend an. »Wie lange sind Sie schon in diesem Land?«, fragte er scharf.

Boch schluckte schwer. »Acht Jahre, Mylord.« Seine Marquise, dachte Alex, hatte ihn nicht begleitet. Sie musste unter der Guillotine gefallen sein. Er warf den Ring in die Luft, fing ihn wieder auf und legte ihn vorsichtig vor Boch. »Hier, Mann, nehmen Sie ihn.« Er wischte seine restlichen Gewinne zusammen, während plötzlich Stimmengewirr die Luft erfüllte. Dann wandte er sich zum Gehen.

Eine Hand hielt ihn zurück. Es war Boch, der um den Tisch herumgekommen war und nun vor ihm stand, schlank, groß und schwarz gekleidet. »Mylord«, sagte er langsam. »Ich bin ein Narr und werde ein Leben lang in Ihrer Schuld stehen. Aber wenn ich auch dumm bin, so mangelt es mir nicht an Geld. Bitte lassen Sie mich Ihnen den Ring abkaufen.«

Alex stellte fest, dass Boch nicht so jung war, wie er gedacht hatte, wahrscheinlich etwa so alt wie er. »Das werde ich nicht tun«, entgegnete er kurz. Boch stand stocksteif vor ihm. Oh, mein Gott, dachte Alex, der französische Stolz. Der Mann gefiel ihm eigentlich ganz gut. »Möchten Sie einen Brandy mit mir trinken?«, fragte er.

Boch presste die Lippen aufeinander, dann entspannte er sich. »Einverstanden, Mylord«, antwortete er seufzend. »Ich nehme an, dass Narren sich von ihrer eigenen Narrheit nicht loskaufen können.«

Als sie bei einem Kaffee mit einem großzügigen Schluck Brandy in der Bibliothek saßen, erwähnten die beiden Männer weder Liebe, Ringe noch Frauen, sondern sprachen freundlich über die neuesten Debatten im Oberhaus. Als exilierter Franzose hatte Boch natürlich keine Stimme in der Regierung, hegte aber ein großes Interesse an Politik, vor allem was die drohenden Getreideunruhen betraf.

»Ich frage mich«, meinte er, »ob wir die jüngsten Ereignisse in Frankreich hätten verhindern können. Wenn wir Maschinen für das Getreide gehabt hätten, wie man sie hier zu nutzen beginnt, hätten wir dann den Zorn der Bauern aufhalten können?«

»Aber soweit ich weiß«, sagte Alex vorsichtig, »gab es keinen Getreidemangel, sondern die Bauern durften keines essen. Mit anderen Worten, die Nahrungsmittel wurden von den Reichen gehortet.«

»Ja, das ist wahr«, meinte Lucien grüblerisch. »Ich habe meinem Vater gesagt ...« Er verstummte. »Wir wurden selbstgefällig, und das ist eine große Sünde. Besonders mein Bruder erkannte die Gefahr. Er kaufte Land in England.« Lucien sah auf. »Deshalb bin ich nicht so mittellos wie die Mehrheit meiner Landsleute, die in England leben. Er war sehr intelligent, mein Bruder. Er kam einige Jahre lang zweimal im Jahr nach England und transferierte langsam einen großen Teil unseres Besitzes in das Haus hier.«

Alex bemerkte bei sich, dass auch Luciens Bruder tot war. »Fechten Sie gern?«, fragte er, um das Thema zu wechseln.

»Für mein Leben gern«, antwortete Lucien mit lebhafterer Stimme.

»Wollen wir uns morgen treffen?«, fragte er. »Kurz bevor ich Italien verlassen habe, lernte ich die französische Art zu fechten und ich würde die Gelegenheit, mich in dieser Kunst zu üben, zu schätzen wissen.«

»Es wäre mir eine Ehre«, sagte Lucien förmlich. »Morgen, bei Breedhaven?«

Plötzlich dachte Alex an Pippa. Er konnte Lucien nicht zu einer Fechtübung treffen, während sie wach war, weil sie das Männern vorbehaltene Gelände des Breedhaven-Fechtclubs nicht betreten durfte.

»Ich würde es vorziehen, bei Sheffield House zu fechten, wenn es Ihnen nichts ausmacht«, erwiderte er ohne weitere Erklärung.

Lucien blickte verwundert drein. »Natürlich, Mylord«, sagte er. Warum in aller Welt zog ein Mann es vor, bei seinem eigenen Haus statt auf dem Fechtplatz zu fechten? Er erhob sich. Für einen Franzosen war er ungewöhnlich groß, so dass er auf Augenhöhe mit Alex war. Sie würden gute Fechtpartner abgeben, dachte Lucien zufrieden.

Er hielt Alex die Hand hin und Alex schüttelte sie, ohne zu zögern. »Wir sehen uns morgen früh, Mylord«, meinte Lucien. Nach einem kurzen Zögern lächelte er. »Ich werde meinen Ring nicht mehr in den Spielsalon mitnehmen«, sagte er. »Nicht viele sind so großherzig wie Sie.« Er verneigte sich tief. »Ich bin Ihnen wirklich sehr zu Dank verpflichtet.«

»Nennen Sie mich Alex.« Während der angenehmen Unterhaltung mit dem belesenen Mann hatte Alex den Vorfall mit dem Ring völlig vergessen. Dagegen war der arme alte Braddon im Laufe der Jahre doch recht langweilig geworden. Der Gedanke kam ihm noch einmal, als er Braddon in einem der Spielzimmer auftrieb. Braddon hatte fünfzehn Pfund gewonnen und an die zweihundert verloren. Außerdem war er betrunken und wackelig auf den Beinen.

»Reiß dich zusammen«, sagte Alex ungeduldig, als Braddon zur Tür torkelte. Mein Gott! Der Mann musste mindestens dreißig sein, da Alex selbst einunddreißig war. Warum wusste er immer noch nicht, wann er genug hatte? Er beobachtete nachdenklich, wie Braddon zu seiner Kutsche wankte. War das Gesellschaftsleben vor drei Jahren genauso langweilig gewesen? Natürlich war damals Patrick bei ihm gewesen. Aber dennoch – was hatten er und sein Bruder den ganzen Abend getrieben? Sie hatten gespielt, getrunken und sich geprügelt.

Alex wurde von dem Geräusch nackter Füße, die unsicher in sein Zimmer tapsten, in seinen Erinnerungen unterbrochen. »Papa!«, rief Pippa glücklich mit ihrem dünnen Stimmchen. Er öffnete die Augen. Pippa hielt sich an dem schweren Goldbrokat seines Bettvorhangs fest und lächelte.

Er beugte sich vor, packte seine kleine Tochter und setzte sie neben sich. Sie kicherte und krallte sich an den schwarzen Haaren auf seiner Brust fest. Meine Güte. Er hatte wegen des Hangs seiner Tochter, morgens in sein Schlafgemach zu kommen, daran denken wollen, ein Pyjamaoberteil zu tragen. Sie wirkte klein und zart, aber sie konnte fest zupacken und liebte es, an Haaren zu ziehen.

»He!«, sagte er mit gespielter Strenge. Pippa kuschelte sich in seine Armbeuge und sah erwartungsvoll zu ihm auf.

»Koka«, rief sie ungeduldig. »Ich, ich!«

Alex beugte sich vor und zog an dem mit einer Quaste verzierten Klingelzug neben seinem Bett. Er hasste die Angewohnheit, im Bett heiße Schokolade zu trinken. Aber andererseits war er es auch nicht gewohnt, ein einjähriges Kind im Bett zu haben.

Keating erschien mit einem Silbertablett in der Tür. Auf dem Tablett standen zwei robuste Becher, die exakt zur Hälfte mit heißer Schokolade gefüllt waren. Als Pippa und Alex aus Italien zurückgekehrt waren und Alex enträtselt hatte, was ›Koka‹ bedeutete, waren zunächst zerbrechliche, bis zum Rand mit wirklich *heißer* Schokolade gefüllte Wedgewood-Tassen auf dem Tablett gewesen. Doch nach einer Reihe von Missgeschicken trank Alex inzwischen gelassen lauwarme Schokolade aus dem Becher eines Dienstboten.

Pippa schlürfte ihre Schokolade und sang ihr Morgenlied, das Maria ihr beigebracht haben musste. Alex glaubte, dass es ein italienisches Kinderlied war – oder gewesen war, aber der Himmel allein wusste, was die Laute zu bedeuten hatten. Pippas sprachliche Fähigkeiten waren nicht allzu gut, obwohl sie sehr deutlich ›Papa‹ sagen konnte.

Plötzlich klammerte sie sich an seinem Arm fest, wobei sie etwas Schokolade auf das Laken schüttete. »Nein! Nein, Papa, nein!«, sagte sie. Sie war kurz davor, in Panik auszubrechen, ihr kleiner Körper begann zu zittern. Alex nahm ihre Schokolade, stellte sie auf den Tisch neben dem Bett und zog sie an seine Brust. Er flüsterte ihr ins Ohr:

»Pippa, alles ist gut, weißt du noch? Alles ist gut?« Er strich ihr mit rhythmischen Bewegungen über den Rücken. »Beruhige dich, Pippa, du weißt doch, dass Papa dich nicht allein lässt. Ich habe es dir versprochen, weißt du noch?«

Schließlich sah er auf. Dort in der Türöffnung stand mit entrüstetem Blick das neue Kindermädchen, das er einen Tag zuvor angestellt hatte.

»Mylord«, sagte Miss Virginia Lyons und stockte.

Alex zog seine hochfliegenden Augenbrauen noch höher. »Ja?«

»Mylord, was macht Lady Philippa hier?«

Alex sah sie überrascht an. »Warum sollte sie nicht hier sein?«, fragte er. »Es macht mir nichts aus. Und hier weint sie nicht.«

Miss Virginia öffnete den Mund und stockte erneut. Sie wusste nicht, wie sie die Antwort auf eine so grundsätzliche Frage formulieren sollte.

»Kinder«, antwortete sie schließlich, »soll man zwar sehen, aber nicht hören, und das zu einem angemessenen Zeitpunkt an einem angemessenen Ort. Die übrige Zeit bleiben sie im Kinderzimmer.«

»Im Kinderzimmer schreit sie«, sagte Alex. »Ich habe Ihnen das gestern erklärt. Sie schreit so laut, dass man sie sogar im Keller hören kann – und das Kinderzimmer liegt im dritten Stock. Und sie trommelt mit den Füßen auf den Boden. Das kann ich nicht dulden«, erklärte er vernünftig.

Er sah Miss Virginia finster an. Sie war rot geworden. Er zog die Laken etwas höher. Gott sei Dank hatte er seit Pippas Ankunft angefangen, Pyjamaunterteile zu tragen. Er entließ sie mit einer Handbewegung.

»Miss Virginia, wir empfangen noch niemanden.«

Doch das Kindermädchen war noch nicht bereit aufzugeben. »Lady Philippa muss jetzt mit mir kommen. Sie gehört nicht in das Schlafzimmer eines Mannes ...«

Alex schnitt ihr das Wort ab. »Miss Virginia, wenn ich auch

die Anwesenheit meines Kindes in diesem Schlafzimmer unter Vorbehalt dulde, bin ich nicht gewillt, dieses Privileg auf das gesamte Personal auszuweiten. Bitte. Wir werden zu Ihnen ins Kinderzimmer kommen, nach dem Frühstück.« Er lächelte Miss Virginia, deren Gesicht feuerrot geworden war, liebenswürdig an und sie zog sich von der Türöffnung zurück.

»Das war nicht nett von uns«, murmelte er in Pippas Haar. Nun, wo die Bedrohung (so sah Pippa alle Kindermädchen) verschwunden war, summte Pippa glücklich vor sich hin und versuchte ihre Schokolade wieder in die Finger zu bekommen. Alex legte einen Arm um sie und gab ihr den noch knapp zu einem Drittel gefüllten Becher. Seine eigene Schokolade war eiskalt. Er trank sie mit einem leichten Schauder in einem Schluck aus.

»Komm jetzt, Pippa«, sagte er und nahm ihr die leere Tasse aus der Hand, wobei er ihrem entrüsteten Schrei keine Beachtung schenkte. Sie liebte es, die letzten Tropfen über seine Bettlaken zu verteilen. Wie von Zauberhand erschien Keating mit einer großen Wanne voll dampfendem Wasser. Im letzten Monat hatten er und Keating eine reibungslose Routine entwickelt.

Mit geübter Hand zog er Pippa das Nachthemd aus und setzte sie vorsichtig ins Wasser. Ungeachtet der kleinen Wellen, die über die Seitenränder schwappten, rubbelte er sie sauber. Danach hob er ihren kleinen, pummeligen, sich windenden Körper sanft aus dem Bad und reichte sie Keating, der mit einem großen Handtuch wartete. Pippa war ziemlich still, was bedeutete, dass sie nur drei- oder viermal brüllte. Aber es war nicht das verängstigte Schreien, das den ganzen Haushalt durcheinander brachte, sondern nur ein kurzes Aufjaulen. Keating trug sie ins Nebenzimmer um sie anzuziehen, während Alex schnell ein Bad nahm und sich selbst ankleidete.

Zu schade, dass Keating nicht ihr Kindermädchen sein konnte, dachte Alex, als ihm die verlegene Miss Virginia einfiel, die ein Stockwerk über ihm auf ihn wartete. Nebenan gluckste Pippa vor sich hin, während Keating ihr ein kleines Liedchen vorsang. Alex spitzte die Ohren. Es war ganz klar ein Seemannslied und nicht für die Ohren einer jungen – oder irgendeiner – Dame geeignet.

Er seufzte. Zeit, sich zu Miss Virginia zu gesellen. Das letzte Kindermädchen war nur zwei Tage geblieben, völlig erschöpft von dem hysterischen Geschrei, wie sie sagte. Sie hatte vorgeschlagen, Pippa zu einer Behandlung in eine Nervenheilanstalt zu schicken. Alex hatte sich nur mit Mühe davon abhalten können, sie ohne ihr Gepäck auf die Straße zu werfen.

Pippa watschelte mit einem breiten Lächeln in das Zimmer. »Papa!«, rief sie. »Papa!« Alex betrachtete seine Tochter. Sie war ungefähr ein Jahr alt. Maria war so plötzlich gestorben, dass er nicht mehr in Erfahrung gebracht hatte, wann Philippa genau geboren war. Und die einzige Möglichkeit, das herauszufinden, war mit dem Priester – oder Expriester – in Verbindung zu treten, den Maria nach der Annullierung ihrer Ehe geheiratet hatte, und das weigerte er sich zu tun. Außerdem war es sein einziger Gedanke gewesen, sie zu den Ärzten nach England zu bringen, als er sich über das Ausmaß ihres Geschreis klar geworden war.

Aber an ihrem vierten gemeinsamen Tag hatte Pippa aufgehört, sich gegen seine Umarmung zu wehren, und einfach zu ihm aufgesehen. »Papa«, hatte sie leise gesagt. Und mit wachsender Zuversicht: »Papa, Papa, Papa.« Seitdem schrie sie nur noch, wenn er nicht bei ihr oder im Raum nebenan war. Sobald er versuchte zu gehen, zerriss ihr durchdringendes Geschrei die Luft oder noch schlimmer, sie warf sich auf den Boden und bekam einen hysterischen Anfall. Die Ursache dafür lag, so vermutete er, in der Krankheit und im Tod ihrer Mutter.

Die Ärzte vertraten verschiedene Meinungen. Die einen sagten, sie solle eingewiesen werden, die anderen, sie würde diese Phase mit der Zeit überwinden.

Alex presste die Zähne zusammen. Er brauchte eine Frau. Männer sollten keine Kinder baden oder Kindermädchen auswählen. Zumal er sie nicht besonders gut auswählte. Miss Virginia war die fünfte in zwei Wochen. Er hob Pippa auf den Arm und machte sich auf den Weg zum Kinderzimmer.

Um zwei Uhr am gleichen Nachmittag hatte Campion die alleinige Herrschaft über ein stilles Calverstill House. Der Herzog und die Herzogin besuchten die neue Ausstellung italienischer Marmorstatuen, Charlotte hatte den ganzen Morgen gemalt und nahm gerade ein Bad und kleidete sich an. Baron Holland wurde in einer halben Stunde erwartet, um sie zu einem Picknick *al fresco* zu begleiten. Alle Haushaltsmitglieder hatten mit diskretem Interesse bemerkt, wie oft Baron Holland Charlotte begleitete. Nicht, dass sie sich über ihn einig gewesen wären.

Die Haushälterin Mrs Simpkin war eine große Anhängerin Baron Hollands.

»Er ist ... er ist so romatisch«, meinte sie und klopfte sich dabei auf ihren üppigen Busen. »Er ist ein echter Gentleman, Mr Campion, immer so vornehm gekleidet.«

»Das ist nicht der Punkt, Mrs Simpkin«, sagte Campion streng. »Die Frage ist, ist er auch darunter ein Gentleman? Warum hat er wohl kein Geld, was glauben Sie? Weil er höchst wahrscheinlich spielt. Und würde er aufhören zu spielen, wenn er erst einmal Lady Charlottes Geld hat? Das frage ich Sie!«

»Wir wissen doch gar nicht, ob er spielt«, protestierte Mrs Simpkin. »Vielleicht hat er sein Erbe bei einem Feuer verloren.«

»Unwahrscheinlich«, antwortete Campion. »Höchst unwahrscheinlich, Mrs Simpkin. Wenn es ein Feuer gegeben hätte, hätten wir darüber gelesen, oder etwa nicht? Und das haben wir nicht. Also spielt er.«

»Er liebt sie«, warf Mrs Simpkin unlogisch ein. »Er liebt sie, ich sehe das an seinen Augen.«

»Seine Augen!«, rief Campion entrüstet. »Das ist auch so eine Sache: Sie sind zu blau. Kein Mann hat so blaue Augen.«

Als an diesem Nachmittag der schwerer Messingtürklopfer betätigt wurde, öffnete Campion majestätisch die Tür, darauf vorbereitet, Baron Hollands Diener einzuschüchtern, der zugleich als Lakai diente.

Doch vor der Tür stand ein anständiger Lakai mit ebenmäßigem Gesicht und großem Unterkiefer, der von Kopf bis Fuß in einer schicken Livree steckte. Campion erkannte Klasse, wenn er sie sah, und das war ein Diener mit Klasse.

»Kann ich Ihnen helfen?«, fragte er mit seiner tiefsten Stimme (denn auch Campion war ein Diener mit Klasse).

»Der Graf von Sheffield und Downes ersucht Lady Charlotte Daicheston heute Nachmittag um ihre Anwesenheit bei einem Picknick *al fresco*«, sagte der Mann mit dem großen Unterkiefer.

Zu diesem Zeitpunkt hatte Campion bereits die elegante, goldbeschlagene Kutsche bemerkt, die vor dem Haus wartete. Natürlich sollte er darauf hinweisen, dass Lady Charlotte bereits eine Verabredung hatte, und diesen Lakaien wegschicken. Aber vielleicht sollte er erst eine Nachricht nach oben senden? Es war schließlich ein Graf. Und von denen gab es nicht viele.

Campion beendete seine Überlegungen, ohne mit der Wimper zu zucken. »Ich werde in Erfahrung bringen, ob Lady Charlotte verfügbar ist«, sagte er und schloss die riesige Türe von Calverstill House.

Der Lakai mit Klasse bezog wieder seinen Posten hinter Alex' Kutsche. Für fünf Minuten kehrte auf Albemarle Square

Ruhe ein. Plötzlich flog die Kutschentür auf und Alex stieg mit Pippa, die etwas unsicher auf seinen Schultern saß, aus und ging die Stufen hinauf. Energisch schlug er mit dem Türklopfer an die Tür.

Campion war nicht auf seinem Posten, also öffnete das zweite Hausmädchen, ein ziemlich schüchternes Ding, das erst vor kurzem zum Dienst in den oberen Etagen befördert worden war, an seiner Stelle die Tür. Sie war einem echten Grafen, der Lady Charlotte zu sehen verlangte, nicht gewachsen. Sie machte einen so tiefen Knicks, dass ihre Knie zusammenschlugen, und floh nach oben.

»Lady Charlotte«, stammelte sie. »Er ist hier, jetzt, unten, im Grünen Salon, hier.«

Charlotte sah verwundert auf. Sie saß vor ihrer Frisierkommode, während Marie letzte Hand an ihr Haar legte. Sie trug ein ärmelloses Ausgehkleid aus rosenroter Seide und Marie flocht ihr gerade ein Band von derselben Farbe in die Locken.

Charlotte wusste sofort, wer der Graf von Sheffield und Downes sein musste. Ihr Herz raste. Ein Teil von ihr sehnte sich danach, zu seiner Kutsche zu eilen, aber sie hatte eine Verabredung mit Will Holland und es gehörte sich nicht, eine Verabredung aus einer Laune heraus abzusagen. Maries Hände zitterten vor Aufregung. Die Klatschspalten waren voll mit Meldungen über den gut aussehenden Grafen und seine kürzliche Rückkehr aus Italien.

Unterdessen packte Campion das um Atem ringende Hausmädchen fest am Arm. Sie konnte sich einer Strafe wegen der entstellten Nachricht gewiss sein. Kein Dienstbote durfte sich durch irgendetwas aus der Ruhe bringen lassen, was im Haushalt geschah, wie er dem niederen Personal gerade vor einer Woche eingeschärft hatte.

Natürlich passierte in Calverstill House nichts, was einen

Dienstboten aus der Ruhe bringen konnte, aber dennoch hielt Campion denen, die ihm unterstanden, strenge Vorträge. Bei diesen niederen Dienstboten wusste man ja nie: Sie konnten jeden Moment kündigen und sich einem Haushalt voller wankelmütiger Menschen und Trunkenbolde anschließen. Seine Schulung sollte ihnen untadeliges Verhalten beibringen, egal, wo sie sich befanden.

Unter dem Einfluss von Campions stützender Hand an ihrem Arm sammelte sich das zweite Hausmädchen (ihr Name war Lily) und knickste vor Lady Charlotte. »Der Graf ist unten und ich habe ihn in den Grünen Salon geführt«, sagte sie ziemlich klar. »Und er ist nicht allein. Er hat ein kleines Kind bei sich.«

Charlotte erhob sich. Das Herz klopfte ihr bis zum Hals. »Danke, Lily«, sagte sie. »Ich werde selbst mit ihm sprechen.« Sie stieg die Treppe hinunter. Zahllose Gedanken wirbelten in ihrem Kopf durcheinander. Er war doch nicht verheiratet, oder doch? Ihr wurde schwer ums Herz.

Kurz vor der Tür des Grünen Salons hielt Charlotte inne. Er war es. Er stand mit dem Rücken zu ihr, aber sie würde seine breiten Schultern überall wiedererkennen. Er trug eine elegante, graue Jacke, die ihm wie angegossen passte, und hautenge, taubengraue Pantalons mit hohen Stiefeln. Ihr Blick blieb an seinen Füßen hängen.

Zwischen seinen Beinen saß eines der pummeligsten, entzückendsten Kinder, die sie je gesehen hatte. Das kleine Gesicht, das zwischen den Stiefeln des Grafen hervorspähte, hatte runde Wangen mit drei oder vier Grübchen und unverkennbar die hochfliegenden Augenbrauen des Vaters.

Charlotte lächelte. Das Gesicht des kleinen Mädchens verzog sich und sie stieß einen ohrenbetäubenden Schrei aus. In dem Augenblick, als Alex sich umdrehte, trat Charlotte unwillkürlich einen Schritt zurück. Er zog eine Augenbraue hoch, setzte das Kind mühelos auf seine Schultern und liebkoste sie. »Ssch«, sagte er leise. »Das ist kein Kindermädchen, das ist Lady Charlotte. Ssch.«

Charlotte räusperte sich. Sie wusste nicht, was sie sagen sollte. Sie war dem Mann nie vorgestellt worden, genau gesagt hatte sie seinen Namen soeben erst von ihrem Butler erfahren. Nichts, was sie in Lady Chattertons Schule für Mädchen gelernt hatte, hatte sie auf diese Situation vorbereitet.

Dann sah er auf und lächelte. Um seine Augenwinkel bildeten sich Fältchen und Charlotte spürte ein warmes Glühen in ihrem Bauch, das sich allmählich über den ganzen Körper ausbreitete.

Er trat vor, hielt seine Tochter auf seinen Schultern fest, streckte feierlich sein rechtes Bein nach hinten und verbeugte sich tief. Pippa gluckste vor Vergnügen, als sie plötzlich nach vorn gebeugt wurde und dann wieder aufrecht saß.

»Darf ich Ihnen Lady Pippa McDonough Foakes, die Tochter Alexander McDonough Foakes', des Grafen von Sheffield und Downes, vorstellen?«, sagte er förmlich. Ein Lachen stieg in Charlottes Brust auf.

»Lady Pippa«, meinte sie gehorsam und machte einen Knicks.

Pippa kicherte.

»Pippa«, sagte ihr Vater, »ich möchte dir Lady Charlotte Daicheston, die Tochter des Herzogs von Calverstill, vorstellen.«

Pippa kicherte wieder. Sie hatte ein ansteckendes Lachen und Charlotte lächelte sie an.

»Ich werde dich jetzt absetzen, Pippa. Du siehst ja, dass Lady Charlotte als Kindermädchen nicht in Frage kommt, also möchte ich auch kein Gejammer mehr hören.« Pippa schien ihn verstanden zu haben, zumindest krabbelte sie, als Alex sie auf den Boden setzte, zum Sofa, um die gestreiften Troddeln der Sitzkissen zu verheddern.

Alex trat noch einen Schritt vor und stand vor Charlotte. Sie errötete leicht. Ihr Herz klopfte so schnell, dass sie fürchtete, man könnte es durch ihr dünnes Kleid sehen.

»Wissen Sie eigentlich«, meinte er leichthin, »dass Sie die erste Frau sind, der ich je begegnet bin, die ich ständig küssen möchte?«

Charlotte sah rasch auf und ihre Blicke trafen sich. Sie würde sich nicht wieder wie bei ihrer letzten Begegnung wie ein Stummfisch benehmen!

Sie setzte ein schiefes Lächeln auf. »Darf ich mir erlauben zu sagen, dass dies nicht auf Gegenseitigkeit beruht?«

»Nein?«, fragte Alex. Plötzlich neigte er den Kopf und streifte ihre Lippen ganz leicht mit seinen. Ohne zu denken, öffnete sie bei dieser zarten Überredung den Mund. Sie fühlte seinen warmen Atem an ihren Lippen und der Kuss wurde intensiver, seine Lippen baten nicht mehr, sie forderten. Charlottes Körper entspannte sich vollkommen; hätte er sie nicht mit seinen großen Händen an ihren bloßen Armen festgehalten, sie wäre womöglich umgefallen.

Und das genügte, um sie wieder zur Vernunft zu bringen. Wütend auf sich selbst, trat sie einen Schritt zurück. Alex sah die Frau vor sich verwundert an. Er musste sich mit Mühe beherrschen. Diese Frau mit den wilden schwarzen Locken und den dunkelroten Lippen erregte ihn mehr als jede andere Frau, der er bisher begegnet war. Ein einziger Gedanke beherrschte ihn: sie in seine Arme zu nehmen und zum Sofa zu tragen.

Er bemerkte zufrieden, dass das Blut heftig in ihrer Halsschlagader pochte. Charlotte war ihm gegenüber auch nicht unempfänglich. »Soll ich Ihren Butler rufen, damit er uns vorstellt?«, fragte er ruhig. »Oder reicht ein gemeinschaftlicher Fall auf der Treppe?«

Charlotte biss sich auf die Lippe, um nicht laut loszulachen.

»Sir«, sagte sie. Doch in diesem Moment wurden die Türen des Grünen Salons aufgestoßen.

Campion erschien mit seiner stattlichen Figur im Türrahmen. »Baron Holland«, verkündete er hoheitsvoll.

Mein Gott, dachte Charlotte. Aber Alex blickte freudig auf. »Will!«, rief er und trat dem Baron entgegen. Charlotte drehte sich um und wurde Zeuge, wie sich die beiden Männer gegenseitig auf den Rücken klopften. Charlotte sah sich um und begegnete Pippas Blick. Sie fragte sich, ob sie bei jedem Menschen, der den Raum betrat, anfing zu schreien. Aber Pippa ging einfach wieder dazu über, die Sofatroddeln zu verknoten, ohne Will einen zweiten Blick zu gönnen.

Alex hatte Charlottes Blick gesehen. »Nein, sie macht einen Unterschied zwischen den Geschlechtern: Sie kann nur Frauen nicht leiden. Natürlich nur zurzeit«, fügte er hastig hinzu.

Will Holland versuchte zu verstehen, was hier vor sich ging. Seine Kutsche wartete draußen, voll beladen mit allerlei Köstlichkeiten für ein Picknick *al fresco* mit Charlotte. Außerdem trug er in seiner Tasche einen kleinen, aber erlesenen Diamantring, der einmal seiner Mutter gehört hatte und den er Charlotte zu schenken hoffte. Aber hier stand Charlotte ohne eine Anstandsdame, abgesehen von einem kleinen Kind, mit einem alten Freund, den er noch in Italien vermutet hatte. Und sie sah – nun ja, sie sah *geküsst* aus. Ihr Mund war dunkel und ihre Wangen gerötet. Misstrauisch kniff Will die Augen zusammen. Das Letzte, was er wollte, war mit einem Grafen konkurrieren zu müssen.

Indes wusste er wie alle in London, dass Alex' erste Frau die Ehe wegen Impotenz hatte annullieren lassen. Er hatte es schwer glauben können, da er sich deutlich an zahlreiche Nächte mit Alex und seinem Bruder Patrick in den besten Londoner Bordellen erinnerte. Und er erinnerte sich sogar noch deutlicher daran, dass er in einem sehr exklusiven Etablissement, das von einer unter dem Namen Serena bekannten Frau geleitet wurde, die falsche Tür geöffnet hatte – und zu diesem Zeitpunkt war Alex ganz gewiss nicht impotent gewesen.

»Lady Charlotte«, sagte er leichthin und streckte die Hand aus. »Sind Sie bereit, mich auf unser Picknick zu begleiten?«

»Oje,« sagte Alex mit gespielter Traurigkeit. »Das ist genau der Grund, warum auch ich hier bin. Lady Charlotte hat mir gerade erklärt, dass ihr fürchterlich schlechtes Gedächtnis dafür verantwortlich ist, dass sie aus Versehen uns beiden versprochen hat, uns zu begleiten.«

Charlotte unterdrückte ein Kichern. »Ich glaube«, sagte sie mit einem vorwurfsvollen Blick auf Alex, »dass ich Baron Hollands Einladung annehmen werde, da er sie zuerst ausgesprochen hat.«

»O nein«, sagte Alex unbekümmert. »Will und ich sind schließlich alte Freunde, oder nicht, Will?«

Will nickte zögernd.

»Also gehen wir alle zusammen«, sagte Alex schnell. »Draußen warten zwei Kutschen mit mehr als genug zu essen und einem Kindermädchen. Warum treffen wir uns nicht alle an der Ostseite des Hydeparks neben der Statue von Eva? Will, vielleicht könntest du Lady Charlotte begleiten?«

Will nickte, in seinem Kopf drehte sich alles. Warum in aller Welt gingen sie zusammen zu einem Picknick? Und wenn Alex mit ihm um Charlottes Hand wetteiferte, warum überließ er sie ihm dann so einfach? Er musste doch wissen, dass die Kutsche der ideale Ort für ein Tête-à-tête war.

Charlotte dagegen kochte vor Wut. Sie war nicht so naiv wie Will Holland. Nachdem er sie so innig geküsst hatte, war es unwahrscheinlich, dass sie Wills Gesellschaft in der Kutschte übermäßig genießen würde. Und ohne Zweifel wusste Alexander – oder Alex, wie Will ihn nannte – das sehr gut.

Ha!, dachte sie rachsüchtig.

Deshalb rückte sie, als sie in der Kutsche fuhren und Will ihr sanft einen Arm um die Schultern legte, widerstandslos näher und hob so selbstverständlich den Kopf, damit er sie küsste, dass Wills Hoffnungen gewaltigen Auftrieb erhielten. Er küsste sie gekonnt, ließ seine Zunge sanft über ihre Lippen gleiten, bis sie sie öffnete.

Dabei blieb Charlotte völlig gelassen. Bis zu einem gewissen Grad genoss sie es, aber es ließ ihre Knie nicht weich werden oder die Hitze in ihr aufsteigen. Selbst als er seine Hand auf ihre Locken legte und sie enger an sich zog, spürte sie kein Kribbeln im Bauch.

Und Will ließ sich nicht zum Narren halten. Als Charlotte so gar nicht reagierte, lehnte er sich rasch zurück und lächelte sie an.

»Ich glaube«, sagte er, »wir sollten gepflegte Konversation treiben, wie gut erzogenen Menschen, die wir ja sind, es tun. Wissen Sie, dass ich glaube, Ihre Freundin Cecilia Commonweal im Pantheon Bazaar gesehen zu haben? Sie schien gerade vierzehn purpurrote Straußenfedern zu kaufen. Halten Sie das für möglich?«

Charlotte kicherte, fing sich aber wieder. »Federn sind jetzt groß in Mode«, bemerkte sie, um Sissys Modegeschmack zu rechtfertigen.

»Ja, wirklich?«, fragte Will in unverschämtem Tonfall. »Und wird man bald auch Lady Charlotte wie eines der besten Pferde des Königs herausgeputzt sehen?«

Nach Charlottes Empfinden dauerte es schrecklich lang, bis ihre Kutsche am Hydepark ankam. Tatsächlich hatte Will seinen Kutscher angewiesen, zweimal um den Park zu fahren, bevor er anhielt, da er gehofft hatte, die Zeit damit zu verbringen, seine zukünftige Braut zu küssen.

Aber in Hollands Kutsche wurde nicht über Heirat gesprochen. Charlotte zankte sich freundschaftlich mit ihm über die neuen Modetrends oder die letzten Eskapaden des Kronprinzen; der Diamantring, der einmal seiner Mutter gehört hatte, blieb unangetastet in Wills Tasche.

Kapitel 6

Als die Kutsche schließlich anhielt, sah sich Charlotte schnell um, bevor sie den Blick senkte und sittsam vorgab, sich nicht um den Aufenthaltsort des Grafen von Sheffield und Downes zu bekümmern. Offensichtlich war seine Kutsche noch nicht angekommen. Will fiel ein Stein vom Herzen. Vielleicht gab ihm Alex noch eine Chance. Er geleitete Charlotte zum Weidenteich und überließ es seinem Angestellten, das Picknick vorzubereiten. Charlotte ihrerseits versuchte, ihre Aufmerksamkeit auf Wills Unterhaltung zu richten, doch ihre Gedanken schweiften immer wieder ab. Sie wünschte sich sehnlichst Alex – den Grafen, ermahnte sie sich – herbei, aber zugleich ärgerte sie sich über diesen. Warum sollte sie nach ihm Ausschau halten? Er erinnerte sich noch nicht einmal an sie!

»Charlotte«, sagte Will geduldig, als er sich noch einmal wiederholte, »was halten *Sie* von den goldenen Absätzen des Prinzen?«

»Äh ...« Völlig verwirrt sah Charlotte zu ihm auf. »Die goldenen Absätze des Prinzen?«

»Ja«, antwortete Will und sah sie erwartungsvoll an.

»Es tut mir Leid«, entgegnete Charlotte kleinlaut. »Ich habe nicht die geringste Ahnung, wovon Sie sprechen.«

»Ich weiß«, sagte Will mit einem gequälten Lächeln. »Seit

geraumer Zeit rede ich Unsinn und Sie haben genickt und mir bei allem, was ich sagte, zugestimmt.«

»Oh«, sagte Charlotte und schnappte erschrocken nach Luft.

Will zog sie entschlossen zur nächsten Bank. Sie setzten sich und beobachteten, wie zwei Schwäne nach Brot fischten. Japanische Weiden neigten sich über den Teich und ihre Äste trieben im Wasser wie Strähnen nassen Haars.

Charlotte sehnte sich in ihr ruhiges Atelier zurück, wo sie das Porträt von Sophie vollenden konnte. Sie hatte Sophie – was etwas lächerlich war, wie sie zugab – in einer Wiese voller Glockenblumen in Positur gesetzt und das Malen der Glockenblumen, die sich in der Ferne verliefen, hatte sich als mühselige Aufgabe erwiesen. Aber auch wenn sie sich im Atelier gelegentlich langweilte, wurde sie dort wenigstens nicht von Verlangen heimgesucht oder plötzlich von einem Gefühl der Demütigung überfallen.

Jetzt befand sie sich ohne Anstandsdame bei einem Picknick mit einem gut aussehenden Mann, der in sie verliebt zu sein schien, und konnte keinen klaren Gedanken fassen. Wills zerzaustes blondes Haar und seine blauen Augen ließen sie kalt, aber sie musste nur daran denken, dass sie bald Alex sehen würde, und ihr Körper kribbelte von Kopf bis Fuß.

»Charlotte«, sagte Will ernst, legte ihr die Hände auf die Schultern und drehte sie zu sich. »Ich möchte Sie um die Ehre bitten, meine Frau zu werden.«

»Oh.« Wieder schnappte Charlotte erschrocken nach Luft. Seit Wochen war sie damit beschäftigt, Heiratsanträge zurückzuweisen, aber plötzlich hatte sie ihren Text vergessen.

Will wartete die Antwort nicht ab, er neigte einfach den Kopf und küsste sie. Charlotte erwachte aus ihrer Benommenheit und war ausgesprochen verärgert. Was bildeten diese Kerle sich eigentlich ein? Sie schienen zu glauben, sie könnten einfach ihren Mund auf ihren drücken, wann immer sie wollten! Abrupt wich sie zurück und erhob sich.

»Baron Holland«, sagte sie ruhig. »Sie und ich haben das Thema Heirat bereits besprochen und ich habe Ihre Hand zurückgewiesen.«

Einen Augenblick lang saß Will schweigend auf der Bank und starrte sie an. Das war *vorher*, dachte er stumm. Bevor du dein Haar geschnitten hast, bevor du neue Kleider getragen hast, bevor du so unwiderstehlich geworden bist. Aber wie sollte man einer Frau erklären, dass man es *dieses* Mal wirklich ernst meinte? Wie konnte man das sagen, ohne zu verraten, dass man es damals auf ihr Geld und nicht auf sie abgesehen hatte, selbst wenn das nun nicht mehr der Fall war? Er stand auf und nahm ihre Hände in die seinen. »Charlotte, ich ...« Aber was immer er sagen wollte, er wurde unterbrochen.

Charlottes Blick fiel über seine Schultern und ein leichtes, aber strahlendes Lächeln erhellte ihr Gesicht. Will starrte sie einige Sekunden lang bestürzt an, dann ließ er ihre Hände resigniert fallen und drehte sich um. Eine Gruppe plaudernder, elegant gekleideter Menschen kam auf sie zu, unter ihnen Alexander Foakes, der Graf von Sheffield und Downes, seine kleine Tochter auf den Schultern.

Will betrachtete seine Begleiterin. Ihre Wangen röteten sich leicht, als sie den Grafen näher kommen sah. Sie schien sich Wills Anwesenheit nicht bewusst zu sein. Der Baron ließ die Schultern hängen. Er war kein Narr. Charlotte war für ihn verloren ... außer ... wusste sie von Alex' Impotenz? Einen verrückten Augenblick lang stellte sich Will vor, wie er es ihr erzählte und sie tröstete, als sie sich untröstlich in seine Arme warf. Unsinn. Wie in aller Welt sollte er einer Dame aus guten Hause so etwas erklären? Wahrscheinlich wusste sie noch nicht einmal, was Impotenz bedeutete! Und sie würde Will hassen.

Er warf einen raschen Blick auf Alex. Es war ohnehin kaum

zu glauben. Alex' großer, muskulöser Körper war wie geschaffen für die hautengen Pantalons, die zurzeit in Mode waren. Es schien in höchsten Maße unwahrscheinlich, dass er impotent war.

Verdammt! Will spürte einen heftigen Schmerz in der Brust. Er hatte sich so an die Vorstellung gewöhnt, eine junge Frau wegen ihrer Mitgift zu umwerben, dass er vergessen hatte, dass auch wirkliche Gefühle im Spiel sein konnten. Aber ... er blickte noch einmal zu Charlotte. Ihre Mundwinkel hatten sich zu einem Lächeln verzogen, das Alex willkommen hieß, und in ihrem Blick war etwas, das er noch nie darin gesehen hatte. Zum Teufel, dachte Will. Selbst wenn ihre Eltern Alex ablehnten (welche Eltern würden einem Mädchen erlauben, einen Mann mit einer solchen Beeinträchtigung zu heiraten?), sie würde niemals wirklich ihm gehören.

In diesem Moment verabschiedete sich Will ohne sein Wissen aus der Zunft der Mitgiftjäger. Er war an einen Punkt gekommen, der es ihm unmöglich machte, nur wegen des Geldes zu heiraten.

Alex seinerseits bemerkte sofort Charlottes zerzaustes Haar und ihre rosigen Wangen und brennende Wut stieg in ihm auf. Wie konnte Will es wagen, sie anzufassen, dachte er schäumend vor Wut. Wie konnte sie es wagen, einen anderen Mann zu küssen? Pippa, die spürte, wie die Erregung durch seinen Körper lief, klammerte sich an seinen Haaren fest und fing an zu weinen.

»He«, sagte Alex leise, hob sie von seiner Schulter, drückte sie an sich und strich ihr übers Haar. »Ssch, Pippa.«

»Papa«, schluchzte Pippa. »Papa.«

»Mein Gott«, seufzte Alex, winkte der kleinen Gruppe zu und sagte sorglos: »Will, spielst du bitte den Unterhalter? Ich werde mit diesem kleinen Fischköder etwas spazieren gehen.« Er ging, ohne sich noch einmal umzusehen.

Charlotte beobachtete verblüfft, wie der Graf hinter einer Wegbiegung verschwand. Das war alles? Er machte sich einfach davon wie ein dahergelaufener Reitknecht? Sie fühlte, wie ihr die Röte ins Gesicht stieg. Bei Gott, sie war keine Magd, die willenlos in seine Arme fiel, wenn er einen Finger hob!

»Nun«, meinte Baron Holland, »ich würde wirklich gern ›den Unterhalter spielen‹, wie Alex sich auszudrücken beliebt, aber ich hatte leider noch nicht das Vergnügen.« Er sah die hübsche junge Frau, die gerade angekommen war, bewundernd an.

Der Gentleman neben ihr machte eine tiefe und elegante Verbeugung. »Ich, Sir, war der Marquis de Valconbrass, aber«, er zuckte auf sehr französische Art die Achseln, »jetzt bin ich einfach Lucien Boch. Und das ist meine Schwester Daphne.«

Daphne sank in einem eleganten Knicks nieder. Sie war sehr jung, wahrscheinlich erst sechzehn, und trug ihr Haar in einem Nackenknoten, was erkennen ließ, dass sie bei Hofe vorgestellt worden war. In Charlottes Augen sah sie wie die klassische Französin aus, mit feinen Gesichtszügen und einem festen, aber zarten Kinn. Sie wirkte zugleich romantisch und ungeheuer pragmatisch. Ihr blondes Haar sah aus wie gesponnenes Silber und glänzte in der Sonne. Von der Spitze ihres Sonnenschirms bis zu dem unter ihrem modischen Kleid hervorlugenden rosa Schuh war sie exquisit gekleidet.

Der Baron verbeugte sich ebenso anmutig wie der Marquis. »Baron Holland, zu Ihren Diensten«, sagte er fröhlich, »und das ist Lady Charlotte Daicheston, die Tochter des Grafen von Calverstill. Es ist mir eine große Freude, Sie kennen zu lernen.« Er hob Daphnes Hand an die Lippen.

Lucien zuckte die Achseln und blickte in die Richtung, in die Alex verschwunden war. »Sollen wir zu den Kutschen zurückgehen? Ich glaube, dort in der Nähe wird das Picknick vorbereitet.«

Charlotte spürte ein Lachen in sich aufsteigen. Das war alles so lächerlich! Sie befand sich bei einem Picknick mit einem zurückgewiesenen Verehrer, der statt gekränkt zu sein seine Aufmerksamkeit Daphne schenkte, einem weiteren möglichen Verehrer, wenn sie Alex in Anbetracht seines gleichgültigen Benehmens überhaupt so nennen konnte, und einem dritten Mann, den sie in ihrem Leben noch nie gesehen hatte.

»Sir«, sagte sie zu Lucien, »da unser Gastgeber so launisch ist, warum sollten wir nicht ebenso unberechenbar sein? Was mich betrifft, so würde ich sehr gern vor dem Essen einen kleinen Spaziergang machen.«

Alex erkannte sofort das Werk eines meisterhaften Gegners, als eine ganze Weile später eine fröhliche Gruppe um die Ecke bog und auf das Picknick zuschritt, das in der Sonne ausgebreitet lag. Vor etwa einer Stunde hatten seine Lakaien Leinentischtücher in der Farbe feinsten Goldes ausgebreitet; mit seinem Wappen bestickte Servietten lagen neben silbernem Geschirr und der Champagner wurde ich den Kübeln mit geschmolzenem Eis langsam warm. Er lag ausgestreckt auf dem Gras und sein Mund verzog sich unwillkürlich zu einem Lächeln, als er Charlotte beobachtete, wie sie Lucien aufmerksam den Kopf zuwandte und mit leuchtenden Augen über etwas lachte, das er gesagt hatte. Durchschaut, dachte Alex. In meine eigene Grube gefallen! Dass wird mich lehren, noch einmal einer wütenden Laune nachzugeben.

Er erhob sich leichtfüßig. »Wie Sie sehen«, meinte er und lächelte zur Begrüßung, »haben sich unsere Gemüter beruhigt und wir erwarten Sie.« Er deutete auf Pippa, die fröhlich Gras ausrupfte, aber Charlotte musste die Lippen aufeinander pressen, um nicht loszulachen. Zweifellos hatte er *unsere* ein wenig zu sehr betont. Es herrschte einen Augenblick Stille, während sich alle auf den Tüchern niederließen.

»Aha!«, rief Will fröhlich. »Ich sehe, dass mein mageres Picknick durch königliche Kost ergänzt wurde!«

Charlotte versuchte herauszufinden, warum sie so selbstverständlich neben Alex niedersank. Denk daran, ermahnte sie sich. Denk daran, wie er dich eben noch behandelt hat. Mach dich nicht wieder zum Narren! Dennoch lief ihr bei der leichtesten Berührung seiner Hand ein Schauder über den Rücken.

»Sir«, sagte sie in leichtem und gleichmütigem Ton.

»Ich wollte Ihnen nur eine Erdbeere anbieten«, entgegnete Alex zuckersüß. Er lag auf einen Ellbogen gestützt auf der Seite, beugte sich vor und reichte ihr eine Erdbeere.

»Wo ist Ihre Tochter, Lady Pippa? Das war doch ihr Name?«, fragte Charlotte schwach.

Der Graf rollte sich ein wenig zurück und Pippa kam hinter ihm in Sicht.

»Soll sie Gras essen?«, wollte Charlotte wissen.

»Wahrscheinlich nicht«, antwortete Alex ungerührt. »Pippa, hörst du, hör auf Gras zu essen. Du bist kein Pferd.« Er nahm Charlotte die unangetastete Erdbeere aus der Hand. »Iss das«, sagte er und legte die Erdbeere in Pippas feiste Hand. Sie sah sie interessiert an und schmierte sie sich freudig ins Gesicht.

»Meine Güte«, meinte Charlotte. »Sie sieht aus, als würde sie eine Menge Arbeit machen. Hat sie kein Kindermädchen?«

»O ja«, antwortete Alex. »Das Kindermädchen ist dort drüben.« Er nickte in Richtung einer kleinen Gruppe, wo seine Dienstboten anständig saßen. Anders als ihr Herr hatten sie auf Bänken Platz genommen und anstelle von Champagner schienen sie Ale zu trinken. Die einzige Frau trug unverkennbar die Tracht eines Kindermädchens.

»Und warum ist sie dort drüben und nicht bei Pippa?«, fragte Charlotte hartnäckig weiter.

»Pippa mag sie nicht besonders«, sagte Alex. »Ich habe anscheinend kein gutes Händchen für Kindermädchen. In den letzten Wochen hatten wir fünf, aber keine war ihr genehm. Ich werde Ihnen zeigen, was geschieht.« Er hob Pippa hoch und setzte sie zwischen sich und Charlotte. Pippa warf einen Blick auf die Frau und brach in hysterisches Weinen aus. Mit geübtem Griff beförderte Alex sie zurück auf ihren Platz. Sobald sie nicht mehr in Charlottes Nähe war, schluchzte sie noch einmal auf und ging wieder dazu über, Gras auszureißen. Und es zu essen, wie Charlotte bemerkte.

»Aber warum?«, fragte sie einfach.

»Ihre Mutter lag drei oder vier Wochen schwer krank danieder. Ich weiß nicht genau, wie lange. Und Pippa wurde einer Reihe von Kindermädchen überlassen – sie gingen eine nach der anderen, aus Angst, sich bei Maria mit Scharlach anzustecken.«

»Das arme Ding!«, rief Charlotte. »Und jetzt hat sie Angst vor Frauen?«

»Richtig«, antwortete er. »Verstehen Sie jetzt«, fügte er langsam hinzu, »warum heiraten leider das Einzige ist, was ich tun kann. Sie mag keine Kindermädchen und Gouvernanten. Ich glaube, die einzige Möglichkeit sie an eine Frau zu gewöhnen, besteht darin, sie zu heiraten.« Er sah sie schelmisch und mit funkelnden Augen an. »Was denken Sie?«

»Vielleicht«, erwiderte Charlotte zögernd. »Meinen Sie nicht, dass das eine sehr radikale Maßnahme ist?«

Alex zuckte die Achseln. »Sie wissen ja, wie das ist, es kommt eine Zeit im Leben jedes Mannes, wenn er die Kälte des Alters ... den Hauch des Todes ... die ...«

»Oh, bitte!« Charlotte lachte. »Wie alt sind Sie? Fünfunddreißig?«

»Einunddreißig, um genau zu sein, aber ich muss heiraten«, beharrte Alex. Er war unmerklich noch näher gerückt. »Meine Tante Henrietta hat mir das oft genug gesagt. Wissen Sie«, sagte er und kitzelte sie mit einem Grashalm an der Nase, »die Zukunft der Grafschaft von Sheffield und Downes liegt in meinen Händen.«

Charlotte biss sich auf die Lippe, um nicht loszulachen. »Was ist mit Ihrem Zwillingsbruder?«, flüsterte sie. Sie waren sich jetzt so nah, dass es keinen Grund mehr gab, laut zu sprechen.

»Ach«, entgegnete Alex. »Patrick ist in Indien und das Leben ist so unsicher. Nein, ich muss heiraten – zum Besten der Grafschaft natürlich, wenn Sie wissen, was ich meine.«

»Hm«, sagte Charlotte. »Welch ein Opfer. Was für ein Glück, dass ich kein Mann bin! Ich könnte mich nie zu so etwas überwinden.«

»Nein?«, fragte Alex. »Selbst wenn es wirklich notwendig wäre?«

»Warum sollte es das jemals sein?«, antwortete Charlotte. »Ich habe ein unabhängiges Einkommen und mein Bruder ist, als Mann für den Erhalt des Herzogtums meines Vaters verantwortlich. Nein ...«, sie schüttelte den Kopf und in ihren Augen blitzte der Schalk, »ich sehe eine Zukunft ohne Ehemann vor mir. Aber«, sagte sie und tätschelte beruhigend die Hand des Grafen, »ich kann Ihnen einige sehr nette Frauen empfehlen. Ihre Anforderungen sind schließlich nicht sehr hoch – sie muss nur mütterlich sein – eine Witwe mit ein paar Kindern wäre genau das Richtige. Warten Sie, Lady Doktorow. Sie ist nicht gerade schön, aber nur ein sehr strenger Kritiker würde sagen, dass sie *fett* sei. Wichtiger ist doch, dass sie sehr mütterlich ist und bereits fünf Kinder hat, so ist es gewiss, dass sie auch Pippa mögen wird!«

»O nein«, sagte Alex. »Meine Frau darf keine Kinder haben. Nein, Lady Doktorow kommt nicht in Frage.«

»Nun ja«, begann Charlotte, aber sie wurde von Daphne Boch unterbrochen.

»Dieses Kind«, sagte sie in ziemlich scharfem Ton, »liegt mit dem Gesicht auf einem Teller.«

Die ganze Gruppe sah sich um. Pippa war tatsächlich eingeschlafen, ihr Gesicht lag niedlich auf einem Teller, in dem einmal Eiscreme gewesen war. Außerdem klebten immer noch Grashalme zusammen mit der zerdrückten Erdbeere in ihrem Gesicht. Alles in allem sah sie so durch und durch mutterlos aus, dass es Charlotte beinah das Herz brach.

Alexander hob sie auf und sah sich nach einem geeigneten Tuch um, um ihr Gesicht sauber zu wischen. Als er keines entdecken konnte, drehte er sich anmutig um und ließ Pippa in Charlottes Schoß fallen.

»Würden Sie sie einen Moment halten?«, fragte er mit einem charmanten Lächeln. »Ich werde mal rübergehen und nachsehen, ob das Kindermädchen in den See gefallen ist.« Selbst von ihren Plätzen aus konnten sie sehen, dass Pippas junge Gouvernante sich köstlich dabei amüsierte, mit den vier Lakaien des Grafen und dem Diener des Barons zu flirten.

Sie sah auf Pippa hinunter, die glücklicherweise nicht aufgewacht war und jetzt geräuschvoll an ihrem Daumen lutschte. Er scherzte nicht, Alex suchte wirklich eine Mutter für Pippa und sie war offensichtlich die aktuelle Kandidatin für dieses Amt. Für den Bruchteil einer Sekunde verspürte sie den Drang, das schmutzige, ziemlich feuchte Kind geradewegs von ihrem Schoß zu rollen. Aber dann ... Pippa schlief so süß mit dem Gesicht an Charlottes Knie. Sie blieb, wie sie war, hin- und hergerissen zwischen Empörung und Zärtlichkeit.

Alex schien schrecklich lange mit seinen Bediensteten zu sprechen. Sie sah auf und begegnete den Blicken der restlichen Gruppe, die sie erschrocken und belustigt anstarrten.

»Es tut mir so Leid«, bemerkte Daphne mit starkem französischem Akzent. »Ihr wunderschönes Kleid ist ruiniert. Und es ist ein Kleid von Antonin Carême, nicht wahr! Der Graf legt wirklich keine guten Manieren an den Tag!«

Will starrte Charlotte nachdenklich an. Konnte es sein, dass das Entzücken über seinen gut aussehenden Freund einen kleinen Sprung bekommen hatte? Vielleicht konnte er das Kind als Keil benutzen? Aber nein. Er seufzte leise. Es war besser, mit der kultivierten Daphne zu flirten und den Traum von der geistreichen, reizenden Charlotte neben sich im Bett zu vergessen. Charlotte beschwerte sich nicht und das musste wohl bedeuten, dass es ihr nichts ausmachte, dieses schmutzige Gör auf dem Schoß zu haben.

Charlotte spürte, wie ihr die Schamesröte ins Gesicht stieg. Alex' Manöver war nicht gerade subtil. Es kam ihr vor, als würden alle ihre Fähigkeiten als Mutter abschätzen. Lucien bemerkte mit scharfen Augen, wie gedemütigt sie sich fühlte, erhob sich anmutig und beugte sich über sie.

»Darf ich?« Er nahm das schlafende Kind gewandt hoch und hielt es geschickt im Arm. Charlotte beobachtete überrascht, wie Lucien Pippa in seine Armbeuge legte und auf die Gruppe herablächelte. »Ich werde sie zu einem kleinen Spaziergang mitnehmen.« Er schlenderte davon.

Charlotte sah instinktiv zu Luciens Schwester. Daphnes Augen füllten sich mit Tränen und sie blickte mit erstarrtem Gesicht blind über die Überreste des Picknicks. Will zog sie schnell auf die Beine. Obwohl er Daphne erst seit einer Stunde kannte, wusste er bereits, dass es ihr nicht gefallen würde, vor Fremden Gefühle zu zeigen.

»Lassen Sie uns einen Spaziergang machen«, schlug er wie beiläufig vor. Sie verschwanden in einer anderen Richtung und Will schien nicht zu bemerken, dass Daphne nahezu blind vor Tränen ging.

Charlotte blieb allein zurück.

Alex kam mit einem feuchten Lappen in der Hand angeschlendert und blieb überrascht stehen, als er kein Kind in ihrem Schoß sah. Er zog eine Augenbraue hoch.

»Lucien ... er hat sie zu einem Spaziergang mitgenommen«, sagte Charlotte langsam. Alex ließ sich neben sie fallen. Charlotte wandte sich ihm mit verwirrtem Gesicht zu. »Leben Lucien und Daphne schon länger in England?«

»Ich glaube schon«, antwortete Alex vorsichtig.

»Und war er verheiratet, bevor er nach England kam?«

»Ja.«

»Ich glaube, er hatte auch ein Kind«, flüsterte Charlotte. »Wie furchtbar!« Man las natürlich über das Schicksal der französischen Aristokraten, aber es berührte einen nicht so schmerzlich, bis man einen Vater sah, der ein Kind, das nicht sein eigenes war, in den Armen hielt.

Alex schwieg. Er war schon vorher zu demselben Schluss gekommen. Er und Lucien hatten in der langen Bildergalerie in Sheffield House gefochten, Pippa in einer behelfsmäßigen Wiege in einer Ecke versteckt. Wenn seine anderen männlichen Freunde mit Pippa konfrontiert wurden, hatten sie einfach so getan, als bemerkten sie sie nicht, oder sich (ohne Zweifel zu Recht) beschwert, dass sie nicht hierher gehöre und sofort in das Kinderzimmer verfrachtet werden solle.

Lucien äußerte sich in keine der beiden Richtungen, aber während einer Pause beugte er sich über Pippas Wiege und erlaubte ihr, in seinen Fingerknöchel zu beißen. Keiner von Alex' unverheirateten Freunden hätte das gewusst. Er selbst war erst seit einem Monat Vater und wunderte sich immer wieder über die empörenden Gewohnheiten, zu denen die Nähe zu Pippa führte – zum Beispiel, ihr zu erlauben, an seiner Hand zu kauen.

»Ich habe die Bediensteten angewiesen aufzuräumen«, sagte

Alex mit seiner tiefen Stimme. »Sollen wir es den anderen gleichtun und einen kleinen Spaziergang machen?«

Charlotte zögerte nur kurz, bevor sie zustimmte. Eine Weile schlenderten sie stumm nebeneinanderher und blieben dann an ebendem Weidenteich stehen, an dem Will vorher seinen unseligen Heiratsantrag gemacht hatte. Sie und Will hatten sich spontan auf die bereitgestellte Bank gesetzt, doch mit Alex ließ sie sich ebenso spontan am Ufer nieder. Charlotte dachte nicht darüber nach, dass sie ihrem Kleid noch mehr Schaden zufügen würde. Sie saß steif da, die Arme um die Knie geschlungen, und starrte auf das dunkelblaue Wasser.

Alex legte sich zurück und bettete den Kopf auf die Arme. Er tat so, als schlösse er die Augen, dabei beobachtete er Charlotte durch die gesenkten Wimpern. Sie saß völlig reglos da. Von seiner Stellung auf dem Boden aus konnte er die sanfte Krümmung ihres Rückens sehen, die zu ihrem wunderschönen Nacken führte, und ihre langen, gebogenen Wimpern, die gegen ihre Wangen strichen. Es hatte keinen Sinn zu ergründen, warum er sie so sehr begehrte. Es war einfach so, das war alles. Und da er eine Frau brauchte, war der Zeitpunkt für diesen seltsamen Anfall von Wolllust geradezu perfekt. Charlotte würde eine großartige, dekorative Gräfin, eine wunderbare Bettgenossin und früher oder später auch eine ausgezeichnete Mutter für Pippa abgeben.

Er blickte sich um. Es war niemand in Sicht. »Ich nehme an«, begann er, »Sie müssen mich für sehr seltsam halten, weil ich Ihnen ohne Vorwarnung mein Kind auf den Schoß gelegt habe.« Alex setzte sich auf. »Ja, sogar mehr als seltsam: verdammt unverschämt. Ist dieses Kleid eine dieser legendären französischen Kreationen?« Er strich mit der Hand über die Erdbeerflecken auf ihrem Knie.

Charlotte hatte gerade über den Nachmittag nachgedacht

und entschieden, dass sie es nicht mochte, wenn man sie in eine peinliche Situation brachte.

»O nein«, sagte sie mit zuckersüßer Stimme. »Ich habe keinerlei Erwartungen an Ihr Benehmen.«

»Touché!«, rief Alex anerkennend.

»Lassen Sie mich nachdenken«, fuhr Charlotte fort. »Sie haben unsere erste Begegnung vollkommen vergessen, bei der Sie – nun ja, vergessen Sie das«, fügte sie hastig hinzu. »Bei unserer zweiten Begegnung haben Sie meinen Rücken auf äußerst unanständige Weise berührt und bei unserer dritten Begegnung haben Sie Baron Holland angelogen, der offensichtlich Anspruch darauf hat, Ihr Freund genannt zu werden, Sie haben sich die Teilnahme an diesem Picknick erschlichen, sind plötzlich verschwunden, ohne uns Ihren französischen Freunden vorzustellen, und haben mir schließlich ein schmutziges Kind auf den Schoß geworfen. Ich bin sehr geneigt zu sagen«, schloss sie steif, »dass nichts, was Sie tun, nicht unverschämt ist und dass es darum hoffnungslos wäre, von Ihnen Höflichkeit zu erwarten!«

Alex bemerkte dankbar, dass sie nichts über die Hand auf ihrem Knie sagte. »Sie haben vollkommen Recht«, sagte er demütig.

Charlotte sah ihn an. Seine Hand auf ihrem Bein glitt ein wenig höher.

»Sie sind unausstehlich!«, rief sie und schüttelte seine Hand von den Knien.

Er lachte. »Es gibt zwei Bereiche, in denen ich mich sehr unsicher fühle.« Er ergriff eine ihrer Hände mit seiner rechten und bog vorsichtig den Ringfinger nach vorn. »Erstens, ich bin erst seit sehr kurzer Zeit Vater und fühle mich in der Rolle noch nicht sehr wohl, zumindest nicht vor Leuten, die ich nicht gut kenne.«

»Ich würde das Gegenteil behaupten«, unterbrach Charlotte.

»Ich glaube, ich habe nie einen Mann gesehen, der die Rolle so leicht nimmt wie Sie.«

»Ach«, sagte Alex hastig, »das liegt daran, dass ich plötzlich dazu gezwungen war, Mutter und Kindermädchen zur gleichen Zeit zu sein, vielleicht wirkte ich deshalb geschickter, als ich bin.« Er wollte nicht näher darauf eingehen, warum er die Gruppe so plötzlich verlassen hatte, bevor er seine Gäste vorstellen konnte. Wie konnte man preisgeben, dass ein wohlerzogener Adeliger in den Dreißigern von einer so heftigen Eifersuchtswelle überflutet worden war, dass er den Ort des Geschehens verlassen musste, um einem alten Freund nicht einen Kinnhaken zu verpassen?

»Zweitens«, fuhr Alex fort und liebkoste Charlottes Mittelfinger, bevor er ihn nach vorn bog. »Ich war nicht darauf vorbereitet, an meinem ersten Abend in England eine Frau zu treffen, die ich heiraten will. Es hat mich doch sehr überrascht.« Sie hob den Kopf und Alex sah sie zerknirscht an.

»Ha!«, rief sie. »Ich weiß, warum Sie mich heiraten wollen. Sie haben plötzlich ein einjähriges Kind am Hals, das ihr Kindermädchen verabscheut.«

»Sie sind tatsächlich völlig anders als jedes Kindermädchen, das ich bis jetzt gesehen habe. Wo ist Ihre Haube?« Er fuhr ihr mit seiner freien Hand durch die samtenen Locken. »Und es tut mir Leid, Ihnen sagen zu müssen, Madame, dass Ihr Mund viel zu weich ist, um die notwendige Autorität auszustrahlen!« Er legte einen Finger auf ihre Unterlippe.

»Gouvernanten«, fuhr er fort, »tragen stets Kleider, die ihre Schlüsselbeine bedecken.« Sein Finger wanderte über ihr Kinn und an ihrem Hals hinab. »Nachdem ich in den letzten Wochen fünf Gouvernanten aus meinem Haus getrieben habe, bin ich so etwas wie ein Experte. Gouvernanten«, sagte er leise, »erlauben einem Mann niemals, unter keinen Umständen, etwas so Schönes zu sehen wie das ...« Er strich ihr mit den Fingern über ihre Rundungen und ließ sie in die dunkle, schattige Stelle zwischen ihren Brüsten gleiten und dort verweilen.

Charlotte schnappte nach Luft. Eine Sekunde lang saß sie regungslos da und ein Feuersturm der Leidenschaft brannte sich von tief aus ihrem Inneren seinen Weg zu ihrer Brust. Dann wich sie zurück. Genau dasselbe war vor drei Jahren geschehen. Sie war dabei, sich im Gras verführen zu lassen, und dieses Mal am helllichten Tag! Dieser Graf schien eine Gewohnheit daraus zu machen, junge Damen im Freien zu nehmen. Aber sie war keine reife Pflaume, die ihm in den Schoß fiel.

»Mylord«, sagte sie kühl. »Ich muss Sie bitten, den Bewegungsdrang Ihrer Hände im Zaum zu halten. Es gibt Menschen, denen solche ungewünschten Liebkosungen ... zuwider sind.«

Alex' Augen verdunkelten sich. Er beugte sich so weit vor, dass zwischen ihren Gesichtern kaum Platz zum Atmen blieb.

»Sind Sie so ein Mensch?«, fragte er. Seine tiefe Stimme jagte Charlotte Schauer über den Rücken. Klugerweise sagte sie nichts. Langsam hob er ihre rechte Hand an seinen Mund und presste ihre Finger gegen seine Lippen, während er sie unverwandt anstarrte. Er öffnete die Lippen und biss ihr vorsichtig in eine Fingerspitze. Charlotte senkte den Blick, aus Angst, er könnte merken, was seine Berührungen in ihr auslösten.

»Vielleicht haben Sie Recht«, meinte er und in seiner Stimme schwang Belustigung. Sie sah zu ihm auf. »Selbst Tante Henrietta würde nicht von mir erwarten, eine ... widerstrebende Frau zu heiraten.«

»Sehr richtig!«, meinte Charlotte und versuchte Ordnung in ihre Gedanken zu bringen, während sie ihm ihre Hand entzog. »Ich weiß genau, was Ihrer Tante gefallen würde. Eine junge Maid direkt aus dem Klassenzimmer.« Sie sah ihn schelmisch an. »Sie wird sich auf den ersten Blick Hals über Kopf in Sie verlieben und Ihr fortgeschrittenes Alter wird sie nicht stören ... zumindest nicht sehr«, fügte sie mit einem Hauch des Zweifels in der Stimme hinzu. »Sie sind schließlich ein Graf!«

»Das ist wahr«, erwiderte Alex. »Es wäre wahrscheinlich ratsam, sie zwei- oder dreimal auf die Kronen an meiner Kutsche hinzuweisen, falls sie meinen Titel vergisst.«

»Sehr richtig«, stimmte Charlotte zu. »Sie fangen an, die Situation zu begreifen, Mylord. Ich fürchte, dass Menschen mit weißem Haar«, sagte sie mit einem Blick auf seine Locken, »nicht mit demselben Erfolg in der Liebe rechnen können wie jüngere Männer.«

»Und was soll ich machen«, fragte Alex mit seltsam weicher Stimme, »wenn ich dieses Mädchen nicht so mag wie sie mich? Sie verstehen mein Problem, nicht wahr? Leider habe ich eine Schwäche für, nun ja, für die Art von Damen, die die besten Jahre hinter sich haben und seit drei oder vier Jahren in Ballsälen herumhängen ...« Er verstummte.

Rote Punkte tanzten vor Charlottes Augen. Niemand, wirklich niemand hatte je darauf angespielt, dass sie die besten Jahre hinter sich habe oder gar sitzen geblieben sei. »Ich würde vermuten, dass etwas erfahrenere Frauen eine zu große Willensstärke besitzen, um Ihren Antrag anzunehmen, Mylord«, meinte sie und stellte befriedigt fest, dass ihre Stimme ruhig klang.

Alex seufzte schwer. Irgendwie hatte er wieder von ihrer Hand Besitz ergriffen und führte sie an seine Lippen. »Ich bin untröstlich, Charlotte. Ich habe mein Herz an diese ältere Dame gehängt – sie muss wohl schon zwanzig Jahre alt sein – und ich bin mir sicher, dass ich keine Sechzehnjährige, egal wie fügsam, vorziehen würde.«

Charlotte war verärgert. Was für eine dumme Unterhaltung! Sie kannte diesen Mann nicht einmal und hier saßen sie und sprachen vom Heiraten. Und er beleidigte sie. Und er knetete ihre Finger, so dass es ihr schwer fiel, klar zu denken.

»Ich bin sicher«, sagte sie vollkommen gelassen mit einem Hauch von Desinteresse in der Stimme, »wenn der Zeitpunkt für diese schmerzliche Entscheidung gekommen ist, Sir, wird es Ihnen sehr viel leichter fallen, als Sie zum gegenwärtigen Zeitpunkt glauben.«

Alex knurrte. Sie hörte es ganz deutlich: Er knurrte. Als sie ihn verblüfft ansah, zog er sie mit einem Ruck nach vorn auf die Knie und bevor sie protestieren konnte, drückte er sie an sich, so dass sich ihre Körper von der Brust bis zu den Knien berührte.

Hätte Charlotte sich gewehrt, wäre aus der Umarmung vermutlich ein Desaster geworden, doch ihr Körper verriet sie. Sie hob den Kopf, als küsste er sie jeden Tag, und auf diese unbewusste Einladung hin wurde seine Umarmung noch inniger.

Er presste seine Lippen fest auf Charlottes und ohne sie dazu aufzufordern, öffnete sie den Mund. Eine warme Zunge fuhr ihr zwischen die Lippen und zog sich zurück, fuhr hinein und zog sich zurück. Charlotte fühlte sich wie berauscht und der Druck seines Bauches an ihrem und die Stärke seiner Hände, die ihren Rücken liebkosten, kamen ihr brennend zu Bewusstsein.

Plötzlich löste Alex seine Lippen von den ihren. Rücksichtslos ignorierte er ihren flehenden Mund, fuhr ihr mit der Zunge aufreizend über die Augenbrauen und biss sie in ihre volle, süß schmeckende Unterlippe. Unbewusst presste sich Charlotte gegen ihn, bat stumm um mehr. Er zog sie noch enger an sich, so dass sie sich mit jedem Zoll ihrer Körper berührten. Seine Männlichkeit ragte fordernd in ihre weichen Rundungen. Charlotte schnappte nach Luft und zog ohne zu denken seinen Mund auf ihren. Dann berührte sie zögernd, aber verführerisch seine Lippen mit der Zunge.

Alex erschauerte, er hatte beinah völlig die Kontrolle verloren. Ganz weit hinten in seinem Kopf wusste er, dass er aufhören musste. Sie befanden sich im Freien. Charlottes Ruf zu ruinieren schien ihm keine günstige Methode, eine Ehe zu beginnen.

Deshalb rollte er sich ohne ein Wort auf seine Absätze zurück, drehte Charlotte geschickt herum und setzte sie sich auf den Schoß. Dann schlang er die Arme von hinten um sie und zwang sein Herz, ruhiger zu schlagen. Sie blieb einen Moment lang völlig steif, dann entspannte sie sich und lehnte sich an seine Brust.

Alex legte das Kinn auf ihr duftendes Haar. Er strich ihr mit den Finger *nolens volens* über die Vorderseite ihres Kleides. »Charlotte«, sagte er mit tiefer, samtener Stimme. »Ich gebe dir eine Woche, meinen Antrag anzunehmen. Danach werde ich dich wahrscheinlich höchstselbst aus deinen Gemächern zerren müssen, um nicht verrückt zu werden.«

Als er spürte, wie sie Luft holte, legte er ihr seine Hand fest über den Mund. »Nein.«

Sie saßen einen Moment lang reglos da, dann spürte er, wie sie ihm mit ihren kleinen Zähnen in die Finger biss. »Du liebe Zeit«, seufzte er. »Ich habe vergessen, dass ich es mit einer Frau zu tun habe, die ihre Milchzähne schon verloren hat.«

Tatsächlich hätte Charlotte nicht gewusst, was sie sagen sollte. Es war ihr deutlich bewusst – und dieses Wissen bedeutete eine heftige Demütigung –, dass sie diesen Mann genau hier, im hellen Licht des Hydeparks neben dem Weidenteich, ohne jeglichen Widerstand geliebt hätte. Um die Wahrheit zu sagen, sie würde ihn lieben, wo immer er es vorschlug. Sie schauderte leicht.

Als er sie auf die Füße zog, nahm Charlotte endlich all ihren Mut zusammen und sah ihm in die Augen. Was sie dort sah, ließ ihr Herz schneller schlagen. Alex' hochfliegende Augenbrauen schienen noch höher geflogen zu sein, aber er blickte weder ironisch noch sarkastisch oder spöttisch. Stattdessen waren seine Augen tiefschwarz. Er sah sie nicht an wie ein junges Mädchen, sondern wie einen Trank, von dem er nie genug bekommen würde.

Er berührte sie nicht, er fuhr ihr nur mit dem Daumen über die Augenbrauen. »Wissen Sie eigentlich, dass wir die gleichen Augenbrauen haben?«, fragte er. »Glauben Sie, dass diese Ähnlichkeit schuld ist, dass ich bei unseren beiden Begegnungen ganz verrückt war vor Verlangen nach Ihnen?«

Charlotte hielt den Impuls, ihn zu korrigieren, zurück. Sie waren sich dreimal begegnet – aber wie sollte sie ihm das sagen? Wissen Sie noch, Sie haben mich vor drei Jahren auf einem Ball im Garten verführt. Er nahm ihr Kinn in seine große Hand und zwang sie, den Kopf zu heben.

»Wir werden heiraten«, sagte er leichthin und lächelte sie an. Er runzelte die Stirn, als er die kleine Falte zwischen ihren Augenbrauen sah. »Sind Sie verlobt? Schon verheiratet?«

Sie schüttelte den Kopf.

»Dann«, sagte er höchst zuversichtlich, »werden wir mit einer speziellen Erlaubnis in einer Woche heiraten.«

»Nein«, entgegnete Charlotte.

»Nein?«

»Nein, Mylord«, sagte sie, drehte sich um und ging zurück zu den wartenden Kutschen. Ihr Körper war von seinen Küssen noch völlig durcheinander, aber sie konnte endlich wieder klar denken. Alex behandelte Frauen wie austauschbare Münzen. Wäre sie ihm nicht schon vor Jahren begegnet, er hätte sie heute mit seinen süßen Küssen und seiner unglaublichen körperlichen Anziehungskraft berauscht. Aber genau den Effekt hatte er vor drei Jahren bei ihr erzielt und diese Begegnung trotzdem ruhig hinter sich gelassen und sie prompt vergessen. Dabei hatte er sie entjungfert. Ganz offensichtlich war das, was für sie eine umwerfend erotische Begegnung gewesen war, für ihn einfach eine ganz alltägliche Angelegenheit. Und der einzige Grund, warum er sie jetzt bat, ihn zu heiraten, war, ein ständiges Kindermädchen für seine Tochter zu finden. Es würde ihr nicht im Traum einfallen, jemanden zu heiraten, um für sein Kind zu sorgen, schon gar nicht wenn der Ehemann jedes Mal, wenn sie ihm den Rücken zukehrte, ausging, um Frauen im Park zu verführen.

Ihr Blick war ausgesprochen kühl, als sie Alex ansah, der stumm neben ihr herging. Wenn sein bloßer Anblick ihr nur nicht das Herz bis zum Halse schlagen ließe. Sie sehnte sich danach, näher neben ihm zu sein, ihre Hand seinen Arm hinaufgleiten zu lassen, ihn ...

Was, wenn sie ihn doch heiratete? Sie würden das Bett miteinander teilen. Unbewusst seufzte sie laut auf. Aber nein. Sie wappnete sich gegen dieses Gefühl. Ihr Vater respektierte und liebte ihre Mutter, dieses Beispiel musste sie sich vor Augen halten. Dieser Graf war ein seltsamer Mann, schroff, manchmal unhöflich. Es wäre schwer mit ihm zu leben. Sie wollte jemanden, der sie liebte, auch wenn er sie nicht mit diesem brennenden, körperlichen Verlangen erfüllte. Verlangen war keine Basis für eine Ehe.

Stumm gingen sie zurück zu den Kutschen. Der Rest der Gruppe hatte sich bereits dort versammelt. Pippa schien vollkommen glücklich (und jetzt auch sauber) zu sein, einer von Alex' Bediensteten spielte mit ihr unter einem Baum. Daphne hingegen war offensichtlich verärgert. Sie klopfte mit ihrem elegant beschuhten Fuß unter ihrem luftigen Kleid auf den Boden. Der Graf von Sheffield und Downes nahm seine Pflichten als Gastgeber sehr leicht, was ihrem französischen Sinn für Anstand nicht behagte. Und Lady Charlotte, stellte sie entrüstet fest, sah noch aufgelöster aus als vor einer Stunde. Englische Aristokraten! Sie würde sie nie verstehen! Niemand würde sie je so aufgelöst sehen wie diese Tochter eines Herzogs.

Alex hingegen, der Charlotte ebenfalls beobachtete, glaubte noch nie eine so schöne Frau gesehen zu haben. Ihre Lippen waren dunkelrot und ihre kurzen Locken von seine Händen zerzaust. Allein die Wölbung ihrer Augenbrauen weckte in ihm den Wunsch, wie ein Tiger zu knurren und sie über die Schulter zu werfen. Ihr Anblick verstärkte seine Entschlossenheit. Egal, was sie sagte, sie gehörte zu ihm, in sein Bett, und dort würde sie auch sein. Sie hatte alles, was er wollte: Sie besaß wahre Anmut, bis hin zu den feinen, gesenkten Lidern, und eine verzehrende Leidenschaft, die er noch nie bei einer adeligen Frau angetroffen hatte.

Entschlossen presste er die Kiefer aufeinander. Er war einfach zu schnell vorgegangen, das war alles. Charlotte war eine junge, schöne Frau, der halb London den Hof machte. Wie konnte er erwarten, dass es genügte, sie einfach darüber in Kenntnis zu setzen, dass sie in einer Woche heiraten würden? Sie hatte wahrscheinlich noch nie einen derartigen Sturm der Leidenschaft gespürt, wie sie ihn heute geteilt hatten. Er hatte sie erschreckt. Er musste langsam vorgehen und ihr den Hof machen, statt sie an einem Ufer zu verführen.

Alex geleitete die gereizte Daphne zu seiner Kutsche und rief Will, der Charlotte zu *seiner* Kutsche geleitete, höflich auf wiedersehen zu. Er ignorierte das eisige Lächeln, mit dem sich Charlotte von ihm verabschiedete. Sein Mädchen befand sich in einer Zwickmühle, das war klar, aber darum würde er sich morgen kümmern. In der Kutsche konzentrierte er sich darauf, Miss Daphne mit Schmeicheleien aus ihrer missmutigen Stimmung zu bringen. Das gelang ihm – indem er Komplimente auf sie niederregnen ließ – so gut, dass ihr hell klingendes Lachen die Kutsche immer wieder erfüllte. Daphne hätte geschworen, dass Alexander Foakes' Aufmerksamkeit einzig und allein ihr gehörte. Aber tatsächlich dachte Alex an den köstlichen Moment zurück, als Charlotte sich an seinen Körper drängte. Seine Frau. Das klang verdammt gut.

Kapitel 7

In der darauf folgenden Woche wurde der Londoner Gesellschaft der Genuss zuteil zu beobachten, wie der schöne, aber vollkommen unmögliche Graf von Sheffield und Downes die regierende Schönheit Lady Charlotte Daicheston bestürmte. Niemand konnte herausfinden, was sie dabei fühlte. Sie lachte und flirtete mit all ihren Verehrern, ohne eine besondere Vorliebe für den Grafen zu zeigen. Sie wurde mit prüfenden Augen beobachtet, als sie einem anderen Grafen, Braddon Chatwin, zwei Tänze gewährte. Und dann tanzte sie zweimal mit Will Holland und schockierenderweise dreimal mit einem Mann, der alt genug war, um ihr Vater zu sein, Sylvester Bredbeck. Aber alle Welt tat das als bloßen Übermut ab, er war ein Freund ihrer Mutter.

Die alles krönende Frage war natürlich: Hatte es ihr jemand erzählt? Charlottes Mutter wehrte Dutzende von liebenswürdigen Fragen ab, deren Ziel es war, zum Kern der Sache vorzustoßen. Zeigte ihre Tochter Alexander Foakes die kalte Schulter, weil sie von seiner Beeinträchtigung wusste, oder folgte sie in ihrer Unschuld nur ihren eigenen Instinkten? Oder war sie, wie einige weniger freundliche Leute andeuteten, ein berechnendes junges Weib, das genau wusste, dass der werbende Eifer des Grafen nur zu ihren Gunsten arbeiten konnte, und deshalb mit Absicht alle im Unklaren ließ?

Aber die Wahrheit war, niemand hatte ihr etwas gesagt. Ganz London wusste von Alex' Impotenz, nur Charlotte hatte keine Ahnung. In Anbetracht der verstohlenen Bemerkungen, die verschiedene Leute in ihrer Hörweite über seine frühere Ehe gemacht hatten, war sie misstrauisch geworden, aber diese Bemerkungen waren eher gehässig als informativ. Und Impotenz war sicherlich nichts, was ihr im Zusammenhang mit Alex in den Sinn kam. Schließlich hätte gerade sie das Gegenteil bestätigen können.

Ihre Mutter war hin- und hergerissen. Hätte Adelaide nicht den starken Verdacht gehegt, dass Alex der Mann mit dem silberschwarzen Haar war, der ihre Tochter vor drei Jahren entjungfert hatte, hätte sie Charlotte ohne Zögern die Wahrheit gesagt und sie dazu ermahnt – ja ihr sogar befohlen, sich von ihm fern zu halten. Aber ... was sollte sie tun? Ihre Tochter hatte sich ihr nicht anvertraut und Charlottes Verhalten ermunterte sie nicht dazu, das Thema anzuschneiden.

Marcel andererseits war nie über das Missgeschick seiner Tochter in jenem Garten vor drei Jahren in Kenntnis gesetzt worden. Und deswegen stand er der Aussicht, Charlotte könne Alexander Foakes' Antrag annehmen, stark ablehnend gegenüber.

»Und das werde ich ihm auch sagen«, tobte er seiner Frau gegenüber. »Ich werde es ihm sagen, wenn er die Frechheit haben sollte, mich um ihre Hand zu bitten! Ich werde nicht zulassen, dass eine meiner Töchter eine schlappe Karotte, einen ...« Er verstummte, als ihm einfiel, dass manche Redewendungen besser nicht in Gegenwart einer Dame wiederholt wurden, selbst wenn die betreffende Dame die eigene Frau war.

»Ich versteh dich ja, Marcel!«, erwiderte Adelaide beruhigend. »Und ich stimme dir zu, Liebling, natürlich. Aber ich glaube, dass wir Charlotte gestatten sollten zu tanzen, mit wem sie möchte.«

»Sei doch nicht so naiv, Adelaide! Sie hat keine Ahnung, habe ich Recht?« Marcel betrachtete sie mit gerunzelter Stirn.

»Nein«, gab Adelaide zu.

»Na ja, du musst es ihr sagen, das ist alles. Ich nehme an, er wird etwas peinlich, aber irgendwann muss sie die Wahrheit erfahren. Verdammt! Du hast Violetta und Winifred doch auch davon erzählt, bevor du sie zu ihrer Hochzeit geschickt hast, oder etwa nicht?«

»Ja«, antwortete Adelaide unglücklich, »aber ...«

»Du wirst es einfach tun müssen, Addie. Wir können nicht zulassen, dass ganz London über unsere nichts ahnende Tochter lacht. Die Hälfte von ihnen scheint sie für eine Mitgiftjägerin zu halten, der es egal ist, ob ihr Mann ein ... Waschlappen ist, und die andere Hälfte lacht über sie. Ich werde das nicht dulden, hörst du?« Sein Gesicht war beängstigend rot. »Weißt du, dass viele Leute die Impertinenz besessen haben, mich zu fragen, wie ich mich dabei fühle, dass meiner Tochter von einem Weichei der Hof gemacht wird?«

»Ein Weichei«, wiederholte Adelaide, gegen ihren Willen fasziniert. »Das ist ziemlich gut – ein Weichei.«

»Mein Gott! Wiederhole es nicht auch noch, Addie. Das ist unanständig«, stöhnte ihr Ehemann. »Verstehst du jetzt, was ich meine? Die Leute wetteifern darum, neue Spitznamen für den Mann zu erfinden. Halte mich nicht für herzlos. Persönlich mag ich ihn eigentlich ganz gern. Er hat neulich im Oberhaus eine erstaunlich gute Rede über die Getreideunruhen in Suffolk gehalten. Da hat keiner über seine Beeinträchtigung geflüstert! Aber Tatsache ist, dass er kein Mann ist, von dem ein Vater möchte, dass er seiner Tochter den Hof macht. Keine Kinder, Adelaide. Bist du dir darüber im Klaren?« Er starrte seine Frau vorwurfsvoll an.

»Marcel«, protestierte sie. »Ich sage ja nicht, dass Charlotte den Mann heiraten soll; ich möchte das Thema nur nicht anschneiden. Schließlich gibt es keinerlei Anzeichen, dass sie ihn ihren anderen Verehrern vorzieht. Warum können wir es nicht für den Augenblick dabei belassen?«

»Weil er sie jede Minute für sich gewinnen kann! Du hättest ihn im Oberhaus sehen sollen, Addie. Dieser Mann kann mit Engelszungen reden. Und er sieht verdammt gut aus, das will ich ihm zugestehen. Niemand, der ihn sieht, wird vermuten, dass mit ihm etwas nicht stimmt. Abgesehen von seinem Problem würde ich sagen, er wäre der perfekte Ehemann für Charlotte.«

»Ich verstehe«, erwiderte Adelaide. »Du hast Angst, sie könnte sich in ihn verlieben.«

»Wenn das geschieht, stecken wir in Schwierigkeiten. Du weißt, wie eigensinnig sie ist, Addie. Wir konnten ja noch nicht einmal Winifred davon abhalten, diesen Amerikaner zu heiraten, und sie war die Gefügigste von all unseren Kindern. Wenn Charlotte es sich in den Kopf setzt, wird sie es tun. Und sie wird der Frage, ob er impotent ist oder nicht, keine Beachtung schenken.«

Er ließ sich auf das Bett fallen. »Aber sie wird nicht glücklich sein, Addie. Sie kann den lieben langen Tag in ihrem Atelier malen, aber das wird sie nicht glücklich machen.« Marcel streckte die Hand nach seiner Frau aus und zog sie neben sich aufs Bett. »Es wäre nicht richtig.«

Adelaide schmiegte sich an die Seite ihres Mannes, hin- und hergerissen, ob sie ihm von Charlottes Erlebnis in Kent vor drei Jahren erzählen sollte. Besser nicht, entschied sie. Er würde fuchsteufelswild werden und würde wahrscheinlich wie ein Bulle in Alexander Foakes' Stadthaus stürmen. Und dann war da noch der Zwillingsbruder. Was, wenn es der andere gewesen war – wie hieß er noch gleich? Irgendein irischer Name, dachte sie. Was wenn der Zwillingsbruder der Mann im Garten gewesen war? Konnte Charlotte die beiden unterscheiden? Sie verzagte bei der Vorstellung, ihre Tochter zu fragen.

»Es gibt eine Sache, die ich nicht verstehe, Marcel. Sarah Prestlefield hat mir erzählt – du weißt, wie gehässig sie sein kann –, dass Alexander Foakes eine Tochter hat. Tatsächlich sagte sie, dass diese Tochter praktisch immer bei ihm ist und nie bei einem Kindermädchen. Wie es scheint, ist sie ein Jahr alt und sehr schlecht erzogen und er trägt sie in der Stadt herum. *Und* Sarah sagt, dass sie ihm wie aus dem Gesicht geschnitten ist! Wie kann das sein, wenn er ... nun ja, unfähig ist?«

»Ich weiß es nicht«, sagte Marcel. »Ich habe nichts von einer Tochter gehört. Aber wer weiß, von wem das Kind ist. Wenn ich recht verstehe, ist seine erste Frau tot. Wer kann schon sagen, ob sie die Mutter des Kindes war oder nicht?«

»Was macht das für einen Unterschied, Marcel? Entweder kann er, oder er kann nicht. Und wenn er kann, sollten wir uns um Charlotte keine Sorgen machen.«

Marcel seufzte. Er hatte wenig Lust, die verwickelte Angelegenheit mit der Potenz bei Ehefrauen im Gegensatz zu der Potenz bei Kurtisanen zu erklären. »Nun ja, Liebes«, sagte er unangenehm berührt, »es ist möglich, dass Alexander Foakes' Unvermögen nicht in jeder Situation, äh, zum Tragen kommt.«

Es herrschte eine kurze Stille. »Oje«, sagte Adelaide ruhig. »Das ist alles so unangenehm. Und ich mag ihn, Marcel, ich mag ihn wirklich. Bist du absolut sicher? Vielleicht sind das alles bloß Gerüchte.«

Marcel schüttelte den Kopf. »Einige meiner so genannten Freunde hatten großes Vergnügen daran, mir die Richtigkeit des Gerüchts zu versichern. Seine erste Gattin, eine Frau namens Maria Colonna, reichte nach einem Jahr beim Papst – sie war natürlich katholisch – das Gesuch ein, die Ehe zu annullieren, und behauptete, dass ihr Mann impotent sei. Und Alexander Foakes focht die Annullierung nicht an. Offenbar entstammte sie einer recht guten Familie in Rom und alle Welt hielt das Ganze für eine große Schande. Sie starb vor einigen Monaten und er kehrte hierher zurück. Ich nehme an, er hat dieses Kind mitgebracht, obwohl mir gegenüber niemand eine Tochter erwähnt hat.«

Adelaide dachte darüber nach. Und da war noch etwas. Sie wollte Charlotte nicht wissen lassen, dass Alexander und sein Bruder auf ihrem Debütantinnenball gewesen waren und dass sie sie zwar gesehen, Charlotte gegenüber aber nichts erwähnt hatte. Vielleicht würde sie wütend werden, vielleicht würde sie denken, ihre Mutter habe sie verraten.

Marcel brach die Stille. »Bei Brooks werden Wetten auf sie abgeschlossen«, sagte er mit schwerer Stimme. »Zwei ganze Seiten sind der Wette gewidmet, ob sie ihn nimmt oder nicht.«

Er erwähnte nicht, dass es noch eine Seite gab, die den Fragen gewidmet war, ob a) die Ehe annulliert werden würde, b) Charlotte sich innerhalb eines Jahres einen Liebhaber zulegen würde oder c) sie diskret schwanger werden und Alex so einen Erben schenken würde, der ihm aber nicht unbedingt ähnlich sah.

»Es ist eine hässliche Situation, Addie. Mir gefällt das nicht. Warum ermutigst du sie nicht, Braddon Chatwin zu nehmen? Er ist auch ein Graf und wenn er auch nicht der Klügste ist, so kannte ich doch seinen Vater ganz gut. Er war in Ordnung.« *In Ordnung* war Marcels höchstes Lob.

»Dieser Alexander ist ein lockerer Geselle und dass er mit einem Kind herumstolziert, macht es auch nicht besser. Als er jung war, steckte er ständig in Schwierigkeiten. Nicht unbedingt schlimme, nur die üblichen Dummheiten, die sich Burschen so einfallen lassen. Champagnerfrühstücke mit Huren, etwas in der Art. Er war kein Wüstling, aber ...« Marcel verstummte, als ihm einfiel, dass Alexander Foakes in seiner Jugend vor allem für seine amourösen Eskapaden bekannt gewesen war.

»Vielleicht hatte er einen Reitunfall«, murmelte er leise. »Aber wenn es zu dieser Heirat kommt«, sagte er energisch, »werden wir am Ende ein unglückliches Kind haben, dessen Name durch den Schmutz gezogen wird. In England gibt es keinen Papst, wie du weißt, der die Sache ausbügeln kann. *Und* wenn Horace erst den Titel erbt, wird es auch für ihn nicht besonders schön.«

»Oh, Marcel«, sagte Adelaide leicht gereizt. »Ich glaube, du machst aus einer Mücke einen Elefanten! Es besteht überhaupt keine Notwendigkeit, uns Sorgen zu machen. Um Himmels willen, Charlotte hat ein paar Mal mit dem Mann getanzt, das ist alles!«

»Das ist nicht wahr«, erwiderte ihr Gatte schroff. »Sie war mit ihm auf einem Picknick und es geht das Gerücht um, dass sie einige Zeit allein mit ihm verbracht hat. Natürlich ist das sehr wahrscheinlich nur das Geschwätz von Dienstboten, aber auf der Straße ist das *die* Neuigkeit. Wenn das so weitergeht, ist sie ruiniert, auch ohne ihn zu heiraten!«

Adelaide verdaute die Neuigkeit von dem Picknick, von dem sie nichts gewusst hatte, schweigend.

»Ich verstehe nicht, warum«, sagte sie eigensinnig. »Wenn er doch unfähig ist, warum reiten die Leute darauf herum, dass sie Zeit mit ihm verbringt? Ich kann nichts Schlimmes daran finden, dass sie sich die Zeit mit einem ... einem Weichei vertreibt!«

Marcel starrte sie wütend und mit einer steilen Falte auf der Stirn an. »Bitte wiederhole diesen Ausdruck nicht, Addie! Du hörst dich an wie ein leichtes Mädchen. Hast du je erlebt, dass Klatsch logisch ist?«

»Vielleicht nicht logisch, aber dies hier ist lächerlich. Wie kann Charlotte von einem Mann ruiniert werden, der gar nicht die Fähigkeit hat, sie zu ruinieren?«

»Sei es, wie es sei«, behaarte Marcel. »Tatsache ist, dass alle

Welt sie beobachtet, wenn sie mit *ihm* zusammen ist. Sie warten nur darauf, dass sie einen falschen Schritt macht, und dann werden sie sich auf sie stürzen wie der Habicht auf das Hühnchen. Sie muss ihm den Laufpass geben, und zwar sofort.«

»In Ordnung«, sagte Adelaide schließlich. »Ich werde mit ihr reden. Aber das Ganze ist wirklich äußerst seltsam, Liebster. Alexander macht Charlotte den Hof, als ob ... nun ja, er hat sich so eindeutig verhalten, dass ich sie für das romantischste Paar des Jahres halten würde, wenn es nicht dieses Problem gäbe.«

»Ich weiß, ich weiß«, erwiderte ihr Mann gereizt.

»Also, warum will er sie heiraten?«

Marcel runzelte die Stirn und dachte einen Moment darüber nach. Er konnte sich nicht vorstellen, dass Alexander Foakes einsam war oder dass er Charlotte wegen ihrer Mitgift wollte. Schließlich hatte er dreimal so viel Geld wie Marcel.

»Es muss der Wettkampf sein«, sagte er langsam. »Erinnerst du dich noch, als ich dir den Hof gemacht habe, Addie? All die Gecken und Bingoclub-Jungs, die um dich herumgeschwirrt sind. Natürlich habe ich sie überhaupt nicht beachtet, aber als du meinen Antrag angenommen hast, habe ich mich doch wie ein Sieger gefühlt.« Im Rückblick erinnerte er sich an all die Dummköpfe, denen er zuvorgekommen war, als Adelaide ihm die Hand fürs Leben reichte.

»Da war doch so ein Landjunker, ein ziemlich netter Kerl, erinnerst du dich an ihn, Addie?«

»Junker Noland«, erwiderte sie mit einem leichten Lächeln.

»Nun ja, der hat mir ein wenig Sorgen bereitet«, sagte Marcel gut gelaunt. »Mein Gott, jetzt erinnere ich mich, dass bei Brooks auch auf mich gewettet wurde. Ich erinnere mich an Glimflabber, so nannten wir ihn wenigstens – wie war noch gleich sein Name? Etwas schrecklich Langweiliges wie Glassblower, aber das war es nicht. Na ja, er stolzierte mitten im

Paul auf mich zu und erklärte, dass du ihm die Ehre eines zweiten Tanzes erwiesen hättest und dass ich noch in diesem Augenblick aufhören solle, um dich zu werben. Ha!«

Adelaide hörte geduldig zu. »Er hieß Glendower, Liebling, nicht Glassblower.«

Marcel drehte sich zu ihr um. »Du hast meinen Antrag noch am selben Abend angenommen, Addie. Und man hat Glendower selten so aus der Fassung gesehen wie bei der Bekanntgabe unserer Verlobung. Das nächste Mal, als ich ihn zu Gesicht bekam, zog er sich eilig zurück und verbreitete schließlich das Gerücht, du hättest mich nur wegen meines Titels genommen. Saure Trauben.«

Adelaide erhob sich und drückte ihrem Mann einen Kuss auf den Kopf. »Ich werde jetzt mit Charlotte sprechen.«

Marcel ergriff ihre Hände. »Das ist keine Bitte. Sag ihr das, Adelaide. Ich werde Foakes' Heiratsantrag nicht annehmen, wenn er einen machen sollte. Und der einzige Grund, warum ich nicht selbst mit ihr rede, ist ... weil die Angelegenheit so heikel ist. Aber ich werde den Mann nicht als meinen Schwiegersohn gutheißen.«

Es war etwa zehn Uhr an einem Sonntagabend und Adelaide wusste, wo ihre Tochter sein sollte – in ihrem Bett, um dort im Einschlafen über ihre Verabredungen für den nächsten Tag nachzudenken. Aber statt zu Charlottes Schlafgemach zu gehen, stieg Adelaide unbeirrt die Treppen in den dritten Stock hinauf. Tatsächlich brannten in Charlottes Atelier an allen Wänden Kerzen.

Charlotte stand vollkommen ruhig da und betrachtete ein Porträt auf der Staffelei in der Mitte des Raumes.

»Liebling«, sagte ihre Mutter. »Darf ich hereinkommen?« Sie betrat das Zimmer und stellte sich hinter ihre Tochter. »Meine Güte«, meinte sie verblüfft, »es ist wundervoll, Liebes. Wirklich wundervoll.«

Charlotte hatte ihr Porträt von Sophie York beendet. Sophie saß auf dem Ast eines umgestürzten Baums auf einer Waldlichtung. Der Boden war mit Glockenblumen bedeckt, die sich bis jenseits der Waldlichtung erstreckten. Die Falten an Sophies Kleid waren perfekt nachgebildet, ihre kleinen Rundungen durch Charlottes Pinsel elegant wiedergegeben – aber ihr Gesichtsausdruck! Statt verträumt in die Ferne zu blicken, wie Adelige das auf Porträts ausnahmslos taten, sah Sophie den Betrachter direkt an, während ein leichtes Lächeln ihre Mundwinkel umspielte. Sie schien darüber zu lachen, dass sie absurderweise auf einem Ast saß. Und es lag etwas wie eine zwinkernde Einladung in ihren Augen ... um die Wahrheit zu sagen, hatte Charlotte ihr das Aussehen einer nicht ganz untadeligen Dame verliehen, entschied Adelaide. Vielleicht lag das an ihrer vollen Unterlippe? Aber natürlich war Sophie keine ganz untadelige Dame. Das war es schließlich, was ihrer Mutter solche Sorgen bereitete.

»Meine Güte«, seufzte Adelaide. »Du wirst das doch nicht Eloise sehen lassen, Liebste?«

»Aber nein, Mama«, erwiderte Charlotte lächelnd. »Ich werde es behalten und es dem Mann schenken, den Sophie heiratet, wenn sie heiratet. Sie sieht sehr verführerisch aus, nicht wahr?«

Adelaide erwiderte ihr Lächeln. »Es ist ein sehr gutes Porträt, Charlotte. Du hast Sophie sehr gut getroffen.« Sie überdachte noch einmal, was sie hatte sagen wollen. Warum waren sie und Marcel so vorsichtig, wenn es darum ging, Charlotte gegenüber schwierige Themen anzusprechen? Diese modernen jungen Frauen ... sie wussten so viel mehr, als sie als junges Mädchen gewusst hatte.

Sie setzte sich auf das Sofa und klopfte einladend auf das Kissen neben sich. »Liebling, wir müssen reden.«

Charlotte setzte sich widerwillig. Sie hatte eine recht genaue

Vorstellung von dem Thema, über das ihre Mutter reden wollte. In letzter Zeit hatte sie das Gefühl, dass man ihr, wo immer sie sich hinwandte, bedeutungsvolle Blicke zuwarf und sie fragte, wie sie den Grafen von Sheffield und Downes fände. Eine leichte Falte bildete sich zwischen ihren Augenbrauen. Das allseitige große Interesse kam ihr seltsam vor. Die Leute schienen völlig aufgelöst, dass Alex ihr den Hof machte, dahingegen zeigten sie verhältnismäßig wenig Interesse daran, dass Braddon Chatwin um sie warb, obwohl auch er ein Graf war.

Sie selbst dachte die ganze Zeit an Alexander, Tag und Nacht. Sie schwankte in beängstigender Weise zwischen einem Gefühl der Heiterkeit angesichts seines offensichtlichen Interesses und einem Gefühl heftiger Demütigung bei dem Gedanken daran, ihn zu heiraten. Sie fühlte sich, als habe ein Geist von ihrer Vorstellungskraft Besitz ergriffen, der ihr abwechselnd berauschende Bilder eines unbekleideten Alex und trostlose Bilder ihrer Zukunft vorgaukelte, in der sie ans Haus gefesselt war, während ihr Mann ausging, um andere Frauen zu verführen. Wahrscheinlich in ihrem eigenen Garten, dachte sie verdrossen.

Adelaide wusste nicht, wo sie anfangen sollte. »Dein Vater und ich haben bemerkt«, sagte sie schließlich, »dass der Graf von Sheffield und Downes dir seine besondere Aufmerksamkeit schenkt.«

»Ja«, sagte Charlotte.

»Wir ... wir glauben«, sagte Adelaide stotternd, »dass du über die Umstände seiner ersten Ehe Bescheid wissen solltest.«

»Seine erste Ehe«, wiederholte Charlotte.

»Du weißt, dass er schon einmal verheiratet war?«, fragte Adelaide.

»Ja, ich habe seine Tochter kennen gelernt«, entgegnete Charlotte.

»Oh«, meinte Adelaide tonlos. Sie fühlte sich nicht in der Lage, die Sache mit ihrer Tochter zu besprechen. »Nun, Alexander war mit einer Frau namens Maria, Maria Soundso, verheiratet. Dein Vater weiß den Namen«, fügte sie hastig hinzu. »Nach einem Jahr ersuchte die Frau den Papst um die Annullierung der Ehe. Wegen Impotenz.« Sie sah ihre Tochter erwartungsvoll an.

»Impotenz«, wiederholte Charlotte. »Was ist das?«

Genau das hatte Adelaide befürchtet. Sie verhedderte sich in eine Reihe von Halbwahrheiten und Euphemismen, von denen Charlotte keine richtig verstand.

»Willst du damit sagen, dass er keinen ... keine männlichen Geschlechtsteile hat?«, fragte Charlotte scharf. »Das ist nämlich nicht wahr.«

Mit einem Ruck hob ihre Mutter den Kopf. Zu verlegen, dem Blick ihrer Tochter zu begegnen, hatte sie angestrengt auf ihre gefalteten Hände gestarrt, jetzt sah sie Charlotte unvermittelt an. »Und woher weißt du das?«, fragte sie grimmig.

»Er ist es, Mama.« Unbewusst rang Charlotte die Hände auf ihrem Schoß. »Er ist der Mann von vor drei Jahren.«

»Ah«, sagte Adelaide. Es entstand eine kurze Pause. »Impotent bedeutet nicht, dass das betreffende Organ nicht vorhanden ist, Charlotte. Es bedeutet einfach, dass es nicht ... nicht richtig funktioniert.«

Charlotte hatte keine Ahnung, wovon ihre Mutter da sprach.

»Ich kann das nicht!«, rief Adelaide entmutigt. »Dieses Gespräch ist unanständig.« Ihr Blick wanderte zu Charlottes neuem Porträt und sie hatte einen Geistesblitz.

»Vielleicht könntest du Sophie wegen der Impotenz fragen? Es tut mir Leid, dass ich so ein Tölpel bin, mein Liebling, aber diese Dinge gehören einfach nicht ... nicht zu meinem Wortschatz. Ich habe deinen Schwestern die wichtigsten Dinge erklärt, weil ich nicht wollte, dass sie in ihrer Hochzeitsnacht vollkommen unwissend waren. Meine Mutter hat mir überhaupt nichts darüber gesagt und das ganze Ereignis war ein ziemlicher Schock für mich.«

»Das kann ich mir vorstellen«, dachte Charlotte grimmig und erinnerte sich an den stechenden Schmerz, den sie in dem Garten empfunden hatte. Wie hielten manche Frauen jede Nacht den Schmerz aus?

»Es ist alles in Ordnung, Mama«, meinte sie beruhigend. »Was auch immer das Problem ist, es ist bedeutungslos. Ich habe mich bereits entschieden, Alexander nicht zu heiraten«, fuhr sie fort. »Ich habe seinen Antrag bereits abgelehnt und wenn ihm klar wird, dass ich es wirklich ernst meine, bin ich sicher, dass er eine andere Frau finden wird, die ...« Ihre Stimme wurde leiser und sie verstummte.

Adelaide sah Charlotte scharf an. Hier ging eine ganze Menge mehr vor, als es den Augenschein hatte.

»Wenn er der Mann von vor drei Jahre ist«, meinte sie zögernd, »wäre es nicht vielleicht eine gute Idee, ihn zu heiraten? Schließlich ist ...«

»Nein.« Etwas in Charlottes verschlossenem, abweisendem Gesicht veranlasste Adelaide dazu, das Thema fallen zu lassen.

Es entstand eine Pause. Charlotte raffte sich auf und zog ihre Mutter vorsichtig auf die Beine. »Mach dir keine Sorgen, Mama. Ich werde Sophie danach fragen, und du kannst Papa versichern, dass ich nicht beabsichtige, Alexander Foakes zu heiraten, was für ein Problem er auch haben mag.« Obwohl, fügte sie stumm hinzu, ich keine Sekunde glaube, dass er in der Beziehung irgendeine Behinderung hat!

Ihre Mutter blieb zögernd an der Tür stehen. »Charlotte, hast du gehört, dass Alexander einen Zwillingsbruder hat?«

»Ja.«

»Glaubst du, du könntest die beiden Männer vielleicht verwechselt haben? Sie gleichen sich wie ein Ei dem anderen, weißt du«, fuhr Adelaide unglücklich, aber beharrlich fort. Sie musste sie einfach darauf hinweisen. »Selbst Leute, die sie sehr gut kennen, können sie nicht immer auseinander halten.«

»Ich kann nicht glauben, dass du das in Erwägung ziehst! Du weißt, was in jener Nacht geschehen ist! Wie kannst du nur denken, dass ich den Mann nicht wiedererkenne, wenn ich ihn sehe?«

»Aber Liebling, es war dunkel, oder etwa nicht? Und es ist Jahre her und er trug eine Maske.«

»Es ist einfach ... es ist einfach nicht möglich«, flüsterte Charlotte. »Ich habe sogar seinen Geruch, die Form seiner Wangenknochen und seines Kinns wiedererkannt.«

»Schatz«, sagte ihre Mutter sanft und nahm sie in den Arm.

»Er ist es, Mama«, beharrte Charlotte. »Nur erkennt er mich nicht wieder!«

Adelaide versteifte sich. Diese Möglichkeit hatte sie nicht einmal in Betracht gezogen. In ihrer Version erkannte Alexander die schöne Maid wieder, deren Unschuld er befleckt hatte, und machte ihr (trotz seines Gebrechens) aus Loyalität oder vielleicht auch Verlangen den Hof. Aber ihre Tochter nicht wiederzuerkennen? Ihre schöne, ausnehmend schöne Tochter! Sie sah Charlotte völlig verblüfft an.

Selbst mit den Tränen, die ihr über die Wangen liefen, war ihre Tochter eine der bezauberndsten Frauen, die sie je gesehen hatte. Ihr Gesicht war in den letzten Jahren schmaler geworden, so dass ihre Wangenknochen stärker hervortraten, und ihr neuer Kurzhaarschnitt betonte ihre großen Augen. Aber im Wesentlichen war Charlotte unverändert. Ihre Augenbrauen, ihre süßen, hochfliegenden Augenbrauen, die sie schon als Neugeborene gehabt hatte – wie war es möglich, dass er diese Augenbrauen vergaß?

Eine Welle der Wut, die anders war als alles, was sie jemals empfunden hatte, kochte in Adelaide hoch. Sie wusste genau, wie Tigermütter sich fühlten, wenn ihre Jungen bedroht wurden.

»Dieser Bastard!«, zischte sie. »Dieser Erzhalunke. Das soll er mir büßen!«

Charlotte war so schockiert, dass sie ihr Elend vergaß. Ihre Mutter ging selten so weit, starke Gefühle auszudrücken, von den angenehmen, wie der Liebe zu ihren Kindern, einmal abgesehen. Wirklich aufgelöst hatte Charlotte sie nur einmal erlebt, als der Pförtner ihres Landguts seiner Frau ein blaues Auge schlug, weil er zu tief ins Glas geschaut hatte. Und selbst da war sie nur schnurstracks zu ihm maschiert und hatte ihm mitgeteilt, dass er auf der Stelle gefeuert würde, wenn ihr je zu Ohren kommen sollte, dass er mehr getrunken hatte als drei Krüge Ale. Jetzt dagegen keuchte ihre Mutter geradezu vor Wut.

»Mutter.« Charlotte legte ihr eine Hand auf den Arm.

Adelaide sah sie wütend an.

»So ist es nun mal, Mama«, beschwichtigte Charlotte. »Im Grunde kann ich von Glück reden. Ich ... ich weiß nicht, ob ich ihm widerstanden hätte, wenn ich ihm nicht schon vor drei Jahren begegnet wäre, und dann wüsste ich auch nicht, dass er so ein ...«

»Wüstling ist«, stieß ihre Mutter hervor.

»Was auch immer er ist«, sagte Charlotte mit zittriger Stimme, »er hat vergessen, dass er mir je begegnet ist. Und er darf es nicht herausfinden, Mama! Versteh doch, wie demütigend das für mich wäre.« Sie wischte die Tränen fort, die ihr weiter langsam über die Wangen liefen, ohne dass sie etwas dagegen tun konnte. »Er sagt, dass er mich heiraten möchte. Aber vorher hat er nicht einmal versucht, mich zu finden. Für ihn war es wohl nur ein kleines Abenteuer im Mondenschein«, meinte sie, die Stimme voller Selbstverachtung. »Ich frage mich nur die ganze Zeit, *warum*. Warum nur habe ich zugelassen, dass er mich in den Garten brachte? Es kam mir alles vor wie in einem Märchen. Ich dachte, es wäre ...« Sie wandte sich ab und lehnte ihre Stirn an die kühle Wand des Ateliers. »Was für eine dumme, kleine Närrin ich war! Eingefangen vom Mondlicht und trunken von Limonade, ruiniert von einem Mann, für den das Ganze so unwichtig war, dass er sich nicht einmal mehr daran erinnert! Es hat ihm nichts bedeutet, ihm überhaupt nichts und mir alles ...« Ihr Körper wurde von Schluchzern geschüttelt, als sie sich, das Gesicht in den Händen, vor und zurück wiegte.

Adelaide stand wie zu Stein erstarrt und wusste nicht, wie sie ihr weinendes Kind trösten sollte. Stumm zog sie Charlotte zurück auf das Sofa, von dem sie sich gerade erhoben hatten. Sie saßen wortlos da, bis Charlottes Tränen schließlich versiegten und sie tief durchatmete.

»Ich glaube, du solltest ihn heiraten«, sagte Adelaide schließlich ruhig.

Charlotte hob ihr tränennasses Gesicht. »*Was?*«

»Ich glaube, du solltest ihn heiraten«, wiederholte Adelaide. »Wir müssen in Ruhe darüber nachdenken, Liebling. Bis jetzt haben wir mit dem Herzen gedacht, nicht mit dem Verstand. Tatsache ist doch, dass Männer sexuelle Begegnungen nicht sehr ernst nehmen. Oh, dein Vater schon«, fügte sie hinzu, als Charlottes Augen größer wurden. »Dein Vater ist anders. Aber, Charlotte, der Großteil meiner Freundinnen sieht ihren Männern dabei zu ... nun ja, wissen, dass ihre Ehemänner mit der einen oder anderen Frau ins Bett gehen. Die liebe Georgina zum Beispiel musste sich gegen alle möglichen Affronts abhärten.«

»Du meinst Julias Mutter?«, fragte Charlotte, gegen ihren Willen fasziniert. »Herr Brentorton macht einen so netten Eindruck.«

»Das ist er auch, Liebling. Aber er ist ein Mann und es gibt sehr wenige, die ihrem Ehegelübde großen Wert beimessen. John liebt Georgina wirklich, aber er sieht die Sache nicht wie sie. Wenigstens hat er sich keine Mätresse zugelegt! Und er verkehrt nicht mit Frauen unseren Standes, was ein wahrer Segen ist, das kannst du mir glauben. Warum glaubst du, schützt Sissys Mutter so oft ein schwaches Herz vor? Sie kann es einfach nicht ertragen, ihren Mann dabei zu beobachten, wie er mit dem billigen Flittchen, dem er ein Haus auf der Mayfair Street eingerichtet hat, herumscharwenzelt.«

»Was?«, fragte Charlotte mit offenem Mund.

»Ich glaube, ihr Name ist Melinda, oder etwas ähnlich Lächerliches. Angeblich ist sie die Witwe eines Majors ... aber es ist allgemein bekannt, dass Nigel Commonweal den Großteil seiner Zeit in ihrem Haus verbringt, und während sie in den besten Häuser nicht eingeladen wird, scheint sie sich die Einladungen für viele große Bälle zu erschleichen. Prudence hat nicht genug Rückgrat, um darüber hinwegzusehen, nicht dass ich ihr das verübeln kann. Ich hatte mit deinem Vater ausgesprochen viel Glück; ich hatte nie mit solchen Dingen zu kämpfen.«

»Du meinst doch nicht, dass auch Papa ...«

»Ich glaube nicht«, erwiderte Adelaide. Sie seufzte. »Nein, ich bin mir ziemlich sicher, dass er mich nicht betrogen hat. Aber wenn er es nicht getan hat, Liebling, dann ist er einer von vielleicht fünf Männern in der Londoner Gesellschaft, die nicht ab und zu mit einer anderen Dame als ihrer Frau schlafen. Das Wichtige daran ist, dass diese Männer ihre Frauen wirklich gern haben. Was den Geschlechtsakt betrifft, sind Männer etwas ... flexibler als Frauen.«

»Das will mir nicht gefallen, Mama«, meinte Charlotte mit gerunzelter Stirn.

Adelaide musste lächeln. Äußerlich war Charlotte ganz ihre Tochter, aber manchmal war sie Marcel so ähnlich, dass ihr das Herz aufging. Genau so würde Marcel verkünden, dass er eine gesellschaftliche Ungehörigkeit nicht billigte.

»Keiner Frau gefällt das«, erwiderte sie einfach. »Nun ja, das ist nicht wahr. Es gibt auch Frauen in der Londoner Gesellschaft, die gelegentlich ...«

Charlottes bekam wieder große Augen. »Wer?« Das war genau die Art von Klatsch, die sofort versiegte, sobald sie sich zu einer Gruppe von Witwen setzte. Als unverheiratetes Mädchen war sie in ihren Augen viel zu unschuldig, um solche Dinge zu erfahren.

»Darum geht es nicht«, antwortete Adelaide mit dem Anflug eines Lächelns auf den Lippen. »Es geht darum, dass Alexander eure kurze Begegnung in dem Garten vergessen haben mag, er dir jetzt aber nachdrücklich den Hof macht und du ihn vielleicht heiraten solltest ...« Sie verstummte und runzelte die Stirn. »Aber das habe ich ja vergessen! Ich habe gar nicht mehr an sein ... Problem gedacht.«

Charlotte wartete geduldig, bis sie den Eindruck hatte, als würde ihre Mutter das Thema nicht weiter verfolgen wollen. »Es erscheint mir ziemlich grässlich, einen Mann zu heiraten, bei dem ich *weiß*, dass er mir untreu sein wird«, stellte sie schließlich fest. »Sicherlich hat Sissys Mutter nicht geahnt, dass ihr Mann einmal eine Freundschaft mit der Witwe eines Majors unterhalten würde.«

Adelaide versuchte Ordnung in ihre wirren Gedanken zu bringen. »Wenn er ... wenn er unfähig ist, dann würde er keine solche Verbindung knüpfen. Obwohl sein Zustand ihn auch nicht gerade als guten Ehemann empfiehlt«, fügte sie hinzu, als sie sich an Marcels unnachgiebige Einwände erinnerte.

Charlotte biss sich auf die Lippe. Sie war vollkommen verwirrt. »*Welcher* Zustand, Mama?«

Adelaide atmete tief durch. »Dein Vater sagt ...« Sie brach ab. Dann sprach sie hastig weiter. »Impotenz heißt, dass ein

Mann ... dass das Glied eines Mannes eher weich als steif wird. So ein Mann darf nicht heiraten, Charlotte, weil er und seine Frau keine Kinder haben würden. Verstehst du?«

Charlotte nickte. Sie hatte eine ziemlich genaue Vorstellung davon, wie der Geschlechtsakt vor sich ging, weniger durch jene Nacht im Garten als dadurch, dass sie vor einem Jahr zufällig beobachtet hatte, wie zwei Pferde sich paarten.

»Es ist nicht richtig«, fügte Adelaide hinzu. »Es ist nicht richtig, dass Alexander dir mit dieser Beeinträchtigung den Hof macht.«

»Er ist ziemlich, äh, steif, Mama«, erklärte Charlotte schwach. »Ich meine, ich habe es bemerkt, weil er mich geküsst hat, und ...«

Adelaide unterbrach sie, wobei sie ihrem Blick auswich. »Die Sache ist die, Liebling, dass ein Mann offensichtlich bis zur letzten Minute fähig sein kann, oder etwas in der Art«, sagte sie hastig. »Ich kann nicht sagen, dass ich es bis ins Letzte verstehe, aber ein impotenter Ehemann kann keine Kinder zeugen.«

»Aber – er hat ein Kind«, erwiderte Charlotte verwundert. »Pippa sieht genauso aus wie er.«

Adelaide stöhnte leise. Genau dieses Thema hätte sie lieber vermieden.

»Das Kind ist möglicherweise nicht, nun, sie mag ja sein Kind sein, aber nicht das seiner Frau, wenn du verstehst, was ich meine.«

»Unsinn, Mama. Er hat mir erzählt, dass Pippa so verstört ist, weil sie mit einer Reihe von Kindermädchen allein gelassen wurde, als ihre Mutter im Sterben lag. Er hat die Wahrheit gesagt.«

»Ich weiß nicht, Liebling. Ich verstehe die Sache mit dem Kind nicht und dein Vater auch nicht. Aber Tatsache ist, dass seine Frau die Ehe wegen Impotenz annulliert hat und dass er dem nicht widersprochen hat. Tatsächlich muss er ihre Behauptung bestätigt haben, sonst hätte es eine Untersuchung gegeben.«

»Eine Untersuchung«, flüsterte Charlotte. »Meinst du durch Ärzte?«

»Oh, Charlotte«, rief ihre Mutter verzweifelt. »Du musst diesen Mann einfach vergessen! Alle reden über ihn und die Frau, die ihn heiratet, kann sich gewiss sein, genauestens beobachtet zu werden ... kannst du dir das vorstellen? Was, wenn er doch fähig ist und du ein Kind bekommst, das ihm nicht ähnlich sieht? Was würden die Leute sagen? Nein, nein«, sagte sie entschieden. »Ich weiß nicht, warum er überhaupt versucht, um deine Hand anzuhalten. Er wird sich darauf einstellen müssen, den Sohn seines Bruders als Erben einzusetzen, das ist alles.«

Schweigend verdaute Charlotte die Neuigkeit, dass ganz London über Alex sprach. Bei dem Gedanken, dass die Leute über ihn lachten, zog sich ihr das Herz zusammen. Wusste er davon? Er musste es wissen. Er wirkte überhaupt nicht verstört. Und auch nicht so, als würde er sich Sorgen um seine ... Befähigung machen, dachte sie. Tatsächlich wurde ihr allein bei der Erinnerung an den Augenblick, als er ihren Körper an den seinen gerissen hatte, ganz heiß.

»Er möchte heiraten, weil seine Tochter keine Gouvernante akzeptiert«, sagte sie leise und sah zu ihrer Mutter auf. »Er war in der Hinsicht sehr ehrlich.«

Als sie das elende Gesicht ihrer Tochter sah, überflutete auch Adelaide eine Welle der Traurigkeit. Alexander sah mit seinem dunklen Haar und den dunklen Augen umwerfend gut aus. Sie nahm die Hand ihrer Tochter tröstend in ihre.

»Dein Vater vermutet, dass er vielleicht einen Reitunfall hatte, Liebste.«

Charlotte dachte eine Weile darüber nach.

Ihre Mutter räusperte sich. »Du siehst doch ein, Liebling, dass sein Werben um dich ein Ding der Unmöglichkeit ist? Du bist viel zu schön, um nur Gouvernante zu sein. Ich möchte, dass du dich verliebst und dass ... dass dein Mann dich auch lieben kann. Und dass du Kinder bekommst.« Sie strich ihr liebevoll über die Wange. »Ihr Kinder wart immer der größte Quell der Freude in meinem Leben. Ich würde nur ungern sehen, dass dir diese Erfahrung versagt bleibt.«

Charlotte nickte stumm.

»Vielleicht könntest du Alexander dazu bringen, mit deinem Vater zu sprechen«, gab ihre Mutter ihr ein. »Marcel würde ihm zu verstehen geben, dass er seinen Antrag nicht annehmen würde, und der Mann könnte sich anderswo nach einem Kindermädchen umsehen. Wirklich.« Sie runzelte die Stirn. »Ich verabscheue ihn, weil er dir aus diesem Grund den Hof macht, und nicht wegen dieser Beeinträchtigung, die er hat.«

»Das ist nicht der einzige Grund«, sagte Charlotte beinah unhörbar.

»Es tut mir Leid, Liebling«, erwiderte ihre Mutter, die sofort verstand. »Aber daran kann man nichts ändern.«

»Ich würde es ihm lieber selbst sagen.«

»Ja.«

Es herrschte Stille.

»Du musst sehr bestimmt sein, Charlotte. Vielleicht hilft es dir, wenn du daran denkst, was vor drei Jahren geschehen ist.«

»Ja«, antwortete Charlotte.

»Ich habe das, was ich über deinen Vater sagte, ernst gemeint, Liebste. Wir teilen unser Leben seit beinah dreißig Jahren. Ich weiß, dass du einen Mann finden kannst, der sein Familienleben ernst nimmt. Wenn er dich liebt, wird er das tun«, sagte Adelaide bestimmt.

Charlotte sah sie wie betäubt an. Sie spürte instinktiv, dass sie niemals heiraten würde, wenn sie Alex nicht heiratete. Aber warum sollte sie ihrer Mutter das sagen? Die Ansicht ihrer Eltern war sehr eindeutig. Und auch wenn sie Alex' Antrag aus einem anderen Grund ablehnte – die Frage der Impotenz beunruhigte sie nicht allzu sehr – hatte ihre Mutter ihre Befürchtung nur bestätigt, dass die Tatsache, dass Alex sich nicht an ihre Begegnung von vor drei Jahren erinnerte, eine unglückliche Zukunft verhieß. Sie wollte nicht wie Sissys Mutter enden, die sich zu Hause verkroch, während ihr Ehemann mit einer anderen Frau durch den Ballsaal tanzte. Allein die Vorstellung, dass Alex eine andere Frau anlächelte, ob sie nun mit ihm verheiratet war oder nicht, verursachte ihr Übelkeit.

»Mama«, sagte sie ernst. »Ich möchte, dass du mir versprichst, Papa nicht zu erzählen, was vor drei Jahren geschehen ist. Ich weiß, dass er Alex' Antrag nicht annehmen wird. Aber ich bestehe darauf, das Alex selbst zu sagen.«

Charlotte wusste nicht genau, warum sie so darauf bestand, Alex' Antrag persönlich abzulehnen. Insgeheim wusste sie, dass Alex möglicherweise nie wieder mit ihr reden würde, wenn ihr Vater mit Alex sprach. Allein der Gedanke brach ihr beinahe das Herz. Wie sollte sie einen Abend überstehen, wenn sie wusste, dass er ihr nicht irgendwann mit seiner tiefen Stimme ins Ohr flüsterte? Wie sollte sie ohne das Wissen tanzen, dass seine großen Hände irgendwann ihre ergreifen oder gar ihre Hüfte umfassen würden, wenn ein Walzer gespielt wurde? Wenn sie ganz ehrlich war, lebte sie in der Woche seit dem Picknick für die Augenblicke, in denen er sich ihr näherte.

Wie betäubt ging Charlotte zu Bett und begann zu weinen. Sie hatte ihrer Mutter versprochen, Alex bei der ersten Gelegenheit davon in Kenntnis zu setzen, dass ihre Eltern seinen Antrag niemals annehmen würden.

»Ich kann das nicht einfach in aller Öffentlichkeit loswerden!«, hatte sie trübsinnig eingewendet.

»Ich weiß«, erwiderte ihre Mutter. »Wir wollen nur, dass du

seinem Werben um dich so bald wie möglich ein Ende setzt. Wir versuchen doch nur, deinen Ruf und dein Glück zu bewahren, Liebling.«

In dieser Nacht träumte Charlotte zum ersten Mal seit einer Woche nicht von samtschwarzen Augen und verführerischen Händen. Sie starrte an die Decke, bis das erste Glimmen des Morgengrauens durch die neuen Chenillevorhänge drang. Schließlich drehte sie sich um und fiel in einen traumlosen Schlaf.

Kapitel 8

Charlotte schlief fast bis zwei Uhr nachmittags. Ihr Mädchen schlich mehrere Male ins Zimmer und grübelte, ob sie die Vorhänge aufziehen und ihre Herrin wecken sollte. Aber zwischen den leinenen Laken wirkte sie so blass und ihr Gesicht sah selbst im Schlaf so betrübt aus, dass Marie schließlich zu dem Schluss kam, dass ihre Herrin erkrankt war und es ihr gegönnt sein sollte, so lange zu schlafen wie möglich.

Als Charlotte aufwachte, lag sie einen Augenblick lang ruhig da, während ihr die Einzelheiten des Gesprächs mit ihrer Mutter wieder in den Sinn kamen. Schließlich streckte sie sich und zog an dem Klingelzug neben ihrem Bett. Irgendwie erschien ihr die Situation bei Tageslicht nicht so tragisch. Sie schwang die Beine über die Bettkante und starrte nachdenklich auf ihre Zehen.

Vielleicht musste sie Alex nicht ganz aufgeben. Sie würde ihm die Situation erklären – ihr Verstand ging der Frage, wie das vonstatten gehen sollte, schnell aus dem Weg – und sie könnten weitermachen wie bisher, mit der Übereinkunft, dass die Ehe nicht in Frage kam. Charlotte war sehr zufrieden mit dieser Idee. Während sie mit den Zehen wackelte, stellte sie sich vor, wie sie in Alex' Armen über die Tanzfläche glitt. Vielleicht würde sie ihn sogar auf dem nächsten Ball zum Diner begleiten. Bis jetzt hatte sie dafür gesorgt, dass sie bereits verabredet war, bevor er überhaupt erschien (er kam ausnahmslos zu jedem Ball spät, im Falle des Balles im Almack kurz bevor die Türen geschlossen wurden).

Als Marie gefolgt von einem schnaufenden Lakaien mit einer Wanne voll heißen Wassers erschien, war sie überrascht, eine leicht rosige, lächelnde Charlotte vorzufinden, die vor sich hin summte.

»Ich gehe heute Abend ins Theater, Marie«, sagte Charlotte. »Jetzt werde ich einen Ausritt machen und dann zu Blackwell gehen und schauen, ob ich einen neuen Roman finde.« Nicht dass sie wirklich Zeit zum Lesen gehabt hätte, aber sie befand sich zwischen zwei Bildern. Wen sollte sie als Nächstes malen? Ihre Gedanken verloren sich in einem angenehmen Tagtraum, in dem Alex auf der Couch in ihrem Atelier saß. Sie würde sich über ihn beugen, um seinen Arm neu zu arrangieren ... was der imaginäre Alex dann tat, färbte ihre Wangen von Rosig zu Rot. Marie starrte sie verblüfft an.

»Und nach der Buchhandlung«, fügte Charlotte hastig hinzu, »würde ich gern noch ein Bad nehmen, Marie. Würdest du Monsieur Pamplemousse bitte eine Nachricht zukommen lassen? Wenn er mir heute im Laufe des Abends seine Aufwartung machen könnte, wäre ich sehr dankbar.«

Zwei Bäder an einem Tag! Marie schüttelte heimlich den Kopf. Sie selbst hielt es für mehr als genug, sich zweimal die Woche zu waschen. Wie ihre Mutter oft gesagt hatte, führte zu häufiges Baden zu Wasser in der Lunge.

»Was möchten Sie heute Abend tragen, Mylady?«, fragte sie.

Charlotte streckte sich genüsslich in der großen Blechwanne aus. »Ich denke, ich werde das schwarzweiße Abendkleid tragen. Du weißt, welches ich meine.«

Marie nickte eifrig. Es war ihr Lieblingskleid unter denen, die Lady Charlotte bei Antonin Carême gekauft hatte, obwohl sie ihre Herrin noch nicht darin gesehen hatte. Sie warf Charlotte einen forschenden Blick zu. Sie wollte dieses Kleid für eine Verabredung im Theater tragen? Heute Abend würde etwas Wichtiges geschehen.

Ihrer eifrigen Lektüre der Klatschkolumnen hatte Marie zwei interessante Neuigkeiten entnommen: Der Graf von Sheffield und Downes kam offensichtlich nur zu Bällen, um mit Charlotte zu tanzen, und über seine erste Ehe wurde gemurmelt. Nun ja, Marie hielt nicht viel davon, einen Mann für sein Benehmen in einer früheren Ehe zu verdammen. Außer – ihre Augen wurden etwas größer – er hatte seine erste Frau umgebracht! Aber nein. Die Zeitungen sagten ganz klar, dass sie an Scharlachfieber gestorben war. Genau wie Maries eigene Tante.

Sie lief geschäftig hin und her und zog hauchdünne Strümpfe, seidene Unterwäsche und das karmesinrote Reitkleid ihrer Herrin hervor.

»Nein, nicht das«, sagte Charlotte plötzlich und sah von ihrem Bad auf. »Ich werde das graue Kostüm tragen.«

Jetzt hatte Marie keinen Zweifel mehr, dass etwas vor sich ging. Das graue Reitkostüm gehörte zu den neuesten Errungenschaften ihrer Herrin. Es war taubengrau und passte wie angegossen und mit den schwarzen Borten sah es aus wie die Uniform eines russischen Soldaten. Es war wunderbar ... aber auch ziemlich unbequem. Wenn Charlotte dieses Reitkostüm trug, erwartete sie bei ihrem Ausritt jemandem zu begegnen. Verstohlen warf Marie einen forschenden Blick auf sie. Wenn die Herzogin wüsste, dass ihre Tochter sich zu einem Stelldichein im Park verabredete!

In Wahrheit hatte Charlotte keine Verabredung. Aber sie war mit vor Freude rasendem Herzen aufgewacht und gestattete sich nicht, über die Ursache nachzudenken. Sie hatte einfach Lust, sich schön zu machen, redete sie sich ein. Wenn der

Graf von Sheffield und Downes zufällig ebenfalls im Hydepark ausritt ... na ja, dann würde sie freundlich, aber kühl sein. Es war nichts Falsches daran, sich herauszuputzen.

Charlotte streckte ihr langes, wohlgeformtes Bein aus der Badewanne und betrachtete es nachdenklich. Dann setzte sie sich energisch auf und stieg, während sie vorsichtig mit den Händen auf beiden Seiten der leichten Blechwanne ihr Gleichgewicht hielt, aus der Wanne.

»Marie, würdest du einen der Lakaien zu Lady Sophie schicken und fragen, ob sie mich in den Park begleiten möchte? Danke.«

Marie, die bereits die Kleidung ihrer Herrin auf das Bett gelegt hatte, flitzte zur Tür. Wenn sie eine Nachricht nach unten bringen musste, bedeutete das die Gelegenheit, Cecil zu Gesicht zu bekommen und vielleicht sogar einen Kuss hinter einer Tür zu erhaschen.

»Ich bin sofort wieder zurück, Mylady«, sagte sie und rannte die Hintertreppe hinunter.

Allein in ihrem Zimmer, cremte sich Charlotte leicht nach Orangenblüten duftenden Lotion ein und sah in den Spiegel. Aus irgendeinem Grund glühte ihr Unterleib, seit sie an diesem Morgen aufgewacht war. Selbst der Anblick ihrer üppigen Kurven – ihres Körper, mit dem sie seit zwanzig Jahren lebte – schien plötzlich exotisch und aufregend. Sie versuchte sich selbst zu sehen, wie ein Mann es tun würde, gab aber auf. Sie hatte in letzter Zeit etwas abgenommen, aber seltsamerweise schienen ihre Brüste größer geworden zu sein. Als sie ihre vollen Brüste anblickte, sah sie honigfarbene Männerhände, die sie umschlossen. Charlotte erschauerte am ganzen Körper und wandte sich vom Spiegel ab.

Sie kleidete sich selbst vollständig an, bevor sie sich hinsetzte und ungeduldig auf Maries Rückkehr wartete. Warum in aller Welt brauchte sie so lang? Schließlich zog sie am Klingelzug,

Marie im unteren Stockwerk zuckte zusammen und riss sich von Cecils kräftiger Brust los.

»Geh, geh!«, sagte sie schnell, ihr französischer Akzent durch ihre Erregung verstärkt. Lady Sophie wohnte nur ein paar Straßen weiter, also konnte er wie der Blitz dort und wieder zurück sein. Marie eilte die Dienstbotentreppe hinauf, verlangsamte ihre Schritte erst vor Charlottes Tür und schlüpfte leise hinein.

»Es tut mir Leid, Mylady«, sagte sie und begann die hundert Knöpfe zu schließen, die dem grauen Kostüm seine Passform gaben.

Ihre Herrin saß vor ihrem Frisierspiegel und starrte sich abwesend an.

»Es ist schon in Ordnung, Marie«, erwiderte sie.

Marie lächelte. Sie hatte sehr viel Glück und sie wusste es. Charlotte war niemals schlecht gelaunt und auch wenn sie gereizt war, fuhr sie Marie nur selten an. Wohingegen Marie eine Freundin hatte, die bei einer jungen Dame im Dienst stand, welche in dieser Saison noch keinen Antrag erhalten hatte, und sie musste regelmäßig Bürsten oder Kämmen ausweichen und erst neulich hatte ihre Herrin sogar mit einem Cremetöpfchen nach ihr geworfen!

Es klopfte diskret an der Tür und Marie hörte auf, Charlottes Haar zu bürsten, um die Tür einen Spaltbreit zu öffnen. Es war Cecil, der sehr förmlich dreinblickte.

»Es wird Lady Sophie York ein Vergnügen sein, sich in etwa einer Stunde Lady Charlotte anzuschließen«, sagte er ziemlich laut. Dann flüsterte er verschmitzt: »Und Mr Cecil wird es ein Vergnügen sein, ein ganz bestimmtes französisches Fräulein zu einem Ritt im Wäscheschrank abzuholen!«

Marie verdrehte die Augen und schloss die Tür.

Charlotte sah ausgesprochen vergnügt aus. Sie konnte Cecil nicht gehört haben, beruhigte Marie sich.

»Lady Sophie wird in einer Stunde ausreiten, Mylady«, sagte sie.

»Hm ... war das Cecil?«

Marie wurde noch geschäftiger und arrangierte Charlottes weiche Locken immer wieder neu.

»Ja, Mylady.«

»Er sieht ziemlich gut aus, nicht wahr, Marie?«, fragte Charlotte schelmisch, das Bild des blonden Riesen vor Augen, der sie oft bei ihren Ausritten im Hydepark begleitete.

»Ich weiß ... ich weiß nicht«, erwiderte ihr Mädchen eilig.

»Er sieht sehr englisch aus«, beharrte Charlotte.

»Hier! Sie sehen reizend aus, Mylady. *Ravissante*«, sagte Marie.

Charlotte zwinkerte ihr im Spiegel zu. Marie verfiel nur ins Französische, wenn starke Gefühle sie überkamen.

Sophie wartete bereits auf sie, als Charlottes Stute elegant tänzelnd vor den Marmorstufen des Stadthauses des Marquis' von Brandenburg zum Stehen kam. Leichtfüßig lief sie die Stufen hinunter, ihr karmesinrotes Reitkostüm passte ebenso wie angegossen wie Charlottes. Sophies Reitknecht half ihr auf ihr zappeliges Pferd, eine lebhafte, schlanke Stute, die sie Erica getauft hatte.

»Erica!«, hatte ihr Vater, der Marquis, angewidert gesagt. »So ein gewöhnlicher Name für ein so wundervolles Tier.«

Aber Sophie hatte ihn nur angelacht und ihren Reitknecht geschickt, um Erica zu holen. Nichts, was er sagte, dachte ihr Vater düster, hatte irgendeine Auswirkung auf das, was sie tat; wie hatte er glauben können, er könne auf den Namen ihres Pferdes Einfluss nehmen?

Jetzt sah Sophie Charlotte bewundernd an, deren graues Reitkostüm durch ihre pechschwarze Stute perfekt ergänzt wurde.

»Mein Gott! Wir sind ein exquisites Paar, nicht wahr?« Sie

lächelte Charlotte verschmitzt an. Sie liebte es, Charlotte in Verlegenheit zu bringen, indem sie auf das Offensichtliche hinwies, aber sie bemerkte voller Interesse, dass Charlotte heute nicht einmal mit der Wimper zuckte.

»Sollten wir vielleicht zwei von unseren Reitknechten statt einen von euch und einen von uns mitnehmen?« Sophie wandte sich um, um die beiden Reitknechte zu betrachten, die hinter den Mädchen aufstiegen.

»Warum denn in aller Welt?«

»Süße«, zog Sophie sie auf, »ihre Livrees passen nicht zusammen. Und wenn zwei so elegante Überflieger wie wir in die Luft steigen, sollten wir da nicht von zwei zusammenpassenden Reitknechten begleitet werden?«

Charlotte zuckte die Achseln und setzte ein schiefes Lächeln auf. »Ich persönlich glaube ja, dass alle Blicke auf mich gerichtet sein werden«, meinte sie. »Und wenn der ein oder andere vielleicht auf dich fällt, glaube ich nicht, dass irgendjemand die Reitknechte bemerken wird.«

»Oooh«, erwiderte Sophie. »Meiner süßen Charlotte wachsen Dornen. Dann lassen wir es gut sein. *On y va*, Philippe«, rief sie ihrem Reitknecht zu. Der Marquis – der darauf bestand, dass man seinen Titel auf die französische Art schrieb – war mehr als nur ein bisschen stolz auf die französische Herkunft seiner Frau. Er beschäftigte nur französische Dienstboten und war der Überzeugung, dass sie dem Haus eines Adeligen einen zusätzlichen Hauch von Kultiviertheit verliehen. Nachdem sie zwischen französischen Bediensteten aufgewachsen war, wechselte Sophie sehr leicht zwischen Englisch und Französisch.

Sophie und Charlotte ritten zusammen durch die überfüllten Straßen Londons. Nachdem sie mehrere Male ihre Mäuler aneinander gerieben und geschnaubt hatten, tänzelten ihre Stuten Hals an Hals, wobei eine von beiden ab und zu den Kopf hochwarf und so ihren Wunsch anzeigte durchzugehen.

In der Straße drängten sich die reichen und armen Bewohner Londons. Orangenverkäufer schlichen an gut gekleideten feinen Leuten vorbei, strichen mit den Händen vorsichtig über die dicken Stoffe und ließen dabei vielleicht eine Taschenuhr oder eine Brieftasche mitgehen. Kinder sausten auf die überfüllten Straßen, liefen zwischen Kutschen und Pferden umher und gaben ihr Leben unbekümmert in die Hand von Menschen, denen das Leben eines verwahrlosten Kindes unter Umständen keinen Pfifferling wert war.

»Meine Mutter«, sagte Sophie mit einem Seitenblick auf Charlotte, »ist wegen der Vorstellung heute Abend etwas beunruhigt.«

»Wirklich?«, fragte Charlotte höflich. »Ich glaube, das Stück ist nicht besonders außergewöhnlich: Shakespeare, oder?« Sophies Mutter war in einem französischen Kloster aufgewachsen und ihre Moralvorstellungen waren bekanntermaßen sehr streng.

»Das ist es nicht. Vielmehr geht es darum, dass wo immer du auftauchst, auch der Graf auftaucht und ...«

»Welcher Graf?«

»Du weißt, welcher Graf! Der Graf von Sheffield und Downes natürlich. Die derzeitige Zielscheibe allen Gespötts.«

Charlotte wurde es schwer ums Herz. Sophie hatte die ganze letzte Woche wegen einer Erkältung zu Hause verbracht und sie hatte keine Gelegenheit gehabt, mit ihr zu sprechen; wenn auch sie von Alex' angeblicher Impotenz wusste, dann hatte ihre Mutter Recht. Ganz London sprach über die Manneskraft dieses Mannes.

»Mir gefällt das nicht«, sagte sie wütend, während sie zwischen den zuckenden Ohren ihres Pferdes hindurch vor sich auf den Weg starrte. »Wie können Menschen nur so gewöhnlich sein?«

Sophie warf ihr einen neugierigen Blick zu. »Es ist also wahr?«, fragte sie.

»Wie in aller Welt soll ich das wissen?«, erwiderte Charlotte. »Meine Mutter hat eine Stunde dazu gebraucht, um deutlich genug zu werden, so dass ich wenigstens verstanden habe, wovon sie überhaupt spricht.«

Sophie hörte stumm zu. Zu den Vorzügen eines französischen Kindermädchens gehörte auch, dass Gespräche über männliche Geschlechtsmerkmale im Kinderzimmer der Brandenburgs nicht unüblich waren. Wovon Marquise Eloise natürlich keine Ahnung hatte.

»Vielleicht fragst du ihn selbst?«, meinte sie und in ihren Augen blitzte der Schalk. Charlotte sah schnell auf. Dort drüben drängte sich ihr ehemaliger Verehrer, Alexander Foakes höchstpersönlich, auf einem riesigen schwarzen Hengst durch die Straße. Charlottes Herz fing sofort so an zu rasen, dass sie fürchtete, die Knöpfe ihres Reitkostüms könnten aufspringen.

»Lady Charlotte, Lady Sophie«, sagte Alex leichthin und zügelte sein Pferd, so dass er genau links neben Charlotte zum Stehen kam, und zog seinen Hut. Er trug eine graue Reitjacke und hohe Schaftstiefel, jeder Zoll ein Gentleman. Charlotte sah ihn staunend an. Wie in aller Welt hatte sie ihn je für einen Lakaien halten können?

»Sir«, erwiderte sie mit einem Kopfnicken. Sophie begnügte sich mit einem verschmitzten Lächeln. Sie mochte diesen Verehrer Charlottes, diesen großen Mann mit dem wilden schwarzen Haar. Nicht für sich selbst, sie fand ihn zu groß und zu düster, aber er war perfekt für Charlotte, wie sie zugeben musste.. Natürlich nur, wenn all diese Gerüchte nicht der Wahrheit entsprachen.

»Möchten Sie uns nicht begleiten, Mylord?«, fragte Sophie.

Alex zögerte und betrachtete Charlottes gesenktes Haupt. Immer wenn er sie sah, war er auf der Stelle in Leidenschaft entbrannt. Auch jetzt war das Einzige, was er tun wollte, sie von ihrem Pferd zu holen und sie ... ja, wohin zu tragen? In sein Haus, sagte ein böses Teufelchen in ihm. Charlottes Wimpern waren so dunkel und dicht, dass sie Schatten auf ihre Wangen warfen.

Das war lächerlich. »Es tut mir Leid, aber ich kann nicht «, erwiderte er und beobachtete Charlottes bezauberndes Profil. War ihren Lippen nicht zweifellos ein kleiner Seufzer entwichen, als er das sagte?

Sophie blickte ihn fragend an.

»Mein Diener hat mich in Kenntnis gesetzt, dass er aus meinen Diensten scheiden wird, wenn ich mich nicht heute Nachmittag bei Schultz einfinde, und das kann ich nicht zulassen.«

Sophie kicherte.

»Sie verstehen das Problem, nicht wahr, Lady Sophie?« Er zog eine seiner hochfliegenden Augenbrauen noch höher. »Ich wäre untröstlich, wenn Keating sich entschließen würde, mich zu verlassen. Ach, das Leben eines Stutzers. Schultz wird den ganzen Nachmittag brauchen, mir eine neue Jacke anzupassen und dann werde ich den ganzen Abend brauchen, mich in eine andere zu zwängen und gute zwei Stunden, damit meine Halsbinde wie ein Wasserfall fällt.« Er seufzte schwer.

Gegen ihren Willen umspielte Charlottes Lippen ein leichtes Lächeln. Sie warf einen verstohlenen Blick auf Alex. Er trug eine eng anliegende Jacke, aber deshalb gehörte er noch lange nicht zum Kreis der Stutzer.

»Ach«, sagte sie mit süßer Stimme. »Ich fürchte, mit einem so niedrigen Kragen, wie Sie ihn heute zur Schau stellen, Sir, und mit dieser unscheinbaren Halsbinde ... oje, oje. Sie müssen wirklich zu Schultz eilen. Ich würde zu zitronenfarbenen Pantalons raten.«

»Meine Güte«, sagte Alex anerkennend, lehnte sich gefährlich nahe zu Charlotte hinüber und sah ihr in die dunklen Augen. »Ich glaube, Sie sind die erste junge Dame, die die Kühnheit besessen hat, meine Unaussprechlichen zu erwähnen, geschweige denn, sie zu bemängeln«

Charlotte errötete leicht. Er sagte die Wahrheit: Keine anständige Dame würde in Gegenwart eines Gentlemans über Pantalons sprechen. Alex sah mit glühenden Augen auf sie herab. Plötzlich warf sein Pferd den Kopf hoch und er zog heftig die Zügel, um zu verhindern, dass es gegen Charlottes Pferd prallte.

Sophie bemerkte zufrieden, dass Charlotte rot geworden war, und auch Alexander Foakes schien ein wenig überhitzt. Alex begegnete ihrem Blick und einen Augenblick lang lag ein reumütiges Lächeln auf seinen Lippen. Dieser Mann war nicht impotent, entschied Sophie. Tatsächlich würde sie alles tun, um eine Heirat zwischen ihrer besten Freundin und diesem außergewöhnlichen Grafen zu fördern.

»Charlotte und ich haben gerade über das Stück von Shakespeare gesprochen, das wir heute Abend sehen werden«, sagte sie unbekümmert. »König Lear, glaube ich. Sind Sie mit dem Stück vertraut, Sir?«

»Nein, aber ich freue mich sehr darauf, Kean in der Rolle zu sehen«, erwiderte Alex und sein Lächeln verwandelte sich in ein breites Grinsen.

Mit verblüffter Miene blickte Charlotte von Sophie zu Alex. Sie war sich nicht einmal bewusst gewesen, dass die beiden sich kannten. Sophie hatte die ganze letzte Woche zu Hause verbracht; wann hatten sie sich kennen gelernt?

Alex zog noch einmal den Hut, bemerkte ernst, dass er hoffe, auch an diesem Abend das Vergnügen zu haben, sie begrüßen zu dürfen, und ritt davon. All seine Sinne wehrten sich dagegen, die Straße hinunter weg von seiner köstlichen Liebsten zu reiten, besonders da ihr Reitkostüm ihre wundervollen Rundungen so sehr betonte. Sein Ausdruck verfinsterte sich, als er sich vorstellte, wie er Charlotte hochhob, sie auf den Tisch in der Bibliothek setzte, ihre elegante Kleidung nach oben warf und dabei ... Sein Pferd sprang protestierend eine Kruppade, als er unwillkürlich die Zügel verkürzte. Um Himmels willen. Er ritt etwas schneller. Die Geschichte über Schultz war Unsinn. Tatsächlich musste er nach Hause, bevor Pippa von ihrem Nickerchen aufwachte.

Er war äußerst gereizt, als er die Zügel einem wartenden Reitknecht zuwarf und mit langen Schritten in die Eingangshalle von Sheffield House lief. Drinnen hielt er sofort inne und spitzte die geübten Ohren. Kein durchdringendes Geschrei, also war Pippa noch nicht aufgewacht. Alex ging in seine Bibliothek, wo er von seinem verzweifelt dreinblickenden Sekretär, Robert Lowe, begrüßt wurde. Auf Alex' Schreibtisch stapelten sich die Papiere und das bereits seit Tagen; sein Sekretär schien ständig hinter ihm herzulaufen und um Unterschriften zu bitten. Alex verzog das Gesicht, als er an sein geordnetes Leben dachte, das er vor Pippas Ankunft geführt hatte.

Unterdessen setzte er sich an den Schreibtisch und arbeitete sich schnell durch den größten Papierberg. Dann gab er die Papiere mit verschiedenen Instruktionen an den Sekretär weiter. Plötzlich hielt er verblüfft inne. Vor ihm lag das Blatt einer Zeitung, eindeutig eines der Skandalblätter, die jeden Tag erschienen, und ein Pfeil zeigte auf einen Absatz.

Lord L. wurde erwischt mit Lady D.
So Mrs B. nicht aufhört und noch flirtet,
hoffen wir, dass der Vorhang endlich fällt,
Sonst sind wir es, die ihn lüften.

»Was zum Teufel macht dieser Schund hier«, fragte Alex mit eiskalter Stimme und heftete seinen Blick auf seinen Sekretär, so dass dieser zu Stein erstarrte.

»Ich dachte nur«, erwiderte Lowe kläglich, »ich dachte, Sie könnten eine Anklage wegen Verleumdung in Erwägung ziehen ... außerdem«, beendete er eilig seinen Satz, »dachte ich, Sie sollten es wissen.« Alex' Blick wurde durchdringender, dann wandte er sich wieder dem Blatt zu, das er noch in der Hand hielt.

Ein Graf, der sollte lieber nicht mehr klopfen,
Hart muss der Klopfer sein, um des Herzogs Schrank zu öffnen.

Alex fluchte und zerknüllte das Blatt, dann warf er es zu Boden. Sein Sekretär zitterte.

»Hinaus!«

Lowe ging, ein Papierbündel an die Brust gepresst, und verbeugte sich hastig, bevor er den Raum verließ. Er fühlte sich schlecht. Alle im Haus wussten (dank Keating), wie perfide die erste Frau seines Herrn gewesen war, und sie wussten auch, dass er kein Problem mit seinem ›Klopfer‹ hatte, in Anbetracht all der zufriedenen Damen – nun ja, Frauen – die gelegentlich das Bett ihres Herrn beehrt hatten, seit seine Frau ihn verlassen hatte. Obwohl das in England noch nicht vorgekommen war, dachte Lowe.

Unterdessen lehnte Alex mit vor Wut verzerrtem Gesicht am Kamin in der Bibliothek. Verflucht sollte sie sein! Maria und ihr leises Gejammer, ihre schrillen Anklagen ... er schüttelte sich jedes Mal vor Ekel, wenn er nur an sie dachte.

Dann atmete er tief durch und zwang sich, ruhig zu werden. Schließlich war seine ehemalige Frau wohl schwerlich für unverschämte Verse in einem Londoner Skandalblättchen verantwortlich zu machen. Er hätte sich der Annullierung leicht verweigern können, wenn er das gewünscht hätte. Doch sie war ihm wie ein vom Himmel gesandter Ausweg aus seiner schrecklichen Situation erschienen. In Gedanken kehrte er zurück zu jenen hitzigen Nächten in Rom, in denen Maria ihn unverständlich angeschrien und ihm regelmäßig Dinge an den Kopf geworfen hatte. In einem Zeitraum von zwei Monaten hatte er zum großen Vergnügen der Bediensteten viermal die Fenster in ihrem Schlafzimmer ersetzen lassen.

Er konnte sich noch immer an die ehrfürchtige Freude erinnern, die er empfunden hatte, als Maria ihm – in einem ruhigen Augenblick – gestand, dass sie einen Priester liebte und die Ehe annullieren wolle. Er war tatsächlich schon drauf und dran gewesen, sich als Freiwilliger bei der Dragonergarde zu melden, selbst wenn er damit seine Stellung als Erbe der Grafschaft aufgegeben hätte. Zum Teufel mit seinem Vater! Patrick würde ohnehin einen besseren Grafen abgeben als er. Er hätte alles, wirklich alles getan, um von seiner italienischen Frau wegzukommen.

Alex warf sich in den großen Sessel neben dem Feuer und dachte missmutig an seine erste Begegnung mit Maria zurück. Er war erst seit knapp einer Woche in Italien gewesen und hatte mit irgendeinem Grafen ein *Concerto* im Palazzo Barberini besucht; er konnte sich kaum noch an seinen Namen erinnern. Graf Rossi-Ferrini, glaubte er. Und da war sie. Sie sah aus wie das Mädchen, das er in den Gärten von Stuart Hall geliebt hatte, das Mädchen, das er zwei Wochen lang erfolglos gesucht hatte. Sicher, sie hatte kein rotes Haar und er war überzeugt, dass das Gartenmädchen, wie er sie in Gedanken zu nennen begonnen hatte, rothaarig war. Und sie roch nicht süß und sauber und unschuldig wie dieses Mädchen. Was seltsam war, wenn man in Betracht zog, dass Maria eine italienische Jungfrau aus gutem Hause war und das Mädchen eine Prostituierte. Aber ihre Gesichter hatten die gleiche Form, ein zartes Dreieck, und beide hatten eine faszinierend volle Unterlippe.

Närrisch, wie er war, hatte er angenommen, dass er mit

Maria die gleiche Leidenschaft teilen könne wie mit dem Gartenmädchen ... was für ein kompletter Esel er doch war, dachte er, und verzog spöttisch die Lippen. Einmal verheiratet, musste Maria zu jeder Art körperlicher Intimität genötigt werden. Als sie schließlich das Bett miteinander teilten, war schnell klar, dass sie weit davon entfernt war, das unschuldige, im Kloster erzogene Mädchen zu sein, als das ihre Familie sie dargestellt hatte. Sie war keine Jungfrau. Danach verfiel die Ehe rasch und eskalierte in einer Reihe von gezeterten Schimpfkanonaden ihrerseits und immer längerer Abwesenheit seinerseits. Er machte Ausflüge aufs Land, kehrte bei irgendeiner Taverne ein und trank den dortigen Wein, bis er von der Bank fiel. Innerhalb eines Jahres sprach er fließend Italienisch und seine Alkoholverträglichkeit (die niemals niedrig gewesen war) hatte sich verdoppelt.

Aber er war unglücklich. Er ging vor die Hunde und wusste es. Dann, als er kurz davor stand, der Dritten Dragonergarde beizutreten, die Papiere bereits unterzeichnet waren und die einzige noch verbleibende Aufgabe darin bestand, seine Frau davon in Kenntnis zu setzen, kam Maria zu ihm und bat ihn, sie aus der Ehe zu entlassen. Sie zu entlassen! Er hätte alles getan, ihre Ehe auszulöschen. Seltsamerweise liebten sie sich in dieser Nacht zum ersten Mal seit Monaten mit großer Zärtlichkeit, wie er sich erinnerte. Leider war das auch die Nacht, in der Pippa gezeugt wurde.

Innerhalb eines Monats hatte ihre mächtige Familie alles arrangiert. Alex führte ein heikles, unangenehmes Gespräch mit drei schwarz gekleideten Bischöfen, die ihn höflich fragten: *»Lei avrebbe per caso un problema?«*

»Sì, sì«, antwortete er ernst. Zwar plagte ihn nicht das Problem, an das diese Bischöfe dachten, doch er hatte keine Schwierigkeit damit, Maria als Problem zu bezeichnen. Und er war frei. Maria ging mit ihrem Priester, jetzt Expriester, wie er

annahm, von dannen und nahm das gesamte Silber mit, den Schmuck und jeden Einrichtungsgegenstand, dessen sie habhaft werden konnte. Sogar eine Miniatur seiner Mutter, vermutlich um sie zu verkaufen, da sie mit dem Bild nichts verband.

Im ersten süßen Augenblick der Freiheit war ihm alles egal. Er dachte nur daran, dass seine Ehe vorbei war und er nie wieder neben Maria Colonna in seinem Schlafgemach aufwachen musste. Aber tatsächlich war er noch nicht vollkommen frei. Die Trümmer dieser schrecklichen Ehe wurden weiterhin an die Küste seines Lebens gespült. Die Miniatur seiner Mutter tauchte in einem Antiquariat in Neapel auf. Einmal versuchte Marias nutzloser Bruder ihn zu erpressen. Und jetzt diese zotigen Verse. Ihm persönlich war es völlig egal, was die Zeitungen über ihn schrieben. Aber Charlottes Vater, der Herzog von Calverstill – das war etwas anderes. Um die Wahrheit zu sagen, er selbst würde Pippa niemals erlauben, einen Mann mit seinem Ruf zu heiraten.

Seine Gedanken wurden von dem Geräusch, auf das er unbewusst die ganze Zeit gewartet hatte, unterbrochen. Leichte Schritte trappelten die Treppe hinunter, Pippa strauchelte leicht, fing sich aber wieder, weil Keating sie fest an der Hand hielt.

»Papa!«, rief sie mit ihrem dünnen Stimmchen zur Begrüßung, als Keating die schwere Doppeltür zur Bibliothek aufstieß. »Papa!«

Alex stand auf, ging um die Rückenlehne des Sessels herum, kniete sich hin und öffnete die Arme so weit, als wolle er einen Bären umarmen. Pippa watschelte so schnell sie konnte zu ihm, Keating blieb an der Tür stehen. Als Alex ihren kleinen Körper mit den Armen umfing, schmolz sein Herz. Wenn er Charlotte nicht haben konnte, na wenn schon? Er hatte Pippa. Er würde sich einfach mehr Mühe geben, ein anständiges Kindermädchen zu finden. Miss Virginia war nach drei Tagen gegangen. Sie war das erste Kindermädchen, das nicht gekündigt hatte; Alex' Haushälterin hatte sie hinausgeworfen. Offensichtlich war sie in der einen Woche, die sie im Sheffield House verbracht hatte, zweien der niederen Lakaien sehr nahe gekommen und diese Intimität hatte natürlich dazu geführt, dass eine ganze Reihe Lakaien mit blauen Augen herumliefen.

»Papa, *fwore*«, rief Pippa. Rufen schien für Pippa die normale Form der Mitteilung. *Fwore* bedeutete *fuori*: draußen, übersetzte Alex. Pippa kannte zehn Wörter, die er hatte enträtseln können, und er konnte die, die sie auf Italienisch sagte, nicht ignorieren. Aber es kam jeden Tag etwas Neues hinzu. Gestern hatte sie sehr deutlich *küssen* gesagt und an diesem Morgen (vor dem Frühstück) *Kuchen*.

»In Ordnung, Liebes«, sagte Alex mit einem Lächeln. »Lass uns in den Park gehen.« Er verbannte das flüchtige Bild von Charlottes engem Reitkostüm aus seinen Gedanken, hob Pippa hoch und rief Keating zu, Bucephalus, sein Pferd, noch einmal bereitstellen zu lassen, während er schnell zur Eingangshalle eilte. Keating reichte ihm Pippa, als er auf dem gewaltigen Hengst saß. Mrs Turnpike, die Haushälterin, tauchte mit besorgtem Gesicht vor dem Haus auf. Sie hasste diese Ausflüge in den Park, bei denen Pippa auf dem großen, tänzelnden Pferd schwankte. Sie rang in ihrer Schürze mit den Händen, hielt sich aber zurück, etwas zu sagen. Bei dem Grafen wusste man nie. An einem Tag strahlte er wie der reinste Sonnenschein und am nächsten riss er einem beinah den Kopf ab.

Alex und Pippa gingen gemessenen Schrittes die Wege des Hydeparks auf und ab. Jetzt, da er die Verse im *Tatler* gelesen hatte, konnte er eine deutliche Veränderung im Verhalten der Leute erkennen. Niemand würde ihn brüskieren, er war schließlich ein Graf, aber ältere Damen verbeugten sich steifer, als sie es sonst zu tun pflegten, und Männer grüßten ihn mit mitfühlender Miene. Diese Dummköpfe! Alex' scharf geschnittenes Gesicht wurde noch bedrohlicher. Um die Wahrheit zu sagen, einige seiner Bekannten gingen ihm nicht wegen des Skandals, sondern aus reiner Angst aus dem Weg.

Aber die meisten sahen Pippa neugierig an und flüsterten hinter vorgehaltener Hand. Alexander Foakes' Tochter war ihm wie aus dem Gesicht geschnitten. Wenn Pippa kein zitronenfarbenes Kleid getragen hätte, sie hätte ausgesehen wie eine jüngere Ausgabe des Grafen. Zahlreiche Mitglieder der Londoner Gesellschaft fuhren eine Runde, um die beiden noch einmal mit der Kutsche zu passieren, oder machten unbekümmert am Ende eines Weges kehrt, um zu ihnen zurückzugehen. Wer war sie? Wer hatte je von einer annullierten Ehe gehört, aus der Kinder hervorgegangen waren?

»Ich habe in meinem Leben nur von einer einzigen Annullierung gehört«, berichtete Lady Skiffing, »und dazu kam es, als der junge Lord Sybthorpe praktisch bei seiner Geburt mit der Tochter des Großcousins seines Vaters oder einer ähnlichen Verwandten verheiratet worden war und einige Jahre später klar wurde, dass die Braut völlig verrückt war. Also musste sie in eine Anstalt gebracht werden und er heiratete schließlich ein vollendetes Flittchen – wie hieß sie noch gleich? Barbara Cullerson, glaube ich. Vom Regen in die Traufe!«, schloss sie triumphierend. »Aus dieser Ehe gibt es auch keine Kinder«, fügte sie hinzu, »nicht, dass das etwas zu bedeuten hat, natürlich.«

»Na ja, ich weiß noch, dass Miss Filibert – Sie müssen sich an sie erinnern, liebste Lady Skiffing, sie hatte diese schrecklich auseinander stehenden Zähne – auf jeden Fall, als Miss Filibert mit ihrem Musiklehrer durchbrannte, oder war es ihr Tanzlehrer? Ich schwöre, ich habe es vergessen. Auf jeden Fall ließ Lord Filibert diese Ehe annullieren. Sie hatten nur drei

Stunden allein miteinander verbracht, und deswegen ...« Lady Prestlefield verstummte vielsagend.

»Die wirklich interessante Frage ist doch«, meinte Lady Skiffing mit gesenkter Stimme, »wer ist dieses Kind?«

»Ja.« Lady Prestlefield schürzte nachdenklich die Lippen. Die beiden Damen saßen in einer Barouche, die gerade breit genug für sie und ihre Unterröcke war. Also konnten sie den Grafen von Sheffield und Downes kaum bitten, sich zu ihnen zu gesellen, abgesehen davon, dass er sich ohnehin nicht zu zwei alten Damen gesellen würde.

Plötzlich legte Sarah Prestlefield eine Hand auf die Peitsche ihrer Freundin und signalisierte ihr, die Barouche anzuhalten. »Sehen Sie!«, stieß sie mit kaum geöffnetem Mund hervor.

Am oberen Ende des Weges war Alexander Foakes den zwei regierenden Schönheiten der Londoner Gesellschaft, Charlotte Daicheston und Sophie York, begegnet, und Lady Charlotte schien den Grafen zu schelten. Es war schrecklich irritierend, so nah zu sein und nichts hören zu können. Lady Skiffing trieb ihre Pferde zu einem langsamen Gang an und sie näherten sich, ohne von den drei jungen Leuten bemerkt zu werden.

»Das ist doch keine Frage der Bequemlichkeit«, hörten sie Charlotte sagen, als sie nahe genug waren. Ihre Augen leuchteten; sie war wirklich ein reizendes Mädchen, dachte Lady Skiffing. »Das Kind könnte sich verletzen!«, fuhr Charlotte fort.

Nun, da war sie mit ganz London einer Meinung. Die beiden Damen tauschten bedeutungsvolle Blicke. Sie hatten beide ihren Gatten eine angemessene Anzahl von Kindern geschenkt, die außer Sicht untergebracht und versorgt worden waren. Außer Sicht *und* außer Gefahr, hätte man hinzufügen können. Es packte einen das kalte Grausen, ein so junges Ding auf einem so großen Tier wie diesem schwarzen Ungetüm des Grafen zu sehen.

Charlotte kümmerte es nicht, ob es schicklich war, Kinder in den Park zu bringen. Doch der Anblick einer lächelnden Pippa, die in den Armen ihres Vaters heftig hin und her zappelte und mit ihren Absätzen auf dem Rücken eines nervösen Hengstes trommelte, weckte all die mütterlichen Gefühle, die sie vor drei Jahren begraben hatte. Sie glitt von ihrem eigenen Pferd, Jamaica, und übergab ihrem Reitknecht die Zügel.

»Geben Sie sie mir«, sagte sie wohl überlegt und stellte sich dicht an Bucephalus' muskulöse Schulter.

Alex sah verblüfft auf sie herab. Was zum Teufel? Pippa war bei ihm vollkommen sicher.

»Bucephalus ist sehr zuverlässig, Lady Charlotte«, meinte er mit leicht scharfem Unterton. »Er ist so ruhig wie eine Kuh, das versichere ich Ihnen.«

»Trotzdem«, erwiderte Charlotte. »Pippa ist nicht sicher. Ich werde Pippa zu Ihrem Haus tragen und Sie können mir folgen. Es ist nicht weit.«

Alex lächelte belustigt, so dass seine Lachfältchen sich zeigten. Gerade hatte sie verraten, dass sie wusste, wo er wohnte. Sie erinnerte sich an Pippas Namen. Sie zeigte mütterliche Gefühle. Da machte es nichts, dass er sich wie ein Bär mit Kopfschmerzen fühlte, wenn seine Entscheidungen bezüglich Pippa in Frage gestellt wurden.

Er zuckte die Achseln. »Sie erinnern sich, wie sie sich Frauen gegenüber verhält?«

»Sie wird sich wohl fühlen«, sagte Charlotte fest. Sie streckte die Arme aus und Alex reichte ihr vorsichtig seine Tochter.

Pippa sah Charlotte nur einmal kurz ins Gesicht, öffnete den Mund und stieß einen gigantischen Schrei aus. Charlotte setzte sie sofort am Wegrand ab. Dann wartete sie einige Minuten. Als Pippa Luft holte, sagte Charlotte: »Ich bin kein Kindermädchen, Pippa. Erinnerst du dich nicht an mich? Ich bin *kein* Kindermädchen.«

Pippa schloss den Mund und dachte darüber nach. »Ich heiße Charlotte – ich bin kein Kindermädchen«, wiederholte sie. »Jetzt werde ich dich hochheben und dich so tragen, dass du deinen Vater auf seinem Pferd sehen kannst. Ist das in Ordnung?«

Pippa sagte nichts, aber sie schrie auch nicht. Charlotte hob das kleine Mädchen geschickt hoch und legte es an ihre Schulter, so dass ihr Gesicht nach hinten gewandt war und sie ihren Vater sehen konnte. Pippa gluckste beifällig. Charlotte ging los.

Sophie saß noch immer wie versteinert auf ihrem Pferd. Gerade waren sie noch auf dem Weg nach Hause gewesen und im nächsten Augenblick riss Charlotte dem Mann, den sie vermutlich heiraten würde, beinah den Kopf ab und trug sein Gör von dannen. Sophie glitt von ihrem Pferd und warf Alex mahnende Blicke zu. Er sah aus wie der leibhaftige Teufel, als würde er jeden Augenblick loslachen.

Als Sophie Charlotte einholte, spähte sie vorsichtig am runden Hinterteil des Kindes und den bauschigen Unterröcken vorbei. Zu ihrer Erleichterung sah Charlotte nicht mehr wütend, sondern äußerst belustigt aus.

»Kennst du dich mit Kindern aus?«, fragte Charlotte so leise, dass Alexander Foakes, der hinter ihnen auf Bucephalus hertrottete, sie nicht hören konnte.

»Überhaupt nicht«, erwiderte Sophie. »Ich bin ein Einzelkind.«

»Nun ja, dieses ist jedenfalls ziemlich nass«, meinte Charlotte. »Und sie ist viel schwerer, als sie aussieht.«

»Es sind nur noch vier Straßen«, machte Sophie ihr Mut. »Gib sie mir doch eine Weile.«

»Das wird ihr nicht gefallen.« Charlotte schnitt eine Grimasse. »Frauen versetzen Pippa in Angst und Schrecken.«

Sophie warf ihr einen Seitenblick zu. Charlotte hätschelte das Kind unbewusst und strich ihr mit der Hand die weichen Locken am Nacken glatt. Sophie lächelte in sich hinein.

Sie ließen die bronzenen Tore des Hydeparks hinter sich und gingen die Hurston Street entlang. Alex wohnte am Grosvenor Square, nur drei Straßen vom Eingang des Hydeparks entfernt. Sophie hielt ihre Röcke hoch, als sie sich ihren Weg um Unrat, Menschenmassen, hier und da einer Gruppe von Stallburschen und Pferde herum bahnten. Mit einem Grafen im Schlepptau, der immer noch auf seinem Pferd saß, zogen sie nicht wenig Aufmerksamkeit auf sich.

»Nun, Charlotte«, sagte Sophie *sotto voce*, »wenn du Alexander Foakes nach diesem Vorfall nicht heiratest, werden die Klatschbasen wahrscheinlich einen Schlaganfall bekommen.«

»Was in aller Welt meinst du damit?« Charlotte hob den Kopf. Sie hatte ihre Wange an dem runden Kopf des Kindes gerieben und ihm Unsinn zugeflüstert, was Pippa so sehr zu gefallen schien, dass sie leise vor sich hin kicherte.

»Lady Skiffing ist gerade vorbeigefahren und glaube mir, ihr ist nicht die geringste Kleinigkeit entgangen. Du hältst sein Kind auf dem Arm und er sitzt auf seinem Pferd und zieht ein Gesicht wie vom Donner gerührt. Und Sarah Prestlefield war bei ihr und selbst meine Mutter, die Lady Prestlefield als gute Freundin bezeichnet, sagt, dass sie die gemeinste Klatschbase in London sei. Lady Prestlefield verkündet immer, dass die Geschichten, die sie gehört habe, *ganz* gewiss nicht wahr seien, und dann tratscht sie alles weiter. Du hättest sehen sollen, wie ihr Hut aus der Kutsche hervorlugte, Charlotte!«

Charlotte wusste nicht, was sie davon halten sollte, deshalb richtete sie ihre Aufmerksamkeit wieder auf den Weg. Alex, der auf der Straße neben dem Bürgersteig ritt, hatte Lady Prestlefields herausgestreckten Hut, der unelegant aus der Barouche ragte, ebenfalls gesehen. Er grinste und der letzte Überrest seiner schlechten Laune schwand dahin. Vielleicht würden der Klatsch und Charlottes weiches Herz sein Heiratsproblem für ihn lösen.

In diesem Augenblick sauste einer der vielen Londoner Straßenkehrer, ein etwa neun Jahre alter Junge, direkt vor Bucephalus' Vorderfuß auf die Straße. Der Junge allein hätte sein Pferd nicht nervös gemacht, dachte Alex später, aber ihm folgte ein stämmiger Obstverkäufer, dem er einen Apfel stibitzt hatte. Der Junge rutschte vor Bucephalus aus, der Obstverkäufer prallte an seine Schulter und links von Alex verfehlte der Kutscher einer Droschke nur knapp den flüchtenden Jungen, indem er an den Zügeln seiner beiden schlecht genährten, gereizten Pferde riss. Die beiden bäumten sich auf, so dass ihr Geschirr fürchterlich klirrte und schepperte.

Das war zu viel für Bucephalus. Er und sein Herr waren heute zweimal ausgeritten und bis jetzt hatte er keine Gelegenheit gehabt, die Beine zu strecken. Und es war für ihn ein sehr unbequemer Spazierritt gewesen, als Pippa mit den Füßen auf ihm herumtrommelte und an seiner Mähne zog. Er wieherte laut, stieg und fuhr mit seinen Hufen durch die Luft.

»Was zum Teufel!«, rief Alex wütend. Er verkürzte die Zügel und beugte sich nach vorn, um mit der anderen Hand Bucephalus' Zaumzeug zu fassen zu kriegen. Bucephalus, ein gut erzogenes Pferd, ließ seine Vorderfüße sofort wieder auf den Boden nieder. Kaum hatte sich Alex aufgerichtet, begegnete er dem amüsierten Blick seiner Liebsten, die auf dem Bürgersteig stehen geblieben war.

Alex starrte sie einen Moment lang an. Er wusste, in seinen Armen würde sie stürmisch sein; das hatte er gespürt, als er sie im Park geküsst hatte. Sein Mund verzog sich zu einem reumütigen Lächeln und er sprang von Bucephalus herunter, wobei er Charlottes Reitknecht die Zügel zuwarf. »Lassen Sie mich das dralle Hühnchen tragen«, sagte er leichthin, als er neben Charlotte und Sophie auf dem Bürgersteig stand.

Charlotte hatte erfreut bemerkt, dass sie sich an Alex gewöhnt hatte, da ihr Herz ganz normal schlug und sie sich ihrer ganz sicher fühlte. Aber als er die Arme ausstreckte und das Kind nahm, zwinkerte er ihr auf eine Weise zu, die ihre neu gefundene Ruhe zerschmelzen ließ, und sie spürte, wie ihr die Röte ins Gesicht stieg.

Sophie, die nie eine Gelegenheit verstreichen ließ, zwinkerte zurück und gab ihrem Reitknecht ein Zeichen, ihr zurück auf ihr Pferd zu helfen. »*Au revoir*«, sagte sie fröhlich. »Ich muss jetzt zu meiner *Maman* zurück. Nein, nein, Philipps Begleitung genügt vollkommen. Charlotte, ich sehe dich heute Abend.« Sie nickte Alex höflich zu und verschwand, gefolgt von ihrem Reitknecht, in der überfüllten Straße.

Zunächst war Charlotte vor Schüchternheit wie gelähmt, als sie neben Alex herging und zweifellos von ganz London beobachtet wurde. Aber Pippa, die die ganze Zeit an Charlottes Schulter damit verbracht hatte, Alex' Aufmerksamkeit zu gewinnen, wandte jetzt den Kopf, legte ihn liebevoll an die Schulter ihres Vaters und fing an, heftig mit Charlotte zu flirten. Charlotte lachte laut los.

Sie gingen an der Straße zum Grosvenor Square vorbei und bogen in den Albemarle Square ein, wo Charlotte wohnte, bevor sie es bemerkte. An den Stufen vor ihrem Haus hielt sie ihm kühl die Hand hin.

»Sir.«

Alex neigte leicht den Kopf. »Vergeben Sie mir, dass ich mich nicht verbeuge. Ich habe Angst, dass der feuchte Fleck an meiner Schulter sichtbar wird, wenn ich es tue.«

Charlotte musste gegen ihren Willen lachen. Alex ergriff mit seiner freien Hand die ihre und hob sie an seine Lippen. Statt den Handrücken zu küssen, führte er ihre Handinnenseite an seine Lippen. Charlotte wurde blass. Das freudige Glühen in ihrem Magen verbreitete sich prickelnd über ihren ganzen Körper.

»Ich sehe Sie heute Abend«, sagte Alex mit seiner samtenen, tiefen Stimme, während seine Augen auf ihr ruhten.

Charlotte traute sich nicht zu, noch etwas zu sagen, also entzog sie ihm ihre Hand, nickte stumm und ging die Treppe hinauf. Oben angelangt, hielt sie plötzlich inne. Sie drehte sich um und sah ihn bittend an.

»Sie werden dieses Pferd nicht mehr besteigen, nicht wahr, Mylord?«

Alex sah erst sie, dann Pippa an.

»Nein«, erwiderte er. »Ich werde Pippa nicht mehr auf Bucephalus' Rücken nehmen.«

Er hatte ein so besonderes Lächeln für sie, dachte Charlotte, als sie an Campion vorbei durch die Tür schlüpfte. Dabei bildeten sich Fältchen um seine Augen und es versprach ... Küsse. Küsse und mehr.

Kapitel 9

Eloise York, die Marquise von Brandenburg, strich gereizt ihre über die Ellbogen reichenden Handschuhe glatt, während sie die Treppe im Stadthaus ihres Mannes langsam hinabstieg. Sie war ungehalten. Sehr ungehalten. Eloise war eine Frau, die sich ihres Einflusses bewusst war. Sie hatte ein sehr feines Gespür für Anstand, eine Eigenschaft, auf die sie sehr stolz war. Und durch eine Grausamkeit Gottes war sie mit einer Tochter gestraft, die ein leichtfertiges, dummes Ding war. Als sie in Sophies Alter war, kleidete sie sich nur in Weiß und senkte fügsam den Kopf, wenn ihre Eltern den Raum betraten. Sie hatte ihrem Vater niemals in die Augen gesehen, bis sie verheiratet war. Aber Sophie! Hatte es je einen Augenblick gegeben, in dem sie ihre Mutter nicht frech angesehen und sich geweigert hatte, das zu tun, was immer ihre Mutter gerade wollte, und war es auch nur eine Lappalie?

Zum Beispiel dieser Nachmittag. Als sie, Elosie, verkündet hatte, dass sie zu einer Teegesellschaft bei Lydia Bingley gehen würden, hatte Sophie sich rundweg geweigert und gesagt, sie habe einen Termin mit ihrem Portugiesischlehrer vereinbart. Eloise wusste nicht, wie oft sie schon geäußert hatte, dass eine junge Dame nichts weiter lernen musste, als wie sie einen Mann fand. Aber Sophie lehnte weiterhin hartnäckig alle Heiratsanträge ab und lernte neue Sprachen.

Die Marquise atmete tief und ruhig durch. Rasch begutachtete sie ihr Äußeres. Zumindest *sie* sah perfekt aus. Ein wenig altmodisch vielleicht, aber sie billigte die neue französische Mode nicht. Sie war sicher, dass ihre eigene liebe Mutter – so streng und unnachgiebig in ihren moralischen Überzeugungen – ihr vergeben würde, der französischen Mode untreu zu sein. Nein, sie würde diese taillenlosen Kleider nie gutheißen. Und niemals würde sie ihr stabiles Korsett durch eines dieser neuen, leichten Korsetts ersetzen. Noch dazu schien Sophie nicht einmal ein leichtes Korsett zu tragen! Dafür war unter dem Nachthemd, das sie als Kleid zu bezeichnen beliebte, kein Platz. Eloises Augen funkelten.

Sie war an der Eingangstür angelangt und wartete dort ungeduldig, während sie unter dem weiten Taftkleid mit dem Fuß auf den Marmorboden klopfte. Wo steckte Sophie? Das Mädchen bestand darauf, ins Theater zu gehen – noch dazu auf der Drury Lane, wo alle Welt sie sehen konnte –, und wenn sie schon vorhatte, das Theater halb nackt zu besuchen, könnte sie wenigstens pünktlich erscheinen.

George trat aus der Bibliothek und Eloise warf ihm einen scharfen Blick zu. Sie wusste, was er getan hatte. Ohne Zweifel hatte er ein wenig Brandy heruntergekippt. Na ja, Shakespeare war schwer und er war so gut gewesen, seine Pläne zu ändern, als ihm klar wurde, wie viel Aufmerksamkeit seine Frauen an diesem Abend auf sich ziehen würden. Zum Teufel mit dem Mädchen! Eloise wusste nicht, worüber sie sich mehr ärgerte – über dieses dumme Ding da oben, das ein durchsichtiges Wischtuch trug, oder ihre noch dümmere Freundin Charlotte, die sich von einem vollkommen unmöglichen Grafen den Hof machen ließ. Es war eine Schande. Eine wahre Schande. Wäre der Hinderungsgrund ein anderer gewesen, sie hätte zu einer Heirat geraten. Aber mit der Aussicht, keine Kinder zu haben, war es sinnlos zu heiraten. Nein, der Zwillingsbruder war jetzt das wirklich interessante Ziel. Sobald er von dort, wo immer er sich aufhielt, zurückkam – war es Borneo? Oder China? – beabsichtigte sie, Sophie mit ihm zu verheiraten. Sein Kind würde den Titel erben, das war offensichtlich. Um Himmels willen, dachte sie etwas selbstgefällig, an Adelaides Stelle würde ich meine Tochter so schnell wie möglich aus Alexander Foakes' Reichweite bringen.

Sie vernahm das leise Geräusch rauschender Seide, als Sophie neben ihr stand. »Himmel!«, rief ihre Mutter übellaunig. »Ich habe dich nicht kommen hören. Zweifellos weil du nicht genug Stoff am Leibe trägst, um eine Maus zu wecken. Du trägst doch hoffentlich einen Unterrock, oder?« Glücklicherweise wandte Eloise sich ab, bevor sie Sophies Grinsen sehen konnte. Sophie trug tatsächlich einen Unterrock, aber er war aus feinstem Chenille.

Ihr Vater trat drohend vor sie, während ihr Butler Sophie in den neuen Abendmantel aus Samt half. »Keine Mätzchen heute Abend, Fräulein«, sagte er und zog streng die Augenbrauen zusammen.

»Aber nein, Sir«, erwiderte Sophie sittsam und zwinkerte ihrem Vater zu.

Gegen seinen Willen musste George lächeln. Seine Frau nahm die Dinge immer so ernst. Vielleicht bauschte sie diese ganze Sache unnötig auf.

Erst als sie ihre Loge betraten und George seine Tochter, ihre schöne Freundin und seine Frau zu den Sitzen geleitete, bemerkte er, wie Recht seine Frau tatsächlich hatte. Es war eine Weile her, dass sich wirkliche Stille über das Publikum auf der Drury Lane gesenkt hatte. Aber in diesem Monat senkte sie sich wie kühler Schnee auf die nach oben gewandten Gesichter herab und wurde sofort von einer anschwellenden Böe flüsternder Stimmen und heftig geschwenkter Fächer abgelöst. Oh Gott, dachte er. Es würde eine lange Nacht werden. Erstens konnte er Shakespeare nicht ausstehen – egal, wie viele Balladen sie einfügten, er langweilte sich zu Tode. Und jetzt stand ihm auch noch eine sehr hässliche Pause bevor. Wahrscheinlich würden sie von Galanen belagert werden, dachte er düster. Nun ja, wenn er seine Tochter und Lady Charlotte betrachtete, die ganz vorn in der Loge saßen, konnte es daran keinen Zweifel geben. Und dann war da noch dieser Graf. Er war bestimmt hier, es hatte den Anschein, als habe alle Welt beschlossen, dieses verdammte Stück am selben Abend zu sehen.

Charlotte saß still vorn in der Loge und versuchte ihren Fächer nicht zu oft ein- und auszuklappen. Sie trug das weiße Kleid mit den schwarzen Bändern von Antonin Carême. Seit sie es gekauft hatte – war das wirklich erst wenige Monate her? –, schien es kleiner geworden zu sein, oder ihr Busen war erheblich gewachsen. Sie hatte das Gefühl, als würde er aus dem Kleid herausfallen. Und dieses Weiß! Warum hatte sie nicht bemerkt, wie fein der Stoff war, als sie das Kleid bestellte? Selbst jetzt hatte sie das Gefühl, das Rosa ihrer Beine durch den Stoff und den Unterrock sehen zu können, der selbst aus Taschentuchstoff gefertigt war.

Sie sah zu Sophie hinüber und ein leichtes Lächeln umspielte ihre Lippen. Sophie mochte klein sein, aber ihre Oberweite war es nicht und auch sie trug ein sehr gewagtes Kleid im Empirestil. Das Oberteil war aus einem mitternachtsblauen Stoff und an seiner breitesten Stelle etwa zwei Zoll breit. Sophie erwiderte ihren Blick und zwinkerte ihr unverschämt zu.

»Ist es nicht herrlich, eine solche Aufmerksamkeit zu erregen?«, flüsterte sie hinter ihrem Fächer. »Ich schwöre dir, Charlotte, wenn ich dich nicht ohnehin schon so gerne hätte, ich würde darauf bestehen, dass wir Freundinnen werden. Wir müssen einfach zusammensitzen. Schon aus Gefälligkeit, damit die Klatschtanten sich nicht den Hals ausrenken, wenn sie ihn von deiner zu meiner Loge drehen!«

»Oh, Sophie!«

»Natürlich sehen sie in Wahrheit nur dich an, nicht mich. Ich gewinne nur durch die Freundschaft zu dir an Berühmtheit«, meinte Sophie traurig. »Oh, wo ist ein Graf für mich?« Sie wandte die Augen gen Himmel. »Schick mir einen berüchtigten Liebhaber – bitte!«

»Er ist nicht mein Liebhaber!«

»Ach nein? Nachdem du sein Kind durch die Straßen getragen und ihn angesehen hast, als schlüge dir das Herz bis zum Hals? Dann kommst du mit ihm vom Weg ab und wehe der Frau, die diesen Mann in eine Sackgasse führt.« Sie machte eine Kopfbewegung nach rechts unten.

Charlotte beobachtete fasziniert, wie Alex die Loge der Sheffields betrat und sich ernst vor seinen Bekannten verbeugte. Er wurde von einer kleinen Gruppe begleitet; sie erkannte den Marquis von Valconbrass und seine Schwester. Es gab ihr einen Stich, als Alex Daphne zu einem Platz vorn an der Loge führte.

Sophies kräftige kleine Hand umfasste ihr Handgelenk. »Hör auf, ihn zu beobachten, Charlotte!«

Erschrocken lehnte sich Charlotte in ihrem Stuhl zurück und fächerte ihrem plötzlich roten Gesicht Luft zu.

»Puh!«, meinte Sophie. »Man kann dich keine Minute lang allein lassen! Nur ein Tropfen französischen Blutes und du hättest dich niemals so eindeutig verhalten.«

Charlotte starrte sie wütend an. Sophie rümpfte die Nase. »Sieh mich nicht so an, Charlotte Daicheston!« Sie senkte ihre Stimme. »Du willst ihn, habe ich Recht?« Charlotte nickte verblüfft. »Nun, du kannst ihn nicht haben, wenn er nicht kann«, sagte Sophie trocken. »Von nichts kommt nichts.«

»Ich glaube nicht, ich meine, ich glaube, er kann durchaus«, erwiderte Charlotte genauso leise.

»Das musst du herausfinden«, sagte Sophie. »Du musst es

wissen und dann kannst du Ernst machen und ihn heiraten. Ich nehme an, er hat dir einen Antrag gemacht?« Sie wartete, eine Augenbraue hochgezogen.

Charlotte nickte.

»Was für eine Frau! Zwei Grafen umwerben dich, und wer noch – eine Reihe von kleinen Viscontes und Baronen und einige niedere Baronets.«

Charlotte lachte. Sie heftete ihren Blick fest auf Sophie, um den Blicken all der Leute, die sie anzustarren schienen, auszuweichen. Und um sich davon abzuhalten, Alex noch einen verstohlenen Blick zuzuwerfen.

Das Stimmen der Geigen war schließlich beendet und der Direktor des Drury Lane Theaters erschien vor den roten Samtvorhängen. Das Stimmengewirr im Publikum erstarb.

Charlottes Gedanken schweiften ab, als der Direktor redete und redete und sich der wunderbaren Veränderungen rühmte, die er am *König Lear* vorgenommen hatte ... jetzt passend für ein modernes Publikum ... passend für die moderne Schicklichkeit, die Liebe zum Frohsinn, bla, bla. Sie heftete ihren Blick auf die Brüstung vor sich. Charlotte wurde das Gefühl nicht los, dass Alex nicht vorgehabt hatte, das Theater zu besuchen, bis Sophie den Namen des Stückes, das sie sich ansehen wollten, fallen gelassen hatte. Außer Alex' Tante, Henrietta Collumber, hatte sie noch nie jemanden in der Loge der Sheffields gesehen.

In diesem Moment hatte sie das Gefühl, als würde er sie ansehen. Jeder einzelne Nerv in ihrem Körper signalisierte ihr, dass seine Augen auf ihr ruhten. Ihr Blut floss nicht in ihren Adern – es raste. Es war Wahnsinn, dachte Charlotte bei sich. Wahnsinn! Und wie sollte sie in Erfahrung bringen, ob Alex impotent war oder nicht? Sie hob den Kopf, als die Vorhänge des Theaters zur Seite glitten. Ohne es zu wollen, schweifte ihr Blick nach rechts. Alex saß völlig entspannt da, die langen Beine ausgestreckt und die Füße an den Knöcheln verkreuzt. Tatsächlich wandte er ihr den Rücken zu und hatte den Kopf Daphne Bochs weichen, blonden Locken zugeneigt. Es war nicht Eifersucht, was Charlotte empfand, es war Hass. Das Letzte, was sie wollte, war, dass Alex sie dabei ertappte, wie sie seine Freundin wütend anstarrte.

Sie richtete sich auf. Bei diesem Spiel konnten zwei mitspielen. Sie beugte sich leicht vor und warf einen Blick über das Theater. Dort saß Braddon ... aber Braddon war leider nicht der Richtige, um Alex eifersüchtig zu machen. Ihr Blick glitt über einige Männer, die sie sofort zu sich kommen lassen konnte, dann leuchteten ihre Augen auf. Will Holland, der aussah wie ein großer blonder Riese, saß in einer Loge links unter ihr. Sie hob den Kopf und schenkte ihm ein leichtes Lächeln, ein bezauberndes, lockendes Lächeln. Leider geschah das genau in dem Augenblick, als Alex sich schließlich gestattete, einen Blick über die linke Schulter in die Loge der Brandenburgs zu werfen. Er starrte sie eine Weile mit harten Gesichtszügen an. Verdammt!

Will reagierte ganz ähnlich. Er hatte die letzte Woche damit verbracht, einen sehr nützlichen Flirt mit der Tochter eines reichen Kaufmanns anzubandeln, und sie war nicht einmal unattraktiv. Aber als er zu der unglaublich sinnlichen Tochter des Herzogs mit ihren sorgfältig zerzausten Locken hinaufsah, schmolz seine Entschlossenheit der letzten Woche dahin. Vielleicht hatten ihre Eltern sie vor Alex gewarnt. Er warf seinem alten Freund, der gerade diesem französischen Fräulein, Daphne Boch, etwas ins Ohr flüsterte, einen wissenden Blick zu.

Wenn er während der Pause in Charlottes Loge ging, könnte er es sich mit Miss van Stork verderben. Und sie war gar nicht so schlecht; vielleicht fand er nie wieder eine so erträgliche Erbin. Chloe von Stork saß still neben ihm. Sie hatte rotbraune

Locken, keine schlechte Farbe, und einen schlanken Körper, dachte er. Ihre Kleidung war abscheulich – sie trug einen dicken Stoff, der sehr haltbar schien. Er schauderte leicht. Von ihrem steifen Rücken zu schließen trug sie wahrscheinlich sogar eines dieser riesigen, altmodischen Korsetts aus Walfischbein. Nichts könnte weiter von Charlottes hauchdünnen französischen Kleidern entfernt sein.

Plötzlich wandte Miss van Stork den Kopf und sah ihm in die Augen. »Werden Sie gehen?« Sie nickte in Richtung der Loge der Brandenburgs. Will staunte sie an. Sie hat wunderbar weiße Zähne, dachte er zusammenhanglos.

»Ich habe diese Frau gesehen – es ist Charlotte Daicheston, nicht wahr? – ich habe gesehen, wie sie Ihnen zugelächelt hat. Ich glaube, sie möchte, dass Sie sie in ihrer Loge aufsuchen.«

Will starrte sie völlig perplex an. Chloe van Stork wandte ihre Aufmerksamkeit wieder der Bühne zu, von der sich gerade zwei Akrobaten und Jongleure trollten, um für das Stück selbst Platz zu machen. Will betrachtete Chloes ruhiges, ernstes Profil und versuchte herauszufinden, was sie über Charlottes Lächeln dachte. Verstand sie überhaupt, welche Schlussfolgerungen die Gesellschaft ziehen würde, wenn er aus der Loge ihres Vaters verschwand und neben Charlotte wieder auftauchte? Überraschenderweise widerstrebte es ihm, den Flirt jetzt fallen zu lassen, wo er Früchte zu tragen begann. Er hatte mit Chloes Eltern und ihr selbst an diesem Abend diniert und es war das erste Mal, dass er sie zu einem öffentlichen Ereignis begleitete. Er wäre ein Narr, sich ein goldenes Vlies durch die Lappen gehen zu lassen, nur weil Charlotte Daicheston sich aus einer Laune heraus entschied, ihm zuzulächeln.

Plötzlich wandte Chloe sich ihm wieder zu. »Nun gehen Sie schon!«, sagte sie heftig. Will staunte wieder. Sie winkte ungeduldig mit der Hand. Obwohl er sich wie ein gescholtener Junge fühlte, erhob sich Will höflich, verbeugte sich vor ihr und ihren Eltern und murmelte etwas von einigen Bekannten, die er begrüßen wolle. Wenige Minuten später tauchte er zur großen Befriedigung des Publikums in der Loge der Brandenburgs auf. Das Stimmengewirr nahm zu. Es versprach ein sehr interessanter Abend zu werden.

Charlotte streckte ihm fröhlich die Hand entgegen und selbst die etwas steife Marquise begrüßte ihn freundlich. Sie hielt jeden für besser als diesen scheußlichen Grafen. Will zog einen Stuhl heran und setzte sich hinter Charlotte. Er flüsterte ihr einige Bonmots zu, die sie zum Lachen brachten. Sie lachte ein wenig zu viel, wie er in Anbetracht der Qualität der Witze fand. Er sah zu Sophie hinüber. Ihre zarten Augenbrauen waren hochgezogen und sie blickte ziemlich belustigt drein. Will wurde plötzlich ungeduldig.

Er blickte in die Loge, die er gerade verlassen hatte. Miss van Stork hatte wirklich eine reizende Stupsnase, besonders im Vergleich zu der riesigen Nase ihres Vaters. Das Kerzenlicht fing sich in ihrem Haar und es schimmerte rot. Sie betrachtete die Bühne, nicht ihn. Er würde ihm nichts ausmachen zurückzugehen, dachte er. Doch sie hatte ihn aus ihrer Loge gescheucht, als wüsste sie, dass er nur hinter ihrer Mitgift her war ... Na ja, natürlich weiß sie das, sagte eine Stimme in seinem Hinterkopf. Sieh sie dir an! Sie ist eine intelligente Frau, die völlig schäbig gekleidet inmitten von Londons elegantesten Frauen sitzt. Sie weiß, dass du nur ihr Vermögen willst. Ich frage mich, warum sie dieses Kleid trägt, dachte Will. Dann riss er sich zusammen. Was zum Teufel machte er da? Er saß neben den schönsten Frauen der Londoner Gesellschaft und fühlte sich nicht danach, amüsant zu sein. Es fiel ihm keine einzige verführerische Metapher ein, stattdessen dachte er an eine altmodische Frau in einem Korsett. Charlottes schneeweiße Schultern schimmerten neben ihm und ihre weiche Haut zog den Blick unwiderstehlich auf die sanften Rundungen, die sich unter dem leichten Oberteil abzeichneten. Sein Atem ging schneller. Will verbannte Miss van Stork, die allein in ihrer Loge saß, aus seinen Gedanken. Zur Hölle damit! Hatte er nicht geschworen aufzuhören, nach Mitgiften zu jagen?

In seiner Loge ballte Alex vor Wut die Fäuste. Er hatte noch einen Blick auf Charlotte gewagt, nur um festzustellen, dass sein alter Freund Will Holland hinter ihr herumlungerte und auf ihre Brüste schielte, wenn er sich nicht sehr irrte. Er wandte sich Daphne Boch zu, beugte sich vertraulich zu ihr hinüber und machte ihr ein Kompliment über ihren Fächer. Daphne sah ihn ein wenig spöttisch an. Sie hatte nichts dagegen, mit diesem so gut aussehenden Grafen zu flirten, auch wenn er in Wahrheit an dieser riesigen Bohnenstange von einer Engländerin interessiert war.

Das Stück begann, aus den Trompeten erscholl eine ohrenbetäubende Fanfare, um die Ankunft des Königs, des Königs Lear, anzukündigen. Charlottes Gedanken purzelten durcheinander, aber sie war jetzt, wo Will sich zu ihr gesellt hatte, ruhiger; als könne er ihr als Tarnung dienen. Sie fühlte sich so nackt, so sicher, dass jeder im Publikum wusste, dass ihr Blick immer wieder nach rechts wanderte.

Langsam zog die Geschichte über einen alten König sie in den Bann, der närrisch geworden war und von seinen Töchtern verlangte zu schwören, dass sie ihn mehr als alle und alles andere auf der Welt liebten, oder sie würden kein Geld, kein Land, keinen Anteil am Königreich erben. Sie schenkte den beiden Schwestern, die hysterisch kreischten, niemals jemand anderen als ihren Vater zu lieben, obwohl ihre Ehemänner direkt neben ihnen standen, wenig Aufmerksamkeit. So war das Leben, zumindest das Leben in London. Für Geld würden die Leute alles tun. Man nehme nur Will. Wenn sie nicht alles täuschte, hatte sie ihn aus der Loge eines Kaufmanns zu sich gerufen. Charlottes Blick wanderte zu dieser Loge. Eine junge

Frau saß vorn und starrte auf die Bühne. Von ihrem Sitz aus, der über dem der Kaufmannstochter lag, konnte Charlotte sehen, dass ihre Hände auf ihrem Schoß zu Fäusten geballt waren. Einen Augenblick lang betrachtete sie ihr Profil, aber dann wurde ihre Aufmerksamkeit wieder auf die Bühne gelenkt.

Die jüngste Tochter des Königs stolzierte umher und weigerte sich, ihrem Vater zu antworten. Oder sagte sie etwas, was ihm nicht gefiel? Charlotte begann zuzuhören, wobei ihre Ohren sich zunächst den alten musikalischen Versen verweigerten. Dann gewöhnte sie sich daran und die Worte wurden leicht verständlich. Das Publikum wurde ruhiger und lauschte aufmerksam. Als der erste Akt endete und eine dralle spanische Sängerin begann, von Kirschen und Zitronen zu singen, war es einen Moment lang still, bevor sich das Stimmengewirr in den Rängen erhob.

Charlotte sah wieder in die Loge unter sich. Irgendetwas an dem Gesicht der Tochter gefiel ihr.

»Will«, sagte sie leise und wandte sich zu ihm. Sie schenkte ihm ihr bezauberndstes Lächeln. Will wurde sichtbar weicher. Wirklich, dachte Charlotte, Männer sind solche Trottel. »Warum fragen Sie Ihre Freundin nicht, ob sie sich zu uns gesellen möchte?« Sie machte eine Kopfbewegung in Richtung der Frau in der Loge. »Es muss dort unten doch sehr unbehaglich sein so allein, nur in Gesellschaft der Eltern.«

Will wurde plötzlich kalt ums Herz. Er wollte nicht, dass man über Chloe lachte oder dass sich erfahrene Frauen der Gesellschaft über sie auf eine Art lustig machten, die sie nicht verstand. Er presste die Lippen zusammen. Charlotte legte eine Hand auf seinen Arm. »Ich würde sie wirklich sehr gern kennen lernen, Will.«

Will sah ihr mit seinen blauen Augen in die ihren und entspannte sich. Er hatte noch nie gehört, dass Charlotte

Daicheston sich schäbig oder gemein verhalten hatte ... also warum nicht? Er erhob sich und tauchte eine Minute später in der Loge der van Storks wieder auf. Chloes Eltern machten ihm höflich den Weg frei, obwohl er wusste, dass sie innerlich wegen des Affronts kochen mussten, den er an ihrer Tochter begangen hatte, indem er in die Loge einer anderen Frau gegangen war.

Er hockte sich neben Chloes Stuhl nieder. »Würde es Ihnen gefallen, den Brandenburgs Gesellschaft zu leisten?«

Chloe sah ihn erstaunt an. Ihre Augen sind blau, dachte er, so blau wie meine. »Warum?«, frage sie unverblümt.

Will fand keine gute Lüge. »Lady Charlotte hat darum gebeten.«

Chloes Gesicht verfinsterte sich. »Es ist nicht, wie Sie denken«, sagte Will eindringlich. »Charlotte ist nicht so.«

Chloe sah auf ihre Hände, die unabsichtlich den schwarzen Köper zerknüllten, aus dem all ihre Kleider genäht waren, weil ihre Mutter darauf bestand. Wie sollte sie zu dieser Loge hinaufgehen und sich zu dieser wunderschönen Frau setzen, die er so sorglos Charlotte nannte? Sie sehnte sich nach ihrem Zuhause, wo sie vielleicht eine Zahlenreihe für ihren Vater ausrechnen oder ihrer Mutter dabei zusehen konnte, wie sie Hemden für die Armen in Kisten packte.

Ihre Mutter beugte sich vor. »Liebste, wir sind einverstanden«, sagte sie mit niederländischem Akzent. Chloe erhob sich. Sie hatte kaum eine Wahl, wenn ihre eigene Mutter bereit war, sie dem Spott eines Haufens ... eines Haufens Pfauen preiszugeben! Tränen brannten in ihren Augen, als sie ruhig die Loge verließ und den roten Teppich entlangschritt. Zahlreiche Menschen wanderten, vom ersten Akt erschlagen, den Gang auf und ab und warteten sehnlichst auf die Pause. Chloe hielt den Kopf gesenkt, weil sie sicher war, dass alle sie anstarrten.

Als sie auf dem Treppenabsatz angelangt waren, stieß Will eine Tür auf, die mit einem kunstvollen Wappen geschmückt war. Die Tür führte in einen kurzen Gang, in dem es sehr dunkel war, da der Eingang zur Loge mit schweren Vorhängen dicht verschlossen war. Er hielt in der samtenen Dunkelheit einen Moment inne. Mit einer Hand hob er ihr Kinn und sagte: »Nur Mut!« Und dann berührte ganz leicht sein Mund den ihren. Chloe hielt die Luft an. Einen Augenblick lang herrschte Stille, dann hörte sie wieder Wills Stimme, die ziemlich überrascht klang. »Lassen Sie uns das noch einmal versuchen«, sagte er und sie fühlte mehr, als dass sie sah, wie er den Kopf neigte. Seine Lippen berührten ihre, dann zuckte sie zusammen, als seine Zunge sanft in ihren Mund glitt. Chloe riss den Kopf zurück.

»Nicht«, meinte Will mit ziemlich belegter Stimme, nahm sie in die Arme und zog sie an seine Brust. Dieses Mal waren seine Lippen eindringlich, fordernd, und sie öffnete die Lippen, als wüsste sie genau, was sie tat. Selbst durch das Fischbeinkorsett konnte er spüren, wie ein leichter Schauder der Erregung durch Chloes Körper lief. Sein Atem an ihren Lippen fühlte sich warm an und dann, er konnte nichts dagegen tun, ergriff er wieder Besitz von ihren Lippen. Er konnte kaum glauben, dass ein einfacher Kuss ihn derart aufwühlte. Seine Hände glitten ihren Rücken hinab. »Mein Gott«, sagte Will schließlich mit rauer Stimme. Er drehte Miss van Stork heftig um, zog die Vorhänge auf, die in die Loge führten, und schubste sie beinah hindurch.

Der zweite Akt hatte gerade begonnen. Will zog Chloe auf einen Stuhl und ließ es fürs Erste dabei bewenden, sie mit einem stummen Lächeln und einem Kopfnicken vorzustellen. Chloe war überrascht: Sowohl Charlotte Daicheston als auch Sophie York beobachteten aufmerksam die Bühne und ignorierten das Rascheln des Publikums um sie herum, obwohl viele dieser Leute nur die beiden Frauen ansahen. Sie hätte gedacht, dass Leute wie sie – deren Namen täglich in der Klatschkolumne zu finden waren – nur ins Theater gingen, um zu sehen und gesehen zu werden. Aber besonders Charlotte war so gefesselt, dass ihre Knöchel an der Brüstung weiß hervortraten. Chloe richtete ihre Aufmerksamkeit auf die Bühne. Der König, oder jetzt der ehemalige König, ging schwerfällig um das Haus seiner ältesten Tochter und verlangte von ihr, hundert bewaffnete Männer zu unterhalten.

Charlotte empfand ein gewisses Mitgefühl für Goneril, die älteste Tochter des Königs. Wer würde schon gern einen Haufen nutzloser Soldaten um sich haben wollen? Man musste nur die Probleme bedenken, die ihr Vater mit ihren etwa hundert Dienstboten hatte, und die waren nicht einmal bewaffnet. Die Männer gerieten ständig in irgendwelche Schlägereien und Campion unterhielt eine besondere Kasse, um die Bediensteten aus dem Gefängnis auszulösen. Trotzdem war es herzzerreißend, den alten König so völlig seines Schmucks, seiner ganzen Königswürde beraubt zu sehen.

Will seinerseits vermochte nicht, sich auf das Stück zu konzentrieren. Er war vollkommen verblüfft. Chloe sah sich das Stück an, wobei sich ihre Brust ruhig hob und senkte, als wäre auf dem Gang überhaupt nichts vorgefallen. Während er sich in seinen engen Pantalons ausgesprochen unwohl fühlte. Selbst die Beine übereinander zu schlagen half in Anbetracht der Nähe, in der sich Chloes Arm befand, nichts. Wenigstens bedeckte ihr Kleid jeden einzelnen Zoll ihres Körpers. Er sah sich den Teil ihres Armes, der sichtbar war, forschend an. Ihre Haut schimmerte in einem matten Cremeweiß und ihr Handgelenk war so zart, dass er fürchtete, es könne jeden Augenblick brechen. Er wechselte das Bein. Er musste über etwas anderes nachdenken.

Bis zur Pause langweilte Alex sich furchtbar. Er liebte

Shakespeare, aber verdammt noch mal, er selbst hatte *König Lear* gespielt, als er in Eton zur Schule gegangen war, und das hier war nicht *König Lear*. Das war dummer, verdorbener Schund. Er traute seinen Augen nicht, als der Narr anfing, einen irischen Jig zu tanzen. Es war offensichtlich, dass diese Cordelia nicht sterben würde, solange der Theaterdirektor seine Finger im Spiel hatte – und er hatte seine Finger im Spiel, das war nicht zu übersehen. Und wer waren diese neuen Figuren? Andere dagegen waren einfach gestrichen worden. Er wusste sehr gut, dass Gloucester einen Bastardsohn gehabt hatte, weil das die Rolle war, die *er* in der Schule gespielt hatte! Er war erleichtert, als der Vorhang am Ende des dritten Aktes endlich fiel.

Ohne darüber nachzudenken, half Alex Daphne lächelnd aus ihrem Sitz und schlug einen Spaziergang auf dem Gang vor. Daphne zeigte keine Überraschung, als er geradewegs auf die Treppe zusteuerte, die zur nächsten Etage führte.

»Ich würde mich freuen, Lady Charlotte wiederzusehen«, sagte sie schließlich, weil sie es satt hatte, neben einem stummen Begleiter herzugehen. Jetzt, da sie nicht mehr vom ganzen Publikum beobachtet wurden, schien der Graf keinen Anlass zu sehen, überhaupt zu sprechen.

Alex blieb stehen. »Bin ich so leicht zu durchschauen?«, fragte er mit einem charmanten, ironischen Lächeln.

»*Oui*«, erwiderte Daphne. »Sie verbergen Ihre Gefühle nicht sehr gut. Aber das ist schließlich kein englischer Charakterzug«, sagte sie nachdenklich.

Alex ging weiter, wenn auch langsamer. »Und Lady Charlotte?«, fragte er.

»Na ja!« Daphne zuckte auf sehr französische Art die Achseln. »Auch sie ist nicht in der Lage, sich zu verstellen.«

Als sie in der Loge der Brandenburgs ankamen, mussten sie feststellen, dass der Gang davor voller Männer war, die versuchten, sich bis zur Tür der Loge durchzudrängeln. Alle verstummten, als Alex und Daphne erschienen, und wie durch Zauberei zogen sich die Gentlemen zurück. Alex schritt ruhig durch die Menge. Der Lakai, der die Tür bewachte, zog seinen Hut, und Alex und Daphne verschwanden durch die Tür.

Das grelle Licht des Theaters blendete sie nach der samtenen Dunkelheit des Ganges. Der Marquis von Brandenburg drehte sich hastig um. Er hatte Jones angewiesen, keine Männer mehr in die Loge zu lassen. Es waren schon mehr als genug junge Stutzer hier, die am tief ausgeschnittenen Kleid seiner Tochter hingen. Er stöhnte auf, als er sah, wer die Abwehr des Lakaien durchbrochen hatte. O Gott! Eloise würde Gift und Galle spucken.

Aber der Graf von Sheffield und Downes verbeugte sich sehr höflich und stellte die zauberhafte Französin vor, die ihn begleitete. Die Augen des Marquis leuchteten auf. Er hatte eine ausgesprochene Schwäche für alles Französische und diese junge Dame, das sah er auf einen Blick, war ebenso vornehm wie seine Frau und weitaus schöner. Also trat Alex ohne Daphne nach vorn, die freundlich über die abgedroschenen Witze des Marquis lachte. Sie freute sich, endlich wieder die eigene Sprache zu hören. Die Leute hatten keine Ahnung, wie schwer es war, in einer fremden Sprache zu flirten, besonders in einer so uneleganten und wenig nuancenreichen wie dem Englischen.

Als Alex sich zwischen die Stühle drängte, entstand vorn in der Loge plötzlich Unruhe. Sophie York sprang auf, so dass ihre dünnen Röcke herumwirbelten, und lachte die vier Männer um sie herum an.

»Jetzt!«, sagte sie fröhlich. »Schnappen wir ein wenig frische Luft. Sie«, sie unterstrich ihre Wahl mit einem kurzen Antippen ihres geschlossenen Fächers, »Sie und Sie. Möchten Sie mich begleiten?«

Die drei Galane, die sie auserwählt hatte, stolperten über ihre eigenen Füße, als sie sich einen Weg durch die Hepplewoth-Stühle bahnten, die in der Loge verstreut standen. Als Sophie an Alex vorbeiging, hob sie den Kopf und nickte ihm zur Begrüßung zu.

»Mylord«, sagte sie gesetzt. Er hätte schwören können, dass ein kleines, verschwörerisches Lächeln ihre Lippen umspielte. Als Antwort erschien ein Leuchten in seinen Augen. Sophie setzte ihren Weg aus der Loge fort, verblüfft über Alex' sinnliche Anziehungskraft. Charlotte hatte wirklich Glück, dachte sie beinah wehmütig. Dann traten sie auf den Gang hinaus und verursachten einen ziemlichen Aufruhr, so dass alle Gedanken an Charlotte ausgelöscht wurden.

Aus dem Augenwinkel bemerkte Alex voll Interesse, dass Will sich leise mit der jungen Frau neben ihm unterhielt, statt über Charlottes Busen zu hängen. Er warf dem jungen Kavalier, der die Hand an die Rückenlehne des Stuhles legte, den Sophie soeben geräumt hatte, und sich gerade setzen wollte, einen drohenden Blick zu und der Mann zog die Hand so schnell zurück, als hätte er sich verbrannt. Dann verbarg er seine roten Ohren in seinem hohen, gestärkten Kragen. Alex lächelte ihm freundlich zu, als er sich selbst setzte. Einen Augenblick lang wandte Charlotte den Kopf nicht. Sie wusste natürlich, dass er hier war. Sie hatte es in der Sekunde gewusst, als er die Loge betreten hatte.

Alex streckte seine langen Beine aus und ignorierte die lautstarke Reaktion der Theaterbesucher, die ihre Sitze in der Hoffnung auf diesen Anblick nicht verlassen hatten. Lady Charlotte Daicheston und der Graf von Sheffield und Downes saßen Seite an Seite! Sarah Prestlefield, die soeben die Loge der Brandenburgs betreten hatte, um ihre liebe Freundin Eloise zu begrüßen, durchlief eine Welle der Befriedigung. Welch ein aufregendes Durcheinander. Wirklich schade nur, dachte die skandalliebende Seele, dass Charlottes Eltern nicht im Theater waren. Sie würde die ach so ruhige Adelaide zu gern angesichts der offensichtlichen Vorliebe ihrer Tochter für den Unmöglichen Grafen, wie jeder ihn nannte, außer Fassung sehen.

Schließlich konnte Charlotte nicht länger so tun, als würde sie dem Geschwätz des jungen Mannes zu ihrer Rechten aufmerksam lauschen. Sie wandte sich Alex zu, wobei unwillkürlich ein Lächeln ihre Augen erstrahlen ließ.

»Mylord.«

»Lady Charlotte.«

Es entstand eine kurze Pause. Alex verspürte den starken Wunsch, sich vorzubeugen und Charlottes Hals zu küssen. Dann würde er sie auf die Füße ziehen, zu seiner Kutsche tragen und ihr das bisschen Musselin, das sie ein Kleid nannte, vom Leib reißen. Sein Blick verfinsterte sich und er spürte, wie er hart wurde. Verdammt.

»Was halten Sie von dem Stück?«, fragte er und nickte in Richtung der jetzt leeren Bühne.

Charlotte dachte über seine Frage nach. »Die ersten beiden Akte haben mir sehr gut gefallen, aber der dritte war schwach ... Würde ein verrückter König wirklich nur mit seinem Narren durch das Moor streifen? Und warum ist dieser Affe plötzlich aufgetaucht?«

»Ja, der Affe.« Alex blickte finster drein. »Haben Sie in der Schule nicht Shakespeare gelesen?«, fragte er.

»Natürlich. Aber es gab viele Stücke, die wir nicht lesen durften, und in den anderen gab es immer schwarz ausgestrichene Textstellen.«

»Schwarz ausgestrichene Stellen? Was ist mit diesem Stück?«

»Wir haben *Lear* überhaupt nicht zu lesen bekommen. Obwohl ich mir nicht sicher bin, warum. Es scheint recht heiter zu sein, recht leicht.«

»Heiter! Der dritte Akte sollte bitter sein ... erschreckend.

Erinnern Sie sich an die Szene, als der König einen kleinen Jig darüber singt, so verrückt wie der Wind und der Schnee zu sein?«

»Das hat mir nicht gefallen.«

»Diese Verse sollten geschrien, nicht gesungen werden – brillante Verse, gesprochen von einem Mann, der vollkommen verrückt ist: verrückt wie der Wind und der Schnee.«

Charlotte dachte still darüber nach. »Auch die Verse holpern«, sagte sie. »Der Monolog des Königs über das Alter zum Beispiel war brillant, aber dann dieser Mann, wie heißt er noch? Reginald – er scheint in Prosa zu sprechen, nicht in Versen.«

Alex schauderte. »Das liegt daran, dass Reginald eine Verschönerung ist, die dieser Esel von einem Dramaturgen dem Stück von Shakespeare hinzufügen wollte. Es gibt im Original keinen Reginald.«

»Was für ein Glück Sie haben«, sagte Charlotte bedauernd. »Man hat uns in der Schule so betrogen.«

»Sie könnten die Stücke doch jetzt lesen.« Alex hatte nie herausfinden können, was gut erzogene junge Damen den ganzen Tag trieben. Männer kümmerten sich um Investitionen, trafen ihre Gutsverwalter und hielten Reden im Parlament, sie prügelten sich, spielten und hurten. Aber was machten Frauen? Er konnte sich erinnern, wie seine Mutter die Wäsche zählte und Essen zu den Armen trug, aber das war auch schon alles.

»O nein«, erwiderte Charlotte abwesend. »Ich arbeite den ganzen Tag und habe überhaupt keine Zeit mehr zum Lesen.«

»Sie *arbeiten*?«

Charlotte stockte. Sie hatte noch nie mit einem Mann über das Malen gesprochen. Sie würden sie sofort für eine Aquarellmalerin halten, die süße kleine Kränze und Blumen malte.

Charlotte sah Alex mit dem Anflug eines Lächelns ins Gesicht. »Wissen Sie, dass wir nicht einmal *Romeo und Julia* ganz lesen durften?«

Alex dachte nach. Sie hatten das Stück zwar nicht in der Schule gespielt, aber aus dem Kopf erinnerte er sich an nichts, was zensiert werden müsste.

Charlotte fuhr fort. »Meine Freundin Julia Brentorton – sie ist jetzt verheiratet und lebt im Ausland – hat herausgefunden, dass sie ganze zehn Zeilen gestrichen haben, das komplette Hochzeitsgedicht, Sie wissen schon, Julias Monolog, bevor Romeo die Strickleiter zu ihrem Fenster hinaufsteigt.«

»Natürlich!«, rief Alex verblüfft. »Denn er soll ruhn auf mir wie frischer Schnee auf eines Raben Rücken, wie Tag auf Nacht ...«

Charlotte wurde rot. Sie würde wie Schnee aussehen, wenn sie auf Alex' Brust lag; seine Haut hatte die Farbe dunklen Honigs. Sie riss ihre Gedanken davon los.

Alex interessierte sich mehr für Charlottes Bemerkung, dass sie arbeitete. »Welche Art von Arbeit?«, fragte er geradeheraus.

Glücklicherweise tauchte in diesem Moment Sophie, gefolgt von einer Herde Bewunderer, wieder auf.

»Charlotte, Liebste«, meinte sie mit jenem lachenden, schelmischen Unterton, der die Männer hinter ihr verrückt vor Begierde machte. »Dieses Stück hat mit Shakepeare nicht viel zu tun, richtig? Aber Lord Winkle hat einen wunderbaren Vorschlag ... wir ersparen uns die zweite Hälfte und gehen stattdessen nach Vauxhall.«

»Oh«, meinte Charlotte ziemlich töricht und ihr Blick suchte Alex'. Bei dem, was sie in seinen Augen sah, wurde ihr heiß. Sie war sich sicher, dass ihre Mutter ihr einen Ausflug nach Vauxhall in Begleitung von Alexander Foakes verbieten würde. In Vauxhall gab es zu viele schwach erleuchtete Wege und schattige Bäume.

»Was sagt deine Mutter dazu?«, fragte sie schließlich und sah zu Sophie auf.

»Es gefällt ihr nicht, aber sie ist einverstanden.« Sophie beugte sich nach vorn, so dass ihre Locken Alex' Wange streiften. »Ich glaube, mein Vater hofft auf eine *Amour* mit Miss Boch«, sagte sie leise, »und meine Mutter würde das Theater gern verlassen.«

Charlotte erhob sich sofort. Sie hatte das Gefühl, vor dem Gespräch mit ihrer Mutter lächerlich naiv gewesen zu sein. Es wäre ihr nie in den Sinn gekommen, dass der Marquis versuchen könnte, sein Interesse einer jungen Damen zu schenken, selbst wenn diese Französin war. Niemals würde sie die lebhafte Unterhaltung zwischen den beiden bemerkt oder geahnt haben, dass es der Marquise nicht gefallen könnte zu sehen, wie ihr Mann herzlich über Daphnes französische Bonmots lachte.

Will sah Chloe van Stork, die das Kommen und Gehen in der Loge mit großen Augen beobachtet hatte, fragend an. Sie warf ihm einen schnellen Blick zu und sah dann auf ihre Hände. Will dachte, dass es ihm ziemlich gut gefallen würde, Chloe in eine dunkle Ecke zu locken und sie wieder zu küssen. Er dachte an ihre weichen Lippen unter seinen.

»Wollen wir uns ihnen anschließen?«, fragte er mit honigsüßer Stimme.

»Vauxhall«, meinte Chloe. »Das würde meiner Mutter nicht gefallen.«

Aber als Chloe mit ihrem riesigen, blonden Kavalier in der Loge der van Storks erschien, überraschte ihre Mutter sie, indem sie liebenswürdig nickte. Katryn warf einen liebevollen Blick auf ihre ernste Tochter. Chloes Wangen waren rosig und ihre Augen leuchteten. Sie hatte Chloe in der Loge der Brandenburgs beobachtet und hatte ein schlechtes Gewissen. Chloe sah inmitten der fröhlich flatternden Kleider wie eine Krähe aus. Vielleicht waren ihre Vorstellungen in Bezug auf

Kleider etwas prüde. Sie wollte gewiss nicht, dass Chloe einen der kräftigen, drallen Niederländer heiratete, die in die Arbeitsräume ihres Mannes strömten, und auch wenn dieser Baron Holland zweifellos ein Mitgiftjäger war, so hielt sie ihn doch scharfsinnigerweise für einen ehrenwerten Mann.

»Hast du auch eine angemessene Begleitung?«

Will erklärte, dass der Marquis und die Marquise von Brandenburg die Gruppe begleiten würden.

»Ja, geh nur, Tochter«, sagte sie und nickte dem Baron zu. Er verbeugte sich höflich vor Chloes geistesabwesendem Vater. Ihr Vater war angemessen gekleidet, er trug ein elegantes Abendjackett, das über seinem dicken Bauch spannte, aber er wirkte zerstreut, als dächte er an seine Arbeit.

»Ah, hmph«, sagte ihr Vater zum Abschied. Ein kleines Lächeln erhellte Chloes Gesicht und sie drückte ihm einen Kuss auf den kahlen Kopf.

Sie legte ihre Hand auf Baron Hollands Arm und ignorierte das heimliche Prickeln, das sie bei seiner Berührung verspürte. Sie fühlte sich wie in einem Traum. Wie kam sie, die unscheinbare Chloe van Stork, dazu, mit Charlotte Daicheston nach Vauxhall zu fahren? In den letzten Monaten waren die Klatschkolumnen darauf bedacht gewesen, jeden einzelnen Schritt von Lady Charlotte aufzuzeichnen. Sie wusste mit absoluter Gewissheit, dass ihr Name morgen früh im *Tatler* erscheinen würde. Chloe erschauderte vor Erregung und sah zu Will Holland auf.

Seine blauen Augen sahen beinahe schwarz aus ... es muss das Licht in dem Gang sein, dachte Chloe. Er zog sie schnell die Treppe hinunter zu den Kutschen. Sie musste beinah rennen, um mit ihm Schritt zu halten.

»Sir«, keuchte sie und zog ihn leicht zurück.

Will drehte sich völlig überrascht um. Er dachte nur noch daran, Chloe in die Kutsche zu bekommen und sie wieder zu küssen; er konnte sich nicht erinnern, jemals so von etwas besessen gewesen zu sein, dass er die einfachsten gesellschaftlichen Tugenden vergaß.

»Ich bitte um Verzeihung«, sagte er. Und dann rutschte es ihm heraus: »Ich wollte Sie wieder küssen, in meiner Kutsche.«

Chloe bekam große Augen. Sie wusste, dass Will Holland ihr nur wegen ihres Geldes den Hof machte. Warum in aller Welt war er so begierig darauf, sie zu küssen? Das musste ein Teil der Routine sein. Will spürte, wie sie sich leicht zurückzog, und fluchte leise. Er legte ihre Hand wieder in seine Armbeuge.

»Ich werde Ihnen etwas sagen«, sagte er fest. »Wir werden zu den Kutschen schlendern und ich werde Ihnen kein Haar krümmen: würde Ihnen das gefallen?« Ängstlich wandte er sich ihr zu, um in ihre blauen Augen zu sehen.

Aber sie überraschte ihn wieder. Chloes Augen funkelten, sie genoss sein Unbehagen.

»Das würde mir gefallen«, erwiderte sie.

Will blickte wieder geradeaus. Gefallen? Was würde ihr gefallen? Das Schlendern? Oder dass er sie nicht berührte? Er zog ihre Hand enger an seine Seite und bremste bewusst seine Schritte. Chloe lächelte vor sich hin. Im Schneckentempo schritten sie zu den Kutschen.

Kapitel 10

Als die Kutschen sich bei Vauxhall trafen und die ganze Gruppe sich wieder versammelt hatte, waren sie etwa zwanzig Personen. Charlotte war einen Augenblick lang verärgert. Sie hasste große Gruppen, da man nie dazu kam, sich ernsthaft mit jemandem zu unterhalten. Außerdem war Alex sehr unaufmerksam und schlenderte mit einer Gruppe Männer voraus. Alle Männer rauchten Zigarillos und unterhielten sich laut über einen Boxkampf, der in der folgenden Woche stattfinden sollte. Charlotte ging neben Chloe van Stork zu dem hell erleuchteten Pavillon. Sie studierte noch einmal Chloes Profil und wurde neugierig. Ja, das war die Person, die sie als Nächste malen wollte. Chloe war sehr schön, auch wenn sie es nicht wusste, aber noch interessanter war ihr durch und durch ehrlicher Blick. Als ob sie immer mit der Wahrheit herausplatzen und sich nie in die glatten sozialen Mechanismen, in die Sophie hineingeboren worden war und die sie selbst sich in den letzten drei Jahren mühevoll angeeignet hatte, eingliedern würde.

»Miss van Stork«, sagte sie.

»Ja, Mylady«, erwiderte Chloe.

Mein Gott, dachte Charlotte. »Nennen Sie mich Charlotte«, sagte sie. »Setzen wir uns dort drüben.« Sie führte Chloe weg von dem kleineren Tisch, an dem sich bereits eine Gruppe Kavaliere drängte und Charlotte erwartungsvoll ansah, zu einem größeren Tisch.

Chloe setzte sich und fragte sich, wohin um alles in der Welt Will verschwunden war. Er hatte sich (insgeheim zu ihrer Enttäuschung) in der Kutsche wie ein vollendeter Gentleman benommen und auf dem Fußweg hatte sie ihn aus den Augen verloren. Die ganze Gesellschaft schien außergewöhnlich anständig zu sein. Für ihr unerfahrenes Auge wirkte der Marquis ein wenig angetrunken, und die Marquise etwas kühl und verärgert, aber daran war nichts Ungewöhnliches. Sie hatte bemerkt, dass die Ehen in der Londoner Gesellschaft ausnahmslos gespannt zu sein schienen. Vermutlich lag das an all dem Alkohol, den sie tranken. Er verbrannte das Gehirn, sagte ihre Mutter.

Lady Charlotte starrte sie äußerst seltsam an. Vermutlich gefiel ihr der Gedanke, ausnahmsweise mit einem bürgerlichen Mädchen zusammenzusitzen. Chloe hob ihr eigensinniges Kinn.

»Warum sehen Sie mich so ... durchdringend an, Lady Charlotte?«

Charlottes Gesicht glühte. »Das ist es! Das ist genau der Blick, den ich haben möchte!«

Chloe blickte verwirrt drein. Die Frau musste vollkommen verrückt sein. Wie seltsam, dass die Zeitungen das nicht erwähnten.

»Nein, nein«, meinte Charlotte hastig. »Sie verstehen gar nichts, nicht wahr? Ich male, müssen Sie wissen. Und ich würde Sie gerne malen.« Sie hielt inne. Chloe van Stork sah sie zweifelnd an.

Charlotte schenkte ihr ihr charmantestes Lächeln. Im Gegensatz zu Will gab Chloe keinen Zoll nach. Charlotte beugte sich über den Tisch. »Ich male nicht wie eine Dilettantin.« Sie stockte. »Darf ich Sie Chloe nennen?«

Chloe nickte stumm.

»Ich male wirklich. Und ich arbeite wie eine Verrückte an meinen Bildern«, sagte sie offen. »Ich würde gern ein Porträt von Ihnen malen, im Profil, glaube ich. Ja, das wäre das Beste.« Charlotte kniff die Augen zusammen und kaute unbewusst auf ihrer Unterlippe. »Meinen Sie, es wäre vielleicht möglich, dass Sie für mich sitzen? Für ein Porträt braucht man viel Zeit, um die sechs Wochen, aber ich würde Sie nicht jeden Tag brauchen. Ich arbeite von acht Uhr morgens bis eins; es wäre wundervoll, wenn Sie Zeit hätten.«

Chloe war völlig durcheinander. Jeder wusste, dass die Schönen der Gesellschaft den ganzen Tag nichts zu tun hatten. Sie saßen herum und zählten ihre Perlen. Sie schluckte reichlich ungraziös und starrte die exquisit gekleidete Frau auf der anderen Seite des Tisches an. *Sie* arbeitete wie eine Verrückte an ihren Bildern?

»Ich denke schon«, erwiderte sie schließlich zögernd. »Ich müsste aber meine Mutter fragen.«

»Natürlich. Vielleicht möchte sie Sie begleiten? Sie würde vermutlich nicht die ganze Zeit in meinen Atelier sitzen wollen, aber ich weiß, dass sich meine Mutter über ein wenig Gesellschaft freuen würde«, meinte Charlotte und vergaß unbekümmert den sorgfältig geplanten Tagesablauf der Herzogin.

Chloe versuchte vergeblich, sich vorzustellen, wie ihre Mutter gemütlich mit der Herzogin von Calverstill Tee trank.

»Das bezweifle ich«, antwortete sie unsicher. »Sie ist meistens schrecklich beschäftigt.« Dann hätte sie sich vor Scham die Zunge abbeißen können. Charlottes Mutter verbrachte wahrscheinlich die meiste Zeit des Tages auf einer Bettcouch. Charlotte könnte denken, sie wolle sie kritisieren.

Aber es wäre Charlotte, die gelernt hatte, wie man einen großen Haushalt führte, und genau wusste, wie viel Arbeit das war, nie in den Sinn gekommen, darin eine Beleidigung zu sehen. »Ja«, sagte sie abwesend. Sie starrte Chloe weiterhin ins Gesicht. Dann streckte sie eine Hand über den Tisch und klemmte ihr eine Haarsträhne hinters Ohr. Chloes Mädchen hatte ihr Haar unbarmherzig zu einem engen Zopfkranz geflochten, aber kleine Löckchen hatten sich gelöst.

Von der großen, weinbehangenen Laube aus, in der verstreut einige Tische standen, sah Will, wie Charlotte Chloes Haar ordnete, und runzelte die Stirn. Sie hatte doch wohl nicht vor, Chloe zu verwandeln, oder doch? So wie sie sich verändert hatte? Das gefiel ihm nicht. Chloe war Chloe und er wollte sie nicht in einem dieser durchsichtigen französischen Kleider sehen, die es zuließen, dass alle Männer ungehindert auf ihren Busen starrten. Er ging hinüber, baute sich hinter Chloes Stuhl auf und sah Charlotte finster an.

»Miss van Stork«, sagte er absichtlich förmlich. »Würden Sie mir bei einem Spaziergang Gesellschaft leisten? Wir könnten uns den mechanischen Zug ansehen.«

Chloe saß eine Sekunde lang vollkommen still da. Es war wirklich lächerlich, wie ihr das Herz bis zum Hals schlug, wenn sie seine Stimme hörte. Er war ein Mitgiftjäger, sonst nichts. Außerdem hatte sie alles darüber gelesen, wie er Lady Charlotte den Hof gemacht hatte.

»In Ordnung«, sagte Chloe kühl. Sie nickte Charlotte zu, schenkte ihr ein Lächeln und ging mit Will. Mit einem leichten Lächeln beobachtete Charlotte, wie sie sich entfernten. Sie war sich sicher, dass Will nicht mehr lange Junggeselle bleiben würde. Es hatte ihn erwischt, dachte sie. Sie zuckte die Achseln und sah in die braunen Augen des jungen Mannes, der rechts neben ihr saß.

»Lady Charlotte«, sagte er. »Möchten Sie ein Stückchen mit mir gehen?«

Charlotte war wenig begeistert. Sie liebte es nicht, mit fremden, jungen Männern auf dunklen Wegen spazieren zu gehen.

Erfahrungsgemäß versuchten sie ausnahmslos, sie zu küssen, in der festen Überzeugung, dass ihre meisterhaften Küsse jeden Widerstand brechen würden. Vauxhall war von Lustgärten und efeubewachsenen Mauern umgeben, die nachts nur schwach von chinesischen Laternen und Lampions erhellt wurden. Sie begegnete Sophies Blick und Sophie zwinkerte ihr mitfühlend zu. Sie selbst hatte alle Hände voll zu tun, drei Männer mit einer ähnlichen Mission abzuwehren. Unterdessen war es dem Marquis gelungen, Daphne Boch dazu zu überreden, mit ihm das Feuerwerk anzusehen, und die Marquise starrte mit verkniffenem Mund vor sich hin. Charlotte wollte nach Hause. Alex war nirgends zu sehen und überhaupt, was wollte sie eigentlich von ihm? In Anbetracht der Tatsache, dass er sofort nach ihrer Ankunft davongeschlendert war, konnte wohl micht die Rede davon sein, dass sie mit ihm hier war. Sie fühlte sich gedemütigt, verärgert und ziemlich müde.

Der junge, braunäugige Kavalier stand neben ihr und hielt ihr höflich den Arm hin. Sie sah bittend zu ihm auf. »Mylord, ich merke gerade, dass ich sehr erschöpft bin. Würden Sie so liebenswürdig sein, mich nach Hause zu begleiten?«

Glücklicherweise zeigte der ehrenwerte Peter Dewland keine Anzeichen wolllüstigen Fiebers angesichts der Aussicht, mit Charlotte Daicheston allein in einer Kutsche zu sein. Er nickte einfach. Charlotte entschuldigte sich bei der schmallippigen Marquise. Sophie war in Begleitung aller drei Kavaliere in der von Blütenduft schweren Nacht verschwunden. Alex war nirgendwo zu sehen. Charlotte legte ihre Hand leicht auf Peters Arm und sie brachen zu den Kutschen auf.

Sie befanden sich auf halbem Weg zum Wagenpark, als eine besonders schöne Feuerwerksexplosion den Himmel erleuchtete. Charlotte war so damit beschäftigt gewesen, sich auf den schlecht beleuchteten Ziegelsteinwegen zurechtzufinden, ohne sich die Zehen zu stoßen, dass sie dem nicht viel Beachtung schenkte. Aber jetzt rief Peter Dewland äußerst jungenhaft und charmant: »Lady Charlotte! Das müssen Sie sich ansehen!«

Eine scharlachrote Schlange wand sich um eine riesige Tigerlilie, die einen Moment lang da war und sich dann in nichts auflöste.

»Oh, wie wundervoll«, sagte sie.

»Meinem Bruder würde das schrecklich gut gefallen«, meinte Peter, während er noch zusah, wie die Funken in der Nacht verschwanden.

»Warum ist er nicht mit uns gekommen?«, fragte Charlotte. »Ist er zu jung?«

Peter wurde rot und sah seine Begleiterin an, er fürchtete, sie zu langweilen. Aber sie sah aufrichtig interessiert aus.

»Quill ist mein älterer Bruder – er hat sich bei einem Reitunfall das Bein verletzt«, antwortete er. »Er kann das Bett nur verlassen, wenn ihn jemand nach draußen trägt. Aber es verursacht ihm große Schmerzen und deshalb ...« Er verstummte.

»Oje«, sagte Charlotte mit dünner Stimme. Sie machte viel Wirbel um etwas so Dummes wie einen unpassenden Kavalier, der sie im Stich gelassen hatte, und der Bruder dieses Jungen war auf Dauer ans Bett gefesselt. »Wissen Sie, dass man hier Feuerwerkskörper kaufen kann? Sie könnten ihm welche mitbringen und in Ihrem Garten zünden und Ihr Bruder könnte sie vom Fenster aus sehen.«

»Oh, Lady Charlotte, das ist eine wundervolle Idee«, rief Peter. »Wissen Sie, wo die Feuerwerkskörper verkauft werden?«

Charlotte zeigte zurück auf den riesigen, erleuchteten Pavillon, den sie gerade verlassen hatten. »Ich glaube, dort hinten.«

Peter zögerte und wandte sich dann zum Gehen. »Ich werde morgen welche kaufen, Lady Charlotte, und meinem Bruder sagen, dass das Ihr Vorschlag war.«

Charlotte legte ihm eine Hand auf den Arm. »O nein! Wir sollten es heute Nacht tun, meinen Sie nicht? Ich würde Ihnen zu gern bei dem Feuerwerk helfen.« Plötzlich kam ihr ein Gedanke. »Ich bin mir allerdings nicht sicher, ob die Marquise uns begleiten möchte.« Sie konnte nicht irgendeinen Mann ohne Anstandsdame zu seinem Haus begleiten, auch wenn es für einen guten Zweck war.

»Meine Mutter«, sagte er so eifrig, dass er beinahe stotterte, »meine Mutter würde sich freuen, uns Gesellschaft zu leisten, da bin ich mir sicher. Ich glaube, sie kennt Ihre Mutter recht gut.«

Charlotte nahm dies mit Vorbehalt hin. Es war erstaunlich, wie viele Mitglieder der Londoner Gesellschaft behaupteten, ihre Mutter recht gut zu kennen; Adelaide war einfach nicht in der Lage, Menschen zurückzuweisen. Dennoch ... Charlotte war fest entschlossen, das Feuerwerk für Peters verletzten Bruder zu zünden.

»Gehen wir!«, sagte sie fröhlich. Sie machten sich auf den Weg zurück zum erleuchteten Pavillon. Eine leichte Brise ließ Charlottes schwarze Bänder um ihr schmales weißes Kleid tanzen. Alex, der am Rand des Pavillons stand und außer sich vor Zorn hinausstarrte, erkannte das Kleid sofort. Seine Augen verengten sich, dann durchströmte ein Glücksgefühl seinen Körper. Allmächtiger Gott, diese Frau würde ihn noch in den Wahnsinn treiben. Mit wem war sie überhaupt da draußen im Dunkeln? Die Marquise hatte ihm gesagt, Charlotte sei nach Hause gefahren, warum kam sie zurück? Er hatte sich selbst vorgemacht, dass er verärgert war, weil sie die Gesellschaft verlassen hatte, ohne sich von ihren Freunden zu verabschieden. In seinem Innern jedoch wusste er, dass er wütend war, weil sie es nicht für nötig gehalten hatte, sich von ihm zu verabschieden. Er war verschwunden, um ein Festessen aus delikaten Sandwiches zu ihrem Tisch bringen zu lassen, nur um bei seiner Rückkehr festzustellen, dass sein Mädchen (wie er sie in der letzten Woche in Gedanken stets genannt hatte) gegangen war und alle anderen irgendwo im Dunkeln herumwanderten. Nur die Marquise war noch da und starrte mit grimmigem Gesicht in die Dunkelheit. Er holte schnell einen Rumpunsch für sie und hatte beim Anblick von Charlottes flatternden Bändern, als sie zum Pavillon zurückkehrte, Mordgedanken.

Und jetzt ... er war glücklich und machte sich nicht die Mühe, seinen Stimmungsumschwung zu analysieren. Mit großen Schritten ging er Charlotte entgegen. Mein Gott, es war wirklich dunkel hier draußen. Kein Wunder, dass es so viele Diebstähle, Vergewaltigungen und Ähnliches in Vauxhall gab. Plötzlich überkam ihn Angst und er beschleunigte seine Schritte. Er hatte Charlotte und den jungen Gentleman, der sie begleitete, beinahe erreicht. Ein Blick auf Peter und er war beruhigt. Dieser Mann würde keine faulen Tricks im Dunkeln versuchen. Alex wich zur Seite aus und drückte sich in eine Hecke. Charlotte und ihr Begleiter gingen weiter. Alex wartete, bis Charlotte fast an ihm vorbei war, dann streckte er die Hand aus, ergriff eines der flatternden schwarzen Bänder und zog daran.

Sie drehte sich hastig um und riss ihm das Band aus der Hand. Ihre Augen funkelten ihn einen Augenblick lang an, bis sie ihn erkannte, dann spiegelte sich ein anderes Gefühl in ihren Augen wider ... er war nicht sicher, welches. Er ergriff noch ein Band.

»Sir«, sagte der junge Kavalier mit angespannter Stimme. »Die Dame würde es vorziehen, wenn Sie ihre Kleidung in Ruhe ließen.«

»Würden Sie das, Charlotte?«, fragte Alex und zog vorsichtig an dem Band. Charlotte machte gezwungenermaßen einen Schritt auf ihn zu. »Ziehen Sie es vor, dass ich Ihr ... Kleid in Ruhe lasse?«

Charlotte hob das Kinn und sah ihm in die Augen. »Gewiss,

Mylord. Ich bin mir nicht sicher, ob Sie es nicht bereits beschädigt haben.«

Alex' Augen glühten. Er zog noch stärker an ihrem Band und Charlotte machte wieder einen Schritt vorwärts. Zwischen ihnen war jetzt nur noch eine Handbreit Luft. Peter stand hinter Charlotte und konnte nicht sehen, wie Alex das Band losließ und seine Hände unter ihren Busen auf ihren Brustkorb legte. Charlotte schnappte nach Luft.

»Ich wollte nur sehen, ob ein Schaden entstanden ist«, sagte er mit einem schelmischen Grinsen.

Charlotte wusste nicht, was sie sagen sollte. »Wir wollen Feuerwerkskörper kaufen«, sagte sie schließlich und trat einen Schritt zurück. »Lord Dewlands Bruder kann das Bett nicht verlassen und wir hatten die Idee, einige Feuerwerkskörper zu kaufen und sie in seinem Garten zu zünden.«

Alex' Blick wanderte von Charlottes Gesicht zu Peter Dewland, der etwas abseits stand und nicht wusste, was er von den Mätzchen des Grafen halten sollte.

Plötzlich kam ihm Peters Gesicht vertraut vor. »Heißt Ihr Bruder Quill?«, wollte Alex wissen.

Peter nickte.

»Was für ein Narr ich doch bin«, sagte Alex wie vom Blitz getroffen. »Ich kenne Quill seit Jahren«, erklärte er Charlotte. »Wir waren zusammen auf der Schule. Es hat mir sehr Leid getan, als ich von diesem Unfall hörte.«

Peter sah den Grafen zweifelnd an, aber Alex fuhr in munterem Tonfall fort.

»Sie haben Recht!«, rief Alex und drehte Charlotte um. »Ich glaube, ich weiß genau, wo man Feuerwerkskörper kaufen kann.«

Eine halbe Stunde später hatte Alex die Teile der Gruppe zusammengetrommelt, die noch anwesend waren. Will hatte

Miss van Stork nach Hause gebracht und eine Nachricht für Charlotte hinterlassen, dass Chloe ihr um neun Uhr am nächsten Morgen ihre Aufwartung machen würde. Alex nahm das still zur Kenntnis. Er beabsichtigte, noch heute Abend herauszufinden, was seine Liebste mit einem Stadtfräulein zu dieser unchristlichen Morgenstunde vorhatte. Seine beiden französischen Freunde waren ebenfalls nach Hause gegangen, da Daphne verzweifelt versuchte, den immer vertraulicheren Bemerkungen des Marquis zu entkommen. Und nachdem die Marquise von ihren Plänen gehört und Peter ihr zugesichert hatte, dass seine Mutter als Anstandsdame fungieren würde, verfrachtete sie ihren betrunkenen Ehemann in eine Kutsche und brachte ihn nach Hause. Ein paar Kavaliere rümpften bei der Aussicht, einem Invaliden eine Freude zu machen, die Nase und schlenderten in die dunklen Wege davon, um eine willige Kurtisane zu finden, die es in Vauxhall reichlich gab. Deshalb brachen Sophie und Charlotte mit einem zusammengeschrumpften Kontingent von fünf Mann auf, Alex und Peter nicht mitgezählt, und nahmen eine wirklich wundervolle Auswahl an Feuerwerkskörpern mit.

Als man Alex mitgeteilt hatte, dass nur einfache Raketen offiziell verkauft wurden, brachte er seinen Titel ins Spiel und kam schließlich – mit Hilfe einer stattlichen Anzahl von Münzen – mit Mr Glister, einem Feuerwerksmeister von Vauxhall, und einigen seiner »besonderen Kreationen«, wie er sie nannte, wieder. »Ich mache das lieber selbst«, erklärte Mr Glister immer wieder ängstlich, »bei diesen da könnten Sie ganz leicht einen Finger verlieren. Die reißen Ihnen die Nase aus dem Gesicht.«

Erst als die Kutschen bei Peters dunklem Haus vorfuhren, spürte Charlotte eine Spur Besorgnis. Sie war erleichtert gewesen festzustellen, dass Peter in einer anständigen Gegend wohnte, nur zwei Häuser von ihrer Großtante Margaret entfernt. Und als Peter sie hineingeleitete, begrüßte ihre Mutter sie freudig; es schien, als hätten sie und ihr Mann, ein Viscount, gerade eine Partie Schach gespielt und die meisten Dienstboten zu Bett geschickt. Charlotte glaubte, die Viscountesse bereits mit ihrer Mutter gesehen zu haben, also war alles in Ordnung.

Mr Glister verschwand im Garten hinter dem Haus, um seine »besonderen Kreationen« aufzustellen, und Charlotte nahm glücklich ein Glas Champagner entgegen, das ihr jemand in die Hand drückte. Seit jener verhängnisvollen Nacht vor drei Jahren trank sie kaum Alkohol. Es hatte nicht lange gedauert, bis sie herausgefunden hatte, dass die Limonade, die Julia so begeistert getrunken hatte, mit Alkohol versetzt gewesen war. Und jetzt ... Sie betrachtete Alex, der unbekümmert am Kamin lehnte. Alex hörte Peters Vater zu, der lang und breit die außerordentlichen Bemühungen der Bow Street Runner, die zahllosen Mauthausdiebe zu fangen, beschrieb. Vielleicht war es der Champagner. Leichte Schauer der Erregung liefen ihr den Rücken hinunter. Sie war schrecklich froh, nicht nach Hause gegangen zu sein. Und als Alex auf- und ihr in die Augen sah, konnte sie sich nicht zurückhalten, ihm ein sehr vertrautes, schamloses Lächeln zuzuwerfen. Alex' Augenbrauen schossen hoch und er richtete sich auf.

Viscount Dewland schwatzte weiter vor sich hin. Alex ließ seinen Blick vielsagend über seine Liebste schweifen. Ihr herrlicher Haarschopf war noch zerzauster als gewöhnlich, eher eine Folge des Windes als der Frisierkunst. Mit ihren gewölbten Brauen und den grünen Augen war sie herzzerreißend schön. Er fühlte, wie er hart wurde, was angesichts der hautengen Pantalons, die als modische Abendkleidung galten, nicht tragbar war. Dennoch ... sein Blick wanderte tiefer zu ihren weichen Brüsten, die aus diesem weißen Kleid hervorsahen, als bäten sie darum, geküsst zu werden. O Gott! So ging das nicht.

Er befreite sich höflich von Viscount Dewland und ging zu Charlotte hinüber. Auf seinem Weg nahm er noch ein Glas Champagner. Er blieb dicht vor ihr stehen und seine glitzernden Augen sandten eine gefährliche, sinnliche Botschaft aus. Charlotte spürte, wie eine vertraute Wärme in ihr aufstieg. Woran lag das? Sie musste nur neben ihm stehen und wollte wieder mit ihm schlafen.

»Lady Charlotte«, sagte er ernst. »Sollen wir nachsehen, was unser furchteinflößender Mr Glister im Garten macht?«

Charlotte wurde starr. Das war der Moment der Entscheidung: Sollte sie mit ihm in den Garten gehen? Sie sah sich hastig um, aber keiner schien sie zu beachten. Dann begegnete sie Sophies Blick und Sophie zwinkerte ihr zu.

»Oh, Charlotte«, rief sie ihr über den Raum hinweg zu und ihre klare Stimme übertönte das Geplapper. »Vielleicht sollte jemand nach draußen gehen, um nachzusehen, was da vor sich geht. Wir können Lady Dewlands Gastfreundschaft nicht allzu lange in Anspruch nehmen.«

Alex bot Charlotte seinen Arm. Sie zögerte noch immer. Was würde er dort draußen im Dunkeln tun? Hatte sie sich nicht geschworen, nie wieder allein mit ihm nach draußen zu gehen? Sie wollte, dass er sie küsste, sehnte sich nach diesem heftigen, berauschenden Gefühl der Begierde, das sie überschwemmte, wenn ihre Lippen sich trafen. Aber sie wollte nicht ...

»Es ist eine wundervolle Nacht«, sagte sie und lächelte Sophie zu. »Warum gehen wir nicht alle in den Garten und sehen nach, ob Mr Glister etwas Hilfe gebrauchen kann?«

Alex bot ihr seinen Arm. »Lady Charlotte?« Und dann leise: »Feigling!«

Charlotte schnappte nach Luft und sah zu ihm auf. In seinen Augen spiegelte sich sein Verlangen, aber zugleich lächelte er.

Sie lächelte zurück und fühlte sich sehr wagemutig. »Sir, Ihre Vorliebe für die freie Natur macht mich sehr argwöhnisch.«

Alex reagierte auf das Lächeln, nicht auf die Worte. Wovon in aller Welt sprach sie nur? Er hatte sie bei einem Picknick geküsst – nicht dass das eine Rolle spielte. Sie hatte vollkommen Recht; es juckte ihm in den Fingern, ihr Kleid herunterzuziehen und ihre rosigen Brustwarzen in den Mund zu nehmen.

»Kommen Sie schon«, sagte er beinah barsch. Sie traten hinaus in die Nacht. Hinter dem Stadthaus der Dewlands erstreckte sich ein großer, gepflegter Garten. Charlotte fühlte sich ein wenig beschämt, weil sie an Peter gezweifelt hatte. Die Dewlands waren eindeutig ein alter und ehrbarer Adelszweig. Ihre Schwester Violetta war in solchen Dingen sehr bewandert. Sie konnte jedes Mitglied der Londoner Gesellschaft sofort einordnen und über seine oder ihre Vorfahren und ihren Adelsanspruch plaudern ... Charlotte hingegen hatte sich nie die Mühe gemacht, das zu lernen. Sie verbrachte ihre Zeit nicht mit der Lektüre von *Burkes Adelskalender*. Wie sollte sie auch? Es war auch so schon schwer genug, das Leben einer heiratsfähigen jungen Dame mit dem einer Teilzeitmalerin in Einklang zu bringen. Ihre Mutter wies sie immer wieder darauf hin, dass sie Schwierigkeiten bekommen würde, wenn sie einmal verheiratet war. »Wie willst du wissen, wie man eine Gesellschaft mit anschließendem Dinner organisiert?«, hatte sie gefragt. Charlotte hatte nur kurz an das langweilige Taktieren gedacht, das jeder Dinnerparty vorausging, vor allem in Bezug auf die heikle Frage der Rangordnung. Um ehrlich zu sein, war ihr der Gedanke an Heirat unendlich fern erschienen. Sie würde niemals eigene Dinnerpartys organisieren, also warum sich Sorgen machen?

Die ganze Gesellschaft strömte aus den großen Doppeltüren, die vom Salon aus in den Garten führten. Alex reichte Charlotte das Glas Champagner, das er getragen hatte. Charlotte hörte, wie Sophie entzückt aufschrie, als der Duft von Rosen durch die Luft strömte. Ihre drei Kavaliere stießen bei dem Versuch zusammen, als Erster für sie die vollkommene Rose zu pflücken. Alex führte Charlotte zu einer Bank in Sichtweite von Lady Dewland. Sie verspürte einen Hauch von Enttäuschung. Wollte er sie nicht weiter in die dunkleren Pfade, die zum hinteren Ende des Gartens führten, ziehen? Nicht dass sie so etwas zugelassen hätte, natürlich. Sie nippte an ihrem Champagner, legte den Kopf in den Nacken und fühlte, wie ihr die Locken über den Hals strichen. Es war jetzt so spät, dass es trotz Londons allgegenwärtigem Dunst möglich war, einige Sterne am Himmel zu sehen.

»Haben Sie den Artikel über den Kohlenstaub in der *Gazette* gelesen?«, fragte sie plötzlich. »Der Autor erörtert, dass Kohlefeuer nicht nur den Himmel verfinstern, sondern auch die Menschen, besonders Kinder, krank machen.«

Alex sah neugierig auf sie hinunter. Er hatte gedacht, dass die Schönen der Gesellschaft nur die Klatschseiten lasen.

»Ich glaube, dass er seinen Standpunkt zu vehement vertritt«, meinte er. »Es gibt keinen wissenschaftlichen Beweis für einen Zusammenhang zwischen dem Kohlenstaub und der Sterblichkeitsrate. Ich würde annehmen, dass die Kinder an der schlechten Ernährung sterben.«

»Warum husten sie dann?«

»Vielleicht haben sie eine Erkältung ... oder eine Lungenentzündung. Ich fand seinen Standpunkt interessant, aber ohne Beweise können wir Kohlefeuer nicht verbieten, wie er vorschlägt.«

»Aber Alex«, protestierte Charlotte, ohne überhaupt zu bemerken, dass sie seinen Vornamen benutzt hatte, »er hat geschrieben, dass man bei Autopsien von Kindern festgestellt hat, dass deren Lungen innen *schwarz* waren!«

»Na ja, die meisten dieser Kinder sind arm«, widersprach Alex. »Alles könnte die Todesursache gewesen sein!«

»Sie wissen so gut wie ich, dass nur bei Kindern der sehr Armen eine Autopsie vorgenommen wird.« Charlotte versuchte ihre Gefühle im Zaum zu halten. Sie nippte an dem Champagner.

»Ja, aber ich habe sehr selten Kinder meiner Freunde gesehen, die einen solchen Dauerhusten haben, wie er ihn beschreibt. Und wenn ich welche gesehen hätte«, sagte Alex, »würde ich Pippa sofort aufs Land bringen.«

»Genau das ist es«, meinte Charlotte geduldig. »Die Kinder der Adeligen verbringen die meiste Zeit des Jahres auf den Landgütern. Wir sind nur während der Saison in London – höchstens ein halbes Jahr. Wohingegen arme Kinder diese Luft die ganze Zeit einatmen.« Sie deutete mit der Hand in den Himmel. »Ich verbringe viel Zeit damit, mir über das Licht Gedanken zu machen«, sagt sie, »und Sie haben keine Vorstellung davon, wie anders es hier ist als auf dem Land. In der Stadt ist es fast nie wirklich *hell.*«

Alex betrachtete Charlotte mit neuem Respekt. Sie hatte ihn gerade mit ihren Argumenten geschlagen. Eine kleine Falte bildete sich auf seiner Stirn. Warum verbrachte sie viel Zeit damit, sich Gedanken über das Licht zu machen?

Er würde wetten, dass sie gerade nicht über Licht nachdachte. Sie hatte den Kopf zurückgeworfen, so dass ihr weißer, schlanker Hals zu sehen war, und ihre Augen waren geschlossen. Genauso würde sie aussehen, wenn sie auf ihm ritt, ihre Locken hemmungslos zurückgeworfen.

»Woran denken Sie gerade?«, fragte er mit rauer Stimme. Er strich ihr mit dem Finger über die Stirn, die kleine gerade Nase, und hielt bei ihren Lippen inne.

Charlotte öffnete die Augen. »An die Rosen«, erwiderte sie. »Sie haben einen so warmen Duft. Warum kann ein Geruch heiß sein oder kalt? Aber dieser Duft ist warm.«

Alex dachte eine Minute lang darüber nach. »Ich nehme

an«, sagte er ziemlich zweifelnd, »heiße Schokolade riecht warm.«

Charlotte lachte, ein wundervoller, fröhlicher Klang, dachte er. »Das meine ich nicht! Ich habe an Blumen gedacht. Fresien zum Beispiel riechen kalt.«

»Hm.« Alex fuhr mit dem Finger über ihr Kinn hinunter zu ihren Schlüsselbeinen. Er beugte sich vor und schnupperte geräuschvoll an ihr. »Sie riechen ...«, er hielt herausfordernd inne. Sie kicherte. Er war so nah, dass sie seinen Atem auf ihren Wangen spürte. »Sie riechen warm«, sagte er schließlich. »Sehr warm. Und leicht nach Orangenblüten.«

»Sehr klug«, meinte Charlotte beifällig.

»Ich habe einmal in einem Garten ein Mädchen getroffen, das nach Lavendel roch, und bis jetzt war das mein liebster Duft.« Er beugte sich so weit vor, dass seine Lippen ihre beinah berührten. Dann schnupperte er noch einmal lautstark an ihr. Sie kicherte wieder. »Ich glaube ...« Seine Lippen berührten jetzt ihre, federleicht. »Ich glaube, meine neue Vorliebe gilt Orangenblüten.«

Charlotte bebte leicht, doch Alex zog sich zurück. Er konnte sie nicht hier unter den Augen der Vicomtesse Dewland, geschweige denn vor Sophies Bande von Kavalieren, küssen. Im Mondschein waren seinen Augen pechschwarz, schwärzer als die Nacht, dachte Charlotte. Sie fühlte sich wie ein hypnotisiertes Kaninchen, das den Blick nicht von ihm abwenden konnte. Alex stand auf und zog sie auf die Füße. Er schien keine Schwäche zu verspüren, dachte sie und fühlte sich gedemütigt.

»Lassen Sie uns nachsehen, was Mr Glister mit den Feuerwerkskörpern anstellt? Ihre Mutter wird sich bald um Sie Sorgen machen.«

Mr Glister hatte sein Lager am Ende des Gartens aufgeschlagen. »Damit ich keinen verbrannten Fleck mache«, erklärte er mit ernster Miene. »Weil diese Gärten hier sind sehr schön, wirklich sehr schön, und ich möchte nicht, dass sie einen Makel hegen, nein, nein.«

Der Lakai, der hinter ihm stand, verdrehte die Augen. Charlotte unterdrückte ein Lächeln. Alex hatte ihre Hand genommen, als wäre das das Natürlichste auf der Welt, und während sie sich mit Mr Glister über die technischen Probleme, ein Feuerwerk ohne eine Plattform aufzubauen, unterhielten, genoss Charlotte die Wärme seiner Hand. Sie war so groß. Ihre Finger zitterten und sie fürchtete, er könnte es merken, deshalb strich sie ihm mit dem Daumen über sein Handgelenk. Er zeigte sich sehr erfreut und verstärkte sofort seinen Griff, ohne das Gespräch mit Mr Glister zu unterbrechen. Charlotte dagegen konnte an nichts anderes als seine Finger denken, die begonnen hatten, ihre Hand langsam und sinnlich zu massieren. Sie versuchte freundlich interessiert dreinzuschauen, obwohl sie tatsächlich kein einziges Wort hörte, das Mr Glister von sich gab.

Schließlich sagte Mr Glister: »Aye, Sir, aye. Es wird jetzt noch ein bisschen Zeit dauern. Warum sagen Sie nicht allen da oben im Haus Bescheid, dass sie aus den Fenstern sehen. Und das kleine kranke Kind auch.«

Alex steckte Charlottes Arm unter seinen und drehte sie lächelnd zum Haus. Das war auch nicht besser, dachte Charlotte verzweifelt. Er hielt sie so eng, dass sie die Wärme seines großen Körpers neben sich spürte. Sie fühlte sich, als stünde ihr Körper in Flammen. Wie sollte sie das verbergen? Wenn er es bemerkte, würde er sie für eine liederliche Schlampe halten. Damen kannten diese Gefühle nicht, das wusste sie genau. Ihre Mutter hatte niemals von der verzehrenden Leidenschaft gesprochen, die Charlotte aufwühlte.

Plötzlich blieb Alex stehen. Sie waren außer Sicht, abgeschirmt von einer Reihe Apfel- und Pflaumenbäume, die zu den Vorgärten führte. Er ließ ihren Arm fallen und stand einfach neben ihr.

»Wissen Sie«, sagte er, »ich glaube nicht, dass ich in den nächsten Minuten dort ins Licht hinausgehen kann.«

Charlotte sah verwirrt zu ihm auf.

»Warum denn nicht?« Sie neigte sich ihm instinktiv ein wenig näher zu. Er packte hastig ihre Handgelenke, stieß sie zurück und lachte laut los. Charlotte verging beinah vor Scham. Er hielt sie für ein Flittchen. Sie schluckte schwer.

Alex sah auf ihren gesenkten Kopf hinab und fluchte stumm. Dann streckte er eine Hand aus und zog sie in seine Arme. Warum nicht? Das hatte er tun wollen, seit er Charlotte an jenem Abend gesehen hatte. Ihr weicher Körper verschmolz mit seinem. Er konnte jede Rundung spüren, von der köstlichen Schwere ihrer Brüste, die an seiner Brust lehnten, zu der schlanken, flachen Taille. Gott. Das trug auch nicht gerade dazu bei, ihm zu ermöglichen, zu der Gesellschaft zurückzukehren.

»Charlotte«, flüsterte er ihr ins Ohr. Sie hielt den Kopf noch immer gesenkt, aber sie musste seinen Körper genauso deutlich spüren können wie er ihren. Aber wusste sie, was sie spürte?

Er fuhr ihr mit der Zunge über ihr zartes Ohr und ihr ganzer Körper erbebte. Alex strich ihr mit einer Hand über den Rücken.

»Charlotte«, sagte er noch einmal zögernd. »Wissen Sie, was Sie mit mir machen? Ich fühle mich wie ein Satyr aus einem klassischen Stück – die Art von Stück, die Sie euch in der Schule nicht lesen durften.« Seine Hände erreichten die köstliche Stelle an ihrem Rücken, wo ihr Gesäß sich zu wölben begann. »Es gibt auch einen guten Grund, diese Stücke nicht zu lesen. Satyre sind haarige, wolllüstige Tiere und niemand kann sagen, was junge Frauen denken könnten, wenn sie über sie läsen.« Er konnte nicht anders, er zog sie wieder an seinen Körper. »Sie könnten in den Wald laufen, um nach ihnen zu suchen ...« Seine Zunge wanderte ihren Hals entlang. »O Gott!«, sagte er laut und schob sie von sich.

Vollkommen verwirrt sah Charlotte auf. Seine Augen waren schwarz wie Ebenholz, als er einen Schritt zurücktrat und ihr durch das Haar strich. Im Mondlicht schimmerte das Silber seiner Haare. Charlotte streckte eine Hand aus und berührte eine Strähne.

»Hatte Ihr Haar schon immer diese Farbe?«, fragte sie.

»Es wurde so, als ich siebzehn war«, antwortete Alex, während er auf Charlotte hinabstarrte. War sie von dem Verlangen, das er spürte, unberührt? Er packte ihre Handgelenke. »Sehen Sie nicht ... sehen Sie nicht mein Haar an, Charlotte.«

Sie sah sein Haar an, weil sie zu schüchtern war, in seine Augen zu sehen. Und als sie es tat, schwindelte ihr vor Erregung. Alex lächelte leicht in sich hinein. Dieses Mädchen war nicht ungerührt, nein. Er hatte sie richtig eingeschätzt. Sie würde in seinem Bett ungehemmt und an seinem Tisch intelligent sein. Er würde keine bessere Frau finden. Sie war überhaupt nicht wie Maria, obwohl ... er sah genauer hin. Sie hatte ein dreieckiges Gesicht, genau wie Maria, und ihre Unterlippe war breit und voll, genau wie Marias. Aber das bedeutete gar nichts, beruhigte er sich. Hunderte von Frauen hatten solche Gesichtszüge.

Jetzt musste er sie beide so weit beruhigen, dass sie zu den Laternen hinausschlendern und der Gesellschaft mitteilen konnten, dass das Feuerwerk begann. Er zog sich noch weiter zurück und lehnte sich an einen Baum. Er konnte sehen, dass sie keine Ahnung hatte, was vor sich ging.

»Mylord«, sagte sie vorsichtig.

Alex unterdrückte ein Gefühl der Enttäuschung. Was war mit ›Alex‹ passiert?

»Sollen wir uns zu den anderen gesellen?«

Er blieb völlig ruhig und lehnte bequem an dem Apfelbaum. »Ich kann nicht«, sagte er einfach.

Sie sah ihn an, in ihren Augen spiegelten sich die wildesten Vermutungen.

Er seufzte. Das bedeutete wohl, dass sie keine Ahnung hatte, warum er als unpassender Ehepartner galt. Ihre Mutter war scheinbar noch nicht dazu gekommen, es ihr zu erklären. Aber er wollte nicht an dieses besondere Problem denken.

»Charlotte«, sagte er mit samtweicher, tiefer Stimme. »Komm her.«

Sie sah in an, rührte sich aber nicht.

»Charlotte.«

Sie ging zu ihm hinüber und blieb vor ihm stehen. Vorsichtig streckte er die Hände aus und legte sie ihr auf die Wangen. Dann ließ er sie langsam über ihren Körper, die sanfte Wölbung ihrer Brüste, über ihre schmale Taille bis zu ihren Schenkeln gleiten ... so weit es ging, ohne dass er sich vorbeugen musste. Sie erschauerte und er sah, wie sie sich nervös mit der Zunge über die Lippen fuhr, aber sie rührte sich nicht.

»Warum haben Sie das getan?«, fragte sie schließlich.

»Weil es nur fair war«, antwortete er unklar. »Jetzt«, er nahm ihre Hände und legte sie auf seine Wangen, »machen Sie das Gleiche.«

Charlotte starrte ihn mit ihren grünen Augen an. Sie wird es nicht tun, dachte er. Sie ist eine gut erzogene Dame, verdammt noch mal! Sie steht wahrscheinlich kurz davor, schreiend zum Haus zurückzurennen. Doch das Glitzern in seinen Augen provozierte sie. Genauso vorsichtig wie er strich sie ihm über die Wangen. Sie waren stachelig, die kleinen Härchen warfen Schatten auf sein Gesicht. Sie fuhr mit den Fingern langsam über die scharfen Stoppeln. Während er sie beobachtete, spürte Alex, wie er noch härter wurde, so weit das möglich war. Eine großartige Idee, dachte er, blieb aber reglos stehen.

Charlottes Finger wanderten nach unten, über seinen kräftigen, braunen Hals zu seinen muskulösen Schultern und seiner Brust. Dann zog sie ihre Hände weg.

»O nein«, sagte Alex mit seltsam tiefer Stimme, fing ihre Hände wieder ein und legte sie auf seine Brust. »Sie müssen weitermachen.«

Charlotte errötete. Er hielt sie an den Handgelenken fest und drückte ihre Hände an sich, dann führte er sie langsam, ganz langsam über seinen Körper. Charlotte spürte, wie sie feuerrot wurde. Ihr Herz raste. Auf der Höhe seines Schritts hielt er inne. Charlotte schnappte nach Luft. Unter ihrer rechten Hand war ein riesiger, geschwollener ... es pulsierte gegen ihre Handfläche. Alex sah auf sie hinunter, seine Augen im Mondschein rätselhaft schwarz. Sie entzog ihm ihre Hände und drehte sich weg. Da sie im Begriff war, zum Haus zurückzulaufen, packte Alex von hinten ihre Schultern und zog sie an seine Brust.

Seinen Lippen auf ihrem Nacken fühlten sich warm an. »Sehen Sie«, sagte er so leise, dass sein Atem ihre Nackenhärchen kaum bewegte. »Sie treiben mich in den Wahnsinn.« Er unterstrich jedes Wort mit einem Kuss. »Ich kann mich nicht erinnern, dass ich mich je so ... außer mir gefühlt habe.«

Trotz ihrer Verlegenheit spürte Charlotte, wie ein leichtes Lächeln ihre Mundwinkel umspielte. Sie lehnte sich ruhig an ihn. Er verschränkte die Arme über ihrer Brust und legte das Kinn auf ihren Kopf.

»Leider«, sagte er mit gespieltem Ernst, »wird mir diese vorsichtige Umarmung auch nicht helfen. Warum gehen Sie nicht vor und verständigen die Gruppe, dass das Feuerwerk bald beginnt? Ich werde zu Mr Glister zurückgehen und ihm meine Hilfe anbieten.«

Er sprach es zwar nicht aus, aber es war offensichtlich, dass er ihnen ein Alibi für die Zeit im Obstgarten verschaffte, wenn er bei Mr Glister blieb. Charlotte war seltsam leicht ums Herz. Wie er so an den Baum gelehnt dastand, sah er wie ein riesiger schwarzer Schatten aus. Sie machte einen Schritt auf ihn zu, beugte sich vor und drückte ihre Lippen auf seine.

»Ich wusste, dass diese klassischen Stücke einiges für sich haben«, sagte sie leise an seinen Lippen. »Ich könnte beginnen, mich dafür zu interessieren ... zum Beispiel für Satyre.« Sie drehte sich um und ihre schwarzen Bänder flatterten, als sie schnell auf die Lichter des Hauses zuging.

Alex fluchte noch einmal, dieses Mal laut. Diese Pantalons waren verdammt unbequem! Mit einem Grinsen eilte er zu Mr Glister. Sie war *sein*. Morgen würde er zu ihrem Vater gehen und ihm das mitteilen.

Dreißig Minuten später stand Alex hinter Charlotte, während herrliche Lichtexplosionen krachten, auseinander fielen und als Tropfen von grünem und goldenem Licht hinunterregneten. Seine Hände ruhten leicht auf ihren Schultern und er zog sie an sich. Charlotte schmiegte sich an ihn und fühlte sich nach all den heftigen Gefühlen der letzten Stunden seltsam zufrieden. Oben am Fenster beobachtete ein schmales weißes Gesicht, wie sich eine rote Mohnblume formte und gerade von einem steigenden Hengst gefressen zu werden schien. Sophie, die im Kreis ihrer drei Kavaliere stand, warf heimlich einen Blick auf Charlotte. Sie sah so glücklich, so strahlend aus. Sophie hoffte, dass die Viscountesse Alex' Hände auf Charlottes Schulter nicht bemerkte.

Was Charlotte betraf, so war sie es zufrieden, sich einfach an Alex anzulehnen. Sie verschwendete keinen Gedanken an Viscountesse Dewland oder den Lakaien oder irgendjemanden sonst, der sie sehen könnte. Sie hatte gerade entdeckt, dass ihr

Gesäß gemütlich an Alex' Oberschenkeln ruhte, und obwohl sich dort eine Minute zuvor noch nichts gerührt hatte, spürte sie, gerade als die Mohnblume in hundert leuchtend rote Funken zerstob, dass ... nun ja, sie spürte eben. Sie lächelte glücklich.

Kapitel 11

Am nächsten Morgen setzte Chloe sich um sieben Uhr in ihrem Bett auf und zog heftig am Klingelzug. Heute würde sie für ein Porträt sitzen! Nach ihrem Bad durchforschte sie die Reihe düsterer Kleider, die in ihrem Schrank hingen. Schließlich wählte sie ein einfaches weißes Morgenkleid aus. Vielleicht spielte es ohnehin keine Rolle. Ihre Schulfreundin Sissy hatte sich im Kostüm als Kleopatra porträtieren lassen. Und als Chloe das Porträt bewundert hatte, hatte Sissy erzählt, dass das Kostüm nicht wirklich existierte und ihre Mutter ihr nie erlauben würde, etwas Derartiges zu tragen, solange sie nicht verheiratet war. Chloe hatte die goldene Schlange, die sich um Sissys Taille wand und deren Kopf sich genau unter Sissys rechter Brust befand, angestarrt und Sissys Mutter von Herzen Recht gegeben, obwohl sie das nie gesagt hätte.

»Nun, mein Fräulein, du wirst uns also heute nicht helfen, die Krageneinfassungen fertig zu stellen?«, meinte ihre Mutter streng, aber Chloe sah, dass sie sich freute. Warum sonst hatte Katryn ihre Tochter auf eine ungeheuer teure Schule geschickt, wenn sie nicht wollte, dass sie sich in höheren Kreisen bewegte? Im Grunde war ihre Mutter höchst entzückt, obwohl sie dieses Gefühl in Gegenwart ihres Mannes nie gezeigt hätte, dem der Gedanke, dass Chloe sich der Aristokratie anschloss, deutlich missfiel. Aber von dem Augenblick an, als Katryn van

Stork gemerkt hatte, dass ihre einzige Tochter sehr hübsch, wenn nicht schön, werden würde, hatte sie Pläne geschmiedet. Also strahlte sie ihren mit Butter bestrichenen Toast an und hielt den Mund.

Genau in diesem Augenblick betrat ihr schrecklich steifer Lakai das Frühstückszimmer und verbeugte sich. Mrs van Stork zuckte zusammen. Er bewegte sich wie eine Schlange, dieser Peter.

»Blumen für Miss van Stork«, verkündete Peter.

Als würde er ein Begräbnis ankündigen, dachte Katryn verärgert. Chloe bekam große Augen. Peter hielt etwa fünf oder sechs Sträuße noch taufrischer Veilchen in Händen. Sie sahen aus, als wären sie vor nicht mehr als zehn Minuten gepflückt worden. Peter eilte um den Frühstückstisch, während Chloe ungeduldig wartete. Er verbeugte sich vor ihrem Stuhl und schließlich riss sie ihm die Blumen aus den Händen. Peter ging und suchte an der Decke nach einer Antwort, warum er für einen reichen Kaufmann und nicht für einen großen Lord arbeitete. Weil sie mehr zahlen, dachte er pragmatisch.

Chloe zog mit zitternden Fingern die Karte zwischen den Veilchen hervor. Dann lachte sie beinahe überrascht auf. Sie waren nicht von Will – oder Baron Holland, korrigierte sie sich hastig. Stattdessen hielt sie eine elegant bedruckte Karte in Händen, auf der am unteren Ende der Name *Charlotte Daicheston* stand. In beinah männlich wirkender Schrift stand dort die Nachricht: *Ich freue mich sehr auf unsere Verabredung. Lassen Sie es mich wissen, wenn Ihnen ein anderer Zeitpunkt besser passt.* Unterschrieben war die Karte in ausladender, selbstsicherer Handschrift mit *Charlotte*.

»Von wem ist das?«, schnauzte ihr Vater von seinem Tischende. »Von diesem Laffen, der gestern Abend hier gegessen hat?« Er hatte nicht verstanden, was es damit auf sich hatte, dass Baron Holland Lady Charlotte kurz aufgesucht hatte, aber er glaubte einen Mitgiftjäger zu erkennen, wenn er einen sah. Obwohl er zugeben musste, dass der Baron erträglicher war als die meisten der zügellosen, nutzlosen Aristokraten, die er durch die Stadt spazieren sah. Er schien zumindest *etwas* vom Handel zu verstehen, was man von der Mehrheit der Männer, die seine Tochter traf, nicht behaupten konnte.

»Nein, Papa«, antwortete Chloe mit leuchtenden Augen. »Es ist eine Nachricht von Lady Charlotte Daicheston.«

»Hmpf«, sagte ihr Vater. »Diese Frau stand schon wieder in der Zeitung.«

»Oh. Darf ich sehen, Papa? Das heißt, wenn Sie fertig sind.«

»Fertig? Ich lese die Klatschseiten nicht, mein Fräulein!« Seine Familie umging taktvoll die Frage, woher er dann wusste, dass Charlotte Daicheston in der Zeitung stand. Chloe ging die Klatschseiten durch.

»Oh, Mama!« Sie schnappte nach Luft. »Offensichtlich haben Charlotte und ihre Freunde gestern Abend veranlasst, dass ein Feuerwerk für einen armen kranken Mann gezündet wurde, nachdem wir Vauxhall verlassen haben.« Chloe bemerkte in der Aufregung nicht einmal, dass sie Charlottes Vornamen benutzte. Sie las den ganzen Artikel laut vor, der in allen Einzelheiten beschrieb, welche Feuerwerkskörper gezündet worden waren und wie die verschiedenen Menschen reagiert hatten, besonders der Kutscher eines Phaeton, dessen Pferde von einem plötzlich aufblühenden, riesigen Pferd am Himmel erschreckt worden waren. Den scharfen Kommentar des Fahrers tat der Journalist jedoch als Missgunst ab und schloss mit der Bemerkung, wie wenig Leute sich in diesen Tagen die Mühe machten, den Kranken und Invaliden eine Freude zu bereiten. Mrs van Stork lächelte. Sie selbst verbrachte die meiste Zeit damit, für die arme Bevölkerung Londons Kleider zu nähen; Lady Charlotte bekam sofort einen Ehrenplatz in der Schar der wohltätigen Menschen in London, die sie kannte – oder von denen sie wusste. Selbst Mr van Stork brummte beifällig, als Chloe den Artikel zu Ende gelesen hatte.

Kurz bevor sie ging, steckte Chloe sich einige Veilchen an ihr weißes Kleid. Sie ging zu Charlottes Haus ... und vielleicht, man wusste ja nie, vielleicht sah sie Will dort. Im Gegensatz zu ihrem Vater machte sie sich keine falsche Vorstellung davon, was es zu bedeuten hatte, dass Charlotte Baron Holland gestern Abend mit einem Nicken zu sich gerufen hatte. Vielleicht, dachte sie und schnappte ob dieses Gedankens nach Luft, waren sie *Geliebte*! Chloes gesunder Menschenverstand meldete sich zu Wort. Charlotte war einfach so schön, dass kein Mann ihrem Ruf widerstehen konnte. Nun ja, dachte Chloe, sie würde einfach darauf hoffen müssen, dass Charlotte sich von Will abwandte. Den Klatschkolumnen war zu entnehmen, dass Charlotte womöglich den ›Unmöglichen Grafen‹ heiraten würde, wer auch immer das war. Ihre Mutter hatte die Lippen fest aufeinander gepresst, als Chloe fragte, um wen es sich handle und warum er unmöglich sei.

Als sie bei Calverstill House ankam, zitterte sie vor Aufregung. Vielleicht hatte Charlotte es sich anders überlegt? Warum in aller Welt sollte sie Chloe überhaupt malen wollen? Sie bekam große Augen, als sie in die Eingangshalle des Stadthauses der Calverstills geführt wurde. Sie war natürlich schon in vielen Häusern der Aristokratie zu Gast gewesen. Ihre Freundin Sissy Commonweal hatte sie während der Schulferien öfter zu sich eingeladen. Aber dieses Haus war anders. Der Boden der Eingangshalle schien aus vier oder fünf verschiedenen Schattierungen von grünem Marmor zu bestehen und die Decke wölbte sich mit einer Fülle von Cupidos und ruhenden Göttern über ihr. Sie war so überwältigt, als der Butler sie in einen eleganten Salon geleitete, dass sie ihren Blick fest auf den Boden heftete. Hier lag bestimmt ein Fehler vor! Leute, die in Häusern wie diesem wohnten, malten keine Porträts.

Aber dann hörte sie, wie jemand leichtfüßig die Treppe hinunterlief, und Charlotte Daicheston betrat das Zimmer.

»Ich bin so froh, dass Sie gekommen sind!«, sagte sie.

Chloe sah Charlotte an wie ein Ertrinkender den Rettungsring. Sie war so unglaublich schön, aber mehr als das, sie war *warmherzig*. Chloe erhob sich, um sie zu begrüßen. Sie schwankte ein wenig.

»Sind Sie sicher ...«

»Natürlich bin ich mir sicher! Ich arbeite schon seit etwa einer halben Stunde, um alles vorzubereiten. Aber lassen Sie mich Ihnen erst meine Mutter vorstellen.« Chloe erbleichte. Sie hatte nicht damit gerechnet, eine so bedeutende Persönlichkeit wie eine echte Herzogin kennen zu lernen. Aber Charlotte führte sie rasch die breite Treppe hinauf und dann nach links.

»Das ist der Morgensalon.« Charlotte stieß die beiden vornehmen, großen Türen auf. Chloe fand sich auf der Schwelle eines blassgoldenen Zimmers wieder, dessen Batistvorhänge leicht im Wind flatterten. Das Sonnenlicht durchflutete den Raum und die Möbel wirkten eher bequem als elegant. Sechs oder sieben Frauen, einige davon eindeutig Dienstboten, saßen um einen großen Tisch und nähten. Charlottes Mutter erhob sich und kam auf sie zu. Sie war eine überraschend große Frau mit einem sehr gewinnenden Lächeln, die Chloes Hand nahm und sich nach ihren Eltern erkundigte. Dann bat sie sie, sie zu entschuldigen.

»Wir sind gerade dabei, einen Satz von zwanzig Jungenhemden fertig zu stellen, die dringend im Bellview-Waisenhaus gebraucht werden«, sagte sie entschuldigend. »Sonst würde ich Sie in Charlottes Atelier begleiten. Aber ich bin sicher, es wird Ihnen gefallen.« Sie lächelte Chloe zerstreut an.

Chloe erwiderte ihr Lächeln. »Als ich gegangen bin, war meine Mutter auch gerade dabei, Hemden fertig zu stellen – für Erwachsene, nicht für Kinder.«

»Es nimmt einfach kein Ende«, meinte Charlottes Mutter mit hilfloser Gebärde. »Es kommt mir vor, als würden wir nähen und nähen, und überall sehe ich Leute, die nur Lumpen tragen.«

Charlotte und Chloe machten einen Knicks und gingen am nächsten Stockwerk vorbei die Treppe weiter nach oben. Dann wurden die Stufen, die in den vierten Stock führten, schmaler und steiler.

»Dies ist eigentlich die Etage für die Kinderzimmer«, meinte Charlotte über die Schulter hinweg. »Aber jetzt gibt es hier natürlich keine Kinder mehr und deswegen haben meine Eltern aus dem Kinderzimmer mein Atelier gemacht.«

Sie hielten in der Tür eines großen, weiß gestrichenen Raums inne. Überall an den Wänden befanden sich Kerzenleuchter, große, kleine, vergoldete, zerbrechlich aussehende, ein Paar, das mit Muscheln bedeckt war. Chloe stand der Mund offen. Es gab auch einen scheußlichen großen Kerzenleuchter, der wie die Äste eines Baumes aussehen sollte, und einen, der wohl aus dem ursprünglichen Kinderzimmer stammte, denn er stellte Noahs Arche dar, wobei aus einigen der Tierköpfe Kerzen ragten.

»Oh«, lachte Charlotte. »Ich habe ganz vergessen, wie seltsam der Raum aussehen muss. Wissen Sie, ich brauche Licht mehr als alles andere. Deshalb haben wir alle Kerzenleuchter, die auf dem Dachboden lagen, aufgestellt, und einen der Lakaien mit dem Auftrag zum Trödelmarkt geschickt, alles, was er finden konnte, zu kaufen. Und das ist das Ergebnis.«

Chloe sah sich langsam um. Die Leuchter waren in einem Abstand von einem Fuß an der Wand befestigt und in jeder Halterung befand sich eine rein weiße Kerze.

»Die Dienstboten ersetzen die Kerzen jeden Morgen«, fuhr Charlotte fort. »Ich werde schrecklich wütend, wenn die Kerzen herunterbrennen, weil sich das Licht ändert, wenn eine ausgeht. Mrs Simpkin – unsere Haushälterin – hat entschieden, dass die Kerzen zuerst hier aufgestellt werden. Sie werden jeden Morgen ausgetauscht und kommen dann in die anderen Räume, zum Beispiel in die Schlafzimmer. London ist wegen des Kohlenstaubs so düster, dass ich nur bis gegen elf Uhr morgens mit natürlichem Licht malen kann, und oft nicht einmal das.«

Chloe nickte. Sie hatte noch nie so viele Wachskerzen in einem Raum gesehen. Ihre Mutter war keine Pfennigfuchserin, wie sie sagte, aber trotzdem benutzten sie Wachskerzen sehr sparsam und in allen Schlafzimmer standen Talgkerzen. Sie betrat langsam den Raum. Vor einer breiten Fensterfront stand eine Staffelei. Als sie davor stehen blieb, war sie wie gelähmt. Das Bild war eine lachende Version der jungen Frau, Sophie, die sie am Abend zuvor im Theater kennen gelernt hatte. Sophie wirkte so *lebendig*, als würde sie gleich von der Leinwand springen. Sie sah überhaupt nicht verträumt oder steif aus wie die Porträts, die jedes Jahr in der *Royal Portrait Gallery* ausgestellt wurden.

»Ich habe es hervorgeholt, damit Sie meine Arbeit sehen können. Gefällt es Ihnen?« Chloes kleines Gesicht war wie ein Stimmungsbarometer, jedes Gefühl zeichnete sich deutlich ab. Im Moment sah sie entsetzt aus, aber hoffentlich nicht wegen des Bildes.

Chloe wandte hastig den Kopf. Charlotte klang doch tatsächlich etwas besorgt! »Es ist großartig«, erwiderte sie stockend. »Aber ... warum möchten Sie mich malen? Sie ist so strahlend und ich bin so gewöhnlich.«

»Das ist natürlich Unsinn«, entgegnete Charlotte. »Sie sind schön, wie Sie wahrscheinlich selbst wissen. Aber das spielt keine Rolle. Wenn Sie nicht eingewilligt hätten, hätte ich mir überlegt, Campion, unseren Butler, zu malen. Ich möchte einen Ausdruck, kein Gesicht. Sehen Sie – als Sophie hier war, habe ich versucht, Sophie *selbst* einzufangen, nicht nur ihre schönen Gesichtszüge.«

Chloe sah das Bild genau an. »Oh«, sagte sie schließlich. »Sie ist sehr, hm, verlockend, nicht wahr?«

Charlotte strahlte. »Ja. Und das ist Sophie als Mensch auch.« Chloe dachte an die hungrigen Augen der Männer, die Sophie York am Abend zuvor umringt hatten.

»Ja«, meinte sie. »Aber da ist noch etwas anderes ...«

»Es ist für sie nur Spaß«, sagte Charlotte. »Sie ist aufreizend, aber nicht *wirklich* verführerisch. Was ich damit meine, ist, dass sie selbst davon unberührt bleibt.« Charlotte fragte sich ernsthaft, ob sie einem jungen, unschuldigen Mädchen gegenüber so deutlich sein sollte. Aber abgesehen von Sophie war Chloe erst die dritte Person, die das Bild sah, und die erste, die sich die Mühe machte, es genau anzusehen.

»Ich verstehe«, sagte Chloe langsam. »Man sieht es an dem Mund. Sie sieht – ja, sie sieht wie die Göttin Diana aus. Nicht dass ich weiß, wie Diana aussieht«, fügte sie etwas verwirrt hinzu. »Aber als Göttin ist sie unglaublich schön, aber sie hat alle Männer abgewiesen, das ist doch richtig, oder?«

»Daran habe ich nie gedacht«, erwiderte Charlotte. »Ich bin nicht sicher, ob ich dem zustimmen würde ... Ich habe immer gedacht, dass das Bild eine Person darstellt, die mit einem Feuer spielt, das sie nicht versteht – *noch* nicht.«

»Ah«, sagte Chloe. Jetzt verstand sie vollkommen. Noch vor zwei Tagen hätte sie sich ohne zu zögern genau wie Sophie eingestuft, außer dass sie nicht einmal mit ihrer Verführungskunst spielte. Aber gestern war in ihr ein Gefühl entflammt, von dessen Existenz sie nichts gewusst hatte, bis Will sie küsste.

Sie wandte sich wieder Charlotte zu, ohne etwas zu sagen, aber Charlotte erkannte sofort, dass Chloe keine dumme, ahnungslose Maid war. Chloe war so schweigsam, dass man Gefahr lief, sie für naiv zu halten. Charlottes Freude auf das Porträt wuchs von Minute zu Minute.

»Was soll ich machen?«, fragte Chloe höflich.

Charlotte führte sie zu einem bequemen Diwan. »Ich möchte einfach, dass Sie dasitzen. Sie müssen Ihren Kopf nicht in einer bestimmten Stellung halten und können sich auch bewegen. Ich werde die nächsten Stunden damit verbringen, eine ganze Reihe von Skizzen von Ihrem Gesicht im Profil und von vorn zu zeichnen. Dann werde ich, wie ich Ihnen gestern Abend gesagt habe, eine Weile allein weiterarbeiten und einen Entwurf machen. Und dann werde ich Sie bitten, zu einer weiteren Sitzung zu kommen, wahrscheinlich nächste Woche.«

Chloe setzte sich, fühlte sich aber sehr gehemmt. Charlotte zog sich rasch eine große Küchenschürze über den Kopf und setzte sich mit einem riesigen Zeichenblock auf dem Schoß vor sie hin. Sie begann Skizzen zu machen und das einzige, was Chloe sehen konnte, waren die schnellen, sicheren Bewegungen ihres Handgelenks. Zuerst stellte Charlotte ihr einige Fragen, aber Chloe konnte sehen, dass sie nicht wirklich reden wollte. Also verstummte Chloe einfach und dachte an Will. Will gestern Abend ... im Gang ... in der Kutsche, vor ihrem Haus.

Charlottes Hand zitterte. Was in aller Welt geschah mit Chloe? Das zurückhaltende, ernste Mädchen, das sie am Abend zuvor kennen gelernt hatte, verwandelte sich in eine leidenschaftliche Frau, die eine glühende Sexualität ausstrahlte. Konnte es sein, dass sie, Charlotte, die Naive war? Sie hatte die Welt nicht so gesehen, wie sie war, bis Alex auftauchte und ... Charlotte starrte finster vor sich hin. Sie war sich nicht sicher, ob ihr diese neue Welt voller umherschweifender Ehemänner und junger, liebestoller Mädchen gefiel. Aber vielleicht war ja Charlotte liebestoll und legte dieses Gefühl in das Gesicht einer ernsten holländischen Maid? Charlotte betrachtete die Skizze auf ihrem Schoß und die Blätter, die wie Laub rings um ihren Stuhl gefallen waren. Nein. Ihr Bleistift log nicht. Das tat er nie. Der Gedanke beruhigte sie und sie fing an schneller zu skizzieren, um Chloes Zurückhaltung, das Wesen ihrer extremen Selbstkontrolle einzufangen, die sich auf faszinierende Weise mit ihrer glühenden Sinnlichkeit die Waage hielt.

Nach etwa einer Stunde hatte Charlotte ihren Rhythmus gefunden. Und sie machte Fortschritte. Manche Skizzen beinhalteten genau das, was sie haben wollte. Beispielsweise hatte sie auf einem der Blätter auf dem Boden Chloes Blick eingefangen. Und irgendwo lagen ihr schönes, ruhiges Kinn und ihr Hals in Kohle, nicht in Bleistift. In ihrer Vorstellung begann das Porträt Gestalt anzunehmen, als sie plötzlich unterbrochen wurde. An der Tür des Ateliers ertönte ein lautes Klopfen.

»Was zum *Teufel*!«, rief Charlotte völlig undamenhaft und sprang auf.

Chloe staunte zum zweiten Mal, seit sie das Atelier betreten hatte, mit offenem Mund. Sie hatte eine Dame noch nie so fluchen hören.

Charlotte war fuchsteufelswild. Chloe hatte sich erst vor zehn Minuten entspannt. Vierzig Minuten lang waren ihre Schultern angespannt und unnatürlich gewesen. Alle im Haus wussten, dass sie diesen Raum während ihrer Arbeitsstunden nicht betreten durften.

Eine große Hand griff nach der Tür und öffnete sie. Als Charlotte eine Stimme hörte, die Campion erklärte, dass er, verdammt noch mal, nicht warten würde, machte ihr Herz einen Sprung. Es war Alex, der Campions Proteste freundlich, aber bestimmt zurückwies. Er musste dem Butler die Treppen hinauf gefolgt sein, denn normalerweise hätte Campion einem

Fremden nie erlaubt, die oberen Stockwerke des Hauses zu betreten.

Charlotte richtete sich auf und presste die Lippen aufeinander, als Alex den Raum betrat. Sie war darauf vorbereitet, ihm die Standpauke seines Lebens zu halten, als sie bemerkte, dass er nicht allein war. Vor ihm her trippelte Pippa und marschierte mit ihren drallen Beinen zielstrebig auf den wundervollen Berg Papier zu, den sie vor sich entdeckt hatte.

»Halten Sie sie auf!«, schrie Charlotte. Alex gelang es, die große, gestärkte Schleife am Rücken von Pippas Kleid zu fassen zu kriegen, als sie gerade im Begriff war, in den Blätterhaufen einzutauchen. Charlotte lief umher und sammelte die Blätter ein, während Alex seine kreischende Tochter zurückhielt. Chloe erhob sich von der Couch.

»Wie geht es Ihnen, Mylord?«, fragte sie in ihrer ruhigen Art. »Sie haben mich gestern Abend kennen gelernt; ich bin Chloe van Stork.«

»Ich erinnere mich«, sagte Alex freundlich. »Lassen Sie ein Porträt von sich malen?« Er hatte sofort begriffen, was die Kerzenleuchter und die Staffelei zu bedeuten hatten.

»Nun ja, noch nicht«, erwiderte Chloe. »Lady Charlotte macht noch Skizzen.«

»Oh, bitte!«, rief Charlotte. »Nennen Sie mich doch Charlotte.« Sie hob immer noch Blätter auf, wobei sie Pippa aus den Augenwinkeln beobachtete. Sie würde es Alex nie verzeihen, wenn er seine Tochter losließe. Schließlich war es ihr gelungen, alle Skizzen aufzusammeln und sie sicher mit einem Kerzenständer beschwert auf dem Kaminsims abzulegen. Unterdessen trat Alex mit seiner quietschenden Tochter auf dem Arm vor Charlottes Staffelei, um sich das Gemälde anzusehen. Charlotte konnte nicht anders, als ihn zu beobachten.

Er stand völlig reglos da. Er bewegte sich nur, um Pippa auf dem Boden abzusetzen. Sie flitzte sofort los und versuchte einen Stuhl zu erklimmen. Und er rührte sich noch immer nicht. Charlottes Laune verschlechterte sich immer mehr. Anscheinend fiel ihm nicht einmal ein freundliches Kompliment ein. Schließlich hob er den Kopf und sah ihr in die Augen.

»Warum Glockenblumen?«

»Warum ... was meinen Sie damit?«, entgegnete Charlotte verwirrt.

»Warum Glockenblumen – warum nicht Kaninchen?« Seine Mundwinkel zuckten. Er ging auf sie zu. »Sie werden dieses Bild doch behalten, bis Sophie heiratet, oder? Ich kann mir nicht vorstellen, dass es sich zu den langweiligen Mitgliedern der Porträtgalerie der Brandenburgs gesellen könnte. Also Kaninchen – Fruchtbarkeit.«

»Kaninchen, Fruchtbarkeit«, wiederholte Charlotte wie vor den Kopf geschlagen.

Chloe räusperte sich leise. »Es ist eine italienische Sitte, nicht wahr, Mylord? In der Renaissance schenkte man den Bräuten Porträts von ihnen, auf denen Kaninchen im Hintergrund spielten.«

Charlotte lächelte. Er hat es verstanden! Genau das sollte ihr Bild zeigen: eine Braut, die kurz davor stand, etwas zu lernen. Alex legte ihr seine großen Hände auf die Schultern.

»Das Porträt ist hervorragend. Das wissen Sie, oder?«

Sie sah zu ihm auf, ohne zu antworten.

Ich frage mich, warum man ihn den Unmöglichen Grafen nennt, dachte Chloe bei sich, als sie das schöne Paar betrachtete. Sie standen sehr eng beisammen und in seinem Gesicht konnte sie lesen, dass Alex nur einen Hauch davon entfernt war, Charlotte in die Arme zu nehmen. Chloe wurde plötzlich verlegen. Beim Anblick der nackten Begierde in Alex' Augen spürte sie, wie ihr die Röte ins Gesicht stieg. Sie wandte sich ab.

»Wir müssen nach Italien fahren«, sagte Alex ohne Zögern.

»Wir werden nach Florenz fahren und uns Porträts von Leonardo ansehen ... und Rom, die Michelangelos ...«

Chloe wäre nicht so verlegen gewesen, hätte sie Charlottes Gesicht sehen können. Noch während Alex die Orte aufzählte, die sie auf der ganzen Welt am liebsten besucht hätte, wurde sie immer wütender. Sie war an diesem Morgen mit einer Sehnsucht nach etwas Unbekanntem verstimmt aufgewacht. Und mit Charlottes Ärger wuchs auch die Gewissheit, dass sie Alex nicht heiraten würde. Was sie für ihn empfand, war bloße sexuelle Begierde; und das war selbstredend kein Gefühl, auf das eine Dame Wert legte, und schon gar kein Grund zum Heiraten. Tatsächlich hatte sie sich voller Befriedigung den Augenblick ausgemalt, in dem Alex sie noch einmal fragen würde, ob sie seine Frau werden wollte, und sie ihn höflich, aber kühl, zurückwies. Und jetzt *unterstellte* er einfach, dass sie ihn heiraten würde! Seine unverschämte Arroganz reizte sie bis aufs Blut. Ihr Gesicht verfinsterte sich.

Alex war kein Narr. Er unterbrach sich in der Aufzählung italienischer Städte und starrte sie mit noch hochfliegenderen Augenbrauen an.

Charlotte öffnete den Mund und schloss ihn wieder. Sie konnte ihm in Gegenwart von Chloe und Pippa nicht sagen, was sie von ihm und seinen Unterstellungen hielt. Außerdem hatte sie schon vor einiger Zeit bemerkt, dass Pippa unsicher auf dem Sofa thronte und versuchte, ihr kleines, pummeliges Bein über die Rückenlehne zu werfen. Von dort würde sie sicher herunterfallen und sich wehtun. Also drehte sie sich einfach um und hob Pippa vom Sofa.

Pippa öffnete den Mund, um zu schreien, und beruhigte sich dann. Charlotte lachte sie an. Sie mochte den Papa nicht mögen, aber diesen kleinen, unabhängigen Geist mochte sie ganz gewiss.

»Ich bin kein Kindermädchen, erinnerst du dich an mich?«

Pippa schenkte ihr ein leichtes, vorsichtiges Lächeln. Charlotte setzte sie auf den Arm, so dass Pippa aufrecht saß und sehen konnte, wohin sie gingen.

»Miss van Stork«, sagte sie liebenswürdig. »Da unsere Sitzung unterbrochen wurde, könnten wir uns doch auf eine Tasse Tee zu meiner Mutter in den Morgensalon gesellen.«

Alex wurde schwer ums Herz. Nicht nur dass seine Liebste wie eine schwarze Sturmwolke und übel gelaunt wie ein Hausdrache aussah, jetzt wollte sie auch noch zu ihrer Mutter gehen. Und wenn er den Herzog von Calverstill heute Morgen richtig verstanden hatte, wurde die Herzogin gerade eben dazu überredet, ihn zu empfangen.

Er räusperte sich. »Ihre Mutter ist gerade beschäftigt.«

Charlotte drehte sich um. »Und wie, bitte, wollen Sie das wissen?«

»Ihr Vater hat es mir gesagt«, erwiderte Alex und hielt ihrem Blick stand. Charlotte starrte ihn einen Augenblick lang entmutigt an. Was hatte das zu bedeuten? Plötzlich ging ihr ein Licht auf. Alex musste an diesem Morgen ihren Vater aufgesucht und um ihre Hand angehalten haben. Und irgendwie hatte er ihren Vater dazu gebracht, dieser Vorstellung nicht völlig abgeneigt zu sein. Und in diesem Moment erzählte ihr Vater ihrer Mutter die Geschichte, die Alex ihm aufgetischt hatte. Charlotte sah Alex nachdenklich an.

»Hm«, machte sie.

»Ich muss jetzt gehen«, warf Chloe ein. Sie fand an dieser gespannten Unterhaltung keinen Gefallen, zumal sie keine Ahnung hatte, was vor sich ging. »Meine Mutter hat sehr deutlich zum Ausdruck gebracht, dass meine Rückkehr noch vor Mittag unabdingbar sei.«

Charlotte wandte sich ihr zu und blickte enttäuscht drein. »Oh, aber Sie ...«

Alex mischte sich ein, nahm Chloes Hand und lächelte sie

freundlich an. »Wir wissen alle, wie Mütter sind«, sagte er. »Ich verspreche, dass ich Ihre nächste Sitzung mit Charlotte nicht unterbrechen werde.«

Chloe sah ihn eine Weile stumm an. Meine Güte, war dieser Mann von sich überzeugt. Sie konnte nicht leugnen, dass er unglaublich attraktiv war, aber gab es da wirklich keinen Sprung in seiner Selbstsicherheit? Na ja, er war ein Mann und ein Adliger, und er war reich, dachte sie mit einigem Groll. Warum sollte es da einen geben?

»Natürlich«, erwiderte sie hastig, als ihr bewusst wurde, dass sie zu lange geschwiegen hatte. Chloe entzog ihm ihre Hand und wandte sich Charlotte zu. Dann musste sie unwillkürlich lächeln. Vielleicht folgte die wohlverdiente Strafe für Alex auf dem Fuß. In den Worten ihrer Mutter sah Charlotte aus wie ein Stier, der rot sieht. In Chloes Lächeln lag aufrichtige Wärme, als sie vor Charlotte einen Knicks machte.

»O Gott«, meinte Charlotte. »Hier stehen wir nun und knicksen und reden förmlich miteinander. Sind Sie sicher, dass Sie das möchten, Miss van Stork? Wir werden beinahe sechs Wochen zusammen in diesem Raum eingesperrt sein – Sie *müssen* mich einfach Charlotte nennen.«

Chloe zwinkerte ihr zu. Kleine Temperamentsausbrüche brachten sie nicht aus dem Gleichgewicht, die kannte sie von ihrem Vater nur allzu gut. »O nein, Charlotte«, sagte sie und hielt ihr die Hand hin. »Ich freue mich auf das Porträt. Selbst wenn ich es erst sehen kann, wenn ich heirate!«

»Oh, Sophie hat ihr Porträt bereits gesehen«, meinte Charlotte. »Sie versteht es nur noch nicht. Ihr einziger Kommentar war, dass ihre Zähne zu groß seien.« Sie schüttelten in vollkommenem Einverständnis die Hände.

»Ich sehe Sie dann morgen früh«, sagte Charlotte gefasst. »Lassen Sie mich Sie zur Tür begleiten.« Charlotte ging voraus, Pippa noch immer auf dem Arm, die wie verrückt vor sich hin lachte und versuchte, alle Bilder von der Wand zu reißen, während sie hinuntergingen. Chloe kam als Nächste und danach Alex. Er war etwas beunruhigt. Warum sah Charlotte ihn so finster an? Sie glaubte doch sicher nicht, dass er ein schnelles und lockeres Spiel mit ihr trieb, weil er sie gestern Abend geküsst hatte? Erwartete sie etwa nicht von ihm, dass er sie heiratete? Wofür hielt sie ihn überhaupt, für irgendeinen Ausgestoßenen, der ein Mädchen küsste – so wie sie sich geküsst hatten – und sich dann aus dem Staub machte? Sein erster Antrag und ihr Nein kamen ihm gar nicht in den Sinn.

Charlotte verabschiedete Chloe an der Tür und drehte sich dann energisch um. Ohne stehen zu bleiben, drückte sie Alex Pippa in die Arme.

»Sie ist nass«, sagte sie.

»Oh«, erwiderte Alex. Er gab ein so komisches Bild ab – der elegante Gentleman mit dem Kind auf dem Arm, dessen weißes Kleid von Minute zu Minute durchnässter war – dass Charlotte beinah vor Lachen losplatzte. Nur der leicht düstere Ausdruck in seinen Augen hielt sie davon ab. Alex wandte sich Campion zu, der geduldig wartete.

»Würden Sie bitte Keating, meinen Diener, rufen?«

»Gewiss doch, Mylord.« Campion verbeugte sich tief. »Möchten Sie, dass ich das Kind nach unten bringe?« Die Aufmerksamkeit des gesamten Haushalts war auf den Grafen von Sheffield und Downes gerichtet; Campion wusste, dass Mrs Simpkin und die anderen Dienstboten Pippa begeistert willkommen heißen würden. Keating wurde gerade königlich bewirtet, daran hatte er keinen Zweifel. Es gab niemanden im Haus, der nicht wusste, dass der Graf vierzig Minuten allein mit dem Herrn in dessen Arbeitszimmer verbracht hatte und dass sie auf sehr freundschaftlichem Fuß wieder daraus aufgetaucht waren. Und niemand war so dumm, dass er nicht die richtigen Schlussfolgerungen darüber, was im Arbeitszimmer vorgegangen war, ziehen konnte.

»Ja, danke«, erwiderte Alex. Er übergab ihm Pippa, die wie durch ein Wunder nicht schrie, sondern Campions Gesicht tätschelte. Alex und Charlotte sahen zu, wie Campion Pippa wegtrug, als trüge er jeden Tag nasse Kinder durch das Haus.

»Es geht ihr etwas besser«, meinte Alex abwesend. »Sie hatte seit zwei Tagen keinen hysterischen Anfall.«

»Ja, gut«, sagte Charlotte. Genau wie alle anderen im Haushalt war ihr klar, warum er hier war, und sie wollte nichts davon wissen. Nicht jetzt. Nicht jetzt, wo sie immer noch diese Kopfschmerzen hatte, die sie schon den ganzen Tag quälten. Nicht jetzt, wo sie immer noch so verärgert und reizbar war, dass sie in Tränen hätte ausbrechen können. Sie konnte – wollte – im Moment nicht mit einem weiteren Heiratsantrag konfrontiert werden.

Also streckte sie ihm, statt ihn in den blauen oder irgendeinen anderen Salon, die an die Eingangshalle angrenzten, zu führen, huldvoll ihre Hand entgegen.

»Es war sehr freundlich von Ihnen, mich zu besuchen, Mylord«, sagte sie erhaben.

Alex trat auf sie zu, bis er dicht vor Charlotte stand, und warf den beiden Lakaien, die in der Eingangshalle aufwarteten, einen warnenden Blick zu. Sie verbargen sofort die Neugier, die sich auf ihren Gesichtern widerspiegelte, und stellten sich stocksteif an die Wand. Alex trat weiter auf sie zu, so dass Charlotte einen und dann noch einen Schritt zurückwich. Er warf einem Lakaien einen kurzem Blick zu, der die Tür zum so genannten Chinesischen Salon öffnete. Alex packte Charlotte am Arm, drehte sie herum und führte sie in den Salon. Die Tür schloss sich hinter ihnen mit einem leisen Klicken.

Alex ließ sofort Charlottes Arm los und drehte sie um, so dass er sie ansehen konnte. »Wie kommen Sie darauf, dass ich mein Kind diesem puddinggesichtigen Menschen, den Sie Ihren Butler nennen, überlassen werde?«, fragte er freundlich.

Charlotte starrte ihn an. Ihr war völlig entgangen, dass sie ihn verabschiedet hatte, *nachdem* sie dafür gesorgt hatte, dass das Kind in die Unterkünfte der Dienstboten gebracht wurde.

»Mylord«, sagte sie, »ich sehe mich ... heute Morgen nicht in der Lage, dieses Gespräch zu führen. Ich habe Kopfschmerzen.« Charlotte ließ sich anmutig auf eine Couch fallen und fühlte sich wie eine Schwindlerin, die ihrer Großtante Margaret Konkurrenz machte. Margaret litt stets an irgendeiner Krankheit und sie genoss ihre Wehwehchen sehr.

Alex stand vor ihr und sah völlig gefasst aus, wie Charlotte verärgert bemerkte.

»Vielleicht möchten Sie ja, dass ich vor Ihnen auf die Knie falle?«, fragte er. Charlotte sah, wie seine Augen vergnügt blitzten, und starrte ihn wütend an.

»Nein.«

»Gut«, sagte Alex. Eine unbestimmbare Wut ging von ihm aus, die Charlotte sehr beunruhigte. Sie hob trotzig ihr Kinn. Niemand konnte sie dazu zwingen zu heiraten, nicht einmal ein Graf. Ihr Kopf pochte vor Schmerzen.

»Wollen Sie jetzt beginnen oder nicht?«, fragte sie herausfordernd.

Alex starrte sie an. So hatte er sich das nicht vorgestellt. Er hatte gedacht, dass das Gespräch mit ihrem Vater das Schwierigste sein würde. Er hatte die Erklärungen, die Fragen zu seiner ersten, schrecklichen Ehe gefürchtet – er hatte nicht einmal seinem Vater die Einzelheiten geschrieben. Aber der Herzog war ausgesprochen freundlich gewesen, hatte aufmerksam zugehört, einige vernünftige Fragen gestellt und ab und zu genickt. Und am Ende hatte er Alex die Hand geschüttelt und gesagt, er habe seinen Segen, und Alex hatte geglaubt, das wäre es gewesen. Er hatte sich vorgestellt, dass Charlotte in seine Arme sinken und schrecklich dankbar sein würde, seine Frau zu werden. So wie sie gestern Abend in seine Arme gesunken war! Tatsächlich hatte er sich selbst eingebläut, die ganze Angelegenheit nicht außer Kontrolle geraten zu lassen – er wollte die Jungfräulichkeit seiner Frau nicht in einem Salon nehmen! Irgendwie waren Jungfräulichkeit und die Hochzeitsnacht sehr wichtig für ihn geworden, nachdem er herausgefunden hatte, dass Maria vor ihrem achtzehnten Geburtstag mit beinahe jedem Mann in Rom im Bett gewesen war. Keine plumpen Paarungen in irgendwelchen Kutschen für ihn. Dennoch hatte er gedacht, dass er und Charlotte von unbändiger Leidenschaft füreinander erfüllt waren, so dass er sogar in Betracht gezogen hatte, eine besondere Genehmigung einzuholen. Aber Charlottes Vater hatte den Vorschlag abgelehnt.

»Es muss eine ganz große Sache werden«, hatte er scharfsinnig erklärt. »Wir müssen die romantischste Hochzeit des Jahrhunderts inszenieren, damit der Klatsch ein Ende hat. Und Sie«, er sah Alex unter seinen buschigen Augenbrauen hervor an, »Sie müssen so schnell wie möglich ein Kind zeugen.«

Alex nickte. Darüber machte er sich keine Sorgen. Im Ganzen hatten er und Maria sich wahrscheinlich nur zehnmal geliebt und Pippa war das Ergebnis.

Und jetzt – Charlotte sah aus wie ein gereizter Stier und er verlor die Lust daran, überhaupt irgendjemanden zu heiraten. Wozu brauchte er eine Frau? Marias schrille Schimpfkanonaden sollten ausreichen, ihn für immer vor Frauen zu warnen. Und Pippa ging es besser ... Die Stille zwischen ihnen wurde immer drückender.

Alex sah Charlotte noch einmal an. Leicht bestürzt bemerkte er, dass ihr Gesicht so weiß war wie ihr Kleid und dass sie den Kopf mit der Hand stützte. Er setzte sich neben sie.

»Sie haben wirklich Kopfschmerzen, nicht wahr?«

Charlotte nickte kläglich. Bei jeder Kopfbewegung hämmerte es in ihrem Schädel. Alex stand auf und ging in die Halle. Sie hörte, wie er leise mit einem Lakaien sprach.

»Ich habe ihn weggeschickt, um Keating zu sagen, dass er Ihnen einen speziellen Trank bereiten soll«, sagte er, als er den Raum wieder betrat. »So – legen Sie Ihren Kopf hierher.« Er zog sie vorsichtig an sich, so dass sie sich an seine Schulter lehnte.

»Das ist sehr unschicklich«, meinte Charlotte und hob den Kopf.

»Still! Keiner kann uns sehen.« Er schob die Locken an ihrem Nacken beiseite und begann ihn leicht zu massieren. Charlotte drehte das Gesicht zur Seite und lehnte es an seine Schulter. Sie spürte seine festen Muskeln unter ihrer Wange. Irgendwie war das seltsam tröstlich. Und seine großen Hände waren überraschend zärtlich ... Sie schloss die Augen.

Es klopfte und Alex setzte Charlotte schnell auf und lächelte bei ihrem geschwächten Anblick. Campion brachte ein hohes Glas auf einem Silbertablett herein.

»Hier, trinken Sie das.«

Sie beäugte es misstrauisch. Es sah ekelhaft aus – gelb und schaumig.

»Ich hasse Getränke mit Eiern.«

»Trinken Sie es trotzdem.«

Sie gehorchte. Es war nicht so schlimm, wie sie befürchtet hatte. Schlimmer, dachte sie düster. Der Butler nahm das leere Glas und verbeugte sich, während er den Raum verließ. Alex zog Charlotte zurück an seine Schulter. Charlotte schloss wieder die Augen.

»Es war Alkohol in dem Getränk, nicht wahr?«, fragte sie nach einer Weile schläfrig. »Ich mag keinen Alkohol ...« Sie verstummte und Alex wusste, dass sie eingeschlafen war. Er rückte die Locken wieder an ihren Platz. Unwillkürlich zuckte ein Lächeln um seine Mundwinkel. Wie viele Frauen schliefen ein, wenn ein Graf kam, um ihnen einen Antrag zu machen? Er dachte an all die gierigen Blicke, die er jedes Mal bei Almack auf sich zog. Patrick hatte ihn früher immer damit aufgezogen, dass er nur zweimal mit einem Mädchen tanzen musste, damit sie sofort ihr Hochzeitskleid bestellte.

Das hier würde Patrick gefallen. Er sah auf seine schlafende Nicht-Verlobte. Kein Kindermädchen, keine Verlobte, dachte er sarkastisch. Charlottes Haar lockte sich ungebärdig und wickelte sich um seine Hand. Er zog an einer weichen Locke und ließ sie wieder in die Form eines Korkenziehers zurückspringen. So wie sie lag, konnte er ihr Profil sehen. Lange, gebogene Wimpern lagen auf ihrer weißen, jetzt schon etwas rosigeren Wange, stellte er befriedigt fest. In Keatings Kopfschmerzmedizin war genug Alkohol, um einen Stier umzuwerfen. Sogar wenn er sie im Schlaf ansah, regte sich Alex' Körper anerkennend.

Das reichte. Sie wollte ihn nicht heiraten. Warum nicht? Vielleicht hatte sie die Geschichte von seiner ersten Ehe gehört. Das musste es sein, dachte er mit Erleichterung. Sie glaubte sicher, er habe ihren Vater gekauft und wolle sie zu einem unbezahlten Kindermädchen machen. Jetzt erinnerte er sich an seinen ersten Antrag. Sie hatte nicht viel gesagt, einfach nur nein. Alex schüttelte den Kopf. Sie mussten sich aussprechen, sobald sie aufwachte. Er lehnte den Kopf zurück und schloss die Augen. Innerhalb von Sekunden war das einzige Geräusch im Zimmer das Atmen zweier schlafender Adeliger.

Vor der Tür tauschten die beiden Lakaien Blicke und stellten Vermutungen an. Sie hatten seit längerem nichts gehört – nicht das leiseste Wort. Was ging im Chinesischen Salon vor sich? Cecil glaubte es zu wissen. Er grinste breit und dachte an Marie. Er hatte versucht, sie dazu zu überreden, es in einem der öffentlichen Räume im Haus zu tun. Sie waren bei Gott schon in jedem Wäscheschrank gewesen. Aber sie hatte immer nein gesagt.

»Diese Räume sind öffentlich und gefährlich«, hatte sie immer wieder betont. »Man würde uns ohne einen Schilling vor die Tür setzen, wenn wir etwas so Ungeheuerliches täten!«

Cecil hatte alles genau geplant. Sonntagmorgens war die Familie in der Kirche, genau wie die Dienstboten. Er musste einfach nur warten, bis er an der Reihe war, zu Hause zu bleiben, oder mit einem der anderen Lakaien tauschen, und sie könnte Kopfschmerzen vorschützen.

»Nein«, hatte sie immer wieder gesagt. Aber jetzt würde er ihr erzählen, dass ihre eigene Herrin das Gleiche getan hatte. Cecil blieb ruhig auf seinem Posten und wartete mit freudig leuchtenden Augen darauf, dass jemand aus dem Chinesischen Salon auftauchte.

Kapitel 12

Zwanzig Minuten später öffnete Charlotte die Augen. Ihre Kopfschmerzen waren verschwunden und eine angenehme Wärme erfüllte sie. Sogar ihre Gereiztheit war weg. Ich bin betrunken, dachte sie, und alles drehte sich leicht, als sie sich aufsetzte. Alex schlief tief und fest. Wenigstens schlief er nicht mit offenem Mund. In diesem Moment öffnete er die Augen und sah sie wortlos an. Ein leichtes Lächeln erhellte ihr Gesicht. Immer noch wortlos zog er sie an seine Seite.

»Zusammen einzuschlafen«, sagte Alex schließlich mit gespielt angewidertem Unterton. »Wie zwei alte Männer auf einer Bank in der Sonne.«

»Möchten Sie Tee?« Charlotte lächelte. »Natürlich nur, um Sie wach zu halten.«

Alex hasste das Zeug. »Abwaschbrühe«, sagte er. »Genau das Richtige für einen alten Zecher wie mich.«

»Möchten Sie lieber einen Sherry? Oder etwas Stärkeres? Ich fürchte«, sagte Charlotte steif, »dass Keatings Spezialtrank mich etwas beschwipst gemacht hat, und deshalb werde ich Tee trinken, um meine Lage zu verbessern.« Sie ging zur Tür und stieß sie auf. Cecil machte ein langes Gesicht, als er sie erblickte. Sie sah ordentlich und gefasst aus: Die Herrin hatte nichts Unschickliches getan. Er zog los, um ein Tablett mit Tee zu holen.

Charlotte drehte sich um. Alex lag bequem auf dem scheußlichen chinesischen Sofa, das ihre Mutter ausgesucht hatte, als Fernöstliches groß in Mode gewesen war. Die Lehnen waren schlafende Löwen mit Augen aus rotem Lack. Aber Alex ... er war wunderschön, dachte Charlotte seufzend. Er trug eine hervorragend geschnittene, taubengraue Jacke, die in starkem Gegensatz zu der ungezähmten Männlichkeit seiner muskulösen Schenkel stand. Ihre Entschiedenheit geriet ins Wanken.

Alex hob die schweren Augenlider und sagte plötzlich: »Wir müssen reden.« Charlotte nickte und setzte sich neben ihn.

Im oberen Stockwerk begann die Herzogin sich Sorgen zu machen. Zweifelsohne war ihre Tochter schon viel zu lange unbeaufsichtigt. Sie lief in ihrem Zimmer auf und ab. Zuerst konnte sie gar nicht glauben, dass Marcel seine Meinung geändert hatte und mit einer Hochzeit einverstanden war. Aber als er ihr die Einzelheiten aus Alex' erster Ehe erläuterte, stimmte sie ihm zu. Adelaide seufzte. Wenn jetzt Charlotte sich noch dazu überwinden konnte zu erzählen, was vor drei Jahren geschehen war ...

Marcel kam durch die Durchgangstür, die zu seinen eigenen Gemächern führte, in ihr Schlafzimmer.

»Es ist Zeit zu gehen, Liebste. Wir kommen zu spät. Du weißt doch, dass ich es hasse, zu spät zu kommen.«

»Oh, Marcel.« Adelaide wandte ihm ihr gequältes Gesicht zu. »Wir können nicht weggehen. Charlotte und Alexander Foakes sind immer noch im Chinesischen Salon ... meinst du nicht, wir sollten zu ihnen gehen? Sie sind seit fünfundvierzig Minuten allein!« Sie riss heftig am Klingelzug.

»Unsinn«, erwiderte ihr Mann. »Charlotte ist ein erwachsenes Mädchen. Sie wird keine Dummheiten machen. Außerdem hat Campion mir gesagt, dass sie sich ein Tablett mit Tee und einem leichten Imbiss hat kommen lassen. Klingt das nach einer Verführung? Komm, es ist Zeit zu gehen.« Er drehte seine widerwillige Frau zur Tür.

»Aber was wird er von mir denken?«, jammerte sie. »Wir können sie doch nicht einfach allein lassen!«

»Hör mir zu, Addie. Du hast Charlotte doch die Gründe genannt, warum ich ursprünglich eine Hochzeit verboten habe, nicht wahr?«

»Ja.«

»Nun, dann braucht Alex offensichtlich etwas Zeit, ihr die Sache mit seiner ersten Ehe und der Annullierung zu erklären, und den Rest, von dem ich dir erzählt habe.«

»Vielleicht sollten wir uns verabschieden?«

»Unsinn«, sagte Marcel noch einmal. »Wir werden durch Campion eine Nachricht hinterlassen.«

Marcel folgte seiner Frau die Treppe hinunter, bereit, sie durch die Tür zu schubsen, wenn es nötig war. Er wusste so gut wie jeder andere, dass es in gewissen Kreisen als große Dummheit angesehen würde, dass er seine Tochter allein ließ. Dabei setzte er nur geschickt auf eine Karte, dachte er stolz. Nicht umsonst galt er als gerissener Pokerspieler. Er mochte diesen Grafen. Tatsächlich mochte er ihn lieber als alle anderen Verehrer Charlottes. Er glaubte, dass er die richtige Mischung aus Stärke und Intelligenz besaß, um mit Charlottes Malerei und sonstiger Sturheit fertig zu werden. Aber er rechnete auch damit, dass Alex bei Charlotte noch eine Menge Überzeugungsarbeit leisten musste, und das hatte er ihm auch geradeheraus gesagt. Frauen heirateten nicht gern einen Mann mit einem solchen Ruf. Wenn Alex den Ruf gehabt hätte, ein Weiberheld zu sein, er sähe keine Probleme. Aber der Ruf, ein Weichei zu sein – nein. Charlotte hatte ihren Stolz, genau wie jede andere Frau.

Alex hatte ihm schweigend mit undurchdringlichen schwarzen Augen zugehört. Aber Marcel glaubte, dass seine Botschaft bei ihm angekommen war. Alex blieb nichts anderes übrig, als sie zu *überzeugen*. Ja, sie zu *überzeugen*. Und das konnte ein Weile dauern, dachte er mit einem leisen Lächeln. Unter keinen Umständen würde er zulassen, dass Addie in den Raum platzte und die Stimmung verdarb. Unten in der Eingangshalle entließ er die Lakaien und befahl Campion, die Halle im Auge zu behalten. (Campion verstand sofort, dass die vage Anweisung seines Herrn bedeutete, neugierige Augen von der Tür des Chinesischen Salons fern zu halten.) Dann entführte Marcel seine Frau erfolgreich zu einem musikalischen Frühstück.

Unterdessen saß Charlotte im Chinesischen Salon stocksteif neben Alex.

»Warum wollen Sie mich nicht heiraten?«, fragte er schließlich. Überrascht wandte sie den Kopf, um ihn anzusehen. Er sah so gut aus und beinahe – konnte es sein, dass er ein wenig ängstlich war? Charlottes Entschluss geriet erneut ins Wanken. Aber nein. Sie führte ihre Gründe auf: Er wollte sie in Wahrheit nur als Kindermädchen und er hatte ihre Begegnung vor drei Jahren vergessen. Was bedeutete, dass er jedes Mal, wenn sie ihm den Rücken zukehrte, Mädchen in irgendwelchen Gärten unsittliche Anträge machen würde.

»Kann ich nicht einfach nur nein sagen?«

»Nein«, sagte Alex unbeugsam. »Nicht wenn Sie mich so küssen, wie Sie es tun.« Eine leichte Röte stieg ihr ins Gesicht. O Gott, er hielt sie wirklich für ein schamloses Flittchen. Wenn sie erwähnte, was vor drei Jahren geschehen war, würde er wahrscheinlich einfach den Raum verlassen. Unsinnigerweise dachte sie nicht darüber nach, warum es für sie einen Unterschied machte, ob Alex einfach ging oder sie seinen Antrag ablehnte.

In dem Salon herrschte Stille.

»Lassen Sie mich raten«, sagte Alex mit etwas weicherer

Stimme. »Sie haben die Gerüchte gehört, dass ich unfähig sei, und ...«

Charlotte schüttelte heftig den Kopf, den Blick fest auf die Sitzkissen geheftet.

»Sie haben die Gerüchte nicht gehört, oder ist das nicht das Problem?«

»Ich habe nicht ... Ich meine, ich habe davon gehört, meine Mutter hat es mir erzählt, aber ich wusste ...« Sie biss sich auf die Lippe. Sie fühlte sich, als müsse sie inzwischen feuerrot angelaufen sein.

Alex lachte laut auf. »Sie wussten es«, sagte er. »Sie sind – bemerkenswert, Charlotte.« Er streckte einen Finger aus und strich ihr über den Hals.

»Hören Sie auf!«

Er zog die Hand zurück, als hätte er sich verbrannt. Es herrschte wieder Schweigen zwischen ihnen. Dann: »Ich warte, Charlotte.« Sein Stimme klang grimmig.

Charlotte hob den Kopf und bat mit ihren Augen flehentlich um sein Verständnis. »Ich weiß Bescheid über die Ehen der Londoner Gesellschaft«, sagte sie beinah flüsternd. »Ich möchte keine solche Ehe. Ich ...« Sie unterbrach sich, als ein lautes Klopfen die Ankunft des Teetabletts verkündete. Campion selbst brachte es herein und strahlte das Paar onkelhaft an, während er geschickt den kleinen Tisch deckte.

»Ich habe auch einen kleinen Imbiss gebracht, Lady Charlotte. Der Herzog und die Herzogin haben mich gebeten, Ihnen ihr Bedauern mitzuteilen, Mylord, und Ihnen zu sagen, dass sie eine unaufschiebbare Verabredung hatten. Dennoch würden sie sich freuen, wenn Sie ihnen beim Abendessen Gesellschaft leisten würden. Wenn Sie noch etwas brauchen, rufen Sie bitte mit der Klingel, da wir die Lakaien an anderer Stelle benötigen.« Campion verbeugte sich auf dem Weg aus dem Raum.

Sehr schlau von dem Herzog, dachte Alex, der sofort richtig vermutete, dass Marcel bei diesem unverhofften Tête-à-tête mit Charlotte seine Hand im Spiel hatte.

Charlotte beschäftigte sich eifrig mit dem Tablett und dachte darüber nach, was sie eigentlich sagen wollte.

»Lieben Sie mich?«, fragte sie geradeheraus.

»Sie lieben?« Alex war völlig verblüfft. Sein erster Impuls war, »Ja, natürlich« zu sagen und ihr einen Kuss auf die Lippen zu drücken. Aber er wollte, dass diese Ehe anders war als seine erste, ermahnte er sich. Sie sollte ohne Lügen beginnen.

»Nein«, sagte er schließlich wohl überlegt. Charlotte erstarrte. »Aber, und das ist ein faire Frage, lieben Sie mich?«

Charlotte öffnete den Mund, aber Alex redete weiter. »Wissen Sie, ich glaube, dass Liebe nicht so entsteht, wie Schriftsteller vorgeben. All diese Zeilen ›Wer liebte je, der nicht liebte auf den ersten Blick‹ haben sich Dichter ausgedacht, nicht normale Menschen. Ich dachte, ich würde meine erste Frau lieben, sofort als ich sie sah«, fuhr er langsam fort, beinah als redete er mit sich selbst, dachte Charlotte. »Sie sah einem Mädchen sehr ähnlich, das ich vorher hier in England getroffen hatte. Sie sah unschuldig, wunderschön aus ... als habe sie in einem Kloster gelebt. Also habe ich gesagt, dass ich sie liebe, und sie sagte, sie liebe mich, und zwei Wochen später heirateten wir zur großen Freude ihrer Familie. Aber wissen Sie, warum sie sich so freuten?«

Charlotte schüttelte den Kopf.

»Weil kein anderer in Rom sie geheiratet hätte.« Charlotte sah ihn verwirrt an, also lächelte Alex ihr zu, ein schiefes, verächtliches Lächeln. »Sie hatte mit einer ganzen Reihe von Gentlemen geschlafen, die auf meiner Hochzeit tanzten, verstehen Sie.« Charlotte bekam große Augen. Alex zuckte die Achseln. »Was für ein Narr war ich doch.«

»Das tut mir Leid«, sagte Charlotte lahm.

»Im Jahr darauf habe ich viel über die Liebe auf den ersten Blick nachgedacht. Unser Zusammenleben war die Hölle. Sie liebte mich nicht und ich fand innerhalb einer Woche heraus, dass ich sie auch nicht liebte. Ich glaube, dass Liebe etwas ist, das auf Vertrauen basiert – und Vertrauen entsteht erst mit der Zeit. Verstehen Sie, was ich meine?«

Charlotte nickte. Es fiel ihr schwer, den wilden Ausdruck in Alex' schwarzen Augen, wenn er über die Untreue seiner Frau sprach, mit ihrer fixen Idee in Einklang zu bringen, dass er selbst untreu sein würde, sobald sie verheiratet waren.

»Meinen Sie«, sagte sie beinahe flüsternd, »dass Vertrauen auch bedeutet, dass man ... dass man nach der Hochzeit nicht mit anderen Leuten zusammen ist?«

Alex konnte kaum ein Lächeln unterdrücken. Also hatte Charlotte an Ehebruch gedacht, als sie über die Ehen der Londoner Gesellschaft sprach! Vielleicht riskierte ihr Vater schon einmal einen Blick.

»Ich glaube, dass die Treue zwischen Mann und Frau die einzige Grundlage für die Ehe ist«, sagte er fest. Er nahm ihre Hand und fing an, ihre Handfläche zu massieren. »Ich würde Sie niemals betrügen.« Er führte ihre Hand an seine Lippen. »Tatsächlich glaube ich nicht, dass ich genug Energie für jemand anderen übrig hätte.« Alex beugte sich vor, so dass sie seinen Atem warm an ihrer Wange spürte.

Charlotte zog sich wieder zurück. »Sie haben mir gesagt, dass Sie ein Kindermädchen suchen«, meinte sie schwach. Warum erschienen ihre Gründe ihr auf einmal so unsinnig? Sie kam sich dumm vor.

Alex zog sie einfach wieder an sich und hob ihr Kinn. »Glauben Sie wirklich, dass ich das mit einem Kindermädchen machen möchte?« Seine Stimme war seltsam rau, dachte Charlotte. Sie schluckte und schüttelte den Kopf wie ein hypnotisiertes Kaninchen.

»Oder das?« Er neigte den Kopf und fuhr mit den Lippen über ihre. Seine Lippen liebkosten sie langsam, verlockend, bittend ... Charlotte fing an zu zittern.

»Wollten Sie irgendetwas sagen, Charlotte?«, fragte Alex etwas unsicher. »Ich möchte Sie nicht zum Schweigen bringen.« Er hat einen süßen Atem, dachte Charlotte.

»Sind Sie sicher, dass Sie sich nicht daran erinnern, mir begegnet zu sein?«, stieß sie hervor, bevor sie keinen einzigen vernünftigen Gedanken mehr fassen konnte. Alex zog sich etwas zurück und sah sie an.

»Liebling, ich bin dir noch nie begegnet.« Sein Mund senkte sich wieder auf ihren. »Wie könnte ich diese liebliche Stirn vergessen? Oder deine Augenbrauen?« Er unterstrich jeden Satz mit einem Kuss. »Oder«, seine Stimme wurde samtweich, »deine Wimpern? Sie sind so tintenschwarz an deiner Wange. Oder deine kleine, widerspenstige Nase?«

Verzweifelt riss sich Charlotte los. »Sind Sie sich absolut sicher?«

Alex begriff schließlich, dass die Frage für sie wirklich wichtig war. Er sah ihr forschend in die Augen. »Ich bin mir ziemlich sicher«, bestätigte er. »Ich hätte dich nicht vergessen. Als ich dich auf dem Ball zum ersten Mal gesehen habe, wusste ich ...«, er unterbrach sich. Aber Charlotte ahnte den Rest: Er hatte gewusst, dass er sie wollte. Er erinnerte sich nur nicht daran, dass er sie bereits gehabt hatte. Eine Träne lief ihr über die Wange.

Alex wischte sie sanft fort. »Ist es so wichtig, Charlotte? Wirklich? Gehört es nicht einfach zu dem Mythos von der Liebe auf den ersten Blick? Warum tun wir nicht einfach so, als wären wir uns vor dem Ball nie begegnet, und zur Hölle mit der Vergangenheit?«

O Gott, dachte Charlotte verzweifelt. Eine weitere Träne folgte der ersten.

Alex zog die Augenbrauen zusammen. Was ging hier vor? Warum war es wichtig, wann sie sich begegnet waren? Er durchforschte sein Gedächtnis noch einmal ... aber er wusste, dass es keinen Sinn hatte. Bevor er nach Italien gegangen war, hatte er erst sieben oder acht Bälle der Londoner Gesellschaft besucht. Und Charlotte hatte erst in jenem Jahr debütiert. Er starrte auf sie hinunter, sein Körper allein durch ihren Anblick schmerzhaft erregt, obwohl sie weinte.

Charlotte bemühte sich, sich wieder in die Gewalt zu bekommen. Benutze deinen Verstand, sagte sie zu sich. Sei kein Tropf! Er erinnert sich nicht an dich. Er hat wahrscheinlich vollkommen vergessen, dass er auf dem Maskenball ein Mädchen geliebt hat, weil er dachte, sie sei ein Flittchen, und das ist nicht dasselbe, wie mit einer Dame zu schlafen. Aber jetzt sagt er, dass er nicht herumstreunen wird, um Frauen im Garten zu verführen. Er verspricht es sogar. Und gerade vor Ehebruch hatte sie sich gefürchtet.

Sie schenkte ihm ein vorsichtiges, scheues Lächeln und Alex wurde leichter ums Herz. »Es tut mir Leid, dass ich so eine Heulsuse bin«, sagte sie. »Ich weine sonst nie!«

»Aha!«, meinte Alex. »Du siehst, dass ich mich richtig entschieden habe. Du wirst eine wunderbare Mutter für Pippa sein, denn das ist das Einzige, was sie gut kann.« Charlotte lächelte.

»Aber Charlotte«, sagte Alex ernsthaft. »Wir müssen uns darüber Klarheit verschaffen. Tatsache ist, dass du zweifellos meinem Bruder Patrick begegnet bist. Wir sehen aus wie ein Paar zusammengehörender Pistolen, meinte mein Vater immer.« Auf Charlottes fragenden Blick antwortete er: »Schwarz mit Silberbeschlag.« Ihr Lächeln blitzte wieder kurz auf. Das sind schon zweimal, dachte Alex. »Nicht einmal unser Kindermädchen konnte uns auseinander halten ... Sie beschwerte sich immer schrecklich, wenn wir ihr Streiche spielten, was wir bis vor ein paar Jahren noch taten. Wenn Patrick hier in England wäre, würde er das Durcheinander aufklären. Aber da er nicht hier ist, müssen wir das Ganze einfach vergessen.«

Charlotte nickte stumm. Natürlich irrte er sich. Sie würde nie und nimmer Alex' liebenswertes Grübchen mit dem eines anderen verwechseln oder seine breiten Schultern oder die Art, wie seine arroganten Augenbrauen nach oben flogen. Diese Merkmale waren nicht einmal an das Gesicht eines Menschen gebunden. Sie hatte das Auge eines Malers und blickte hinter die Gesichter auf die Verhaltensweisen. Vielleicht würde sie sich irgendwann nach der Hochzeit wohler fühlen, etwas so Persönliches anzusprechen. Und dann würde sie ihm vielleicht alles erzählen und vielleicht würde er sogar darüber lachen.

Alex spürte, dass sich ihr Körper entspannte. Er zog sie zurück in seine Arme und zerzauste ihre weichen Locken.

»Also, willst du mich heiraten?«, hauchte er an ihrem Hals. »Ich glaube nämlich, dass ich dich sehr leicht lieben lernen könnte ... und vielleicht wirst du mich lieben ... und ich kann dir zusehen, wie du malst, und wir können sogar noch so ein Kind wie Pippa bekommen, aber mit deinem süßen Mund.«

Charlotte nickte zitternd an seiner Schulter.

Alex schob sie mit lachenden Augen zurück. »Hast du etwas gesagt?«

»Ja«, sagte sie. »Ja, ja, ich werde dich heiraten.«

»Ahhhh«, machte Alex und zog sie wieder an sich. »Jetzt bist du meine Verlobte: Weißt du, was das bedeutet?«

Charlotte erschauerte. Dachte er daran, es hier zu tun? Hier, im Chinesischen Salon ihrer Mutter? Seine Lippen wanderten ihren Hals hinunter, so dass ihr beinah die Luft wegblieb. Unterdessen glitt seine Hand von ihrem Hals ihren Rücken hinab und ihr Körper drängte sich unwillkürlich an seinen.

Ihre Knie stießen ungeschickt gegeneinander und Charlotte kicherte. Alex sah sie mit gespieltem Zorn an.

»Ich sage dir jetzt gleich, dass eine gute Ehefrau ihren Mann nie auslacht!«, knurrte er.

Charlotte fühlte sich leicht und schwindelig vor lauter Glück, als er sie mit glänzenden Augen ansah. Sie legte ihre schmalen Hände auf seine Wangen und führte sie langsam nach unten über seinen braunen, kräftigen Hals und seine harte Brust, genau wie sie es während des Feuerwerks getan hatte.

»Ich mag alles, was du mir bis jetzt beigebracht hast«, sagte sie verschmitzt.

»O ja, Mylady?«, flüsterte Alex zurück. In seinen Augen blitzte der Schalk. »Und wie weit wirst du gehen?«

Charlottes Hände zuckten zurück und sie kicherte heftig.

»Jetzt bin ich dran!«, verkündete Alex. Er legte ihr seine großen braunen Hände auf die Wangen und bedeckte beinah ihr ganzes Gesicht. Seine Hände fühlten sich faszinierend fest an. Charlotte drehte den Kopf und küsste seine Finger.

»Es ist nicht fair, mich abzulenken«, sagte ihr Verlobter streng. Er strich ihr mit den Fingern vorsichtig über das Gesicht und hielt an ihrem Mund inne. Ein rauer Finger fuhr die Umrisse ihrer üppigen Unterlippe entlang. Alex lächelte. Er hörte auf zu lächeln, als ihre warme Zunge seine Fingerspitze berührte.

»Du schmeckst nach Honig«, sagte Charlotte und sah ihn mit benebeltem Blick an.

Alex lächelte bedächtig und senkte den Kopf, um sie zu küssen. Charlotte schnappte nach Luft. Ihrer beider Zungen trafen sich, zuerst vorsichtig fragend, dann veränderte sich Alex' Kuss. Sein Mund legte sich fordernd auf ihren und zwang sie, die Lippen weiter zu öffnen. Er bewegte seine Zunge und überwältigte sie mit seinem erregenden Rhythmus. Charlotte merkte, wie sie sich hilflos mit zurückgeworfenem

Kopf an sein Hemd klammerte, seinem Angriff schutzlos ausgeliefert. Ihr Herz schlug wie das eines wilden Vogels und sie schloss instinktiv die Augen ... bis er seinen Mund zurückzog. Dann riss sie die Augen auf. Er lächelte sie an.

»Nun, wo war ich?«, murmelte Alex. Er legte ihr wieder die Hände auf das Gesicht und fuhr ihr über das entschlossene Kinn und den Hals. Charlotte hatte das Gefühl, als stünde ihr Unterleib in Flammen. Selbst ihre Finger zitterten, dachte sie wie betäubt. Sie sah ihm in die schwarzen Augen, als wären sie das Einzige, was auf der Welt existierte. Alex wanderte mit den Fingern über die Schlüsselbeine zu der weichen, ach so weichen Haut ihrer Brust. Er erreichte die kleine Rüsche, die das Oberteil ihres Morgenkleides zierte. Seine Finger glitten hinein. Charlotte wusste nicht, was sie denken sollte. Mehr als alles andere wünschte sie sich, dass er ihre Brust in seine Hand nahm, aber er führte seine Finger an der Rüsche entlang. Sie erreichten die Achselhöhlen und Charlotte verkrampfte sich. Sie war schrecklich kitzelig, aber irgendwie schien seine Liebkosung nicht zu kitzeln ... Die Hitze in ihrem Unterleib nahm zu.

Alex ließ seine Hände einen Augenblick verweilen, dann fuhr sein rechter Daumen über die leichte Baumwolle ihres Mieders und berührte ihre Brustwarze. Charlotte fuhr auf. Sein linker Daumen tat das Gleiche. Charlotte schnappte nach Luft und fuhr sich nervös mit der Zunge über die Lippen. Bei diesem Anblick stöhnte Alex. Er wusste nicht, wie lange er dieses besondere Spiel noch weiterführen konnte. In seinen Lenden loderten Flammen; sein einziger Gedanke war, Charlotte gegen die Lehne der Couch zu drücken und ... und was?

Schließlich wollte er eine jungfräuliche Braut. Er sah Charlotte an. Sie lag mit zurückgeworfenem Kopf an die Couch gelehnt und ihre geöffneten Lippen waren feucht, als er mit den

Daumen rhythmisch über ihre kleinen, aufgerichteten Brustwarzen strich. Sie gehörte ihm; das war ihm so klar wie nie zuvor. Aber er wollte sie nicht jetzt nehmen, im Haus ihrer Eltern. Er wollte Gelübde ablegen, die etwas bedeuteten, und sie dann im Schutze dieser Gelübde lieben.

»Nein«, flüsterte er. Und dann beugte er sich wieder vor. »Nein«, sagte er noch einmal, sein Atem warm an ihrer Haut, als er den weißen Batist nach unten schob und ihren rosigen Nippel in den Mund nahm.

Charlotte bäumte sich auf und stöhnte. Alex rieb mit der linken Hand die andere Brust und seine Zähne spielten an ihrer Brustwarze, er saugte und knabberte. Charlotte fühlte sich, als habe sie keine Knochen, als schmölze sie dahin. Das Feuer in ihrem Unterleib war einem Gefühl der Nässe und des blanken Verlangens gewichen.

»Alex«, keuchte sie und ihre Stimme brach. Aber Alex hatte die Kontrolle verloren. Charlottes Brust war so süß, so perfekt: überraschend schwer für ihren schlanken Körper und doch nicht zu groß, genau richtig für seine Hand. Er hatte das gesamte Oberteil über ihre Brüste nach unten gezogen, die kurzen Ärmel waren fast bis zu den Ellbogen gerutscht. Ihre Brüste waren seidenweiß, nur um die Nippel waren sie leicht rosa ... und diese Nippel! Sie waren dunkelrot, hart und baten um mehr. Alex atmete tief durch. Er fühlte sich wie in einem Rausch. Er war noch nie so heftig erregt gewesen. Mein Gott, er war nahe daran, seine Verlobte auf einer verdammt unbequemen chinesischen Couch zu nehmen.

»Nein«, meinte er heiser. Er nahm seinen Mund von Charlottes Brüsten, aber er konnte nicht aufhören, sie mit den Händen zu liebkosen. Sie öffnete die Augen und sah ihn mit vor Verlangen verschleiertem Blick an. Alex betrachtete sie verwundert. Sie war alles, was er sich wünschte: liebenswert, intelligent, unschuldig *und* wolllüstig. Sie schien so besonnen und war doch so ungehemmt ... noch während er sie ansah, hob Charlotte eine Hand und zog ihn zu sich.

Ihre Lippen begegneten sich sanft, aber dann, als erinnerte sie sich daran, wie man küsste, öffnete sie ihren feuchten Mund. Und Alex konnte nicht widerstehen; er fuhr ihr mit seiner Zunge tief in den Mund, ein erotischer Angriff, der ein bereits besiegtes Opfer überwältigte. Charlotte stöhnte und bäumte sich auf, ihre Brüste pressten sich an seinen harten Körper. Alex drehte sie um und presste sie an seine Brust. Sein Verstand war wieder vernebelt; sein Mund legte sich auf ihren und er fuhr verführerisch mit seiner Hand über ihre Strümpfe und schob das Kleid hoch. Charlotte schluchzte in ihrer Erregung auf. Die Stelle zwischen ihren Beinen pulsierte und kochte flüssig warm. Er erreichte die rüschenbesetzten Beine ihrer Unterhose, hielt jedoch nicht inne, sondern glitt in das weite Baumwollhöschen.

»Alex«, flüsterte Charlotte erschauernd, »ich weiß nicht ...«

»Keine Angst, Liebling«, Alex' Stimme klang rau, gepresst. Er glitt mit seinen Fingern zwischen ihre Beine. Charlotte erschrak beinahe zu Tode. Unwillkürlich umklammerte sie seinen Arm wie ein Schraubstock.

»Nein!«, rief sie heftig. Aber seine Finger fuhren langsam in ihre warme, feuchte Höhle. Heiße Wellen des Verlangens durchzuckten Charlottes Körper, besonders die Beine und den Bauch.

»Nein ...«, sagte sie noch einmal mit zitternder Stimme.

Alex beugte sich vor und brachte sie mit seinem Mund zum Schweigen. Er bewegte seine Finger jetzt nicht mehr zart und beruhigend, sondern hart und sicher. Charlotte konnte nicht anders, ihre Hand fiel von seinem Arm, sie riss sich von seinem Mund los und stöhnte laut. Alex' Herz raste und er hatte eine Erektion, die wohl erst in einer Woche abklingen würde, aber er fühlte sich ekstatisch. Nicht nur, dass er die süße, süße

Charlotte dazu überredet hatte, seine Frau zu werden, sie besaß auch noch eine natürliche Leidenschaft, die seiner gleichkam. Die Geschichten, die er so oft von Männern der Londoner Gesellschaft gehört hatte, dass ihre Ehefrauen stocksteif und unglücklich dalagen, dass die unangenehmen Paarungen von beiden Seiten nur deshalb erduldet wurden, um Kinder zu zeugen, tauchten in seinem Gedächtnis auf. Charlottes Mund war geöffnet, ihre Lippen dunkelrot und von seinen Küssen geschwollen. Sie schnappte keuchend nach Luft. Er fuhr mit einem Finger in ihren engen, feuchten Kanal und sie zitterte am ganzen Körper, stöhnte und warf ruhelos den Kopf hin und her.

Alex beugte sich über sie, liebkoste mit seiner linken Hand ihre Brust und ergriff wieder Besitz von ihrem Mund. Dabei erstickte er ihr Stöhnen, als sie seinem Finger entgegenkam. Es fiel ihm nicht leicht, sich nicht die Hose herunterzureißen und sie zu nehmen. Das Einzige, was ihn davon abhielt ... ja, das Einzige, was ihn davon abhielt, war er selbst. Charlotte war völlig außer sich, ihr Atem kam in kurzen, heftigen Stößen und ihr Körper war von ihren Gefühlen überwältigt.

Plötzlich versteifte sie sich und packte ihn bei den Schultern.

»Alex!«, rief sie, und noch einmal: »Alex!« Alex hoffte inbrünstig, dass niemand in der Eingangshalle war. Charlottes Körper zerbarst in hundert kleine leuchtende Funken. Schweißtröpfchen brachen ihr aus allen Poren. Alex hielt grimmig an seinem letzten bisschen Selbstbeherrschung fest, als ihr wunderbarer Körper an seinem zuckte und ein raues Stöhnen von ihren Lippen drang.

Plötzlich herrschte Stille im Chinesischen Salon. Alex sah zur Decke und betete darum, über seinen Körper Herr zu bleiben. Seit seiner Jugend hatte er sich nicht mehr einer Katastrophe so nahe gefühlt. Charlotte würde sich wahrscheinlich in Grund und Boden schämen, wenn ihr klar wurde, was geschehen war. Und er musste seine schmerzhafte, pulsierende Erektion loswerden. Schließlich sah er wieder nach unten.

Charlotte lehnte an der Ecke des Diwans, sah aber nicht beschämt, sondern verblüfft aus.

Alex beugte sich vor und liebkoste ihr Gesicht.

»Was war das?«, fragte sie schließlich.

»Was?«, erwiderte Alex. Er verstand ihre Frage nicht.

»Was ist mit mir geschehen?« Sie sah ihn an und ihre Augenbrauen flogen hoch zu ihren Locken.

Alex konnte ein Lächeln nicht unterdrücken. »Du hattest einen Orgasmus. In Frankreich nennen sie es *la petite morte* – den kleinen Tod.« Charlotte sah nachdenklich vor sich hin.

»Wird es wieder passieren?«

Alex lachte beinahe laut los. »Das verspreche ich«, antwortete er. »Das verspreche ich.«

Charlotte dachte darüber nach, während sie die Ärmel ihres Morgenkleides nach oben zog und ihren Rock zurechtrückte. Dann streckte sie die Hand an Alex vorbei aus und nahm eines von den Gurkensandwichs, die Campion zum Lunch gebracht hatte.

Alex dachte angestrengt an Pferderennen. Pferderennen langweilten ihn zu Tode und so war das sein persönliches Mittel geworden, seinen Körper in den Griff zu bekommen. Staunen erfüllte ihn. Seine Verlobte hatte gerade eine Erfahrung gemacht, die manche Frauen niemals machten, und aß gelassen ein Sandwich. Seine Augen verengten sich und er sah genauer hin. Charlottes Hände zitterten. Tatsächlich lief ihr eine Träne über die Wange, als er sie beobachtete.

Alex seufzte. Wie durch ein Wunder verschwand die unangenehme Schwellung in seinen Pantalons. Er nahm sich ein Gurkensandwich und setzte sich neben seine Verlobte.

»Tatsächlich«, sagte er nachdenklich, »wird es nicht nur noch einmal passieren; es wird das nächste Mal noch viel besser sein. Weil ich dieses Mal dir Vergnügen bereitet habe und nächstes Mal werden wir das gegenseitig tun.«

Charlotte schreckte auf. Sie hatte überhaupt nicht an ihn gedacht.

»Stimmt etwas nicht?«, fragte sie.

»O nein. Ich werde nur explodieren, wenn du mich berührst«, sagte Alex fröhlich. »Verstehst du«, fuhr er mit samtener Stimme fort, »mein Körper sehnt sich danach, dir nah zu sein und dich zu *ruinieren*, wie man so schön sagt, und nur meine großartige, vornehme Selbstbeherrschung und mein Sinn für Humor halten mich hier zurück, so dass ich ein trockenes Sandwich essen kann.« Er legte es auf das Tablett zurück und wählte mit gerunzelter Stirn ein anderes. »Ich sollte dich in der Kutsche küssen und dann mit diesen verdammt unbequemen Hosen in meinen Club schlendern und so allen Gerüchten über meine Fähigkeiten den Garaus machen.«

Charlotte sah ihn nachdenklich an. Alex warf ihr einen verführerischen ... und belustigten Blick zu. Plötzlich kicherte Charlotte. Die Situation war recht amüsant, wenn auch nicht so, wie er dachte. Er wollte sie nicht ruinieren, indem er auf dem chinesischen Diwan ihrer Mutter weiter ging, dabei hatte er sie bereits ruiniert.

Sie berührte seinen Ärmel, während sie noch immer ein schlechtes Gewissen hatte. »Danke«, sagte sie. Bei diesen Worten sah Alex verwundert, ja schockiert aus.

»Was ist los?«, fragte sie.

»Nur eine Frau hat sich je bei mir bedankt ...« Er unterbrach sich und biss von seinem Sandwich ab.

»Hast du viele Geliebte gehabt?«

»Hunderte ... Tausende ...« Alex wedelte mit seinem Sandwich durch die Luft. Charlotte stieß einen leisen, missbilligenden Laut aus. Er beugte sich zu ihr und sah ihr in die Augen. »Ein Gentleman spricht nie über seine anderen Eroberungen«, meinte er. »Aber da du meine letzte Eroberung sein wirst, kann ich dir sagen, dass ich mich nicht erinnern kann, je so erregt gewesen zu sein wie heute Nachmittag ... niemals in meinem ganzen Leben und mit keiner von den Tausenden Frauen.«

Charlotte errötete.

»Wir haben aufgehört«, sagte Alex, »weil ich dich eine Stunde, zwei Stunden lang auf einem bequemen Bett lieben möchte.« Seine Augen funkelten schelmisch. »Und ich möchte, dass wir verheiratet sind. Du wirst meinen Ring tragen und du wirst mir gehören und sonst niemandem. Und ich möchte, dass deine erste Erfahrung der Beginn einer langen Reihe von gemeinsamen Nächten und Tagen ist.«

»Tage?«, wiederholte Charlotte verwirrt.

»Tage«, bestätigte Alex und lächelte. »Mein Schlafgemach hat große Fenster und ich werde dich auf mein Bett legen, während die Mittagssonne auf uns scheint, und«, seine Stimme war kaum mehr als ein Flüstern, »ich werde mich den ganzen Nachmittag an deinem Körper ergötzen.«

Charlotte fühlte sich, als sei sie inzwischen puterrot angelaufen.

»Verdammt!«, meinte Alex leichthin. »Ich erreiche meine Grenzen. Ich werde ein kaltes Bad nehmen müssen.« Charlotte kicherte.

Alex streckte eine Hand aus, legte ihr den Arm um die Schultern und spielte mit ihren Locken.

»Also, willst du mich heiraten? Soll ich deinem Vater sagen, dass du einverstanden bist?«, fragte er.

Charlotte sah zu ihm auf, ihr Herz zersprang beinah vor Liebe zu ihm. Sie liebte seine wilden, schwarzen Augen, seine hochfliegenden Augenbrauen, seinen ironischen Sinn für Humor ... sie liebte ihn.

»Du hast nicht immer Recht, weißt du?«, flüsterte sie ihm mit leuchtenden Augen zu.

»Oh?« Er zog eine Augenbraue hoch. »Ich versichere dir, dass niemand je gesagt hat, dass ich im Unrecht sei!«

»Vielleicht gibt es Liebe auf den fünften oder sechsten Blick«, sagte Charlotte mit süßer Stimme. Sie legte ihm die Arme um den Hals. »Vielleicht ist Liebe zu glauben, dass der geliebte Mensch schön, intelligent und humorvoll und durch und durch ... begehrenswert ist. Vielleicht ...« Aber Alex unterbrach sie, indem er seinen Mund auf ihren senkte.

Die Stille im Chinesischen Salon wurde erst dadurch gebrochen, dass die Tür kurze Zeit später geöffnet wurde und ein ziemlich zerzauster, aber sehr glücklicher Graf und eine ebenso glückliche, aber gelassen wirkende, zukünftige Gräfin heraustraten.

Kapitel 13

Drei Tage vor ihrer Hochzeit legte Charlotte voller Nervosität letzte Hand an ihr Porträt von Chloe van Stork. Chloe saß geduldig auf der Couch, wie sie wochenlang gesessen hatte, aber Charlotte sah, dass auch sie nervös war. Chloe hatte sich das Porträt noch nicht angesehen. Sie wollte, dass es eine Überraschung war, erklärte sie etwas kindisch. Schließlich zwang sich Charlotte, den Pinsel beiseite zu legen. Sie zitterte so stark, dass sie das Porträt vor lauter Nervosität womöglich ruinieren würde. Es war so seltsam, gleichzeitig das Porträt zu beenden und zu heiraten. Es war, als würde sie ihr altes Leben ablegen ... nein, das war dumm. Alex hatte bereits ein großartiges Atelier für sie in seinem Haus eingerichtet. Er hatte es neben sein Arbeitszimmer gelegt, damit sie in seiner Nähe war. Charlotte lächelte töricht in sich hinein. Sie wischte ihren Pinsel sorgfältig sauber und legte ihn beiseite. Später würden die Dienstboten all ihre Farben zusammenpacken und zum Grosvenor Square bringen. Zu unserem Haus, dachte sie.

»Möchtest du jetzt dein Porträt ansehen, Chloe?«

Chloe fuhr überrascht auf. Sie ist so ein netter Mensch, dachte Charlotte liebevoll, als sie Chloes kleines, ernstes Gesicht und die klaren Augen betrachtete. Die beiden jungen Frauen waren während der acht Wochen, die Charlotte für das Porträt benötigt hatte, gute Freundinnen geworden. Charlotte betrachtete ihr Werk argwöhnisch. War sie da? Chloes tiefe Ehrlichkeit? Sie glaubte ja. Die andere Seite von Chloe, der lebhafte Funke des Verlangens, der Charlotte vor zwei Monaten so deutlich erschienen war, trat im fertigen Porträt schwächer zutage. Vielleicht weil Chloe selbst ihren sehnsüchtigen Blick, den sie nach dem Abend mit *König Lear* gehabt hatte, verloren hatte. Der Abend, bevor Alex um meine Hand angehalten hat, dachte Charlotte und lächelte leicht, aber unwiderstehlich. Sie konnte nicht aufhören zu lächeln, wenn sie an ihn dachte.

»Ich habe nie zwei vernarrtere Narren gesehen!«, hatte ihre Großtante Margaret, eine furchterregende Dame in bester Verfassung, erklärt. Lady Margaret hatte einen geschwollenen Zeh und war während des förmlichen Diners, das der Herzog von Calverstill gab, um die Verlobung seiner Tochter mit dem Grafen von Sheffield und Downes zu feiern, besonders gereizt gewesen. »Wir werden ja sehen, wie lange das anhält«, sagte sie gehässig. Aber Margaret hatte ihre jüngste Nichte wirklich gern und Alexander schien ein Mann von der anständigen Sorte zu sein. Sie hatte seinen Vater, Old Brandy Balls, wie sie ihn in ihrer Jugend genannt hatte, sehr gemocht. Er wäre entsetzt, wenn er wüsste, dass sein Sohn den Spitznamen der Unmögliche Graf trug.

In Charlottes Atelier schlug Chloe ihre Hand vors Gesicht. »Das bin ich nicht!«

Charlotte sah sie verwundert an. »Natürlich bist du das, Chloe. Es sieht genau aus wie du.«

»Nein«, hauchte Chloe. »Es ist viel zu schön.« Ein kleines Lächeln erschien um Charlottes Mundwinkel.

»Du bist eine fantastische Schönheit, meine Liebe.« Sie legte Chloe einen Arm um die schmalen Schultern. »Du musst dich an diese Tatsache gewöhnen.« Charlotte hatte sich entschieden, Chloe nicht in einer modischen Umgebung, wie einem verfallenen Tempel oder einer Blumenwiese, zu malen, sondern auf dem Diwan, auf dem sie auch Modell gesessen hatte. Seine leicht abgenutzte Oberfläche wurde durch Chloes schweres Köperkleid, das sie bei den Sitzungen oft getragen hatte, betont.

»Meinst du nicht, dass das Bild mit einem neuen Kleid schöner wäre?«, hatte Chloe zweifelnd gefragt, als Charlotte ihre Absicht verkündete. »Schließlich hat Sissy ein ägyptisches Kostüm ...«

Charlotte unterbrach die Bemerkung. »Bitte erwähne nie wieder dieses vulgäre Porträt, das Sissy in Auftrag gegeben hat! Die arme Lady Commonweal war wochenlang außer sich. Kleopatra, also wirklich! Was Kleider betrifft, hat Sissy keinen Geschmack.«

Chloe dachte daran, ihre Schulfreundin zu verteidigen, und entschied sich dann zu schweigen. Sissy hatte einen schrecklichen Geschmack, was Kleider betraf, das konnte sie nicht leugnen. Chloe glaubte, dass sie einen guten Geschmack hätte, wenn ihre Mutter ihr erlauben würde, ein nach der aktuellen Mode geschneidertes Kleid auszusuchen. Aber jetzt, da Baron Holland seine Werbung aufgegeben hatte, sagte Mrs van Stork ziemlich offen, dass sie keinen Grund sah, eine riesige Summe Geld für Chloes Ausstattung auszugeben. Wenn sie einen anderen Kavalier fand, würden sie weitersehen. Aber Chloe dachte voller Qual, dass sie keinen anderen Galan wollte. Sie wollte Will, Will ganz allein. Aber Will war nicht nur aus ihrem Leben verschwunden, sie hatte ihn seit mindestens einem Monat nicht im Theater gesehen – nicht einmal von weitem. Sie würde über ihn hinwegkommen, versprach sie sich. Sie würde aufhören, sich jeden Tag in den Schlaf zu weinen.

Auf Charlottes Porträt sah sie gewiss nicht wie ein weinerliches junges Ding aus. Charlotte hatte Chloe in Dreiviertelansicht gemalt. Gegen den dunklen Hintergrund des Kleides und der Couch sah sie mit ihrer porzellanweißen Haut und den dunkelblauen Augen wie eine überirdische Schönheit aus, es verlieh ihr unzweifelhaft ein gelassenes Aussehen.

»Normalerweise fühle ich mich nicht so«, sagte Chloe ziemlich kleinlaut.

Charlotte zog sie zum Diwan. »Jetzt wo das Porträt fertig ist, möchte ich wissen, was los ist«, meinte sie. »Wo ist Will? Ich habe ihn seit Wochen nicht gesehen!«

»Ich weiß nicht«, erwiderte Chloe mit kläglicher Stimme. »Ich habe keine Ahnung.«

»Hm«, sagte Charlotte. »Es ist nicht Wills Art, den ersten Teil der Saison zu verpassen.«

»Ich weiß«, erwiderte Chloe auf ihre unausgesprochene Bemerkung. »Er muss eine reiche Braut finden, nicht wahr?«

Chloes offensichtlicher Kummer rührte Charlotte. Sie überhörte die Frage einfach.

»Hast du ihn abgewiesen?«, fragte Charlotte.

Chloe senkte den Blick und starrte auf ihre Hände, mit denen sie die Falten ihres schweren Rockes immer wieder neu faltete. »Nein«, antwortete sie halb flüsternd. »Er hat mich nicht gefragt.«

»Glaubst du, dein Vater könnte ihn gewarnt haben? Er muss nämlich wirklich ein Vermögen heiraten, du armes Ding. Nach allem, was ich gehört habe, könnte er sein Gut verlieren, weil sein Vater süchtig nach Rennpferden war. Es ist eine Schande.«

Chloe schüttelte den Kopf. »Das glaube ich nicht. Mein Vater mochte ihn sogar – er hat gesagt, dass Will, Baron Holland, mehr vom Handel verstünde als der durchschnittliche, leichtsinnige Adlige – oh, Charlotte, es tut mir Leid. Ich wollte dich – oder irgendjemand anderen – nicht beleidigen.« Ihre Stimme wurde zu einem Flüstern. »Die Wahrheit ist, dass der Baron wohl entschieden hat, dass er die Sache nicht zu Ende bringen konnte. Es ist eine Sache, ein Vermögen zu heiraten, aber es ist etwas anderes, sich vorzustellen, einen Menschen zu heiraten, besonders die Tochter eines Kaufmanns. Ich glaube, dass er sich einfach nicht überwinden konnte, mir einen Antrag zu machen, und deshalb aufs Land gefahren ist.«

Charlotte umarmte sie. Dann stand sie auf und drehte ihr Porträt um, so dass es zur Couch sah.

»Chloe van Stork«, sagte sie entschlossen. »Sieh dir das Bild an.« Chloe tat wie ihr befohlen. »Glaubst du wirklich, dass Will der Vorstellung, diese Frau zu heiraten, widerstehen könnte?« Chloe sah sich das Bild an, aber sie sah die zarte Aufforderung in ihren eigenen blauen Augen nicht, nicht die Vornehmheit ihrer hohen Wangenknochen und schmalen Schultern und den versteckten Anflug sinnlicher Leidenschaft auf ihren vollen roten Lippen.

»Ja«, antwortete sie.

»Nun, dann hast du Unrecht.« Chloe verarbeitete das stumm. »Will kommt zu unserer Hochzeit«, fügte Charlotte hinzu.

Der Graf von Sheffield und Downes heiratete mir mehr Pomp und Glorie, als es London seit Jahren erlebt hatte. Die Einladungsliste für die Hochzeit war streng kontrolliert worden und beschränkte sich auf Peers und besondere Freunde von Braut und Bräutigam. Allein das reichte aus, dass jeder, der auch nur den geringsten Anspruch darauf hatte, zur Londoner Gesellschaft zu gehören, darauf brannte, eine Einladung zu erhalten, und bisher waren nur zwei Einladungen abgelehnt worden. Charlotte konnte nicht vor die Tür gehen, ohne von Reportern des *Tatlers* oder der *Gazette* attackiert zu werden, es gab sogar eine fast ständige Klatschkolumne im *Tatler*, in der über das Hochzeitskleid, die Hochzeitsreise und das zukünftige Leben (kinderlos oder nicht?) spekuliert wurde.

»Nun gut«, meinte Charlotte pragmatisch. »Was wirst du bei der Hochzeit tragen?« Chloe schüttelte den Kopf. Um ehrlich zu sein, hatte sie sich noch nicht entschieden, ob sie der

Zeremonie beiwohnen sollte. Ihre Eltern hatten die Einladung entschieden abgelehnt, obwohl sie maßlos erfreut waren, eingeladen worden zu sein. Wenn sie an der Zeremonie teilnahm, würde sie von Sissy und ihren Eltern begleitet werden. Aber sie hatte nicht daran gedacht, etwas Besonderes zu tragen. Was machte das schon aus? Will war ohnehin nicht in London. Jetzt fing ihr Herz an, schneller zu schlagen. In drei Tagen würde sie ihn sehen.

»O nein!«, rief Chloe voller Qual. »Es ist zu spät, ein Kleid zu bestellen ... Ich werde eines von diesen tragen müssen.« Sie zerrte wieder an dem schweren Köperstoff.

»Nein«, erwiderte Charlotte. »Nein, wirklich nicht. Weißt du, meine Mutter denkt seit Wochen nur noch an meine Aussteuer – na ja, seit Alex mir den Antrag gemacht hat. Und das bedeutet, dass mein Zimmer voller Kleider ist, mehr als ich in einem Jahr tragen kann. Und es bedeutet, dass Näherinnen im Haus sind. Sie sind seit einem Monat hier und nähen. Lass uns gehen. Wir suchen ein Kleid aus und sie können es bis morgen ändern.«

»Nein, nein«, stieß Chloe hervor. »Das kann ich nicht annehmen! Ich werde nicht zulassen, dass ... du wirst diese Kleider doch bei deiner Hochzeitsreise brauchen!«

Charlotte lächelte anzüglich, als sie Chloe ansah und unaufhaltsam zur Tür zog. »Nein, das werde ich nicht. Alex sagt, dass ich überhaupt keine Kleider brauchen werde.« Das brachte Chloe zum Schweigen und Charlotte führte sie nach oben.

Am Tage von Charlottes Hochzeit begannen die Londoner, sich um fünf Uhr morgens vor Westminster Abbey zu versammeln, um sehen zu können, wie der Adel in die Kapelle einzog. Bis zum frühen Nachmittag hatte sich ein kleines, fröhliches, ausgesprochen höfliches Grüppchen versammelt, das heiser die Kleidung jedes einzelnen Gastes kommentierte – sogar die alte Lady Tibblebutt erhielt Applaus, als sie aus ihrer Kutsche wankte und sehr deutlich erklärte, dass sie noch nicht senil sei. Ein besonders freundlicher Zuschauer bot ihr sogar an, sie glücklich wie einen Fisch im Wasser zu machen, bis die Menge ihn durch Buhrufe zum Schweigen brachte.

Somit war es ein wirkliches Kompliment, dass selbst die unverschämtesten Lehrlinge vor Anerkennung verstummten, als Miss Chloe van Stork Sir Nigel Commonweals Kutsche entstieg. Diamantentropfen hingen an ihren Ohren und ihre blauen Augen strahlten. Aber was die Reporter dazu veranlasste, eifrig durch ihre Notizbücher zu blättern, war die unwiderstehliche Kombination ihrer magnolienweißen Haut mit ihrem rotbraunen Haar und dem gewagten grünen Kleid, das nur von Antonin Carême kreiert sein konnte. Monsieur Carême war in Anbetracht der Tatsache, dass man zur Presse hatte durchsickern lassen, dass er Lady Charlottes Brautkleid entworfen hatte, der Mann des Tages. Es wurde eifrig über den Stil des Brautkleides spekuliert. Miss van Storks Kleid war ein klassischer Carême: Der fließende, leichte Stoff schien ihren Busen kaum zu bedecken und schmiegte sich leicht um ihre Beine. Aber würde Charlotte Daicheston zu ihrer Hochzeit etwas so Gewagtes tragen?

Um Viertel vor vier hatten die Lakaien an den Türen der Westminster Abbey beinahe alle Namen auf ihren Listen abgehakt. Wenige hatten es gewagt, zu spät zu kommen, da sie fürchteten, in der großen Anzahl der Kutschen, die die Kirche umringten, stecken zu bleiben. Die Menge war fieberhaft gespannt. Der Bräutigam war da, jeder hatte gesehen, wie er hineingegangen war, ohne nervös zu wirken.

»Na ja, ’s ist das zweite Mal für ihn, nich wahr?«, sagte eine gewisse Mall Trentle.

»So isses, so isses«, sagte ihr Freund Mr Jack. »Was den nervös macht, is nicht die Hochzeit, sondern die Nacht!«

»Du bist mir vielleicht ein Witzbold, Jack«, erwiderte Mall mürrisch. Sie zog es vor zu glauben, dass der Graf – was für ein hübscher Bengel er doch war! – in diesem Bereich keine Probleme hatte.

»Und wo ist die Braut? Vielleicht hat sie die Fliege gemacht«, meinte Jack.

»Abgehauen, die? Nie«, sagte Mall entrüstet. »Wer würde son Kerl wie den verlassen, einen Grafen und all das, und selbst wenn er ein Weichei ist, was macht's der schon aus?«

Jack runzelte die Stirn. Es verletzte seinen Sinn für Anstand, sich eine Frau vorzustellen, die sich aus solchen Dingen nichts machte.

»Nun ja, Mall«, begann er wichtig, aber dann geriet die Menge in Bewegung. Wie eine Welle ging ein Raunen durch die Reihen, als sei plötzlich ein Schwarm Stare auf einem Weidezaun gelandet. Die Braut war angekommen.

In der Kutsche ihres Vater saß Charlotte vollkommen still da. Sie war nervös und konnte nicht aufhören, vor sich hin zu lächeln. Ihre Mutter auf dem gegenüberliegenden Sitz hatte bereits angefangen zu weinen. Aber Charlotte machte sich deshalb keine Sorgen, bei den Hochzeiten ihrer Schwestern hatte ihre Mutter die ganze Zeit geweint. Adelaide schluchzte laut auf.

»Mama«, protestierte Charlotte halb lachend. »Wir sind da, wir sind vor der Kirche.«

Marcel zwickte seine Frau liebevoll in den Arm. »Denk jetzt daran, worüber wir gesprochen haben, Addie«, sagte er leise. »Du kannst die ganze Nacht weinen, aber jetzt Schluss damit.«

Adelaide riss sich zusammen und schauderte leicht. Marcel hielt es für sehr wichtig, dass sie nicht weinte, da man das so auslegen könnte, dass ihr die Eheschließung nicht gefiel. Aber wer könnte etwas gegen diese Eheschließung haben. Lieber Alexander, liebe Charlotte: Sie waren so verliebt.

Zuerst tauchte die Herzogin mit wahrhaft königlichem Gebaren aus der Kutsche auf. Sie schritt am Arm ihres Cousins mütterlicherseits, des Marquis von Dorchester, in die Kirche. Aus der folgenden Kutsche entstieg eine der Schwestern der Braut mit ihrem Mann, dem Marquis von Blass. Noch eine Schwester und der Bruder der Braut folgten: Die Zeitungen hatten berichtet, dass sie nur wegen der Hochzeit den weiten Weg von Amerika gekommen waren. Und schließlich stieg der Herzog von Calverstill selbst aus seiner Kutsche und blieb an der Tür stehen.

Als Charlotte an der Kutschentür erschien und ein Lakai in Livree ihr vorsichtig heraushalf, herrschte einen Moment lang Totenstille, ein auf Londons lauten, überfüllten Straßen sehr seltenes Phänomen. Dann brach die Menge in einen Begeisterungssturm aus.

Antonin Carême hatte sich selbst übertroffen. Charlottes Kleid war durch und durch französisch, im Empirestil. Aber es war aus sehr, sehr schwerer Seide, nicht aus Carêmes üblichen leichten Stoffen. Es hatte ein klassisches kleines Oberteil, das knapp unter Charlottes Brüsten endete, doch der Rock war eher schmal als leicht und fließend. Die schwere Seide fiel und fiel, Charlotte schien nur aus Beinen und Busen zu bestehen. Am Rücken befand sich eine winzige Schleppe, deren Gewicht Charlottes Gang etwas Getragenes verlieh. Die größte Überraschung jedoch waren die dicht auf die weiche Seide gestickten kleinen Smaragde, die wie ein Teil des Gewebes wirkten. Charlotte war unglaublich schön. Smaragde glitzerten in ihrem Haar und funkelten auf ihrem Kleid. Carême selbst hatte Tränen vergossen, als er der letzten Anprobe an diesem Nachmittag beigewohnt hatte. Seine Zukunft war gesichert, doch er weinte, weil er wusste, dass er nie wieder eine so zauberhafte Braut einkleiden würde.

Charlotte verspürte einen Augenblick lang Panik, als sie unter dem schweren, steinernen Torbogen über dem Eingang der Westminster Abbey hindurchging. Was, wenn Alex es sich anders überlegt hatte? Was, wenn er sie doch nicht heiraten wollte? Aber dort stand er, vorn in der Abtei. Sie atmete tief durch und begann ihren langen Gang zum Altar.

Die Orgelmusik wurde leicht und fröhlich, um die Ankunft der Braut anzukündigen. Und die Londoner Gesellschaft staunte mit offenem Mund, als sie Charlotte sah.

Alex stand vorn in der Kirche, den Blick auf Charlotte geheftet. Er hatte in seinem ganzen Leben keine so schöne Frau gesehen. Er brauchte seine ganze Selbstbeherrschung, um nicht den Gang hinunterzustürzen und sie auf seine Arme zu nehmen. Er stand stocksteif da. Lucien Boch, der wegen der Abwesenheit von Alex' Bruder Patrick (der immer noch den Orient bereiste), als Trauzeuge fungierte, schnappte nach Luft. Alex warf ihm einen Blick zu.

»Du hast Glück«, meinte Lucien einfach, »die Sterne sind dir gewogen.«

Alex lächelte. Lucien hatte die wunderbare Eigenschaft, verwickelte Dinge kurz und knapp auf das Wesentliche zu reduzieren. Die Sterne waren ihm wirklich gewogen. Alles was er wollte, wurde ihm geliefert – und als Extrabonus saß Pippa in der ersten Reihe und kuschelte sich ruhig in die Arme des Kindermädchens, das Charlotte ausgewählt hatte. In den wenigen Wochen vor der Hochzeit war es Charlotte gelungen, Pippas ängstliche Reaktionen auf Fremde zu bezähmen.

Charlotte näherte sich dem Altar der Abtei. Sie hatte noch nicht den Mut, aufzusehen und Alex' Blick zu begegnen, obwohl sie spürte, wie er sie ansah. Der Herzog drückte leicht die Hand seiner Tochter.

»Alles in Ordnung?«, fragte er mit rauer Stimme.

»Ja.« Sie tauschten den Blick, der zwischen Vätern und Töchtern getauscht wird, seit es Hochzeiten gibt. Charlotte beugte sich vor und gab ihm einen flüchtigen Kuss. Der Herzog legte ihre Hand in Alex', drehte sich um und gesellte sich zu seiner Frau.

Charlotte hob den Kopf. Alex lächelte sie so zärtlich an, dass es ihr warm ums Herz wurde. Der Erzbischof räusperte sich und sie wandten ihr Gesicht dem Altar zu.

Später konnte sich Charlotte nur an Bruchstücke der Zeremonie erinnern. An die Gelübde – die Gelübde hatten sich tief in ihre Gedanken und ihre Seele gebrannt. Dich zu lieben und zu ehren, in guten wie in schlechten Zeiten, in Gesundheit und Krankheit, bis dass der Tod uns scheide. Und an den Augenblick, als Alex sie feierlich angesehen und alles wiederholt hatte, was der Priester sagte. Und dann waren seine Augenbrauen hoch geflogen und er sagte: »Mit meinem Körper ehre ich dich.« Und als der Gottesdienst beendet war und die Trompeten freudig von der Empore erschallten, hatte Alex sie umarmt und geküsst, als wolle er sie nie wieder loslassen. Und schließlich, als sie sich auf den Weg zurück den Gang entlang machten, war Alex stehen geblieben, hatte Pippa aus der ersten Reihe hochgenommen und sie hatte ihre Arme ausgestreckt und gerufen: »Kein Kindermädchen«, und Charlotte hatte sie den Gang hinuntergetragen, Pippas kleinen Kopf mit den weichen Locken an ihrer Schulter, während donnernder Applaus sie umgab.

Man war sich einig, dass die Hochzeit des Grafen von Sheffield und Downes mit Lady Charlotte Daicheston die romantischste Zeremonie der neueren Geschichte war. Nur die wirklich Kleinlichen murmelten etwas von ›unmöglich‹ und ›frühere Ehen‹. Lady Skiffing wurde gesehen, wie sie eine Träne wegwischte und später einräumte, dass es ein sehr bewegendes Ereignis gewesen sei. Lady Prestlefield brüstete sich laut damit, dass die *lieben Kinder* sich in ihrem eigenen Haus begegnet seien.

Es gab natürlich auch Männer, die auf Charlottes fülligen, weichen Busen und auf den schattigen Spalt zwischen ihren Brüsten sahen und inbrünstig den Augenblick herbeisehnten, wenn die Braut ihres unfähigen Mannes müde wurde. Aber sie sagten nichts. Und es gab Frauen, die einen so heftigen Stich verspürten und eifersüchtig Alex' Bewunderung sahen, dass sie der Braut ein Bein hätten stellen wollen, als sie aus der Kirche ging. Aber sie taten es nicht. Die Hochzeit war ein großer Erfolg: Sie erreichte genau das, was Charlottes Mutter und Vater geplant hatten. Sie zeigte Charlotte und Alex als ein Paar, das man bewunderte, dem man huldigte und das man nachahmte; sie verbannte die Gerüchte über die frühere Ehe weit in die Vergangenheit.

Tatsächlich hätte nur ein Holzkopf, der das frisch verheiratete Paar auf dem von Herzog von Calverstill nach der Hochzeit veranstalteten Ball tanzen sah, nicht gesehen, dass die Nacht lang und leidenschaftlich werden würde. Es ertönten viele Seufzer, als Alex Charlotte bei ihrem ersten Tanz als verheiratetes Paar durch den Saal führte, ihre Körper bewegten sich, als wären sie eins, und mit starken Armen zog er sie bei jedem Takt enger an sich.

»Wie lange müssen wir bleiben?« Alex zwinkerte Charlotte unverschämt zu.

»Sei ruhig!« Sie musste kichern.

»Es ist so weit, die Grenze meiner Selbstbeherrschung ist erreicht. Über zwei Monate lang grausame Folter ... und du möchtest, dass ich hier bleibe und meine alten Freunde und deine Großtanten anlächle?«

»Warum Folter?« Charlotte gab vor, beleidigt zu sein. »Habe ich dir nicht jeden Abend einen Gute-Nacht-Kuss gegeben?«

»Ja ... so lange, wie es dauern würde, ein Ei zu braten!«

»Nein, länger«, protestierte sie. »Bei diesem Maßstab hättest du gestern Abend Eier für ein ganzes Regiment braten können, oder etwa nicht?«

»Es war nicht lange genug«, hauchte er an ihren Lippen. »Ich halte es nicht mehr aus. Mein Verlangen macht mich verrückt. Es macht mich wahnsinnig. Was, wenn ich den Verstand verliere, mir die Kleider vom Leib reiße, nackt in den Hydepark laufe und in Bedlam ende?«

Charlotte gluckste mit funkelnden Augen. »Wenn ich glauben würde, dass das geschähe, würde ich darauf bestehen, dass wir bis Mitternacht bleiben.«

»Pst, Charlotte«, erwiderte Alex. »Wenn die alten Damen wüssten, wie verzweifelt du dich danach sehnst, mich nackt zu sehen, es wäre nicht auszudenken, wie sich das auf deinen Ruf auswirken würde.«

»Ich bin eine alte, verheiratete Dame, Alexander Foakes.«

»Also glaubst du nicht, dass verheiratete Damen sich wünschen, mich nackt zu sehen?« Alex sah sie mit gespielter Lüsternheit an.

»Ich bin eine verheiratete Dame, eine verheiratete Gräfin«, sagte Charlotte leise. »Und ich bin sehr daran interessiert, dich nackt zu sehen.« Alex sah sie mit dunklen Augen an und legte sein Gesicht auf ihr weiches Haar.

»Ich werde nicht darauf reagieren«, meinte er schließlich mit rauem Unterton. Charlotte lächelte in sich hinein und lehnte sich an ihn. Er spürte den sanften Druck ihrer Brüste an seiner harten Brust. Alex atmete tief durch und kämpfte um seine Selbstbeherrschung, was er in den letzten Monaten sehr häufig getan hatte. Mein Gott, wenn all die Skandalliebenden nur wüssten, wie nahe er dem genau gegenteiligen Problem war. Priapismus, so nannte man es wohl. Eine anhaltende, schmerzhafte Erektion.

Chloe stand inmitten einer Gruppe junger Damen, die dem frisch verheirateten Paar beim Tanzen zusahen. Ihre Augen blickten wehmütig, wenn auch ihr Gesicht gelassen schien. Das Gleiche konnte man von ihrer Freundin Sissy nicht behaupten, die Charlotte und Alex ganz offen anstarrte. Tatsächlich entschied Sissy gerade wütend, dass sie Richard Felvitson heiraten würden, auch wenn er ein jüngerer Sohn war und ihre Mutter erklärt hatte, dass er absolut nicht in Frage kam. Man sehe sich nur Charlotte an. Sie heiratete einen ›Unmöglichen Grafen‹ – und sieh nur, wie glücklich sie war! Chloe, die nichts von Sissys verwegenen Gedanken ahnte, kämpfte gegen die Tränen an, die ihr den Hals zuschnürten.

Charlottes Kleid hatte bei Chloe Wunder bewirkt. Ihre Tanzkarte war voll und insgesamt fünf Gentlemen hatten sie um die Ehre gebeten, sie zum Diner begleiten zu dürfen. Aber wenn Baron Holland überhaupt hier war, hatte Das Kleid – wie Chloe es in Gedanken nannte – ihn nicht berührt. Als Chloe in die Kirche ging, hatte sie zuerst geglaubt, links an einem Seitengang einen Blick auf seine zerzausten, blonden Locken erhascht zu haben. Aber selbst als sie den Hals reckte, um ihn wieder zu sehen, konnte sie ihn nicht finden. Und wenn er bei dem Ball war, hatte er sich nicht die Mühe gemacht, sie um einen Tanz zu bitten. Charlottes und Alex' Tanz ging zu Ende und der eigentliche Ball begann.

Peter Dewland verbeugte sich höflich vor Chloe und sie lächelte ihm schüchtern zu. Seit sie Peter am Abend von *König Lear* in Charlottes Loge begegnet war, mochte sie ihn. Er schien ebenso ruhig zu sein wie sie, und belästigte sie nie mit unanständigen Bemerkungen oder dem Versuch, sie zu küssen. Sie stellten sich zu einem Volkstanz auf und durch einen glücklichen Zufall waren sie eines der ersten Paare, die leichtfüßig durch den Bogen aus verschränkten Händen tanzten, sie drehten und wirbelten auf dem Weg zur anderen Seite, bis sie schließlich am hinteren Ende des Ballsaals anhielten. Sie plauderten eine Weile und Peter erzählte Chloe alles über das Feuerwerk, das sie verpasst hatte, weil sie Vauxhall so früh verlassen hatte.

»Möchten Sie etwas Limonade?«, fragte er, als ihm bewusst wurde, dass der Tanz sich seinem Ende näherte.

»Ja, gern.« Chloe lächelte ihn arglos an und bemerkte die blauen Augen nicht, die sie aus einer Entfernung von etwa einem Fuß wütend beobachteten.

Peter lächelte warmherzig zurück. Er mochte Chloe wirklich; sie erinnerte ihn an seine jüngere Schwester Bess. »Ich bin sofort wieder da.«

Ein riesiger, harter, muskulöser Körper ragte hinter Chloes rechter Schulter auf. Sie wandte schnell den Kopf. Es war Will. Seine Augen waren ebenso blau, wie sie sie in Erinnerung hatte; blauer als der Himmel an einem heißen Julitag.

»Oh, Sie sind es«, sagte sie lahm.

»Ja, ich bin es«, fuhr Will sie an. »Was um Himmels willen haben Sie mit sich angestellt?«

»Warum, was meinen Sie?«

Wills Augen verengten sich. »Das war Charlotte, nicht wahr? Sie hat Sie ausstaffiert wie eine französische Hure. Sie sehen schrecklich aus. Was haben Sie vor – einen Grafen zu heiraten?«

Das war eine besonders unglückliche Bemerkung, da in diesem Augenblick Chloes nächster Tanzpartner erschien: Braddon Chatwin, der Graf von Slaslow.

»Ach, hier sind Sie, Miss van Stork. Nein, diesen können Sie mit ihr nicht tanzen«, sagte er freundlich zu Will. »Sie gehört mir, für den nächsten Tanz *und* für das Diner.«

Der Ausdruck tiefer Verletztheit in Chloes Augen wich eisiger Kälte, als sie Will zunickte und Braddons Arm nahm. Dann drehte sie sich gemächlich um und lächelte Braddon an.

»Wollen wir einen kleinen Spaziergang auf der Terrasse machen, bevor wir tanzen, Mylord?«

Braddons freundliches Gesicht leuchtete auf. »Es wäre mir ein Vergnügen, Miss van Stork.« Als sie sich ihren Weg zur Terrasse bahnten, war alles, was Will hören konnte, Braddons wiederholte Beteuerungen, was für ein Vergnügen es ihm doch sei. Er fluchte still vor sich hin. Was war nur los mit ihm? Er hatte sich so danach gesehnt, Chloe zu sehen, und wenn er sie sah, benahm er sich wie ein Dummkopf, ein gemeiner, niederträchtiger Trottel.

Als Braddon und Chloe nach einem Walzer eine Pause machten, lächelte Chloe ihn angestrengt an. Es fiel ihr sehr schwer, nach Wills ungerechtfertigtem Angriff ein fröhliches Gesicht zu machen. Sie wusste nicht, was sie davon halten sollte. Warum war er verärgert über ihr schönes Kleid? Chloe hatte keine Ahnung, wie wunderbar sie in dem Kleid aussah und dass jeder Mann im Saal danach lechzte, sie anzusehen. Will dagegen sah, wie diese Männer Chloe anstarrten, und fühlte sich wie ein Bulle, der auf eine Hundemeute losgelassen wurde. Er sah rot.

In dem Moment, als Braddon seinen Arm um Chloes Taille legte, packte Will sie am Ellbogen. Sie zuckte überrascht zusammen.

»Sie schon wieder!«, meinte Braddon, sehr viel unfreundlicher als zuvor. »Ich war gerade dabei, Miss van Stork zu ...«

»Sie wird nirgendwo hingehen!«, fuhr Will ihn an. »Sie ist beschäftigt.«

»Nein, das bin ich nicht!«, sagte Chloe scharf und versuchte ihren Arm aus seinem harten Griff zu befreien. »Ich gehe mit Ihnen nirgendwohin, Sie ...«

Will wurde immer wütender. »O doch, das werden Sie! Wenn Sie noch einmal auf die Terrasse gehen, dann werden Sie mit mir gehen!« Braddon sah bedauernd von einem zum anderen. Schade, er mochte Miss van Stork wirklich. Er war nahe daran gewesen, sie als die Antwort auf die Gebete seiner Mutter zu sehen. Aber na ja, sagte er sich selbst. Wenn er auch nicht der klügste Mann in London war, so hatte man ihm schon mehrere Male gesagt, dass er für einen Mann sehr *sensibel* sei. Und was ein sensibler Mann in einer solchen Situation tat, war offensichtlich, er machte sich rar.

»Miss van Stork, zu Ihren Diensten«, sagte er. »Will.« Er verbeugte sich hoheitsvoll (schließlich gab sie einen Grafen für einen Baron auf) und ging.

Chloe hob dickköpfig ihr Kinn. »Baron Holland«, sagte sie kühl und bot ihre gesamte Selbstbeherrschung auf, die sie sich in den Jahren angeeignet hatte, als sie die besten Schulen besucht hatte, ohne den besten Hintergrund zu haben. »Gibt es etwas, was Sie sagen möchten, abgesehen von einem weiteren Kommentar über mein Aussehen?«

Will starrte sie völlig verblüfft an. »Ja.« Er zog sie durch die geöffnete Terrassentür nach draußen. Chloe sah sich schnell um. Es waren genug Anstandsdamen da, mehrere Matronen saßen ruhig in der kühlen Abendluft.

»Nun?«, fragte sie in völlig desinteressiertem Tonfall und entzog ihm ihren Arm. Statt aufzusehen, begutachtete sie ihren Arm, als glaubte sie, bereits auftauchende blaue Flecke zu finden. Es herrschte kurze Zeit Stille. Will verfluchte sich noch einmal. Jahrelang hatte er verdientermaßen den Ruf eines Herzensbrechers gehabt. Er wusste haargenau, wie man einer Frau Komplimente machte, wie man aus einer kleinen, lustigen Neckerei einen erotischen Augenblick zauberte. Und wie man eine Frau fragte, ob sie ihn heiraten wolle. Er hatte weiß Gott schon drei Frauen gefragt. Also, wo war seine Gewandtheit hin? Er fühlte sich wie ein Geck, der die Bekanntschaft einer Gräfin machen wollte.

»Vielleicht ist das kein guter Zeitpunkt«, sagte er schließlich. Bei diesen Worten sah Chloe auf, ihre Blicke trafen sich kurz und sie senkte ihre Augen wieder. »Ich entschuldige mich,

Ihr Kleid beleidigt zu haben, Miss van Stork«, meinte er absichtlich förmlich. »Ich habe das natürlich nur aus Eifersucht gesagt.« Aber er sagte das so leichthin, dass es sich wie eine vorgeschobene Entschuldigung anhörte. Chloe nickte.

»Soll ich Sie hineinbegleiten? Ich bin sicher, Ihr nächster Tanzpartner sucht Sie bereits.«

Eine leichte Röte stieg Chloe ins Gesicht. Sie kämpfte darum, nicht in Tränen auszubrechen und zu weinen, wie sie es nie zuvor getan hatte. Sie nickte noch einmal stumm. Will nahm ihren Arm und übergab sie ohne ein weiteres Wort ihrem nächsten Tanzpartner. Glücklicherweise war der nächste Tanz ein lebhafter Cotillion und Chloe musste nicht reden. So lächelte sie ihren Tanzpartner nur an, wenn sie während des Tanzens gegen ihn stieß.

Der Abend nahm seinen Fortgang. Chloe glaubte, in ihrem ganzen Leben keinen schrecklicheren Ball durchgemacht zu haben. Will, der sich wütend jedes Mannes bewusst war, der Chloe in seine Arme nahm, flirtete heftig mit der Frau von Kapitän Prebworth. Und jeder wusste, dass Camilla Prebworth kein Kind von Traurigkeit war, dachte Chloe unglücklich. Sie versuchte ihn nicht zu beobachten, aber irgendwie schien sie immer Wills großen, blonden Kopf zu sehen, wo immer sie sich auch hinwandte. Vielleicht sollte sie Kopfschmerzen vorschützen und nach Hause gehen? Aber dann ... dann würde sie Will heute Abend nicht mehr sehen und er würde wieder aufs Land verschwinden. War es nicht besser, ihn von weitem zu sehen als gar nicht? Sie war hin- und hergerissen.

Dass sie zusah, wie Charlotte und Alex vom oberen Treppenabsatz des Ballsaals winkten, verstärkte nur ihren Kummer. Sie waren so glücklich, so verliebt. Alex blickte Charlotte an, als wäre sie der Mond und die Sterne ... ihn würde man nicht dabei ertappen, dass er sagte, seine Frau sähe aus wie eine französische Hure, dachte Chloe wütend. Und dann versuchte sie wieder, ihre Tränen zurückzuhalten. Es lag wahrscheinlich daran, dass Charlotte eine geborene Aristokratin, die Tochter eines Herzogs, war, und Will meinte, dass Chloe von zu niederer Herkunft sei, um ein solches Kleid zu tragen. Zuerst fühlte sie sich, als müsse sie sich übergeben, dann hätte sie ihm am liebsten ins Gesicht geschlagen.

Chloe und Braddon Chatwick unterhielten sich beim Diner sehr lebhaft, da Will Mrs Prebworth nur zwei Tische entfernt mit Hähnchenstücken fütterte. Chloe flirtete so heftig mit Braddon, dass der Graf von Kopf bis Fuß erschüttert wurde. Glücklicherweise behielt er den Kopf und versicherte sich, dass sein Einfühlungsvermögen ihn nicht täuschte und Miss van Stork nicht wirklich wollte, dass er sie sofort packte und mitnahm, um sie seiner Mutter vorzustellen.

Chloe hatte sich noch nie in ihrem Leben so schrecklich gefühlt. Sie flirtete mit einem großen, ungeschickten Mann. Er mochte ein Graf sein, aber er war der schwerfälligste Mann, dem sie je begegnet war. Sein einziger Gesprächsstoff schienen seine Ställe zu sein. Und unterdessen war Will kurz davor, Mrs Prebworth praktisch vor ihrer Nase und der gesamten Londoner Gesellschaft zu küssen! Schließlich hatte sie genug.

Sie sah Braddon gewinnend an. »Mylord, ich fühle mich plötzlich so müde, obwohl ich das Diner sehr genossen habe«, fügte sie hastig hinzu. »Würden Sie mich bitte zu Lady Commonweal geleiten?«

Als Will also wieder einmal einen Blick auf Chloe und diesen verwünschten Braddon, wie er seinen alten Schulfreund jetzt in Gedanken nannte, werfen wollte, war niemand mehr da. Der Tisch war von einer Herde schnatternder Matronen in Begleitung eines gelangweilten Ehemannes übernommen worden.

»Verdammt!«, fluchte er und sprang auf. Mrs Prebworth hob die Augenbrauen und lachte.

»Ist das Vögelchen ausgeflogen?«, fragte sie.

Will setzte sich wieder. »Sie haben mich durchschaut?«

»Nicht dass ich Ihre Aufmerksamkeit nicht zu schätzen wüsste«, versicherte Camilla Prebworth. »Aber ich hatte den Eindruck, als würde jemand zu unserer Rechten ermordet, so oft haben Sie dorthin gesehen. Nun gehen Sie schon und suchen Sie sie«, sagte sie. »Wenn Sie meinen Mann sehen, seien Sie so gut und sagen ihm, dass ich hier bin.« Sie war es leid, das Ziel so vieler Augen zu sein. Vielleicht war es an der Zeit, mit ihrem geliebten, lange leidenden Mann nach Hause zu gehen.

Will sprang auf und lächelte sie an. »Danke«, sagte er kurz. Er verließ den Speisesaal in Höchstgeschwindigkeit.

Sobald er den Ballsaal betrat, sah er sie. Irgendwie schienen seine Nerven auf Chloe gepolt zu sein. Er konnte sie sofort in jeder Menge ausmachen. Aber was um alles in der Welt sollte er jetzt tun? Die Commonweals nahmen unmissverständlich Abschied, Lady Commonweal plapperte vor sich hin, während sie ihre Schals und Pillendöschen einsammelte, und Sir Nigel Commonweal hielt den Umhang seiner Frau, während er seinen Blick – viel zu eifrig!, dachte Will zornig – über Chloes Busen schweifen ließ. Aber es war offensichtlich, dass die Gesellschaft aufgehalten wurde. Ihre lästige Tochter fehlte, dachte Will. Wie war noch ihr Name? So ähnlich wie Bessy, nur dass das der Name eines Milchmädchens war. Er sah, wie Lady Commonweal Chloe dringlich zu den Salons schickte, während ihr Gatte zur Terrasse und den dahinter liegenden Gärten aufbrach.

Will ging schnell an der Seite des Ballsaals entlang und zwängte sich durch Grüppchen schwatzender Mädchen und zwischen französischen Stühlen hindurch, auf denen Matronen mit kleinen, gestärkten Hauben saßen. Ab und zu passierte er einen vor sich hin grübelnden Kavalier, der an der Wand lehnte. Er hatte sie gesehen; er musste mit ihr reden. Morgen würde es zu spät sein. Dann plötzlich stand Chloe vor ihm. Sie arbeitete sich an der gleichen Wand entlang, statt direkt zu den Salons zu gehen, wie er angenommen hatte.

Chloe sah ihn mit betrübten Augen misstrauisch an.

»Sie ist nicht da hinten«, meinte Will mit einer Kopfbewegung. Chloe runzelte die Stirn. »Bessy, oder wie immer dieses Commonwealmädchen heißt«, fügte er hinzu. »Sie muss in einem der Salons sein.«

Chloe nickte ihm zum Dank eisig zu und drehte sich um, um sich wieder zu den Türen, die zur Halle führten, vorzuarbeiten. Ihr ganzer Körper prickelte und sagte ihr, dass Will ihr auf dem Fuße folgte. An der Treppe zum Ballsaal erlaubte sie sich nicht, sich umzusehen. Stattdessen machte sie sich entschlossen auf den Weg hinunter in die Eingangshalle zum Grünen Salon, wie Charlotte ihn genannt hatte. Sie stieß die Tür vorsichtig auf. Sicher war Sissy nicht so närrisch, einen Tanz in einem geschlossenen Salon auszusetzen. Das allein reichte, um den Ruf eines Mädchens zu zerstören. Der Raum schien leer zu sein, er wurde von wenigen Kerzen beleuchtet, die beinahe heruntergebrannt waren.

Plötzlich tauchte ein warmer, eindeutig männlicher Körper hinter ihr auf und schubste sie durch die Türen, die sich mit einem leisen Klicken hinter ihnen schlossen. Will schlang seine Arme um Chloe und hielt sie fest an seine Brust gedrückt. Sie wehrte sich nicht; das musste etwas zu bedeuten haben, dachte er.

»Ich habe Sie vermisst«, sagte er. Chloe starrte geradeaus. Die Beherrschung ihrer Gefühle hing an einem seidenen Faden. Sie dachte nur daran, dass sie ihn auf gar keinen Fall antworten durfte, weil er sie sonst wieder als Hure bezeichnen würde. Dann senkte er den Kopf und sie merkte, dass er sie auf den Scheitel küsste und seine Wange an ihrem Haar rieb.

»Sir«, begann sie steif.

Will küsste ihr Ohr. »Ja?«

Chloe wand sich aus seinen Armen, trat einige Schritte vor und drehte sich erst um, als sie die Rückenlehne eines Stuhls erreicht hatte. »Nur weil ich wie eine Hure aussehe, heißt das noch lange nicht, dass Sie sich benehmen können, als wäre ich eine«, sagte sie heftig.

Will schluckte. »Ich habe das nicht so gemeint! Ich habe nur gemeint, dass Ihr Kleid ... nun, es ist so offenherzig, es zeigt so viel von Ihnen ...« Er zeichnete nervös mit seinen Händen einen Umriss in der Luft. Chloe starrte ihn wütend an.

»Es zeigt nicht mehr als die Kleider, die andere *Damen* tragen!«

Will fragte sich, warum sie *Damen* so betonte, aber ignorierte es. Er ging auf sie zu. »Sie sind nicht wie die anderen Damen ...«, fing er an.

Sie unterbrach ihn. »Ich wusste es! Weil ich keine Dame bin, sollte ich dieses Kleid nicht tragen!« Die Tränen, die den ganzen Abend zu fließen gedroht hatte, stiegen auf und liefen ihr über die Wangen. Sie lief zur Tür, aber Will war schnell wie der Blitz vor ihr da.

»Wie kannst du so etwas sagen?«, fragte er wütend. »Ich habe nichts Derartiges gemeint! Jeder Zoll an dir ist der einer Dame«, fuhr er weicher fort, »von deinem wundervollen Haar bis zu deinen wunderbaren Zehen. Ich habe mich wie ein Trottel benommen, weil, nun ja, ich deine alten Kleider mochte, weil du mein unentdeckter Diamant warst, mein Juwel, von dem niemand sonst etwas wusste. Und ich weiß, dass ich mich wie ein Verrückter benommen habe, als ich dich heute zum ersten Mal gesehen habe. Aber jeder hat dich angestarrt, und alle Männer haben gesagt, dass du ein Diamant reinsten Wassers seist. Es war ein Anfall von Wahnsinn. Verstehst du ... Ich habe es mir im vergangenen Monat zur Gewohnheit gemacht, dich als mein anzusehen.«

Chloe stand stocksteif da und er presste sie mit seinen kräftigen Armen an sich. »Wo warst du?«, fragte sie, ihre Stimme gedämpft.

»Ich habe gearbeitet«, erwiderte Will. »Ich habe die Schafbauern auf meinem Land organisiert. Wir haben eine Weberinnung ins Leben gerufen und erst letzte Woche wurde eine Herde Zuchtschafe geliefert. Wie du siehst, habe ich mich dazu entschlossen, lieber ein Vermögen zu machen, als in eines einzuheiraten.«

Er hob ihr Kinn und küsste die Tränen von Chloes Wangen fort. Sie sah ihn ernst an. Sie wusste nicht, was sie sagen sollte. Was war mit *ihrem* Vermögen?

»Ich möchte dich heiraten, Chloe. Aber ich will es zu meinen Bedingungen ... mit meinem eigenen Geld, nicht mit deinem Vermögen.«

Chloe nickte, ihre Augen füllten sich wieder mit Tränen.

»Warum weinst du, Liebste?«, fragte Will.

»Ich wusste nicht, wo du warst ... und ich dachte, du willst mich nicht heiraten.« Sie barg ihr Gesicht wieder an seinem Hemd. Will küsste sie auf den Hals.

»Ich möchte dich heiraten. Und das möchte praktisch jeder Junggeselle da draußen und ziemlich viele verheiratete Männer ebenso. Kannst du auf mich warten?« Er sah sie ängstlich an. Chloe konnte sich gerade noch zurückhalten, über die Lächerlichkeit seiner Bitte zu lachen. »Es dauert höchstens ein Jahr, bevor die Wolle Profit bringt, und in dem Augenblick, wo sie Gewinn abwirft, werde ich an deine Eingangstür klopfen.«

Jetzt musste Chloe lächeln. »Oh, Will«, sagte sie. Will sah sie an. Seine ruhige, stets adrette Geliebte sah aus wie ein Straßenkind, das in einen Sturm geraten war. Er hatte ihr glattes Haar zerzaust, als er sie auf den Kopf küsste; ihre Wange waren tränennass und rosig. Aber sie sah schrecklich glücklich aus und nicht einmal Lady Commonweal, die ihre Tochter auf dem Balkon und jetzt Chloe in einem geschlossenen Salon beim Schmusen erwischte, als sie plötzlich wütend hereinstürmte, konnte das Leuchten in ihren Augen zum Verlöschen bringen.

Ihre Hand verlor sich in seiner riesigen Hand, als Chloe zuhörte, wie Will Lady Commonweals Laune hob, Sissy schmeichelte und arrangierte, dass er sie selbst nach Hause geleitete. Wills Hand fühlte sich anders an – es war nicht länger die weiche Hand eines Tänzers, sondern eine durch zwei Monate Arbeit gehärtete Hand voller Schwielen. Chloe lächelte selig und sagte, charakteristisch für sie, nichts.

Kapitel 14

Die neue Gräfin von Sheffield und Downes saß auf der Kante eines riesigen Bettes im feinsten Wirtshaus Bournemouth und war ungewöhnlich nervös. Charlotte sah auf ihre Hände. Sie zitterten leicht. Das Problem war, dass ihr Mann jeden Augenblick auftauchen konnte. Und dann würden sie sich wieder lieben. Es war dieses Wieder, was sie dazu brachte, sich an der Bettdecke festzuklammern. Oh, warum war sie nicht offener zu ihrer Mutter gewesen und hatte ihr einige Fragen gestellt? Adelaide hatte das Thema vermieden, ihrer Tochter einfach auf die Schulter geklopft und fröhlich bemerkt, dass Charlotte ja alles über eheliche Beziehungen wusste und sie daher nicht darüber reden mussten.

Charlotte war nicht überrascht gewesen, dass Adelaide dieses Thema umgehen wollte. Zum einen konnte Charlotte sich sehr genau an den damit verbundenen Schmerz erinnern. Kein Wunder, dass ihre Mutter nicht darüber sprechen wollte. Bei dem Gedanken zuckte Charlotte zusammen und presste unwillkürlich die Schenkel zusammen. Sie konnte nur annehmen, dass Frauen sich im Laufe der Jahre daran gewöhnten. Ihr Gesicht wurde weicher. Sie liebte alles *andere*, was Alex mit ihr anstellte. Sie dachte verschwommen an den Chinesischen Salon.

Aber was sie wirklich erschreckte, war ihre wachsende

Überzeugung, dass Alex merken musste, dass mit ihr etwas nicht stimmte. Seit Jahren hatte sie nicht mehr an das Blut – und den Schmerz – gedacht. Dann plötzlich vor etwa einer Woche war ihr alles wieder eingefallen. Was, wenn sie tatsächlich körperlich *ruiniert* war? Sie starrte auf ihre Zehen, die unter ihrem Morgenrock aus Spitze hervorlugten. Antonin Carêmes Vorstellungen von einer Aussteuer waren durch und durch französisch. Sie war praktisch nackt, dachte Charlotte. Es bestand keine Hoffnung, dass Alex nicht interessiert war: Er hatte die letzten zwei Stunden in der Kutsche auf dem gegenüberliegenden Sitz verbracht. Weil er sich wie ein Satyr fühlte, hatte er gesagt.

Sie stand auf und zog einen großen Flanellmantel über, den sie nach dem Baden trug. Das sah sicherlich lächerlich aus, da die weiche Seide unter dem Saum hervorsah, aber das war ihr egal. So fühlte sie sich sicherer. Sie zog den Gürtel fest zusammen. Und verknotete ihn. Marie hatte ihr Haar gekämmt und die ganze Zeit vielsagend gekichert, aber auch sie war vor zwanzig Minuten gegangen. Vielleicht war Alex eingeschlafen, dachte Charlotte und Hoffnung keimte in ihr auf. Vielleicht würde sie heute Nacht verschont bleiben?

Aber gerade als sich ihre Schultern entspannten, ging die schwere Holztür auf und dort stand er. Ihr Ehemann, dachte Charlotte. Bei seinem Anblick umspielte ein leichtes Lächeln ihre Lippen. Alex sah großartig aus. Er hatte seine Halsbinde abgenommen und sein weißes Leinenhemd stand offen. Er trug keine Jacke und ihr Blick fiel instinktiv auf seine hautengen Pantalons, als er durch den Raum auf sie zukam. Jeder Schwachkopf hätte bemerkt, dass er sich von diesem Abend weitaus mehr Vergnügen versprach, als sie es tat. Das letzte bisschen Farbe wich aus Charlottes Gesicht.

Alex unterdrückte eine Grimasse. Bei Gott, er hatte eine jungfräuliche Braut gewollt, aber bei ihrem Anblick fragte er sich jetzt, wie sich jemand so etwas wünschen konnte. Verschwunden war seine lachende, aufreizende Verlobte, die ihn so lange zum Abschied küsste, bis sein Blut vor Verlangen in ihm raste, und dann neckisch die Stufen zu ihrem Zimmer hinauflief. Charlottes spitzes, weißes Gesicht sah mitleiderregend klein aus.

»Liebste«, sagte Alex und setzte sich neben seiner Frau auf das Bett. »Wer hat dir das Altweibergeschwätz erzählt? Es tut nicht so furchtbar weh.«

Charlotte verdaute das stumm. Sie konnte an dieser Stelle schwerlich sagen, dass sie alles über den Schmerz wusste und dass er Unrecht hatte. Alex zog Charlotte in die Arme. Was um Himmels willen hatte sie da an? Sie sah wie ein struppiges weißes Gespenst aus. Er begann den Teil ihres Gesichts zu küssen, den sie ihm widerstrebend zuwandte. Charlotte verkroch sich noch mehr. Alex hauchte leichte Küsse an den Rand ihres zierlichen, rosigen Ohres. Dann fuhr er mit der Zunge vorsichtig die Wirbel der Ohrmuschel entlang.

Eine erstickte Stimme ertönte. »Hast du viele Jungfrauen geliebt?« Alex' Brauen flogen nach oben. Glaubte sie, dass etwas Besonderes daran war? Was hatte ihre Mutter nur erzählt?

»Hunderte.« Alex lachte in sich hinein. Charlotte erschauerte. »Ich mache nur Spaß, Charlotte«, sagte Alex. »Ich habe eine Jungfrau vor dir geliebt.« Das *war* ich, dachte Charlotte. »Und sie schien es nicht unangenehm zu finden, tatsächlich glaube ich, dass sie es sehr genossen hat«, fügte Alex hinzu. Bei diesen Worten presste Charlotte die Lippen aufeinander. Das war eindeutig nicht der richtige Zeitpunkt, um ihre vergangene Beziehung zu klären.

Alex begann ihr mit seinen Händen eher verführerisch als beruhigend über Schulter und Rücken zu streichen. »Hab keine Angst«, flüsterte er. »Ich bin dein Mann und du bist meine Frau. Du wirst einen Augenblick lang Schmerz verspüren, aber glaube mir, Charlotte, danach wird der Schmerz für immer verschwunden sein. Und vielleicht hast du überhaupt keine Schmerzen. Wir werden uns heute lieben und morgen und die Nacht darauf und in jeder Nacht, dreißig Jahre lang, und wir werden zusammen besser und besser werden.« Charlotte zwang sich dazu, sich zu entspannen. Sie lag bewegungslos in Alex' Armen. Er strich ihr mit den Lippen über den Hals und hob ihr Kinn nach oben. Sie sah zu ihm auf.

Alex' Herz setzte einen Schlag lang aus. Sie war so unglaublich schön, seine Braut. Weiche schwarze Locken umrahmten ihr zartes Gesicht, so dass sie wie ein Gemälde von Botticelli aussah. Alex nahm Charlottes Gesicht in die Hände und bedeckte es mit leidenschaftlichen Küssen, er küsste ihre dunklen, fragenden Augen, ihre gewölbten Augenbrauen, die blütenweiche Rundung ihrer Wange, ihr kleines, energisches Kinn. Sie schien ruhiger, dachte er, wirkte nicht mehr wie ein kleiner Vogel, der seiner Hand zu entkommen suchte. Er senkte vorsichtig seinen Mund auf ihren, neckte sie, bat sie, ihren Mund so zu öffnen, wie er es sie gelehrt hatte.

Charlotte focht innerlich einen Kampf aus. Alex' Küsse weckten das Zittern, das Kribbeln, all die Gefühle, die ihr in den letzten zwei Monaten einen so unruhigen Schlaf beschert hatten. Sie war immer wieder keuchend aus einem Traum erwacht, in dem sie um etwas bat ... sie war sich nicht sicher, was. Etwas, das nur Alex ihr geben konnte.

Aber ein Teil von ihr hielt sie zurück. Tu es nicht, sagte eine leise Stimme. Es wird wehtun; er wird herausfinden, dass mit dir etwas nicht stimmt; es wird alles kaputtmachen! Doch noch während Charlottes Verstand kämpfte, reagierte ihr Körper. Alex küsste sie so vorsichtig, so zärtlich. Beinahe ohne es zu merken öffnete sie den Mund und saugte seine Zunge ein. Heftiges Verlangen durchzuckte ihren Körper. Charlottes Hände fanden ihren Weg zu Alex' Hals und ihre Finger vergruben sich in seinen dichten Locken. Der Kuss war trügerisch unschuldig, wie alle Küsse, die sie in den letzten zwei Monaten ausgetauscht hatten. Die Angst verflüchtigte sich aus Charlottes Gedanken, zusammen mit der Erinnerung an den Schmerz. Das war nichts Erschreckendes, einfach nur einer der heißen Küsse, die ihr Alex so oft gab. Er würde sich schließlich von ihr losreißen und laut nach Luft schnappen. Vorübergehend vergaß sie, dass in dieser Nacht mehr zu erwarten war.

Als Alex sich zurückzog und seine Braut forschend ansah, war er froh zu sehen, dass ihre Wangen leicht gerötet und ihre Augen verträumt waren. *Das* war seine Charlotte.

»Ich glaube, wir sollten etwas Champagner trinken«, sagte er. »Ich habe noch gar nicht mit der Braut angestoßen.« Erleichterung zeichnete sich auf Charlottes Gesicht ab. Er würde nicht auf sie springen und ... in sie eindringen.

»O ja!«, meinte sie etwas zu schnell. Alex lachte in sich hinein.

»Würdest du mir glauben, dass du nächste Woche, wenn ich dich frage, ob du Champagner möchtest, dein Glas zur Seite werfen und auf mich springen wirst?«

»Nein«, erwiderte Charlotte, ohne es zu wollen war sie fasziniert. Auf ihn springen? Was meinte er?

Alex entkorkte eine Flasche Dom Perignon. Er hatte weniger Schwierigkeiten, seine heftigen Gefühle im Zaum zu halten, als er gedacht hatte. Das machte die Übung, dachte er ein wenig spöttisch. Oder, was wahrscheinlicher war, er fand die Vorstellung von einer verängstigten Bettgenossin einfach nicht erregend. Er trug zwei schmale Gläser ans Bett.

»Irgendwann heute Nacht müssen wir auf meinen Vater anstoßen«, meinte Alex und grinste Charlotte an. Sobald er aus ihrer unmittelbaren Nähe verschwunden war, war sie wieder steif und nervös geworden. »Er hat diesen Champagner eingelagert, bevor er starb, und infolge des Embargos wegen Napoleon würden wir sonst wahrscheinlich mit Brandy auf uns anstoßen müssen.

Charlotte rümpfte die Nase. Sie hatte herausgefunden, dass der Hauptbestandteil in Keatings Kopfschmerzmedizin Brandy war. Und sie konnte sich immer noch nicht mit der Erinnerung an ihr zügelloses Verhalten auf dem chinesischen Diwan ihrer Mutter abfinden. Sie nahm an, dass sie einfach völlig betrunken gewesen war.

»Nun«, sagte Alex. »Ich denke nicht, dass du auf deinem prüden Internat irgendwelche Trinklieder gelernt hast, oder doch?«

Charlotte starrte ihn fasziniert an. »Was meinst du?«

»Trinkrunden? Nein, natürlich nicht«, sagte Alex zu sich selbst. Aber Charlotte war nicht dumm. Sie hatte einen Ausweg gefunden und nutzte ihn.

»Ich würde gern eines lernen«, meinte sie. Sie nippte an ihrem Champagner.

»In Ordnung«, erwiderte Alex. Er konnte an diesem Abend nicht aufhören zu lächeln. Das war wirklich der verrückteste Weg, die eigene Braut zu verführen, der einem Mann je eingefallen war. »Das ist eines von Patricks Lieblingsliedern.« Alex fing an, mit seinem vollen Bariton zu singen. Charlotte hörte fasziniert zu.

In einem Traum erschienst du mir
Ein Stückchen Brot, das warst du hier,
Wie gerne Butter wäre ich,
Dann legt ich mich,
Oh! legt als Butter mich auf dich.

Am Ende der Strophe wurden Charlottes Wangen feuerrot.

»Jetzt musst du trinken«, soufflierte ihr Mann. Charlotte nippte gehorsam an ihrem Champagner. »Nicht so!«, protestierte Alex. »Einen anständigen Schluck, oder ich singe die nächste Strophe nicht!«

Charlotte kicherte und nahm einen großen Schluck. »Jetzt«, meinte Alex, »muss das Publikum den Sänger bezahlen, damit er fortfährt.« Charlotte sah ihn überrascht an. »Mit einem Kuss.« Charlotte beugte sich gehorsam vor und drückte ihm einen Kuss auf die Lippen. Alex lächelte sie an und begann mit der nächsten Strophe. »Liebste«, aber er verstummte und bekam einen erstickten Hustenanfall. Charlotte zog schnell ihre Füße aufs Bett und rutschte herüber, so dass sie direkt neben Alex saß.

»Geht es dir gut?« Sie klopfte ihm auf den Rücken. Alex hielt den Kopf gesenkt, um sein Lächeln zu verbergen.

»Nein«, sagte er mit melancholischer Stimme. »Ich fürchte, man hat dem Sänger nicht genug gezahlt.«

Charlotte kicherte ungewollt. Sie trank noch einen Schluck Champagner und setzte das Glas ab. Dann küsste sie Alex auf das Ohr. Als er sich nicht bewegte, fuhr sie ihm wagemutig mit der Zunge ins Ohr, wie er es bei ihr getan hatte. Alex erschauerte und griff nach seiner Braut. Sein Mund schloss sich leidenschaftlich zu einem berauschenden, feurigen Kuss über ihrem, der sie in seinen Armen schmelzen ließ. Ihr Mund war weit geöffnet, hieß seinen Angriff, die heftigen, fordernden Bewegungen seiner Zunge, willkommen.

Dann zog er sich abrupt zurück. Charlotte schnappte nach Luft. Alex lächelte und klemmte ihr eine Locke hinters Ohr. Dann sang er wieder:

Liebste, einen Wunsch ich habe,
Sei mir eine Honigwabe,
Ein Bienchen, emsig, wäre ich,
Dann kröche ich,
Oh! Kröche tief und tief in dich.

»Trink«, soufflierte ihr Ehemann. Charlotte kicherte wieder. Sie musste an Will Holland denken, wie er ihr von der Honigbiene erzählt hatte. Sie nahm einen Schluck.

»Ist Patricks Lieblingslied sehr bekannt?«, fragte sie.

»So einigermaßen. Warum?« Charlotte lächelte und sah in ihr Glas, als Alex es auffüllte.

»Ich glaube, jemand hat für mich einmal einen Teil dieser Strophe zitiert.«

»Ha!«, schnaubte Alex. »Ich hoffe, es war nicht die letzte Zeile.« Charlotte lachte leise in sich hinein. Nach dieser Enthüllung sah Alex etwas mürrisch aus. Konnte es sein, dass er eifersüchtig war? Alex runzelte einen Augenblick lang die Stirn und vergaß dann seine Eifersucht. Er starrte seine Liebste mit gespielter Wut an.

»Meine Bezahlung.«

»Oh«, Charlotte beugte sich äußerst bereitwillig vor.

»Nein.« Er stieß sie mit seinen riesigen Händen zurück. Charlottes linke Augenbraue flog hoch. Ohne es zu wollen, starrte Alex ihre Augenbraue fasziniert an. Vielleicht hatten sie gemeinsame Vorfahren, irgendwann im Mittelalter.

»Mylord«, soufflierte Charlotte in honigsüßem Ton. »Ihre Bezahlung?«

»Dieses weiße Ding – herunter damit!«

Charlotte, die die glühende Wärme spürte, die sich in ihrem Körper ausbreitete, öffnete bereitwillig den Knoten um ihre Taille und schlüpfte aus dem Bademantel. Sie empfand es als äußerst befriedigend zu sehen, dass ihr Ehemann einen Augenblick lang die Augen aufriss. Er schluckte schwer. Charlotte grinste ihn unverschämt an.

»Die nächste Strophe?«, fragte sie.

»Gleich«, sagte Alex mit krächzender Stimme. »Ich brauche einen Augenblick, um mich zu erholen.« Charlotte trug ein weiches Nachthemd aus Seide, von dem er nicht geglaubt hätte, dass anständige Damen es tragen würden. Es hatte breite Träger aus Spitze – aber das Einzigartige an diesen Hemd war, dass einer der Spitzenträger sich in die Seide fortsetzte. Er lief über Charlottes linke Brust und Alex konnte deutlich ihren kleinen, rosigen Nippel hervorlugen sehen. Er schien um den Rücken herumzuwandern und führte direkt unter der Taille in einer Kurve nach vorn. Aber weil Charlotte ihre Beine unter sich gelegt hatte, konnte er durch die Spitze nur einen flüchtigen Blick auf ein bisschen krauses, dunkles Haar erhaschen. O Gott, sie war nackt unter dem Hemd.

Alex' Erregung hatte ein unerträgliches Ausmaß erreicht. Er riss seinen Blick von Charlottes Taille los, atmete tief durch und rückte seine Pantalons zurecht. Es wäre himmlisch gewesen, sie auszuziehen, aber er wagte es nicht, sie zu erschrecken. Trotzdem sah er auf und ertappte sie, wie sie auf seine Hände sah. Statt wie ein hypnotisiertes Reh wirkte sie eindeutig neugierig, wie ihm schien.

»Die nächste Strophe?«, forderte Charlotte. Alex räusperte sich.

»Du klingst müde«, sagte seine Frau. »Vielleicht kann ich ... kann ich dir etwas Energie geben.« Zu Alex' Überraschung kam Charlotte näher, so dass ihre Schulter seine berührte. Sie legte ihre Beine über seine, dann stützte sich auf ihre Hände und lächelte ihn bezaubernd an.

»Charlotte«, sagte Alex heiser. »Wenn du möchtest, dass ich weitersinge, darfst du mich nicht so quälen.« Seine Augen entzündeten einen Funken in Charlotte, so dass sie unwillkürlich ihre zarte Schulter beugte und sich daran erfreute, wie die Seide über ihre volle Brust glitt. Ohne es bewusst zu wollen, streckte Alex die Hand aus und fuhr beinahe grob den Umriss ihrer bezaubernden, fülligen Brust nach. Charlottes Ausdruck verfinsterte sich, aber sie schob ihn nicht weg. Sie beließ ihre Brust in seiner Hand und fand inmitten der heftigen Gefühle, die durch ihren Körper strömten, ihre Stimme wieder. Sie hatte Lust, sich schamlos in seine Arme zu werfen, aber stattdessen sagte sie: »Meine Strophe!«

Alex stieß einen erstickten Laut aus und nahm seine Hand von ihrer Brust. Er packte die zwei Champagnergläser auf dem Nachttischchen, nahm einen tiefen Schluck aus seinem Glas und gab ihr das andere. Nachdem er ihr einen ermahnenden Blick zugeworfen hatte, trank auch Charlotte.

»In Ordnung«, meinte Alex schließlich. »Aber für diese Art Ballade darf ein Sänger nicht so unbequem bekleidet sein, wie dieser besondere Sänger es ist.« Er stand auf, nachdem er Charlottes Beine von seinen Knien geschoben hatte, und plauderte weiter. »Du weißt, was ich meine, Charlotte. Dieser indische Schlangenbeschwörer, den wir beim Palladium gesehen haben, was hat er getragen?«

Charlotte hörte ihm nicht zu. Alex zog sein weißes Hemd über den Kopf und durch die Bewegung kamen die Muskeln auf seiner Brust noch besser zur Geltung. Seine Haut hatte die Farbe goldenen Honigs. Sie zitterte vor Verlangen. Sie wünschte sich, mit ihrem Finger über diese Muskeln zu streichen ... Alex bemerkte erleichtert ihren benebelten Blick. Er zog seine Schuhe aus und schob die Pantalons und seine Unterwäsche hinunter. Charlotte riss die Augen auf, aber sie konnte nicht aufhören, ihn anzustarren.

Alex grinste. »Er trug ein weißes Nachthemd, Charlotte!« Sie starrte ihn an. »Möchtest du, dass ich ein Nachthemd anziehe?«

Charlotte schüttelte den Kopf, dann nickte sie.

»Zu spät!«, rief ihr Mann fröhlich und setzte sich auf das Bett. Charlotte spürte, wie sich ihr Magen zusammenkrampfte. Er würde einfach so dasitzen, splitterfasernackt im Kerzenlicht? Sie verschränkte die Arme über der Brust. Niemals würde sie im Licht nackt herumsitzen, egal, was er davon hielt. Sie hatte bequemerweise vergessen, dass Alex ihr Geschichten über ihre Liebesspiele am helllichten Tag zugeflüstert hatte.

Alex tat so, als bemerke er Charlottes verschränkte Arme nicht. Er reichte ihr das Champagnerglas und sie löste widerwillig einen Arm von ihrer Brust, um es zu nehmen. Dann räusperte er sich wichtigtuerisch.

Schon lange hab ich eins gewollt,
Du wärst ein Mörser ganz aus Gold.
Dein Stößel gerne wäre ich,
Dann stieße ich,
Oh! stieß die Würze tief in dich.

Charlotte versuchte mit dem Gefühl, dass heißes, flüssiges Feuer in jedes ihrer Glieder strömte, fertig zu werden. Würde Alex in sie ›stoßen‹? Es hörte sich sogar ... angenehm an. Alex, der noch nie jemand gewesen war, der sich eine Gelegenheit durch die Lappen gehen ließ, warf einen Blick auf Charlottes gerötete Wangen und zitternde Lippen und nahm ihr das Glas sanft wieder aus der Hand. Sein Körper legte sich mit erdrückender Kraft auf sie, so dass Charlotte plötzlich auf das Bett gepresst wurde. Sie schnappte nach Luft, aber sie umschlang seinen Hals mit beiden Händen, statt ihn wegzustoßen. Das Gefühl, wie sich sein Körper so eng an ihren presste, nahm ihre ganze Aufmerksamkeit in Anspruch. Unwillkürlich bäumte sie sich leicht auf und presste ihre Hüften an ihn.

Langsam!, dachte Alex. Langsam! Er legte seine Lippen auf Charlottes Mund und küsste sie innig, so quälend und verführerisch, dass sie sich unter ihm wand. Ihre Lungen fühlten sich an, als hätte sie nicht genug Luft; ihre Beine zitterten. Charlotte stöhnte, ihr Atem kam in kurzen Stößen. Alex verlängerte den Kuss immer noch, während seine Hand plötzlich zu ihrer Brust hinabglitt. Er rieb mit dem Daumen durch ihr

Seidenhemd hindurch Charlottes Brustwarze und sie bäumte sich auf. Sie klammerte sich mit den Händen an seinen Schultern fest.

Alex war beinahe verrückt vor Begierde und dennoch fühlte er dahinter nur Ekstase. Das war er – der Himmel, er war ihm, seitdem er sein Gartenmädchen geliebt hatte, nie so nahe gewesen. Und dieses Mal war es viel besser als im Garten, weil es *seine* Charlotte war, die unter ihm lag, mit zurückgeworfenem Kopf, glitzernden Schweißperlen auf ihrer Haut und mit roten Lippen, die sich immer wieder zu einem abgerissenen Stöhnen öffneten. O Gott, er wusste, dass er ein stürmischer Liebhaber sein würde.

Dann war er keines klaren Gedankens mehr fähig. Charlottes Hände gaben ihre enge Umklammerung auf und fanden langsam ihren Weg vom Hals über seinen nackten Rücken zu der sanften Rundung seines Gesäßes. Alex stöhnte, als sie mit neugierigen Händen weit nach unten strich, sie dann schließlich zur Seite gleiten und nach oben wandern ließ. Er packte ihre Handgelenke und hielt sie über ihrem Kopf fest. Dann fuhr er mit seinen Lippen über die ihren.

Sie öffnete die Augen. »Ich möchte dich auch berühren«, flüsterte sie. Alex war kurz davor, seine Selbstbeherrschung zu verlieren.

»Nein«, sagte er heiser. »Du machst mich wahnsinnig, Charlotte. Das nächste Mal.« Er umfasste ihre beiden Handgelenke mit einer seiner riesigen Hände und ließ die andere Hand auf ihre Taille fallen. Dann begann er langsam ihr Nachthemd nach oben zu schieben, während er ihr in die Augen sah und nach Anzeichen von Angst suchte. Alles, was er sah, war benommenes, unschuldiges Verlangen. Tatsächlich bemerkte Charlotte nicht einmal, was er tat. Ihr Körper fühlte sich an, als gehöre er ihr nicht mehr. Ihre Brüste schienen schwerer, lebendig, prickelnd, sie glaubte, ihre Beine müssten aus flüssiger Lava bestehen. Das Einzige, woran sie denken konnte, war, Alex auf sich zu ziehen ... um zu fühlen, wie sein Gewicht auf ihr ruhte. Ihr Magen zog sich vor Verlangen zusammen. Sie wimmerte und öffnete die Augen.

»Alex«, flüsterte sie, »*bitte*!«

Er hatte ihr Nachthemd über die Taille geschoben. Alex tauchte mit seiner Hand in die süße Enge zwischen ihren Beinen ein und ihm brach am ganzen Körper der Schweiß aus. Sie war bereit ... mehr als bereit. Charlotte ihrerseits stieß einen kurzen, spitzen Schrei aus, als er mit seinem Finger in ihre warmen Tiefen fuhr. Sie schluchzte laut auf und ihr Atem ging keuchend.

Alex setzte sich auf sie und rieb sich an ihr. Charlottes Blick heftete sich verzweifelt an seinen, als ein brennendes, schmerzhaftes Verlangen von ihrem Körper Besitz ergriff. Alex drang langsam in sie, kontrollierte jede seiner Bewegung. Er plante das langsamste, vorsichtigste erste Mal, das eine Frau je erlebt hatte. Er drang etwa zu einem Drittel in sie ein und zog sich dann zurück. Aber Charlotte wimmerte und packte mit einem inbrünstigen »Nein ...« seine Schultern.

Alex sah auf sie herab. Charlottes Gesicht war verzerrt, auf ihren Zügen spiegelte sich ungehemmtes Verlangen. Er beugte sich zu ihr, um sie zu küssen, und sie öffnete ihren Mund, sich seinem Angriff ungeschützt ausliefernd. Sie bäumte sich ihm entgegen und alle Dämme brachen. Zum ersten Mal in seinem Erwachsenendasein verlor Alexander Foakes völlig seine Selbstbeherrschung.

Er drang tief in Charlottes unglaubliche Wärme ein, rammte sich seinen Weg in den engen Kanal, der sich feucht an ihn schmiegte und sich für ihn zu öffnen schien. Verschwommen dachte er, dass Charlotte Glück hatte, kein Jungfernhäutchen zu haben. Aber er war verloren, drang wieder und wieder in sie ein. Und doch ging sie mit ihm. Er wusste es, genauso wie er wusste, dass auch wenn sie es nicht täte, er sich nicht zügeln könnte. Er hatte zu lange auf diesen Augenblick gewartet.

Charlotte ihrerseits fiel es schwer, nicht laut zu schreien. Aber sie verspürte keinen Schmerz, nur unerträglich süße, unerträglich erfüllende Lust. Bei jedem Stoß hob sich ihr Körper unwillkürlich Alex' Körper entgegen. Und sie spürte, wie die Spannung in ihr wuchs, die auch nicht dadurch gelindert wurde, dass sie ihren Körper an seinen presste.

Als Alex sich hinkniete und seine großen Hände unter ihre Hüften legte, um sie bei seinen heftigen Stößen an sich zu ziehen, konnte sie nicht anders, sie stieß bei jedem Vorstoßen seiner Hüften einen Schrei aus. Alex streckte die Hand vor und riss ihr Negligé am Hals auseinander, packte ihre Brust und nahm sie in den Mund. Es war, als würde er Pulver auf ein loderndes Feuer werfen. Bei seinem nächsten Stoß schrie Charlotte laut auf. Ihr Körper zog sich sanft um Alex' zusammen und er tauchte wie von Sinnen in sie ein und kam gemeinsam mit ihr. Sein tiefes, grollendes Stöhnen kam Sekunden, nachdem die Explosionen in ihrem Körper abzuklingen begannen. Dann legte sich sein schweißbedeckter Körper auf sie.

Beide schwiegen eine Zeit lang. Alex versuchte sich zu sammeln. Er hatte Frauen in Gärten und in Kutschen, er hatte französische Kurtisanen und eine dänische Prinzessin geliebt, aber er hatte in seinem ganzen Leben noch nie eine solche gemeinsame Leidenschaft erlebt. Charlotte versuchte immer noch wieder zu Atem zu kommen. Auf ihren Lippen lag ein glückliches Lächeln. Sie schmiegte ihre Wange an Alex' Locken. Ihr ganzer Körper wurde von einer Welle der Trägheit überspült, die Augen begannen ihr zuzufallen. Aber sie konnte doch nicht einfach einschlafen, dachte sie schläfrig.

»Alex«, murmelte sie schließlich an seinem Hals. »Ich wusste nicht ... es war wundervoll, einfach wundervoll.« Kurze Zeit herrschte Stille. Alex küsste sie träge auf den Kopf.

»So etwas habe ich noch nie gefühlt«, gab er zu. Charlotte glitt langsam in den Schlaf hinüber. Dann erinnerte sie sich, was sie sagen wollte.

»Es war überhaupt nicht wie das andere Mal«, flüsterte sie. »Keine Schmerzen ...«

Ihre Lidern flatterten und schlossen sich und sie schlief sofort ein. Sie bemerkte nicht, dass der Körper ihres Mannes auf ihr plötzlich steif geworden war.

Ungläubig staunend rollte Alex sich von der Seite seiner schlafenden Frau weg und starrte sie fassungslos an. Bei Gott, es war wieder passiert. Charlotte war keine Jungfrau, genau wie Maria keine Jungfrau gewesen war. Kein Wunder, dass sie keine Schmerzen gehabt hatte; kein Wunder, dass sie ihn berühren wollte! Jemand anderes, ein anderer Mann hatte sie geliebt, hatte sie gelehrt, wie man einen Mann berührte, um ihn zu erregen. Ihm drehte sich der Magen um. Charlotte sah so unschuldig, so unglaublich unschuldig aus, wie sie zusammengerollt dalag, ihre Wangen immer noch vor Vergnügen gerötet, selbst im Schlaf ein leichtes Lächeln auf den Lippen. Warum sollte sie auch nicht glücklich sein, verdammt noch mal? Sie hatte ihn zum Narren gehalten. Er war wieder der Verlierer; zum Narren gehalten von einer Frau, die er für eine Jungfrau gehalten hatte. Sie musste ihn jede Nacht in den letzten Monaten ausgelacht haben! Er dachte voll Abscheu an die Nächte, in denen er das Haus wie von Sinnen vor Verlangen verlassen hatte. Er war ein solcher Einfaltspinsel, dass er nicht einmal zu einer Hure gegangen war, um sich zu befriedigen, da er das für treulos gehalten hatte. *Treulos!* Bei Gott, er hatte seine eigene Hure.

Wieder drehte sich ihm der Magen um und Alex kam gerade noch rechtzeitig zum Nachttopf, um das Hochzeitsessen, das er und Charlotte in einem privaten Esszimmer liebevoll geteilt hatten, zu erbrechen. Er konnte keinen klaren Gedanken fassen und kochte vor Wut, sein Körper wand sich vor Abscheu vor sich selbst.

Im Bett setzte Charlotte sich auf, von den Geräuschen, die Alex in der Ecke des Raumes machte, aus dem Schlaf gerissen. Sofort kletterte sie aus dem Bett und lief auf nackten Füßen zu ihm in die Ecke.

»Liebster«, sagte sie sanft und strich ihm mit der Hand über den gebeugten Rücken. Dann ließ sie von ihm ab, um ein Handtuch zu holen. Sie brachte es ihm, als Alex sich aufrichtete. In diesem Moment merkte Charlotte, dass etwas nicht stimmte. Er sah sie so seltsam an ...

»Was ist los, Alex?«, fragte sie schließlich zaghaft. Etwas in seinem Blick brachte sie dazu, ihr ruiniertes Nachthemd am Hals zusammenzuhalten. Er sah sie von oben bis unten voller Abscheu und Wut an.

»Was los ist?«, sagte er mit eiskalter, schneidender Stimme. »Ich habe nur gerade herausgefunden, dass ich noch eine Hure geheiratet habe, und ich finde das ist ein zu harter Brocken, um ihn einfach so herunterzuschlucken.«

Charlotte sah ihn völlig bestürzt an.

»Du warst keine Jungfrau, nicht wahr?« Er ging drohend auf sie zu, in seinen schwarzen Augen brannte der Zorn.

»Nein«, sagte Charlotte zitternd, »aber ...«

»Verdammt noch mal!« Alex wandte sich abrupt von ihr ab. Seine Hände zitterten vor Verlangen, sie zu schlagen, aber er hatte noch nie eine Frau geschlagen, nicht einmal Maria. »Möchtest du mich nicht auch anschreien?«, fragte er. »Maria war eine Hure genau wie du. Aber wenigstens stand sie stolz dazu! Aber dann hat sie es auch wieder nicht so genossen wie du. Oder hast du mir nur etwas vorgespielt, diese kleinen Schreie und deine vorgebliche Angst? O Gott, ich hätte es sofort merken müssen, als du so auf mich reagiert hast. Keine Dame verhält sich so wie du. Ich habe nie gehört, dass eine Dame darum bat, danach lechzte, wie du!«

Charlotte zitterte am ganzen Körper. Er hatte Recht – oder nein, sie war keine Hure. Aber in ihrem Kopf tobten Stimmen, Regeln, die sie unbewusst von Lady Sipperstein in Lady Chattertons Schule für Mädchen übernommen hatte. Damen schwangen nicht die Hüften; Damen sprachen mit gedämpfter Stimme; Damen zeigten niemals Überschwang oder starke Gefühle. Lady Sipperstein hatte immer gesagt, dass Charlotte beim Gehen zu sehr mit den Hüften schwang. Alex hatte Recht: Sie war keine Dame. Sie wusste, was Lady Sipperstein von einer Frau halten würde, die laut aufschrie und darum bat ...

Charlottes Wangen waren gerötet. Ihre Augen füllten sich mit Tränen, als sie zu Boden blickte.

»Warum hast du das getan?« Ihr Mann ging wieder auf sie zu, durch den Tränenschleier sah sie verschwommen, wie sein großer Körper vor ihr aufragte. »Warum hast du das getan?«, zischte er erneut und betonte jedes einzelne Wort. »Brauchtest du so dringend einen Mann? Oder war es nur, weil ich der Beste auf dem Markt war? Warum nicht der arme Braddon? Wäre das nicht ein geringeres Risiko gewesen? Der arme Braddon. Er ist so ein Klotz, dass er nie bemerkt hätte, dass du nur eine Schlampe, keine Jungfrau bist. Er wäre sehr erfreut über den schmutzigen Handel gewesen. Oje,« sagte er brutal, »ich glaube, du hast einen Fehler gemacht. Denn ich habe schon einmal eine Schlampe geheiratet und kenne diesen Schlag ziemlich gut.«

Charlotte konnte seine Worte nicht mehr ertragen. Sie hielt sich mit den Händen die Ohren zu und ihr ganzer Körper und ihr Verstand protestierten gegen den Hass, der in der Stimme ihres Mannes mitschwang.

»Nein!«, sagte sie laut.

»Aha! Jetzt fängst du also doch an zu schreien, richtig? Lass mich dir helfen!« Alex nahm ein Gefäß, das auf dem Frisiertisch stand, und schleuderte es an die Wand. Es zersprang und fiel klirrend zu Boden. Charlotte beobachtete gebannt, wie weiße Creme die Holzbretter hinunterlief. Ihr Herz schlug ihr bis zum Hals und sie empfand schieres Entsetzen. Vielleicht würde er sie töten, dachte sie. Sie hatte über solche Dinge in der Zeitung gelesen. Und das Gesetz würde ihm Recht geben. Denn er war dazu verleitet worden, eine Frau zu heiraten, die nicht unschuldig war.

Ein letzter Rest Kraft durchströmte ihren Körper. Wenn sie schon von einem wütenden Ehemann getötet wurde – ein Teil ihres Gehirns konnte noch immer nicht glauben, dass *ihr* das alles passierte –, wollte sie ihn wenigstens nicht in dem Glauben lassen, dass er ein Recht dazu hatte.

»Ich bin keine Hure«, sagte sie mit leiser, aber ruhiger Stimme. Sie wollte Alex nicht ansehen, aber sie zwang sich dazu. Sie hob den Kopf und sah ihm in die Augen. Sie zuckte zurück, als sie die Abscheu in seinem Blick las. »Ich habe vorher nur einmal mit einem Mann geschlafen, mit dir.«

Alex' Augen verengten sich. Was war das für ein Unsinn? Glaubte sie, dass er im Schlaf Frauen entjungferte und nicht merken würde, dass die Geschichte ausgemachter Blödsinn war? »Ich habe nie zuvor mit dir geschlafen«, gab er zurück. In jedem seiner Worte schwang Verachtung mit. »Und Gott ist mein Zeuge, ich werde auch nie wieder mit dir schlafen.« Er streckte plötzlich eine Hand aus, zerrte Charlottes Nachthemd aus ihrer Umklammerung und riss es bis zum Boden auf.

»Es sollte dir leicht fallen, deine Ware in London gut zu verkaufen«, sagte er ruhig, als er ihren Körper mit stahlhartem Blick musterte. Charlotte hörte ihn kaum, sie dachte nur daran, ihre Selbstbeherrschung wiederzugewinnen. »Ja, ich glaube, dass du im Kreis der Jüngeren sehr erfolgreich sein könntest. Ich sehe es schon jetzt, die schöne Gräfin ...« Alex unterbrach sich. »Zur Hölle!« Er erinnerte sich daran, dass es seiner Impotenz zugeschrieben werden würde, wenn Charlotte wirklich Affären mit anderen Männern hätte. Er fühlte sich, als schlängelte sich eine schwarze Schlange um seinen Hals und erstickte ihn.

Dann fiel ihm etwas ein. Er hatte ein Kindermädchen gewollt, jetzt hatte er eins. Es gab keinen Grund, warum Charlotte in London leben sollte. Vergiss die Reise nach Italien, sie hatten nichts zu feiern. Nein, er würde sein neues Kindermädchen aufs Land bringen, weit weg. Er besaß ein Gut in Schottland. Dorthin würden sie gehen und die neue Hure, die er geheiratet hatte, konnte sich dort ihren Unterhalt verdienen. Dann würde er weiter in London leben und sie in Schottland zurücklassen. Vielleicht würde er sie einmal im Jahr besuchen.

Er sah sie an. Charlotte starrte auf den Boden und vergoss stumme Tränen. Einen Augenblick lang verspürte er einen Hauch von Mitleid, aber er schob dieses Gefühl unbarmherzig beiseite. Genauso hatte Maria geweint und um Vergebung für ihre Vergangenheit gebeten. Genauso hatte sie versprochen, nie wieder mit anderen Männern zu schäkern, und beteuert, dass seine Fähigkeiten im Bett so großartig seien, dass sie den Rest ihrer Tage nur mit ihm verbringen wolle. Nur zwei Wochen später war er nach Hause gekommen und hatte sie mit seinem obersten Lakaien dabei erwischt, wie sie eifrig im ehelichen Bett herumturnten. Alex ballte die Hände zu Fäusten. Dieses Mal würde er besser damit umgehen. Seine Frau würde in Schottland leben und er in London. Sie würde seine uneheliche Tochter aufziehen und er würde sie nie wieder sehen müssen. Er würde sich eine Geliebte nehmen und die Gerüchte über seine Potenz ersticken – ja, vielleicht würde er sogar mit den Frauen der Adeligen schlafen. Da er selbst ein ausgemachter Hahnrei war, warum sollte er das Gleiche nicht anderen antun?

In seinen Augen leuchtete Entschlossenheit. Alex packte Charlotte grob am Arm und stieß sie zu dem Gepäck, das in einer Ecke aufgestapelt war.

»Fang an zu packen«, sagte er kalt. Er läutete nach Charlottes Mädchen. »Wir reisen ab. Sag Marie, sie soll Pippa und Miss Helms wecken.«

Charlotte sah ihn wie betäubt an. »Ich habe nicht mit einem anderen Mann geschlafen!«, protestierte sie. »Ich habe nur einmal mit dir geschlafen, vor Jahren!«

Alex hörte ihr nicht zu. Er eilte aus dem Zimmer, ohne sich umzusehen. Zwei Minuten später klopfte es leise und Marie trat ein, ihre Augen weiteten sich erschocken. In wenigen Sekunden hatte sie die Situation erfasst. Sie sah, wie ihre Herrin immer noch die Überreste ihres schönen Nachthemdes umklammerte und unkontrolliert schluchzte. Zumindest schien er sie nicht verletzt zu haben, dachte Marie pragmatisch. Nun gut. Ihre Herrin war also nicht die Jungfrau gewesen, die er sich wünschte – oder vielleicht hatte sie auch einfach kein Jungfernhäutchen. Männer waren in diesen Dingen solche Hohlköpfe.

Sie wandte den Blick ab und begann die Taschen zu packen. Sie nahm an, dass Charlotte etwas Zeit brauchen würde, um sich zu fassen. Einige Minuten später stand Charlotte immer noch bewegungslos in der Mitte des Zimmers. Die Tür flog auf und Alex erschien mit seinem Butler Keating. Marie warf einen schnellen Blick auf Charlotte. Sie schien die Männer, die in der Tür standen, nicht einmal bemerkt zu haben. Marie eilte zu ihr und stellte sich schützend vor ihre Herrin. Keatings Blick schweifte in eine Zimmerecke. Er ist ein guter Mann, dachte Marie anerkennend.

»Bring meine Kleidung heraus«, sagte Alex krächzend zu

Keating. Er machte eine Kopfbewegung in Richtung seiner Frau. »Sie kann in der dritten Kutsche fahren.«

Marie schluckte. Zwischen ihnen hatte ein ernsthafter Bruch stattgefunden, das war klar. Die dritte Kutsche war die Kutsche der Bediensteten. Sie folgte der Kutsche des Herrn und der, in der Pippa und ihr Kindermädchen reisten. Was würden die Dienstboten machen, wenn ihre Herrin unter ihnen saß? Sie tauschte mit Keating einen Blick und schloss den Mund. Keating starrte sie warnend an und das Letzte, was sie jetzt wollte, war entlassen zu werden und ihre Herrin mit diesem ... diesem Verrückten allein zu lassen! Sie schirmte Charlotte so lange ab, bis die beiden Männer gegangen waren, und senkte ergeben den Blick, als seine Lordschaft den Raum verließ. Dieser große, trampelige Bastard, dachte sie, nachdem die Tür sich hinter ihm geschlossen hatte und Keating einen Berg Kleidung aufgehoben und ein paar Halsbänder hinter sich nach draußen gezogen hatte. Gott sei Dank war Cecil dazu auserwählt worden, Charlotte nach Italien zu begleiten. Er würde für die Lakaien eine Lösung finden. Sie würden eben draußen auf der Kutsche mitreisen müssen, das war alles.

Aber Maries Ängste waren unnötig. Als sie etwa eine Stunde später nach draußen ging, war Alex' Kutsche bereits verschwunden und mit ihm seine vier Lakaien und sein Sekretär. Keating hatte die Zeit gefunden, alle Dienstboten unterzubringen. Die Lakaien, teilte Cecil ihr mit, sollten außen mitfahren, sechs an der Rückseite und zwei ganz vorn. Keating würde neben dem Kutscher sitzen. Somit hatten Charlotte und Marie die Kutsche der Dienstboten für sich allein. Marie nickte. Sie war todunglücklich, so dass sie Cecil nicht einmal liebevoll ansehen konnte. Was waren Männer doch für Ungeheuer. Und was für ein Ungeheuer hatte ihre Herrin geheiratet! Marie wusste mit absoluter Gewissheit, dass Charlotte Jungfrau war.

Sie hatte so schreckliche Angst gehabt, als sie an diesem Abend für das Zubettgehen fertig gemacht wurde. Marie schüttelte ihre Gedanken ab, starrte Cecil nachdenklich an und ging zum Wirtshaus zurück.

Ein starker Arm umfasste ihre Taille.

»He, du!«, flüsterte ihr eine geliebte Stimme ins Ohr. »Es ist nicht meine Schuld, dass mein Herr ein vollkommen Verrückter ist. Wir sind alle für *sie*, du wirst schon sehen.« Marie nickte. Sie eilte in das Wirtshaus. Sie hatte Charlotte in einer Wanne mit heißem Wasser zurückgelassen. Als sie nach oben kam, war das Wasser kalt geworden, aber Charlotte saß immer noch reglos da. Genau wie ein kleines Kind, dachte Marie. Schließlich gelang es ihr, ihre Herrin einzukleiden. Charlotte hatte aufgehört zu weinen, aber ihr weißes, emotionsloses Gesicht erschütterte Marie mehr als ihr Schluchzen. Frauen, die so aussahen ... das war nicht gut. Sie hatte diesen Ausdruck schon einmal gesehen, als ihre Mutter eine Fehlgeburt gehabt hatte.

Genau in diesem Moment schallte ein Schrei durch den Gang. »*Sacrebleu!*«, rief Marie in ihrer Verblüffung auf Französisch. Es war Pippa, die sich lauthals darüber beschwerte, aufgeweckt worden zu sein. Als sie den Schrei hörte, ließ Charlotte Marie stehen, die immer noch dabei war, die Knöpfe ihres Reisekleides zu schließen. Sie öffnete die Tür und sagte ruhig: »Oh, Miss Helms.« Pippas Kindermädchen Katy sah die Treppe nach oben, ihr Haar in einem unordentlichen Knoten hoch gesteckt. »Ich werde Pippa nehmen.« Die Gräfin streckte die Hände aus. Katy zögerte und ging dann die Treppe wieder nach oben. Pippa erblickte Charlotte und schluchzte nachdrücklich auf.

»Kein Kindermädchen«, jammerte sie.

»Ist ja gut, mein Liebling«, summte Charlotte leise und schmiegte sie in ihre Arme. »Wir gehen jetzt nach unten und steigen in die Kutsche, sollen wir? Mama singt dir ein Lied vor und du kannst wieder einschlafen.«

»Papa!«, wimmerte Pippa. »Will Papa.«

»Er ist im Moment nicht hier«, sagte Charlotte beruhigend. »Aber Mama ist doch da und ich singe dir ein Lied über einen Frosch, soll ich?«

Auf der Treppe sahen sich Marie und Katy überrascht an. Charlotte hatte sich noch nie selbst ›Mama‹ genannt. Trotzdem akzeptierte Pippa das, ohne mit der Wimper zu zucken. Sie kuschelte sich in Charlottes Arme und holte tief Luft, schluchzte aber nicht mehr.

Charlotte sah zu Marie hoch. »Es tut mir Leid, Marie. Unsere Pläne scheinen sich geändert zu haben. Würde es dir etwas ausmachen, meine Bürste in die Kutsche zu bringen, bitte? Du kannst mich dort frisieren. Ich glaube, wir sollten seiner Lordschaft besser sofort folgen.«

Marie ging zurück in das Schlafzimmer, um die letzten Habseligkeiten, die verstreut herumlagen, einzusammeln und Charlottes zerrissenes Nachthemd in eine Tasche zu stecken. Sie wollte es nicht im Zimmer lassen, falls die Magd, die das Zimmer sauber machte, sich entschließen sollte, die Geschichte den Klatschblättern zu erzählen. Dieses ganze Durcheinander bot bei Gott bereits genug Stoff für die Zeitungen.

Aber tatsächlich erreichte kein Wort über die geänderten Pläne des Grafen von Sheffield und Downes London. Auf Alex' Anweisung hin hatte Keating jedem Angestellten des Wirtshauses eine schöne Summe Gold gegeben und eine sehr eindringliche Warnung ausgesprochen. Er verdoppelte das jährliche Gehalt der acht Lakaien, die ihn zu dem Gasthaus begleitet hatten. Er zahlte dem Kapitän des Schiffes, der sie nach Italien bringen sollte, den dreifachen Fährpreis, damit er Stillschweigen über das Verschwinden seiner Passagiere bewahrte, und krönte das Geld ebenfalls mit einer Drohung.

Während Charlottes Mutter und Vater sich also an Bord eines Schiffes nach Italien wähnten, rumpelten sie und Pippa in Wahrheit langsam gen Norden. Die zwei Kutschen, die Alex zurückgelassen hatte, wurden nur von zwei statt von vier Pferden gezogen, so dass der kleine Zug nur sehr langsam vorankam. Aber das war ein Segen, dachte Charlotte. Denn Alex' Kutsche war weit, weit vor ihnen und sie musste sich um ihn keine Gedanken machen.

Tatsächlich verlangsamte Charlotte mit jedem Tag, der verging, absichtlich ihre Reise, so dass Alex ihnen immer weiter voraus war. Ihre Mittagspausen dauerten drei Stunden, in denen sie und Pippa glücklich im Gras tollten. Sie hielten in jeder Stadt an, die ihr gefiel, und sie zeichnete Kirchturmspitzen oder badete die glucksende Pippa. In kurzer Zeit lernten sie und Pippa sich kennen und sie wurde ruhiger und sammelte Kraft für den Augenblick, in dem sie ihrem Mann wieder entgegentrat. Mit jedem Tag, der verging, wurde sie gefasster. Sie hatte eine ziemlich genaue Vorstellung von dem, was vor ihr lag. Alex hatte beschlossen, sie nach Schottland abzuschieben. Diese Aussicht störte sie nicht sehr. Sollte er glauben, was er wollte. Sie war keine Hure, sie hatte einzig und allein mit ihrem Mann geschlafen.

Aber sie würde ihn nie wieder in ihr Bett lassen. Selbst die Ekstase, an die sie sich nur in Träumen zu erinnern wagte, war diese grässliche Scham und den Schrecken, der beiden sexuellen Begegnungen mit Alex gefolgt war, nicht wert. Sie sah in dieser Hinsicht keine Probleme. Alex hatte deutlich gesagt, dass er nie wieder mit ihr schlafen würde. Also stellte Charlotte sich auf ein einsames Leben in Schottland ein. Vielleicht konnten ihre Eltern sie im nächsten Sommer besuchen. Sie bedauerte nicht sehr, London zu verlassen, obwohl sie Sophie bereits heftig vermisste. Und ihre Mutter. Mehr als alles andere wünschte sie sich, sich an der Schulter ihrer Mutter auszuweinen. Aber das würde auch nichts ändern, sagte Charlotte zu sich, als sie nach einer weiteren durchweinten Nacht erwachte.

Als die zwei Kutschen die Grenze zu Schottland überquerten, war das junge, unschuldige Mädchen, das auf Lady Prestlefields Ball auf der Treppe an Alex gestoßen war, lange verschwunden. An ihre Stelle war eine äußerst gefasste, selbstsichere Gräfin getreten, die nur zugänglich war, wenn sie mit ihrem kleinen Mädchen spielte.

»Sie ist eine richtige Dame, nicht wahr?«, sagte ein rothaariger Bengel zu seiner Mutter.

»Ach, sie ist Engländerin, vergiss das nicht!«, erwiderte sie grob. »Schau, wie hochnäsig sie ist! Die gehen nie aus sich heraus. Die sind nicht wie wir.«

Der kleine Junge sah die schöne, seltsam eisige englische Gräfin an und nickte. Sie war überhaupt nicht wie seine rundliche, geliebte Mama, das war sicher. Er umarmte ihre Taille.

»Oh, Richie, lass los!« Sie schob seine Arme beiseite. Genau in dem Augenblick lief ein Mädchen mit lautem Geschrei auf die Gräfin zu. Und die exquisit gekleidete Engländerin beugte sich vor, nahm das Kind auf den Arm und lächelte sie zärtlich an. Vielleicht waren sie doch nicht so anders, dachte Megan. Sie hob ihren eigenen Sohn hoch, um ihn zu umarmen, und gemeinsam sahen sie der Gräfin hinterher, wie sie mit dem Kopf an das Ohr ihrer Tochter geneigt wegging.

Kapitel 15

Alex kam etwa zehn Tage vor Charlotte und ihrem kleinen Gefolge auf Dunston Castle, seinem Landsitz in Schottland, an. Er hatte die Reise entweder allein in seiner Kutsche oder auf dem Rücken von Bucephalus verbracht, wovon er Letzteres bei weitem vorzog. Aber gleichgültig, wo er sich befand, er verfluchte die Tatsache, dass er Charlotte in die Kutsche der Dienstboten verbannt hatte. Warum hatte er sie nicht in seiner Kutsche gelassen, wo er sie nach Herzenslust hätte beschimpfen können? Dann langsam überkam ihn eine Mischung aus Abscheu und Scham, wenn er an sein Verhalten seiner Frau gegenüber dachte, und er war froh, dass Charlotte außer Sichtweite war. Aber in seinen Gedanken war sie da.

Es überkam ihn noch immer heftige Wut, wenn er daran dachte, dass Charlotte ihn getäuscht hatte, aber allmählich gewann er die Fähigkeit wieder, ruhig darüber nachzudenken. Eines Tages erkannte er, dass er zugelassen hatte, dass sein immer noch heftiger Zorn über Marias Treuebrüche seine Beziehung mit Charlotte überschattete. Und nur zwei Tage nach dieser Erkenntnis setzte er sich kerzengerade in seinem Bett auf und Charlottes Stimme hallte in seinem Kopf wider.

»Ich habe mit keinem anderen Mann geschlafen! Ich habe nur einmal mit dir geschlafen, vor Jahren!«

Und dann Charlotte, wie sie über den Geschlechtsakt redete:

»Ich wusste nicht ... es war wundervoll, einfach wundervoll ... Überhaupt nicht wie beim anderen Mal. Keine Schmerzen ...«

Also war Charlotte keine so abgebrühte Betrügerin, wie Maria es gewesen war. Nein, sie hatte nur mit einem Mann geschlafen, vor Jahren – und sie dachte, er sei es gewesen. Dann hatte sie wohl aus dem falschen Grund eingewilligt, ihn zu heiraten, aber das machte nichts, dachte Alex und übergab seine Träume von der Liebe dem Feuer. Er war kein Trottel. Es war klar, was geschehen war. Charlotte hatte mit Patrick geschlafen und infolge der unglückseligen Tatsache, dass Patrick nicht in England war, als sie sich kennen gelernt hatte, glaubte sie, ihre Jungfräulichkeit an ihn verloren zu haben. Alex schluckte schwer. Er und Patrick hatten in der Vergangenheit Frauen geteilt ... aber nie eine Ehefrau. Es war hart, dem ins Auge zu sehen. Und dennoch, wenn man schon unter diesen Umständen heiratete, war es nicht besser, dass der andere Mann wenigstens der Zwillingsbruder gewesen war?

In den letzten Tagen vor Charlottes Ankunft dachte er darüber nach. Er beruhigte sich, indem er in nebeligen schottischen Flüssen Forellen angelte, die niemand essen wollte. Also warf er sie wieder hinein. Er verbrachte Stunden damit, in das graugrüne Wasser zu starren, das sich im Kielwasser seiner Angelschnur kräuselte.

Am meisten überraschte ihn, wie sehr er Pippa vermisste. Monatelang war er der wichtigste Mensch in ihrem Leben gewesen – und dann, aus einem Wutanfall heraus, war er einfach weggefahren und hatte sie in einer Kutsche mit einem Kindermädchen und einer Stiefmutter zurückgelassen, die sie kaum kannte. Und er vermisste sie, vermisste sie schmerzlich mit jeder Faser seines Herzens. Er wachte mitten in der Nacht auf und fragte sich, wie sie einschlafen konnte, ohne dass er die Locke an ihrer Stirn zwirbelte und ihr süße Träume wünschte. Dieser Schmerz um Pippa sagte ihm, dass sein Plan, Charlotte in Schottland zu begraben, nicht sehr gut war. Außer er begrub sich gleich mit.

Nein, dachte Alex grimmig, er würde seine Frau annehmen. Er würde sie nach London zurückbringen. Jetzt, da er seine rosaroten Illusionen über die große Liebe zu seiner Frau aufgegeben hatte, konnten sie sehr gut miteinander auskommen. Sie würden natürlich miteinander schlafen müssen, weil er einen Erben brauchte. (Dass er die Notwendigkeit, einen Erben zu zeugen, als Vorwand benutzte, da Patrick mit großer Wahrscheinlichkeit Kinder haben würde, blieb seinem Bewusstsein nur halb verborgen.)

Er riss gereizt an der Angelschnur. Wo zum Teufel steckte Charlotte? In den letzten zwei Nächten hatten ihn die beunruhigenden Geschichten von Räubern, die an der schottischen Grenze lauerten und darauf warteten, sich auf ahnungslose englische Reisende zu stürzen, gequält. O Gott, warum nur war er ein so hitzköpfiges, arrogantes Scheusal gewesen? Was, wenn Charlotte und Pippa ausgeraubt, gegen Lösegeld festgehalten wurden – oder noch Schlimmeres? Während Charlottes Kutsche zwei Stunden vor Alex' Landsitz anhielt und die Insassen über eine blumenbedeckte Wiese schlenderten, um gemütlich zu Mittag zu essen, quälte Alex sich mit Bildern von einem weit grausameren Schicksal.

Als die zwei durch die lange Reise verschmutzten Kutschen schließlich durch das riesige Tor rollten, das den Eingang zum Hof bildete, erhaschte Alex durch das Fenster seines Arbeitszimmers einen Blick auf sie und konnte sich nur schwer davon abhalten, die Treppe hinunterzustürzen, um seine Frau und sein Kind in die Arme zu schließen. Stattdessen blieb er am Fenster stehen und lehnte sich steif an das Fensterbrett. Dort unten stieg seine Frau behände aus der dritten, ziemlich schäbigen Kutsche der Dienstboten. Dann öffnete sich die zweite Kutsche und Pippa, die sofort zu Charlotte hinüberlief und ihr die Ärmchen entgegenstreckte, stolperte hinaus. Alex konnte nicht wissen, dass es nur in den letzten zwei Stunden so gewesen war, dass Charlotte ansonsten in Pippas Kutsche gereist war. In der letzten Stunde hatte Pippa ihr Kindermädchen mit lauten Rufen nach ihrer Mutter gequält. Er sah, wie Charlotte Pippa lachend auf den Arm nahm und wie diese ihre kleinen Arme um Charlottes Hals schlang und sich an sie schmiegte. Das war es doch, was er gewollt hatte, oder nicht?

Es war an der Zeit, sie willkommen zu heißen. Alex stieg die Wendeltreppe aus seinem Arbeitszimmer hinab und sammelte innerlich seine Kräfte. Er hatte in den vergangenen Wochen vergessen, wie sehr ihn Charlottes Schönheit berührte. Allein beim Anblick ihres festen Gesäßes, als sie sich vorbeugte, um Pippa hochzunehmen, durchzuckte Lust seine Lenden. Nun ja, umso besser, redete er sich ein und ging langsam zur Eingangstür. Sie war schließlich seine Frau. Vielleicht konnte er sie so beschäftigen, dass sie keine Zeit hatte, zu anderen Männern zu streunen.

Er betrat den Hof. Dienstboten strömten aus der Tür und stellten sich zur offiziellen Begrüßung der neuen Gräfin auf. Charlotte stand mit Pippa auf den Armen vor ihnen. Ihr Gesichtsausdruck veränderte sich nicht, als sie Alex erblickte. Sie senkte den Kopf kaum sichtbar und sagte: »Mylord.«

Alex sah sie nachdenklich an. Er erwiderte ihr Nicken.

»Charlotte.« Im Hof entstand Stille. Pippa, die über Charlottes Schulter hinweg die Pferde beobachtet hatte, drehte sich um. Alex lächelte sie an und streckte die Arme aus. Aber statt mit ihrem bezaubernden italienischem Akzent ›Papa‹ zu rufen und zu strampeln, um auf den Boden zu gelangen, sah Pippa ihn erschrocken an, warf ihren freien Arm um Charlottes Hals und stieß laute Schluchzer aus.

»Süße«, sagte Charlotte, »ich habe dir doch gesagt, dass

Papa wiederkommt. Wie du siehst, ist Papa hier, und er hat dich vermisst und er liebt dich sehr. Er ist nicht für immer weggegangen. Erinnerst du dich noch, was ich dir gesagt habe?«

Sie erhielt keine Antwort. Pippa vergrub ihr Gesicht noch tiefer an Charlottes Hals. Alex spürte, wie ihm die Röte ins Gesicht stieg. Seine eigene Tochter wies ihn vor etwa dreißig Dienstboten zurück, die allesamt den Hals reckten, um zu sehen, was vor sich ging. Alex ging auf die beiden zu, sein starrer Körper verbarg sehr gut seinen Impuls, Charlotte in die Arme zu nehmen und so lange zu küssen, bis sie nicht mehr so distanziert aussah.

»Schatz«, sagte er mit seiner tiefen Stimme. »Ich habe dich sehr vermisst. Ich habe jede Nacht bereut, dich zurückgelassen zu haben. Aber jetzt bin ich ja hier und hätte sehr gerne eine Umarmung von meinem kleinen Engel.«

Pippa hob ihr tränenverschmiertes Gesicht. »Papa?«, fragte sie. Alex beugte sich zu ihr hinunter und ignorierte die Tatsache, dass Charlotte ein wenig zurückwich, als er ihr näher kam. Er rieb seine Nase an Pippas. Sie kicherte und streckte die Arme aus. »Papa«, sagte sie. »Papa!«

Der italienische Akzent war für immer verschwunden, dachte Alex. Aber die Wärme von Pippas kleinem, stämmigem Körper, der sich an ihm festklammerte, war alles, was zählte. »Ich liebe dich, mein Engel«, hauchte er an Pippas Hals. Er hatte die Umstehenden vergessen.

Charlotte starrte ihren Mann an. Das war der alte Alex, der liebende Vater, den sie vor ihrer Hochzeitsnacht gekannt hatte. Erleichterung erfüllte Charlottes Herz. Abgesehen von ihrem Leid hatte sie sich große Sorgen um Pippa gemacht. Wie sollte Pippa mit dem Tod ihrer Mutter fertig werden, wenn ihr neu gefundener Vater einfach davonritt und sie in Schottland zurückließ? Aber vielleicht waren seine Pläne nicht ganz so drakonisch, wie sie befürchtet hatte. Alex und Pippa schmiegten sich aneinander und vergaßen die Zuschauer um sich herum.

Plötzlich wandte Alex den Kopf. Er ließ seinen Blick über die versammelten Dienstboten schweifen. »Das ist eure neue Herrin, die Gräfin von Sheffield und Downes.« Er starrte die Dienstboten streng an, er wollte nicht, dass sie die neue Gräfin ungebührlich behandelten, weil sie sie aus der Kutsche der Dienstboten hatten steigen sehen. Sie würde die Geschichte früh genug von den Lakaien hörten, die mit ihr angekommen waren. Er stöhnte leise, aber sein Gesicht blieb arrogant und selbstbewusst. Dann lächelte er: »Und das ist meine Tochter, Lady Philippa.«

Jubel und Händeklatschen ertönte. Alex bot Charlotte seinen freien Arm. Sie legte ihre Hand darauf, er führte sie vor die Reihe der Dienstboten und fing an, sie den wichtigsten Dienern seines Besitzes vorzustellen.

Charlotte ihrerseits war hocherfreut über sich selbst. Sie empfand *nichts*. Nach all den Qualen der letzten drei Wochen erblickte sie Alex, ihren Ehemann, und fühlte nichts, weder Anziehung noch Wut. Sie verspürte einen Anflug von Mitleid, weil er ungewöhnlich abgespannt und müde aussah. Aber ihn zu sehen rüttelte nicht an ihren Vorsätzen, stellte sie froh fest. Während sie lächelte und mit den Dienstboten plauderte, freute sie sich darüber, dass seine beunruhigende Wirkung auf sie, die innere Schwäche, die sie jedes Mal erzittern ließ, wenn er nur ihre Finger berührte, verschwunden war. Sie hielt seinen Arm und empfand – nichts.

Schließlich hatte Charlotte alle Dienstboten der oberen Stockwerke kennen gelernt; sie hatte entschieden, dass eines der Hausmädchen ersetzt werden musste, und sich vorgenommen, die Bücher der Haushälterin prüfen zu lassen. Dann lächelte sie den anderen Dienstboten zu und ließ Alex' Arm los.

Seite an Seite gingen sie die vier Steinstufen hoch und in die Eingangshalle hinein.

»Meine Güte!«, rief sie, als sie die hallende, steinerne Eingangshalle betrat.

»Ich habe es von meiner Urgroßmutter geerbt«, meinte Alex fröhlich. Jetzt, wo er Pippa auf dem Arm hatte und Charlotte ihn nicht wie ein Ungeheuer ansah, fühlte er sich, als könne er die Welt wieder in Ordnung bringen. Sobald er die Gelegenheit hatte, würde er Charlotte erklären, dass sie damals mit seinem Bruder geschlafen hatte, aber dass er – Alex – großmütig entschieden hatte, ihr diesen Ausrutscher zu verzeihen. Er lächelte in sich hinein. Das war der richtige Weg. Seine Mutter hätte das gutgeheißen. Sein Vater – nein. Sein Vater hätte Charlotte mit Sicherheit verstoßen oder sie in diesem schottischen Schloss im Nirgendwo lebendig begraben. Aber er war nicht wie sein Vater. Seine Ehe würde auf Großzügigkeit, wenn auch nicht auf Liebe, basieren. Tatsächlich strahlte Alex geradezu vor Rechtschaffenheit.

Unglücklicherweise schien seine Frau das nicht bemerkt zu haben. Sie schlenderte umher, berührte die Wandteppiche, die den großen Raum zierten, und runzelte die Stirn, weil sie so staubig waren.

»Nun gut«, sagte Charlotte und sah ihm unbefangen in die Augen. »Ich werde bis zum Abendessen in meinen Gemächern sein, Mylord. Ich bin sicher, Mrs McLean zeigt mir den Weg.« Charlotte lächelte die mollige Haushälterin an, die an der Treppe wartete. »Um welche Uhrzeit wird in Schottland das Abendessen serviert?«

Alex erwiderte ihren Blick und zog die Augenbrauen hoch. Seine neue Frau war sehr kühl. »Um acht Uhr«, antwortete er.

»Mylord«, wiederholte Charlotte und knickste. Alex fuhr zusammen. Natürlich, seine Eltern pflegten sich auf diese Weise zu grüßen, aber Charlotte hatte noch nie vor ihm einen Knicks gemacht, außer beim Tanzen. Langsam verbeugte er sich.

Dann kam Charlotte auf ihn zu und sein Herz raste. Aber sie beugte sich nur vor und berührte Pippas Wangen mit ihren Lippen.

»Mama!«, sagte Pippa und es gelang ihr, ihren kleinen, dralen Arm um Charlottes Hals zu legen und sie so nahe zusammenzubringen, dass Alex Charlottes Orangenblütenduft riechen konnte.

»Nein, meine Süße«, sagte Charlotte liebevoll zu Pippa. »Du bleibst jetzt eine Weile bei deinem Papa. Sei ein gutes Kind.« Dann wandte sie sich Alex zu und wie durch Zauberei wich jegliche Wärme aus ihrem Gesicht und zurück blieb nicht Feindseligkeit, sondern ruhige Gleichgültigkeit. »Sie können Pippa ihrem Kindermädchen geben, wann immer Sie wollen. Sie hat Katy inzwischen lieb gewonnen.«

Eiseskälte kroch an Alex' Rücken hoch. Nein, Charlotte war nicht verärgert. Sie sah ihn auf eine Weise an, wie es Hunderte von Damen der Gesellschaft bei ihren Männern taten: nicht wütend, nicht einmal forschend, einfach nur völlig desinteressiert. Aber sehr, sehr höflich, dachte er, als Charlotte noch einmal knickste und mit Mrs McLean die Stufen hinaufstieg. Unwillkürlich verstärkte er den Griff, mit dem er Pippa hielt, und sie quietschte protestierend.

»Alles in Ordnung, mein Schatz. Wollen wir uns die Kätzchen im Stall ansehen?«

Charlotte ging die Treppe langsam nach oben, ohne Mrs McLeans Redeschwall zu lauschen – die Schwierigkeit, gute Dienstboten zu finden, was letzten Dienstag den sechs Teilen des besten Porzellans geschehen war, der Bedarf an neuer Wäsche. Sie war Alex gegenüber nicht so unempfindlich, wie sie gehofft hatte. Als Pippa sie zu sich gezogen hatte, war ihr Alex' würziger, männlicher Geruch in die Nase gestiegen, und gegen ihren Willen waren ihre Knie weich geworden.

Charlotte überwachte den Umzug ihrer Kleider aus dem Schlafgemach, das an das Hauptschlafzimmer angrenzte, in einen weit entfernten, neben dem Kinderzimmer gelegenen Raum (die Dienstboten nahmen ihren Wunsch nach besserem Licht ohne Kommentar hin), beaufsichtigte das Einräumen ihrer Farben in eines der vier Turmzimmer, die zurzeit nicht benutzt wurden, und inspizierte persönlich Pippas neues Kinderzimmer. Nachdem sie den Raum genau betrachtet hatte, ordnete Charlotte an, dass noch eine Lage Teppiche hineingelegt wurde. Pippa verbrachte immer noch viel Zeit auf dem Boden und sie wollte nicht, dass sie auf dem feuchten, kalten Stein, der die Böden des Schlosses bedeckte, eine schleichende Grippe bekam.

Dann schickte sie nach einem Bad und ließ sich todmüde in das dampfende Wasser gleiten.

»Marie«, rief sie hinter den Stellwänden hervor, die die Badewanne vor dem unbarmherzigem Luftzug, der in jedem Raum herrschte, schützten. Marie brummelte auf Französisch vor sich hin, während sie die Kleider ihrer Herrin in dem großen Schrank aufhängte. Sie fand keinen Gefallen an schottischen Schlössern, die ständig von einer Nebelwolke umgeben schienen. Diese Feuchtigkeit! Und was sollten sie anziehen? Sie hatte für ihr Herrin – und sich selbst – für Italien gepackt. Und das hier war ganz gewiss nicht Italien!

»Marie!«, rief Charlotte noch einmal.

»Es tut mir Leid, Mylady.« Maries verärgertes kleines Gesicht erschien in einem Spalt zwischen den Stellwänden. »Möchten Sie, dass ich nach mehr heißem Wasser läute?«

»Ja, danke, Marie. Und würdest du bitte dem Grafen eine Nachricht senden und ihm mitteilen, dass ich beabsichtige, mich für die Nacht zurückzuziehen, und mein Essen auf mein Zimmer haben möchte? Ich bin sehr erschöpft.«

Marie hielt nicht viel davon, sich im Schlafzimmer zu verstecken; ihrer Ansicht nach sollte Charlotte hinausgehen und den Kampf mit ihrem Mann ausfechten. Aber als sie Charlottes Gesicht sah, musste sie ihr Recht geben. Vielleicht war es besser, die Sache morgen in die Hand zu nehmen, wenn Charlotte ausgeschlafen hatte und so gut wie möglich aussah.

»Natürlich, Mylady. Soll ich Mrs McLean anweisen, morgen eine Näherin ins Schloss zu rufen? Ich fürchte, dass wir die Wollstoffe, die wir in Glasgow gekauft haben, so bald wie möglich zu Kleidern verarbeiten müssen. Sie und Pippa werden bei diesem Wetter im Handumdrehen mit einer Erkältung daniederliegen.«

»Das ist eine sehr gute Idee, Marie. Bitte Katy, mir Pippa hereinzuschicken, wenn sie in das Kinderzimmer zurückkommt. Ich würde gern mit ihr zu Abend essen.«

Marie lief geschäftig davon. Sie schickte nach mehr heißem Wasser und ließ das Feuer im Kamin so hoch schüren, dass die Funken wie Glühwürmchen den Kamin hochflogen. Der Raum erwärmte sich, bemerkte Charlotte. Gott sei Dank war dieser Raum erheblich kleiner als die ehelichen Gemächer den Gang hinunter. Sie stieg aus dem Bad und ließ sich in einem bequemen Stuhl vor dem Feuer nieder, unfähig, sich zu rühren. Als Pippa hereingebracht wurde, schien diese ebenso schläfrig, also setzten sie sich zusammen in den großen Stuhl und Charlotte erzählte ihr von einem Pferd namens Peggy, das fliegen konnte. Pegasus schien ein zu großes Wort für ein eineinhalbjähriges Mädchen.

Später aßen sie von einem Tablett zu Abend und Pippa war so müde, dass sie nicht einmal versuchte, Essen in die Luft zu werfen. Sie saß einfach nur ruhig auf Charlottes Schoß und öffnete fügsam den Mund, wenn Charlotte ihr kleine Essensbissen hinhielt.

Schließlich legte Charlotte sie in Katys Arme, zog sich ein

Nachthemd über und kroch in ihr warmes Bett. Marie legte noch einmal Holz nach und ging. Charlotte lag eine Weile wach und starrte in das Feuer, das im Kamin tanzte und groteske Schatten an die alten Steinwände warf. Was würde mit ihr und Alex geschehen? Und was vielleicht noch wichtiger war, was wollte sie? Jetzt, da sie sich wieder getroffen hatten und ihre hysterische Angst, er könne sie vor den Augen Pippas und der Dienstboten beschimpfen, sich als unbegründet erwiesen hatte, fühlte sie sich ratlos. All ihre Energie war darauf ausgerichtet gewesen, sich gegen ihr Wiedersehen zu wappnen, das sie sich schrecklich und voller Beschimpfungen vorgestellt hatte. Tatsächlich hatte sie die ganze Zeit einen Alex vor Augen gehabt, der ebenso wütend war wie vor drei Wochen in ihrer Hochzeitsnacht.

Gegen ihren Willen füllten sich Charlottes Augen mit Tränen. Vielleicht war es ihre Schuld. Vielleicht hätte sie ihren Mut zusammenraffen und ihm schildern sollen, wann sie sich vor ihrer Hochzeit schon einmal geliebt hatten. Stattdessen hatte sie den feigen Weg gewählt und ihrer Mutter geglaubt, die gesagt hatte, dass niemand je merken würde, dass sie keine Jungfrau war. Alex hatte in gewisser Hinsicht Recht: Sie hatte ihn angelogen, ihm zumindest nicht die ganze Wahrheit gesagt. Er hatte gedacht, sie sei Jungfrau, und sie war es nicht. Charlotte schniefte. Sie hatte in den letzten Wochen genug geweint, um ein Schiff zu versenken, dachte sie mit einem Anflug von Ironie.

Was wollte sie also? Sie wollte ... sie wollte, was sie nicht haben konnte. Den Alex von früher. Einen Alex, der nie solch schreckliche Dinge zu ihr gesagt hatte. Tränen stiegen ihr in die Augen. Aber Charlotte war so müde, dass sie nicht einmal lange weinen konnte; zwischen zwei Schluchzern schlief sie ein.

Unterdessen aß Alex in demselben kalten, königlichen Saal

zu Abend wie in den letzten zwei Wochen. Kurz nach seiner Ankunft hatte er seinen Sekretär mit der Anweisung, mit warmer Kleidung wiederzukommen, zurück nach London geschickt. Alex saß allein an einem Ende des riesigen Tisches. Der Speisesaal des Schlosses war monströs, dafür ausgerichtet, zahlreiche bewaffnete Männer und bellende Hunde zu beherbergen. Die zehn Lakaien, die an der Wand standen, sahen einfach lächerlich aus. Früher, dachte Alex, hatte es wahrscheinlich dreißig oder vierzig Diener gegeben, die um mehrere Tische herumeilten. Und es war bitterkalt, Sommer hin oder her. Alex sah sich voller Abneigung um. Was machte er hier, in dieser zugigen Festung? Sein altes Kindermädchen hätte gesagt, dass es auf dem Rücken des Nordwindes lag, weil es so frostig war.

Noch während des Essens schob er den Teller beiseite. Zur Hölle, er hatte eine Frau, oder nicht? Warum sollte er nicht mit ihr reden? Er war es leid, allein zu essen. Er ging nach oben, vorbei an seinem überraschten Butler McDougal, der gerade den Fisch hereinbringen ließ. In seinem Zimmer hielt Alex inne. Sollte er an die angrenzende Tür klopfen? Klopfte man an der Tür der eigenen Frau? Nachdem er Maria mit einem Lakaien im Bett vorgefunden hatte, hatte er immer an ihre Tür geklopft. Als Alex daran dachte, stieß er die Tür des angrenzenden Zimmers heftig auf. Doch dahinter lag die gleiche leicht staubige, leere Herrlichkeit, die ihn in den letzten Wochen verhöhnt hatte. Die Bettvorhänge waren mottenzerfressen. Er hatte vorgehabt, es für Charlotte säubern zu lassen, es dann aber vergessen. Alex zog schnell die Tür zu seinem Schlafzimmer wieder zu, als er merkte, dass die Wärme seines Kaminfeuers in das feuchte, kalte Zimmer nebenan zog. Wo zur Hölle war seine Frau?

Er öffnete die Tür und brüllte den Korridor hinunter: »McDougal!«

Die Stille unterstrich das leichte Heulen des Windes im Flur. Er rief noch einmal: »McDougal!«

Danach hörte er ein Keuchen, das die Treppen hinaufkam.

»Ja, Mylord«, schnaufte der korpulente Butler.

»Wo ist die Gräfin?« Seine zusammengekniffenen Augen verbaten McDougal jeglichen Kommentar.

In McDougals Gesicht regte sich kein Muskel. »Sie ist im Nordschlafzimmer, Mylord, da sie sich mehr Licht wünschte.« Er verbeugte sich und entfernte sich eilig. McDougal hatte die ungekürzte Fassung der Ereignisse in Bournemouth von dem Mädchen der Gräfin, Marie, selbst gehört, und er wollte nicht Zeuge eines Wutanfalls des neuen Grafen werden. Foakes hatte einen ganz vernünftigen Eindruck gemacht, in Anbetracht der Tatsache, dass er Engländer war, als er vor vier Jahren hier zu Besuch gewesen war – ja, sie waren sogar angenehm überrascht gewesen, – aber das war, bevor er geerbt hatte. Und Graf zu werden konnte einen verheerend schlechten Einfluss auf den Charakter eines Menschen haben, das wusste McDougal.

Alex wandte sich dem Flur zu seiner Linken zu und fragte sich, wo zum Teufel das Nordschlafzimmer war. Mehr Licht, ha! In einem Schlafzimmer mit diesem Namen? Er vermutete, dass er Richtung Norden blickte, also folgte er den Flur bis zum Ende und packte die erste Türklinke, die er erblickte. Eine Wärmewelle kam ihm entgegen, als er die Tür öffnete. Er ging hinein, schloss die schwere Holztür hinter sich und lehnte sich gegen sie. Der Raum schien leer zu sein. Er stand in einem kleinen Schlafzimmer, an das er sich von seinem letzten Besuch nicht erinnerte. An zwei Seiten befanden sich Fenster, die mit dicken roten Samtvorhängen verhängt waren. Er trat vor und warf einen Blick auf das Bett, das Einzige, was er von der Tür aus nicht sehen konnte. Und da war seine Frau. Sie lag zugedeckt unter den Decken und schlief tief und fest.

Einen oder zwei Augenblicke lang starrte Alex sie an. Charlottes Haar war gewachsen und nicht mehr modisch kurz, weiche, dunkle Locken ergossen sich über ihren Kragen und lagen zerzaust unter ihrer Hand. Soweit er sehen konnte, trug sie heute nicht das Nachthemd einer Verführerin; eine weiße Rüsche umrahmte ihr Gesicht. Verärgert, weil er über ihr Nachthemd nachdachte, ließ sich Alex auf das Bett fallen und schüttelte Charlotte grob an der Schulter. Sie erwachte und starrte ihn stumm an, ihre Augen schwarz und schattig in dem einzigen Licht, das vom Kamin kam. Dann schnappte sie nach Luft und zog sich unwillkürlich zurück.

Alex bewegte sich nicht, aber er war bestürzt. Hatte sie so viel Angst vor ihm, dass sie glaubte, er könne sie schlagen?

Tatsächlich war Charlotte erschrocken, ihn zu sehen. Ihre verräterischen Gedanken hatten sie in einen Traum gewiegt, in dem Alex um Verzeihung bat und ihre Brüste küsste und sie war in einem Strudel des Verlangens versunken – und plötzlich war er hier und saß an ihrem Bett. Er starrte sie an, eine seiner arroganten Augenbrauen hochgezogen. Ihr Herz klopfte, als brennendes Verlangen sie überflutete: das Verlangen ihn zu berühren, eine Hand auszustrecken und ihn zu sich hinunterzuziehen, ihn sanft zu küssen, ihm zu sagen ... Und genauso schnell erkaltete Charlottes Blut wieder. Sie würde sich nie mehr dazu verleiten lassen, sich wie eine Hure zu benehmen. Das musste sie ihm zugestehen: Sie reagierte auf ihn, wie es keine Dame je tun würde. Na ja, sie war eine Dame, erinnerte sie sich selbst. Dass der eigene Ehemann einen so sinnlichen Mund hatte, dass ihr Schmetterlinge im Bauch umherflogen, war keine Entschuldigung dafür, die Selbstbeherrschung zu verlieren.

»Was machst du hier?«, fragte sie und ihre Stimme war so weich wie Butter und in etwa genauso warm.

»Ich suche nach meiner Frau«, antwortete Alex. Er war entschlossen, nicht wütend zu werden. Schließlich wollte er nur ein wenig Gesellschaft und das war sein gutes Recht als Ehemann. Es bestand kein Anlass, sich darüber zu streiten.

»Warum?«

»Warum nicht? Es ist einsam da unten, so ganz allein an einem Tisch, der für Riesen gebaut ist.«

»Ich bin sehr müde, Mylord«, sagte Charlotte kühl. »Wir sind heute sehr weit gereist und ich wäre dankbar, wenn Sie mich wieder schlafen ließen.«

»Du bist nur drei Stunden gefahren«, gab Alex zurück. »Ich habe Keating gefragt, um herauszufinden, warum du zehn Tage länger gebraucht hast als ich.« Er streckte eine Hand aus und strich mit einem Finger über die zarte Wange seiner Frau.

Sie schreckte vor ihm zurück und seine Augen verengten sich.

»Wir müssen über unsere Zukunft reden«, sagte Alex. »Ich habe mich entschieden, dich zurückzunehmen. Unter einigen Bedingungen, die erste ist, dass du nie mit einem anderen Mann als mir schläfst. Du wirst nichts tun, was meinem guten Namen schadet. Im Gegenzug werde ich dich nicht verstoßen, weil du mit meinem Bruder geschlafen hast.«

»Ich habe nicht ...« Alex hob die Hand und schnitt Charlotte das Wort ab. »Offensichtlich hast du deine Jungfräulichkeit an meinen Bruder verloren. Wenn du ein paar Monate gewartet hättest, hättest du Patrick heiraten können, dennoch sind jetzt wir verheiratet, egal was für ein unglückseliger Schicksalsschlag das für uns beide ist.« Er hielt inne, aber seine Frau schien nicht geneigt, etwas zu sagen. Sie starrte auf ihre Bettdecke, ihr Gesicht lag im Schatten.

»Ich werde das Bett mit dir teilen«, sagte Alex absichtlich grausam, »wann immer es mir gefällt. Es darf jedoch, um es noch einmal zu wiederholen, kein anderer das Bett mit dir teilen, oder ich werde dich an diesen gottverlassenen Ort verbannen und dich nicht nach London zurückrufen, bis einer von uns auf dem Totenbett liegt.«

Da erkannte Charlotte, dass sie tatsächlich miteinander reden mussten. Sie setzte sich im Bett auf und lehnte sich an das Kopfteil, um sich nicht so verletzlich zu fühlen. Dann faltete sie die Hände im Schoß wie ihre Mutter, wenn sie mit ihrem Vater diskutierte.

»Mylord«, sagte sie gefasst, »mir scheint, dass ich Sie an Ihre eigenen Worte in Bournemouth erinnern muss. Sie sagten, dass Sie nie wieder mit mir schlafen würden.«

»Na ja, vielleicht werde ich in diesem Raum nicht *schlafen*. Das Bett ist für meinen Geschmack doch ein wenig klein.« Alex betrachtete begierig die sanfte Wölbung von Charlottes Brüsten, die sich trotz des weißen Baumwollhemdes abzeichneten.

Nun war es an Charlotte, ihre Augen zu verengen. Dieser Mann schien zu glauben, dass er alles tun konnte, was er wollte: an einem Tag ein Ungeheuer sein und am nächsten erwarten, sie verführen zu können.

»Ich weigere mich.«

Einen Augenblick lang herrschte eine gefährliche Stille.

»Du weigerst dich? Was genau verweigerst du?«

»Ich weigere mich, mit Ihnen zu schlafen, egal wie euphemistisch Sie das ausdrücken mögen. Als *Hure* sollte ich doch die Möglichkeit haben, meine Kunden zu wählen«, fügte sie mit eisiger Ironie hinzu.

»Genau das hast du nicht«, erwiderte ihr Mann mit eiskalt funkelnden Augen. »Ich bin dein Mann. Ich kann dich nehmen, wann und wo immer es mir gefällt. Und ich glaube, es gefällt mir, dich hier zu nehmen, in diesem Bett.«

Charlotte dachte einen Moment lang nach. Sie wusste, dass Alex das Recht hatte, glaubte aber nicht, dass er es in Anbetracht seines Ekels in der Hochzeitsnacht je ausüben wollte.

Schließlich zuckte sie leicht die Achseln. Er hatte sich wahrscheinlich klar gemacht, dass er einen Erben brauchte. Aber sie sollte verflucht sein, wenn sie sich noch einmal von ihm verführen ließ, um dann von ihm mit Beleidigungen überhäuft zu werden.

»In Ordnung«, sagte sie. Sie griff unter ihre Decken und zog ihr Nachthemd über die Hüfte. Dann legte sie sich zurück und schloss die Augen. Trotz ihres ruhigen Äußeren bebte sie innerlich vor Entsetzen. Sie hatte gerade das Gewagteste, das Verrückteste getan, was sie je in ihrem Leben getan hatte. Hier lag sie, völlig ungeschützt. Die kühle Luft strich ihr über die Schenkel und sie zitterte. So würde es wehtun, dass wusste sie intuitiv. Ihre Beine schienen zu Gummi geworden zu sein.

Alex starrte sie ungläubig an. Stille senkte sich auf den Raum, sie wurde nur vom Knacken der auffliegenden Funken aus dem Kamin durchbrochen. Nach einer Weile öffnete Charlotte die Augen.

»Haben Sie sich anders entschieden?«

Alexander stellte fest, dass er wütender war als je zuvor in seinem Leben.

»Nein«, sagte er mit einem bitteren Lächeln. »Nein, ich habe mich nicht anders entschieden.« Als sie Alex' Gesichtsausdruck sah, schloss Charlotte erschrocken wieder die Augen. Aus irgendeinem Grund sah er jetzt wütender aus – soweit das überhaupt möglich war – als in ihrer Hochzeitsnacht.

»Was ist los?«, fragte sie und öffnete wieder die Augen.

»Was los ist«, wiederholte Alex mit krächzender Stimme. »Meine Frau liegt da wie eine tote Zwiebel und fragt mich: ›Was ist los?‹«

»Ich weiß nicht, was Sie wollen«, sagte sie etwas zittrig. »Warum beschweren Sie sich?«

Alex antwortete nicht. Sie versuchte, sich zu rächen, begriff er plötzlich. Sie ist wütend wegen der Dinge, die ich in

Bournemouth gesagt habe. Er streckte eine Hand aus und strich über Charlottes langen, glatten Schenkel. Dann fasste er unter ihr Nachthemd und glitt mit seiner Hand über ihre Taille und die samtweichen kleine Wellen, die ihre Rippen waren, und hielt dort inne, wo ihre weiblichen Kurven begannen. Das Gewicht ihrer Brüste berauschte ihn und das Blut raste in seinen Adern. Wenn er seine eigene Frau nicht verführen konnte, verdiente er seinen Grafentitel nicht.

Aber eine halbe Stunde später war er bereit, seinen Titel mitsamt der Adelskrone dranzugeben. Es war nicht so, dass Charlotte nicht erregt war. Er *wusste*, dass sie es war. Ihre Brustwarzen ... nun, alles an ihr war bereit. Aber sie rührte sich nicht. Was war mit dem Mädchen geschehen, das sich aufbäumte, um seiner Berührung entgegenzukommen? Sein Gewissen gab ihm die Antwort. Rache hin oder her, sie hatte gewonnen. Alex hatte keine Lust, eine Frau zu lieben, die mit geschlossenen Augen passiv dalag und nur durch leichtes Zittern verriet, dass das, was er tat, sie berührte.

»Mach die Augen auf«, sagte Alex schließlich, bis ins Mark müde.

Charlottes Augen sprangen auf. Alex saß vornübergebeugt an der Bettkante, das Gesicht in den Händen.

»Was ist los?«, fragte Charlotte noch einmal. Sie war aufrichtig erstaunt. War es nicht das, was er wollte? Seine Worte hatten in den letzten Wochen ohne Unterlass in ihrem Kopf widergehallt – hatten sie geschmäht, verabscheut, weil sie zu heftig reagierte, weil sie darum ›bat‹, wie er gesagt hatte.

Ohne eine Antwort richtete Alex sich auf und machte sich daran, den Raum zu verlassen.

»Warum gehst du?«, fragte sie. »Ich verstehe dich nicht«, sagte sie mehr zu sich selbst. »Du hast mich eine Hure genannt, weil ich mich nicht wie eine Dame benommen habe. Du hast gesagt, du würdest nie mehr mir schlafen, weil du herausgefunden hast, dass ich mit dir – ob du es nun glauben willst oder nicht – meine Jungfräulichkeit verloren habe, bevor wir verheiratet waren. Und wenn ich mich wie eine Dame benehme, siehst du mich noch immer voller Abscheu an. Was soll das?« Charlotte redete sich in Wut. »Wenn du einen Erben willst, dann mach dir selbst einen Erben! Benutze meinen Körper, du hast doch gesagt, er gehöre *dir*. Ich halte dich nicht davon ab! Ich benehme mich *wie eine Dame*!«

Zu ihrer Überraschung stieß Alex ein aufrichtiges, wenn auch kurzes Lachen aus. »Damen schreien nicht«, bemerkte er. Aber er setzte sich wieder auf das Bett und sah sie ernst an.

Charlottes Körper reagierte alarmiert. Es war das erste Mal an diesem Abend, dass sie sich wirklich in Gefahr fühlte. Wenn er sie so ansah, wurde ihr Körper heiß und empfänglich. Und er sah sie noch nicht einmal verführerisch an, aber seine Augen waren dunkel und zärtlich, wie bei dem alten Alex, dachte sie wehmütig. Dem Alex, der sie gemocht hatte und sie nicht für eine Hure hielt. Der Gedanke gab ihr neue Kraft. Das war es, was er wollte. Sie hatte sich verhalten, wie es sich für eine Dame gehörte, gleichgültig, wie schwierig das war. Warum ärgerte ihn das jetzt?

»Es tut mir Leid«, sagte Alex mit schwerer Stimme. »Es tut mir Leid, dass ich dich eine Hure genannt habe. Ich habe erst einige Tage später erkannt, dass du deine Jungfräulichkeit nur an einen Mann verloren hast, von dem du dachtest, dass ich es sei. Ich habe das zu dem Zeitpunkt nicht verstanden und ich war so wütend, dass ich ... dass ich die Beherrschung verloren habe.«

»Du *warst* es«, beharrte Charlotte. »Du warst es, vor drei Jahren in ...«

Alex hob protestierend die Hand. »Ich möchte die Einzelheiten wirklich nicht wissen«, sagte er leicht schaudernd. »Um Himmels willen, es ist für mich schwer genug, die Tatsache zu akzeptieren, dass meine Braut zuerst mit meinem Bruder geschlafen hat: Ich möchte ganz gewiss nicht wissen, auf welcher Hintertreppe das geschehen ist!« Sein Mund verzog sich zu einem schiefen Lächeln. »Wir teilen viele Dinge, aber deine Jungfräulichkeit ... die werde ich ihm überlassen.«

Charlotte wurde übel. Er würde ihr niemals glauben, sie konnte es an seinen Augen sehen. Und deshalb würde er immer diese hässlichen Dinge von ihr denken. Sie schloss wieder die Augen. Vielleicht sollte sie besser hier bleiben, in Schottland leben. Sie wusste nicht, ob sie es ertragen konnte, Alex jeden Tag zu sehen und zu wissen, dass er sie verachtete. Selbst nach diesen brutalen Worten war ihr sein Gesicht noch so lieb. Es war einfach zu schmerzhaft. Eine Träne quoll unter ihren geschlossenen Augenlidern hervor.

Alex sah seine Frau düster an. Es tat ihr Leid. Er glaubte nicht, dass sie je mit einem anderen Mann schlafen würde. Nein, Charlotte war ein aufrichtiger, loyaler Mensch. Er nahm ihre Hand und küsste die Handfläche.

»Sollen wir es noch einmal versuchen?«

Charlotte befeuchtete ihre zitternden Lippen mit der Zunge und Alex spürte, wie das Feuer in seinem Bauch aufflammte. Seine Frau hatte äußerst verführerische Lippen. Sie hatten die tiefrote Färbung einer Kirsche und versprachen Leidenschaft. Leidenschaft, die sie bereits an den Tag gelegt hatte, dachte er. Er musste nur herausfinden, wie er sie dazu bringen konnte, sie wieder zu zeigen.

»Äh, was meinst du?«, fragte Charlotte. Etwas in Alex' Blick ließ sie aufhorchen. Die Nerven in ihren Beinen begannen zu kribbeln, ihre Brüste sehnten sich auf einmal nach seiner Berührung.

»Wir sollten uns noch einmal lieben«, sagte Alex und rutschte nach oben, so dass er sich vorbeugen und ihre Lippen mit seinen berühren konnte. »Es tut mir Leid, dass ich mich wie ein Verrückter benommen habe. Ich habe noch nie etwas so Wundervolles erlebt und ich bin einfach aus der Haut gefahren, als ich erfahren habe, dass ich nicht der Einzige war. Aber das gehört jetzt der Vergangenheit an. Wir sollten daran ... daran denken, einen Erben zu machen«, sagte er und lachte tief in sich hinein.

Charlotte wischte das Gefühl der Enttäuschung beiseite. Natürlich wollte er einen Erben. Das war nur natürlich.

Sein Mund war nur eine Haaresbreite von ihrem entfernt. Sie spürte seinen warmen Atem und dann fuhr er mit seiner Zunge wie flüssiges Silber über ihre Lippen, kalt und warm zugleich. Seine Hand begann erneut, langsam unter ihrem Nachthemd nach oben zu gleiten. Vielleicht wäre es gar nicht so schlimm, seinen Kuss zu erwidern, suchte sie sich zu überreden, während ihr Körper vor Begierde zu zittern begann.

Alex nahm seinen Mund von ihrem und sah ihr tief in die Augen. »Bitte, Liebling«, flüsterte er und Charlottes Widerstand löste sich in Luft auf. Sie schlang die Arme um seinen Hals und legte ihren Mund auf seinen, die geöffneten Lippen sprachen von ihrer Kapitulation. Und Alex nahm diese unausgesprochene Einladung sofort an, riss sie an seine harte Brust und drang mit seiner Zunge in ihren Mund ein. Und als er hörte, wie sie heftig die Luft einsog, füllte sich sein Herz mit Freude. Seine Charlotte war wieder da. Bis jetzt hatte er ausgestreckt neben ihr gelegen und als er begann, die Knöpfe seines Hemdes zu öffnen, fuhr Charlotte ihm zitternd mit den Händen über die Brust, wobei ihre Fingerspitzen an seinen Brustwarzen verweilten. Kurze Feuerstöße durchzuckten ihre Glieder, als sich seine Augen genussvoll weiteten. Als sie versuchsweise den Kopf neigte und mit der Zunge seine Brust berührte, stöhnte er laut auf und in Charlottes Bauch entzündete sich ein fiebriger, flammender Ozean.

Einige Zeit später waren sie beide nackt und ihre Körper

glühten im Widerschein des Feuers, erhitzte Haut auf erhitzter Haut, ein wilder Kuss folgte dem anderen. Alex' Hände wanderten über Charlottes Körper und setzten jeden Zoll in Flammen. Aber erst als Alex sich auf seine Unterarme gestützt über sie beugte und quälend langsam begann, sich an ihr zu reiben, spürte Charlotte, dass sie wirklich die Beherrschung verlor. Sie schloss fest die Augen, öffnete sie nicht einmal, als Alex ihr neckend mit der Zunge über die Augenlider fuhr. Alex nahm sich zusammen und dachte verschwommen daran, dass er sich zurückhalten musste, um es bei Charlotte wieder gutzumachen. Er bemerkte nicht, dass ihre geschlossenen Augen Kummer bedeuteten. Er drang vorsichtig in sie ein. Dann zog er sich zurück und bewegte sich wieder kreisend, lockend, rufend. Charlottes Hüften bäumten sich ungewollt auf und drängten sich an ihn. Ohne es zu wollen, riss sie die Augen auf und schlang ihm die Arme um den Hals, flehte stumm um das, was sie nicht laut zu sagen wagte. Und immer noch neckte Alex sie ... drang ein wenig tiefer in sie ein, zog sich zurück, bis sie kurz davor war zu schreien. Und dann, gerade als Charlotte glaubte, vor Verlangen und Enttäuschung zu bersten, stieß Alex kraftvoll in sie hinein. In Charlottes Kopf herrschte eine plötzliche Leere und sie schrie auf. Alex – der sich streng dazu ermahnt hatte, nicht die Kontrolle zu verlieren – verlor auf der Stelle jegliche Kontrolle. Er drang immer wieder in sie hinein und entlockte seiner Frau kurze, abgerissene Schreie.

Aber etwas stimmte nicht. Langsam kam Alex etwas anderes als sein hemmungsloses Eindringen in die heiße, enge Wärme von Charlottes Körper zu Bewusstsein. Jetzt sah er, dass unter ihren Augenlidern Tränen hervorquollen. Während ihr Körper sich aufbäumte, um seinen Stößen entgegenzukommen, weinte sie. Er stoppte seine Bewegungen sofort und zwang seine Männlichkeit, ruhig in ihr zu verharren.

»Liebling«, flüsterte er. »Was ist los? Tut es weh?«

Charlotte öffnete die Augen, sie waren riesig und tränenerfüllt. Er küsste die Tränen fort, aber sie drehte den Kopf von ihm weg.

»Was ist los, Charlotte?« Alex nahm ihr Kinn in seine starke Hand und drehte es, bis er in ihre Augen sehen konnte.

»Ich kann nicht, ich kann nicht«, schluchzte sie auf.

»Kannst was nicht?«, fragte Alex.

»Ich kann mich nicht davon abhalten.« Es flossen noch mehr Tränen. Alex zog sich sanft zurück, holte ein Taschentuch vom Nachttisch und wischte Charlottes Tränen fort.

»Wovon sprichst du, Liebste?«, fragte er schließlich, als sie nicht weitersprach.

»Du hast gesagt, du hast gesagt, dass keine Dame sich so benimmt, wie ich mich benommen habe.« Charlotte weinte nun verzweifelt, ihre Stimme wurde von Schluchzern unterbrochen. »Du hast gesagt, dass du noch nie von einer Dame gehört hast, die danach lechzt oder darum bittet, so wie ich es getan habe.«

Alex' Herz setzte einen Schlag aus. Hatte er wirklich etwas so Grausames gesagt? O Gott, das konnte er doch nicht getan haben. In einem dummen Wutanfall hatte er das Wunderbarste, das ihm je begegnet war, zerstört.

»Charlotte«, sagte er heftig. »Ich war ein Trottel, hörst du mich? Ein Trottel. Ich hatte den Kopf verloren, war verrückt vor Eifersucht. Ich wollte deine Gefühle verletzen und deshalb habe ich das Grausamste gesagt, was mit eingefallen ist, aber ich habe es nicht so gemeint. Ich habe es nicht so gemeint«, wiederholte er verzweifelt, als Charlotte weiter weinte.

»Ich kann mich einfach nicht davon abhalten«, sagte sie schließlich mit rauer Stimme. »Du hattest Recht. Ich bin keine Dame; ich bin eine ...« Aber sie konnte sich nicht dazu überwinden dieses hässliche Wort zu sagen, und erneut stiegen ihr Tränen in die Augen.

»O Gott, Charlotte«, stöhnte Alex und zog sie in seine

Arme. »Bitte, bitte hör mir zu. Wenn du dich jetzt wegen der dummen, grausamen Dinge, die ich gesagt habe, vor mir zurückziehst, ist das mein Tod. Dann habe ich das Einzige zerstört, von dem ich immer geträumt habe: eine leidenschaftliche, liebevolle Beziehung zu meiner Frau. Hör mir zu, Charlotte!« Er beugte sich gebieterisch über sie und zwang sie, ihm in die Augen zu sehen. »Glaubst du, dass ich wie eine Hure klinge, wenn ich beinahe jedes Mal, wenn du mich berührst, aufschreie? Wenn ich keuche und stöhne und jeden erdenklichen, ungentlemanhaften Ton ausstoße, den ich nur ausstoßen kann? Stoße ich dich ab? Tue ich das?«

Wie betäubt schüttelte Charlotte den Kopf.

»Wie fühlst du dich, wenn ich unter deiner Berührung stöhne?«, fragte Alex ruhiger.

Ein leichtes Lächeln erschien auf Charlottes Lippen. »Wie eine Königin«, sagte sie.

»Ich möchte König sein, Charlotte, König in meinem eigenen Haus. Bitte, Liebling, bitte lass mich dein König sein und du meine Königin. Nichts, was du tust, wenn wir uns lieben, könnte mich anwidern. Es war der Zorn, der aus mir gesprochen hat, nicht meine wahren Gefühle.«

Charlottes Lippen zitterten. »Aber was, wenn du wieder wütend auf mich wirst?« Sie atmete bebend ein. »Ich weiß, dass du Recht hast, ich benehme mich nicht wie eine Dame. Und ich möchte nicht mehr riskieren, dass du wütend wirst.«

Alex rollte sich auf den Rücken. Das war ein Schlag ins Gesicht. Er hatte alles zerstört. Er hatte ihr nicht vertraut und jetzt würde sie ihm nie wieder vertrauen. Und das war das Ende seines Traums von einer erotischen ehelichen Verbindung, der vor Jahren bei jener Begegnung im Garten geboren worden war und den er selbst während der schrecklichen Jahre mit Maria stur gehegt hatte. Es war vorbei. Er starrte mit leerem Kopf an die Steindecke.

Dann spürte er, wie ein nackter Körper sich an seine Seite und ein zerzauster Lockenkopf sich an sein Kinn drückte.

»Sollen wir es noch einmal versuchen?« Zuerst verstand er ihr Flüstern nicht, dann erinnerte er sich an seine Frage. Er hatte sie vor einer Stunde gestellt, aber es schien eine Ewigkeit her zu sein. Er drehte langsam den Kopf. Seine Frau sah ihn an, in ihren wunderschönen, dunklen Augen standen keine Tränen mehr.

Charlotte legte ihm den Finger auf den Mund. »Wenn du mir versprichst, mir zu vertrauen«, sagte sie mit zittriger, aber ach so süßer Stimme, »dann verspreche ich dir, dir zu vertrauen. Wenn du mir glaubst, dann werde ich dir auch glauben. Gott ist mein Zeuge, ich werde nie in meinem ganzen Leben mit einem anderen Mann als dir schlafen, und wenn du mir versprichst, mir nie wieder mein Verhalten im Bett vorzuwerfen ... und ich werde mich damit abfinden, mich – ab und zu – wie eine Metze zu benehmen.«

Das belustigte Leuchten wich aus ihren Augen, als ihr Mann sich zu ihr rollte, sie mit den Armen umschlang und mit einem schnellen, beinah brutalen Stoß in sie eindrang. Charlotte schrie auf, Freude durchzuckte ihren Körper und ihre Hände packten seine Schultern.

Die Nacht war sehr lang, Alex verließ das Bett nur, um mehr Holz auf das Feuer zu legen. Sie liebten sich und schliefen, Charlotte wachte auf und stellte fest, dass ein anschwellendes Ding forderte, in sie einzudringen. Ihr sofortiges Willkommenheißen ließ Alex aufkeuchen, er barg das Gesicht an ihrem Hals und stellte heiser fest, dass er sie nicht verdiente. Aber als seine Frau anfing, ihn an unüblichen Stellen zu kitzeln ... nun, da konnte er seine Gedanken nicht mehr auf seinen berechtigten Selbstvorwurf konzentrieren. Er übte Vergeltung und schließlich schliefen sie erfüllt ein.

Außer dass Alex etwa zwei Stunden später noch einmal erwachte. Charlotte schlief völlig erschöpft neben ihm. Er schwor sich, sie nicht zu wecken, aber dann zog er langsam die Decke weg und betrachtete ihren wunderschönen Körper. Sie war sein, ganz und gar sein. Und als Charlotte erwachte und träge in die Welt zurückkehrte, schrie sie zuerst ungläubig und dann lustvoll auf. Alex' Kopf lag zwischen ihren Beinen und seine Zunge schickte wonnige Schauer durch ihren Körper, die sie gedankenlos genoss.

Die Nacht war also lang, aber sie blieb, wie weise Männer zu sagen pflegen, nicht ohne den gerechten Lohn. Um sechs Uhr morgens schimmerte warmes Sonnenlicht unter den Samtvorhängen hindurch. Mit der Zeit krochen die warmen Sonnenstrahlen immer näher an das Bett heran. Sie fanden den Grafen und die Gräfin von Sheffield und Downes schlafend vor. Sie schliefen den Schlaf der Gerechten, der Erschöpften, der Jungvermählten und der durch und durch Zufriedenen.

Kapitel 16

Die nächsten zwei Wochen gingen in die Geschichte von Dunston Castle, Schottland, ein, dem Sitz vierer aufeinander folgender Grafen von Sheffield und Downes. Tatsächlich vertraute der Butler des Schlosses, Mr McDougal, seiner Frau an, dass es seit dem dritten Grafen, dem Vater des jetzigen, nichts Ähnliches gegeben hatte, welcher, wie er haarklein erklärte, eine junge Frau für eine Woche hierher gebracht hatte. Sie sei offensichtlich kein Kind von Traurigkeit gewesen und die Dienstboten hatten sich allerlei Mätzchen gefallen lassen müssen.

Einmal hatten sie beispielsweise die Tür zum Esssaal verschlossen vorgefunden, gerade als Mr McDougal, der zu jener Zeit Oberlakai gewesen war, einen brennenden Kuchen hereinbringen wollte. Der Kuchen war ausdrücklich bestellt worden, erinnerte sich McDougal, da die Köchin nicht an modische, kontinentale Gerichte, die angezündet werden mussten, gewohnt war. Und in welcher Aufregung war sie gewesen, als das ganze Ding schwarz und verbrannt in die Küche zurückgebracht werden musste!

Und dann war da noch ein junges zweites Hausmädchen, die viel zu viel lernte, als sie unschuldig das Musikzimmer betreten hatte, um abzustauben – und was hatte sie dort vorgefunden? Seine Frau nickte wissend, als Mr McDougal die Augenbrauen hochzog.

»Ich war damals noch sehr jung«, sagte er. »Aber ich erinnere mich noch gut an den hysterischen Anfall, den sie in der Küche bekam. Was für ein Aufruhr! Die Köchin musste ihr schließlich einen guten Schuss des Brandys, den sie zum Kochen brauchte, geben, da der damalige Butler, der alte Grimthorple, sehr streng mit dem Schlüssel zum Spirituosenschrank war. Ach, na ja.«

»Ich glaube nicht, dass es richtig ist, diesen Grafen mit seinem Vater zu vergleichen«, meinte seine Frau behaglich. Sie hatte die Aufsicht über die Wäscherei-, die Wäsche- und die Webabteilung im Schloss und wusste mehr über die Bewohner des Schlosses als irgendjemand. »Diese zwei sind so lieb zueinander und frisch verheiratet. Und die Gräfin ist kein leichtes Mädchen. Auch wenn man sie sich ab und zu küssen sieht, ist sie mir gegenüber immer respektvoll und liebenswürdig.«

»Und Ira«, erzählte sie ihrem Ehemann zum dritten Mal, »ich war einfach platt, als sie zu mir kam und sagte: ›Mrs McDougal, ich habe einige kleine Unstimmigkeiten in den Aufzeichnungen der Haushälterin gefunden und mich gefragt, ob sie mir nicht helfen könnten, sie zu verstehen?‹ Ira, da war ich wirklich platt. Diese Mrs McLean – das ist vielleicht eine Haushälterin! – hat praktisch seit sie hier ist Wäsche aus meinen Schränken geklaut und keiner hat das Geringste gemerkt. Man kann sehen, dass unsere junge Herrin die richtige Erziehung hatte.«

Mr McDougal gab zu, dass auch er die junge Gräfin mochte: Wer täte das nicht, nett und freundlich, wie sie war? Aber er wagte zu äußern, dass es ihm nicht gefallen würde, wenn man seine Tochter dabei sähe, wie sie in den Gärten hinter jeder Statue von ihrem Mann geküsst wurde, und hatte Mrs McDougal ihm nicht selbst erzählt, dass das französische Mädchen der Gräfin sagte, sie verbringe den Großteil ihrer Zeit damit, Knöpfe an die Kleider ihrer Herrin anzunähen?

»Sie ist Französin«, erwiderte Mrs McDougal und schätzte

den Stellenwert der Aussage einer Französin sehr gering ein. »Aber selbst wenn Marie die Wahrheit sagt, was macht es, wenn zwischen einem Mann und seiner Frau ein paar Knöpfe verloren gehen, nicht wahr, Ira?«

Ihr Mann lachte in sich hinein und das Gespräch wandte sich anderen Dingen zu.

Unterdessen küsste der Herr des Schlosses seine Frau hinter Statuen, verteilte Knöpfe in den ehelichen Schlafgemächern und spielte mit seinem Kind im Schlossgarten. Und als es für die Familie an der Zeit war, nach England zurückzureisen, blieben die drei Kutschen zusammen, schon allein dadurch, weil Pippa häufig zwischen der Kutsche ihrer Mutter und ihres Vaters und der ihres lieben Kindermädchens wechselte. Also rollten die Kutschen genauso langsam nach London, wie die Kutsche der Dienstboten ihren Weg hierher gefunden hatte, und Charlotte verbannte die Erinnerungen an tränenreiche Nächte, indem sie in denselben Wirtshäusern die halbe Nacht mit ihrem Mann herumtollte.

Keiner, der die junge Gräfin auf dem Weg zurück nach London sah, hätte behaupten können, dass sie abwesend und hochnäsig wirkte. Infolge Pippas häufiger Anwesenheit in der Kutsche sah Charlotte oft zerzaust aus, doch wenn Pippa nicht in der Kutsche war, übernahm ihr Ehemann selbst das Zerzausen.

Einen Tag, nachdem die erste Kutsche, gezogen von vier tänzelnden Rössern, vor Sheffield House am Albemarle Square vorgefahren war, huschte Sophie York mit einem munteren »Charlotte erwartet mich« an dem Butler vorbei.

»So«, forderte Sophie unverschämt. »Erzähl mir *alles*! Wie ist es, verheiratet zu sein?«

Charlotte errötete.

»So gut?«, fragte Sophie lachend.

»Was hast du denn in den letzten beiden Monaten erlebt?«, wollte Charlotte wissen.

Sophie zwinkerte ihr zu, um zu zeigen, dass sie Charlottes Ausweichmanöver bemerkt hatte, und stürzte sich in eine lange Erzählung über Braddon Chatwin, der ihr den Hof gemacht hatte (da er die Chance bei der einen regierenden Schönheit, Charlotte, vertan hatte, hatte er sich geschickt der anderen, Sophie, zugewandt). Charlotte lachte herzlich. Tatsächlich fragte sie sich, ob sie vor ihrer Hochzeit die meisten von Sophies Witzen verpasst hatte. Hätte sie Sophies Bemerkung über die frisch verheiratete Lady Cucklesham verstanden, die wegen Geld heiratete und dann ihre Jungfräulichkeit in Form eines großen Diamanten an ihrem Finger trug?

»Wenn ich geneigt wäre, die Frau eines Narren zu werden«, meinte Sophie etwas düster, »könnte ich es mit Braddon nicht besser treffen. Er würde sich nie die Mühe machen, mich zu fragen, was ich vorhabe: Er wird immer gutmütig und taktvoll sein. Wenn ich etwas nicht ausstehen kann, ist das ungentlemanhaftes Benehmen.« Sie schauderte leicht.

Charlotte sah ihre Freundin mitfühlend an. Jeder wusste, dass der Marquis von Brandenburg keiner Französin widerstehen konnte, besonders wenn er zu viel getrunken hatte.

»Tu es nicht, Sophie«, drängte sie, selbst ein wenig von ihrer Heftigkeit überrascht.

»Warum denn nicht?«

»Weil ... es ist wundervoll, mit einem Mann verheiratet zu sein, der kein Narr ist.«

»Sie sind *alle* Narren«, meinte Sophie ziemlich knapp. Dann lächelte sie Charlotte schief an. »Ich möchte dein Entzücken über die Ehe nicht schmälern. Aber meiner Erfahrung nach – zugegeben, nur durch Beobachtung gewonnen, aber deshalb nicht schlechter – meiner Erfahrung nach fühlt sich der beste Mann bei närrischem Benehmen in seinem Element.«

»Trotzdem«, beharrte Charlotte. »Du könntest einen Narren finden, den du mehr magst als Braddon.«

»Das ist es ja. Ich *mag* ihn. Er erinnert mich ein wenig an den kleinen Bruder, den ich mir immer gewünscht habe. Ich habe stundenlang in meinem Kinderzimmer gesessen, das direkt über dem Schlafzimmer meiner Eltern lag. Und ich konnte hören, wie sich meine Eltern anschrien; meine Mutter hat sich früher sehr viel mehr daraus gemacht, dass mein Vater einer reizenden Französin nicht widerstehen kann, als sie es heute tut. Ich wünschte mir immer wieder, einen kleinen Bruder zu haben, einen unkomplizierten und liebevollen Menschen. Und genau so ist Braddon, Charlotte. Er ist sehr unkompliziert. Ich weiß, dass er liebevoll ist – ich habe zufällig gehört, wie Sir Bredbeck sagte, dass Braddon mehr Mätressen hat, die von ihm abhängig sind, als ein Anwalt Rechtsfälle. Obwohl, das muss man fairerweise sagen, er sie von den Ballsälen fern hält.«

Charlotte kicherte unwillkürlich, trotz des traurigen Bildes, das Sophie von ihrer Kindheit malte.

»Aber Sophie, du kannst doch keine Kinder mit jemandem haben, der wie ein kleiner Bruder ist!«

»Ich möchte jemanden heiraten, der ... angenehm ist. Das erscheint mir als die bestmögliche Ehe in der Londoner Gesellschaft«, sagte Sophie. Dann hellte sich ihr Gesicht auf. »Hast du gehört, wie sich dein Schützling Chloe van Stork macht? Ich schwöre, das Mädchen ist auf dem besten Weg mir einige meiner Verehrer abspenstig zu machen. Nicht, dass mir das etwas ausmacht. Sie könnte selbst Braddon haben, aber die Klatschbasen behaupten, dass sie auf Will Holland wartet.«

Charlotte dachte an ihren Hochzeitsball zurück. »Chloe hat ihn sehr gemocht«, meinte sie.

»Nun, sie zeigt keinerlei Anzeichen von Trauer, obwohl er

immer noch auf dem Land ist. Sie hat vier oder fünf feste Kavaliere – sie begleiten sie überallhin und hängen an ihren Lippen. Ich habe gehört, dass in den Clubs darauf gewettet wird, dass sie Lord Winkle nimmt.«

Während Sophie weiter plauderte und erzählte, wie Lady Skiffing Camilla Prebworth, die Frau von Kapitän Prebworth, brüskiert hatte, wanderten Charlottes Gedanken zu Alex. Sie wusste genau, wo er war: Sein seit langem leidender Sekretär Robert Lowe hatte ihn in sein Arbeitszimmer gezogen, damit er sich um die Korrespondenz kümmerte, die sich in den letzten Monaten angesammelt hatte.

Genau in diesem Augenblick erschien ihr Mann in der Tür und Charlottes Gesicht leuchtete unwillkürlich auf.

»Alex!«, rief sie und sprang von ihrem Stuhl auf.

Alex zwinkerte Sophie zu, die er während der zwei unerträglich langen Monate seiner Verlobung schätzen gelernt hatte, nahm seine Frau in die Arme und ging langsam und vorsichtig rückwärts aus dem Salon.

Sophies helles Lachen schallte zu ihnen heraus, als Alex in der marmornen Eingangshalle von Sheffield House stand und seine Braut so lange leidenschaftlich küsste, bis ihre Knie zitterten und sie sich an seiner Jacke festklammerte.

»Alex, wir müssen in den Salon zurückgehen«, flüsterte sie. »Ich kann doch Sophie nicht einfach allein lassen. Das ist unhöflich.«

»Schwöre mir, dass du mich in einer Stunde in unseren Gemächern treffen wirst.«

»Das werde ich nicht.«

»Schwöre es, oder ich lasse dich nicht gehen.« Alex fand seinen Weg zu Charlottes Hals, wo ihr Puls heftig klopfte. Er leckte ihn und sie stöhnte beinahe laut auf.

»Alex!«

»Schwöre es!«

»Nein. Ich habe in zwei Stunden einen Termin bei Monsieur Carême.«

»Ich werde dich dorthin bringen«, versprach Alex heiser. »Ich werde dich im Phaeton fahren.« Er zeigte deutliche Anzeichen dafür, dass er mit seinen anstößigen Küssen auch noch tiefer gehen würde.

»Ich schwöre es«, keuchte Charlotte schließlich.

Doch ihr Mann hörte nicht zu. Nachdem er sich vergewissert hatte, dass im Moment kein Lakai in der Eingangshalle war, versuchte Alex geschickt, seine Frau an die Wand zu drängen. Sobald sie mit dem Rücken an der Wand stand, presste er seinen Körper an ihren, schob sein Knie zwischen ihre Beine und grinste sie schelmisch an. Er strich ihr mit den Händen über den Rücken und umfasste ihr Gesäß. Er zog sie leicht nach oben, seiner Erektion entgegen. Charlottes Gesäß war so wohlgeformt und verlockend, dass Alex hätte weinen können.

Im nächsten Augenblick stieß seine Frau ihn entrüstet von sich, obwohl Alex zufrieden feststellte, dass ihre Hände zitterten und ihre Wangen gerötet waren.

»Alex!«, fuhr sie ihn an.

Sie huschte in den Salon, in dem sie Sophie zurückgelassen hatte. Sophie aß seelenruhig Zitronenwaffeln und trank Tee. Sie lachte laut los, als sie Charlotte erblickte. Charlottes Haar sah aus, als wäre sie in einen Sturm geraten, das Aussehen der Gräfin ließ sich selbst mit der Extravaganz von Monsieur Pamplemousses modischem Haarschnitt nicht erklären.

Alex war ihr nicht gefolgt, also war Sophie so frei, die Situation zu kommentieren. Tatsächlich betrachtete Alex die orientalischen Vögel, die die Tapeten in der Eingangshalle zierten, und wartete darauf, dass seine heftige Erregung abklang. Diese Pantalons waren wirklich ungeeignet, dachte er verdrossen. Zumindest für die rasende Leidenschaft, die er für seine Frau empfand. Ein leichtes Lächeln erschien auf seinem Gesicht.

»Küsst er gut?«, fragte Sophie. »Du weißt, dass ich eine Antwort verdiene, weil du mich einfach so im Stich gelassen hast.«

Alex schlich sich etwas näher an die Tür heran. Sicher war das kein Lauschen, wenn es um ein so wichtiges Thema ging.

Charlotte zögerte, dann lachte sie. »Ja, das tut er«, erwiderte sie. »Er muss mich nur küssen und ich ...« Sie unterbrach sich und zuckte die Achseln.

»Du machst was?«, fragte Sophie. Sophie kannte eine Menge Witze über erotische Angelegenheiten, aber sie sah keinen Sinn in fleischlichen Beziehungen.

»Nun, ich schmelze dahin, das ist alles.«

»Das klingt sehr unangenehm«, meinte Sophie. »Wohlgemerkt, ich bin mir nicht sicher, dass ich genau verstehe, was passiert – aber fühle dich bitte nicht genötigt, es mir zu erklären, Charlotte. Wenn ich mir auch sicher bin, dass meine Mutter nie dazu kommen wird, mir die Angelegenheit zu erklären, so glaube ich doch, dass ich irgendwann einen dieser Dummköpfe, die mir den Hof machen, heiraten werde, und sicherlich wird er mir die ganze peinliche Angelegenheit erklären.«

Charlotte wurde noch röter, soweit das überhaupt möglich war. »Es ist peinlich, aber auch großartig.«

Sophie sah sie neugierig an. »Meine Mutter hat mir gesagt, dass eheliche Beziehungen eine äußerst unangenehme Angelegenheit seien und nur wegen der gesellschaftlichen Stellung ertragen werden müssten.«

»Das ist nicht ... mit Alex ist es nicht so.«

»So ein Pech«, meinte Sophie düster. »Du schnappst mir den einzigen Mann in London, der eine Ahnung davon hat, wie man die ganze Sache angenehm gestaltet, und für mich bleibt der alte Braddon übrig. Ich bin sicher, er würde es mir mit Beispielen aus seinen Ställen erklären. Manchmal glaube ich, dass er mich für eine erstklassige Zuchtstute hält, genau wie seine besten Pferde.«

»Es ist mehr als angenehm«, platzte Charlotte heraus. Sie brannte darauf, es jemandem zu erzählen, und mit ihrer Mutter konnte sie darüber nicht sprechen. »Es ist wirklich – wunderbar. Manchmal kann ich den ganzen Tag an nichts anderes denken«, bekannte sie.

Sophie starrte sie an, die blauen Augen weit geöffnet. »Vielleicht sollte ich Braddon doch nicht heiraten«, sagte sie schließlich. »Ich bin mir ziemlich sicher, dass ich nie den ganzen Tag an ihn denken würde, egal, wie er küsst. Küsst dein Mann besser, als Will Holland es tut – oder getan hat?«

Charlotte wurde wieder rot. Sophie dachte, dass sie über das *Küssen* redeten, und sie hatte die ganze Zeit ... Sie sollte mit einer unverheirateten Frau wohl nicht über so etwas reden. Sophie erschien so weltklug, war es aber offensichtlich nicht.

»Was meinst du mit ›getan hat‹?«, erwiderte Charlotte und wechselte damit geschickt das Thema. »Küsst Will nicht mehr?«

Draußen in der Eingangshalle lehnte Alex den Kopf an die Wand. Es war unmöglich, dass er sich zu ihnen in den Salon gesellte. Charlottes Geständnis, dass sie während des Tages an das Liebesspiel dachte, hatte ihn härter als einen Stein werden lassen. Er stöhnte und machte sich auf den Weg in sein Arbeitszimmer. Er konnte genauso gut den Rest seiner Korrespondenz durchgehen. In Anbetracht der Tatsache, dass er ohnehin nicht fähig sein würde, irgendetwas Vernünftiges zu tun, bis Charlotte ihn in einer Stunde traf, konnte er wenigstens Robert glücklich machen.

Ein weiterer Monat verstrich. Die Saison in London neigte sich ihrem Ende zu. Charlottes und Alex' Leben hatte sich in ein angenehmes Muster gefügt. Charlotte malte morgens. Sie hatte ein Porträt von einer der Küchenmägde, einem großen, knochigen Mädchen namens Mall, die in der Nähe der walisischen

Grenze aufgewachsen war, in Angriff genommen. Zuerst beäugten die Gräfin und das Küchenmädchen sich vorsichtig; Malls Überzeugung, dass ihre Herrin vollkommen verrückt war, machte die Sitzungen nicht angenehmer. Aber Charlotte arbeitete unbeirrt weiter. Seitdem sie Malls Gesicht gesehen hatte, als sie eines Morgens Feuerholz im Kamin nachlegte, hatte sie sie malen wollen. Nach einer Weile wurden sie Freundinnen und Charlotte erfuhr von Malls sieben Geschwistern und sogar etwas Klatsch über das Personal. Der Butler Staple musste ein richtiger Tyrann sein. Und wenn sie Malls ausgeprägten walisischen Akzent richtig verstand, benahm er sich dem jüngeren weiblichen Personal gegenüber auch nicht so, wie er sollte. Noch am selben Abend entließ Charlotte Staple, der geneigt schien, ihr zu widersprechen. Aber Charlotte war nicht umsonst die Tochter der Herzogin von Calverstill. Sie richtete sich auf und sah ihn mit einem herzoglichen, halsstarrigen, äußerst unangenehmen Blick an. Und Staple verließ ohne Umschweife das Zimmer.

Charlotte schrieb Mr McDougal in Dunston Castle eine Nachricht. Ob er und Mrs McDougal gern nach London ziehen würden? Da es zurzeit in Sheffield House keine Haushälterin gab, wären sie beide mehr als willkommen. Charlotte nannte ein Gehalt, das Staples bei weitem überstieg.

Während sie malte, arbeitete Alex in seinem Arbeitszimmer. In den ersten Wochen nach ihrer Rückkehr nach London pflegte er an den Tagen, an denen Mall nicht für sie Modell saß, mit einem Buch in ihr Atelier zu kommen und zu lesen, aber nach einer Weile verbannte Charlotte ihn. Nicht nur, dass sie sich nicht konzentrieren konnte, wenn er im Raum war, noch dazu legte er auch ständig sein Buch beiseite und fiel über sie her.

»Wie ein Tiger über seine Beute«, beschwerte Charlotte sich.

»Es ist nicht meine Schuld«, meinte Alex und packte seine

Beute. »Du hast lüsterne Augen. Du siehst mich über die Staffelei hinweg an und ich weiß, dass du stumm darum bittest, von mir liebkost zu werden.«

»Wenn du es nur für mich tust, kannst du es lassen«, sagte Charlotte mürrisch. »Ich habe an meine Arbeit gedacht, nicht an dich.«

»Du kannst mich nicht zum Narren halten. Du hattest einen *so* schmelzenden Ausdruck um den Mund ...«

»Warum gehst du nicht zu Lucien fechten? Du kannst mit ihm deine Spielchen treiben!«

»Weil«, knurrte ihr Mann, »ich gerne private Spielchen in einem privaten Haus spiele. In *diesem* Haus.« Mit diesen Worten trug er sie zu dem alten Sofa in der Ecke und wieder war ein Morgen verloren. Also verbannte sie ihn aus ihrem Atelier und er fing an, jeden Morgen mit Lucien zu fechten.

»Ich muss doch wenigstens *etwas* tun!«, klagte Alex. Aber Charlotte wusste, dass er die raue, männliche Atmosphäre der Fechthallen liebte, das heftige Geben und Einstecken von Beleidigungen, das mit den Fechtpartien verbunden war. Er kam jedes Mal begeistert zurück und war bereit, sie nach oben zu locken.

Nachmittags spielte Charlotte mit Pippa und abends gingen sie und Alex zu den üblichen Bällen. Selbst wenn Charlotte gelegentlich eine überdrüssige Blasiertheit zur Schau trug, genoss sie die Bälle wie nie zuvor. Es gab nichts Herrlicheres, als dem eigenen Mann unerwartet auf einem Gang zu begegnen und von ihm ein Versprechen ins Ohr geflüstert zu bekommen, das einen für die nächste Stunde rot werden ließ. Oder von seinem Mann während eines Walzers so eng umschlungen zu werden, dass die Leute flüsterten – aber wir sind doch verheiratet, beruhigte Alex sie dann. Oder er grinste sie diabolisch an und sagte: »Lass uns etwas zum Besten meines Rufes tun«, und küsste sie mitten auf der Tanzfläche.

Als Charlotte vier Monate verheiratet war, war sie sich über zwei Dinge sicher. Erstens, dass sie nicht schwanger war und ihren Mann von dieser außerordentlichen Tatsache berichten (und damit ihre lustvollen, knöpfesprengenden nächtlichen Atktivitäten zügeln) musste, und zweitens, dass sie dabei war, sich hoffnungslos und unwiderruflich in ihren Mann zu verlieben, oder es bereits getan hatte. Ihr Herz machte einen Sprung, wenn sie ihn sah; es fehlte ihr etwas, wenn er nicht im Raum war. Wann immer sie sich liebten, stieß sie beinahe die Worte hervor, hielt sich aber zurück. Was hatte er gesagt, als er sie darum bat, ihn zu heiraten? Liebe baute auf Vertrauen auf. Und sie war sich nicht sicher, dass er ihr bereits vertraute. In ihrem Kopf schwirrte ein ermüdendes Gewirr von Erklärungen, warum sie es ihm nicht sagen durfte. Aber die Wahrheit war, dass sie ein wenig Angst hatte. Er hatte ihr vorher so klar gesagt, dass er sie nicht liebte. Charlotte fühlte sich gehemmt und verletzlich und ... nun, sie wollte lieber nicht als Erste »Ich liebe dich« sagen. Was, wenn Alex dachte, sie versuche ihn zu bestechen, damit er vergaß, dass sie ihm nichts über ihre verlorene Unschuld gesagt hatte?

Also schwieg sie und wenn ihr danach zumute war, »Ich liebe dich« zu sagen, bedeckte sie stattdessen sein Gesicht mit leidenschaftlichen Küssen oder bot ihm an, ihm den Rücken zu streicheln, bis er einschlief. Und dann, wenn sie sich sicher war, dass er fest schlief, flüsterte sie »Ich liebe dich« in seine dichten Locken oder an seiner steinharten Brust. Die Spannung wich von ihr, bis sie ihn zum nächsten Mal lachen sah und sich dabei ertappte, dass sie den gleichen Impuls wieder bekämpfte.

In dieser Nacht lernte Alex die Erziehung einer Dame kennen, die Charlotte im Allgemeinen bereitwillig beiseite ließ. Aber nicht heute Nacht. Insgeheim hatte sie geglaubt, dass sie schwanger war, da sie seit ihrer Hochzeit keine Blutung mehr gehabt hatte, aber sie hatte an diesem Morgen eingesetzt. Und

Charlotte war entschlossen, in diesem Fall die Anordnungen ihrer Mutter zu befolgen.

»Nein!«, sagte sie und sah Alex fasziniert und erschrocken an.

»Warum nicht?«, fragte ihr Mann mit seiner süßesten Stimme und küsste ihren Hals. »Noch sechs Tage?«, fragte er an ihren Lippen. »Noch sechs Tage, Charlotte? Das kann ich nicht, das überlebe ich nicht.«

Charlotte wagte nicht zu antworten. Ihr verräterischer Körper drängte sie nachzugeben, aber das würde sie nicht tun, sie würde es nicht tun.

»Nein«, sagte sie schließlich. »Ich meine es wirklich ernst, Alex. Vielleicht sollte ich lieber heute Nacht im anderen Zimmer schlafen.«

»O nein«, sagte Alex hastig und gab auf. Er machte sich keine großen Hoffnungen, aber er würde sicherlich nicht auf Charlottes weichen, kurvenreichen Körper neben sich im Bett verzichten. Später gelang es ihm, aus seiner Frau eine erhitzte, vor Verlangen zitternde Schönheit zu machen, auch ohne ihr langes Nachthemd über die Knie zu schieben, aber sie blieb immer noch unerbittlich.

»Noch sechs Tage«, sagte sie fest. »Meine Mutter hat sieben Tage gesagt und ich bin sicher, dass sie Recht hat. Vielleicht sollte ich wirklich in dem anderen Zimmer schlafen.«

Alex rollte sich hastig auf Charlotte, falls sie wirklich daran dachte, aus dem Bett zu steigen. Er rieb seine Nase zärtlich an ihrer, genau wie sie beide es oft bei Pippa machten. »Ich liebe es, mit dir verheiratet zu sein, weißt du das?« Er starrte mit seinen dunklen Augen in ihre, als sähe er ihr bis auf den Grund ihrer Seele. Das ist beinahe, als würde er sagen »Ich liebe dich«, dachte Charlotte.

Am nächsten Morgen war er mürrisch wie ein Bär, dann schnitt er Charlotte plötzlich eine gequälte Grimasse.

»Geht es nur mir so?«

»Ich fühle mich, als hätte mir jemand Juckpulver auf den Körper gestreut«, erwiderte seine Frau lächelnd.

»Na ja, wenigstens bin ich nicht allein.« Alex kehrte zu seiner Zeitung zurück und eilte dann zu seinem Arbeitszimmer. Später an diesem Morgen stieß er einen unterdrückten Fluch aus und ließ das Stück Papier, das er gerade hielt, fallen. Robert sah ihn mitfühlend an. Dann trat er vor und reichte seinem Herrn einen schweren Brief mit der Prägung *Außenministerium* am oberen Ende.

»Da ist noch einer«, sagte er.

Alex las die Nachricht und ein lautes, aus tiefstem Herzen kommendes »Verdammt!« entfuhr ihm. Zu jedem anderen Zeitpunkt hätte er der Einladung, die diese Seiten beinhalteten, mit Freuden Folge geleistet. Einladung? Es war mehr ein Befehl, dachte er, als er den mit eleganter Handschrift geschriebenen Brief von Lord Breksby, dem Außenminister, überflog. Er konnte Charlotte jetzt nicht allein lassen, dachte er, beim bloßen Gedanken an sie wurde ihm heiß. Aber er konnte sie nicht mitnehmen, es war viel zu gefährlich. Er zerknüllte das schwere Pergament in seiner Hand und warf es hitzig in die Ecke.

»Schicken Sie dem Kerl eine Nachricht und sagen Sie ihm, dass ich ihm um vier Uhr heute Nachmittag meine Aufwartung machen werde«, fuhr er Robert an. »Und sagen Sie Lucien, dass ich um fünf in seinem Haus sein werde.« Danach eilte Alex aus dem Arbeitszimmer.

Alex machte Charlotte in ihrem Atelier ausfindig. Sie runzelte die Stirn, als sie sich das Porträt ihres dritten Küchenmädchens ansah. Sophie saß bei ihr und unterhielt sie mit einer Geschichte von Braddons letztem Heiratsantrag, den er ihr bei einem Ausritt im Hydepark gemacht hatte.

»War etwas Unerfreuliches in deiner Korrespondenz?«

Charlotte läutete nach Tee. Sie war sich nicht sicher, ob ihr Mann wegen der letzten Nacht oder aus einem anderen Grund so finster dreinblickte.

»Ich möchte keinen Tee«, sagte Alex ungeduldig. »Sag dem Mädchen, sie soll mir Brandy bringen.«

Charlotte kam mit verwirrtem Gesichtsausdruck zurück zum Diwan. Alex trank nachmittags selten Alkohol, aber er wollte offensichtlich nicht darüber reden, was ihn beschäftigte. Sophie, die ein untrügliches Gespür für die Launen des männlichen Geschlechts hatte, nahm bereits ihren Schal und sprach leichthin davon, dass man sich ja am Abend bei Lady Combes Ball sehen würde.

Charlotte und Alex kamen an diesem Abend sehr spät zu Lady Combes Ball. Und selbst für ein Paar, das die Londoner Gesellschaft durch ihr schamlos zärtliches Verhalten schockiert und erfreut hatte, war ihr Benehmen unerhört. Zum Beispiel tanzte die Gräfin gerade mit dem ehrenwerten Sylvester Braddock, als ihr Mann auf die Tanzfläche stürzte und sie ohne Vorwarnung in die Arme nahm. Er lächelte Sylvester – der es sehr gut hinnahm, wie alle meinten – nur an und sagte, dass er dringend seine Frau im Arm halten müsse. *Seine Frau im Arm halten*, also wirklich! So etwas sagten verheiratete Menschen nicht, stellte Lady Skiffing pedantisch fest.

Und wie sie tanzten! Es war unnötig zu sagen, dass man zwischen ihren Körpern kein Licht sah. Lady Prestlefield schwor, dass sie später am Abend gesehen hatte, wie die beiden auf einem Balkon stritten. Der Graf von Sheffield und Downes hatte sein Gesicht im Haar seiner Frau vergraben, aber sie sah stinkwütend aus, berichtete Lady Prestlefield genüsslich.

Sie war mehr als stinkwütend. Charlotte war abwechselnd außer sich vor Wut und zu Tode erschrocken. Alex machte sich auf eine der verrücktesten Reisen, von denen sie je gehört hatte. Wen kümmerte es, dass er perfekt Italienisch sprach und als Italiener durchgehen konnte? Niemand, der ganz richtig im Kopf war, würde es in Anbetracht des zerbrechlichen Waffenstillstands zwischen Napoleon und der englischen Regierung wagen, bei den Franzosen zu spionieren. Und was Lucien betraf! Sie hatte den Freund ihres Mannes immer gemocht; tatsächlich hatte sie eine zärtliche Zuneigung für ihn gehegt, seit sie auf dem Picknick erkannt hatte, dass Lucien Frau und Kind in Frankreich verloren hatte. Aber jetzt! Wenn er es wagen sollte, selbst bei ihr zu erscheinen, würde sie ihn in Grund und Boden stampfen.

»Und sag mir ja nicht, dass das nur weibliche Bedenken seien, Alex«, brauste sie später an diesem Abend auf. »Niemand, der dein Wohlergehen nur im Geringsten im Auge hat, würde dich darum bitten, so etwas zu tun. Nach Frankreich gehen! Sich als Italiener ausgeben! Nach irgendeinem Mädchen suchen, das wahrscheinlich entdeckt und guillotiniert wurde, das arme Ding. Ganz abgesehen davon, mit einem bekannten französischen Adeligen zu reisen – man wird dich in Sekundenschnelle guillotinieren!« Charlotte hielt standhaft ihre Tränen zurück.

»Lucien wird nicht bei mir sein«, erklärte Alex geduldig. »Er wird in einem Boot vor der Küste Frankreichs warten. Es wäre zu gefährlich für ihn, das Land zu betreten. Aber Charlotte, es besteht eine große Chance, dass wir Luciens und Daphnes kleine Schwester retten. Wie kann ich eine solche Bitte abschlagen? Es ist schließlich ganz einfach. Italiener dürfen frei durch Frankreich reisen. Ich betrete das Land als wohlhabender Kaufmann, reise nur eine kurze Strecke über die Grenze, hole das Mädchen bei dem Putzmacher ab, und das war es. Du darfst dir nicht zu viele Sorgen machen, Liebes. Paris ist zurzeit voller Engländer: Denk daran, wir haben ein Friedensabkommen mit Napoleon unterzeichnet.«

»Nein, Alex, nein«, sagte Charlotte mit erstickter Stimme

und schlang ihm die Arme um den Hals. »Es ist zu gefährlich. Du kannst mich und Pippa nicht allein lassen. Das darfst du nicht! Ich werde sterben ohne dich.«

»Hör mir zu, Liebling.« Alex löste sich von ihr und sah in Charlottes klare Augen. »Ich bin als Gentleman geboren. Damit hatte ich ungeheures Glück, es hätte mir nicht sehr gefallen, zum Beispiel als Kaminkehrer geboren zu werden. Aber dieser Titel, den ich von Geburt an trage, bedeutet, dass ich Luciens Bitte nicht einfach aus Angst abschlagen kann. Selbst wenn ich den Gedanken, dich und Pippa allein zu lassen, verabscheue. Noch kann ich Lord Breksbys vorsichtig formulierten Befehl, ein Päckchen, was immer das auch sein mag, in Paris abzuholen, ablehnen. Sie brauchen jemanden, dem sie vertrauen können. Sie können mir vertrauen, weil ich zu einer Stellung erzogen wurde, die mich vertrauenswürdig macht.«

Charlotte hätte ihn am liebsten geschüttelt. Was für ein alberner, dummer Grund, sein Leben zu riskieren. Enttäuscht stiegen ihr Tränen in die Augen.

»Luciens jüngste Schwester ist erst dreizehn Jahre alt«, sagte Alex. »Ich kann sie nicht dort lassen, Charlotte. Es war sehr gefährlich für diesen Putzmacher, sie bei sich aufzunehmen. Offensichtlich hat er allen erzählt, dass sie seine Nichte ist, aber für Aristokraten, egal wie jung, wird eine Menge Geld bezahlt.«

Charlotte barg ihren Kopf an seiner Brust, ihre Schultern wurden von Schluchzern geschüttelt. »Warum kann nicht ein anderer gehen?«, klagte sie schließlich – der zeitlose Aufschrei der Frauen und Mütter, die zusehen mussten, wie ihre Liebsten in fremde Kriege zogen.

»Weil ich sehr unenglisch aussehe«, meinte Alex trocken. »Und dank Maria spreche ich akzentfrei italienisch. Liebling, ich werde vollkommen sicher sein, das verspreche ich dir. Ich werde zurück in England sein, bevor du noch dein Porträt von diesem hageren Küchenmädchen beendet hast.«

»Warum musst du so bald weg?« Charlotte entzog sich ihm, ging zum Fenster und starrte in die dunklen Gärten hinaus. Sie war untröstlich.

Alex stellte sich hinter sie und zog die Vorhänge zu. »Wir dürfen keine Zeit verlieren.« Charlotte wusste, was er meinte. Die Dreizehnjährige ... Er schlang die Arme von hinten um sie und Charlotte lehnte sich an ihn. In ihren Händen zerknüllte sie ein Stück des Samtvorhangs.

»Ich verstehe nicht, warum du für Lord Breksby nach Paris gehen musst. Paris ist bestimmt der gefährlichste Ort von allen.«

»Augenblicklich nicht, Liebling«, sagte Alex mit seiner tiefen Stimme. »Italiener gehen in Paris die ganze Zeit ein und aus und es ist ja nicht so, dass ich eine Person aus Paris mitbringen soll. Ich werde nur ein kleines Päckchen abholen. Das ist nur ein Sache von ein paar Stunden und meine Kutsche kann ohne Risiko auf dem Weg hinaus durchsucht werden. Die französische Regierung erlaubt, dass geschäftliche Transaktionen weitergeführt werden, weißt du.«

»Nun gut, ich verstehe aber immer noch nicht, warum Lucien nicht einfach jemanden anheuert«, gab sie zurück. »Du hast gerade gesagt, das es sehr gefährlich ist, Leute zu retten.«

»Wenn du in Frankreich eingeschlossen wärst, Liebling, würde ich meinen besten Freund darum bitten. Und solange Patrick nicht in England ist, würde ich Lucien bitten. Lucien hat seine beiden Brüder an die Guillotine verloren, deshalb muss er mich darum bitten. Aber trotzdem hat er mich nicht unter vier Augen gefragt. Er hat mir einen Ausweg gelassen und mich schriftlich gebeten. Aber es wäre nicht richtig, Charlotte. Ich könnte mir danach nicht mehr ins Gesicht sehen. Was, wenn ich einen Monat später hörte, dass das Mädchen eingesperrt wurde? Bis jetzt wusste Lucien nicht einmal, dass sie überhaupt überlebt hatte.«

Einen Augenblick lang herrschte Stille. Dann drehte Charlotte sich resigniert um und streckte die Hand aus, um nach Marie zu läuten. Es war Zeit, zu Bett zu gehen. Alex musste um fünf Uhr morgens aufbrechen und bis dahin blieben nur noch drei Stunden.

Sie blickte zu ihrem Mann auf. Er sah sie so inständig und hungrig an, dass ihr das Herz überfloss. Na, wenn schon? Sie hatte alle Regeln für eine Dame gebrochen. Es war seltsam, dass sie vergnügt die heiligsten Verhaltensregeln einer Dame brach, während Alex sein Leben riskierte, um die Verhaltensregeln eines Gentlemans einzuhalten, dachte Charlotte trocken. Aber ihre Blutung schien ohnehin ungewöhnlich leicht zu sein, also wäre nichts Peinliches dabei.

Und sie wollte es, erkannte sie. Sie wollte es genauso sehr wie er.

»Möchten Sie meine Zofe sein, Mylord?«, fragte sie und ließ den Klingelzug los.

Alex nahm ihr zartes Gesicht in seine Hände und küsste ihren weichen Mund. »Ich verdiene dich nicht«, sagte er. »Ich verdiene dich nicht, Charlotte.«

Charlottes Hände glitten langsam von seinen Schultern über den Rücken hinab und blieben auf seinem Gesäß liegen. Alex' Körper wurde vollkommen steif. Seine Frau lernte allmählich kühner zu sein, aber sie lernte auch, wie sehr ihre Berührung ihn entflammte. Charlotte breitete die Finger aus und zog den großen, kräftigen Körper ihres Mannes an sich.

»Für den Fall, dass du nicht zurückkommst«, flüsterte sie schmerzlich, »werde ich mir deinen Körper heute Nacht genau einprägen.«

Seine Hände zitterten, teils vor Wollust, teils vor Zärtlichkeit. Alex drehte Charlotte um und begann ihr Kleid aufzuknöpfen. Perlen, von ihrem Platz losgerissen, sprangen mit einem Geräusch, das wie das Trippeln von Mäusefüßen klang, über den Boden. Während Alex die Knöpfe öffnete, küsste er sie und sank immer weiter nach unten, bis er auf den Knien lag. Er drehte seine Frau noch einmal um und zog einfach ihr Kleid herunter, bis es sich um ihre samtweiche Taille bauschte. Dann schlang Alex die Arme um Charlotte und legte sein Gesicht an ihre weiche Haut.

»Ich habe gehofft, du seist schwanger«, meinte er. »Wenn ich zurück bin, werde ich dich jeden Abend und jeden Nachmittag lieben, bis deine Taille so dick ist, dass ich meine Arme nicht mehr um dich legen kann.«

Charlotte lachte in sich hinein. »Das wird nie passieren«, sagte sie. »Meine Mama hat mir erzählt, dass die Leute nicht bemerkt haben, dass sie schwanger war, bevor sie im neunten Monat war. Wir sind so viel größer als die meisten Frauen.«

Sie blickte auf die Locken ihres Mannes hinab. Wollte er einen Erben oder ihr Kind? »Möchtest du ... Hättest du gern ein Kind, selbst wenn es noch ein Mädchen wäre?«, fragte sie schließlich vorsichtig.

Alex setzte sich auf seine Fersen und streichelte Charlottes schmale Seiten mit den Händen. »Ich hätte liebend gern ein kleines Mädchen, das genau wie du aussieht«, antwortete er so aufrichtig, dass Charlotte wusste, dass er es ernst meinte. Er sah auf und fing ihren Blick auf. »Ich möchte bei der Geburt dabei sein, weißt du.« Charlotte bekam große Augen.

»Das kannst du doch nicht«, stieß sie hervor.

»Warte nur ab«, erwiderte Alex grinsend. »Ich habe in Italien gesehen, wie ein Kind geboren wurde, als ich auf dem Land herumreiste und eine Frau ihr Kind einfach in einer *Taverna* zur Welt brachte. Es war wundervoll. Selbst die Dragoner könnten mich nicht von deinem Zimmer fern halten, wenn du ein Kind gebärst!«

Charlotte wusste nicht, was sie darauf sagen sollte. Sie schluckte. Wenn ihre Mutter das erfuhr, würde sie auf der Stelle ohnmächtig werden.

Alex fuhr mit den Händen über Charlottes flachen Bauch. Dann erfüllte ihn ein starker, männlicher Ärger. Bei Gott, er fing an, rührselig zu werden. Wenn er nicht aufpasste, würde er noch anfangen zu glauben, dass er in Charlotte verliebt war. Und er hatte beschlossen, einer Frau niemals wieder zu erlauben, so viel Macht über ihn zu gewinnen. Nicht einmal seiner geliebten Charlotte. *Keiner* Frau, erinnerte er sich. Gekonnt küsste und biss er Charlotte und arbeitete sich zu ihren Brüsten vor.

Charlotte kicherte. Mit einem gespielten Knurren schnappte er nach einer ihrer Brüste, nahm die Brustwarze in den Mund und knabberte an ihr. Charlottes Kichern blieb ihr im Halse stecken und sie stöhnte auf. Alex hob seine Frau hoch und legte sie auf das Bett.

Am nächsten Morgen um fünf Uhr winkten Charlotte und eine äußerst verärgerte Pippa ihm zum Abschied zu. Pippa hatte nicht aufwachen wollen, aber Charlotte wollte, dass sie ihm richtig auf Wiedersehen sagte. Nicht wie das letzte Mal, als Pippa aufwachte und feststellen musste, dass ihr Papa weg war. Und wenn – Charlotte ließ diesen Gedanken nur im geheimsten Winkel ihres Herzens zu – wenn Alex nicht zurückkehrte, könnte Charlotte wenigstens später, wenn Pippa alt genug war, es zu verstehen, beschreiben, wie er immer und immer wieder Pippas Gesicht geküsst hatte.

Am nächsten Tag erzählte Charlotte allen die Geschichte, die Alex vorbereitet hatte – dass er plötzlich nach Italien musste, um sich um irgendein Geschäft zu kümmern. Nur Sophie und ihre Eltern kannten die Wahrheit.

»Ich habe es dir gesagt«, war Sophies Reaktion. »Jeder Mann macht sich irgendwann einmal zum Narren. Warum hat Lucien nicht einfach einen Bow Street Runner angeheuert? Ich dachte, sie wären so gut in gefährlichen Angelegenheiten.«

Charlottes Herz machte einen Sprung. Aber nein, es war zu spät. Inzwischen würden Lucien und Alex in Southampton und an Bord eines Schiffes nach Italien sein. Lucien reiste als Alex' Privatsekretär: Heutzutage war ein französischer Diener nichts Ungewöhnliches.

»Nein«, sagte sie. »Ich bezweifle, dass Bow Street Runner Italienisch sprechen. Bei Alex klang alles so einfach.«

»Nichts ist so einfach«, meinte Sophie kategorisch. »Besonders nicht, wenn es um Frankreich geht.«

Charlotte verstärkte ihren Griff um Pippa, die friedlich auf ihrem Schoß schlief. Sie hatte sie den ganzen Tag nicht aus den Augen gelassen. Dann seufzte sie und sah zu Sophie auf.

»Würdest du gern einkaufen gehen, wenn dieses kleine Bündel aufwacht? Ich kann heute unmöglich den Anblick meines Ateliers ertragen. Außerdem muss ich mir ein paar neue Kleider kaufen.«

»Neue Kleider?«, fragte Sophie. »Warum um alles in der Welt?« Dann bekam sie große Augen. »Du bekommst ein Kind!« Sie sprang auf und umarmte Charlotte herzlich. »Wann?«

»Ich bin mir nicht sicher«, sagte Charlotte mit einem leichten Lächeln. »Weißt du, ich dachte, ich hätte meine Monatsblutung bekommen und könne nicht schwanger sein, aber dann hörte sie auf. Und meine Mama hat mir heute Morgen gesagt, dass man für gewöhnlich etwas blutet. Deshalb könnte ich schon im dritten Monat sein, nehme ich an.« Sie sah zweifelnd an sich hinunter auf ihre schlanke Taille. »Ich fühle mich genau wie vorher.«

Sophie lächelte sie vergnügt an. »Nun, warum auch nicht? Hast du es Alex erzählt?«

»Nein, weil ich es nicht wusste. Ich habe nicht verstanden, was vor sich ging, und deshalb denkt er, dass ich bestimmt *nicht* schwanger bin, und dabei bin ich im dritten Monat.

Wenn er zurückkommt, sehe ich wahrscheinlich aus wie eine Kuh.«

»Eine sehr geliebte Kuh«, meinte Sophie mit einem liebevollen Lächeln. »Alex wird außer sich sein vor Freude. Er und ich saßen eines Abends nebeneinander – war es bei einem Hauskonzert? Ich weiß nicht, wo du warst – und er hat mir gesagt, dass er eine große Familie möchte, vier oder fünf Kinder.«

»Wirklich?«, fragte Charlotte fasziniert.

»O ja«, sagte Sophie. »Er ist vernarrt in dich. Nur vernarrte Männer wollen Kinder.«

Charlotte errötete und hielt sich gerade noch zurück, Sophie zu fragen, ob sie wirklich glaubte, dass Alex verrückt nach ihr war. Ein kleines bisschen Würde musste sie sich bewahren. Pippa streckte sich und gähnte. Sophie läutete.

»Möchtest du Pippa mitnehmen?«, fragte sie.

»Ja.«

Sophie lächelte ihre Freundin verständnisvoll an. Pippa sah Alex so ähnlich.

»Du solltest dich erst umziehen«, stellte Sophie fest. »Da ist ein großer, feuchter Fleck, wo Pippa geschlafen hat.«

Kapitel 17

An diesem Abend ging Charlotte um das Bett herum, das sie und Alex gewöhnlich teilten, und starrte auf die leicht zerknitterten Leinenlaken. Die Nacht schien unendlich lang vor ihr zu liegen, Nacht für Nacht allein. Sechs Wochen, hatte Alex gesagt. Oder höchstens zwei Monate. Zwei Monate! Charlotte hätte ob der Ungerechtigkeit des Ganzen gern aufgeschrien. Wenn er zurückkam, würde sie aussehen wie ein Kürbis und er würde sie nicht lieben wollen. Eine kalte Träne lief ihr über die Nase. Aber Charlotte hielt sich zurück. Sie konnte die nächsten zwei Monate nicht mit Weinen zubringen. Sie würde sich ein so geschäftiges Leben einrichten müssen, dass sie jeden Abend erschöpft ins Bett fiel, zu müde, um ihren Erinnerungen nachzuhängen.

Schließlich kroch Charlotte unter die kühlen Laken. Sie trug eines ihrer langen weißen Nachthemden, die Alex verabscheute. Das erinnerte sie daran, wie Alex ungeduldig mit den Händen über ihren Körper strich und ihr Nachthemd mit einem unterdrückten Fluch beiseite zerrte. Charlotte lächelte leicht. Das Liebesspiel mit Alex war zum Mittelpunkt ihres Tages geworden. Wenn er morgens beim Zeitunglesen bei einem Bericht über die Aktivitäten des Oberhauses die Stirn runzelte, erinnerte sie sich plötzlich daran, wie seine Augen dunkel wurden, wenn er sie beim Entkleiden beobachtete. Oder Alex kam mit zerzaustem Haar vom Fechten zurück und Charlotte dachte daran, wie sich seine Brust hob und senkte, nachdem ... Er rollte sich meist von ihr weg, stöhnte Erschöpfung vortäuschend auf und knurrte, dass er sich nie wieder erholen würde. Charlotte hielt weiter ihre Tränen zurück. Zwei Monate waren nicht sehr lang. Sie würde das Porträt von Mall beenden.

Das Porträt machte ihr einige Probleme. Sie hatte Mall wegen ihres eckigen Gesichts ausgewählt, aber es fiel ihr schwer, Malls raue, lebhafte Persönlichkeit einzufangen. Manchmal sah ihr Gesicht wie die Karikatur eines walisischen Landmädchens aus, ganz Nase und Kinn. Am nächsten Tag wiederum arbeitete Charlotte hart daran, dem Bild Malls Mädchenhaftigkeit und Klugheit zurückzubringen, und dann wirkte das Porträt wie das eines kleinen Mädchens mit dem Gesicht einer Erwachsenen. Wenn Charlotte über das Malen nachdachte, wurde sie viel ruhiger. Schließlich gab es mehr im Leben als Alex und dieses Bett, dachte Charlotte mit einem Anflug von Belustigung. Eines Tages würden sie alt und grau sein und genug davon haben, sich zu lieben.

Plötzlich drangen streitende Stimmen durch die Tür und Charlotte setzte sich auf.

»Wer ist da?«

»Oh, Mylady, es tut mir Leid«, sagte eine gequälte Stimme an der Tür.

Charlotte zündete die Kerze neben ihrem Bett an. Die Tür öffnete sich und Pippas Kindermädchen, in einen großen Bademantel gehüllt und die um sich tretende, quietschende Pippa auf dem Arm, trat ein.

»Sie ist aus dem Zimmer gerannt, bevor ich gemerkt habe, dass sie wach ist«, fuhr Katy fort. »Es tut mir Leid, dass Sie geweckt wurden, Mylady.« Pippa stieß einen wütenden Schrei aus.

»Pippa«, sagte Charlotte. »Warum in aller Welt bist du mitten in der Nacht wach?« Und dann: »Es ist in Ordnung, Katy. Lassen Sie sie los.«

Pippa trippelte zum Bett und ihre bloßen Füße tappten auf dem Holzboden.

»Papa?«, fragte sie mit zitternder Stimme. »Wo ist Papa?«

»Oh, Liebste«, meinte Charlotte und es wurde ihr weich ums Herz. »Papa musste für eine Weile weggehen, aber er kommt wieder zurück.«

Pippa sah sie völlig ungläubig an und setzte sich einfach auf den Boden. Sie fing an zu weinen, stieß aber nicht die wütenden Schluchzer eines beinahe zweijährigen Kindes, sondern das untröstliche Schluchzen eines wieder verlassenen Säuglings aus.

Verdammt!, dachte Charlotte wütend. Wie kann er sie nur allein lassen? Sie hüpfte aus dem Bett. Als ihre bloßen Füße den zugigen Boden berührten, schauderte sie. Katy stand still an der Tür.

»Sie hat schon den ganzen Abend gefragt, Mylady«, erwiderte Katy auf ihre unausgesprochene Frage. »Ich habe ihr gesagt, dass ihr Vater zurückkommt, aber sie glaubt mir nicht.«

Charlotte kniete sich hin und zog Pippa auf ihre Knie.

»Er *kommt* zurück, mein Püppchen«, flüsterte sie in Pippas weiche Locken. »Du erinnerst dich doch noch, als wir zusammen nach Schottland gefahren sind und dein Papa dort auf uns gewartet hat?« Charlotte stand auf, Pippa immer noch liebkosend, und drehte sich zum Bett.

»Katy, ich werde Pippa heute Nacht hier behalten«, sagte sie entschlossen. Katy knickste und schloss leise die Tür.

Charlotte kletterte in das Bett zurück und steckte die weinende Pippa neben sich unter die Decke.

»Pippa«, flüsterte sie, »soll ich dir eine Geschichte erzählen?« Pippa antwortete nicht. Aber Charlotte erinnerte sich daran, dass sie selbst die Geschichten geliebt hatte, die ihr Kindermädchen ihr erzählt hatte, als sie klein war. Also begann sie, von der Mama Henne und ihren drei frechen kleinen Hühnchen zu erzählen. Nach einer Weile hörte Pippa auf zu weinen und wandte ihr Gesicht Charlotte zu. Dann, als Charlotte das Piep-Piep der drei frechen Hühnchen zwitscherte, die ihr Haus auf der Suche nach Abenteuern verließen, spürte sie, wie Pippas Körper sich entspannte und ihr Kopf an Charlottes Arm schwer wurde.

Charlotte lag in der warmen Dunkelheit einen Augenblick lang wach. Plötzlich erschien ihr das Bett nicht mehr so groß und unfreundlich. Pippa hatte sich an ihrer Seite zusammengerollt und in ihrem Bauch wuchs mit jeder Sekunde Alex' Kind. Charlotte lächelte. Bald würde sie zwei kleine Würmchen haben.

Am nächsten Morgen begann Charlotte Malls Porträt, zu deren Kummer und Freude, noch einmal von neuem. Mall liebte es, in dem luftigen Atelier ihrer Herrin zu sitzen. Sie freute sich über die Zeit, in der sie ihre Füße ausruhen konnte. Aber sie brannte andererseits darauf, sich selbst auf einem Bild zu sehen. Sie hatte keine Ahnung, warum die Herrin sie malen wollte, und hoffte, dass sie sie auf der Leinwand in eine große Schönheit verwandeln würde.

Nach zwei Wochen hatte Charlotte größere Fortschritte an dem Porträt gemacht als je zuvor. Außerdem hatte sie Sophie zu zwei Bällen, zwei Hauskonzerten und in die Oper geschleppt.

»Ich hasse Hauskonzerte«, beschwerte Sophie sich und schwenkte vorsichtig den Fächer. »Wir sind nicht besonders vorteilhaft gekleidet. In weißem Musselin gefalle ich mir nicht. Sieh dich doch nur um: Alle Frauen sehen wie weiße Gespenster aus. Wir sehen aus wie Schafe und das veranlasst Männer dazu, langweilige Bewunderer ihrer selbst zu werden und nur noch ihren Halsbinden den Hof zu machen. Sieh dir doch einmal den Gecken an, der sich meinen Cousin nennt.« Sie lächelte dem ehrenhaften François de Valcon, dem Neffen ihrer Mutter, anmutig zu. Dann wandte sie sich wieder an Charlotte. »Er ist mehr um den richtigen Sitz seiner Halsbinde besorgt, als ich es wäre, wenn mein Kleid über meine Knöchel hochflöge.«

»Das liegt daran, weil du deine Knöchel genauso bewunderst wie François seine Kunstfertigkeit, Halsbinden zu binden«, flüsterte Charlotte zurück.

Sophie lachte. »Hauskonzerte sind schon deshalb besonders langweilig, weil man nur herumsitzt und zuhört, wie jemand singt. Ich möchte tanzen. Es ergibt sich immer die Möglichkeit, meine Knöchel zu zeigen. Sieh dir diesen Raum an. Es sind nur Schürzenjäger hier, die uns zwar lustlos den Hof machen, es aber tatsächlich nur mit ihrer Mätresse tun.«

»Du solltest nicht so reden, Sophie!«, protestierte Charlotte. Aber als sie sich umsah, musste sie Sophie Recht geben. Hauskonzerte waren etwas für die Gelangweilten und Geckenhaften; Mrs Felvitsons russische Sängerin sang unverständlich und monoton. Der Raum war voller junger Matronen, wie sie selbst, die von uninteressierten Gecken matte Komplimente entgegennahmen.

»Und all diese alten Frauen: Sie hoffen nur auf einen Skandal«, fuhr Sophie angewidert fort. »Wir sollten gehen, Charlotte. Das sind alles schlecht gekleidete Weiber, die darauf brennen, etwas Staub aufzuwirbeln. Wenn ein Wüstling zur Tür hereinkäme und zufällig eine Frau ansähe, würden sie daraus eine Geschichte machen.«

»Lass uns gehen«, erwiderte Charlotte und erhob sich. Aber dann fiel ihr Blick auf einen großen Mann, der sich gerade zur Begrüßung vor Mrs Felvitson verbeugte.

»Alex!«, rief sie. Sie machte einen Schritt nach vorn, doch durch den Schock und ihr hastiges Aufspringen wurde ihr schwarz vor Augen. Ohne ein Wort und zum ersten Mal in ihrem Leben, fiel Charlotte in Ohnmacht. Glücklicherweise war Sophie gerade aufgestanden und hatte unwillkürlich die Arme ausgestreckt, als Charlotte plötzlich wankte. Eine Minute später saß sie mit Charlottes Kopf auf dem Schoß völlig verwirrt auf dem Boden. Dann sah Sophie auf und im selben Augenblick öffnete Charlotte die Augen.

Der Mann, der den zwei schönen Frauen zulächelte, sah den verwirrten Ausdruck auf ihren Gesichtern, den er Tausende Male zuvor gesehen hatte. Patrick ging in die Knie und tätschelte die Hand seiner Schwägerin.

»Wie geht es Ihnen?«

»Bist du es, Alex?«, flüsterte Charlotte. Sophie sagte nichts. Ihrer Meinung nach sah dieser Mann – offenbar Alex' Zwilling – nur aus der Entfernung wie der Graf aus.

Aber Charlotte war noch halb ohnmächtig und ihre Gedanken benebelt. Sie streckte die Hand aus und berührte staunend Patricks Wange. »Bist du ein Geist?«

Patricks Augenbrauen flogen hoch. War die Frau seines Bruders nicht ganz richtig im Oberstübchen? Sophie warf ihm einen mahnenden Blick zu.

»Würden Sie mir bitte helfen, die Gräfin aufzuheben?«, fragte sie weniger höflich, als der Anstand erfordert hätte. »Das ist Ihre Schwägerin, wie Sie sicher erkannt haben.«

Überrascht sah Patrick den kleinen Hausdrachen an, der die Frau seines Bruders umklammert hielt. Dann lächelte er Charlotte zu, Sophie aus seinen Gedanken streichend.

»Ich bin Ihr Schwager, müssen Sie wissen«, sagte er gewinnend. »Und nicht Alex.«

»Es tut mir Leid«, sagte Charlotte mit festerer Stimme. »Ich weiß nicht, was über mich gekommen ist. Aber ich würde jetzt gern aufstehen.« Sie war sich voller Unbehagen der Menschentraube bewusst, die um sie herumstand. Sie setzte sich schnell auf und legte dann die Hand an den Kopf. O Gott, es drehte sich alles!

Innerhalb einer Sekunde hatte Patrick Charlotte hochgehoben und sich mit ihr auf dem Arm aufgerichtet. Sie wehrte sich, da sie sich schmerzlich der scharfen Augen der anwesenden Klatschtanten bewusst war.

»Das schickt sich nicht«, flüsterte sie. »Setzen Sie mich bitte ab.«

Patrick eilte zum nächstgelegenen Diwan und legte sie darauf. Dann trat er zurück und verbeugte sich schwungvoll. »Ich bin Patrick Foakes, Mylady, und sehr erfreut, Ihre Bekanntschaft zu machen«, sagte er. »Ich habe erst heute Morgen das Schiff verlassen. Als ich bei Alex vorbeiging, hat man mir von Ihrer Existenz erzählt und mir berichtet, dass Sie bei diesem zauberhaften Hauskonzert seien.« Er lächelte Mrs Felvitson in das kleine, spitze Gesicht.

»Oje«, meinte Charlotte lahm. »Alex hat Ihnen in der Diplomatenposttasche einen Brief geschickt, in dem er Ihnen von unserer Hochzeit erzählt.«

»Der muss angekommen sein, als ich schon unterwegs war«, erwiderte Patrick. »Möchten Sie, dass ich Sie nach Hause begleite? Hier scheinen schrecklich viele lästige Menschen zu sein, die uns beobachten.«

»Ja.« Charlotte erhob sich, sie hatte sich wieder gefasst. Sie entschuldigte sich anmutig bei Mrs Felvitson dafür, die Musik unterbrochen zu haben (selbst die Russen hatten die Hälse gereckt, um sie auf dem Boden zu sehen), und verließ an Patricks Arm gefolgt von Sophie das Zimmer.

Sie ließen eine recht aufgeregte Menschenmenge zurück, wie es auf Mrs Felvitsons Soirées selten der Fall war.

»Es steckt nichts dahinter«, sagte Sir Benjamin Tribble wenig überzeugt.

»Nein, überhaupt nicht!«, stimmte Sylvester Bredbeck zu,

der Sir Benjamins melonenfarbenes Jackett mit seinen scharfen Augen äußerst unfreundlich musterte. »Die Gräfin war überrascht, so unerwartet einen Mann zu treffen, der genau wie ihr Gatte aussieht, das ist alles!«

Jeder musste die Logik dieser Aussage anerkennen und die ganze Angelegenheit wäre vielleicht in Vergessenheit geraten, wären nicht zwei Umstände hinzugekommen. Der erste war Lady Prestlefields ausgezeichnetes Gedächtnis und der zweite Lady Cuckleshams extreme Reizbarkeit.

»Ich würde schwören, dass Sie Recht haben«, meinte Lady Prestlefield in ihrer gewohnt munteren Art. »Nur dass die zwei lieben Kinder sich kennen. Alex – also der Graf – selbst erzählte mir, dass die Gräfin, was für ein zauberhaftes Mädchen sie doch ist, seinem Bruder vor Jahren begegnet ist, bevor er in den Osten ging. Er war völlig außer sich, als er mir das erzählte. Tatsächlich sagte er, dass als er, Alex, Charlotte auf *meinem* Ball begegnete, sie ihn für seinen jüngeren Bruder hielt.«

»Sie sind zu hart, Sarah«, gurrte Lady Cucklesham. Sie zog es vor, jederzeit einen sanften Ton beizubehalten. »Warum sollte jemand so taktlos sein und das Schlimmste über diese zärtliche Geste denken, als sie ihm mit ihren Fingern über die Wange gestrichen hat, wenn man davon ausgeht, dass sie sich bereits kannten.«

»Unsinn«, meinte Sylvester beherzt. »Das ist ein Haufen Unsinn, Sarah, und Sie sollten das nicht wiederholen. Charlotte ist Patrick Foakes nie zuvor in ihrem Leben begegnet.«

»Ja, ja, Sie haben Recht, Lord Bredbeck«, sagte Lady Cucklesham. »Sarah, meine Liebe, Sie dürfen kein Wort darüber verlieren, dass Charlotte sehr gut mit dem jüngeren Bruder des Grafen bekannt war, bevor er ins Ausland ging, weil ich darauf schwören könnte, dass sie sich in Wahrheit nur einmal begegnet sind oder einmal miteinander getanzt haben ... oder etwas Ähnliches.«

Sylvester Bredbeck warf Lady Cucklesham einen Blick voller Abscheu zu. Er hatte sie schon immer für einen aufgeblasenen Hohlkopf gehalten und dass sie sich jetzt in eine Ehe mit einem vierzig Jahre älteren Mann gemogelt hatte, hatte ihrem Charakter bestimmt nichts Gutes getan.

Sylvester verbeugte sich steif und verließ das Hauskonzert. Es würde keinen Unterschied machen, ob er Charlotte weiter verteidigte; besser Gras über die Sache wachsen lassen, dachte er.

Aber die Londoner Gesellschaft war sehr zusammengeschrumpft, da sich die Saison zum Ende neigte. Es gab nicht viel, worüber man reden konnte. Die Pärchen, die sich in dieser Saison finden würden, hatten sich bereits gefunden, die Dokumente waren unterzeichnet, die Paare sahen glücklich oder unglücklich vierzig Ehejahren entgegen. Vor etwa zwei Wochen war ein Paar durchgebrannt, aber das Ganze hatte nach Meinung aller einen sehr unbefriedigenden Ausgang genommen – die junge Braut war auf das Land verbannt und der Bräutigam aufs Festland geschickt worden.

Deshalb wusste bis zum nächsten Abend jedes Mitglied der Londoner Gesellschaft, das etwas auf sich hielt und bei dem neuesten Klatsch auf dem Laufenden blieb, dass die Gräfin von Sheffield und Downes, die erst seit wenigen Wochen allein war, den Bruder ihres Mannes äußerst zärtlich und liebevoll begrüßt hatte, ja bei seinem Anblick sogar vor Glück in Ohnmacht gefallen war. Und obwohl niemand sich wirklich daran erinnern konnte, sie in Charlottes erster Saison miteinander tanzen gesehen zu haben, entstand über Nacht der Mythos von einer kurzen, aber leidenschaftlichen Romanze, bevor Patrick in den Fernen Osten beordert wurde.

»Nur sehr herzlose Menschen«, stellte Lady Skiffing fest, »würden Charlotte vorwerfen, dass sie den älteren anstelle des jüngeren geheiratet hat. Denn schon aus praktischen Gründen würde kein Mädchen einen jüngeren Sohn heiraten, wenn der Erstgeborene um seine Hand anhält.«

Der kleine Kreis um sie hielt das für eine sehr gerechte Beobachtung. »Sie sind so gutherzig, meine Liebe«, meinte Lady Prestlefield genüsslich.

»Ja, wirklich«, pflichtete Sir Benjamin Tribble bei. »Menschen, die nicht Ihre Nachsicht besitzen, Lady Skiffing, könnten sich über Alex' frühere Eheprobleme wundern ...«

»Das ist genau das richtige Beispiel dafür, wie hartherzig manche Menschen sein können«, rief Lady Skiffing. »Es ist ein großer Trost für mich, dass keiner von *uns* etwas Taktloses über den Grafen wiederholen würde!«

Der kleine Kreis dachte zufrieden an die Neuigkeit, die sie verbreitet hatten. Sir Tribble hatte tatsächlich durch seine Anwesenheit beim Wiedersehen der Liebenden einen gewissen Ruhm erlangt. Tribble konnte gut reden und sein Bericht über das weiße, flehende Gesicht der Gräfin, als sie mit zitternden Fingern Patricks Gesicht berührte, war wirklich sehr ergreifend.

Deshalb glaubte bis zum Ende der Woche ganz London, dass Patrick Charlottes Herz gebrochen hatte, weil er in den Fernen Osten gegangen war, ohne sie zu heiraten, und dass die Hochzeit mit Alex nur ihre zweite Wahl war. Es nützte nichts, dass ihre Mutter bei jeder Gelegenheit protestierte und sagte, dass an der Geschichte nichts Wahres sei, und dass ihre Freundin Sophie York (»selber ein bisschen ungestüm«, wie dieselben herzlosen Leute sagen könnten) hartnäckig darauf bestand, dass Charlotte Patrick lediglich mit ihrem Gatten verwechselt hatte.

Charlotte wusste nicht, was sie tun sollte. Sie war ganz einfach verwirrt über den Skandal, der plötzlich und ohne Vorwarnung über sie hereingebrochen war.

»Ich würde mir nicht allzu viele Sorgen machen«, tröstete

ihre Mutter sie. Sie war gekommen, um sich zu verabschieden. Die Saison war vorüber und statt sich aufs Land zurückzuziehen, machten der Herzog und die Herzogin eine seit langem versprochene Reise nach Amerika, um ihre älteste Tochter Winifred zu besuchen.

»Ich lasse dich in einer so heiklen Situation nur ungern allein«, sagte Adelaide, »aber es ist eine Tatsache, dass man heutzutage nicht durch das Leben kommt, ohne wenigstens einen aus dem Nichts entsprungenen Skandal durchzumachen. Wenn ich nur daran denke, was man beispielsweise über deinen Vater sagte, als wir jung waren! Jemand hat mir allen Ernstes erzählt, dass Marcel kurz davor stand, mich zu verlassen und mit einer jungen Opernsängerin nach Frankreich zu gehen. Und als ich schließlich den Mut fand, deinen Vater danach zu fragen, hatte er keine Ahnung, wer diese Frau war! Alles, was er dazu sagte, war: ›Frankreich? Frankreich? Verdammt ungemütliches Land‹! Was mir an der Sache wirklich missfällt, ist, dass ich dich allein lasse, während du schwanger bist«, sagte Adelaide. »Schwanger zu sein ist eine so ermüdende Angelegenheit. Trotzdem ist das Kind für dich die ideale Entschuldigung, zu Hause zu bleiben, Liebste, und dich auszuruhen. Gib um Himmels willen dem Klatsch keinen neuen Gesprächsstoff. Ich fürchte, du musst warten, bis dein Mann zurückkommst, bevor du Lord Foakes' Bekanntschaft machen kannst.«

Charlotte hörte stumm zu, während die Ratschläge auf sie herniederregneten. »Aber Mama, Lord Foakes hat mir eine Nachricht geschickt, dass er mir heute Nachmittag um vier Uhr seine Aufwartung machen wird. Ich kann ihm doch keine abschlägige Nachricht zusenden. Das wäre unhöflich.«

Adelaide hatte die ideale Lösung parat. »Sag ihm, er soll seine Kutsche wegschicken, Liebling. Seine Dienstboten können die Pferde um den Park herumführen und keiner wird etwas merken. Aber du darfst in der Öffentlichkeit keine Zeit mit ihm verbringen. Das wäre verhängnisvoll.«

Charlotte bemerkte den ernsten Gesichtsausdruck ihrer Mutter und versprach, Patrick um jeden Preis zu meiden.

»Jetzt können wir nur darum beten, dass irgendeine närrische Person beschließt, mit ihrem Diener durchzubrennen«, sagte ihre Mutter munter. »Diese Art von Geschichten verschwindet immer nach ein paar Wochen – besonders wenn es nichts gibt, was das Feuer am Brennen hält. In einem Jahr kannst du zweimal mit Patrick tanzen und keiner wird es auch nur bemerken.« Dann zögerte sie. »Liebling, war Patrick der Mann im Garten?«

»Oh, Mama, natürlich nicht!« Charlotte war empört. Niemand glaubte ihr, ihre Mutter nicht und auch nicht ihr Ehemann. »Es war Alex, wie ich dir gesagt habe.«

Adelaide war maßlos erleichtert. Sie hatte beherzt ihre Sorgen vor Charlotte verborgen, weil sie glaubte, dass Unruhe schlecht für ihre Schwangerschaft sei. Aber ihr wurde übel, wenn sie sah, wie nahe dieser ganze Skandal der Wahrheit kam. Das war das Schlimmste daran. Sie war froh nach Amerika abzureisen, weil sie keine besonders gute Lügnerin war und immer befürchtete, die Leute könnten erkennen, wann sie Halbwahrheiten erzählte.

Schließlich küsste Charlotte ihre Mutter pflichtbewusst zum Abschied. Adelaide verabschiedete sich mit einem verworrenen Vortrag über Schwangerschaft, Geburt, Hebammen, Ärzte und Ammen. Charlotte hörte wie betäubt zu. Sie konnte immer noch nicht glauben, dass sie schwanger war. Es hatte bis jetzt keine Anzeichen dafür gegeben, von ihrem Ohnmachtsanfall abgesehen. Sie fing an zu glauben, dass Ohnmachtsanfälle ein Indiz für eine Schwangerschaft waren, denn sie hatte jedes Mal, wenn sie zu schnell aufstand, das Gefühl, als drehe sich alles. Aber sie war noch bei keinem Arzt gewesen. Charlotte schauderte. Sie war vollkommen gesund; sie musste einfach nur sitzen bleiben, wenn sie nicht riskieren wollte, sich zu blamieren.

Also lächelte Charlotte an diesem Nachmittag den Bruder ihres Mannes anmutig an und winkte ihn auf einen Stuhl, ohne aufzustehen.

»Sie müssen wissen«, vertraute sie ihm an, »dass ich, oder vielmehr Alex und ich, ein Kind bekommen, und das scheint mich etwas schwindelig zu machen.«

Patricks Augen leuchteten auf. Er war erleichtert zu hören, dass sein Bruder keine schwermütige Frau geheiratet hatte, die ständig in Ohnmacht fiel. Obwohl er ihm keinen Vorwurf daraus machen würde, dachte Patrick. Mein Gott, Alex hatte wirklich eine Schönheit gefunden.

»Alex wird sich freuen.« Patrick grinste. »Er wollte schon immer eine große Familie. Ich habe ihn deswegen immer aufgezogen, weil es nicht ...« Patrick verstummte. Er hatte vergessen, dass man in Gegenwart der neuen Gattin seines Bruders keine Witze über dessen Hang zu wilden Eskapaden machte. Ganz abgesehen davon, dass Alex ein Familienleben stets für sehr langweilig gehalten hatte.

Aber Charlotte hörte nur die Bestätigung der Tatsache, dass Alex Kinder haben wollte. »Ja, es ist großartig, nicht wahr? Er weiß es noch nicht.«

»Ich werde es ihm nicht erzählen. Was zum Teufel macht er eigentlich in Italien?«, fragte Patrick.

Charlotte schluckte. Alex hatte ihr verboten, es jemandem zu erzählen. Aber meinte er damit auch seinen eigenen Bruder?

Doch Patrick redete ohne Pause weiter. »Ich weiß schon: die Angelegenheiten dieser Xanthippe, die er geheiratet hat, regeln«, sagte er. Er wechselte höflich das Thema und sie sprachen eine Weile über seine Reisen, aber die Atmosphäre war gespannt.

Schließlich packte Patrick den Stier bei den Hörnern. »Ich

nehme an, Sie kennen die Geschichten, die über uns im Umlauf sind.«

»O nein!«, rief Charlotte plötzlich und sah auf. »Ich habe vergessen, Sie zu bitten, Ihre Pferde wegzuschicken.«

»Glauben Sie wirklich, dass das notwendig ist?«, meinte Patrick und seine Augenbraue flog nach oben. Das verlieh ihm einen Ausdruck aristokratischen Staunens, der ihn Alex so ähnlich machte, dass Charlotte lächeln musste.

»Meine Mutter hielt das für eine gute Idee.«

»In dem Fall werde ich sie sofort wegschicken.«

Charlotte läutete die Klingel, aber es erschien kein Butler, sondern nur ein ziemlich aufgeregtes Hausmädchen.

»Haben Sie keinen Butler?«, erkundigte sich Patrick.

»Ich habe ihn entlassen und der neue ist noch nicht aus Schottland eingetroffen. Molly, würdest du bitte einen Lakaien zu uns bitten?«

»Ja, Mylady.« Molly knickste. Dann zögerte sie.

»Molly?«

»Oh, Mylady. Es ist ein ganz schrecklicher Mann da draußen. Er sagt, er käme von *The Tatler* und wir werden ihn einfach nicht los.«

»Meine Güte«, sagte Charlotte verblüfft. »Wer genau hat versucht, den Mann zu vertreiben?«

»Es waren drei Lakaien bei ihm draußen, aber keiner kann ihn davon abhalten, sich um das Haus herumzudrücken und zu den Fenstern zu schleichen.«

Patrick erhob sich drohend. »Ich werde ...«

»Nein, Sie werden gar nichts!«, fuhr Charlotte ihn an. »Man darf Sie hier überhaupt nicht sehen. Ich nehme an, dass Ihre Kutsche vorn auf Sie wartet?«

»Ich weiß nicht«, erwiderte Patrick. »Ich habe heute Nachmittag ein frisches Gespann, also hat Derby vielleicht eine kleine Spritztour mit ihnen gemacht.«

»Molly, schicke einen Lakaien, der Lord Foakes' Kutsche abfängt und sie zum Hydepark schickt.«

»Nein, nein«, meinte Patrick mit seiner tiefen Stimme belustigt. »Er soll Derby sagen, dass er nach Hause gehen soll und ich später eine Droschke nehmen werde.«

Molly knickste und verließ den Raum. Es herrschte einen Augenblick lang Stille. Dann lachte Patrick reumütig.

»Wissen Sie, dass ich noch nie eine Affäre mit einer verheirateten Frau hatte? Ich beginne zu begreifen, dass das außergewöhnlich kompliziert ist.«

Charlotte lachte in sich hinein. Jetzt wo sie Patrick vor sich sah, konnte sie nicht glauben, dass sie ihn je für Alex gehalten hatte. Sie waren völlig verschieden. Patrick sah aus, als wäre er kurz davor, loszulachen oder etwas Lustiges zu sagen. Wohingegen Alex ... Charlotte dachte sehnsüchtig an Alex und an die Grimasse, die er schnitt, wenn sie ihn mit seinem »grüblerischen Blick« aufzog.

»Im Gegensatz zu Indien ist London ohnehin verflixt langweilig«, meinte Patrick offen. »Ich habe vor, zum Jagen nach Leicestershire zu fahren. Ich werde morgen früh weg sein und das sollte dem Klatsch den Garaus machen.« Er blickte angeekelt drein. »Dieser ganze verteufelte Anstand! Ich konnte das noch nie ausstehen. Obwohl ich sagen muss, dass ich nie eine so verrückte Heldentat begangen habe wie Alex in Italien, und er erschien mir immer als der Nüchterne. Seine Ehe zu annullieren!« Patrick hatte am Abend zuvor alles über den Familienklatsch nachgeholt und der Gedanke, dass sein düsterer Zwilling sich in ein solches Schlamassel gebracht hatte, erquickte ihn.

Charlotte errötete leicht. In Bezug auf Alex' erste Frau war sie etwas gehemmt.

»Wie zum Teufel soll ich überhaupt hier herauskommen?«, wollte Patrick wissen. »Ich freue mich sehr, Sie kennen gelernt zu haben, aber wenn ich nicht die Nacht hier verbringen soll, muss ich wohl eine Hintertür finden.«

Charlotte hatte darüber nachgedacht. »Das Problem ist, dass Sie so groß sind«, meinte sie und gab die Idee auf, ihren Schwager als Frau zu verkleiden. Sie hatte einen Roman gelesen, in dem das geklappt hatte, doch in der Realität schien das nicht sehr wahrscheinlich.

»Ich werde einfach warten, bis der Bursche da draußen die Kurve kratzt.«

»Der Bursche die Kurve – kratzt?«, wiederholte Charlotte erstaunt.

Patrick konnte ein Lächeln nicht unterdrücken. »Ich werde Ihrer Ladyschaft aufwarten, bis dieser Gentleman, der um das Haus schleicht, aufgibt und zum Essen nach Hause geht.«

»Oh. Ist das indischer Jargon?«

»Nein, das ist die Umgangssprache auf den Straßen hinter Ihrem Haus«, erwiderte Patrick schroff. Er hatte vergessen, wie behütet Engländerinnen aufwuchsen. Zumindest die Damen.

»Oh«, sagte Charlotte noch einmal. Es klopfte und Molly kam wieder herein. Charlotte sah dankbar auf. In Patricks Gegenwart fühlte sie sich wirr und müde. Es muss das Kind sein, dachte sie.

»Das ist für Sie angekommen, Mylady.« Molly hielt ihr einen etwas abgenutzten Umschlag hin. »Ich dachte, dass Sie ihn unter diesen Umständen sofort sehen möchten.«

»Danke, Molly«, sagte Charlotte und nahm den Umschlag. Sie wusste sofort, dass es ein Brief von Alex war. Er war ziemlich kurz.

Liebste Charlotte. Ich schreibe ungern Briefe, deshalb wird dieser ziemlich kurz. Ich fürchte, es gibt größere Problemen, als wir angenommen haben. Luciens Angelegenheit ist abge-

schlossen, aber ich muss die Ware, von der ich dir erzählt habe, noch erwerben, da sie in Paris nicht erhältlich war. Es wird eine Weile dauern, den Handel abzuwickeln, aber danach werde ich nach Hause kommen.

Am unteren Ende hatte Alex in weniger förmlicher, ausschweifender Handschrift *In Liebe* geschrieben. Und *Alex*. Charlotte starrte den Brief ungläubig an. Das war alles? Eine unklar formulierte Nachricht über Ware aus Paris? Er musste befürchtet haben, dass der Brief abgefangen wurde, dachte sie. Nun gut – aber *In Liebe*? Das musste für sie bestimmt sein. Sie spürte, wie ein warmes Gefühl sich in ihr ausbreitete. Das war sogar noch besser, als wenn Alex sagte, dass er es liebte, mit ihr verheiratet zu sein. »In Liebe« ist nahe an »Ich liebe dich«, dachte sie. Dann bemerkte sie, dass es im Raum schon eine ganze Weile still war. Sie sah auf und errötete.

»Vergeben Sie mir, Lord Foakes. Es ist ein Brief von Ihrem Bruder. Er berichtet, dass er nicht so bald aus Italien zurückkehren kann, wie er es geplant hatte. Tatsächlich«, sie runzelte die Stirn, »sagt er gar nicht genau, wann er zurückzukommen gedenkt!«

»Er wird sich ein wenig herumtreiben«, meinte Alex' Bruder wissend. Dann fing er Charlottes Blick auf. »Nein, nein«, meinte er. »So habe ich das nicht gemeint. Ich bin sicher, dass Alex auf dem ersten Schiff zurück nach England sein wird.«

Charlotte war sehr leicht ums Herz. »Glauben Sie, dass er sich aus dem Staub gemacht hat?«, fragte sie fröhlich. »Oder den Bogen gemacht?«

»Man ›macht die Biege‹«, verbesserte Patrick sie und ein breites Grinsen erschien auf seinem Gesicht. Er hatte soeben bemerkt, dass seine neue Schwägerin nicht nur schön, sondern auch bezaubernd war. »Und nein, mein älterer Bruder ist ganz bestimmt nicht weggelaufen. Alex war immer der verantwortungsvollere von uns beiden. Aber wo in aller Welt hat eine gut erzogene junge Dame diese Ausdrücke gelernt?«

»Von unserem dritten Hausmädchen, sie heißt Mall«, erwiderte Charlotte.

»Ist Mall ... eine gute Freundin von Ihnen?«

»O ja. Wir haben ziemlich viel Zeit miteinander verbracht. Mall kommt von der walisischen Grenze.« Charlotte lächelte ihren verblüfften Schwager an. Es geschah ihm recht, wenn er sie behandelte, als wäre sie ein Einfaltspinsel.

»Hm«, meinte Patrick schließlich, als ihm klar wurde, dass sie ihm keine genauere Erklärung geben würde. »Ich werde zum Dienstboteneingang gehen, und wenn die Luft rein ist, haue ich ab, und wenn ich Glück habe, riecht niemand Lunte!«

Charlotte lachte. »Ich werde Mall nach der passenden Antwort auf diesen Ausdruck fragen.« Sie stand vorsichtig auf und streckte die Hand aus. Ihre Augen leuchteten; Patrick war überrascht, dass er eine Spur von Eifersucht auf Alex verspürte. Weshalb in aller Welt? Er hatte nicht vor zu heiraten, nicht einmal eine so reizende Frau wie diese.

»Hier ist meine Pranke«, meinte er scherzhaft und nahm Charlottes zarte Hand in seine. Er beugte sich vor und küsste ihre Wange. »Ich bin sehr froh, dass Sie ein Mitglied der Familie geworden sind«, sagte er in völlig anderem Tonfall. »Alex verdient das Beste und ich glaube, dass er es gefunden hat.«

Charlotte sah lächelnd in Patricks dunkle Augen, die Alex' so ähnlich waren und doch so völlig anders. Es war seltsam, dass sie ein Gesicht herzergreifend schön und das andere– praktisch identisch mit Alex' – einfach nur nett und gut aussehend finden konnte.

»Danke«, sagte sie aufrichtig. »Ich hoffe, dass wir uns besser kennen lernen, wenn die ganze Aufregung sich gelegt hat.«

»Das hoffe ich auch, Mylady.« Patrick verbeugte sich förmlich. Als er nach fünf Minuten nicht zurückkehrte, nahm Charlotte an, dass die Luft rein gewesen war. Es war Zeit, den Haushalt aufs Land zu verlegen. Sie hatte auf Alex gewartet und gehofft, ein so großes, kompliziertes Unternehmen nicht allein überwachen zu müssen, besonders ohne Butler. Aber was blieb ihr übrig? Alex wusste offensichtlich nicht, wann er nach England zurückkehren würde. Und jetzt, wo der Winter Einzug hielt, begann der Kohlenrauch die Straßen zu verdüstern. Sie erinnerte sich an den Artikel, über den sie vor langer Zeit mit Alex geredet hatte, über die schwarzen Lungen der autopsierten Kinder, und schauderte. Sie würde noch einen Monat auf Alex' Rückkehr warten und dann mussten sie und Pippa London verlassen.

Unterdessen wartete Mr Peter Taffata, besser bekannt als Taffy Tatler (einer von *Tatlers* besten Reportern) geduldig vor Sheffield House. Er wusste, dass der Graf von Sheffield und Downes einen jüngeren Bruder namens Patrick hatte, und er wusste genau, dass Patrick in dem Haus von der jungen Gräfin empfangen worden war. Taffy empfand keinerlei persönliche Feindseligkeit gegenüber einer dieser beiden Personen. Tatsächlich verspürte er ein gewisses Mitleid für die Gräfin. Es war ein Verbrechen, dass ihre Eltern sie mit einem impotenten Mann verheiratet hatten. Dennoch gaben ihre Streiche mit dem Bruder ihres Mannes eine wirklich gute Geschichte ab, die ihm vielleicht eine ganze Seite bescheren würde.

Seit etwa einer Stunde zerbrach er sich über eine Frage den Kopf, biss sich daran fest wie ein Bullterrier an einem Knochen. Deswegen bin ich so gut, dachte Taffy abwesend, weil ich bei einem Problem bleibe, wenn ich eines finde. Und das Problem hier war: Warum war kein richtiger Butler aus dem Haus gekommen und hatte ihm kräftig Bescheid gegeben? Normalerweise musste Taffy mit Butlern fertig werden, die aufgeblasener waren als ihre Herren und ihre Nase so hoch in der Luft trugen, dass sie ihre eigenen Zehen nicht mehr riechen konnten. Aber in diesem Haus schien es keinen Butler zu geben. Laut Taffys Erfahrung bedeutete das entweder, dass der Butler sich davongemacht hatte oder gefeuert worden war. Und Taffy gefiel die letztere Idee besser. Denn, so dachte er, wer würde die Anstellung bei einem Grafen aufgeben? Die drei Lakaien, die erfolglos versucht hatten, ihm Beine zu machen, hatten sehr gut genährt ausgesehen und sie trugen schöne Uniformen.

Deshalb musste er nur eines der Küchenmädchen in die Finger kriegen, die den Namen des ehemaligen Butlers ausspuckte, und dann würde er, Taffy, die wahre Geschichte erfahren.

Taffy betrachtete die abweisenden Fenster von Sheffield House. Er hatte das starke Gefühl, dass die Lakaien seine Anwesenheit ausgeplaudert hatten und Lord Foakes sich zur Hintertür herausgeschlichen hatte. Natürlich könnte er berichten, dass Foakes nicht gegangen, sondern über Nacht geblieben war ... Er grübelte eine Weile darüber nach, ließ den Gedanken aber schließlich fallen. Zu riskant. Was, wenn Foakes in seinen Club gegangen war? Das hatte er bestimmt getan: In den sechs Jahren, in denen Taffy hinter Klatsch herjagte, hatte er festgestellt, dass Gentlemen zu ihren Clubs zurückkehrten wie die Mäuse zum Speck.

Er musste den ehemaligen Butler finden. Taffy machte sich mit neuer Energie zur Rückseite des Hauses auf. Eine Stunde später beruhigte er ein zitterndes, weinendes Küchenmädchen, das immer wieder beteuerte, dass sie es nicht hätte tun sollen, während sie die zehn Schilling in ihrer Hand fest umklammert hielt. Und von dem Küchenmädchen hatte er einen Namen, Staple, und den Lieblingspub des Butlers, The Raven.

Taffy kannte The Raven sehr gut, es war eine ziemlich anrüchige Kneipe in einer schmutzigen Straße namens Ram Alley.

Nicht gerade ein Pub, den besser gestellte Butler besuchen würden, das war eindeutig klar, dachte Taffy. Die meisten dieser Butler waren spießiger als ihre Herren; man hätte sie nie dabei ertappt, wie sie in ihrer Stammkneipe mit einem Bäcker und einem Fuhrmann ein Pint vom Besten tranken. Nein Sir, Butler versammelten sich in geschniegelten Pubs und tauschten diskreten Klatsch aus. Er sah einen Hoffnungsschimmer, was Staple betraf. Wahrscheinlich war er ein Mann, den man mit etwas Bargeld beeinflussen konnte. Von der Herrin selbst gefeuert, hatte das Küchenmädchen freudig gesagt. Anscheinend gefeuert, weil er sich nicht wie ein Gentleman benommen hatte.

Es wird immer besser, dachte Taffy. Ein Butler, der sich selbst für eine Stufe unter Gott hielt, geriet wahrscheinlich ziemlich aus der Bahn, wenn man ihm sagte, dass er sich nicht wie ein Gentleman benahm. Taffy warf noch einen Blick auf Sheffield House. Lord Foakes musste inzwischen gegangen sein. Taffy machte sich auf den Weg zu The Raven.

Kapitel 18

Zwei Wochen später hatte Taffy den Höhepunkt seiner Karriere erreicht, da war er sicher. Er blätterte seinen morgendlichen *Tatler* auf und sah ihn liebevoll an. Er hatte die ganze Klatschseite für sich, genau wie es ihm versprochen worden war. Zuerst prüfte er seinen Namen. Das letzte Mal hatten sie seinen Nachnamen mit nur einem *F* geschrieben und das hatte ihm tagelang Verdauungsprobleme bereitet. »Butler erzählt alles«, las er. »Krise in den Flitterwochen; Hochzeitsreise abgesagt, die Tränen der Gräfin.« Wundervoll. Wirklich wundervoll. Und dann seine Lieblingsüberschrift: »Ende gut, alles gut: die Gräfin und der Zwilling.« Taffy hatte den Titel eines Stückes von Shakespeare benutzt und dieser literarische Hauch gefiel ihm. Er glaubte, dass das dem Artikel eine gewisse Klasse gab, die der *Tatler* normalerweise nicht hatte. Seine Gedanken wanderten zu seinem Traum, für die *Times* zu schreiben.

Charlotte warf einen Blick auf die Zeitung, die Molly stumm auf den Frühstückstisch gelegt hatte, und würgte beinahe. Dort stand schwarz auf weiß alles über ihre Hochzeitsnacht, so dass jeder es lesen konnte. Eine Welle der Demütigung überflutete sie. Sie konnte nicht einmal die ganze Seite lesen; sie schob ihren Stuhl zurück und eilte nach oben. Tränen brannten ihr in den Augen.

Am oberen Treppenabsatz hielt Charlotte inne. Wohin wollte sie? Sie ging in ihr Zimmer und malte sich die eifrigen Gesichter der Damen aus, die die Klatschspalte lasen, und schauderte. Ich muss sofort weg, dachte sie verzweifelt. Was, wenn jemand vorbeikam, um sein Mitleid auszudrücken? Oder um Fragen zu stellen? Charlotte biss die Zähne zusammen und befahl sich, nicht zu weinen. Sie musste abreisen, noch in dieser Stunde.

Die einzige Zuflucht war außerhalb Londons. Sie würde zu Alex' Landgut fahren. Wenn nur Alex hier wäre! Er würde ihren ehemaligen Butler Staple finden und ihn ins Gefängnis bringen. Gegen ihren Willen füllten sich Charlottes Augen mit Tränen. Sie wollte nicht allein bei Downes Manor ankommen, eine Gräfin ohne Ehemann.

Sie kämpfte um die Kontrolle über ihre tobenden Gefühle und schließlich wandelte sich der Ausdruck gequälter Demütigung in ihren Augen in Entschlossenheit. Charlotte atmete tief durch und bekämpfte den hysterischen Wunsch, sich auf das Bett zu werfen und zu weinen. Stattdessen läutete sie nach Marie und erklärte, dass der gesamte Haushalt innerhalb einer Stunde zum Aufbruch bereit sein müsse.

Sie hatte Pippa das letzte Mal vor zwei Stunden gesehen, als sie in ihr Zimmer watschelte, um ihre Morgenschokolade einzunehmen. Sie hatten aneinander gekuschelt im Bett gelegen und Charlotte hatte Pippas rundes Bäuchlein gekitzelt. Nun ging sie schnell den Gang zum Kinderzimmer hinunter und teilte Katy ihre geänderten Pläne mit. Pippa saß auf dem Boden und schlug eifrig Löffel gegeneinander. Sie sah auf, als sie einen neuen Unterton in Charlottes Stimme spürte.

»Mama!«, sagte Pippa fröhlich.

»Natürlich, Mylady«, erwiderte Katy. Katy schien nie aus der Fassung zu geraten, nicht einmal, als Pippa einen Nachttopf über die Küchenkatze ausgeleert hatte.

Charlotte lächelte Pippa zu und kniete sich neben sie, als diese die Arme ausstreckte. Irgendwie schien der Skandal mit Pippas Armen um den Hals nicht mehr so schrecklich. Wen kümmerte es schon, was die Londoner Gesellschaft über sie dachte? Nach diesem Skandal würde Alex sie wahrscheinlich ohnehin nach Schottland verbannen ... aber sie würde Pippa haben. Und ihr Kind. Charlottes neuer, sanft gerundeter Bauch war der Beweis dafür, dass sie Alex' Kind unter ihrem Herzen trug.

In ihrer Eile hatte Charlotte völlig vergessen, dass sie für diesem Nachmittag Chloe van Stork zum Tee eingeladen hatte. Aber das spielte keine Rolle, denn Mr van Stork las Taffys ganzen Artikel gründlich durch, legte dann seine Zeitung beiseite und verkündete, dass Chloe nicht zum Tee zum Sheffield House gehen würde, jetzt und auch sonst nicht. Die Proteste seiner Tochter stimmten ihn nicht um. Er wollte Chloes Verlobung mit Baron Holland nicht aufs Spiel setzen – und genau das würde sie tun, wenn sie mit jemandem wie der Gräfin von Sheffield und Downes in Verbindung gebracht wurde.

»Nicht dass ich *ihr* die Schuld gebe, verstehst du«, erklärte Mr van Stork wichtig. »Obwohl, warum die ganzen Tränen in der Hochzeitsnacht? Ich kann nur annehmen, dass ihre Eltern sie nicht aufgeklärt haben!«

»Worüber aufgeklärt?«, rief Chloe frustriert.

Mr van Stork sah sie wütend an. »Lord Foakes ist kein ganzer Mann«, sagte er und presste die Lippen fest aufeinander. Chloe wusste, dass das alles war, was er zu dieser Sache sagen würde. Sie wandte sich ihrer Mutter zu, die den Artikel langsam verarbeitete.

»Es ist die Schuld ihrer Eltern«, erklärte Mrs van Stork. »Diese ganze Aufregung ist eindeutig darauf zurückzuführen, dass das Mädchen nicht informiert wurde. Ich habe ihre Entscheidung nie verstanden, nie«, sagte sie. »Warum sollte man seine Tochter verheiraten, wenn es nie einen Enkel geben wird?«

»Die Verabredung«, sagte Mr van Stork. »Du schickst ihr eine Nachricht, Fräulein«, sagte er zu Chloe. »Du musst ihr absagen, denk dir eine Entschuldigung aus.«

»Armes Mädchen«, meinte Mrs van Stork mit einem Seufzen. »Das wird nicht die einzige Entschuldigung sein, die sie in den nächsten Tagen bekommen wird.«

Chloe war ungeheuer erleichtert, als der Lakai zurückkam, ihre Nachricht noch in der Hand, und erklärte, dass Sheffield House geschlossen und nur ein Stammpersonal dort geblieben war. Vielleicht wusste Charlotte nicht einmal von dem schrecklichen Artikel. Chloe war es schließlich gelungen, ihrer Mutter die Zeitung abzuschwatzen, die gemeint hatte, dass sie nicht über derartige Vorfälle lesen solle. Aber dann erinnerte Katryn van Stork sich daran, dass Chloe erwachsen und verlobt war und dass es vielleicht nicht schlecht wäre, über Hochzeitsnächte zu lesen. Schließlich würde Chloe, wenn Baron Holland sein Wort hielt, nächstes Jahr verheiratet sein. Also las Chloe den Artikel und war entsetzt.

Dennoch ergab der Artikel nach ihrer Ansicht keinen Sinn. Ihre geliebte Charlotte hatte einen Streit mit ihrem Gatten gehabt, das war klar. Irgendjemand hatte ein Cremetöpfchen an die Wand geworfen. Die Familie hatte plötzlich ihre Pläne geändert, war nicht nach Italien gefahren und Alex hatte Charlotte in der Kutsche der Dienstboten fahren lassen.

»Warum?«, fragte sie ihre Mutter. Aber Mrs van Stork wusste es nicht.

»Ich kann mir nur vorstellen, dass man dem armen Mädchen nicht erzählt hat, dass der Graf keine Kinder haben kann.«

»Aber sie sind so glücklich zusammen!«, wand Chloe ein. »Du hast sie nicht mehr zusammen gesehen, seit sie geheiratet haben, Mama. Sie liebt ihn.«

»Ich nehme an, dass die Gräfin sich mit der Unfähigkeit ihres Mannes abgefunden hat – wie es sich gehört«, sagte ihre Mutter. »Aber ihr jetziges Benehmen ist äußerst ungehörig. Sie sollte sich nicht mit dem Bruder des Grafen treffen. Der Autor des Artikels sagt, dass sie Lord Foakes in ihrem Haus empfangen hat. Wenn sie eine wirkliche Dame wäre, hätte sie keinen Mann in ihrem Haus willkommen geheißen, solange ihr Gatte nicht im Land ist. Und es spielt keine Rolle, ob der Mann ihr Schwager ist«, erwiderte Mrs van Stork auf Chloes unausgesprochenen Widerspruch. »Sie ist in Anbetracht der Unfähigkeit ihres Mannes in einer sehr heiklen Situation. Ihr Benehmen muss ohne Tadel sein.«

»Das ist nicht fair«, protestierte Chloe. »Ich bin sicher, dass Charlotte nichts Unrechtes mit dem Bruder ihres Mannes getan hat. Das würde sie nie tun!«

Mrs van Stork sah sie an. »Du wirst von nun an nichts mehr mit Lady Sheffield zu tun haben, Chloe. Dein Ruf ist sehr zerbrechlich. Wenn du einen Baron heiratest, wird jeder dich beobachten, um zu sehen, ob deine bürgerliche Geburt zum Vorschein kommt und du dich als schlechter als eine Adelige erweist. Lady Sheffield mag unschuldig sein, aber sie ist jetzt ruiniert. Wenn du nicht vorsichtig bist, könnte dir die gleiche Ungerechtigkeit widerfahren.«

Chloe nickte. Aber insgeheim entschied sie sich, Charlotte nicht zu schneiden, nachdem sie Will geheiratet hatte. Ihre Mutter war im Unrecht. Chloe hatte mit vielen aristokratischen Mädchen Freundschaft geschlossen, mit denen sie zur Schule gegangen war, und Charlotte war anders als die meisten. Man konnte durch ihre Augen direkt auf den Grund ihrer Seele sehen, dachte Chloe ungewöhnlich poetisch. Der Anblick von Charlotte und Alex, als sie als frisch verheiratetes Paar ihren ersten Walzer tanzten, hatte sich in ihre Gedanken gebrannt. Charlotte liebte Alex. Sie würde ihn nie und nimmer betrügen, selbst wenn sie entdeckte, dass sie keine

Kinder haben konnten. Da war sich Chloe vollkommen sicher.

Glücklicherweise fand Charlotte so viele Dinge auf dem Landgut ihres Mannes, die ihrer Aufmerksamkeit bedurften, dass sie wenig Zeit hatte, über Hochzeitsnächte, Schwager oder ihren ruinierten Ruf nachzudenken. Alex' Vater hatte kaum Zeit auf seinem Landsitz, Downes Manor, verbracht: Die Vorhänge waren mottenzerfressen und in einigen Räumen hatte sich sogar die Tapete von den Wänden gelöst. Charlotte stellte eine Armee ortsansässiger Frauen an und ließ alle fünfundsechzig Räume von oben bis unten säubern. Sie verbrachte Stunden mit Percy Rowland, dem Vertreter einer der besten Stoffhäuser Londons. Natürlich beäugte Percy die berüchtigte Gräfin bei seinem ersten Besuch auf dem Gut neugierig, aber nach wenigen Minuten fesselte Charlottes genaues Auge für Farben seine ganze Aufmerksamkeit.

Mit Percys Hilfe setzte sie drei Wohnzimmer, den großen Speisesaal und den Damensalon wieder instand. Möbelstücke wurden abgeholt, um neu bezogen zu werden, und kehrten einige Wochen später in Mattgold und Pflaumenrot gehüllt zurück. Charlottes Bauch wurde dicker und ein stechender Schmerz fuhr ihr jedes Mal, wenn sie sich erhob, durch den Rücken. Sie wandte ihre Aufmerksamkeit dem Kinderzimmer zu, das in ein entzückendes Märchenschloss mit Märchenszenen an den Wänden verwandelt wurde. Doch Charlotte begann, die Treppe zu diesem Zimmer mit einem deutlichen Mangel an Begeisterung zu betrachten. Sie ließ ein Klosett im ersten Stock des Hauses einbauen und machte sich an das verschimmelnde, düstere Hauptschlafzimmer. Und als Alex' Schlafgemach in eine Reihe eleganter, luftiger Gemächer mit florentinischer Tapete verwandelt worden war, war Charlotte Percy und ihre Schwangerschaft aus tiefster Seele leid.

Es wurde wärmer und sie und Pippa verbrachten die Nachmittage mit Spaziergängen über die Ländereien von Downes Manor. Charlotte führte den uralten, maulfaulen Gärtner, der das Außenpersonal beaufsichtigte, allmählich in neue Ideen über das Gärtnern ein. Nach langem Zureden stellte er südlich vom Haus einen luftigen Gitterpavillon auf und begann, Rosen daran hochzuziehen. Charlotte kleidete das Innere mit hellrosa Baumwolle aus und sie, Pippa und Katy entkamen der Nachmittagssonne, indem sie sich in den rosa Schatten zurückzogen. Nach einer Weile bat sie den Lakaien, den Tee dorthin zu bringen, und eines Tages blieben die drei sogar während eines kurzen Regenschauers dort. Pippa kreischte immer wieder vergnügt auf, wenn das Wasser gegen das leichte Dach trommelte, so dass es sich anhörte, als schlügen Hunderte von Grenadieren ihre Trommeln.

Charlotte versuchte zum ersten Mal, eine Landschaft zu malen: die sanfte Neigung des Hügels vom Sommerhaus zum Fluss am Grunde des Gartens. Aber es war nicht besonders befriedigend. Sie vermisste den Kampf und die Enttäuschung, die es mit sich brachte, Gesichter zu malen, den Kern eines Gefühls einzufangen, das in einem Augenblick noch da und im nächsten verschwunden war.

Das Porträt von Mall war beendet. Letztendlich hatte sie sie in einen kleinen Hof nach draußen gesetzt. Irgendwie kam in dem fertigen Bild nicht die junge, starke, lustige Mall, die sie hatte einfangen wollen, zum Vorschein, sondern die todmüde, erschöpfte Mall am Ende eines harten Tages. Die Mall, die zu viel Silber poliert und zu viel heißes Wasser getragen hatte. Charlotte zeigte es ihr vorsichtig. Sie fürchtete, sie könne es hässlich finden. Mall brach in Tränen aus. Sie stand vor dem Bild und schluchzte erstickt.

»Aber Mall ...« Charlotte war nicht sicher, was sie sagen sollte.

»Sie ist es«, schluckte Mall. »Es ist meine Mom.«

Charlotte sah auf das Porträt zurück. Sie sah durch Malls Augen hindurch, und da war eine müde, ziemlich grimmige, kantige walisische Frau, die sie anstarrte. Mall hatte aufgehört zu weinen und betrachtete das Bild.

»Sie starb, als mein Bruder John geboren wurde. Es war einfach zu viel: acht Kinder, einfach zu viel. Ich konnte nichts tun. Sie hat John nie zu Gesicht bekommen ...«

»Nimm es. Nimm es mit nach Hause zu John.«

»Oh, Mylady. Das könnte ich nicht!«

»Natürlich kannst du. Ich schenke es dir. Und ich werde dich nach Wales schicken, Mall. Habe ich dir erzählt, dass ich dort ein Haus besitze? Nun, ich möchte, dass du mit Keating dorthin gehst und nachsiehst, in welchem Zustand das Haus ist«, sagte Charlotte mit fester Stimme. Ihre Kehle war wie zugeschnürt. Sie wusste, warum, sie hatte ein wenig Angst. Viele Frauen starben bei der Niederkunft. Das bedeutete nicht, dass sie sterben würde.

»Ich?« Mall starrte sie mit aufgerissenen Augen an.

»Ja.«

»Aber ich bin nur das dritte Hausmädchen, Mylady.«

»Nun, jetzt wirst du lernen, Haushälterin zu sein. Und ich möchte, dass du am Haus deines Vaters Halt machst und eine gute Woche mit deiner Familie verbringst, bevor du deine neue Stellung antrittst.«

Charlotte schickte Keating und Mall mit der Anordnung nach Wales, das Haus zu öffnen und eine umfassende Liste der Dinge aufzustellen, die benötigt wurden, um es aufzupolieren. Die Rosen krochen über das Dach des Gitterhauses, Pippa lernte, in ganzen Sätzen aus drei Wörtern zu sprechen. Sie entwickelte eine leidenschaftliche Zuneigung für die Küchenkatze, die schnell lernte, ihre kleinen Schritte zu erkennen und zu verschwinden.

Von Alex gab es immer noch keine Nachricht. Charlotte gestattete sich nur für kurze Augenblicke, an ihn zu denken, wenn sie aufwachte oder kurz bevor sie einschlief. Sie scheute davor zurück, sich seine Wut vorzustellen, wenn er den *Tatler* sah und herausfand, dass dieser schreckliche Staple nicht nur die Einzelheiten über das hässliche Chaos ihrer Hochzeitsnacht erzählt, sondern auch noch einige Dinge selbst erfunden hatte, wie den Schrei, den eines der Mädchen angeblich gehört hatte: »Wehe mir! Ich werde keine Kinder haben!« Charlotte schauderte immer noch jedes Mal, wenn sie an den *Tatler* dachte.

Als Sophie zu Besuch kam, zeigte sie sich unverschämt vergnügt über den Skandal. Sie erzählte Charlotte nicht, dass ihre Mutter ihr verboten hatte, sie zu besuchen, und dass Sophie eine ganze Woche mit ihr gekämpft hatte, bevor Eloise schließlich ihre Einwilligung gegeben hatte. Tatsächlich hatte die Marquise erst nachgegeben, als Sophie gedroht hatte, in der nächsten Saison einen Skandal zu verursachen, der Charlottes kleine Probleme in den Schatten stellte. Selbst dann hatte Sophie ihrer Mutter noch anschaulich schildern müssen, bei was sie erwischt werden würde, bevor diese schließlich nachgab und ihr erlaubte, Charlotte zu besuchen.

»Wehe mir!«, rief Sophie vergnügt, als sie und Charlotte nach dem Abendessen im frisch renovierten Grünen Salon saßen. »Wehe mir! Ich werde keine Kinder haben! Ich fürchte, Braddon hat seine Verfolgung aufgegeben.«

Charlotte starrte sie wütend an. »Mach dich nicht darüber lustig, Sophie! Alex wird rasen vor Wut, wenn er zurückkommt. *Wenn* er zurückkommt.«

Sophie verdrehte die Augen. »Der vernarrteste Mann in ganz London und du hast Angst, dass er nicht zurückkommt? Was glaubst du denn, was er macht?«

»Ich weiß es nicht«, gestand Charlotte. »Er hat gesagt, dass er zwei Monate weg sein würde, und es ist jetzt schon mehr als doppelt so lang. Und er hat nur einen Brief geschickt. Und ich sitze hier im achten Monat schwanger«, sie zeigte vage auf ihren immer dicker werdenden Bauch, »und er weiß noch nicht einmal, dass wir ein Kind bekommen. Oh, Sophie«, klagte Charlotte, »glaubst du, dass er nach Frankreich gegangen und nicht mehr herausgekommen ist?«

»Nein. In diesem Fall hätte dich das Außenministerium informiert. Hast du versucht, dem Halunken zu schreiben, der ihn auf diese Mission geschickt hat?« Sophie teilte Charlottes Ahnung, dass die ganze Idee, ein ›Päckchen‹ in Paris abzuholen, lächerlich war.

»Ja. Lord Breksby hat mir vor etwa zwei Wochen die Nachricht zukommen lassen, dass ich mir keine Sorgen machen solle und dass die Mission länger dauere als geplant. Er klang sehr ... nett. Das Schlimmste daran ist, dass ich den starken Eindruck hatte, dass er glaubte, dass Alex die Mission wegen des Durcheinanders hier unnötig in die Länge zieht.«

»Das bezweifle ich«, erwiderte Sophie. »Erstens, wie sollte Alex davon wissen?«

»Ich weiß es nicht, ich weiß es nicht. Aber ich denke immer wieder, dass diese Männer im Außenministerium, obwohl sie mir nicht genau sagen, wo er ist, wahrscheinlich seinen Aufenthaltsort kennen. Und was würde sie davon abhalten, ihm ein Exemplar dieses schrecklichen Artikels im *Tatler* zu schicken.«

Es herrschte einen Augenblick lang Stille. »Das wäre dumm«, gab Sophie zu. »Weißt du, wohin Alex' Bruder gegangen ist?«

»Nein. Er hat nur gesagt, er wolle in Leicestershire auf die Jagd gehen«, erwiderte Charlotte. »Aber was könnte er schon tun, wenn er hier wäre? Ich möchte ihn nicht wiedersehen! Im *Tatler* klang es, als habe er die Nacht in unserem Haus verbracht, während er doch höchstens eine Stunde da war! O Gott ...« Tränen strömten über ihr Gesicht.

Charlotte hatte so lange ein heiteres Äußeres zur Schau gestellt, dass es eine große Erleichterung für sie war, Sophie zu sehen. Beispielsweise war ihr nur allzu deutlich bewusst, dass keiner der Nachbarn sie besucht hatte, wie es üblich gewesen wäre. Sie müssen mich für schamlos halten, dachte sie elend. Instinktiv legte sie ihre Hände auf ihren wachsenden Bauch.

Sophie schaltete sich ein. »Du hast wahrscheinlich Recht; Lord Foakes würde alles nur noch schlimmer machen.« Sie beschloss, das Thema zu wechseln. »Ich muss sagen, dass man dir das Kind kaum ansieht«, sagte Sophie. »Bist du sicher, dass du schon im achten Monat bist?«

»Ich war bei einem Arzt und er glaubt es. Meine Mutter hat gesagt, dass sich auch ihre Schwangerschaften erst am Ende zeigten.«

Gott sei Dank, dachte Sophie, hat *Maman* keine Ahnung von Charlottes Schwangerschaft. Das wäre der Tropfen, der das Fass zum Überlaufen brächte. Sophie konnte sich den Skandal, den Charlottes gerundeter Bauch erregen würde, genau vorstellen.

»Vielleicht solltest du einen Brief schreiben, in dem du Alex von der Schwangerschaft unterrichtest, und ihn ihm unter dem Schutz des Außenministeriums schicken«, schlug Sophie vor.

»Daran habe ich auch schon gedacht«, antwortete Charlotte. »Aber was, wenn Alex vorhat, überhaupt nicht zurückzukommen? Er hat mir einmal erzählt, dass er kurz davor war, seine erste Frau für immer zu verlassen, als sie die Annullierung vorschlug. Er wollte in die Armee eintreten oder etwas Ähnliches. Ich habe Angst, dass ihm jemand erzählt hat, wie schockierend ich bin, und er sich einfach entschieden hat, in Italien zu bleiben.«

Sie schluchzte jetzt heftig und verbarg ihr Gesicht in einem Sofakissen. Sophie rutschte zu ihr hinüber und streichelte Charlottes bebende Schultern. Sie wusste nicht, was sie sagen sollte.

»Ich habe Angst, dass er mich nicht genug liebt, Sophie. Er vertraut mir nicht und jetzt wird er es niemals tun«, sagte Charlotte mit erstickter Stimme. »Und ich liebe ihn so sehr! Ich glaube nicht, dass ich ohne ihn leben kann.«

»Schh«, meinte Sophie, »schh. Du musst nicht ohne ihn leben. Ich glaube, du misst Alex' Abwesenheit eine zu große Bedeutung bei. Wahrscheinlich sitzt er just in diesem Augenblick in einer italienischen *Taverna* und amüsiert sich großartig und hat kein Wort über den Artikel im *Tatler* gehört.«

»Aber wie kann er sich amüsieren?«, schluchzte Charlotte. »Ich vermisse ihn so sehr; ich träume jede Nacht von ihm. Es tut so weh!«

»Männer sind anders«, gab Sophie zurück. »Das kannst du ganz leicht erkennen, Charlotte. Frauen mögen einen Mann lieben, aber Männer lieben einfach die Person, die sie vor sich haben. Das alte Sprichwort, dass die Liebe mit der Entfernung wächst, gilt nicht für Männer. Sie sind wie Kinder mit Spielzeug: Sie gehen zum nächsten glänzenden Objekt, wenn du ihnen das alte aus den Händen nimmst.«

Charlotte richtete sich auf. »Du bist so verbittert, Sophie«, sagte sie. »Warum bist du so verbittert?«

»Mein Vater«, erwiderte Sophie kurz.

»Oh«, meinte Charlotte unglücklich. Alles in ihr sträubte sich gegen die Vorstellung, dass Alex, ihr lieber, geliebter Alex, wie Sophies Vater war. Aber wenn Alex dem Marquis nicht ähnelte, wo war er dann? Vier, nein fünf Monate waren vergangen und während sie jeden Tag zählte, als wäre es ein Jahr, vergnügte sich Alex offensichtlich in Italien und dachte vielleicht nicht einmal an die Frau, die er zu Hause zurückgelassen hatte.

Als Charlotte herauszufinden versuchte, was er für sie empfand, konnte sie nur an seinen düsteren Zorn in Bournemouth denken, als er glaubte, sie habe ihn betrogen. Sie schob das erschreckende Bild beiseite. Er hatte es versprochen, er hatte versprochen, ihr zu vertrauen. Sie musste einfach hoffen, dass er sein Versprechen halten würde. Aber ihre Gedanken kreisten unaufhörlich um die Ereignisse in Alex' erster Ehe, die ihn geneigt machten, ihr und ihrer glücklichen Zeit miteinander nicht zu vertrauen. Das alles zählte doch sicher mehr für ihn als irgendein dummer Artikel, der in seiner Abwesenheit veröffentlicht wurde!

»Er hat gesagt, er liebe es, mit mir verheiratet zu sein«, erzählte sie Sophie mit zitternder Stimme. »Und er hat gesagt, er wolle Kinder. Ich bin sicher, er ist glücklich, wenn ...« Sie verstummte.

In Sophies Umarmung spürte sie den Zweifel und in einem geheimen Winkeln ihres Herzens lauerte derselbe Zweifel. Wenn Alex sie liebte, sie wirklich liebte, hätte er inzwischen einen Weg gefunden, nach Hause zu kommen. Sie atmete tief durch und zog sich selbst von der Couch hoch.

»Werdende Mütter brauchen Schlaf.« Sophie streckte ihre Hand aus, ihre blauen Augen leuchteten liebevoll, aufmunternd und mitfühlend.

Charlotte lächelte, eine kleines, spitzes Lächeln. »Glaubst du ... Könntest du noch einen Monat bei mir bleiben, Sophie?«

»Nun ja«, sagte Sophie neckend, steckte ihren Arm unter Charlottes Ellbogen und zog sie zur Tür, »das wäre natürlich ein großes Opfer. Braddon plant zweifellos, mir während des nächsten Monats drei- oder viermal einen Antrag zu machen. Meine Mutter wäre fuchsteufelswild ...«, plapperte sie weiter. Aber als sie die Treppe hinaufstiegen, sagte Sophie beiläufig, dass eine zweimonatige Abwesenheit ein guter Test für Braddons Zuneigung war. Und Charlotte wurde leichter ums Herz, die Leere, die die Tränen hinterlassen hatten, füllte sich mit Wärme.

Kapitel 19

Alex wusste tatsächlich nichts von dem Artikel im *Tatler*. Genau in dem Augenblick, als Charlotte über seine Abwesenheit weinte, war er in eine angeregte Diskussion über die Vorzüge eines bestimmten Jahrgangs des *Vin Santo*, eines starken italienischen Weins, verwickelt. Doch während er mit dem Besitzer der kleinen Schenke übereinstimmte, dass dieser besondere *Vin Santo* sehr stark, aber nicht zu stark sei, und ihm widersprach, dass etwas Pfeffer mitnichten seine Vorzüge steigern würde, dachte er an Charlotte. Als Signor Tonarelli schließlich zu reden aufhörte und in das Zimmer hinter der Theke eilte, um das berüchtigte »Päckchen« zu holen, ertappte sich Alex dabei, dass er nicht an die ausgedehnte Jagd, die ihn zu diesem Päckchen geführt hatte, sondern an die wundervollen schlanken Beine seiner Frau dachte. Er fand, dass sie über den Knien besonders schön waren. Wenn sie auf der Seite lag, strich er oft mit der Hand langsam, ganz langsam über die vollkommene Rundung ihrer Hüfte, ließ seinen Daumen nach innen fallen und neckte sie an der zarten Höhlung unter ihrem Hüftknochen.

Alex starrte abwesend auf die Holzregale an den Wänden im Hinterzimmer der Bar Luce, dem einzigen Restaurant im Umkreis von mehreren Meilen. Er hatte sich nach monatelangen Nachforschungen auf den Weg zu diesem kleinen italienischen Dorf gemacht. Er war den Spuren des müden alten Franzosen langsam über das Land und schließlich den Berg hinauf gefolgt. Wohin der Mann gegangen war, bevor er in dieses kleine Dorf kam, wusste Alex nicht. Signor Tonarelli behauptete, ihn nie zuvor gesehen zu haben.

Mario Tonarelli kam wieder aus seinem Vorratsraum und hielt ein kleines, mickriges Bündel in den Händen.

»*Grazie! Grazie mille!*«, rief Alex begeistert.

»*Prego*«, antwortete Tonarelli. Er war entzückt, diesem reichen und mächtigen Fremden zu Diensten sein zu können. Der Mann kam aus Rom, wie Signor Tonarelli auf Grund seines Akzents herausgefunden hatte. Aber er war viel freundlicher als der durchschnittliche Römer – ein unangenehmes, verdächtiges Völkchen, wie alle Bergbewohner wussten. Was um alles in der Welt ein Römer in dieser kleinen *Osteria* machte und was er mit diesem Bündel alter Kleider wollte, wusste er nicht. Tonarelli wusste, dass es nur alte Kleider waren, denn er und seine Frau hatten natürlich sehr genau nachgesehen, als der alte Franzose praktisch vor ihrer Haustür gestorben war. Der Franzose hatte gesagt, dass jemand vorbeikommen würde, um das Päckchen abzuholen, und so war es geschehen. Aber weder Marco noch seine Frau Luce konnten herausfinden, warum um alles in der Welt jemand die Kleider des alten Franzosen haben wollte.

Sie begruben ihn auf dem Friedhof am Ende des kleinen Dorfes, aber Mario behielt das Päckchen. Und tatsächlich kam nur sechs Monate später ein Römer und fragte danach.

Marios Augen leuchteten auf. Der Römer zählte ihm einen kleinen Haufen goldener Lire vor. Wen kümmerte es, warum er diese muffigen, alten Klamotten haben wollte?

»*Grazie!*«, sagte Tonarelli mit aufrichtiger Dankbarkeit in der Stimme. Er verharrte einen Augenblick vor der Tür seiner *Osteria* und beobachtete, wie der Römer zu seiner Kutsche zurückging. Er sah sehr gut aus, dieser Römer. Er war groß und hatte einen arroganten, kraftvollen Gang, den Mario sehr bewunderte. Er selbst war von Luces Champignonpasta rund geworden, doch er war nie so gegangen, wie der Mann es von Natur aus tat. Wie ein Wolf, dachte Mario. Seine Hand schloss sich fest um die Münzen.

»Luce«, brüllte er, als Alex seinen langen, gewundenen Abstieg begann. Marios plötzlicher Ruf erschreckte die Hühner auf der Piazza, dem Platz in der Mitte des Dorfes, der von drei Steinhäusern, seiner Schenke und der Kirche umgeben war.

»Ist er weg?« Seine Frau kam atemlos um die Ecke eines Gebäudes. Sie war gerade dabei, die Wäsche in der Steinwanne hinter dem Brunnen zu waschen, und ihr Kleid war voller Wasserspritzer.

In Beantwortung ihrer Frage streckte Mario die Hand aus und zeigte ihr die Münzen.

»*Grazie a Dio!*«, meinte Luce einfach. Mario lächelte und ging auf sie zu, wobei er den arroganten Gang des Römers nachzuahmen versuchte. »Ich werde heute ein paar Blumen zum Grab bringen, zu dem alten Mann«, fügte Luce hinzu.

Mario nickte. Er verdiente Blumen, dieser Franzose. Er hatte sie reich gemacht, indem er auf ihrer Schwelle gestorben war. Jetzt konnten sie nicht nur eine Kuh kaufen, sondern auch noch etwas Geld für einen weiteren Maulesel ausgeben. Ihr Maulesel Lia war sechzehn Jahre alt und sie strauchelte oft, wenn sie alle paar Wochen den Berg hinaufklettern und einen Wagen voller Waren, die sie in der Schenke verkauften, ziehen musste.

In der Kutsche starrte Alex das Päckchen in seiner Hand nachdenklich an. Er hasste das verdammte Ding inzwischen. Er war in Paris angekommen, nur um festzustellen, dass das Haus, nach dem er suchte, ein paar Wochen zuvor von der Polizei abgebrannt worden war. Um nicht durch übermäßiges Interesse aufzufallen, war er gezwungen gewesen, Paris sofort zu verlassen und einen schäbigen französischen Spion anzuheuern, der zurückging, um herauszufinden, was geschehen war und wohin die Bewohner gegangen waren. Das hatte zwei verfluchte Monate gedauert, mehr als zwei Monate.

Und alles, was Alex tun konnte, war, den italienischen Händler zu spielen, der französischen Wein exportieren wollte. Er achtete jedoch streng darauf, Frankreich erst an dem Tag zu betreten, an dem er ungezwungen die Grenze überquerte, sein Pferd schnurstracks zum Haus eines bestimmten Putzmachers lenkte und es drei Minuten später mit einem sehr verängstigten französischen Mädchen, Luciens Schwester Brigitte, verließ. Die Rettung Brigittes lief wie am Schnürchen. Sie wurden an der Grenze zu Italien nicht einmal angehalten, sondern nur von ein paar gelangweilten Soldaten durchgewunken.

Als er die Geschichte hörte, wie der Mob zu Luciens Haus gekommen war, wie seine Frau und sein Kind starben und wie Brigitte ihrer Gefangennahme nur dadurch entgangen war, dass sie sich unter einem Wäschehaufen versteckte, brannte Alex darauf, nach Hause zu fahren. Natürlich waren Pippa und Charlotte in England gesund und glücklich. Dennoch wurde Alex sich durch den Ausdruck in Luciens weißem Gesicht und die Art, wie er seine kleine Schwester fest an seine Brust drückte, seiner Sterblichkeit bewusst.

Er ertappte sich dabei, wie er die ganze Zeit an Charlotte dachte: Er stellte sich nicht einmal vor, wie er mit ihr schlief, sondern vielmehr Charlottes lachendes Gesicht am Morgen, wenn Pippa ins Bett kletterte und Schokolade auf den Laken verschüttete. Wie sie sich auf die Unterlippe biss, wenn sie sich auf ihre Bilder konzentrierte. Wie heftig sie seinen Argumenten begegnete, wenn sie sich über die im Parlament getroffenen Entscheidungen uneinig waren. An den ungeheuren Stolz, den er empfunden hatte, als er eine Rede im Oberhaus hielt, die nicht so gelungen wäre, hätte er nicht am Abend zuvor mit seiner Frau darüber diskutiert. Darüber diskutiert, ha! Darum gekämpft wäre das bessere Wort.

Ich liebe sie, erkannte Alex eines Morgens. Verdammt, ich bin in sie verliebt. Danach war es, als fiele die eisige Mauer, die er während seiner Ehe mit Maria um sein Herz gebaut hatte, in nichts zusammen. Alex sehnte sich fieberhaft danach, Charlotte in seinen Armen zu halten, sie am ganzen Körper zu küssen, bis sie vor Lust und Verlangen aufschrie, und ihr dann »Ich liebe dich« ins Ohr zu flüstern. Sie wird weinen, dachte er und malte sich aus, wie sich ihre riesigen dunklen Augen mit Tränen füllten. Sie würde sehen, dass er ihr alles, was vor ihrer Ehe geschehen war, verziehen hatte, dass er ihr wirklich vertraute. Er vergab ihr sogar, dass sie bei der Hochzeit keine Jungfrau gewesen war. Er war bereit, zu vergessen, dass sie vor ihm mit seinem Bruder geschlafen hatte. Alex war so ungeduldig, wieder an Bord eines Schiffes zurück nach England zu gehen, dass er kaum still sitzen konnte.

Er besichtigte Weinberge in Italien und knüpfte Kontakte zu verschiedenen Keltereien, die sich später als sehr einträglich herausstellen sollten, da sie bereit waren, Wein aus Italien nach England zu importieren, statt von Frankreich nach Italien, wie er vorgab. Diese Beschäftigung diente sozusagen seiner Tarnung. Aber selbst während er die gemütlichen Gespräche führte, die jedem italienischen Geschäft vorangingen, stand Alex in Flammen und brannte darauf, nach England zurückzukehren.

Dennoch war Alex, wenn er in einem stickig heißen Zimmer lag, über seine eigene Sehnsucht verärgert. Hatte er sich nicht schon einmal zum Narren gemacht, weil er glaubte, seine Frau sei ehrlich? Er empfand tiefe, brennende Scham, wenn er sich an das Durcheinander seiner Ehe mit Maria erinnerte, an ihre Versprechungen, ihm treu zu sein. Schatten seines alten, zynischen

Selbst suchten seine Seele heim und belehrten ihn, dass auch Charlotte keine Jungfrau mehr gewesen war, als er sie heiratete. Vielleicht war sie nur eine andere Maria, auf so viele Männer und so viel Geld aus, wie sie nur kriegen konnte. Der kalte, rasende Zorn, den er verspürt hatte, als er Maria mit dem Lakaien ertappte, hallte noch immer in seinem Hinterkopf wider.

Aber den Großteil der Zeit hegte er den Traum von einer dankbaren, liebevollen Charlotte. Charlotte war nicht Maria. Sie liebte ihn. Alex dachte daran, wie ihr Körper im Schlaf in seinen passte wie ein Handschuh. Wenn er sich zurückzog, seufzte sie und bewegte sich ruhelos hin und her, bis sie sich wieder an ihn schmiegte. Wie hatte sie ohne ihn geschlafen? Es waren beinah fünf Monate, sie musste sich daran gewöhnt haben, allein zu schlafen, dachte er traurig.

All die Wochen des Wartens für ein Bündel alter Kleidung. Alex starrte völlig verblüfft auf das Bündel, das er gerade geöffnet hatte. Seine Kutsche holperte über den steinigen Weg den Berg hinunter und brachte ihn ans Meer. Er freute sich, endlich auf dem Weg zu sein. Doch zugleich verspürte er aufkommende Wut.

Wie zur Hölle konnte dieser vollendete Trottel Breksby ihn nach Italien schicken, nur um als Altkleiderhändler zu fungieren? Er nahm die Kleidungsteile angewidert einzeln hoch. Sie waren schäbig, die Kleider eines armen Pariser Kaufmanns. Vor ihm lag eine alte Hose, die am Oberschenkel aufgerissen war, ein grobes Hemd, das zu irgendeinem Zeitpunkt in seiner fernen Vergangenheit wahrscheinlich weiß gewesen war, und eine schwere, unförmige Jacke. Angewidert durchsuchte er die Jacken- und Hosentaschen, aber es befanden sich keine Briefe, kein Geld, es befand sich nichts darin. Aber dann verengten sich Alex' Augen. Der fette Gastwirt hatte erzählt, der alte Franzose habe ihm gesagt, dass jemand die Kleidung abholen würde. Es *musste* etwas Wertvolles darin sein.

Wenige Minuten später hatte er es. Oder eher sie. Papiere, sie waren viele Male zu winzigen Quadraten gefaltet und in den unteren Saum der Jacke gesteckt worden. Es waren Briefe und Alex hatte keine Ahnung, wie in aller Welt sie in eine schäbige schwarze Jacke gekommen waren. Denn es waren Liebesbriefe auf Französisch und nach dem zweiten Blatt hatte Alex eine sehr genaue Vorstellung, wer sie geschrieben hatte. Es waren Briefe von Napoleon an Josephine. Und sie waren geschrieben worden, bevor das Paar verheiratet war. Genauer gesagt waren sie geschrieben worden, als Josephine noch mit General de Beauharnais verheiratet war.

Alex stieß einen leisen Pfiff aus, als er den dritten Brief las. Dann grinste er. Er hatte gehört, dass Josephine wunderschön war ... aber Schönheit schien nicht ihre einzige begehrenswerte Eigenschaft zu sein. Als er alle Briefe gelesen hatte, blickte Alex düster drein. Er konnte sich gut vorstellen, was die englische Regierung mit diesen Briefen vorhatte. Die Franzosen hielten noch immer zahlreiche Aristokraten in ihren Kerkern gefangen und er hielt das Lösegeld für einige dieser unglücklichen Leute in den Händen. Alex faltete die Briefe sorgfältig und steckte sie in seine Brusttasche.

Plötzlich schienen die fünf Monate, die er in Italien festgesessen hatte, belanglos. Er hatte eine geliebte, wunderschöne Frau, die in England auf ihn wartete, Luciens Frau und sein kleiner Sohn würden nie wieder zurückkehren. Die Briefe waren zu spät aufgetaucht, um sie zu retten. Aber sie konnten eine andere Familie aus Bonapartes Gefängnis freikaufen. Alex rief dem Kutscher mit neuer Tatkraft etwas zu. Diese Briefe mussten so bald wie möglich nach England gelangen, noch dringlicher als er selbst.

Fünf Monate, nachdem er England verlassen hatte, stand Alex an Bord eines Schiffes und lächelte, während ihm ein kalter, feuchter Wind von der englischen Küste entgegenblies.

Nichts war so markerschütternd kalt wie ein leicht regnerischer, ablandiger Wind, und doch gab es nichts, was so herzerwärmend englisch roch, dachte er. Als ihr Schiff sich die Themse hochschlängelte, kamen langsam die Reihen regenfleckiger Pubs in Sicht, die am Kai Londons standen. Erleuchtete Fenster blinkten auf und verschwanden hinter dem strömenden Regen, der zur Küste jagte. Lucien erschien an seiner Seite, dick gegen den Sturm eingepackt.

Alex legte ihm herzlich einen Arm um die Schultern. »Wir haben es geschafft!«, brüllte er gegen das angestrengte Knarren des kleinen Schiffes an, während es langsam in den Hafen einlief. Stauer begannen sofort, auf der Landungsbrücke auf und ab zu traben, um Weinkisten auf den Kai zu tragen.

»Vorsichtig!«, rief Alex, seine Stimme übertönte das Geräusch des schräg fallenden Regens. Einer der Seeleute sah überrascht auf, aber die Stauer schenkten ihm keine Beachtung, sondern suchten sich geschickt ihren Weg durch die Stapel von Ladung, Winden, Seilen und Abfall, die den Kai bedeckten.

»Sie beachten dich nicht«, lachte Lucien. »Sie kennen ihre Arbeit.«

»Ich mache mir keine Sorgen, dass sie eine Kiste fallen lassen«, sagte Alex. »Aber wenn sie den Portwein schütteln, muss er sich zwei Jahre lang setzen ... und ich könnte jetzt sofort einen Schluck gebrauchen.«

Lucien drehte sich um und nahm seine Schwester Brigitte in die Arme. »Habe ich dir nicht gesagt, dass du in der Kabine auf mich warten sollst?«, schimpfte er. Alex konnte nur ein paar leuchtende, helle Haarsträhnen sehen, die unter Brigittes Kapuze hervorlugten. Er hatte Luciens mutige kleine Schwester während der zwei Wochen an Bord des Schiffes sehr ins Herz geschlossen. Sie verlor endlich ihr bleiches, angestrengtes Äußeres und fing an, wie ein schelmisches, dreizehnjähriges Mädchen auszusehen.

»Ich wollte England sehen«, sagte sie mit starkem französischem Akzent. »Es ist mein neues Zuhause, nicht wahr?«

Alex legte ihr einen Arm um die Schulter und die drei sahen gemeinsam zu, wie der Rest der Ladung vom Schiff getragen wurde. Alex wusste in der Tiefe seines Herzens, dass er nie in seinem Leben stolzer auf etwas sein würde, als er es auf seine Reise nach Frankreich war. Die Tatsache, dass dieses lebendige, hübsche Mädchen am Leben war, war zum Teil sein Verdienst; nach dem, was Brigitte ihnen erzählt hatte, waren dem Putzmacher immer mehr Fragen über seine angebliche Nichte gestellt worden. Es war nur ein Frage der Zeit, bis Brigitte zu einem Verhör zur Polizei gebracht worden wäre.

Alex zeigte auf das Ufer. »Dein neues Zuhause liegt vor dir. Wollen wir an Land gehen?«

»Daphne wartet auf uns«, sagte Lucien zu seiner Schwester.

»Glaubst du, dass Daphne nach dem Ende der Saison in London geblieben ist?«, fragte Alex neugierig. »Wird sie sich nicht aufs Land zurückgezogen haben?«

»O nein«, sagte Lucien mit ruhiger, absoluter Gewissheit. »Sie würde London unter diesen Umständen nie verlassen.«

Alex' Herz machte einen Sprung. Er hatte die Möglichkeit, dass Charlotte noch in Sheffield House sein könnte, nie in Betracht gezogen. Aber was, wenn sie dort war? Was, wenn sie auf ihn wartete und keinen Augenblick mit ihm verpassen wollte?

An Land brachte er Lucien und Brigitte zu einer Kutsche und winkte dann einen Hansom für sich selbst heran. Schon als er um die Ecke in den Albemarle Square einbog, sah er, dass das Haus verlassen war, die Fensterläden geschlossen, der Türklopfer entfernt. Charlotte musste Pippa aufs Land gebracht haben. Was hätte sie auch sonst tun sollen? Sie hatte keine Ahnung, wann er zurückkommen würde. Er hatte seiner Frau während der fünf Monate nur eine rätselhafte Nachricht geschickt. Doch er nahm an, dass Lord Breksby mit ihr in Verbindung geblieben war. Morgen würde er als Erstes die Briefe Napoleons abliefern und am Tag danach konnte er seine Frau im Bett überfallen. Alex lächelte verschmitzt vor sich hin.

Wenn unter den wenigen Dienstboten, die in Sheffield House geblieben waren, eine angespannte Atmosphäre herrschte, so merkte Alex es nicht. Sein Diener Keating hatte Charlotte aufs Land begleitet und es wäre Alex nie in den Sinn gekommen, einen Gedanken daran zu verschwenden, wie seltsam die zwei verbleibenden Lakaien ihn betrachteten. Er machte sich nicht die Mühe, in den Club zu gehen. Stattdessen nahm er ein langes Bad und fiel dankbar, wieder festen Boden unter den Füßen zu haben, ins Bett. Es hatte keinen Zweck, ins White zu gehen, dachte Alex schläfrig. All seine Freunde waren nicht mehr in London. Das Parlament war geschlossen, die Saison war vorüber, selbst die Gerichtshöfe tagten nicht. Nur Staatsbeamte wie Breksby blieben in Londons rußigen Straßen.

Aber in Wahrheit war auch Lord Breksby aufs Land gefahren. »Er hat sich auf sein Landgut zurückgezogen«, wurde Alex mitgeteilt. Und so hatte einer von Lord Breksbys Untergebenen, ein gewisser Ewart Hastings, das Vergnügen, den Grafen von Sheffield und Downes davon in Kenntnis zu setzen, was für einen schockierenden Skandal seine Frau in den vergangenen fünf Monaten verursacht hatte. Der neueste Klatsch besagte, dass sie schwanger war und wahrscheinlich das Kind seines eigenen Bruders trug. Alex hörte Hastings' Geschichte mit völlig unbewegtem Gesicht zu. Hastings zitterte und dachte, dass er nie einen diabolischeren Blick gesehen hatte, aber er hörte nicht auf zu reden. Die Verlockung, einem so arroganten Mitglied des Adels zu erzählen, dass sich seine Frau wie ein Flittchen benommen hatte, war einfach zu groß. Als untergebener Staatsbeamter musste Hastings sich ständig gönnerhaftes Benehmen gefallen lassen, er genoss jede Minute seiner Rache. Also erzählte er alles: Charlottes Ohnmachtsanfall, als sie Patrick zum ersten Mal begegnete; der Artikel im *Tatler*; die Tatsache, dass sie Patrick in Sheffield House empfangen hatte; ihre darauf folgende Schwangerschaft.

»Etwa im vierten oder fünften Monat«, meinte Hastings fröhlich und fügte hinzu: »Es betrübt mich sehr, das sagen zu müssen, Mylord.« Es war ihm plötzlich in den Sinn gekommen, dass er sich selbst in einer prekären Situation befand. Eine Ader trat an Alex' Hals hervor und seine Augen blitzten vor Zorn. Hastings schloss den Mund und öffnete ihn dann wieder, um mit schwacher Stimme zu sagen: »Ich bin mir sicher, dass dieser Bericht jeglicher Grundlage entbehrt, Mylord.« Alex sah ihn stumm an. Dann beugte er sich über Hastings Eichentisch, packte ihn rücksichtslos an seiner sorgfältig gebundenen Halsbinde und zog ihn bis auf eine Handbreit an sein wütendes Gesicht.

»Es würde mir sehr missfallen, wenn ich hörte, dass Sie diese schmutzigen, verleumderischen Informationen weitergegeben haben«, stieß er durch seine zusammengebissenen Zähne hervor.

»Das werde ich nicht«, gelang es Hastings zu quietschen. Er spürte, wie ihm der Schweiß den Rücken hinunterrann. Alex stieß ihn verächtlich zurück. Hastings schnappte zitternd nach Luft. Alex machte auf dem Absatz kehrt und ging ohne ein weiteres Wort.

Sobald die Tür sich geschlossen hatte, ließ sich Hastings schwer in seinen Stuhl fallen. Er stellte fest, dass er wie Espenlaub zitterte. Verrückt – Alexander Foakes war verrückt. Ein Wahnsinniger. Er, Hastings, hatte Foakes nur das erzählt, was jeder auf der Straße wusste. Was hatte Foakes vor? Die Hälfte der Bevölkerung Londons bedrohen?

Hastings knackte vorsichtig mit den Knöcheln seiner linken

Hand. Das beruhigte ihn und sein Puls wurde langsamer. Er ging zu den Knöcheln seiner rechten Hand über. Schließlich umspielte ein Grinsen Hastings' Mund. Seine arrogante Lordschaft konnte so viele Staatsbeamte misshandeln, wie er wollte; es würde nichts an der Tatsache ändern, dass seine zweite Frau eine Schlampe war, die mit seinem eigenen Bruder schlief. Hastings' Grinsen wurde breiter. Er lehnte sich in seinem Stuhl zurück und fing an, ein kleines Liedchen zu summen.

Hastings verabscheute seine eigene Frau – seiner Meinung nach ein geiziges, streitsüchtiges Weib –, aber er konnte ohne Zögern sagen, dass sie nie mit einem anderen als ihm schlafen würde. Tatsächlich hasste sie die ganze Sache, wie sie ihm des Öfteren gesagt hatte. Aber wenn die Frau eines Mannes ihm nicht gehörte, nun, dann war dieser Mann ärmer dran als der ärmste Kaminkehrer. Das ist eine Tatsache, dachte Hastings. Und wenn diese Tatsache den hochnäsigen Grafen ein wenig empfindlich machte, konnte Hastings das verstehen und mit ihm fühlen.

Alex stieg steif, aber vollkommen ruhig, in seine Kutsche. Er gab dem Kutscher die Adresse seines Anwalts und lehnte sich in den Sitz zurück. Gott sei Dank fühlte er gar nichts. Eine vernünftige Stimme in seinem Kopf erinnerte ihn daran, dass ein solcher Skandal nur zu erwarten gewesen war. Dennoch fühlte er sich, als habe ihm jemand kalten Stahl in die Adern gegossen. Er empfand nicht einmal Verbitterung, dachte er ein wenig überrascht. Er musste es die ganze Zeit gewusst haben. Wenn überhaupt, empfand er es als schmerzlich, dass Patrick ihm das antun konnte. Wie konnte er ihn betrügen? Und doch berührte ihn dieser größte Verrat, dem Alex je begegnet war, nicht wirklich.

Andererseits fühlte sich Mr Jennings von Jennings und Condell sehr wohl davon berührt. Normalerweise konnte Jennings nichts aus der Ruhe bringen. Egal welche Katastrophe – ob gefälschte Testamente, törichte Prozesse, illegale Duelle – ihm berichtet wurde, Jennings behielt sein ruhiges Äußeres bei. Tatsächlich hatte seiner Meinung nach das Gesetz für alles eine Lösung. Aber als er den großen, leidenschaftslosen Grafen betrachtete, der vor ihm stand, erfüllte ihn das unbekannte Gefühl der Panik. Wenn nur sein Vater noch am Leben wäre; sein Vater war ein Meister im Umgang mit gereizten Peers und zornigen Grafen gewesen. Er konnte ihre tobende Wut in etwa zwanzig Minuten beschwichtigen, indem er seine beruhigende Stimme mit einem großen Schluck des allerbesten Port mischte. Aber seine Instinkte warnten ihn davor, diesem Grafen ein Glas Port anzubieten. Er sah nach Jennings Meinung mordlustig aus.

Jennings machte eine sehr tiefe Verbeugung. »Mylord«, sagte er ruhig, »möchten Sie nicht in mein Arbeitszimmer kommen?« Als Foakes in seinem gemütlichen Arbeitszimmer voller Bücher saß, zog Jennings eine Mappe hervor. Darin befand sich ein Exemplar des besagten Artikels im *Tatler*. Jennings ließ sich in einem großen Ledersessel nieder. Er schlug die Beine übereinander und formte mit seinen zarten Fingern ein Dreieck.

»Ich habe Ihrer Dame am Morgen, nachdem dieser Artikel erschienen war, einen Besuch abgestattet«, sagte er, während er beobachtete, wie Alex' Gesichtsausdruck sich verfinsterte, als er über die Einzelheiten seiner Hochzeitsnacht im *Tatler* las. »Ich habe sie jedoch verpasst. Ihr Gefolge war am selben Morgen aufs Land aufgebrochen. Ich kann nicht sagen, dass ich ihre Entscheidung missbillige«, meinte er in seiner knappen, scharfen Art. »Es wäre äußerst unangenehm gewesen, wenn sie in London geblieben wäre. Der Artikel hat natürlich einige Aufregung verursacht.«

Er hielt inne. Alex lehnte sich völlig gefasst zurück und klopfte mit den Fingern auf die Armlehne. Da er nichts sagte, fuhr Jennings fort.

»Ich habe mir die Freiheit erlaubt, einen Detektiv anzuheuern.« Er zog ein weiteres Blatt Papier aus der Mappe auf seinem Knie. »Ich habe festgestellt, dass es bemerkenswert effektiv sein kann, eine Verleumdungsklage anzustreben, um einen derartigen Skandal zu ersticken. Dennoch braucht man detaillierte Informationen, bevor man ein solches Vorgehen ins Auge fassen kann.« Das war Jennings Art zu sagen, dass es keinen Zweck hatte, eine Verleumdungsklage zu verfolgen, wenn die Vorwürfe im *Tatler* tatsächlich wahr waren. »Auf diesem Blatt sind die Unternehmungen Ihres Bruders, Lord Foakes, während der Woche, die er in London verbracht hat, genau aufgeführt. Sie werden sehen, dass er sich nicht darum bemüht hat, Kontakt zu Ihrer Gattin aufzunehmen, bis er zu Ihrem Haus kam und von Ihrer Heirat in Kenntnis gesetzt wurde. Meiner Meinung nach wirft das einen großen Zweifel auf die Annahme, dass zwischen den beiden eine alte Romanze bestand.«

Er hielt noch einmal inne. Alex sagte kein Wort, aber er knirschte unwillkürlich mit den Zähnen. Alte Romanze! Das war verdammt richtig, wenn man bedachte, dass sie Charlottes Verlust ihrer Jungfräulichkeit einschloss.

Jennings fuhr fort. »Ihr Bruder hat die Gräfin von Mrs Felvitsons Hauskonzert nach Sheffield House zurückbegleitet, aber er ist sofort wieder gegangen. Er kam danach zwei Tage später auf eine Verabredung hin um vier Uhr wieder. Er verließ das Haus gegen fünf Uhr dreißig durch den Hintereingang. Er ging durch den Dienstboteneingang, weil er sich der Anwesenheit eines Reporters vor dem Haus bewusst war. Lord Foakes verbrachte den Rest des Abends im White, wo er beim Spielen über zweihundert Pfund verlor. Am nächsten Morgen stand er früh auf und brach in Begleitung von Braddon Chatwin, dem Grafen von Slaslow, nach Leicestershire auf.« Alex sah auf. Abgesehen von ihm selbst war Braddon auf der Schule Patricks bester Freund gewesen.

»Zum Jagen?«

»Das wäre meine Vermutung. An diesem Punkt«, fügte Jennings steif hinzu, »sah ich natürlich keinen Anlass mehr, die Unternehmungen Ihrer Frau und Lord Foakes' weiter beobachten zu lassen. Folglich kann ich kein Licht in die Berichte über ihre Schwangerschaft bringen.« Er betrachtete seine Finger. »Natürlich bestünde, wenn das Kind in nächster Zukunft geboren würde, kein Grund zur Sorge.« Jennings atmete tief durch. Was er als Nächstes sagen musste, war nicht sehr angenehm. »Man kann rein rechtlich nichts gegen die Gerüchte tun, die über Ihre Frau in Umlauf sind. Ihr zukünftiger Ruf hängt von zwei Dingen ab: dem Geburtstag dieses Kindes und Ihrem Verhalten.«

Jennings sah auf und blickte in Alex' ruhige Augen. »Ich bin mir sicher, dass ich nicht zu erwähnen brauche, wie schnell Ihr Benehmen in den Augen der Welt die Gerüchte bestätigen oder widerlegen wird, Mylord.«

Alex nickte. Dann trommelte er auf die Zeitung auf seinem Knie. »Und das hier?«

Mr Jennings holte noch ein Blatt Papier aus der Mappe. »Dem *Tatler* wurden sechs Tage nach der Veröffentlichung des Berichts die Papiere für eine Verleumdungsklage zugesandt. Sie haben diese Reaktion von unserer Seite natürlich erwartet und geglaubt, ihren Bericht dadurch abgesichert zu haben, dass sie Ihre Frau als ›die Gräfin‹ und Ihren Bruder als ›den Zwilling‹ bezeichnen. In meinem Schreiben merke ich jedoch an, dass es tatsächlich nur eine einzige Gräfin, Ihre Frau, gibt, die in irgendeiner familiären Beziehung zu einem männlichen Zwilling steht, und dass sie deshalb gegen das Gesetz verstoßen haben, das in Bezug auf die Verleumdung einer Person sehr streng ist. Nachdem sie sich mit ihren Anwälten besprochen haben, die natürlich mit meinem Schreiben übereinstimmten, trat Mr Hopkins, der Herausgeber, mit einem großzügigen Vorschlag an mich heran. Sie veröffentlichten eine komplette Gegendarstellung.« Jennings reichte Alex noch ein Blatt Papier.

»Dieser Widerruf zeigte jedoch keine besondere Wirkung, da die Saison vorüber war«, führte Jennings aus. »Ich habe dies Mr Hopkins mit einigem Nachdruck mitgeteilt. Ich habe mir auch erlaubt, eine Summe in Pfund zu nennen, die uns das Gericht meiner Meinung nach gewiss zusprechen würde, wenn die Klage weiter verfolgt würde. Mr Hopkins hat sich deshalb einverstanden erklärt, im Frühling, wenn die Saison wieder anfängt, einen weiteren Artikel über ›die Gräfin‹ und ›den Zwilling‹ zu veröffentlichen. In diesem Artikel wird die Klage mit keinem Wort erwähnt werden und er wird einfach als eine weitere Neuigkeit erscheinen. Er wird jedoch alle Andeutungen, die in dem früheren Artikel gemacht wurden, zurücknehmen. Der Artikel wird Ihnen und Ihrer Gattin vor der Veröffentlichung zur Genehmigung vorgelegt. Ich dachte, unter diesen Umständen sollt man den Bericht über Ihre Hochzeitsnacht übersehen.« Jennings verschwieg taktvoll, dass der Artikel über diese Nacht laut seinen Nachforschungen der Wahrheit entsprach.

»Das alles hängt unglücklicherweise von dem Geburtsdatum Ihres Kindes ab«, sagte Jennings mit schwerer Stimme. Schweigen senkte sich über den Raum. Jennings starrte beharrlich auf die leuchtenden Farben des orientalischen Teppichs, der sein Arbeitszimmer schmückte.

Endlich sprach Alex. »Bereiten Sie die Scheidungspapiere vor«, sagte er. Jennings nickte. Sein Feingefühl verbat es ihm zu erwähnen, dass die bereits vorbereiteten Dokumente sich in der Mappe befanden, die auf seinen Knien lag. Alex erhob sich. »Ich werde mich mit Ihnen in Verbindung setzen, wenn Sie die Scheidung in die Wege leiten sollen.«

Jennings verbeugte sich und Alex verließ das Arbeitszimmer.

Er musste in aller Ruhe über das Ganze nachdenken. In London war zwischen seiner Frau und Patrick eindeutig nichts vorgefallen. Die Tatsache, dass Charlotte bei Patricks Anblick in Ohnmacht gefallen war, hatte ihm einen schmerzlichen Stich versetzt. Natürlich, sie musste ihn lieben. Frauen vergaßen nie den Mann, an den sie ihre Jungfräulichkeit verloren hatten. Ein tiefer Schmerz brannte in Alex' Herz und wurde unbarmherzig verbannt.

Das Kind war offensichtlich die Lösung. Wenn es sein Kind war, würde Charlotte jetzt unbeholfen, dick und kurz vor der Geburt sein. Aber das war unwahrscheinlich, dachte er, als er sich daran erinnerte, dass er Charlotte mitten in ihrer monatlichen Blutung verlassen hatte. Sie war nicht schwanger gewesen, als er gegangen war, also, wessen Kind trug sie dann gerade? Er war sich sehr deutlich bewusst, dass Jennings von »dem Kind« gesprochen hatte; dann bestand also kein Zweifel daran, dass Charlotte eines trug. Es musste Patricks sein.

Plötzlich merkte Alex, dass er gedankenverloren die Straße hinunterging, die von Jennings' Kanzlei zu den Inns of Court führte. Sein Reitknecht folgte ihm die Straße entlang und führte die Pferde. Die Pferde waren frisch, er konnte genauso gut nach Downes Manor aufbrechen. Er hatte Pferde in der Oxford Road untergebracht und er konnte neben der Kutsche herreiten. Das Letzte, was er nach Wochen auf einem Schiff brauchen konnte, waren zwei Tage in einer kleinen, schwankenden Kutsche. Alex hob die Hand, um den Reitknecht und die Kutsche herbeizurufen, und brüllte einige Befehle. Einer der Lakaien sprang geschickt von seinem Platz und verschwand. Er würde Alex' Kleider packen und sie ihm nach Downes Manor nachschicken.

Ich habe vergessen, die Geschenke zu erwähnen, dachte Alex, und starrte dem Lakaien geistesabwesend hinterher. Er hatte in den letzten Monaten liebevoll Geschenke für Charlotte und

Pippa ausgesucht, ein Stück leuchtend blaue Seide hier, ein geschnitztes Holzspielzeug dort. Irgendwie waren sie zu zwei Stapeln angewachsen, ein Beweis dafür, dass er während der letzten fünf Monate unablässig an seine Frau und sein Kind gedacht hatte. Egal, dachte Alex nüchtern. Er hatte sich genug zum Esel gemacht, indem er sich erlaubt hatte, überhaupt an Charlotte zu denken. Sie hatte offensichtlich keinen weiteren Gedanken an ihn verschwendet, nachdem er an Bord des Schiffes gegangen war. Er verspürte einen Anflug des Bedauerns, als er an Pippas Geschenke dachte. Er konnte sie immer noch dazu benutzen, sie aufzuheitern, wenn sie ohne Charlotte nach London zurückkehrten.

Alex starrte kalt vor sich hin, als er in der Kutsche saß. Er gewöhnte sich schnell an die schwankende Bewegung, als die Pferde die Hauptstraße nach Oxfordshire entlangtrabten. Wie der unerschütterliche Jennings gesagt hatte, es hing alles von dem Geburtstag des Kindes ab. Sobald er den Raum betrat, würde er wissen, wie weit Charlotte war. Wenn Charlotte nicht bereits schwer an dem Kind trug, sah er keinen Grund, diese ganze unangenehme Angelegenheit mit ihr zu besprechen. Warum böse Worte? Alex' Herz verhärtete sich zu Stahl, als er das Bild seiner Frau vor sich sah, wie sie ihn anflehte, ihm vielleicht sogar versprach – noch einmal –, dass er ihr vertrauen konnte.

Die Stille, die in der Kutsche Einzug hielt, war verhängnisvoll leer, sie entbehrte jeglicher Freundlichkeit und Wärme. Alex hatte einen bitteren Geschmack im Mund und ein grauenvoller Schmerz pochte hinter seinen Augen; er fühlte sich, als hätte man einen wichtigen Teil seiner selbst irgendwo auf die Straße geworfen, hinter die Staubwolke, die die galoppierenden Hufe der Pferde aufwirbelte. Er dachte immer wieder: *Schluss damit!* Lass es wieder so sein, wie es war ... bitte, irgendjemand soll es wieder so machen, wie es war, bevor ich zum Außenministerium gegangen, bevor ich nach Italien gefahren bin, bevor ich Charlottes Seite verlassen habe.

Aber niemand bot sich an, ihm diesen kleinen Dienst zu erweisen, und so entfernte sich Alexander Foakes immer weiter von dem anderen Alex, dort hinten im Staub: dem Alex vor Hastings, dem Alex vor Italien, dem Alex, der liebte und geliebt wurde.

Kapitel 20

Als Alex an der geraden Reihe von Eichenbäumen vorbeiritt, die entlang der Straße zu Downes Manor standen, hatte er die eisige Mauer, die in Italien durch die Erinnerungen an Charlotte eingestürzt war, Schritt für Schritt wieder aufgebaut. Die letzten beiden Nächte hatte er wach gelegen und schneidende Verachtung hatte seinen Körper geschüttelt. Schließlich gelangte er an den Punkt, an dem sich seine Lippen zu einem sarkastischen Lächeln verzogen. Bei Gott, Patrick hat schon immer gesagt, dass ich bei Frauen einen schrecklichen Geschmack habe, dachte er.

Der ganze Skandal erschien ihm erschreckend passend, wenn er die letzten dreißig Jahre Revue passieren ließ. Zuerst hatte er sich in einem Garten in eine Prostituierte in Ausbildung verliebt. Dann hatte er versucht, diese Erfahrung in der Ehe neu aufleben zu lassen. Ein Flittchen unter gut erzogenen jungen Damen zu finden schien nicht so schwer zu sein. Das Problem war, dass sein Gartenmädchen ihre gewählte Karriere weitergeführt hatte und dass die Frau, die er geheiratet hatte ...

Nun, Charlottes Ruf sprach für sich. Alex wurde es eng ums Herz. Er war entschlossen, nicht die Beherrschung zu verlieren, wie er es in Bournemouth getan hatte. Was für einen Sinn hatte es, jemanden anzuschreien, der sich genauso benahm, wie er es kannte.

Alex bremste sich. Er musste Maria und Charlotte in seinem Kopf auseinander halten. Schließlich war Patrick der erste Mann, den Charlotte geliebt hatte. Sie hatte ihm ihre Jungfräulichkeit geschenkt. Das war nicht dasselbe wie bei Maria, die mit jedem Mann mit zwei Beinen und der dazugehörigen Ausstattung geschlafen hatte. Wenn er ins Zimmer kam und Charlotte kurz vor der Geburt vorfand, würde er wissen, dass es sein Kind war. Wenn nicht, nun, dann war es das Kind seines Bruders und, bemerkte eine bittere Stimme in seinem Kopf, dieses Kind wird wahrscheinlich dein Erbe sein. Er hatte nach dieser Sache genug von Ehefrauen und Frauen. Er würde seinen blödsinnigen Traum aufgeben, jemanden zu finden, der so ungehemmt und zärtlich wie das Gartenmädchen war. Er würde eine Frau finden, wenn er eine brauchte, und die Titel und das Land Patricks Erben überlassen, selbst wenn dieser Erbe Charlottes Kind war.

Alex hatte keine Ahnung, wie sehr er darauf vertraute, eine dicke, unförmige Charlotte vorzufinden, die in Downes Manor auf ihn wartete, bis er zu dem neuen Sommerhaus im Garten ging. Und da war sie. Er stand eine Weile still, eine Ewigkeit, wie ihm schien. Charlotte saß auf dem Boden des luftigen Terrazzo.

Pippa saß ihr gegenüber und sie spielten mit Puppen. Charlottes Puppe sprach und jetzt schien Pippas Puppe unbeholfen auf dem Boden zu tanzen ... aber es war Charlottes Taille, die Alex' Blicke auf sich zog. Sie war eindeutig schwanger. Ihr wundervoller Körper war um die Taille aufgeblüht, ihre Brüste, in ein weißes, zartes Musselinkleid gehüllt, blickten üppig und großzügig aus dem tief ausgeschnittenen Kleid hervor. Und sie strahlte, war reizender und schöner, als er sie in Erinnerung hatte. Weiche Locken fielen ihr in den Nacken und lange, tiefschwarze Wimpern berührten ihre

Wangen. Sie war so schön, dass sich seine Brust schmerzlich zusammenzog, als hätte jemand einen Schlüssel in seiner Brust umgedreht.

Genau in dem Augenblick sah Pippas Kindermädchen auf und sah ihren Herren vor dem Sommerhaus stehen. Ein kurzer Blick aus den harten, harten Augen des Grafen und Katy geriet beinahe in Panik, was sonst nie geschah. Sie handelte instinktiv, um Pippa vor dem Unangenehmen, das gleich geschehen würde, zu schützen.

»Mylady, Pippa und ich sind im Schulzimmer.« Katy kniete sich hin und hob Pippa hoch, den wütenden Aufschrei, den ihre schnelle Entscheidung begleitete, ignorierte sie völlig. Pippa hasste es, so plötzlich hochgehoben zu werden. Ihre kleine Puppe fiel ihr aus der Hand und ihr Geschrei schwoll zu einem Brüllen an.

Charlotte strich sich die schwarzen Locken aus den Augen und blickte verwirrt auf. Katy lief bereits flink auf das Haupthaus zu. Pippas Stimme wurde immer leiser, während Katy sich entfernte. Dann verstand Charlotte. Sie drehte ihren Kopf nach links, da war er und starrte auf sie hinunter.

Ihr Herz machte vor Freude einen Sprung. »Alex!«, rief sie und ihr Gesicht strahlte. Er rührte sich nicht. Charlotte stand vorsichtig auf und rückte ihr weißes, hochtailliertes Kleid zurecht. Der französische Stil stand schwangeren Frauen ausgezeichnet; es gab nichts Besseres als eine Taille unter den Brüsten, um den Körperumfang zu verkleinern, dachte Charlotte befangen. Alex starrte sie an.

Charlottes Augen leuchteten. Ja natürlich, er wusste nicht, dass sie schwanger war. »Wir bekommen ein Kind«, sagte sie glücklich. Er rührte sich immer noch nicht und sagte kein Wort. Charlotte begann sich unwohl zu fühlen, sie machte vorsichtig ein paar Schritte auf ihn zu und hielt dann inne.

»*Wir* bekommen ein Kind?«, frage Alex schließlich mit rauer Stimme. Seine Augenbraue flog hoch, wie sie es so sehr liebte, nur dass er sie jetzt voller Verachtung ansah. »Solltest du nicht sagen, *ich* bekomme ein Kind?« Seine Stimme war wieder normal tief, er schnurrte beinahe. »Oder warte mal, ich glaube, mir gefällt der Satz: Die Gräfin und der Zwilling bekommen ein Kind. Meinen herzlichen Glückwunsch an alle!«

Charlotte erstarrte vor Schreck. Sie fand buchstäblich keine Worte. Sie hatte sich Alex' Wut über die Beschreibung ihrer Hochzeitsnacht vorgestellt. Natürlich wusste sie, dass er über die unflätigen Anspielungen über seinen Bruder und sie wütend sein würde. Aber sie hatte nie daran gedacht, dass er dem Artikel tatsächlich Glauben schenken würde. Er hatte ihr doch versprochen, ihr zu vertrauen ... Sie sagte nichts, starrte ihn nur mit großen Augen an.

Was Alex betraf, so war seine geplante Ruhe und Selbstbeherrschung zum Teufel. Seine Frau war so schön und starrte ihn so verblüfft an, als habe sie keine Ahnung, wovon er redete! Und doch war sie eindeutig erst wenige Monate schwanger. Grauenvoller, dunkler Zorn zerriss ihm das Herz.

»Du bist eine Hure«, sagte er beinahe beiläufig. »Es scheint, als habe ich eine bemerkenswerte Affinität zu diesem Schlag.« Sein Lachen ähnelte nichts, was Charlotte je zuvor gehört hatte. »Ja, wirklich«, sagte Alex brutal. »Man könnte sagen, dass ich mich auf Huren spezialisiert habe. Aber das – das ist doch etwas ganz Besonderes! Warum siehst du so überrascht aus? Hast du geglaubt, ich würde vergessen, dass du deine Blutung hattest, als ich ging?«

Er trat langsam auf sie zu, sein großer, geschmeidiger Körper so beherrscht wie der eines Tigers. Charlotte öffnete den Mund, aber er nahm ihr Kinn in seine Hand und hielt es brutal fest. »Ich glaube, Liebling, ich möchte dieses Mal keine Ausreden hören. Der Kalender ist so schrecklich unbestechlich, nicht wahr? Ich glaube, dass selbst du dich hier nicht herausreden kannst. Ich habe mir über unser Eheleben Gedanken gemacht. Wenn Patrick dich haben will, soll er dich nehmen. Ich habe meinen Anwalt beauftragt, die Scheidungspapiere aufzusetzen. Wenn Patrick dich nicht will – und ich weiß nicht, warum er das tun sollte, da er die Ware bereits gehabt hat – kannst du gehen und in Schottland leben. Wenn das Kind in der näheren Zukunft geboren wird, wird er oder sie mit mir in London leben. Ich werde meine Kinder, keines meiner Kinder, wenn ich zwei haben sollte, von einer Nutte aufziehen lassen.«

Charlotte schlang instinktiv die Arme um ihren Bauch. Er war verrückt, vollkommen verrückt. Sie entriss ihm ihr Kinn. Alex sah sie an, ein Muskel zuckte an seinem Kiefer. Seine Augen waren pechschwarz. Charlotte schüttelte leicht den Kopf, um ihn klar zu bekommen. Geschah das alles wirklich? War das der Mann, auf den sie gewartet und von dem sie so leidenschaftlich geträumt hatte?

»Du hast es versprochen«, flüsterte sie. »Du hast es versprochen.« Ihr Gesicht war schmerzverzerrt, aber sie stand aufrecht und nahm die Schultern zurück, um ihm mit Würde ins Gesicht zu sehen. Sie würde es sich nicht erlauben, sich zu einer Kugel zusammenzurollen und laut zu schreien.

Alex verzog den Mund. »*Du* hast es versprochen. Du hast versprochen, mich zu lieben und mir zu gehorchen. *Mit meinem Körper ehre ich dich*«, höhnte er. »Ich glaube, man sollte diese Zeile lieber aus dem Ehegelübde streichen, nicht wahr? Sie scheint nicht zeitgemäß zu sein.«

Charlotte starrte ihn wie betäubt an. Selbst mit wutverzerrtem Gesicht sah er gut aus. Ein Teil von ihr sehnte sich danach, sich an Alex' Brust zu werfen, ihn zu bitten, ihr zuzuhören, ihn zu umarmen und zu küssen. Er litt solche Qualen, das konnte sie an den dunklen Ringen unter seinen Augen und den hängenden Schultern sehen. Aber sie würde ... sie konnte ihn nicht bitten. Was sie jetzt tun musste, war ihr Kind zu schützen. Und Pippa. Pippa durfte nicht von ihrer Seite gerissen werden, nachdem sie ihre Mutter verloren hatte. Pippa würde es nicht ertragen, noch eine Mutter zu verlieren. Der Gedanke stählte Charlotte den Rücken. Sie schob die Verzweiflung in ihrem Herzen beiseite.

»Du darfst Pippa nicht mitnehmen«, sagte sie. »Sie hat schon genug gelitten.«

»Es ist besser für sie«, gab Alex zurück. Er wandte sich von Charlotte ab und starrte über den großen, saftig grünen Abhang, der zum Haus führte. Dann drehte er sich wieder um und sah seine Frau an. »Wie kann ich sie bei einer Frau lassen, die mit meinem Bruder geschlafen hat, Charlotte? Kannst du mir das sagen? Obwohl ich wusste, dass du mir vor der Hochzeit untreu warst, so habe ich nicht wirklich geglaubt, dass du dieses Benehmen weiterführen würdest, nachdem wir geheiratet haben. Was für ein Tor ich doch war.«

»Ich habe nicht ...« Charlotte hielt inne. Dies hier war eine Wiederholung ihrer Hochzeitsnacht. Er hatte ihr damals nicht geglaubt und er würde ihr jetzt nicht glauben. Er war einfach zu sehr von seiner ersten Ehe beeinflusst. Sie verspürte einen so bleiernen Schmerz in der Brust, dass sie beinahe umgefallen wäre. Es hatte keinen Sinn, darüber zu reden. Aber eines musste sie sagen.

»Du hast versprochen, mir zu vertrauen«, sagte sie und sah ihm in die Augen. »Du hast es *versprochen.*« Dann drehte sie sich um und ging weg und niemand rief sie zurück.

Auf dem Weg ins Haus hielt Charlotte ihren Rücken sehr gerade. Aber sie ging die Stufen sehr langsam hinauf, eine Hand auf dem Kreuz. Sie fühlte sich wie eine alte, sehr alte Frau. Das Kind schien sie nach vorn zu ziehen. Sie erreichte endlich den zweiten Stock, wandte sich nach links und ging in Sophies Schlafzimmer.

Sophie stieß einen erstaunten Laut aus und setzte sich auf. Sie hatte in der warmen Nachmittagssonne vor sich hin gedöst und über ein Buch mit portugiesischen Liebessonetten nachgedacht – sehr zum Ärger ihrer Mutter legte Sophie eine heftige und sehr undamenhafte Leidenschaft dafür an den Tag, Literatur in ihrer Originalsprache zu lesen.

»Was ist los?«, fragte sie scharf. Charlotte stand leicht schwankend und mit leichenblassem Gesicht in der Tür.

»Das Kind kommt!« Sophie schwang ihre Beine über die Bettkante und zitterte vor Angst von Kopf bis Fuß. Es war zu früh, das Kind war erst in drei Wochen fällig.

»Nein.« Charlotte schüttelte den Kopf langsam von einer Seite zur anderen. »Nein, nein, nein. Er ist zurück.« Sie machte eine Pause und sammelte sich, dabei zitterte ihr Körper sichtlich.

»Wer ist – oh«, sagte Sophie. Sie hatte sich in den letzten Monaten gefragt, ob sie Charlotte nicht vor Alex' möglicher Reaktion warnen sollte. Aber dann hatte sie immer wieder gedacht, dass Aufregung nicht gut für das Baby wäre, und vielleicht war Alex nicht so vorschnell und dumm wie der Großteil der Männer, denen sie in ihrem Leben begegnet war. Aber offensichtlich war er genau wie alle anderen.

»Er glaubt nicht, dass es sein Kind ist«, sagte Sophie tonlos.

Charlottes Blick schoss in ihre Richtung. »Du hast es gewusst!«

»Ich habe es für wahrscheinlich gehalten. Männer sind solch ausgemachte Trottel.«

»Er möchte mir mein ungeborenes Kind wegnehmen ... mein Kind und Pippa. Er wird sie mir wegnehmen.« Charlotte hielt ihren Bauch fest umklammert, der Hysterie nahe. Sophie warf ihr einen besorgten Blick zu. Hysterie war für ungeborene Kinder vermutlich nicht besser als Aufregung.

Sophie ging zu ihr, stellte sich vor Charlotte und erzwang

mit ihren Augen die Aufmerksamkeit ihrer Freundin. »Reg dich nicht auf, Charlotte. Das ist nicht gut für das Kind. Wir müssen nachdenken.« Sophie schubste Charlotte auf das Bett.

»Wo ist er jetzt?«

»Ich weiß nicht ... ich habe ihn am Sommerhaus stehen lassen.« Sophie nahm das beifällig zur Kenntnis. Wenigstens war Charlotte gegangen und nicht anders herum.

»Bist du dir absolut sicher, was er vorhat, Charlotte? Vielleicht hat er das nur in der Hitze des Gefechts gesagt.«

»Er hat gesagt, dass er seine Kinder nicht von einer Hure aufziehen lassen wird und wenn das Kind in nächster Zukunft geboren werde, würde er es mit nach London nehmen.« Charlottes Stimme war erschreckend ruhig. »Er hat auch gesagt, dass er seinen Anwalt angewiesen habe, die Scheidungspapiere vorzubereiten.« Sie sah Sophie ausdruckslos an, tränenleere Augen starrten aus ihrem leichenblassen Gesicht. »Ich darf das nicht zulassen, Sophie. Glaubst du, er kann das das tun?«

»Das Gesetz ist auf seiner Seite.« Sophie dachte nach. Sie mussten Patrick herholen, den großen Trampel, dem sie auf dem Hauskonzert begegnet waren und der das ganze Durcheinander ausgelöst hatte. Wenn jemand Alex überzeugen konnte, dass Charlotte unschuldig war, dann Patrick. Aber wo war er? Vielleicht wusste es Alex?

Sophie sah Charlotte wieder an. Sie hatte sich ein wenig gefasst. »Ich gehe«, sagte Charlotte. Ihre Blicke trafen sich. »Ich gehe und nehme Pippa mit. Ich liebe sie; ich liebe sie, als wäre sie mein eigenes Kind.« Du dachtest, sie wäre dein eigenes Kind, schrie eine Stimme in ihrem Kopf. »Ich kann sie nicht bei diesem Verrückten lassen«, meinte sie. »Wir gehen nach Wales. Ich bezweifle, dass Alex sich daran erinnert, dass ich dort ein Haus habe.«

»Sei nicht dumm!«, fuhr Sophie sie an. »Er ist dein Mann – es gehört jetzt alles ihm.«

»Nein, das tut es nicht. Mein Vater hat wegen der Gerüchte um Alex' erste Ehe einen besonderen Mitgiftvertrag ausgehandelt. Er glaubte Alex, aber er hat gefordert, dass ich meinen eigenen Besitz behalte. Und Alex ... Alex war das gleichgültig.« Sie schob die Erinnerung an den lachenden Alex beiseite, der darauf bestand, dass ihn ihr Geld nicht die Bohne interessiere. Das war Alex vor ihrer Hochzeit, als er dachte, sie wäre Jungfrau. Was für ein schreckliches Durcheinander, dachte sie in einem Augenblick leidenschaftsloser Vernunft.

»Also ist das Haus in Wales mein Eigentum. Ich werde dorthin gehen, bis das Baby geboren ist, und dann werde ich nach Amerika reisen.«

Sophie dachte darüber nach. Charlotte war offensichtlich hysterisch, obwohl ihr Tonfall ruhig war. Sie konnte nicht Alex' Kinder nehmen und nach Amerika ziehen; sie würden sie finden und ins Gefängnis werfen. Andererseits nahm Sophie an, dass Alex wahrscheinlich einige Zeit brauchte, um abzukühlen. Nicht zu lange, denn er musste bei Charlottes Niederkunft anwesend sein, sonst würde er womöglich niemals glauben, dass es sein Kind war.

»In Ordnung«, sagte Sophie bestimmt. »Wie kommen wir aus dem Haus, ohne dass Alex etwas merkt?«

»Oh, Sophie. Du bist so ein Schatz, aber du kannst nicht mit mir kommen. Du wärst ruiniert.«

»Sei keine Närrin. Ich werde nicht ruiniert sein.«

»Doch, das wirst du«, beharrte Charlotte leidenschaftlich. »Du wirst nicht heiraten können, wenn du mit mir wegläufst – mein Gott, du solltest wahrscheinlich jetzt nicht einmal hier sein!«

Sophie sah Charlotte schief an. Zweifellos war das das erste

Mal, dass Charlotte dieser Gedanke kam. Sie war ein solches Unschuldslamm!

»Süße, merkst du nicht, dass es immer um Geld geht? Ich bin die Erbin meines Vaters. Nichts kann mich ruinieren, außer man fände mich völlig nackt in jemandes Schlafzimmer.«

»Das glaube ich dir nicht, Sophie. Sieh nur, was mich ruiniert hat: ein Ohnmachtsanfall und die Tatsache, dass ich Patricks Wange berührt habe.«

»Du bist verheiratet«, erklärte Sophie. »Wenn du einmal verheiratet bist, ist alles anders. Eine verheiratete Frau kann mit so vielen Männern schlafen, wie sie will, solange sie diskret ist. Einfacher Ehebruch ist nicht wirklich interessant. Du magst die Klatschspalten füllen, aber du bist nicht ruiniert. Aber eine falsche Bewegung in eine interessante Richtung – sagen wir mal, offene Zuneigung für den Bruder deines Mannes, und dann noch in seiner Abwesenheit schwanger sein – ja, das kann eine Frau ruinieren. Aber selbst das kann wieder in Ordnung gebracht werden, weil du so reich bist, Charlotte, und Alex auch.«

Charlotte verdaute das alles stumm. »Das spielt keine Rolle«, sagte sie schließlich tonlos. »Denn Alex glaubt wirklich, dass ich mit seinem Bruder geschlafen habe. Ich nehme an, wenn ich hier bliebe und das Kind morgen geboren würde, würde er glauben, dass es sein Kind ist. Aber er würde mir das Kind trotzdem wegnehmen. Er hat auch vorher schon geglaubt, dass ich ein ... ein Flittchen bin.«

»Warum?«, fragte Sophie.

Charlotte zögerte. Sie hatte Sophie nie den Grund genannt, warum sie und Alex eine so stürmische Hochzeitsnacht verlebt hatten.

»Ich habe mit ihm geschlafen, bevor wir geheiratet haben«, erwiderte Charlotte. »Ich habe mit ihm auf einem Ball geschlafen.« Sie konnte sich nicht dazu überwinden zu sagen, dass es ein so genannter Hurenball gewesen war. »Und er erinnert sich nicht daran und glaubt, ich hätte mit seinem Bruder geschlafen. Also hat ihm dieser Klatsch bestätigt, das ich in Wahrheit seinen Bruder liebe. O Gott, wie konnte ich nur so dumm sein!« Denn jetzt erkannte sie, dass Alex dem Artikel natürlich Glauben schenken würde. Natürlich würde er glauben, es sei nicht sein Kind.

Sophie sah Charlotte fasziniert an. Sie setzte sich neben sie. »Du hast mit ihm geschlafen ... auf einem Ball!«

Charlotte nickte.

»Und er erinnert sich nicht daran? Mein Gott, wie viele Frauen hat er auf einem Ball entjungfert?«

Charlotte schüttelte hilflos den Kopf. »Wir haben nie über den Ort gesprochen. Er hat in unserer Hochzeitsnacht nur den voreiligen Schluss gezogen, dass ich mit Patrick geschlafen habe. Und dann hat er sich geweigert, noch einmal darüber zu reden. Er hat versprochen ... er hat versprochen«, Charlottes Stimme verlor sich in einem Schluchzer, aber sie fasste sich. »Er hat versprochen, mir zu vertrauen.«

Sophie drückte sie mitfühlend an sich. Sie setzte keinerlei Vertrauen in die Versprechungen von Männern, aber das schien ihr nicht der richtige Zeitpunkt, das anzumerken. Charlotte war stets ungewöhnlich schön, aber schwanger ... war sie einfach umwerfend. Es war sehr schwer zu glauben, dass ein Mann vergessen könnte, mit Charlotte geschlafen zu haben.

»Ich kann einfach nicht glauben, dass er sich nicht daran erinnert, mit dir geschlafen zu haben – besonders weil du Jungfrau warst.«

Charlotte zuckte die Achseln. »Er sagt, er sei mir nie zuvor begegnet.«

»Wen müssen wir mit uns nehmen?«, fragte Sophie pragmatisch.

»Katy, Marie und dein Mädchen«, erwiderte Charlotte. »Keating und Mall sind Gott sei Dank schon in Wales.«

»Das Problem ist, dass wir Alex aus dem Weg schaffen müssen. Ich kümmere mich darum«, sagte Sophie mit plötzlicher Tatkraft. Sie ließ Charlotte allein, um Katy zu suchen und sie anzuweisen, Pippas Sachen zu packen. Sophie ging die Treppen hinunter und lauschte auf Alex' tiefe Stimme. Das Haus war still. Ihre Schritte hallten auf dem Marmorboden der Eingangshalle, als sie einen Augenblick innehielt. Dann machte sie sich auf den Weg zur Bibliothek. Sie trat ein, schloss die Tür und lehnte sich dagegen.

Alex trank gerade ein Glas Brandy, das dritte am heutigen Tag. Er sah gelangweilt auf.

»Wenn Sie gekommen sind, um sie zu verteidigen, können Sie gleich wieder gehen«, meinte er kurz angebunden.

»Wo ist Ihr Bruder?«

Alex begutachtete Sophie mit schweren Lidern von oben bis unten. »Ich bin sicher, dass meine bezaubernde Frau diese Frage besser beantworten kann als ich«, höhnte er.

»Sie müssen Ihren Bruder finden«, wiederholte Sophie. »Wo ist er?«

»In Leicestershire. Zum Jagen.«

»Könnten Sie ihn finden?«

»Warum sollte ich mir die Mühe machen? Ich bin sicher, dass er früher oder später hier auftauchen wird. Er hat sicher noch nicht genug von Charlottes Körper, selbst wenn sie schwanger ist.« Er kippte den Brandy in sich hinein und schenkte sich nach.

»Könnten Sie ihn finden?«

»Ich nehme es an«, sagte Alex mit eiskalter spöttischer Stimme. »Aber warum sollte ich mir die Mühe machen?«

»Weil Sie ein Idiot sind und immerhin noch die Chance besteht, dass Ihr Bruder Sie zur Vernunft bringt«, sagte Sophie genauso spöttisch wie er. »Andererseits ist er Ihr Bruder und kann sich vielleicht nicht mehr daran erinnern, mit wem er in den letzten fünf Jahren geschlafen hat.«

Alex funkelte sie voller Abscheu an. »Luder«, sagte er leidenschaftslos.

»Vielleicht bin ich ein Luder«, schlug Sophie zurück, »aber ich würde meine Familie nicht zerstören, solange es keinen Beweis gibt, der das rechtfertigt. Sicherlich erlaubt es Ihr Gewissen nicht, Ihre Frau wie eine gebrauchte Halsbinde wegzuwerfen, bevor Sie mit dem angeblichen Verführer gesprochen haben.«

»Verführer? Ich würde mit beinahe absoluter Sicherheit sagen, dass sie die Verführerin war«, knurrte Alex.

»Sie betreiben Haarspalterei, Mylord«, erwiderte Sophie. »Haben Sie Angst davor, mit Ihrem Bruder zu sprechen? Was werden Sie tun, wenn er Ihnen sagt, dass er Ihrer Frau nur zweimal für äußerst kurze Zeit begegnet ist?«

Alex starrte sie an, an seinem Mundwinkel pochte ein leichter Pulsschlag.

Sophie erwiderte ruhig seinen Blick. »Werden Sie Ihren Zwillingsbruder auch einfach kurzerhand verdammen wie Ihre Frau? Ohne nach einer Erklärung zu fragen?«

Alex fühlte sich, als würde sich ein Band um seine Stirn legen. »Was genau möchten Sie, dass ich tue?«, fragte er barsch. »Ich habe meine Frau allein gelassen, als sie ihre monatliche Blutung hatte, und ich komme zurück und finde sie schwanger vor. Welche Erklärung können Sie mir dafür anbieten?«

Sophie überging seine Bemerkung. Sie war sich über den Verlauf einer Schwangerschaft nicht allzu sicher, jedenfalls nicht genug, um sich über medizinische Fakten zu streiten.

»Sie sagt, Sie hätten versprochen, ihr zu vertrauen.«

Die Worte fielen wie bleierne Gewichte in die gespannte Stille zwischen ihnen. Alex trat gegen den Scheit, der im Kamin brannte. Vielleicht sollte er Patrick tatsächlich aufspüren. Was zur Hölle sollte er sonst heute Abend machen? Seine Frau im Dunkeln nach Schottland verbannen?

»Könnten Sie ihn finden und innerhalb von drei Wochen zurückkommen?«

»Ja«, erwiderte Alex geistesabwesend und dachte nicht einmal über Sophies seltsame Frage nach. Braddon Chatwin wohnte zwei Tagesritte von Downes Manor entfernt. »In Ordnung«, sagte er schließlich und richtete sich mit einem letzten heftigen Tritt gegen den brennenden Scheit auf. »Sagen Sie meiner Frau, dass sie in einer Woche bereit sein soll, nach Schottland zu reisen.«

Sophie nickte und glitt aus der Tür des Arbeitszimmers. Sie wagte nicht, noch etwas zu sagen, so wütend war sie. Zehn Minuten später wurde die Vordertür zugeschlagen und Alex rief nach seinem Pferd.

Sophie und Charlotte sahen sich über die Kleiderberge hinweg an, die sich auf Charlottes Bett türmten. Drei Mädchen rannten geschäftig umher und halfen Marie beim Packen. Charlotte spielte an einem Berg weicher, weißer Babykleidung.

»Er zeigte keine ... Anzeichen, dass er sich erweichen lässt?«, flüsterte sie.

Sophie schüttelte den Kopf. Charlotte schluckte schwer. Sophie sagte fest: »Wenn wir in *Schottland* angekommen sind, kannst du mehr Sachen für das Kind kaufen.«

Charlotte sah sie erstaunt an. Sophie nickte in Richtung der vier Frauen im Raum und zog Charlotte zur Tür. »Komm schon, Liebes. Lass uns mit Pippa spielen. Wir können morgen früh sofort aufbrechen.«

»Nein!«, protestierte Charlotte im Gang. »Ich möchte noch heute Abend fahren!«

»Es ist nicht gut für das Kind. Du musst dich ausruhen.« Sophies Stimme ließ keinen Widerspruch zu. »Wenn wir allen erzählen, dass unser Bestimmungsort Schottland ist, bringt das Alex für etwa eine Woche von der Spur ab.«

Charlotte nickte. Jeder einzelne Knochen in ihrem Körper sehnte sich danach zu schlafen, besonders jetzt, wo sie wusste, dass Alex nicht mehr im Haus war.

»Ich lasse dir ein Tablett aufs Zimmer bringen«, sagte Sophie. »Wir können sofort morgen früh aufbrechen.«

In dieser Nacht fiel Charlotte in einen so tiefen Schlaf, dass sie sich kaum bewegte. Gegen Morgen hatte sie einen Traum, eine verführerisch zärtliche Erinnerung. Sie war wieder mit Alex in Schottland, in den Tagen, in denen sie so glücklich gewesen waren. Sie waren zu einem Picknick an das Ufer des Grouse Lake gefahren. Katy hatte Pippa für ein Nickerchen mit nach Hause genommen. Alex' Augen leuchteten, als die Kutsche ihr Kind davontrug.

»Die Kutsche kann frühestens in fünfzehn Minuten zurück sein«, meinte Alex mit seiner tiefen Stimme verführerisch, zweideutig. Er zog Charlotte einen ihrer pfirsichfarbenen Schuhe aus und fuhr mit den Fingern über die zarte Wölbung ihres Fußes. »Das reicht nicht für ... ein Fünf-Gänge-Menü«, murmelte Alex. Er neigte den Kopf und biss ihr vorsichtig in die Zehen.

Er pflückte ein weißes Gänseblümchen aus dem Gras zu ihren Füßen und rieb es an ihrem Schenkel, direkt über ihren Strümpfen.

Lustvolle Hitzewellen jagten durch Charlottes Beine. Alex begann sich mit kleinen, wölfischen Bissen an ihrem Körper hochzuarbeiten und lachte über ihre gekeuchten Proteste. Im Schlaf entspannte sich Charlottes Gesicht zu einem glückseligen Lächeln.

Aber dann veränderte sich der Traum plötzlich. Sie stand auf dem Kai, der auf den See hinausführte, und Nebel war aufgekommen. Nebelschwaden, die aus dem Wasser aufstiegen, schlängelten sich um ihre Füße. Nebel kam in Schottland so schnell auf; in einem Augenblick schien die Sonne, im nächsten war die Welt gespenstisch und glitzerte vor Feuchtigkeit. Sie sah auf und rief nach ihrem Mann. Dann hörte sie zu ihrem Entsetzen ein Stolpern, ein Klatschen und dann rief eine leise Stimme.

»Mama! Mamaaa!«

Charlotte wachte auf, ihr Herz schlug so schnell, dass sie das Gefühl hatte, krank zu sein. Das Kind in ihrem Bauch war ebenfalls erwacht und strampelte heftig. Sie holte keuchend Luft und versuchte sich zu beruhigen. Sie war in ihrem eigenen Bett und Pippa schlief tief und fest im Kinderzimmer. Pippa ertrank nicht gerade in einem dunklen, schottischen See und rief nach ihrer Mutter.

Schließlich wurde Charlottes Herzschlag ruhiger und sie lehnte sich zurück. Etwas in mir hat sich verändert, erkannte sie und beruhigte die kleinen, heftigen Fußtritte ihres Kindes. Pippa ... Ich muss meine Kinder beschützen, dachte Charlotte. Zur Hölle mit Alex' Küssen und seiner Leidenschaft. Ihre Beziehung war so leer, ohne Vertrauen, nur auf Wollust gegründet. Er hatte sie benutzt wie ein vor ihm ausgebreitetes Mahl und dann hatte er sie genauso beiläufig fallen lassen, wie er Wild zurückweisen würde, wenn er lieber Kalb essen wollte.

Und er kümmerte sich ohnehin nicht um die Kinder. Er verschwand ohne einen weiteren Gedanken an Pippa nach Frankreich. Charlotte breitete die Hände über ihren Bauch und liebkoste die runde Wölbung, die sie für einen Kopf, vielleicht für ein Gesäß hielt. »Ich verspreche dir«, flüsterte sie in der lautlosen Nacht, »ich verspreche dir, dass ich dich lieben und dir vertrauen werde und dich nie, nie in einem See ertrinken lasse.« Ihre Augen füllten sich gegen ihren Willen mit Tränen. Es wäre so wunderbar, wenn sie zwei Kinder hätten, wenn Alex und sie einander *und* die Kinder lieben könnten. Aber es führte kein Weg dorthin. Deshalb weinte sich die Gräfin von Sheffield und Downes wieder einmal in den Schlaf.

Kapitel 21

Alex fand seinen Bruder erst nach vier anstrengenden Tagen auf dem Pferd. Nach zwei Tagen war er bei Braddon Chatwins Landhaus angekommen, stellte aber zu seinem Ärger fest, dass der »junge Herr« ein paar Tage zuvor abgereist war. Alex klatschte seine Handschuhe gegen sein Bein und starrte den sich windenden Butler vor ihm unwillentlich arrogant und wütend an.

»Was meinen Sie damit, Mann, Sie sind nicht sicher, wo sie sind? Entweder wissen Sie es oder Sie wissen es nicht. Wenn Sie es nicht wissen, dann sagen Sie das auch so.«

»Was ich meinte«, erwiderte Treble demütig, »war, dass seine Lordschaft die Absicht äußerte, nach Bath zu reisen, und natürlich hat Ihr Bruder ihn begleitet, Mylord. Aber die Gesellschaft kann sehr gut in Singleton Manor, dem Gut des Grafen von Slaslow in Kent, Halt gemacht haben.«

»Die *Gesellschaft*«, schnauzte Alex, »was ist das, ein Sommerausflug? Reisen Frauen mit ihnen?«

Treble senkte den Blick, starrte auf den Marmorboden zu seinen Füßen und suchte dort nach Unterstützung. Er sah auf und sagte nur: »Ich habe das Wort zu frei benutzt, Mylord. Die Gruppe bestand aus dem Grafen von Slaslow und Ihrem Bruder. Und«, murmelte er, »da war noch eine Bekanntschaft Lord Foakes', eine junge Frau, Mylord.«

Nun war es an Alex zu verstummen. ›Frau‹ konnte nur eines bedeuten: Patrick schleppte ein Liebchen von Jagdhütte zu Jagdhütte. Das war nichts Neues. Außer dass es bedeutete, dass Patrick die schwangere Charlotte allein gelassen hatte, um sich mit einer Mätresse zu vergnügen. Treble zitterte vor Entsetzen, als er sah, wie das Gesicht des Grafen noch düsterer und drohender wurde.

»Ist diese – *Frau* – mit meinem Bruder angekommen?«

»Ja, Mylord.« Als Alex ihn anstarrte, fügte Treble unangenehm berührt hinzu: »Die junge Frau kam kurz nach Ihrem Bruder und dem Herrn aus London an, also vermute ich, dass die Verabredung in London getroffen wurde und dass die junge, äh, Dame einige Tage zum Packen brauchte. Sie reist mit recht viel Gepäck«, sagte Treble mit Nachdruck. Sein Personal hatte beinahe fünf Stunden gebraucht, die Koffer vom Dach der Kutsche abzuladen; es war seiner Meinung nach schlimmer gewesen, als eine Herzogin zu empfangen. Das Mädchen reiste nicht mit eigenen Laken, wie die Adeligen es zu tun pflegten, aber sie hatte achtundvierzig Hüte mitgebracht, jeder einzelne in einer eigenen Hutschachtel!

Alex wandte ihm mit einem kurzen Dankeschön den Rücken zu und stieg die Marmorstufen hinunter. Der Himmel vor ihm war voller orangefarbener Streifen, die Wolkenschichten befleckt von der untergehenden Sonne. Alex starrte mit leerem Blick gen Horizont. Er fing an, sich seltsam unwohl zu fühlen. War es möglich, dass Patrick so schnell von Charlottes Körper genug hatte? Er selbst hatte sie drei Monate lang gehabt, dachte Alex wütend, und er wusste mit absoluter, innerer Gewissheit, dass er ihren Körper mit Vergnügen die nächsten drei – zur Hölle, die nächsten dreißig – Jahre mit ins Bett genommen hätte.

Vielleicht hatte Charlotte die Affäre beendet. Vielleicht liebte Charlotte ihn und sie war Patrick nur erlegen, weil sie ihre

Jungfräulichkeit an ihn verloren hatte. Alex spottete über sich selbst. Was dachte er da? Sie schlief um der alten Zeiten willen mit seinem Bruder? Aus Nostalgie?

Die brutale Wahrheit war, dass Charlotte ihre Blutung gehabt hatte, als er ging, und schwanger war, als er wiederkam. Und nichts außer diesen zwei Tatsachen zählte. Er ignorierte die klägliche Stimme Trebles, der hinter ihm herrief und fragte, ob er wünsche, die Nacht auf Selfridge Manor zu verbringen. Das Letzte, was er wollte, war, dort zu schlafen, wo sein Bruder gewesen war. Alex eilte zu seinem wartenden Pferd und schwang sich mit einem geschickten, kräftigen Sprung hinauf. Er nickte dem berittenen Lakaien zu, der seinen Hengst Bucephalus führte.

»Ich reite zum Fox and Keys, Harry,« meinte er kurz angebunden. »Du solltest Bucephalus führen. Es war ein langer Tag.«

Zwei Tage später galoppierte Alex gegen neun Uhr abends die Auffahrt zu Singleton Manor, einem von Braddon Chatwins Landhäusern, hinauf. Sein Blick schweifte hastig über die Vorderfront des ausladenden Steinhauses und Befriedigung flammte in ihm auf. Er hatte sie endlich gefunden. Der blassgraue Stein des Herrenhauses wirkte durch den Kerzenschein, der aus vielen Fenstern des Hauses leuchtete, dunkler. Braddon musste hier sein.

Alex warf dem sich verbeugenden Lakaien Bucephalus' Zügel zu. Er hielt eine Sekunde neben dem würdevollen Butler inne, während dieser die acht Fuß hohe Tür öffnete.

»Wo ist er?«, fuhr Alex ihn an.

»Es ist mir ein Ehre, Sie wieder zu sehen, Mylord«, sagte Braddons Butler ruhig. Er war zu alt, um sich von so jungen Kerlen wie diesem schikanieren zu lassen, dachte er bei sich. »Der Herr und Lord Foakes befinden sich in der Bibliothek.«

Alex zögerte einen Augenblick, die harten Züge seines Gesichts lockerten sich und er lächelte zögernd. »Ich bin froh, dass Sie noch auf den Beinen sind, Vorset.« Vorset hatte die Zwillinge wegen ihres schlechten Benehmens nie gescholten, wenn sie Braddon vor Jahren während der Schulferien besucht hatten. Um die Wahrheit zu sagen, hatten Alex und Patrick Braddon in die schlimmsten Klemmen gebracht, was Vorset wusste, es Braddons Eltern aber nie verraten hatte.

Vorset nickte, seine Augen blickten freundlich. Wie ganz England wusste auch er von Alexander Foakes' Eheproblemen. »Die Bibliothek liegt zu Ihrer Rechten, Mylord«, murmelte er, während er ihm voranging.

Alex folgte dem alten Butler durch den wohl bekannten, breiten Gang zur Bibliothek. Meine Güte, er war seit etwa zehn Jahren nicht mehr in diesem Haus gewesen. Nachdem seine Mutter gestorben war, waren er und Patrick zu irgendjemandem, der in den Ferien gerade zur Verfügung stand, in Pflege gegeben worden. Früher waren sie in Braddons Haus herumgesaust wie wilde Schweine, die man aus Versehen im Haus losgelassen hatte.

Vorset öffnete die Tür zur Bibliothek, ohne ihn anzukündigen, ein Tribut an seine Nähe zur Familie. Während Vorset wieder im Gang verschwand, zögerte Alex an der Türschwelle. In einem Marmorkamin brannte ein riesiges Feuer, das der Luft ihre frühlingshafte Kälte nahm. Die Kerzen flackerten in dem Luftzug des Kamins. Dennoch war die Szene vor ihm deutlich genug. Braddon Chatwin las verstimmt in einem Buch, das wie ein Gestütbuch aussah. Und auf einem Sofa vor dem Feuer saß gemütlich Alex' Bruder. Einen Augenblick lang vergaß Alex seinen Zorn und spürte die Freude, Patrick wieder zu sehen. Sein Zwilling war wie sein Arm, erkannte er plötzlich. Egal, wie sehr er ihn hasste, er wäre am Boden zerstört, wenn ihm etwas zustieße. Patrick sah dünner aus, seine Haut war von der indischen Sonne gebräunt. Er flüsterte etwas in das Ohr einer reizenden Rothaarigen, die leise über den Unsinn, den Patrick ihr zumurmelte, kicherte.

Alex räusperte sich. Braddon drehte sich um, doch sonst sah niemand auf. Braddons klare blaue Augen sahen einen kurzen Moment lang in Alex', dann sagte er: »Patrick, alter Junge, es ist jemand hier, der dich sehen möchte.«

Patrick rührte sich nicht, seine schwarzen Locken waren über die Fülle von roten Haaren neben ihm gebeugt.

»Patrick!«, beharrte Braddon.

Endlich sah Patrick auf, doch die unterdrückte Aggressivität, mit der Alex gelassen am Türrahmen lehnte, ließ ihn zögern. Die Zwillinge hatten sich schon immer ohne Worte verstanden. Patrick spürte vom anderen Ende des Raumes aus, dass Alex von kaltem, eiskaltem Zorn erfüllt war.

Er ging langsam zu Alex und blieb vor ihm stehen. Seine gewölbten Augenbrauen flogen nach oben und stellten seinem Zwilling stumm eine Frage.

Alex erforschte Patricks Gesicht. Einen Augenblick herrschte in der Bibliothek vollkommene Stille, kein Geräusch außer dem Zischen und Knacken der grünen Scheite, die im Kamin brannten, durchdrang die Luft.

»Zur Hölle«, sagte Alex ruhig. »Du hast es nicht getan, oder?«

Patrick blieb, wo er war. »Ich habe nicht mit deiner Frau geschlafen, wenn es das ist, was du meinst.«

Alex' Gesicht war eine unbewegte, kalte Maske. Als er nicht reagierte, legte Patrick einen Arm um die Schultern seines Bruders und drehte ihn um. Alex folgte ihm, als würde er schlafwandeln. Die beiden Männer gingen aus der Bibliothek, ohne sich umzusehen.

»Meine Güte!«, stieß Arabella Calhoun hervor. (Sie war die rothaarige, bezaubernde Frau, die das Sofa mit Patrick geteilt hatte.) »Der sieht aber finster aus, nicht wahr?«

Als Braddon nicht antwortete, streckte sie ihren zarten Fuß vor sich aus und betrachtete ihn sorgfältig von allen Seiten. Ihr gefielen diese Schuhe ziemlich gut. Sie waren natürlich französisch, blassblau und mit kleinen weißen Tauben bestickt.

Braddon ging zu ihr hinüber und legte die Arme auf die Lehne des Sofas.

»Was halten Sie davon, Braddon?«, fragte Arabella verträumt. Sie benutzte den Vornamen des Grafen, weil sie viel davon hielt, größtmögliche Intimität mit allen männlichen Freunden ihrer aktuellen *Amour* herzustellen. Und in dem Augenblick, als Patrick mit seinem Bruder aus der Bibliothek gegangen war, erkannte sie, dass diese besondere *Amour* womöglich der Vergangenheit angehörte. Patrick schien Familienprobleme zu haben. Arabella schauderte. Sie hasste Familienprobleme: so trist, so ermüdend, so unromantisch.

»Was halte ich wovon?«

»Was Sie von meinen Schuhen halten!«

Braddon starrte sie an. Das ist der Grund, warum ich bei Frauen nie weiterkomme. Was konnte ein Mensch über Schuhe sagen?

»Sie sind sehr ... sie sind sehr klein.«

Arabella warf ihm einen verärgerten Blick zu. Dieser Mann war ein Rüpel, das war sicher. Aber er sah sie so ängstlich an, dass sie sich erweichen ließ.

»Nun, Braddon«, sagte sie und klopfte auf das Kissen neben sich. »Da Patrick verschwunden ist, ohne sich die Mühe zu machen, ein Wort zu sagen, leisten Sie mir doch Gesellschaft.«

Und es war gut, dass sie diese Einladung aussprach. Denn etwa eine Stunde später, als Vorset erschien, um Brandy und Erfrischungen anzubieten, verkündete er, dass der Graf von Sheffield und Downes und sein Bruder davongaloppiert waren, ohne zu erwähnen, wann sie zurückkommen würden.

»Das gefällt mir!«, sagte Arabella und ihre Augen füllten sich mit locker sitzenden Tränen. Sie wandte sich Braddon zu, der sehr dicht neben ihr saß. »Haben Sie je etwas so Ungehobeltes gehört? Ich habe es gar nicht nötig, diesen Kerl den ganzen Weg aufs Land zu begleiten. Die Männer stellen sich jeden Abend an der Theatertür an, nur um mich zum Essen einzuladen!«

»Ich weiß«, meinte Braddon und nahm Arabellas Hand. »Ich war einer von ihnen.« Er starrte seelenvoll in Arabellas Augen und sie war etwas aufgeheitert.

Schließlich, vertraute sie ihrem Mädchen später an diesem Abend an, ist ein Mann wie der andere, nicht wahr? Und während Patrick besser aussah, war Braddon viel zugänglicher. Schuhe – Hüte – alles war heutzutage so teuer!

Als eine silberne Mondsichel am Himmel über dem dunklen Wald, durch den die Straße führte, auftauchte, streckte Patrick die Hand aus und riss an den Zügeln seines Bruders. Alex' Pferd war schweißbedeckt und keuchte heftig, seine Flanken hoben und senkten sich hastig, als sie stehen blieben.

»Wir müssen hier Rast machen, Alex.«

Alex warf ihm einen wütenden Blick zu. Patrick übersah diesen gelassen und lenkte sein Pferd in eine Straße zu ihrer Rechten, an der ein Schild mit der Aufschrift *Buffington, 1 Meile* stand.

»Es gibt ein annehmbares Gasthaus in Buffington«, rief er über die Schulter.

Dann hielt er inne und drehte sein Pferd um, weil er spürte, dass sein Bruder ihm nicht folgte.

»Um Himmels willen, Mann! Sie geht nirgendwohin; Charlotte ist schwanger. Sie wartet auf dich und ein paar Stunden machen keinen Unterschied.«

Alex' Gesicht war eine unbewegliche, düstere Maske. Patrick führte sein bis zum Äußersten erschöpftes Pferd die wenigen Schritte zur Straßenkreuzung zurück. Alex sah ihn an.

»Sie wird mich verlassen, Patrick«, sagte er schließlich heiser. »Ich habe ihr versprochen, dass ich ihr vertrauen würde, und ich habe sie enttäuscht. Ich muss zu dem Haus und ihr folgen. Ich muss sie finden.«

Patrick seufzte. Es war ihm nicht gelungen, seinen Zwilling zur Vernunft zu bringen, seitdem Alex begriffen hatte, dass sein Bruder nichts mit der Schwangerschaft seiner Frau zu tun hatte.

»Charlotte geht nirgendwohin! Sie ist *schwanger*. Schwangere Frauen reisen nicht.« Patrick gab seiner Stimme größtmögliche Autorität und schob die Erinnerung an die schwangeren Frauen in Indien, die fröhlich die Straßen entlangwanderten, beiseite. »Denk an Mutter. Erinnerst du dich nicht, als sie schwanger war? Sie hat monatelang im Bett gelegen.«

Das war ein unglücklicher Gedanke, bei dem das letzte bisschen Farbe aus Alex' Gesicht wich.

»Mein Gott«, flüsterte Alex. »Was, wenn sie wie Mutter ist, was, wenn sie stirbt, Patrick?«

»Charlotte ist eine vernünftige Frau, Alex. Sie würde das Leben ihres Kindes nicht in Gefahr bringen. Sie sitzt bestimmt auf Downes Manor und wartet auf dich, wenn du zurückkommst. Ich sage nicht, dass sie dir nicht den Kopf abreißt. Aber sie wird nicht das Leben ihres Kindes aufs Spiel setzen und weglaufen.«

Alex blinzelte. Das war das erste Argument, das Sinn ergab. Vielleicht war seine tiefe Überzeugung falsch, dass Charlotte genau in diesem Augenblick auf irgendeiner Straße vor ihm davonritt. Dass er sie nie wiedersehen würde. Sie würde ihr Kind nicht in Gefahr bringen, das war richtig.

Patrick spürte seinen Sieg und packte noch einmal Alex' Zügel. Er zwang sein Pferd in Richtung Buffington.

»Wir werden bei Morgengrauen aufstehen. Selbst wenn sie sich entschlossen hat, nach Schottland zu reisen – und vergiss nicht, die Wahrscheinlichkeit ist sehr gering –, muss sie notwendigerweise sehr langsam reisen. Wir werden keine Schwierigkeiten haben, sie einzuholen.«

Alex antwortete nicht, sondern nickte nur. Sie schleppten sich mühsam zum Queen's Ankle, Buffingtons bestem Gasthaus, aßen Eichhörnchensuppe (das einzig Essbare, was zu haben war) und fielen in die zwei Betten, die in dem einzigen Gästezimmer des Wirtes standen.

»O Gott«, meinte Patrick mürrisch. »Wann, glaubst du, hat der fette Esel dort unten das letzte Mal das Stroh in dieser verdammten Matratze gewendet?«

Alex machte sich nicht die Mühe zu antworten. Er starrte auf die unebenen Bretter über ihm und fragte sich, von welchem Moment an sein Leben schief gelaufen war. Was hatte ihn dazu gebracht, Charlotte des Ehebruchs zu verdächtigen? In seinem Kopf spielte sich die Szene in dem kleinen Sommerhaus immer wieder ab, als wollte er sich selber quälen. Charlotte stand auf ... ungeheure Zärtlichkeit leuchtete in ihren Augen und lag um ihren Mund und dann ... wies er sie zurück. Als er schließlich sprach, war seine Stimme rau und krächzend.

»Wenn sie weg ist, weiß ich nicht, was ich tun soll, Patrick.«

Patrick verdrehte im Dunkeln die Augen und dankte dem Himmel, dass er nie von dem zärtlichen Gefühl, das Liebe genannt wurde, berührt worden war.

»Sie geht *nirgendwohin*, Alex. Um Himmels willen.« Sie verstummten.

Dank Alex' mörderischer Geschwindigkeit brauchten sie nur zweieinhalb Tage, um nach Downes Manor zurückzukehren. In dem Augenblick, als sie in die Auffahrt einbogen, wurde Patrick schwer ums Herz. Alex hatte Recht gehabt. Eine seltsame, unheimliche Stille umgab das Haus.

Vor der Treppe ließ Alex Bucephalus' Zügel einfach fallen

und stürmte durch die Eingangstür. Sie war nicht abgeschlossen und ein erstaunter Lakai sprang aus der Bibliothek herbei, als die Tür aufgerissen wurde.

»Mylord!«

»Wo ist meine Frau?«, brüllte Alex.

Der Blick des Lakaien war auf den Fußboden geheftet. »Ich könnte nicht sagen, Mylord ... ich habe keine Ahnung«, stammelte er.

Patrick trat ein, öffnete eine Tür und warf einen Blick in den Salon zu ihrer Linken. Hinter ihm machte Alex den Lakaien zur Schnecke. Der schien zu glauben, dass die Gräfin nach Schottland abgereist war. Patrick drehte sich um und fragte sanft: »Wo ist dein Butler, Alex?«

»Der Butler! Wo ist der Butler?« Alex fügte noch einige Kraftausdrücke hinzu.

»Es gibt in diesem Haus keinen, Mylord,« sagte der Lakai würdevoll. »Mylady hat mit einigen Bewerbern ein Gespräch geführt und sie war gerade dabei, einen Butler anzustellen, als Sie zurückkehrten und ...« Er verstummte.

Patrick bemerkte voll Interesse, dass der Mann, obwohl er durch Alex' Gebrüll sichtlich entnervt war, sich nicht einschüchtern ließ. Tatsächlich hob er seinen Blick, um Alex ins Gesicht zu sehen, und blickte ihn ohne Zweifel – konnte das sein? – verächtlich an.

Patrick schritt noch einmal ein. »Hat die Gräfin ihr Mädchen mitgenommen?«

Der Lakai senkte den Blick wieder. »Ja.«

»Ist noch jemand mit der Gesellschaft gereist?« Als der Lakai zögerte, fügte Patrick hinzu: »Deine Loyalität deiner Herrin gegenüber ist ...«

Aber der Satz wurde von Alex unterbrochen.

»Natürlich! Sophie York war hier. Sie müssen zu ihrer Mutter gegangen sein.«

»Das bezweifle ich.«

»Warum zum Teufel denn nicht?« Alex sah Patrick mit funkelnden Augen an.

»Weil die Marquise von Brandenburg deiner Frau nie den Zutritt in ihr Haus gestatten würde«, sagte Patrick. »Charlotte ist in ganz England als Hure gebrandmarkt. Ich bin sehr überrascht zu hören, dass es Sophie York überhaupt gestattet wurde, sie zu besuchen.«

»Hat man Charlotte so sehr geschnitten?«

»Ich wäre überrascht, wenn überhaupt jemand mit ihr sprechen würde«, meinte Patrick ruhig. »Es tut mir Leid, Alex. Es gab nichts, was ich tun konnte; ich blieb so weit weg, wie ich konnte. Wenn ich auch nur in ihrer Nähe gesehen worden wäre, hätte das ihren Ruf nur noch mehr ruiniert.«

»Aber Sophie York war hier, als ich zurückkam.«

»Sie scheint ein loyaler Mensch zu sein«, sagte Patrick. Er erinnerte sich noch gut an die klaren, wütenden Augen des Mädchens, das Charlotte aufgefangen hatte, als sie bei dem Hauskonzert in Ohnmacht gefallen war. Sophie hatte ihn so verächtlich angesehen, dass ihn ihre Augen mehrere Tage lang verfolgt hatten, bis er die Erinnerung abschüttelte, indem er hinter Arabella Calhoun, der viel bewunderten Sängerin am Royal Theater, herjagte und sie für sich gewann.

Verdammt, dachte Patrick und fuhr auf. Ich habe Arabella in Braddons Haus allein gelassen. Es war das erste Mal, dass er einen Gedanken an sie verschwendete, seit Alex im Türrahmen der Bibliothek erschienen war. Dann entließ er sie mit einem Achselzucken. Bella würde immer auf ihren Füßen landen.

»O Gott«, sagte Alex. Seine Worte fielen in die Stille, die die Halle füllte.

Cecil, der besagte Lakai, sah nervös zu Boden. Es hörte sich an, als bedauere der Graf all die Probleme, die er verursacht hatte, als wäre seine Tollheit vorbei. Cecil dachte nervös an Maries geflüsterte Schilderungen. Sie hatte gesagt, dass der Graf der einzige war, der den Skandel beenden konnte, was ihrer Herrin erlauben würde, in die Gesellschaft zurückzukehren. Sollte er, Cecil, also den Aufenthaltsort der Herrin preisgeben?

Patrick warf dem Lakaien einen scharfen Blick zu. Dieser Mann wusste, wohin Charlotte gefahren war. Aber Patrick vermutete, dass der Diener aus purer Loyalität halsstarrig werden würde, wenn er ihn bedrängte.

»Zeit fürs Abendessen«, sagte er zu dem Lakaien. »Gibt es einen Koch im Haus?«

Cecil nickte. »O ja, Mylord, die Gräfin hat sofort einen italienischen Koch eingestellt. Er ist seit Monaten hier. Sein Name ist Rossi. Er ist Italiener. Die Gräfin ...« Er sah seinen Herrn an. »Die Gräfin nahm an, dass der Graf nach seinem Aufenthalt in Italien an italienischem Essen Gefallen finden würde.«

»O Gott«, wiederholte Alex.

»Langsam klingst du wie ein Bronzegong«, sagte Patrick freundlich. Er stieß die Tür zum Gelben Salon auf.

»Bring uns ein paar Drinks, ja? Wie heißt du?«

»Cecil, Sir.«

»Nun, Cecil, du bist der verantwortliche Butler. Ich hätte gerne einen Whisky und mein Bruder auch.«

Als die Tür hinter den Brüdern zufiel, schluckte Cecil nervös. Hatte er das Richtige getan, indem er geheim gehalten hatte, wohin die Gräfin gegangen war? Niemand sonst im Haushalt wusste es. Alle dachten, dass sie nach Schottland aufgebrochen war. Aber natürlich hatte Marie ihm die Wahrheit gesagt, nämlich dass die Gesellschaft nach Wales reiste.

Dann eilte Cecil davon und schob das Problem für den Augenblick auf. Rossi mochte Italiener und nicht Franzose sein, aber er war ebenso temperamentvoll wie der französische Koch in London. Er musste so früh wie möglich vorgewarnt werden, dass es erforderlich war, ein anständiges Sieben-Gänge-Menü zusammenzustellen.

Im Gelben Salon sackte Alex auf einer Couch zusammen und starrte vor sich hin. Patrick ging im Zimmer umher, nahm kleine Gegenstände hoch und betrachtete sie abwesend.

»Dieses Zimmer sieht anders aus«, meinte er.

Alex hob nicht den Kopf. »Ich muss herausfinden, wann sie weggefahren ist«, sagte er tonlos. »Glaubst du, dass sie nach Schottland gegangen ist?«

Patrick machte sich nicht die Mühe zu antworten. Er hatte die Absicht, die ganze Wahrheit aus diesem Lakaien herauszuquetschen – aber erst nach dem Essen. So wie er Alex kannte, würde sein Bruder sonst darauf bestehen, noch vor dem Essen in unbekannte Gegenden aufzubrechen. Patrick war es leid, bei Nacht über gefährliche Straßen zu galoppieren, den Wegelagerern und Gott weiß wem noch ausgeliefert. Vielleicht würde er sich den Lakaien erst morgen früh vornehmen.

»Warst du für die Instandsetzung des Hauses verantwortlich oder Charlotte?«

»Ich habe das Haus nicht mehr betreten, seit Vater gestorben ist.«

»Deine Frau hat ein Auge für Farben.«

»Sie ist Malerin.«

»Hmmm«, erwiderte Patrick.

»Sie ist eine richtige Malerin«, fuhr Alex ihn an. »Sie malt Porträts und sie sind hervorragend. Sie wollte mich malen ...« Er verfiel wieder in Schweigen.

Patrick betrachtete interessiert ein Gemälde an der Wand.

»Nicht das da«, meinte Alex gereizt. »Das ist ein Rossetti. Ich fühle mich, als hätte mir jemand einen schwarzen Sack über meinen Kopf geworfen und erwürgte mich langsam.«

Patrick kam zur Couch zurück, setzte sich in die seinem Bruder gegenüberliegende Ecke und streckte seine langen, muskulösen Beine aus. Er warf den Kopf zurück und sah zur Decke hoch. Charlotte hatte die abblätternden Verzierungen instand setzen lassen; die Decke war voll mit träge aussehenden Adeligen und ihren Damen, die an einem sich kunstvoll windenden Bach picknickten.

»Warum hast du es getan, Alex? Ich bin Charlotte nur zweimal begegnet, aber ich habe sie ohne weiteres für ehrlich und echt wie Gold eingeschätzt. Mehr noch, sie liebt dich«, sagte er unbarmherzig. »Es hat mir Leid getan, dass sie unter diesem scheußlichen Skandal, der wegen nichts ausgebrochen ist, leiden musste, aber ich habe nie daran gedacht, dass du dem Glauben schenken würdest.«

»Als ich nach Italien aufbrach, teilte sie mir mit, dass sie ihre Monatsblutung habe«, entgegnete Alex. »Ich habe in unserer Hochzeitsnacht festgestellt, dass sie keine Jungfrau war, aber sie hat mir erzählt, dass sie ihre Jungfräulichkeit an mich verloren habe. Ich wusste, dass das nicht stimmt, also war ich sicher, dass sie ihre Jungfräulichkeit an dich verloren haben musste. Dann, als ich zurückkehrte, hörte ich von ihrem Ohnmachtsanfall, als du auftauchtest, und dann war sie schwanger.«

»Du bist ein Narr«, meinte Patrick nicht unfreundlich. »Ist dir eingefallen, wann du mit ihr geschlafen hast?«

»Du bist es gewesen, Patrick. Glaubst du, du könntest vergessen haben, dass du ihr ihre Jungfräulichkeit genommen hast?«

»Du solltest ernsthaft darüber nachdenken. Sie ist keine Lügnerin.«

»Nun, was ist mit dir?«

»Wie es nun einmal ist, waren Jungfrauen in meinem Leben sehr dünn gesät. Ich tendiere dazu, einen weiten Bogen um sie zu machen. Ich habe eine einzige Frau entjungfert, es war eine indische Maid an den Ufern des Ganges. Ein nette Erinnerung, aber nicht zur Sache gehörig.«

»Wir sind quitt. Auch ich habe mit einer Jungfrau geschlafen, aber sie hatte rotes Haar und das Ganze fand bei einem Hurenball statt.«

Patrick dachte daran anzudeuten, dass seine Schwägerin den Hurenball besucht haben könnte. Er öffnete den Mund, schloss ihn aber wieder. Er war müde und hungrig und er hatte keine Lust, mit Alex über Einzelheiten zu streiten. Wenn er seine Frau erst einmal ausfindig gemacht hatte, konnten sie die Details klären.

Es klopfte diskret und die Tür öffnete sich. Cecil stand da und blinzelte nervös. Er hielt ein silbernes Tablett in einer Hand, sagte aber nichts.

»Wie um alles in der Welt kommst du zu dem Namen Cecil?«, fragte Patrick mit einem Anflug von Bosheit. »Litt deine Mutter an Größenwahnsinn?«

Cecil schüttelte den Kopf. »Sie bewunderte den Adel«, sagte er kurz. Er trat in den Salon vor und verbeugte sich vor Alex. »Es ist eine Nachricht für Sie angekommen, Mylord.«

Alex schnappte sich den weißen Umschlag von dem silbernen Tablett. In seinem Eifer den Brief zu öffnen, riss er ihn beinahe entzwei.

»Mein Gott«, sagte er. »Er ist von ihr, Sophie York. Sie sind in Wales. Sie sagt«, vor Entrüstung wurde er lauter, »dass ich mich, wenn ich der Geburt meines Kindes beiwohnen möchte, beeilen solle.«

»Das hast du verdienst.« Patrick beobachtete den Lakaien, der eindeutig erleichtert aussah. »Raus mit dir«, meinte er barsch. »Du hast Glück gehabt.«

Cecil verbeugte sich auf dem Weg aus dem Zimmer und stimmte dem jüngeren Foakes von ganzem Herzen zu.

Patrick war sauer. Er konnte sehen, wie das Abendessen vor

seinen Augen verschwand. Tatsächlich war Alex schon aus dem Zimmer gerannt und begann, nach seinem Pferd zu rufen. Patrick zog sich von der bequemen Couch hoch und warf einen letzten Blick auf die fröhlichen Damen, die an der Decke herumtollten. Wenn man Alex' mörderischer Geschwindigkeit Rechnung trug, würden sie zwei Tage bis nach Wales brauchen. Noch zwei Tage bis er ein anständiges Essen bekommen würde. In der Halle zog er seinen Mantel an und schlenderte langsam zur Tür hinaus, um seinen Bruder zu ärgern, der bereits auf seinem nervösen Pferd saß. Mit einem Seufzer sprang Patrick auf ein frisches Pferd, lockerte die Zügel und jagte seinem Bruder auf der dunklen, von Bäumen umsäumten Straße hinterher.

Kapitel 22

Charlottes Stimme erhob sich zu einem schrillen Kreischen. »Nein! Nein! Nein!« Sie kauerte sich zusammen, um ihren riesigen Bauch zu schützen. »Er ist nur hier, um mir das Kind wegzunehmen. Macht, dass er geht ...« Ihre Stimme brach, als sie gegen den Bettpfosten stieß und eine starke, heftige Welle des Schmerzes sie überflutete. Abgesehen von Charlottes keuchendem Atem herrschte Stille.

Alex starrte seine Frau entsetzt an. War er blind gewesen? Sie trug ein leichtes Hemd, das schweißdurchtränkt war. Ihr angeschwollener Bauch war deutlich sichtbar. Sie war dicker als die Frau, der er in Italien bei der Niederkunft zugesehen hatte, dachte er plötzlich bestürzt. Das Kind musste riesig sein.

Eine Hand packte ihn am Arm. »Mylord, Sie müssen diesen Raum verlassen«, sagte eine höfliche Stimme an seinem Ohr. Alex drehte sich hastig um. Ein Arzt stand vor ihm und sah ihn ernst, aber unmissverständlich an.

»Sie sind sehr jung«, meinte Alex.

»Sie müssen diesen Raum sofort verlassen«, sagte Dr. Seedland. »Die Geburt schreitet sehr gut voran. Für ein erstes Kind. Aber sie darf keine Kraft verlieren, indem sie mit Ihnen streitet. Das Kind ist groß.«

»Bitte ... Bitte, macht, dass er weggeht!«

Alex blickte noch einmal zu Charlotte. Sie hatte sich an dem

Bettpfosten festgeklammert, zog sich jetzt aber selbst hoch. Ihr Haar war streng aus ihrem Gesicht gebunden, ihre Augen riesig und schwarz. Oh, mein Gott, sie hat Schmerzen, dachte Alex. Er fühlte eine so große Welle der Zärtlichkeit, dass er instinktiv auf sie zugehen wollte. Doch der Arzt umklammerte seinen Arm wie ein Schraubstock.

»Hinaus«, sagte er. »Sie dürfen nicht hier bleiben.«

»Geh weg«, flehte Charlotte. Ihre Pupillen waren so groß, dass ihre Augen wie schwarze Teiche aussahen. »Bitte, bitte, geh weg.« Sie brach zusammen und begann zu weinen.

»Mylady.« Der Arzt drehte sich entmutigt um. »Sie dürfen Ihre Kraft nicht so vergeuden!«

Sophie schlang ihre Arme um Charlottes Schultern und sah Alex mit einem stummen Befehl in die Augen. Langsam ging er rückwärts aus der Tür, noch während er Sophies beruhigende Worte hörte.

»Es ist alles in Ordnung, Liebste. Ich lasse nicht zu, daß er dir deine Kinder wegnimmt. Ich bin ja da.«

Als die Tür hinter ihm zufiel, hörte er einen klagenden Schrei. Charlotte hatte eine weitere Wehe gehabt.

Alex stand vor der Tür, bis ins Innerste getroffen von seiner ungeheuren, eigenen Torheit. Seine Frau – *seine Frau!* – gebar sein Kind und sie hatte ihn voller Entsetzen angesehen. Sein Herz zog sich vor Trauer und Abscheu vor sich selbst zusammen. Es wäre besser, wenn er hinausginge und sich selbst erschösse.

Aber in diesem Augenblick legten sich Patricks starke Arme in einer rauen, ungewohnten Umarmung um ihn. Sie standen einen Augenblick lang da, zwei große, kräftige Männer. Im dämmrigen Licht des Korridors sahen sie auf gespenstische Weise gleich aus. Die Stille wurde von einem und noch einem und noch einem markerschütternden Schrei durchbrochen.

Die Stimme des Arztes übertönte alles andere. »Mylady, Sie müssen aufhören zu schreien und Ihre Kraft sparen. Senken Sie die Stimme!«

Alex kämpfte in Patricks Armen. »Mein Gott, er schreit sie an. Ich werde ihn töten!«, sagte er durch zusammengebissene Zähne.

Patrick packte Alex' Schultern mit beiden Händen. »Hast du schon einmal gesehen, wie eine Frau ein Kind gebärt?«

»Es war ganz anders«, sagte Alex heftig. »Sie lag einfach nur da und da war das Kind ... Blut, aber dann trank sie ein Glas Wein und das Kind fing an zu saugen.«

»Wahrscheinlich das fünfte oder sechste Kind«, meinte Patrick. »Du weißt, dass Frauen im Kindbett sterben können, Alex. Denk an Mutter. Es passiert ständig und am häufigsten beim ersten Kind. Charlotte muss ihre Kräfte sparen. Der Arzt hat Recht. Ich habe in Indien gesehen, wie eine Frau starb. Sie hatte nach einer Weile einfach keine Kraft mehr.«

Alex riss sich aus der Umarmung seines Bruders und lehnte sich an die Wand. Er zitterte am ganzen Körper. Es herrschte Stille im Raum. Dann brachen erneut entsetzliche Schreie hervor. Patrick schüttelte ihn leicht.

»Ich nehme deine Tochter mit ins Dorf und gebe sie bei der Frau des Vikars ab«, sagte er. »Man kann Charlotte im ganzen Haus hören.« Er eilte davon.

Alex lehnte sich ohne eine Antwort an die Wand. Zwei Stunden später betete er innig und versprach alles, was er besaß. Charlotte hatte aufgehört zu schreien, aber er wusste nicht, ob das schlecht oder gut war. Es klang nicht gut. Die Wehen kamen noch, aber alles, was er hörte, war ein Wimmern und raues, stöhnendes Atmen.

Er konnte nicht mehr denken, er war von quälender Trauer gefangen und spürte, wie ein schwarzes Meer über seinem Kopf zusammenschlug. Charlotte war sein Herz und seine Seele. Sie quälte sich im Raum nebenan und er konnte sie nicht einmal in seinen Armen halten, weil sie Angst vor ihm hatte.

Die Stunden schlichen dahin. Patrick brachte ihm ein Stück Fleisch und ein Glas Wein, das unberührt auf einem Tablett stehen blieb. Er brachte zwei Stühle und setzte sich neben Alex, ein stiller, tröstlicher Gefährte. Alex konnte sich nicht überwinden, sich hinzusetzen. Er blieb an die Wand gelehnt stehen.

Dann hörte man Sophies Stimme durch die schwere Eichentür, sie klang verzweifelt.

»Charlotte! Charlotte! Du darfst nicht aufgeben! Wach auf, wach auf!«

Es erhob sich aufgeregtes Stimmengewirr. Alex richtete sich auf. Der Arzt sollte zur Hölle fahren. Er würde hineingehen. Die kleine Menschentraube sah nicht einmal auf. Charlotte lag jetzt auf ihrem Bett. Sie war nackt, ihr Bauch erhob sich über ihren schlanken Körper. Blankes Entsetzen durchfuhr Alex' Herz. Er konnte nur einen kurzen Blick auf ihr Gesicht erhaschen, sie sah aus wie der leibhaftige Tod. Sie wird sterben, dachte er. Sie wird sterben. Meine wunderbare, bezaubernde Charlotte wird sterben.

Er ging zum Bett. »Geht hinaus«, sagte Alex. Der Arzt sah nicht auf; er schwenkte Charlotte Riechsalz unter die Nase, aber sie reagierte nicht auf den scharfen, beißenden Geruch. Alex packte seinen Arm und riss ihn zurück.

»Geht hinaus!«, brüllte er. Die kleine Schar Frauen zuckte erschrocken vom Bett zurück.

Endlich sah der Arzt ihn an, sein Blick war erschöpft, aber ruhig. »Mylord, das Kind lebt noch. Ich kann versuchen, das Kind zu retten.« Die Worte fielen in den Raum wie schwere Wassertropfen.

Alex starrte ihn ungläubig an. Dann zischte er durch seine Zähne: »Hinaus.«

Dr. Seedland sah ihn mitfühlend an. »Ich warte draußen. Ich

kann Ihnen zehn Minuten geben«, meinte er. »Danach wird es auch für das Kind zu spät sein.« Er legte einen Augenblick die Hand auf Charlottes Stirn und sah auf seine Patientin hinunter. Dann scheuchte er die drei ihm assistierenden Frauen aus dem Zimmer.

Nur Sophie blieb, wo sie war, neben Charlottes Kopf.

Alex blickte auf Sophies grimmiges, unversöhnliches Gesicht hinab. »Ich muss es ihr sagen«, sagte er mit brechender Stimme. »Ich muss es ihr sagen.«

»Sie kann Sie nicht mehr hören«, meinte Sophie tonlos.

»Bitte, Sophie«, sagte Alex. »Bitte.« Sie sah ihn an und in der blauen Tiefe ihrer Augen sah er eine Verachtung, der er nie zuvor bei einem menschlichen Wesen begegnet war. Sie durchbohrte sein Herz wie ein Pfeil.

»Bitte.«

Sophie senkte den Kopf. Sie beugte sich vor und küsste Charlotte auf beide geschlossenen Augenlider. Sie waren dunkelviolett, die Adern von der Anstrengung geschwollen. Charlottes Atem war sehr schwach, sie rührte sich kaum, als eine Wehe über ihren Bauch hinwegzog.

»Adieu«, flüsterte Sophie. »Adieu, Liebste, adieu.« Starke Arme zogen sie weg. Patrick schob sie zur Tür. Dann kam er zurück und drehte seinen Bruder um.

»Du musst sie aufwecken, Alex. Weck sie auf und hilf ihr zu pressen. Sie muss das Kind herauspressen oder sie werden beide sterben.« Alex sah seinem Bruder ins Gesicht. Patricks Augen brannten sich in seine und gaben ihm Kraft.

Patrick wandte sich ab und nahm Sophie mit, die bewegungslos an der Tür verharrte, wo er sie hingestellt hatte. Er öffnete die Tür und sie traten in den leeren Korridor. Seedland war wahrscheinlich gegangen, um einen Nachttopf zu finden, dachte Patrick. Er betrachtete die grimmige kleine Frau neben sich. Sie wurde von tiefen, abgerissenen Schluchzern geschüttelt, die so stark waren, dass sie ihrer Brust nicht entweichen konnten. Sie rang nach Luft, Patrick hob sie hoch und trug sie in das Schlafzimmer gegenüber. Er setzte sich in einen Sessel und strich ihr über das Haar.

»Ich habe sie getötet«, sagte Sophie und schnappte nach Luft. »Ich habe sie getötet und ich habe sie geliebt. Mein Gott ...«

Patrick gab voller Überraschung den bangen Versuch auf, über den Gang hinweg etwas aus dem Schlafzimmer zu hören. *»Was?«*

»Ich habe sie getötet. Wenn ich die Nachricht nicht geschickt hätte, ginge es ihr jetzt gut. Ich dachte, ich dachte, er sollte es wissen, damit er sie nicht verdächtigen kann, das Geburtsdatum des Kindes verändert zu haben. Ich dachte, wenn er bei der Geburt dabei wäre, würde er erkennen, wie dumm es war, sie zu verdächtigen.«

»Es war richtig, das zu tun«, versicherte Patrick ihr. Er hatte keine genaue Vorstellung davon, worüber Sophie sprach, aber er strich ihr weiter über die seidigen Locken.

»Nein, nein, das war es nicht«, meinte Sophie erstickt. »Denn alles lief gut, bevor *er* kam. Sie wollten mich gerade aus dem Raum schicken und obwohl sie Schmerzen hatte, war sie tapfer ... aber als er auftauchte und sie dachte, dass er ihr das Kind wegnehmen würde, sobald es geboren war, hörte es einfach auf. Es hörte auf voranzugehen. Ich habe ihr gesagt, ich habe ihr immer wieder gesagt, dass ich ihm das Kind nicht überlassen würde, aber sie hat mir nicht geglaubt.« Wieder erstickten Schluchzer ihre Stimme.

Patrick fluchte leise. Als er sprach, war seine Stimme genauso rau wie ihre. »Es ist nicht Alex' Schuld,«, meinte er. »Und es ist nicht Ihre Schuld. Geburten gehen nicht immer gut, besonders beim ersten Kind. Das Kind oder die Mutter kann sterben.«

»Oder beide«, sagte Sophie trostlos.

»Oder beide«, wiederholte Patrick. Er lehnte seine Wange an den Kopf der Frau, deren Name er kaum kannte. »Aber es ist nicht Ihre Schuld. Alex hat erkannt, was für ein Esel er war, und war auf dem Weg zu ihr. Er liebt sie, müssen Sie wissen. Er war ein Narr, aber er liebt sie. Also musste er hier sein. Als ich gesehen habe, wie dasselbe geschehen ist, in Indien …« Er verstummte.

Sophie hob den Kopf und sah ihn an, in ihren blauen Augen standen Tränen. »Hat sie gelitten? Ich meine, zum Schluss?«

»Nein. Nein, sie haben den Mann gerufen und und er war bei ihr.«

Erschöpft fiel Sophie wieder an seine Brust.

»Wie lange ist es her?«, flüsterte er.

»Etwa drei Minuten.« Sie lauschten beide, aber vom Gang war kein Geräusch zu hören, nicht einmal die Schritte des Arztes.

Im Hauptschlafzimmer setzte sich Alex auf das Bett neben Charlotte. Sie war so weit weg, an einem geheimen Ort in ihrem Inneren, an dem es keine Schmerzen gab. Er konnte das an der zerbrechlichen Blässe ihres Gesichtes und ihrem lautlosen Atem sehen. Er nahm ihre Hände in seine. Wie immer wirkten ihre zarten Hände in seinen riesigen Fingern winzig. Eine plötzliche Erinnerung tauchte auf, sie hielt mit ihren Fingern geschickt einen dünnen Pinsel und als sie sich umdrehte, um ihn anzulachen, spritze sie einen roten Fleck auf die Vorderseite seines weißen Hemdes. Er hatte in gespieltem Ärger geknurrt, sich auf sie gestürzt und sie zum Diwan getragen. Er war so ein Narr! Warum hatte er nicht erkannt, dass ein Mann und eine Frau sich nicht so lieben konnten, ihre Herzen und Seelen nicht so miteinander verschmolzen, wenn keine echten Gefühle sie verbanden? Er hatte Marias kalte, abscheuliche Paarungen mit ihrer frohen Leidenschaft verwechselt.

Eisige, betäubende Kälte breitete sich in Alex' Gliedern aus. Er hatte Charlotte getötet. Es war seine Schuld. Im Gegensatz zu Patrick brauchte er keine Erklärung dafür, was geschehen war. Er hatte seiner Frau so sehr Angst gemacht, dass sie glaubte, er würde ihr das Kind aus den Händen reißen. Also hatte sie aufgegeben. Alex' Herz zog sich in seiner Brust zusammen. Seit seinem elften Lebensjahr, als seine Mutter bei der Geburt gestorben war, hatte er nie wieder eine solche Pein empfunden. Seine Mutter würde ihn hassen, wenn sie wüsste, was er seiner Frau angetan hatte.

Etwas brennend Heißes fiel auf sein Handgelenk. Alex erkannte, dass es seine eigenen Tränen waren. Er hatte nicht geweint, seit seine Mutter ... Er durfte sie nicht verlieren. Er durfte Charlotte nicht verlieren.

»Charlotte!« Seine Stimme brach verzweifelt aus seiner zugeschnürten Brust hervor. »Charlotte, komm zurück.« Von der weißen Gestalt auf dem Bett kam keine Antwort, nur ein schwaches Zucken, als ihr Körper von einer neuen Wehe geschüttelt wurde.

»Nein!«, heulte Alex voller Schmerz. »Nein, Gott, nein!« Er beugte sich vor, legte seine Lippen an Charlottes Ohr und hielt ihre Hände so fest er konnte.

»Ich liebe dich, Charlotte, ich liebe dich. O Gott, bitte hör mich. Bitte, bitte, geh nicht, geh nicht, ohne mich zu hören. Ich habe in Italien herausgefunden, wie sehr ich dich liebe. Ich hatte Angst ... Ich hatte Angst, dass du mich nicht liebst oder dass du wie Maria bist. O Gott, Charlotte, bitte wach auf!«

Aber es kam keine Reaktion. Tränen liefen ihm über die Wangen, er beugte sich vor und drückte sein Gesicht an Charlottes warme Wange. Die zarte Wärme hielt ihn aufrecht, stärkte ihn. Sie war noch nicht tot!

Er holte tief Luft. Hol sie zurück, hatte Patrick gesagt. Hol sie zurück und hilf ihr pressen. Er legte seine Hände auf ihren dicken Bauch und fühlte, wie ein schwacher Lebensfunke Feuer durch seine Adern schickte. Ihrem Kind ging es gut und es kämpfte um sein Leben.

Alex beugte sich wieder vor und legte seine Hände auf Charlottes Wangen. Seine Stimme war dieses Mal leise und eindringlich. »Charlotte, du musst aufwachen. Du musst zurückkommen. Das Kind wird sterben, wenn du nicht zurückkommst, Charlotte. Unser Kind wird sterben.« Er hielt inne und blickte auf sie herab. Hatten ihre Lider gezuckt? Alex legte seinen Mund so nahe an ihr Gesicht, dass sein Atem ihre Haut erwärmte. Er küsste sie, hauchte Wärme in sie und füllte sie mit seiner Kraft. »Charlotte«, sagte er noch einmal. »Du musst aufwachen, oder unser Kind wird sterben. Lass unser Kind nicht sterben, Charlotte!«

Charlotte hörte ihn, als käme seine Stimme von weit her, wie in einem Traum. Es war Alex, das wusste sie. Und er schrie sie nicht an; er flehte sie an, bettelte beinahe. Und dann verstand sie, was er sagte, und mit letzter Kraft öffnete sie die Augen. Beinahe sofort wurde sie von einer Wehe ergriffen und stöhnte auf; sie schloss die Augen und wünschte sich, wieder in die süße, gesegnete Dunkelheit ohne Schmerzen zu versinken. Ihre langen Wimpern sanken auf ihre weißen Wangen herab.

Aber Alex' Stimme ließ sie nicht gehen. »Nicht, Charlotte, nicht! Unser Kind wird sterben.« Seine Stimme war rau vor Qual, aber sie war zugleich stark und befehlend. Charlotte öffnete die Augen wieder.

»O Gott, Charlotte«, sagte Alex. Er barg ihr Gesicht in seinen Händen. »Ich liebe dich, weißt du das?«

Und als sie mit schmerzerfüllten Augen zu ihm aufblickte, sah sie Schmerz und Zärtlichkeit und unerträgliche Schuld in seinen Augen, und sie nickte. Sie lächelte ein wenig und drehte ihr Gesicht in seine Hände, glitt in das warme Nest zurück, aus dem er sie gezogen hatte.

Alex zog sie brutal in eine halb sitzende Stellung. Charlotte stöhnte, aber sie sah ihn wieder an.

»Unser Kind«, sagte er, »unser Kind, Charlotte!«

Langsam kam alles zurück zu ihr. Ihr Kind, wo war ihr Kind? Wie aufs Stichwort kroch eine weitere markerschütternde Wehe ihre Eingeweide hoch. Sie öffnete den Mund, um zu schreien, aber kein Laut kam heraus. Alex liebkoste vorsichtig ihre Schultern. Der Schmerz ging vorüber und sie öffnete die Augen.

Er sah sie an, seine Augen blickten verstört und verzweifelt. Charlotte blinzelte. »Charlotte, bei der nächsten Wehe pressen wir das Kind heraus, verstehst du?« Alex' Stimme war so bestimmt, dass sie antwortete.

»Ich habe es versucht.« Ihre Stimme war nur ein Hauch.

»Dieses Mal pressen wir zusammen. Vorher warst du allein; jetzt werde ich mit dir pressen. Spürst du, wie stark ich bin, Charlotte?« Sie nickte. Er packte ihre Hand, als wollte er sie nie wieder loslassen.

Die Tür öffnete sich und Dr. Seedland glitt allein herein. Sein Blick wanderte sofort zum Bett.

»Es ist alles in Ordnung, Doktor«, sagte Alex, ohne den Kopf zu wenden. »Bei der nächsten Wehe werden Charlotte und ich das Kind herauspressen. Denn ich möchte, dass unser Kind lebt, Charlotte. Und wenn es nicht herauskommt, wird es sterben.« Er heftete seinen Blick auf sie, als könnte er sie hypnotisieren und ihr Stärke geben.

Charlotte holte tief Luft. Sie war jetzt wieder völlig da, zurück in ihrem vom Schmerz zerrissenen, erschöpften Körper. Auf einmal konnte sie auch wieder logisch denken. Sie musste das Kind herauskriegen. Und doch hatte auch die Logik sie verlassen, denn als Alex sagte, dass *er* das Kind herauspressen würde, hatte sie ihm zugestimmt. Sie war zu müde; es wäre schön, wenn er jetzt übernehmen würde.

Deshalb entspannte sich Charlotte, als die Wehe begann, statt den Schmerz zu bekämpfen, und als Alex' Hände ihren Griff verstärkten und seine Stimme »Pressen, pressen!«, sagte, dachte sie daran, dass das Kind sterben könnte und dass Alex presste, und sie legte ihre ganze Kraft in ihren Bauch. Und sie presste.

»Ich sehe den Kopf«, sagte Dr. Seedland nüchtern. Er sah Alex mit einem Schimmer von Anerkennung an. »Wir brauchen noch so eine, Mylord.«

Alex wandte sich wieder Charlotte zu. Sie legte sich zurück, ihr Haar klebte vom Schweiß an der Kopfhaut. Sie sah aus, als habe sie einen heftigen Kampf gekämpft und stünde auf der Verliererseite. Sie war die schönste Frau, die er je gesehen hatte. Er beugte sich vor und küsste sie auf den Mund. Charlotte rührte sich nicht. Er biss ihr in die Lippe. Sie riss die Augen auf.

Da war er wieder und störte sie. Sie sah ihn finster an.

»Wir müssen es noch einmal tun, Charlotte. Komm schon, die Wehe kommt. Dieses Mal können wir das Kind herauspressen!«, und dann als Antwort auf ihr stummes Flehen: »Nur noch einmal, Charlotte.« Und er hoffte, dass er Recht hatte.

Als also der Schmerz sich seinen Weg über ihre Beine in die Brust bahnte, klammerte sich Charlotte an den Händen ihres Mannes fest und presste ein letztes Mal.

Am Bettende ertönte ein Schrei. »Ich habe ihn!«, rief Dr. Seedland heiser. Und eine Sekunde später erklang ein dünnes Wehgeschrei.

Im Zimmer jenseits des Ganges hatten Sophie und Patrick aufgegeben. Sie lagen in einem riesigen Sessel zusammengerollt wie ein Paar überwinternder Tiere, das aus der gegenseitigen Nähe einfachen, animalischen Trost zog. Eine Weile lauschten sie angestrengt, aber als Alex »Nein, nein!«, rief, sackte Sophie in sich zusammen und presste sich an Patrick. Sie war zu müde, um noch zu weinen. Patrick war für seinen Zwilling gramerfüllt. Er wusste, dass Alex nie darüber hinwegkommen würde, nie. Er liebte Charlotte; er hatte sie enttäuscht und sie war gestorben. Patrick saß in dem Stuhl und sammelte innerlich Kraft, um um das Leben seines Zwillings zu kämpfen.

Doch dann durchbrach das dünne Schreien eines Kindes ihre stummen Gedanken. Patrick sprang buchstäblich aus dem Sessel, so dass Sophie ihren Halt verlor und mit der linken Schulter auf den Boden fiel.

Sie schrie vor Schmerz auf und Patrick nahm sie sofort auf seine Arme. So standen sie, vollkommen still, bis ein weiterer, lauter werdender Schrei die Luft zerriss. Ein beunruhigender Gedanke stieg in Patrick auf. Hatte der Arzt das Baby ›gerettet‹? Oder war es Alex gelungen, Charlotte aufzuwecken? Er hatte seinem Zwilling gesagt, er solle sie aufwecken, aber hatte beinahe keine Hoffnung gehabt, dass das möglich war. Patrick stellte Sophie auf die Füße und öffnete die Tür, die zum Gang führte.

Die Tür zum Schlafzimmer stand offen. Sophies Herz verzagte; das Bett war vollkommen blutgetränkt. Aber dann ... da war Alex, der mit einem breiten Lächeln auf dem Gesicht auf sie zueilte. Und in seinen Armen lag ein winzig, winzig kleines Menschlein.

»Seht ihr?« Alex schlug eine Ecke der weißen Decke zurück, so dass sie ein rotes Gesicht und einen kleinen Mund sehen konnten, der sich öffnete und wieder schloss.

»Er ist hungrig«, meinte Sophie fasziniert. »Oder ist sie hungrig?«

»Sie«, antwortete Alex. Er sah sich um. Charlottes sorgfältig ausgewählte Amme war schon längst in die Küche gegangen und ertränkte ihren Kummer in einem Krug Ale. Mall, die stundenlang an Charlottes Bett gestanden hatte, weinte mit gesenktem Kopf am Küchentisch.

Alex warf einen Blick auf den kleinen Mund seiner Tochter und ging zurück zum Bett. Charlotte saß an das Kopfende des Bettes gelehnt. Sie war noch immer leichenblass, aber der abwesende Blick war verschwunden. Sie schien zu schlafen. Nach der Entbindung hatte der Arzt sie in ein Laken gehüllt. Alex zog es bis zu ihrer Hüfte hinunter und legte ihr seine Tochter vorsichtig an die Brust.

Charlotte öffnete verblüfft die Augen, als eine kleine, herumfuchtelnde Faust sie traf.

»Oh«, staunte sie. Das Kind öffnete seine schwarzen Augen und blickte sie an, dann drehte es ruhelos den Kopf und öffnete wieder seinen kleinen Mund. Instinktiv nahm Charlotte es an die Brust und das Kind schloss seine kleinen Lippen um ihre Brustwarze.

Charlotte sah Alex in die Augen und ihre freie Hand griff nach seiner. Alex legte seine große Hand um den winzigen Kopf seiner Tochter.

Plötzlich platzten die Hebamme, die Amme und Mall in das Zimmer.

»Ich werde den kleinen Säugling nehmen«, sagte die Amme wichtig. Sie wohnte seit zwei Tagen im Herrenhaus und wartete ungeduldig darauf, dass das Kind kam.

»Nein!«, sagte Charlotte, als die Amme die Arme ausstreckte, um das Kind zu nehmen. »Alex!«

Stolz stieg in ihm auf. Charlotte hatte ihn angesehen, damit er das Kind rettete; sie hielt ihn offensichtlich nicht mehr für einen Entführer. Er lächelte die Amme an.

»Die Gräfin hat beschlossen, das Kind selbst zu stillen«, erklärte er fröhlich.

»Mylady!« Die Amme war entsetzt. Keine Dame stillte ihre Kinder, keine. Sie beugte sich neben dem Bett vor. »Mylady, Ihre Brüste ... sie werden nie wieder so sein wie jetzt.«

Charlotte sah sie verständnislos an. Sie war wie ihm Halbschlaf, die Geräusche erreichten sie nur wie durch eine dicke Baumwolldecke. Sie wandte sich von der Frau ab und dem winzigen, kahlen Kopf des Kind zu. Es war so zerbrechlich. Charlotte liebkoste vorsichtig den Kopf des Kindes und fuhr ihm mit den Fingern zart über die rosa muschelgleichen Ohren. Als die Frau immer weiter auf sie einredete, sah sie Alex mit einer stummen Bitte an. Alex nahm die Amme am Arm und führte sie aus dem Zimmer. Mit einer geflüsterten Bemerkung über eine Entschädigung übergab er sie der Haushälterin. Allmählich leerte sich das Zimmer.

Zu seiner Überraschung bemerkte Alex, dass er Charlottes Haushälterin kannte. Die Frau vor ihm, die offensichtlich die Haushälterin war, da sie ein Schlüsselbund trug, war das junge Mädchen, das Charlotte in London gemalt hatte. Obwohl sie jetzt nicht mehr so jung schien. Auf ihre Anweisung hin trat er wieder an das Bett und kniete sich hin.

»Liebling, ich trage dich jetzt in ein anderes Zimmer.« Charlotte lächelte erschöpft, nur ein Anflug eines Lächelns. Alex legte seine starken Arme unter sie und sie lehnte dankbar ihren Kopf an seine Schulter. Ihr kleines Kind schmiegte sich in ihre Arme und saugte noch unregelmäßig, obwohl seine Augen nicht mehr offen waren.

Alex legte seine Frau und sein Kind in das Zimmer, das Mall ihm zeigte. Als Charlottes Mädchen mit einer Schüssel Wasser erschien, winkte er sie fort und wusch Charlottes Körper selbst. Sie schien kaum zu merken, wie der warme Schwamm über ihren Körper glitt. Das Kind schlief jetzt, seine Wange an Charlottes Brust.

Schließlich blies Alex die meisten Kerzen aus und legte sich auch auf das Bett. Er konnte es nicht ertragen, von ihnen getrennt zu sein. Mit einer Geste, die ihm beinahe das Herz brach, reichte Charlotte ihm ihre Tochter und legte den kleinen Kopf des Kindes an seinen Arm. Dann schmiegte sie sich an seine Seite und fiel sofort in tiefen Schlaf. Alex lag lange Zeit wach und starrte auf die gegenüberliegende Wand.

Eine Stunde später trudelte Pippa in ihrem Nachthemd ins Zimmer und kreischte begeistert auf, als sie ihren Vater sah. Charlotte rührte sich nicht einmal. Alex zeigte Pippa das neue Schwesterchen, aber sie zeigte wenig Interesse. Stattdessen sagte sie »Mama« und kroch über Charlottes Körper, so dass sie sich an die andere Seite kuscheln konnte. Sie legte ihren Kopf an Charlottes Schulter, griff in Charlottes Nachthemd und schloss selig die Augen.

Alex nickte Pippas Kindermädchen zu, woraufhin diese den Raum verließ. Dann lehnte er sich wieder an das Kopfende, ganz krank vor Selbstverachtung. Wie hatte er daran denken können, diese Familie auseinander zu reißen? Wenn Charlotte großzügig genug ist, mich wieder in die Familie aufzunehmen, werde ich sie mit meinem Leben beschützen, schwor er aus tiefster Seele, und niemals, niemals derjenige sein, der sie auseinander reißt.

Alex lag bewegungslos in dem riesigen Bett, bis das Licht des Morgengrauens langsam durch die Vorhänge kroch, und ordnete die Abschnitte seines Lebens: das Gartenmädchen und wie sie ihn dazu veranlasst hatte, Maria zu heiraten, und Marias sexuelle Eskapaden, und dass diese nichts mit Charlotte zu tun hatten. Und, was vielleicht am wichtigsten war, seine zerstörerische Wut auf Maria, die er ungerechterweise auf Charlotte gerichtet hatte.

Als seine neugeborene kleine Tochter seufzte, sich bewegte und ihre schwarzen Augen öffnete, um sich benommen und halbblind umzusehen, erinnerte sich Alex an den Schmerz in Marias Augen, als sie ihn gebeten hatte, Pippa aufzunehmen und sie zu lieben. Sie war eine gute Mutter gewesen, dachte Alex. Ein heilender Gedanke durchflutete seine Seele: Immerhin war er am Leben. Er musste weder Pippa noch

Charlotte oder dem kleinen Menschen in seinen Armen Lebewohl sagen. Alex schauderte innerlich. Aber zugleich lächelte er. Der brennende, quälende Zorn war verschwunden. Als er jetzt an Maria dachte, wusste er, dass er sich an die sterbende Mutter erinnern würde, der die Tränen in Strömen über das Gesicht liefen und die ihm mit gebrochener Stimme sagte, dass sie Pippa drei Wochen lang nicht in das Zimmer gelassen hatte, damit ihre Tochter sich nicht am Scharlachfieber ansteckte.

Alex' neues Kind öffnete seinen zarten roten Mund und stieß das verzweifelte, hohe Klagen eines hungrigen Neugeborenen aus. Charlottes Augen öffneten sich und sie setzte sich verwirrt auf. Dann streckte sie die Arme aus und lächelte Alex an, der den runden Kopf ihrer Tochter an Charlottes Brust legte. Und als Alex über dem Kopf eines geräuschvoll saugenden Kindes in die verzeihenden Augen seiner Frau blickte, gab es keinen Mann in ganz England, der sich glücklicher geschätzt hätte als er.

Kapitel 23

In den ersten Wochen, während Charlottes Körper sich erholte, studierte sie ihr Kind, lernte jede einzelne Erhebung und Rundung kennen, die bezaubernde Wölbung ihrer Augenbrauen, ihren kräftigen Körper, die Wildheit in ihren hungrigen Augen und die seligen, leisen Grunzlaute, die sie ausstieß, wenn sie saugte. Wenn sie überhaupt an Alex dachte, dann tat sie es voller Dankbarkeit. Er stand im Dunkeln auf, um Katys leises Klopfen zu beantworten, und brachte Sarah zum Stillen. Er spielte nachmittags mit Pippa. Alex und Charlotte umschlangen sich nachts wie Ertrinkende, zumindest den Teil der Nacht, in dem sie nicht Sarah stillte. Und nach den ersten paar Wochen wachte Sarah nur noch einmal in der Nacht zum Stillen auf. Charlotte erwachte und fragte sich, wo Sarah war, und fand einen warmen, männlichen Arm vor, der um ihren Bauch geschlungen, und ein muskulöses Bein, das sorglos über ihres geworfen war. Wärme durchströmte sie.

Sarah war ein sehr ausgeglichenes Kind, sie war sehr pflegeleicht und anspruchslos. Charlotte begann sich bald wieder kräftiger zu fühlen. Eines Morgens, als Sarah etwa zwei Monate alt war, wurde Charlotte von einem leichten Schaukeln geweckt, als ihr Mann die Beine aus dem Bett schwang.

Marie war frühmorgens im Zimmer gewesen und hatte die

Vorhänge zurückgezogen. Die Morgensonne fiel auf den Teppich und brachte das glänzende Silber in Alex' Haar zum Leuchten. Er stand völlig nackt am Fenster und starrte in die Gärten hinaus. Charlotte ließ ihren Blick schläfrig über seine langen muskulösen Beine, seinen geraden Rücken bis zu seinen breiten Schultern gleiten. Alex' Haar war während der letzten zwei Monate länger geworden und die Locken berührten seinen Nacken.

»Alex«, sagte Charlotte, ohne nachzudenken.

Bei dem leisen Klang ihrer Stimme drehte Alex sich um, als habe er einen Schuss gehört. Charlotte lag auf ihren Ellbogen gestützt und ihr samtschwarzes Haar fiel ihr in Kaskaden über die Schultern. Sie trug ein zartes Batistnachthemd mit weitem, für das Stillen geeignetem Ausschnitt. Alex' Körper reagierte sofort.

Charlotte starrte ihn wortlos an. Eine leichte Röte stieg ihr ins Gesicht.

Alex ging zum Bett hinüber, er achtete bewusst darauf zu gehen, als rage seine Männlichkeit nicht auf.

»Charlotte?«, fragte er.

Charlotte sagte nichts. Sie zitterte und konnte nicht aufhören, ihn anzustarren. Alex' Augen waren schwarz, so schwarz, dass sie die Pupillen nicht mehr sehen konnte, und eine seiner Augenbrauen war hochgezogen. Er setzte sich auf das Bett, als sie nicht antwortete.

Er streckte langsam die Hand aus und streichelte ihren Hals. Langsam, ganz langsam beugte sich Alex vor und hielt in der Hoffnung, sie nicht zu erschrecken, beinahe die Luft an. Dann legte er seine Lippen sanft auf ihren rosenroten Mund.

Instinktiv öffnete Charlotte die Lippen und Alex' Zunge drang in sie ein. Charlotte schlang ihm die Arme um den Hals und er legte sich auf sie. Charlotte schnappte nach Luft. Sein Gewicht war einfach köstlich. Sie hatte gedacht, sie würde nie wieder spüren, wie sich sein männlich harter Körper auf ihre weichen Rundungen legte, so dass eine prickelnde Erregung sie durchfuhr.

Alex strich mit der Hand über Charlottes Körper und schob ihr Hemd mit einer raschen Handbewegung nach oben. Er würde ihr keine Gelegenheit geben, sich zu erinnern, dass sie ihn hasste. Sie hatten nie über das gesprochen, was geschehen war, bevor Sarah geboren wurde, aber Alex wusste, dass Charlotte ihn aus tiefstem Herzen hassen musste. Sie ließ ihn bei sich bleiben, solange das Kind so klein war ... aber in ihrem Inneren musste seine Frau ihn dafür hassen, dass er sie und Sarah beinahe getötet, dass er ihr misstraut und sie allein gelassen hatte.

Diese Erkenntnis hatte jedoch nicht bewirkt, dass er Charlotte nicht mehr liebte – oder sie nicht mehr begehrte. Sarah war seine Tochter, das wusste er mit jeder Faser seines Herzens. Aber selbst wenn sie es nicht gewesen wäre, selbst wenn Charlotte keine Jungfrau gewesen war, so machte er sich nichts daraus. Er wollte einfach mit dieser warmen, lachenden, außergewöhnlichen Person das Leben teilen.

Alex' Hand fand sie und Charlotte stöhnte auf. Ihr Körper drängte sich an seine Handfläche. Alex' Gedanken verschwammen. Sie war für ihn bereit.

»Charlotte?«, flüsterte er. »Bist du sicher, dass das gut ist? Es ist erst ein paar Monate her, dass Sarah geboren wurde.«

Charlotte öffnete die Augen und sah Alex an. Ihr Blick war verschwommen, sehnsüchtig, bis sie die Sorge in Alex' Augen sah. Sein Gesicht war von der Anstrengung, sich zurückzuhalten, angespannt.

Anstelle einer Antwort öffnete sie den Mund und fuhr ihm mit der Zunge um die Lippen, eine zärtliche, neckische Geste, die eine wortlose Erklärung beinhaltete. Mit einem Stöhnen ergriff er Besitz von ihrem Mund und drang im selben Augenblick in sie ein, wobei ein raues Stöhnen in seiner Kehle aufstieg.

Als er sich nicht weiterbewegte, drängte Charlotte ihre Hüften an ihn. Ihr Herz raste. Ihr ganzes Sein war auf die unglaublichen Gefühle konzentriert, die von ihren Hüften ausgingen. Die rasende Hitze in ihrem Bauch verlangte, dass er reagierte, dass er den heftigen Rhythmus, an den sie sich in ihren Träumen erinnerte, aufnahm. Warum bewegte er sich nicht?

Alex starrte auf seine Frau hinab, als Charlottes lange Wimpern zitterten. Sie sah ihm verwirrt in die Augen.

»Ich kann es nicht tun«, sagte er gebrochen. »Charlotte, bitte ...«

Charlotte starrte ihren Mann völlig verblüfft an. Was in aller Welt wollte er? Sie presste ihre Hüften sanft an seine, schloss eine Minute lang die Augen und umschmeichelte ihn, sich zu bewegen. Aber Alex blieb reglos, also öffnete sie die Augen wieder.

Er sah stumm zu ihr hinab, sein Blick war angestrengt und verletzlich.

»Alex?«, fragte sie zögernd. »Was ist? Ist es nicht ... Möchtest du nicht?«

»O Gott«, stöhnte Alex. »Spürst du mich nicht? Ob ich nicht *möchte*?« Er zog sich zurück und stieß wieder in sie hinein, um zu zeigen, wie sehr er dort sein wollte, wo er war. Unaufhaltsam stieß er noch einmal in sie hinein. Aber gerade als ein abgerissenes Stöhnen von Charlottes Lippen kam, hielt er wieder inne.

»Alex?« Zu ihrem Entsetzen sah Charlotte, dass in seinen Augen Tränen standen. »Alex!«

Plötzlich zog Alex sich zurück, drehte sich weg und schwang die Beine aus dem Bett – als wollte er gehen, dachte Charlotte erschrocken. Sie streckte die Hand aus und berührte seinen Ellbogen.

»Alex?«

Als er auf der Bettkante saß, barg Alex sein Gesicht in den Händen.

»Alex, was ist los?« Charlotte zog hastig ihr Nachthemd wieder über ihre Hüften und setzte sich neben ihren Mann.

Er hob den Kopf, um ihr in die Augen zu sehen, in seinen Augen spiegelte sich Selbstverachtung. »Ich habe beinahe dein und Sarahs Leben zerstört, Charlotte. Ich kann dich nicht lieben, als wäre das nicht passiert. Ich sollte nicht hier bei dir sein; du hättest mich schon lange vor die Tür setzen sollen. Gott weiß, Charlotte, dass ich das verdiene.«

Charlotte musste ein Lächeln unterdrücken. Meine Güte, sie hatte wirklich einen Mann der Extreme geheiratet. Als Alex sich zurückzog, hatte sie einen Anflug von Sorge gespürt, da sie dachte, er würde einen Wutanfall bekommen. Obwohl jetzt, da sie mit absoluter Gewissheit wusste, wie sehr er sie liebte, auch ein eifersüchtiger Wutausbruch ihr Glück nicht wirklich trüben könnte.

»Liebst du mich?«

Alex beugte sich vor und berührte ihre Lippen mit seinen. »Du weißt, dass ich das tue«, sagte er mit heiserer Stimme.

»Glaubst du, dass ich dich liebe?«

Ein spöttisches Lächeln erhellte Alex' Gesicht. »In meinen optimistischeren Augenblicken ja.«

»Siehst du das denn nicht, Alex?« Charlotte nahm sein Gesicht in ihre Hände. Ihre Berührung war sowohl sinnlich als auch vertrauensvoll. »Siehst du denn nicht, was für ein Glück wir haben? Du liebst mich so sehr, dass du fähig dazu warst, mein Leben zu retten – du hast mich vom Abgrund des Todes zurückgeholt. Und ich liebe dich so sehr, dass ich deiner Stimme zurück gefolgt bin, obwohl ich aufgegeben hatte.«

Charlotte beugte sich vor und liebkoste sanft Alex' Mund mit ihren Lippen. Dann flüsterte sie: »Zu lieben und zu ehren, in Krankheit und Gesundheit, bis dass der Tod uns scheide.«

Stumm zog Alex seine Frau in seine Arme und barg sein Gesicht in ihren süß duftenden Locken. Die seidigen Haare an seiner Wange verschafften seiner zugeschnürten Kehle und seinen brennenden Augen Linderung.

»Ich verdiene deine Liebe nicht, Charlotte. Ich bin ein eifersüchtiger Trottel«, sagte er. »Ich konnte die Vorstellung nicht ertragen, dass ein anderer dich berührt, und der Gedanke hat mich unvernünftig werden lassen. Es tut mir Leid. Es tut mir Leid, dass ich so grausam war.« Alex' Stimme war vor quälender Schuld gepeinigt.

Charlotte rieb ihre Wange tröstend an Alex' Schulter. »Du *bist* ein Trottel, Alex«, meinte sie. »Warum sollte ich jemals wollen, dass ein anderer Mann mich berührt, wenn wir uns so lieben, wie wir es tun?«

»Du weißt nicht, wie dumm ich war, Charlotte. Ich habe mich immer wieder gerühmt, dass ich dir verzeihen werde, aber du musst mir verzeihen. Wenn ... wenn ich dir verspreche, nie wieder verrückt zu spielen, wirst du mir dann irgendwann vertrauen?«

»Ich vertraue dir«, erwiderte Charlotte schlicht. »Überall: im Bett und außerhalb des Bettes.«

»Ich könnte nie mit einer anderen Frau schlafen«, erwiderte Alex, sich auf die Betten beziehend.

»Gut«, meinte Charlotte mit einem neckischen Lächeln und küsste die honigfarbene Haut auf Alex' Schulter. »Kannst du dir vorstellen, mit mir zu schlafen?« Sie bedeckte Alex Schlüsselbein und seinen Hals mit kleinen, heißen Küssen, bis sie bei seiner pulsierenden Ader anlangte. Dann hörte sie auf, warf ihren Kopf zurück und sah ihrem Mann in die kohlschwarzen Augen.

»Ich liebe dich, Alexander Foakes. Ich liebe dich so sehr, dass ich dir zweifellos wieder und wieder und wieder verzeihen werde, gleichgültig, was du tust.«

Alex' Augen brannten sich in ihre. »Du kannst mich nicht so lieben, wie ich dich liebe.«

Die Worte hingen zwischen ihnen in der Luft. Jetzt wurden Charlottes Augen feucht. Alex senkte den Kopf und küsste leidenschaftlich ihre Augen, ihre Wangen und ihre Ohrmuscheln. Er küsste jede Träne, die ihr die Wange hinunterlief, auf der Stelle fort. Schließlich fielen sie gemeinsam zurück aufs Bett.

Charlotte packte Alex mit beiden Händen an den Schultern, als er in ihren warmen Tiefen versank.

»Wir sind zusammen«, sagte Alex.

»Zusammen.« In Charlottes Stimme lag ein Versprechen.

»Mit meinem Körper«, sagte Alex heiser und sah Charlotte in die Augen. »Mit meinem Körper ehre ich dich.« In seiner Stimme lag ein Versprechen – ein Versprechen, ein Schwur und ein Gelübde.

Epilog

August 1803

Alex ritt mit Lucien Boch und Will Holland durch die warme Herbstdämmerung, alle drei Männer genossen es, in dem Augenblick, in dem die Sonne hinter den Baumwipfeln des dichten Waldes, der Baron Hollands Landgut umgab, unterging, draußen zu sein. Ihre Pferde tänzelten, da sie spürten, dass es nach einem langen Tag endlich nach Hause ging.

»Das ist ein wunderbares Fleckchen, Will.«

Will lächelte und zügelte sein Pferd, als sie sich dem Pförtnerhaus näherten. »Entschuldigt mich bitte eine Minute. Die Frau meines Pförtners war krank und ich würde mich gerne nach ihr erkundigen.« Will sprang von seinem Pferd und verschwand in der strohgedeckten Hütte.

Luicen hielt sein Pferd zurück und wandte sein Gesicht Alex zu. »Du hast mir nie erlaubt, dir richtig zu danken«, sagte er und seine Stimme hatte einen leicht singenden, französischen Klang.

»Es gibt nichts, wofür du mir danken musst«, erwiderte Alex.

»O doch, das gibt es«, beharrte Lucien. »Ich weiß natürlich von dem Skandal, unter dem deine Frau in deiner Abwesenheit zu leiden hatte. Hätte ich dich nicht gebeten, hättest du sie nie allein gelassen, besonders in einer so heiklen Zeit. Wenn du mir nur gesagt hättest, dass sie schwanger war!«

»Wir wussten es nicht«, meinte Alex leichthin. »Außerdem hat sich alles von selbst aufgelöst. Charlotte musste ein wenig Klatsch ertragen, aber das hat sich mittlerweile gelegt. Niemand würde es wagen anzudeuten, dass Sarah nicht mein Kind ist.« Sie glich ihm aufs Haar, von der Rundung ihres Gesichts bis zum Zucken ihrer Augenbrauen.

»Ja, aber ich bedaure sehr, dass ...«

»Lucien. Es ist alles in Ordnung.«

Will tauchte aus dem Pförtnerhaus auf, schwang sich zurück auf den Rücken seines Pferdes und beendete ihre Unterhaltung. Alex trieb sein Pferd zum Galopp, begierig, zum Haus zu kommen. Er war stundenlang fort gewesen, hatte sich das Land angesehen und Wills neue Mühlen besichtigt. Er vermisste seine Kinder ... und Charlotte.

Lucien holte Alex wieder ein. »Ich habe gehört, dass heute dein Geburtstag ist«, sagte er lächelnd. »Ich glaube, es wartet eine Überraschung auf dich.«

Alex warf ihm einen Seitenblick zu. »Das denkst du dir nur aus.«

Lucien lächelte ihn geheimnisvoll an. »Ich glaube nicht.«

Aber es war nichts Überraschendes an der Tatsache, dass Pippa über den samtweichen Rasen vor Wills Herrenhaus auf ihn zulief. Na ja, vielleicht war es etwas übertrieben zu sagen, dass Pippa lief – sie trippelte auf ihn zu und rief mit ihrer piepsigen Stimme: »Papa! Papa!« Alex sprang von seinem Pferd und setzte sich seine Tochter mit einem Schwung auf die Schultern, wo sie ihm nach Brombeeren duftend Geheimnisse über die Kätzchen in der Scheune und die Beeren ihm Küchengarten ins Ohr flüsterte.

Und es war nichts Überraschendes an der Tatsache, dass seine Frau ihn so voller Liebe und Verlangen ansah, dass Alex sich kaum beherrschen konnte und mitten im Salon zu Chloe Hollands Porzellanvitrine gehen und sie eingehend betrachten musste – wie ein Teenager! Charlottes glucksendes Lachen war ebenfalls nichts Neues, selbst wenn er sich dadurch umso mehr danach sehnte, sie über die Schulter zu werfen und in Richtung Schlafzimmer zu verschwinden.

Das Abendessen verlief ohne einen Zwischenfall. Chloe stand dem Mahl mit einem einnehmenden Mangel an Förmlichkeit vor – sie hatte sich mühelos in die Rolle der Baronin gefunden. Die Gesellschaft sprach über die Möglichkeit eines Überfalls durch Napoleon und vom unappetitlichen Tod des Bischofs Burnham (in den Armen einer Frau von zweifelhaftem Ruf). Niemand erwähnte Alex' Geburtstag. Alex war beinahe gekränkt. Aber andererseits ... vielleicht plante Charlotte eine besondere Überraschung im Schlafzimmer. Das hörte sich gut an. Die Damen erhoben sich und zogen sich in den Salon zurück. Alex, Will und Lucien machten es sich mit ein paar Gläsern Scotch in der Bibliothek gemütlich.

Die Tür der Bibliothek ging auf und Wills Butler erschien. Er war Franzose und gab vor, kein Englisch zu sprechen.

»Mylord«, sagte der Butler. Alex sah fragend auf. Der Butler hielt eine weiße Karte in seiner behandschuhten Hand. Er verbeugte sich majestätisch und reichte sie Alex.

Alex warf Lucien einen Blick zu und sah, wie das geheimnisvolle Lächeln sich wieder über seinem Gesicht ausbreitete.

»Mein Geburtstag?«

»Ganz recht«, erwiderte sein Freund.

Alex brach das Siegel und überflog die Nachricht. Dann sah er Lucien mit hochgezogener Augenbraue an.

»Ich werde angewiesen, nach oben zu gehen und mich passend anzukleiden.«

»Dann lass dich unter keinen Umständen von uns aufhalten«, meinte Will mit einem verschwörerischen Grinsen.

»Weiß denn jeder, was meine Frau vorhat?« Als er seine zwei Freunde ansah, in deren Augen der Schalk blitzte, kannte Alex die Antwort auf seine Frage. Er rannte schnell die Marmortreppe nach oben und malte sich in leuchtenden Farben aus, was ›passende‹ Kleidung bedeutete. Was beispielsweise würde Charlotte tragen?

Aber im Schlafzimmer war niemand außer Keating – keine angekleidete oder köstlich unbekleidete Ehefrau weit und breit.

Keating hatte seine Abendgarderobe auf dem Bett ausgebreitet. Alex' Protest verstummte auf seinen Lippen. Offensichtlich war das eine Überraschung, die Charlotte sorgfältig geplant hatte. Es wäre ungehobelt von ihm, nicht mitzuspielen. Dennoch zog er die Stirn kraus, als Keating ihm seinen alten grünen Domino um die Schultern warf.

»Gehe ich zu einem Maskenball? In diesem gottverlassenen Teil des Landes?«

»Ich weiß es nicht, Mylord. Ich befolge nur die Anweisungen der Gräfin.« Keating erwähnte nicht, dass Charlotte ihn vor etwa zwei Monaten gebeten hatte, Alex' grünen Domino vom Dachboden zu holen, und dass sich der Geburtstagsausflug zu diesem Zeitpunkt schon länger in der Planungsphase befand.

Schließlich führte Keating seinen verwirrten Herrn aus dem Schlafzimmer. Wills Butler wartete mit einem verteufelt französischen Lächeln im Flur. Der Butler geleitete ihn majestätisch zur Kutsche nach draußen.

Endlich, dachte Alex, und beschleunigte seine Schritte. Er stieß den ausgestreckten Arm des Lakaien beiseite und kletterte hinein.

Aber die Kutsche war leer und bevor er dieser Tatsache noch gewahr werden konnte, wurde die Tür hinter ihm zugeworfen und die Pferde setzten sich in Bewegung.

»Herrgott noch mal«, sagte Alex verblüfft bei sich.

Sie fuhren nicht weit, vielleicht zwanzig Minuten. Alex bediente sich selbst aus einem Korb auf dem Rücksitz, der offensichtlich zu seinem Vergnügen dort stand. Aber selbst ein Glas exzellenten Champagners beruhigte seine Gefühle nicht. Wo war seine Frau? Worin bestand das Vergnügen, allein Champagner zu trinken? Seine Augen wurden dunkler, als er sich vorstellte, wie sie ihm in der Kutsche gegenübersaß. Dann lächelte er. Er würde sich für diese einsame Geburtstagsparty rächen! Sie würde schließlich auf dem Weg nach Hause in der Kutsche sein ...

Als die Kutsche also schließlich zum Halten kam, war Alex' gute Stimmung wiederhergestellt. Tatsächlich war er ausgesprochen fröhlich, nachdem er fast die ganze Flasche Champagner geleert hatte.

Er stieß die Kutschentür auf und sprang heraus, um sich von Angesicht zu Angesicht mit Keating wiederzufinden. Ein kurzer Blick zeigte ihm, dass sie auf der gepflegten Auffahrt zu einem Landhaus standen.

»Keating!«

»Mylord«, sagte sein Diener ruhig. Er war offensichtlich gerade erst vom Kutschbock geklettert; seine Wangen und seine Nase leuchteten rot von der Kälte.

»Gute Güte, Mann, was wollen wir hier? Und wo sind wir?«, wollte Alex wissen.

Keating zögerte. In seinen Händen hielt er ein Stück schwarzen Stoffs.

»Mylord, ich muss Sie bitten, sich umzudrehen«, erwiderte er.

Alex warf einen kurzen Blick auf den Stoff und dann in das verlegene Gesicht seines Kammerdieners. Charlotte ging mit dieser Maskerade sehr weit. Er zuckte die Achseln und drehte sich um, damit ihm sein Diener das schwarze Tuch vor die Augen binden konnte.

Keating führte ihn zurück in die Kutsche und wenn Alex sich nicht sehr irrte, holperten sie weiter die Auffahrt entlang. Er begann wieder schlechte Laune zu bekommen. Wenn seine Frau wollte, dass man ihm die Augen verband – oder ihn fesselte – warum machte sie das nicht einfach selbst? Warum das ganze Brimborium mit den Dienstboten?

Die Kutsche hielt an und Keating fasste ihn am Ellbogen. Alex schüttelte ihn ab und stieg aus der Kutsche. Sonderbarerweise klang es, als wären sie bei einer Gesellschaft angekommen. Er konnte das schrille Lachen von Frauen und die Klänge eines kleinen Orchesters hören.

»Mylord«, sagte Keating leise. Und dieses Mal duldete er, dass der Butler ihn am Ellbogen fasste und ihn etwa zehn Stufen nach oben führte, anscheinend in einen überfüllten Ballsaal. Doch dies war keine Gesellschaft, die ausschließlich vom Adel besucht wurde.

Alex war kurz davor, das Tuch herunterzureißen und eine Erklärung zu verlangen, als Keating ihn anhielt und sagte: »Vorsicht, Mylord. Sie stehen oben an einer Treppe.«

Dann spürte er, wie der Knoten der Augenbinde gelockert wurde und die Binde herunterfiel.

Alex stand am oberen Ende einer Marmortreppe und blickte auf einen sehr vollen Ballsaal hinunter. Er warf einen überraschten Blick über den Saal. Es war heiß und die Hitze wurde durch den aggressiven Geruch der Talgkerzen und der überhitzten Tänzer noch verschlimmert. Lang vergessene Erinnerungen regten sich und sagten Alex, dass er schon einmal in diesem Raum gewesen war.

Auf der Tanzfläche kämpften zerknitterte Röcke mit schmutzig aussehenden griechischen Gewändern um Platz. Ein paar Frauen trugen kleine Masken, aber großzügig aufgetragene Schminke schien die häufigere Verkleidung zu sein. Alex runzelte die Stirn. Wo um alles in der Welt war er? Die

Terrassentüren waren mit schäbigem, kastanienbraunem Samt verhängt ...

Natürlich! Das war Stuart Hall und der Hurenball! Der samstägliche Hurenball. Es war Samstag, dachte Alex wie vor den Kopf geschlagen.

Er hob die Augen und fuhr zusammen. Da war sie. Neben der Statue von Narziss stand eine schlanke Frau in einem schwarzen Domino mit hoch aufgetürmtem, gepudertem Haar. Mit einem bleiernen Gefühl der Unvermeidlichkeit ging Alex an den ausgelassenen Nachtschwärmern auf den Stufen vorbei hinunter in den Ballsaal. Er ging durch die Menge der Gäste und berührte dabei mit seinem grünen Domino die gepuderten Schultern und grellen Rüschen der Damen der Nacht. Aber er sah weder nach rechts noch nach links. Er wollte den Augenkontakt mit dieser Frau nicht verlieren.

Was Charlotte betraf, so fühlte sie sich, als habe sie ihr Leben lang auf diesen Augenblick gewartet. Da war ihr über alles geliebter Lakai mit den silbernen Strähnen in seinem grünen Domino oben an der Treppe. Aber dieses Mal suchte er sie. Und als ihre Blicke sich trafen, lag so viel zärtliche Leidenschaft in seinen Augen, dass sie zitterte und sich an Narziss' kaltem Steinarm festhalten musste, um ihr Gleichgewicht zu wahren.

Dann wurde aus ihrem Zittern ein Lächeln. Alex eilte durch den Ballsaal, als existierten die Huren, die Dienstboten, die Kaufleute und alles andere nicht. Keiner, der diese Mischung aus unbewusster Arroganz und müheloser Anmut sah, konnte ihn vernünftigerweise für einen Lakaien halten. Selbst in einem etwa zehn Jahre alten Mantel trug er das unnachahmliche Selbstvertrauen blauen Blutes und großer Intelligenz zur Schau. Endlich, nach einer Ewigkeit, stand er vor ihr.

Ihr Haar war gepudert. Ihre Haut war so weiß, dass ihr Haar rot sein musste. Sie trug einen schwarzen Domino und versteckte sich im Schatten der Statue. Sie war es ... es war sein Gartenmädchen ... es war Charlotte.

Ohne Zeit zu verlieren, hüllte Alex seine Frau in seinen grünen Domino und küsste sie so besitzergreifend, so liebevoll und so leidenschaftlich, dass Charlottes Knie unter ihr nachgaben und sie sich an ihm festhalten musste, um ihr Gleichgewicht nicht zu verlieren. Sie fuhr ihm mit den Händen unter seiner formellen schwarzen Jacke über den leicht rauen Stoff seines feinen Batisthemdes und dann über den breiten, muskulösen Rücken.

Alex sah sie unter seinen schwarzen Wimpern hervor an. »Wegen dieses Streichs sollte ich dich töten«, meinte er mit rauer, von seinen Gefühlen überwältigter Stimme. »Oder ich sollte mich selbst dafür umbringen, dass ich ein so ausgemachter, kompletter Narr bin.«

Charlotte lächelte ihn unverschämt an, während sie immer noch an seiner Brust lehnte.

»Alles Gute zum Geburtstag, Liebling.«

»Hexe«, knurrte Alex und neigte wieder den Kopf.

Als ein Besucher des allseits beliebten Hurenballs mit einer Frau in seinen Armen durch die Schar von Nachtschwärmern und die Treppe hinaufeilte, hatte niemand in der Gesellschaft einen zweiten Blick für ihn übrig. Und die Tatsache, dass der Mann in dem grünen Domino seine *Amour* zu sich auf den Schoß zog, sobald sie in der Kutsche waren, ohne ein Wort zu wechseln, hätte auch niemand für überraschend gehalten. Erst sehr viel später an diesem Abend – es war beinahe Morgen – hatten der Graf und die Gräfin von Sheffield und Downes Zeit und Atem, um über das Geburtstagsgeschenk des Grafen zu reden.

»Du musst verstehen«, sagte Alex und zog Charlottes Kopf an seine Schultern, so dass er seine Worte mit Küssen auf ihre seidigen Locken unterstreichen konnte. »Ich habe mir zusammengereimt, dass du wie Maria aussiehst, aber ich wollte nicht zu viel darüber nachdenken. Mein Fehler war, dass ich nie daran gedacht habe, dass ich Maria geheiratet habe, *weil* sie aussah wie das Mädchen in dem Garten, und dass das bedeutete, dass auch du wie sie aussiehst, und ... dass das bedeutete, dass du das Mädchen in dem Garten warst.« Er schnitt eine spöttische und selbstverächtliche Grimasse. »Ich bin ein Narr, Liebling. Du hast einen Narren geheiratet.«

Charlotte führte Alex' Hand an ihre Lippen und küsste seine Handfläche. Sie konnte nicht verhindern, dass ihr Mund sich zu einem Lächeln verzog. »Glücklicherweise hatte ich schon immer eine Schwäche für Narren«, sagte sie, wobei ihre neckische Antwort von seiner warmen Haut halb erstickt wurde.

»Ich bin ein Narr, ein Dummkopf«, fuhr er unaufhaltsam fort. »Ich hätte es so viele Male sehen müssen. Erinnerst du dich daran, als ich dich im Chinesischen Salon deiner Mutter gefragt habe, ob du mich heiratest, und dich hinterher berührt habe?«

Leichte Röte stieg Charlotte ins Gesicht, aber sie nickte.

»Du hast danach danke gesagt.« In Alex' Stimme lag gequälter Selbsthass. »Und ich Narr dachte, wie überraschend es war, dass du mich einen Augenblick lang an mein Gartenmädchen erinnertest, aber ich habe nicht weiter darüber nachgedacht. Denn das Gartenmädchen hat mir auch gedankt und du warst die einzigen zwei Frauen, die jemals so liebenswürdig waren ... Ich verdiene es, ausgepeitscht zu werden«, sagte er heftig. »Ich habe dir so viel Leid zugefügt ...«

Charlotte unterbrach seine Rede mit dem einfachen Mittel, ihre Hand über seinen Mund zu legen.

»Hör auf!«, rief sie. »Verstehst du denn nicht ... Weißt du

nicht, wie glücklich du mich machst? Das Einzige, was zählt, ist doch, dass du es warst ... *du* warst es die ganze Zeit. Und jetzt weißt du es und was spielt es für eine Rolle, dass du dich nicht sofort daran erinnert hast? Du wolltest immer noch *mich*, verstehst du das nicht?«, flüsterte sie. »Wenn du zurückgekommen wärst und dich daran erinnert hättest, dass du mir meine Jungfräulichkeit genommen hast, hätte ich nie glauben können, dass du mich um meiner selbst willen wolltest. Ich würde mich immer fragen, ob es nur wegen deiner Vorstellung von Ehre wäre. Weißt du, woran ich mich am deutlichsten von unserer Zeit im Chinesischen Salon erinnere?«

Alex schüttelte von ihren funkelnden Augen fasziniert den Kopf.

»Du hast gesagt ... du hast gesagt, dass du mich nicht weiter küssen wolltest, weil du mich sonst ruinieren würdest. Und ich konnte die ganze Zeit nur daran denken, dass du dich Gott sei Dank nicht daran erinnern konntest, dass du mich schon ruiniert hattest, weil das bedeutete, dass du mich jetzt wolltest. Nicht nur um einen kurzen Moment der Zügellosigkeit in einem Garten wieder gutzumachen, sondern um meiner selbst willen.«

Alex zog sie in seine Arme und barg sein Gesicht an ihrem Hals. »Du bist zu gut für mich«, sagte er. »Ich verdiene dich nicht.« Sie schwiegen eine Zeit lang.

»Aber es wäre nicht so gewesen, wenn ich nicht so ein Hohlkopf gewesen wäre und eins und eins hätte zusammenzählen können«, sagte Alex ruhiger. »In vielerlei Hinsicht war mein Leben von diesem Gartenmädchen bestimmt: von dir. Weißt du, dass ich danach noch wochenlang von dir geträumt habe? Du weintest und ich versuchte dich zu trösten, oder du lagst in meinen Armen und ich küsste dich. Beide Träume waren eine Qual. Ich habe Patrick gezwungen, in der nächsten Woche wieder zum Hurenball zu gehen, aber ich konnte dich nicht finden. Ich ging zu fünf Bällen der Londoner Gesellschaft, aber ich konnte dich auch dort nicht finden. Und dann fuhr ich nach Rom und dachte, ich hätte jemanden gefunden, der so aussah wie du ... und deshalb heiratete ich sie, aber sie war nicht du. Und schließlich traf ich die Tochter eines gewissen Herzogs in London und obwohl ich keine Ahnung hatte, dass sie mein Gartenmädchen war, wollte ich nur sie. Zwei Minuten, nachdem ich dir auf dem Ball begegnet war, habe ich geplant, dich zu heiraten.«

Er lächelte, als er den verwirrten Gesichtsausdruck seiner Frau sah. »Ich fürchte, mein Liebling, du bist mein Schicksal.«

Charlotte klammerte sich an ihn und genoss das Gefühl, in seinen Armen zu liegen. Jetzt gab es keine Schatten mehr zwischen ihnen.

»Ich habe dich vermisst«, flüsterte sie. »Ich habe dich so sehr vermisst.«

»Ich habe dich auch vermisst. Ich habe dich sogar vermisst, als ich am wütendsten war. Weißt du, dass ich immer wusste, dass wir zusammengehören? Selbst als ich durch das Haus tobte und diese schrecklich dummen Dinge zu dir sagte, wusste ich, dass ich dich zurückhaben wollte, weil du ein Teil meines Herzens bist. Dich zu verlieren würde bedeuten, mich zu verlieren.«

Alex' Frau lächelte zu ihm auf und ihre klaren Augen leuchteten ihn liebevoll an. »Du wirst mich nicht verlieren, Liebling. Das nächste Mal, wenn du aus dem Haus stürmst, folge ich dir, wo immer du auch hingehst.«

»Aber verlass mich niemals, Charlotte. Ich könnte es nicht ertragen.«

»Das werde ich nicht.«

»Und ich werde an dir festhalten«, flüsterte Alex. »Bis wir alt und grau sind, darüber hinaus, für alle Zeiten.«

Charlotte antwortete nicht auf Alex' Versprechen, denn die

Versprechen, die sie danach austauschten, waren ohne Worte, in Zärtlichkeit gegeben, in Zärtlichkeit genommen, für immer im Gedächtnis bewahrt.

Anmerkung über die Potenz und das Vergnügen an Skandalen

Im Jahre 1612 brach über der unglücklichen Ehe von Robert Devereux, dem dritten Graf von Essex, ein lang anhaltender und umstrittener Skandal aus. Seine Gräfin Frances erklärte öffentlich, dass Essex impotent und ihre Ehe nie vollzogen worden sei. Eine angesehene Klatschbase Londons berichtete, dass es »zwischen dem Grafen von Essex und seiner Lady während dieser Gerichtszeit zu einer Scheidungsklage kommen werde und er (wahrhaftig oder vorgeblich) willens sei, seine Unzulänglichkeit einzugestehen«. Aber als der eigentliche Prozess stattfand, weigerte sich der Graf, seine Impotenz zu bestätigen – außer in Bezug auf seine Frau. Eine Gruppe Gentlemen wurde geladen, einer Demonstration seiner männlichen Leistungsfähigkeit beizuwohnen, und bescheinigte ihm diese Fähigkeit; eine Gruppe Damen untersuchte Frances und verkündete, dass sie Jungfrau sei. Nach Monaten erbitterten Kampfes ordnete King James an, dass die Ehe annulliert werden solle. Der Haushofmeister selbst berichtete (voller Schadenfreude), dass »es wahr ist, dass der Graf keine Tinte in seiner Feder hat«. Aber zahlreiche Klatschbasen Londons behaupteten, dass Frances nur um die Scheidung ersucht habe, weil sie in einen schneidigen, gut aussehenden jungen Lord, den Grafen von Somerset, verliebt war, den sie kurze Zeit nach der Annullierung ihrer ersten Ehe heiratete.

Der Graf von Essex war nur teilweise ein Vorbild für Alex – mein Graf von Sheffield und Downes ist nicht und war nie impotent – aber das Vergnügen an und die Gefahren eines Skandals, wie er in *Ekstase der Liebe* dargestellt wird, sind historisch fundiert. Der dritte Graf von Essex wurde während seines restlichen Lebens immer wieder mit dem Vorwurf der Impotenz konfrontiert. Als seine zweite Ehe kinderlos blieb, wurde das Flüstern lauter. Andererseits verlief auch Frances' Leben nie ohne Skandale. Als sie wenige Jahre später des Mordes angeklagt wurde, setzten die meisten Engländer das in Beziehung zu ihrer fragwürdigen Jungfräulichkeitsklage.

Dennoch ist ein Skandal manchmal untrennbar mit der Liebe verbunden. Frances und ihr zweiter Ehemann, der Graf von Somerset, lebten bis zu ihrem Tode im Jahre 1632 zusammen. Ihrer Ehe – geschlossen inmitten heftiger Spekulationen – huldigte der Dichter John Donne in einem der schönsten Liebesgedichte Englands:

In Tullias Gruft, heißt's, brannte hell und rein
Stetig ein Lämpchen fünfzehnhundert Jahre.
So solln die Liebeslampen, die wir am Altare
Verwahrn, dem Ewigen,
Lichte gleich an Dauer und Wärme sein.
Feuer ist ewige Gier, die alles ganz
Sich anverwandelt und zu Feuer macht.
In Asche endets. Nicht so dieser Glanz:
Keins ist dem andern Stoff, ist Feuer aus eigner Kraft.
Ein Freudenfeuer der Lust, wo Liebeszauberkunst
Ein Feuer sich aus zweier Seelen Brunst,
aus vier entflammten Augen, zwei liebende Herzen schafft.